JONATHA CEELY

In einem neuen Land

Buch

Wir schreiben das Jahr 1848: Die vor einer Hungersnot aus Irland geflohene Mina Pigot geht zusammen mit ihrem Beschützer, Mr. Benjamin Serle, an Bord des Großseglers *Victoria* mit Kurs auf New York. Dort hofft sie endlich ihren geliebten Bruder wiederzufinden, den sie auf der Flucht aus Irland aus den Augen verlor. Was die beiden in New York erwartet, ist eine Welt voller Chancen, aber auch voller Gefahren. Während Mr. Serle in einem eleganten Hotel als Chefkoch Arbeit findet, bekommt Mina in einem wohlhabenden Privathaushalt eine Stelle als Köchin. Vor allem der Hausherr ist begeistert von den wundervollen Speisen, die Mina täglich auf den Tisch zaubert, und die junge Köchin erfährt eine warmherzige und freundschaftliche Arbeitsatmosphäre. Doch damit hat es ein Ende, als der Sohn der Familie in den Semesterferien nach Hause kommt. Während Mina versucht, sich seiner Zudringlichkeit zu entziehen, gerät sie immer tiefer in das Netz der Intrigen und kann sich schließlich nur noch retten, indem sie den Haushalt verlässt und ihrem Bruder nach Westen folgt, wo sie schließlich erkennt, dass ihre wahre Liebe Benjamin Serle gehört …

Autorin

Jonatha Ceely wuchs in Kingston, Ontario, auf und lebte in der Türkei und in Italien. Sie arbeitete als Lehrerin und in der Verwaltung, bevor sie zu schreiben anfing. Heute lebt sie mit ihrem Mann, einem Komponisten, in Brookline, Massachusetts, und schreibt zurzeit an ihrem dritten Roman.

Von Jonatha Ceely außerdem lieferbar:

Mina (36102)

Jonatha Ceely

In einem neuen Land

Roman

Aus dem Amerikanischen
von Elfriede Peschel

blanvalet

Die amerikanische Originalausgabe erschien 2005
unter dem Titel »Bread and Dreams« bei Bantam Dell,
A Division of Random House, Inc., New York.

Umwelthinweis:
Alle bedruckten Materialien dieses Taschenbuches
sind chlorfrei und umweltschonend.

1. Auflage
Deutsche Erstausgabe Mai 2007

Umschlaggestaltung: Hilden Design
Umschlagmotive: © The Bridgeman Art Library
Redaktion: Beate Bücheleres-Rieppel
LW · Herstellung: Heidrun Nawrot
Satz: deutsch-türkischer fotosatz, Berlin
Druck und Einband: GGP Media GmbH, Pößneck
Printed in Germany
ISBN 978-3-442-36103-8

www. blanvalet-verlag.de

Die Liebe, so dachte ich,
ist stärker als der Tod und als die Todesangst. –
Nur sie ist die bewegende Macht des Lebens,
nur sie erhält es.

Iwan S. Turgenjew

Vorwort

An einem Sommertag fanden wir – mein Mann und ich – das handgeschriebene Tagebuch in dem Landhaus, das wir immer noch renovieren. Dieses Haus, von dem wir glauben, dass es um 1830 gebaut worden sein dürfte, nimmt uns derart in Beschlag, dass wir jedes Wochenende aus der Stadt hinausfahren. Gemeinsam lassen wir die Alltagswelt hinter uns, um uns das Haus durch vereintes Säubern, Abkratzen, Streichen und Fliesen anzueignen. Wenn wir damit fertig sind – wenngleich das Verführerische eines alten Hauses darin besteht, womöglich nie ein Ende zu finden –, werden wir jeden Zentimeter seiner Oberfläche berührt, ja sogar liebkost haben.

Alle Häuser bergen ihre Geheimnisse und eröffnen sie dem, der sich geduldig an sie herantastet. Zu den offensichtlichen Geheimnissen gehören die Geheimtür, das Schlupfloch, der Safe hinter einem Bild. Aber es gibt auch noch eine andere Art von Geheimnissen. Selbst ein neues, erst gestern fertig gestelltes Haus hat in seiner Struktur bereits die Gefühle derer aufgenommen, die es gebaut haben. Wieso auch nicht? Einmal wohnte ich in einem Haus mit lockeren Fußleisten und nicht gut befestigten Scharnieren. Immer dann, wenn man überhaupt nicht damit rechnete, blieb einem ein Schubladengriff in der Hand zurück. Schließlich erfuhr ich von einem Nachbarn, dass das Paar, das dieses Haus gebaut hatte, selbst nie darin gelebt hatte. Bei der Planung hatte sich die Frau in den Architekten verliebt, sie hatten eine Affäre miteinander und sind dann gemeinsam weggegangen.

Es war ein wunderbares Haus – hell, luftig, mit angenehmer Raumaufteilung –, aber wenn man darin lebte, wurde man konfus. Jeder Raum atmete die abgebrochene Liebe.

Die Plätze, die wir bewohnen, verändern uns, selbst wenn wir glauben, sie zu verändern. Dieses Haus macht uns zeitig wach, weil das Bett dort stehen muss, wo die Strahlen der aufsteigenden Sonne es treffen. Es zieht uns hinaus, weil die französischen Türen so bequem auf die Veranden führen. Bei der Anordnung der Möbel orientieren wir uns an den Bedürfnissen des Hauses, weil die Fußböden hier und dort ein wenig absacken, Tische wackeln oder Stühle unsicher stehen, wenn man sie nicht dort hinstellt, wo die Geschichte des Raums dies vorsieht.

An dem Tag, als wir das Tagebuch fanden, lösten wir im Esszimmer die Tapeten ab. Wir hatten uns darüber unterhalten, welcher der Schichten jeder von uns den Vorzug gab. Mir gefiel die zweite Schicht besonders gut, da sie für ein Esszimmer so passend war mit ihren Artischocken in gebranntem Siena – Frucht, Blätter und Stängel –, die sich in komplizierten Kreisen vor einem senfgelben bis braunen Hintergrund rankten. Die unterste Schicht, Medaillons in Dunkelblau und Nelken in hellerem Blau sowie farnartige Blätter auf einem cremefarbenen Hintergrund, gefiel uns beiden. Dann waren wir, versunken in unsere Aufgabe, in geselliges Schweigen verfallen. Die fernen Geräusche der Welt – das Surren eines Bootes auf dem See, ein fragendes Krächzen einer Krähe auf der Wiese, das Auf und Ab von Kinderstimmen entlang der Straße – wehten zusammen mit dem Duft der Rosen vom Strauch neben den Verandastufen zu uns herein.

Mein Mann arbeitete neben dem Kamin, als er mich rief.

»Hör mal«, sagte er und klopfte gegen die Wand. »Hier klingt es anders.« Dabei klopfte er links, und ich hörte einen hohlen Klang.

Ich holte ein Messer. Wir fanden den Rand zwischen Mauerwerk und Holz und schnitten durch die aufeinandergeklebten Papierschichten, bis wir die rechteckige Form einer kleinen Tür freilegten. Es war offensichtlich, dass direkt über dem Kabuff für die Holzvorräte ein kleiner Schrank eingepasst war.

Ich spürte ein Flattern im Magen. Warum sollte jemand den Griff eines Schranks abnehmen und die Tür übertapezieren, so dass nichts mehr ihn verriet?

»Soll ich ihn öffnen?« Mein Mann blickte von der Leiter zu mir herab. Die freudige Erwartung, die Aufregung stand ihm ins Gesicht geschrieben.

»Natürlich«, sagte ich und teilte die gespannte Vorfreude mit ihm.

Er hebelte mit dem Messer vorsichtig die Türkante auf, und dann schwang sie unter leisem Ächzen ihrer alten Angeln auf.

»Was siehst du?«, fragte ich neugierig. Sein Kopf verschwand in der Öffnung.

»Seltsam«, sagte er. »Ich glaubte, Thymian zu riechen. Hier. Es scheint ein Buch zu sein. Ich reiche es dir an.«

Ich streckte meine Hand aus und nahm das dicke Notizbuch entgegen.

Gleich darauf setzten wir uns an den Küchentisch und betrachteten das rechteckige Buch mit dem Leineneinband. In dem übertapezierten Schrank war ansonsten nur noch Staub gewesen. Vorsichtig strich ich mit einem Finger über den rauen Leinenumschlag. Das Haus hatte uns ein Geschenk vermacht.

Gemeinsam schlugen wir es auf – die Bindung knackte, die vergilbenden Seiten raschelten – und lasen. *Minas Buch* stand in altmodischer Handschrift auf der ersten Seite. Und darunter: *Ein Geschenk von Mr. Serle, 10. Oktober 1848.* Das Buch war ein Tagebuch und, wie wir bald entdeckten, auch noch mehr als ein Tagebuch. Es enthielt zwischen die Seiten gelegte Briefe und vergilbte Zeitungsausschnitte. Der im Buch gepresste Thymianzweig, das Lorbeerblatt und die Rosenblätter hatten auf einigen Seiten Flecken hinterlassen.

Wir waren uns ziemlich sicher, dass das Buch tatsächlich aus der Zeit seiner Datierung stammte, aber wir zeigten es natürlich dennoch einem Historiker. Tests erwiesen zweifelsfrei, dass Tinte, Papier, der Leim der Bindung und der Leinenumschlag in die vierziger und fünfziger Jahre des neunzehnten Jahrhunderts gehörten. Der Mann, der es untersuchte, reagierte ein wenig abwertend.

»Das ist nichts Einzigartiges, wissen Sie.« Er unterschrieb mit schnörkeligen Buchstaben zum Beweis, dass er Familienpapiere untersucht und deren Authentizität festgestellt hatte. »Solche Dinge findet man im ganzen Land auf Dachböden und zu Tausenden in historischen Vereinen. Nur wenn es von einer Berühmtheit stammt oder tatsächlich von historischer Tragweite ist, wie etwa ein Tagebuch aus dem Bürgerkrieg oder ein Sklavenbericht, kann man es als wertvoll bezeichnen. Dafür werden Sie nichts bekommen.«

Er schien nicht zu begreifen, dass es uns gar nicht auf den Geldwert ankam. Wir haben nicht vor, das Tagebuch zu verkaufen – es gehört zu dem Haus, das es uns geschenkt hat. Wie Mina Pigot, die Biografin ihres Lebens, sind wir keine berühmten Leute. Der Fluss der Geschichte trägt uns mit sich, wir treiben mit der Strömung, sehen kleine Wellen und Strudel, aber nicht das Muster als Ganzes. Wir leben das Besondere, und Minas Tagebuch eröffnet uns ein Leben, eine Erfahrung. Während wir lasen und staunten, zeichnete sich dieses eine Leben vor uns ab – vertraut und uns dennoch fremd. Am Ende verstanden wir, warum eine junge Frau diesen kostbaren Bericht ihres Lebens und ihrer Lieben versteckte. Über die Zeiten hinweg erzählte uns

Mina Pigot von ihrer Reise nach Amerika, ihrem Bemühen, sich selbst und ihre neue Welt zu begreifen – und ihrer Sehnsucht, ungeteilten Herzens zu lieben.

MINAS BUCH

Ein Geschenk von Mr. Serle
10. Oktober 1848

Mein Tagebuch
1848 bis 1852
mit einem
Nachtrag aus dem Jahr 1856

von
Mina Pigot

Aus den Trümmern des Glücks, das zerstiebte,
Ward eine Lehre doch mein:
Das, was ich am innigsten liebte,
Verdient' auch das Liebste zu sein!
Ein Quell in der Wildnis entspringend,
Ein Baum in der Einöde hier,
Ein Vogel in Einsamkeit singend,
Sie reden mir alle von d i r.

Lord George Gordon Byron

TEIL I

Der Atlantische Ozean

Selbst wenn meine Kraft geschwächt ist, so zeigt sie mir doch, dass ich da bin. Am Mittwoch, dem 11. Oktober 1848, legten wir – Mr. Serle und ich – von Liverpool auf der *Victoria* ab, die Stadt New York war und ist unser Ziel. Inzwischen sind wir fast schon eine Woche auf dem Ozean, aber erst heute habe ich Zeit gefunden, mein Tagebuch zu beginnen. Ich kauere im Windschatten zwischen Fockmast und Kombüse, balanciere das Buch auf meinen Knien und halte das Tintenfass mit meinen nackten Füßen fest, damit es nicht über die geschrubbten Planken des Schiffs in den großen Atlantischen Ozean rutscht.

Fast wäre das Tintenfass schon über Bord gegangen, als das Schiff sich plötzlich in einer Windböe zur Seite neigte. Hätte Phoebe es nicht rechtzeitig gepackt, wäre es weg gewesen.

»Da bist du ja, Daniel«, sagte sie und reichte mir die eckige Glasflasche.

Ich bedankte mich noch, da eilte Phoebe bereits mit gesenktem Kopf davon. Sie ist ein afrikanisches Mädchen, zwölf Jahre alt vielleicht, und Dienstmädchen bei Mr. und Mrs. Horatio Greene. Jeden Morgen holt sie bei mir das Frühstück ab und erspart mir so die Mühe, es in ihre Kabine zu bringen.

Vielleicht sollte ich festhalten, was alles im Verlauf dieses letzten Jahres passiert ist, aber ich schrecke davor zurück, weil alles so traurig ist. Die grünen Weiden Irlands, der Gestank der verrottenden Kartoffeln, das hungernde Dorf, das Fieber, an dem meine Schwester Eliza und dann auch meine Eltern starben, mein niedergebranntes Geburtshaus – das alles sucht mich noch immer in meinen Träumen heim, weckt mich noch immer in der leeren Stille der Nacht. Dies und meine Flucht aus dem brennenden Schiff, der *Abigail*, die Leute in Liverpool, die mich versklavt hätten, mein Freund Mr. Serle, den ich im Überfluss der Küche jenes großen Hauses in England fand und der mich als seinen Kochlehrling einstellte – die Erinnerung überwältigt mich. Wenn ich in der Zukunft Frieden und Zeit zum Nachdenken finde, werde ich Worte für den brennenden Schmerz und die Geburt der Hoffnung finden. Irgendwann.

Heute kratzt meine Feder über dieses Papier, und das Heute ist es auch, das ich festhalten möchte. Heute und Morgen – das Abenteuer und die Angst, nach Amerika zu gehen.

Und jetzt zum Schiff – ich schreibe rasch, denn es gibt viel zu tun, und die Momente ruhiger See und leicht gesetzter Segel sind rar. Die Passagiere, die fünfzehn, die in den Kabinen schlafen, wandern auf dem Quarterdeck umher, um Luft zu schnappen, und schauen hinab auf die Passagiere des Zwischendecks. Die etwa hundertfünfzig armen Seelen, die zusammengepfercht dort unten im Zwischendeck leben, bewegen sich ebenfalls im Freien auf dem Teil des Hauptdecks, dessen Benutzung ihnen erlaubt ist. Mr. Serle und Seymour, der Koch der Crew, haben ihnen ihre Tagesrationen ausgehändigt, und so warten sie nun, bis sie an die beiden großen Kombüsenöfen können, die an den Hauptladeluken festgebunden sind. Matrosen bewachen sie, damit kein Feuer überspringt.

Mr. Serle und ich kochen für die in den Kabinen reisenden Passagiere: Spezialgerichte wie gekochtes Hammelfleisch mit Kapern, Aufläufe aus Äpfeln und eingeweckten Kirschen,

Puddings und Punsch und Kuchen, wie die Herren sie nach ihrem abendlichen Kartenspiel lieben. Der dicke, dunkelhäutige Mann namens Seymour kocht für die Mannschaft gepökeltes Schweinefleisch mit Kohl und ruft sie dann zum Essenfassen. Seymour ist halb Afrikaner, halb Mohawk-Indianer und halb Ire, wie er mir erzählte, und er lachte, bis ihm der Bauch wackelte, als ich sagte, das sei nicht möglich, er könne doch nicht zusammen anderthalb sein. Er sei ein Kind der Menschheit, behauptete er, und wenn er eine Orientalin zum Heiraten finde, dann werde er vollständig sein.

Wir – Mr. Serle, Seymour und ich als Küchenhilfe – drängeln uns zum Arbeiten gemeinsam in der vollgestopften Kombüse, die fast ganz von dem riesigen Koloss des Eisenherds beherrscht wird. Die Schiffseigner erklärten dem Kapitän – der es wiederum an Mr. Serle weitergab –, wie wichtig der Ruf einer guten Küche für ein Passagierschiff sei, damit die erster Klasse reisenden Passagiere es weiterempfehlen. Viele der wohlhabenden Reisenden wechseln jetzt auf die Dampfschiffe, und der Kapitän möchte nicht mit einer Fracht aus Emigranten mit ihren Krankheiten alleingelassen werden, obwohl die Überfahrt der Auswanderer großen Profit abwirft.

Bei gutem Wetter sind alle hungrig auf dem Schiff. Wir stehen zeitig auf, um Koteletts zu braten, warmes Brot zu backen, Tee und Kaffee für das Frühstück um acht Uhr aufzubrühen. Der Kabinenjunge und ich bringen den Passagieren, die ihn bestellt haben, ihren Morgentee an die Betten.

Um zwölf Uhr verteilen wir ein Mittagessen aus kaltem Braten, eingelegtem Gemüse und süßen Brötchen. Um drei Uhr wird im Salon das Dinner unter Vorsitz von Kapitän und Obermaat serviert, die sich beide besonders um die Damen kümmern. Nach dem Dinner unterhalten die Herrschaften sich oder spazieren an Deck oder spielen Karten. Das Nachtmahl wird um halb acht Uhr abends gebracht. Bei allem, was es vorzubereiten gibt, Kochen und Bedienen und Spülen und wieder Kochen, sind wir von früh bis spät beschäftigt.

Bei schlechtem Wetter wird natürlich nur nach Weinbrand und Wasser und trockenem Zwieback verlangt. Und – Mr. Serle ruft mich, damit ich die Platten für das Mittagsbuffet in den Salon bringe. Ich muss aufhören.

Dienstag, 24. Oktober 1848

Vergangene Nacht schlief ich rasch ein und konnte auch eine Weile durchschlafen. Dann war ich im Traum plötzlich hellwach. Lärm hatte mich aufgeschreckt – das Klatschen der Wellen gegen einen hölzernen Rumpf. Ich befinde mich auf einem Schiff, segle auf einem Meer rastloser Brecher, die ihre Gischt in den milchigen Himmel sprühen. Der Horizont ist ein leerer Raum. Wo bin ich?, frage ich mich im Traum. Wo bin ich? Und während ich mir diese Frage stelle und mich dorthin sehne, wohin das Schiff sich bewegt, taucht Land auf, eine graue Masse vor grauem Himmel, aber rasch werden die Farben schärfer, das Land grüner und grüner und der Himmel blauer, als das Schiff sich nähert.

Das Schiff legt an. Wo bin ich?, frage ich wieder. Keiner antwortet. Ich kann einen Pfad erkennen, der sich einen samtgrünen Hang hinaufschlängelt, einer Kluft zwischen üppigen Hügeln zu. Ich trotte ins Land hinein, wie immer mit nackten Füßen auf sonnenwarmem Staub. Auf einer Steinbrücke überquere ich einen Fluss und sehe dort, wo die Straße eine Biegung macht, die weißen Katen meines Dorfes entlang der Straße. Freude steigt in mir auf.

Ich eile voran und rufe: »Mutter! Vater! Eliza! Daniel! Ich komme nach Hause!«

In der Katentür tauchen Gestalten auf. Ich sehe meine Mutter, meinen Vater, meine Schwester und meinen Bruder.

Sie sind dünn wie Stecken, in wehende graue Fetzen gewickelt.

»Geh weg, Mina! Geh weg!«, warnt meine Mutter mich.

Rauch steigt durch die verkohlten Dachsparren des Katendachs. Sie verhungern in dieser Ruine. Während ich auf sie zuhaste, werden meine Mutter, mein Vater, meine Schwester eins mit dem aufsteigenden Rauch. Zuerst verschwinden ihre Gliedmaßen, dann ihre Rümpfe, aber noch kann ich ihre Gesichter erkennen. Dann beginnen auch diese zu verblassen. Ich werde sie für immer verlieren.

»Kommt zurück!«, rufe ich. Ich greife nach ihnen und entdecke dabei, dass ich ein Bündel in meinen Armen halte. »Seht das Kind.« Ich versuche, das in ein Tuch gewickelte Kind hochzuheben. Keine Antwort. Nur mein Bruder steht allein an der Tür.

»Folge mir, Mina«, ruft mir mein Bruder zu und rennt hinaus auf die staubige Straße. »Folge mir!«, ruft er, und seine Gestalt wird immer kleiner und kleiner vor mir in der Ferne.

Das Kind in meinen Armen beginnt zu weinen, ein dünnes, wimmerndes Klagen. Ich stolpere die Straße entlang und versuche, die fliehende Gestalt meines Bruders im Blick zu behalten. Eine Hand berührt mich am Arm. Jemand beugt sich über mich, sein Gesicht ist meinem nah.

»Mr. Serle!«, rufe ich. »Helfen Sie mir!«

Mr. Serles ruhige Stimme spricht mir leise ins Ohr: »Es gibt nichts, was ich dir geben kann, nichts, was ich von dir möchte, Mina.«

Da wurde ich wach, und weil ich in meiner Aufregung vergaß, dass ich mich in dieser schmalen, niedrigen Koje befand, setzte ich mich auf und schlug mir meinen Kopf am Brett über mir an. Mr. Serle schien hinter seinem Segeltuchvorhang auf der anderen Seite des Vorratsraums meinen überraschten Schmerzensschrei gehört zu haben, denn er murmelte im Schlaf. Aber das Knarren des Schiffes und das unter uns schießende Wasser übertönten alle anderen Geräusche, und er wurde nicht wach.

Den ganzen Tag über musste ich an meinen Traum denken. Noch immer spüre ich den Kummer. Und auch, dass mein Name fiel.

Die Wahrheit ist nämlich folgende: Ich gebe vor, Mr. Serles Neffe zu sein, gebe vor, einen Jungennamen zu tragen. Ich behaupte, Daniel Serle zu sein, wobei mein Freund mir seinen Nachnamen geliehen hat, der Rufname ist der Name meines Bruders Daniel, aber auch der Name von Mr. Serles Sohn, der vor drei Jahren in Rom gestorben ist. Tatsächlich heiße ich Mina Pigot.

Obwohl Mr. Serle mich im Traum so kalt angesprochen hat, ist er im wachen Leben sehr hilfsbereit – erst hat er mich im letzten Frühjahr als Kochlehrling in einem großen Landhaus eingestellt, in dem er der Chefkoch war, und jetzt bin ich sein Küchengehilfe auf diesem Schiff, damit wir uns die Überfahrt nach Amerika verdienen. In Liverpool rettete Mr. Serle mich vor versuchter Notzucht. Abgesehen von meinem Bruder in Amerika ist er der Einzige, dem ich vertraue. Und das wird einigen seltsam vorkommen, denn er ist Jude.

Als wir uns unseren Plan für die Reise nach New York zurechtlegten, wo ich hoffe, meinen Bruder Daniel Pigot ausfindig zu machen, und Mr. Serle Arbeit und Freiheit zu finden hofft, fragte ich ihn, ob wir nicht heiraten könnten. Ich dachte, dies würde uns in einer gefährlichen Welt Sicherheit gewährleisten. Mr. Serle sagte *nein*. Ich sei mit fünfzehn zu jung zum Heiraten, erklärte er mir. Außerdem trauere er noch immer um seine Frau, und falls er jemals wieder bereit sei zu lieben, werde er nur jemanden gleichen Glaubens heiraten. Und dann sagte er noch etwas, das mich sehr erstaunt hat: dass die Ehe keine Sicherheit biete, auch wenn man uns lehre, dies zu glauben.

Heute Morgen befragte ich ihn dazu. Ich saß auf einem Hocker im Winkel der engen Kombüse und entkernte Rosinen – immer eine langwierige Aufgabe –, und Mr. Serle zeigte mir nebenbei, wie man Gemüse kunstvoll schneidet, um damit gekochtes Rindfleisch zu garnieren.

»Siehst du«, sagte er und schnitt eine Steckrübe in ordentliche Stäbe, »ich schneide so viel weg, bis ich drei regelmäßige Seiten habe, dann schneide ich in der Querrichtung gleichmäßig Dreiecke ab, die ich dann in Butter schwenke.«

»Verstehe«, antwortete ich, aber dann, weil mir seine Worte nicht aus dem Kopf gehen wollten: »Warum bietet die Ehe keine Sicherheit?«

Mr. Serle blickte zu mir auf, ein wenig verwundert vielleicht wegen des Themenwechsels. Bevor er etwas erwiderte, löffelte er das klein geschnittene Gemüse in den Stieltopf. »Liebe öffnet uns dem Schmerz«, sagte er auf seine ruhige Art. »Ich liebte meine Frau, konnte aber ihren kranken Körper oder ihren verzweifelten Geist nicht heilen, als unser Sohn ertrank und sie krank wurde, weil sie sich für seinen Tod verantwortlich fühlte. Je größer die Liebe, desto größer der Schmerz zu wissen, dass wir hilflos sind und keine andere Seele zu retten vermögen. Es gibt nichts Schrecklicheres.«

»Wäre dies ein Grund, nicht zu heiraten?«, fragte ich ihn, obwohl mir die Traurigkeit seiner Worte die Kehle zuschnürte.

Mr. Serle überdachte die Frage, das Messer in der Hand haltend, die dunklen Augen auf ein geistiges Bild konzentriert. »Nein«, sagte er schließlich. »Nein. Aber Liebe erfordert Mut.« Er seufzte. »Welche Form soll ich als Nächstes machen?«, und ich entnahm dieser Frage, dass er es nicht mehr ertrug, länger über die Liebe zu sprechen.

»Können Sie Karotten auch in Rechtecke schneiden?«, fragte ich ihn, und er zeigte mir, wie einfach das ging.

»Und das«, kündigte er an und bewegte sein Messer blitzschnell, um Kartoffelherzen zu schneiden.

An Land, wo an stillen Abenden in der Küche des großen Hauses Zeit war und wir unter uns sein konnten, schien alles seine Richtigkeit zu haben. Auf dem aufgewühlten Ozean, wo wir nichts weiter als eine zusammengepferchte Seelenfracht sind, kommen mir Zweifel. Wie ich mich jetzt auf die Seeleute verlasse, dass sie dieses Schiff sicher steuern werden, habe ich mich in jenen Monaten in England für mein inneres Gleichgewicht auf Mr. Serle verlassen. Er ermutigte mich, von der Vergangenheit zu erzählen und das Gute zu erkennen, das sich dem Bösen widersetzt. Er erzählte mir seinen Traum von einem neuen Leben, frei vom Hass, der die Verordnungen des Papstes für das jüdische Viertel in Rom diktiert hat. Ich lernte – und spürte Hoffnung, indem ich mich mit ihm austauschte. Nun, da wir unterwegs sind, verwirren die wilden Wellen und dieser beängstigende, endlose Überfluss an Wasser meine Gefühle. Was mir gewiss und sicher schien, weht davon wie die hohen, dünnen Streifenwolken, die über den Himmel ziehen, ehe sich ein Unwetter zusammenbraut.

Nun, offenbar kann ich mich nicht deutlich ausdrücken. Ich versuche, mein Buch zur Wahrheitsfindung zu nutzen, aber noch kenne ich meine Wahrheit nicht.

November –

Bis heute hatte ich keine Gelegenheit mehr, etwas aufzuschreiben. Am frühen Abend hat der Wind abgeflaut, der Ozean ist ruhig. Wir fahren, gleiten beinahe, denn die Bewegung des Schiffes scheint jetzt ganz sanft zu sein, nach Süden. Wir können Amerika sehen! Zu unserer Rechten liegt ein flaches Ufer, darüber ein großartiger Sonnenuntergang in flammendem, sattem Aprikosengelb, Blutrot und blassem Gold. Morgen wird es klar und kalt werden, sagen die Matrosen. Aber uns kümmert das Wetter nicht mehr, denn im Morgengrauen wird der Lotse heraus- und zu uns aufs Schiff kommen, um uns sicher an den Riffen und Inseln vorbei in den Hafen von New York zu steuern.

Wenn ich an die vor uns liegenden Tage denke, erfüllt mich die Sehnsucht nach meinem Bruder. Die Angst, er könnte tot oder in die Wildnis aufgebrochen sein, wo ich ihn nicht finden kann, dreht mir das Herz im Leibe um. Doch da die Arbeit des heutigen Tages getan ist, wende ich mich zum Zeitvertreib meinem Tagebuch zu, damit ich mir keine Katastrophen ausmale. Auch Mr. Serle sitzt in der langsam schwindenden Wärme der Kombüse und liest einen seiner Romane. Das schwankende Licht der dank seiner komplizierten Vorrichtung immer im Lot hängenden Öllampe wirft seinen Schein auf sein dunkles, über die Seite gebeugtes Haupt. Wir sitzen ganz nah zusammen, und doch kommt es mir vor, als sei er weit weg, eingetaucht in einen Ort der Fantasie, der ihm Trost spendet.

»Was lesen Sie?«, fragte ich ihn vorhin, als wir es uns bequem machten.

»Das Buch heißt *Jane Eyre*«, sagte er. »Vergangenen Winter hat man in London überall davon gesprochen. Ich habe mir erlaubt, es mir heute Abend aus der Schiffsbibliothek auszuleihen.«

Ich selbst lese keine Romane. Tatsächlich hat Mr. Serle mir vorgeworfen, ich würde, soweit er das beurteilen könne, überhaupt nicht lesen. Als wäre er ein echter Onkel und für meine Bildung verantwortlich, ermahnte er mich, meinen geistigen Horizont zu erweitern.

»Gefällt Ihnen die Geschichte?«, fragte ich.

»Das weiß ich noch nicht«, antwortete er. »Am Anfang scheint es um ein Kind zu gehen.«

Der Erzähler einer Geschichte weiß von Anfang an, welche Ereignisse für seine Charaktere von Bedeutung sein werden, und vermag die Geschichte dem anzupassen. Im tatsächlichen Fluss des Lebens verfügen wir nicht über dieses Vorwissen. Ich muss niederschreiben, was heute Abend für mich wichtig ist, und abwarten, bis die Zeit mir sagt, ob ich Aromen gekostet habe, die sich letztendlich zu einem raffinierten und vollendeten Mahl vermischen werden, oder ob ich mir nur von einem Buffet einfacher Gerichte wahllos Speisen auf meinen Teller gehäuft habe. In meinem Tagebuch spreche ich nur mit mir selbst; aber dennoch werde ich in einem neuen Anlauf die Geschichte so beginnen, wie es sein sollte.

Das Schiff bezwang mit gehissten Großsegeln die schreckliche Schönheit der grünen Wellen mit ihren sich kräuselnden Schaumkämmen. Die ersten Tage begleiteten Seemöwen unsere Fahrt, doch bald schon verließen sie uns und flogen wohl zurück aufs sichere Festland. Ein kluge Entscheidung, denn wir hatten mit rauer See und kaltem Gegenwind zu kämpfen. Wir passierten Cape Clear, das Landende von Irland, ohne hinter dem wogenden Wasser auch nur einen Streifen grünen Weidelands oder grauen Steins zu erkennen. Die Passagiere des Zwischendecks hatten eine harte Zeit, denn da die Gischt der Meereswellen sogar tagsüber ihr Feuer zu überspülen drohte, wurde es ihnen nicht gestattet zu kochen.

Da es meine Aufgabe ist, Tee in die Kabinen zu bringen und die Mahlzeiten zu servieren, lernte ich die Passagiere kennen. Der berühmte englische Schriftsteller Mr. Simpkens hat immer ein freundliches Wort oder ein Lächeln für mich. »O Steward«, sagt er zu mir und gibt mir mit einem Augenzwinkern zu verstehen, dass er mich nicht wirklich für den Steward hält. Ein weiterer berühmter Passagier ist

Madame Anna Moses, eine Opernsängerin, die mit ihrer Tochter Stellina reist, was, wie Mr. Serle sagte, kleiner Stern auf Italienisch bedeutet – ein sehr romantischer Name. Ihre Zofe Luly und ein bärtiger Mann, Mr. Sadick Meyer, ihr Bruder und zudem Pianist, begleiten sie.

Madame Moses ist eine sehr schöne Frau. Sie ist größer als ich und hat eine anziehend weibliche Figur, was ich von mir nicht behaupten kann, da ich dünn wie eine Bohnenstange bin. Ihr Haar ist sehr dunkel, und sie trägt es in zwei glatten Schwingen, die sich hinten zu einem dicken geflochtenen Knoten vereinen, der hoch genug festgesteckt ist, um ihren weißen Nacken zu entblößen. Ich glaube, ich könnte es noch mehr bewundern, wenn ich nicht wüsste, dass die Hälfte davon ein falscher Zopf ist, der jeden Morgen wie eine schwarze Schlange auf ihrem Kabinentischchen liegt. Auch ihre Augen sind dunkel und stehen weit auseinander. Ihre Haut ist sehr blass. Sie trägt immer nur schwarz, ein schlichtes Wollkleid mit schwarzem Zopfbesatz für den Morgen und ein langes schwarzes Seidenkleid mit tiefem Ausschnitt, der ihren weißen Busen entblößt, für das abendliche Dinner der Passagiere des Oberdecks. Sie trauert um ihren Ehemann, der im vergangenen Frühjahr sein Leben ließ, weil er in Paris für die Freiheit kämpfte – erzählte Mr. Serle. Das einzig Farbige an Madame Moses sind ihre goldenen Ohrringe und ihre rosigen Lippen.

Für Mr. Serle ist sie eine Augenweide. Wenn sie in ihren schwarzen, pelzverbrämten Umhang gewickelt an Deck auf und ab schreitet, steht er manchmal ganz still vor der Kombüsentür. Außerdem bereitet er spezielle Gerichte für sie zu. Bei schlechtem Wetter gibt die Kuh wenig Milch, aber er macht dennoch mit Orangenblütenwasser gewürztes Flammeri für sie, weil er weiß, wie gern sie das mag.

Wenn Madame Moses nicht seekrank ist, übt sie ihre Musikstücke im Salon. Ihr Bruder, Herr Meyer, wie Mr.

Serle ihn nennt, begleitet sie auf dem Klavier. Dann scharen sich die anderen Gäste um sie, um zu lauschen und murmelnd ihrer Bewunderung Ausdruck zu verleihen, was sie mit einem Lächeln entgegennimmt. Eines ruhigen Tages, als ich die Zutaten für die Dinnertafel bereitstellte, sang sie das *Ave Maria*. Es trieb mir die Tränen in die Augen. Einem Menschen, der der Welt etwas so Schönes zu geben vermag, könnte man viel verzeihen.

Madame Moses überlässt die Sorge für ihr Kind der Zofe Luly. Wenn ich den Morgentee bringe, spielen Luly und Stellina zusammen. Häufig spielen sie mit Stellinas Puppe, oder Luly bringt Stellina das Alphabet oder kleine Lieder bei. Madame Moses sieht ihnen dann zu und lächelt zustimmend, aber sie scheint vor allem ihren eigenen Gedanken und ihrer Musik nachzuhängen.

An einem der ersten Tage hatten Luly, Stellina und ich am Vormittag den Salon für uns. Der Steward war in seinem Anrichtezimmer beschäftigt, und die meisten Passagiere lagen in ihren Kojen, weil sie wegen des auf der kabbeligen See schlingernden Schiffes vor Übelkeit nichts essen konnten. Luly und Stellina nutzten die Freiheit, um Verstecken zu spielen. Luly schloss die Augen und zählte bis zwanzig, während Stellina hin und her huschte und nach einem Versteck suchte. Als ich die Salontür aufstieß, um in die Kombüse zurückzukehren, kreischte Stellina: »Du kriegst mich nicht!«, und rannte an mir vorbei an Deck.

Während wir uns drinnen aufgehalten hatten, waren die Wellen höher geworden. Matrosen kletterten in der Takelage nach oben, um die Segel einzuholen. Vielleicht wendete der Steuermann das Schiff, vielleicht erwischte uns eine tosende Welle. Als Stellina nach draußen rannte, schlingerte das Schiff jedenfalls heftig, und ein Wellenkamm stieg über seine eintauchende Reling und überspülte das Deck. Das Kind wurde davon erfasst und glitt mit dem flutenden Wasser weg. Ich stürzte mich hinterher, kriegte es auch zu fassen, kam aber selbst nicht mehr auf die Füße. Der heftige Stoß des Brechers schleuderte uns beide über das sich neigende Deck, erst auf das Heck des Schiffes zu, dann wieder zurück über das Deck an die gegenüberliegende Reling, die nun an der Reihe war, einzutauchen und das dunkle Wasser zu trinken. Vermutlich wären wir beide wie zwei Schaumblasen in einem Eimer Schmutzwasser über Bord gespült worden, hätte ich nicht, als wir gegen die Reling geworfen wurden, einen Arm in der Takelung einhaken können, welche die Pardunen mit den Ketten verbindet, um Stellina auf diese Weise mit beiden Armen festhalten zu können, als eine neue Woge uns überschwemmte.

Ich weiß nicht mehr, was genau passiert ist. Ich spürte das Wogen und Schlingern des Schiffes, und schon spielte die schäumende Wellenkrone mit uns. Ich drückte Stellina fest an mich, schrie ihr ins Ohr, sie solle die Luft anhalten, solange das Wasser an uns zerrte, rang selbst nach Luft und klammerte mich fest. Das Schiff beruhigte sich. Schreie wurden laut, und Männer hoben uns auf.

»Du bist ein tapferer Kerl«, sagte eine raue Stimme. »Du kannst jetzt loslassen. Wir haben ein Tau um dich gewickelt.«

Ein großer, nach Tabak riechender Mann trug mich übers Deck. Im Salon drängelten sich die Menschen und plapperten alle durcheinander. Stellina und ich lagen in Wasserlachen. Luly rief Stellina bei ihrem Namen. Keuchend richtete ich mich zum Sitzen auf.

»Mein Schätzchen!«, hörte ich Madame Moses' schallende Stimme. Sie hielt ihre Tochter in den Armen.

»Mein Püppchen ist gerettet«, verkündete Stellina feierlich und zog ihre durchweichte Puppe aus der Tasche ihrer Kittelschürze und drückte sie sich an die Brust. »Daniel hat sie gerettet.«

Da fing ich zu schluchzen an und konnte mich gar nicht mehr beruhigen.

»Was ist denn mit dem Jungen los?« Die raue Stimme klang besorgt.

»Hol den Koch, Flint«, sagte der Steward. »Er ist mit dem Jungen verwandt.«

Jemand hockte sich neben mich und tätschelte meine Schulter. »Na, na, mein Junge«, murmelte eine Männerstimme, es war die von Herrn Meyer. »Beruhige dich doch.«

Aber ich konnte nicht aufhören.

»Pst, ganz ruhig«, sagte Mr. Serle mir ins Ohr. »Komm mit mir, Kind.«

Da ließ mein Weinen ein wenig nach. Mr. Serle legte einen Arm um mich und führte mich vom Salon in die Kombüse. Der Matrose mit der heiseren Stimme namens Flint kam ebenfalls mit. Das Meer hatte sich beruhigt, aber die Matrosen hatten ein Tau über Deck gespannt, damit man sich daran festhalten konnte. Mr. Serle hatte große Mühe, mich und sich selbst am Tau zu sichern, denn auch an ihn geklammert, hörte ich nicht zu weinen auf. Ich glaube, Mr. Serle trug mich, und Flint half Mr. Serle dabei. In der Wärme der Kombüse setzte Mr. Serle mich ab und sprach mit Flint.

»Holen Sie mir bitte die Decke aus meiner Koje unten?«, bat er ihn. »Du musst deine nassen Sachen ausziehen und dich aufwärmen«, sagte er zu mir.

Mr. Serle half mir, meinen von Meerwasser durchweichten Kittel auszuziehen. Als er das Herdgitter öffnete, um Holz nachzulegen, schrie ich beim Anblick der züngelnden Flammen vor Angst.

»Was ist denn los, mein Kind? Was ist denn so schrecklich?« Er kniete sich neben mich. »Du hast das kleine Mädchen gerettet. Du hast euch beide gerettet, dich und sie. Das hast du gut gemacht. Was ist los?«

Ich schluckte die Tränen hinunter und versuchte, es ihm schluchzend zu erklären. »Es war, als wäre ich wieder auf der *Abigail*«, sagte ich. »Ich habe ein Kind vom Schiff fallen sehen, als es in Flammen stand, und später sah ich seinen Körper in dem Schiffswrack, wo sie die Toten aufgebahrt hatten. Ein Mann legte dem Mädchen seine kleine Puppe auf die Brust. Daran habe ich mich wieder erinnert. Die Welt ist nichts als Gefahr und Tod, Tod und Gefahr. Und ich habe keine Mutter mehr, die mich an sich drücken kann.«

Mr. Serle hüllte mich in eine Decke und nahm mich dann in seine Arme. »Du bist sicher«, sagte er. »Du bist jetzt in Sicherheit, meine Liebe, Gott sei Dank. Nicht alle Gefahr führt zum Tod.«

Er hielt mich fest, bis mein Weinen ein wenig nachließ.

»Komm«, sagte er und stützte meinen Kopf mit seiner Hand, »du brauchst etwas Heißes zu trinken, damit dir warm wird.«

Die Tür der Kombüse schlug zu. Mr. Serle schreckte auf.

»Autsch!«, sagte ich.

Mein Haar hatte sich im Knopf von Mr. Serles Mantel verfangen. Wir benötigten Herrn Meyers Hilfe, damit er die Locke entwirrte und mich befreite. Seine geschickten Musikerhände hatten das schnell erledigt.

»Ich bin gekommen, um mich zu vergewissern, dass es dem Jungen gut geht«, sagte er, als wir wieder getrennt waren.

»Er ist durch und durch nass und steht immer noch unter Schock«, erklärte Mr. Serle ihm. »Er wird jetzt nach unten gehen, um sich umzuziehen, während ich einen heißen Grog für ihn bereite. Ich kann selbst auch einen Schluck vertragen. Und Sie auch«, sagte er mit Blick auf den Matrosen Flint, der linkisch neben dem Herd stand.

Der Mann schüttelte den Kopf. »Ich habe Zip versprochen, abstinent zu bleiben«, verkündete er. »Wenn der Junge sich erholt hat, gehe ich.«

Er stolperte aus der Tür. Ich fand meine Sprache nicht, um ihm für seine Hilfe zu danken.

»Wie heißt du, mein Junge?«, fragte mich Herr Meyer.

»Daniel«, antwortete ich zögernd. Es kam mir seltsam vor, diesen Namen auszusprechen, obwohl ich keine andere Wahl hatte.

Mr. Serle hielt die Luft an und legte mir wieder seine Hand auf den Kopf. Ich war genauso triefnass wie sein kleiner Sohn Daniel, als er diesen nach der Flut in Rom ertrunken aufgefunden hatte. Wieder liefen mir die Tränen über die Wangen, die getrocknet waren, als mich der Schmerz meiner ziependen Haare abgelenkt hatte. Ich griff nach Mr. Serles Hand.

»Ich bin nicht ertrunken«, stammelte ich.

Mr. Serle hielt für einen Moment meine Hand mit beiden Händen fest.

»Jetzt aber trockene Kleidung«, sagte er zu mir. Seine Stimme war streng, aber er sah mich freundlich an. »Nimm dir ein Licht mit hinunter.«

Im Vorratsraum rubbelte ich mir den nassen Kopf mit einem Tuch trocken und zog mich mit zitternden Händen um. Als ich die Leiter zur Kombüse wieder nach oben kletterte, unterhielten Mr. Serle und Herr Meyer sich leise, als würden sie sich schon lange Zeit kennen.

»Das Kind hat den Untergang der *Abigail* überlebt«, erklärte Mr. Serle gerade. »Sie hat Entsetzliches gesehen.«

Ich war fassungslos. Auch Mr. Serle schien durcheinander zu sein. Er vergaß meine Tarnung.

»Ich habe meine nassen Sachen mitgebracht«, sagte ich, noch immer benommen. »Ich muss sie in klarem Wasser ausspülen, um das Salz herauszubekommen.«

Mr. Serle meinte, das könne ich später erledigen. Jetzt

müsse ich mich hinsetzen. Er gab mir einen Becher heißen, süßen Tee mit Weinbrand darin. Der Alkohol ließ mich husten, aber die Wärme durchdrang mich auf angenehme Weise. Der Knoten in meinem Herzen löste sich ein wenig.

»Na!«, ergriff nun Herr Meyer das Wort. »Unser Held sieht aber gar nicht so triumphierend aus, wie er sollte!«

Er gab nicht zu erkennen, ob Mr. Serles Versprecher ihm aufgefallen war. Herr Meyer hat einen dichten, seidigen braunen Bart, den er beim Überlegen immer streichelt, und kluge Augen. Er war gekommen, um sich davon zu überzeugen, dass ich wohlauf war, und um sich für die Rettung seiner Nichte mit einem Geschenk zu bedanken. Das Geschenk waren Goldmünzen. Ich wollte sie nicht. Ich wollte kein Geld für ein Leben. Außerdem waren es die Matrosen, die sowohl Stellina als auch mich gerettet hatten. Herr Meyer beharrte darauf, aber Mr. Serle erklärte, es sei mein Recht, die Annahme des Geldgeschenks zu verweigern.

»Meine Schwester und ich würden gern unsere Dankbarkeit zeigen«, versuchte Herr Meyer es noch einmal.

»Das Kind wird Sie beim Wort nehmen«, erwiderte Mr. Serle.

Nachdem das Gespräch beendet war, schickte mich Mr. Serle zu meiner Überraschung in meine Koje.

»Aber die Arbeit muss doch gemacht werden«, wendete ich ein.

»Du zitterst doch immer noch. Ich möchte nicht, dass du krank wirst, nur weil du ein paar Stunden Ruhe nicht bekommst, wenn du sie am nötigsten hast«, entgegnete er.

Herr Meyer zog seinen Mantel aus und krempelte seine Hemdsärmel auf.

»Ich werde bei der Zubereitung des Dinners mithelfen«, verkündete er. »Es werden ohnehin kaum fünf Leute auf den Beinen sein, um es zu genießen. Ich bin der Reise überdrüssig.«

Mr. Serle lachte und nahm sein Angebot an. Als ich auf dem Weg zur Leiter an ihm vorbeikam, berührte er leicht meinen Kopf. »Wickle dich sowohl in deine als auch in meine Decke«, wies er mich an. »Wärm dich auf und komm hoch, wenn du ausgeruht bist und dich beruhigt hast.«

Am nächsten Morgen war der Ozean ruhiger und mein Geist auch. Ich ging wieder an Deck, um mich beim Matrosen Flint dafür zu bedanken, dass er mich davor gerettet hatte, über Bord zu gehen. Auf seine bärbeißige Art meinte er, das gehöre nun mal zum Seemannsleben und sei doch selbstverständlich. Danach standen wir eine Weile nebeneinander und sahen zu, wie das Dampfschiff mit Namen *Pride of Boston* an uns vorbeifuhr. Dunkler Rauch qualmte aus ihrem Schornstein, und ihr großes Schaufelrad schlug Gischt aus der See, als sie durchs Wasser pflügte.

»Sie wird schon in New York sein, wenn wir dort ankommen.« Flint spuckte über die Reling, ein dunkler Streifen des Tabaks, den er ständig kaute. »Sie schafft die Überfahrt in zwei Wochen.«

»Würden Sie denn gern auf ihr fahren?«, fragte ich ihn.

»Ich?« Flint schien die Frage zu überraschen. »Ich bin Seemann, kein Kohlenstocher.«

Von diesem Tag an unterbrach Flint jedes Mal seine Arbeit, wenn er mich sah, um sich mit mir zu unterhalten. Es waren beileibe keine langen Gespräche, und es ging auch nie um viel. Ich war immer in Eile, weil ich den Tee in die Kabinen bringen, Abfall über die Reling werfen, volle Platten in den Salon hinein- oder leere Platten heraustragen musste.

»Guten Morgen, Daniel«, sagt er mit seiner rauen Stimme.

Eines Morgens überraschte Flint mich mit einem Geschenk, einer Endloskette, die ganz aus einem Stück Holz geschnitzt war. Sie bestand aus acht Gliedern; was einst ein gerader, kräftiger Stock gewesen war, ließ sich nun bewegen und biegen. Es war ein seltsames kleines Ding, nutzlos, wie ich annahm, aber hübsch gemacht, glatt und glänzend, weil er es mit Öl eingerieben hatte. Flint hockte sich neben mich, als ich an der Reling sitzend einen Kochtopf schrubbte. Er roch nach Tabak, Teer und Schweiß.

»Da habe ich etwas für dich«, sagte er und drückte mir die Kette in die Hand.

Irgendwie machte es mir Angst, aber zugleich freute ich mich, ein Geschenk zu bekommen. »Oh«, sagte ich, als ich es ansah, und klang dabei offenbar erstaunt.

»Das habe ich selbst gemacht«, beeilte Flint sich zu erklären. »Siehst du, es ist aus einem Stück Holz. Nirgendwo geklebt. Ich habe es für dich gemacht.«

»Für mich?«, fragte ich. »Danke schön.«

Flint blickte sich rasch um. Keiner war in der Nähe. »Dann gib mir einen Kuss«, sagte er.

Erschrocken beugte ich mich zu ihm und küsste seine raue Wange.

»Danke«, sagte ich noch einmal.

»Guter Junge.« Flint gab mir einen Klaps auf die Schulter und war weg.

Erst als ich das Spielzeug in meiner Hand betrachtete, hatte ich Zeit, überrascht zu sein. Was habe ich getan?, fragte ich mich.

Ich erinnere mich, dass ich im späteren Verlauf dieses Tages mit Phoebe sprach. Nach dem Dinner ging ich zum Heck, um Spülwasser über Bord zu kippen. Sie stand dort, die braunen Hände fest an die Reling geklammert, und starrte auf die Schaumspur, die das Schiff für einen kurzen Moment im spurlosen Ozean hinterlässt. Ich kippte meinen Eimer aus.

»Was machst du hier?«, fragte ich sie.

»Könnte ich nach England zurückschwimmen, Daniel?«, wollte sie von mir wissen und sprach dabei mit hilfloser, zarter Stimme.

»Du würdest sicherlich ertrinken«, erklärte ich ihr. »Die Wellen würden dich sofort verschlucken.«

Ich war froh, dass wir auf Amerika zueilten. Selbst jetzt, da ich dies niederschreibe, spüre ich meine Ungeduld.

»Warum möchtest du denn nach England zurückkehren, Phoebe?«, fragte ich sie.

»Mr. Meyer hat sich mit mir unterhalten.« Das Mädchen sah mich an. Seine Augen waren feucht, ob vom Wind oder vor Kummer, konnte ich nicht sagen. »Er hat mich gefragt, warum ich nicht in dem Land geblieben bin, in dem ich frei bin.«

»Oh«, sagte ich, »ich wusste nicht, dass du unfrei bist.«

»Ich gehöre Mrs. Greene«, berichtete Phoebe und wandte ihren Blick wieder von mir ab und den Wellen zu. Ich musste meinen Kopf neigen, um ihre Worte zu verstehen. »Sie hat mich und meine Mutter von ihrer Mutter übernommen. Letztes Jahr hat Mr. Greene alles verkauft und nur noch mich als Zofe von Mrs. Greene behalten. Dann fuhren wir nach England. Ich denke, es ging darum, Geld von seiner Familie zu bekommen. Offenbar hat es geklappt, denn jetzt kehren wir nach Richmond zurück.«

»Vielleicht siehst du ja deine Mutter wieder.« Ich wusste nicht recht, was ich sagen sollte.

»Nein, nein«, widersprach Phoebe mit ihrer sanften Stimme. »Meine Mutter ist verkauft worden.«

»Es tut mir so leid.«

Was ist trauriger – die Gewissheit zu haben, dass deine Mutter auf dem grünen Dorffriedhof begraben liegt, oder dich ohne Hoffnung immer wieder zu fragen, wo sie wohl ihr Haupt betten mag?

»Mr. Meyer sagte, wäre ich in England davongelaufen, hätte keiner mich zwingen können, wieder nach Virginia zurückzukehren.« Phoebe sprach mehr zu sich als zu mir. »Warum hat mir das keiner gesagt?«

Ich schwieg. Ich wusste es nicht.

»Hattest du Freunde in England?«, fragte ich sie schließlich unbeholfen.

Phoebe schüttelte den Kopf. »Nur die Bediensteten im Haus von Mr. Greenes Vater. Die Haushälterin hat mir zusätzlich Näharbeiten übertragen und mir dafür auch Geld bezahlt.«

Phoebes Gesicht erhellte sich ein wenig, als sie das erzählte.

»Dann scheinst du gut nähen zu können«, sagte ich.

»Ja, das kann ich.« Plötzlich lächelte Phoebe. Mit den in ihrem braunen Gesicht aufblitzenden weißen Zähnen sah sie hübsch aus. »Die Frau hat mir Kleider gegeben, die sie nicht mehr haben wollte. Ich kann sie für mich zurechtmachen. Oder vielleicht verkaufe ich sie auch.«

Wir schwiegen. Ich sah, dass Phoebe auf ihrer Wange einen Fleck hatte, der wesentlich dunkler war als der warme Kaffeeton ihrer Haut. Ohne dass sie es mir erzählen musste, wusste ich, dass Mrs. Greene sie schlug. Phoebe blickte zu mir auf, und ihr Gesichtsausdruck veränderte sich.

»Was ist denn?«, fragte ich sie.

»Oh!«, sagte sie. »Wenn dir die Sonne im Rücken steht, scheinen deine roten Locken zu brennen.«

Der Schreck schien sich in meinem Gesicht zu spiegeln. Ich wusste, was brennen hieß.

»Ich will damit sagen, es ist wunderschön«, ergänzte sie rasch. »Ich wünschte, du könntest es sehen.«

Ich überspielte meine Verwirrung, indem ich meinen Eimer nach unten ließ, um ihn auszuspülen. Es bedarf großer Umsicht, das Seil sicher an der Reling zu vertäuen und gut am Griff des Eimers festzumachen. Als ich damit fertig war und das Seil wieder aufgerollt hatte, war Phoebe verschwunden.

Ein paar Tage nach dieser Unterhaltung mit Phoebe nahm die *Victoria* Kurs Richtung Süden. Außerhalb unserer Sichtweite befand sich Land zu unserer Rechten. Irgendwo jenseits des Horizonts erhoben sich die Klippen einer großen Insel – Neufundland. Wir segelten in dicken Nebel hinein, und die Matrosen wechselten sich damit ab, Tag und Nacht die Glocke zu läuten. Selbst wenn sie schwieg, dröhnte mir der Klang im Kopf. Als es aufklarte, kamen Vögel angeflogen, kreisende Möwen, die, sobald jemand Abfall über Bord warf, kreischend danach tauchten. Am Horizont sahen wir Fischerboote, aber keins war nah genug, um ein Signal zu geben.

Ich glaubte, Land zu riechen, aber als ich darüber mit Mr. Serle sprach, lächelte er nur und meinte, ihm sei das noch nicht aufgefallen.

»Wie riecht es denn?«, wollte er wissen.

»Wie gebrannter Zucker und geröstete Mandeln«, erwiderte ich.

»Besser als der Geruch von Teer, der einen überall an Bord dieses Schiffes verfolgt«, meinte er und hob den Porridgetopf vom Feuer. »Ich freue mich schon auf die Veränderung.«

Wir hatten jedoch kaum Zeit, die Vorstellung vom nahenden Ende unserer Reise zu genießen, denn nachdem das Frühstück serviert und abgeräumt war, schlug das Wetter erneut um. Vor dem Abendessen brach ein gewaltiger Sturm über uns herein.

Gewarnt von der in der Takelage sitzenden Schiffswache, wies der Kapitän alle verfügbaren Kräfte an, das Schiff darauf vorzubereiten. Die Passagiere des Zwischendecks, die begierig nach oben gekommen waren, um die Vögel und die Fischerboote zu sehen, wurden wieder in ihre Unterkünfte zurückgetrieben. Mr. Serle, der Steward und ich sicherten die Spirituosentruhe im Salon und vergewisserten uns, dass die Kabinenpassagiere Zwieback und Wasserkannen für die Zeit hatten, die wir in unseren Räumen bei dicht gemachten Luken eingesperrt sein würden.

»Mir gefällt das«, erklärte der Steward. »Der Wind wird hart von Nordosten blasen. Wenn wir nicht in die leeseitig gelegenen Untiefen abgetrieben werden, kommen wir auf diese Weise umso schneller nach New York.«

Mr. Serle starrte den Steward an. »Es wäre mir lieber, eines trockenen Todes zu sterben«, sagte er.

Wir sorgten dafür, dass sämtliche Feuer vollständig gelöscht und keine Lampen angezündet waren. Bis der Sturm vorüber war, durfte keiner Pfeife oder Zigarre rauchen. Das hatte der Kapitän bestimmt. Alles Brennbare ist bei Unwetter gefährlich. Sobald Mr. Serle und ich im Salon fertig waren, eilten wir übers Deck in die Kombüse und in den Lagerraum darunter. Dunkle Wolken ballten sich im Norden und Osten, aber auch im Süden zusammen und bewegten sich dick und gewaltig vom Horizont auf den Zenit zu. Das Schiff segelte direkt in eine schwarze Wand hinein.

Seeleute kletterten von der Takelage des Schiffs herunter an Deck, wo man zur Sicherheit Taue gespannt hatte. Vor einem Sturm schnallen die Seeleute sich einen Gürtel um. Damit binden sie sich dann an einer Leine fest, damit sie von den Wellenbrechern nicht weggeschwemmt werden, wie dies Stellina und mir beinahe passiert wäre.

»Pumpen fertig«, schrie der zweite Maat.

In der Kombüse holte Mr. Serle die Asche aus dem Eisenherd, tränkte sie mit Meerwasser und kippte sie dann über Bord. Nachdem ich alle Töpfe und Pfannen im leeren Herd verstaut hatte, trieb ich die Hühner in den Hühnerstall.

Wenn der Sturm vorbei war, würde Mr. Simpkens wie gewohnt sein Frühstücksei haben wollen. Dann ging ich nach unten, um nachzusehen, ob der Vorratsraum fertig war. Ein Matrose kam, um uns zur Eile anzutreiben.

»Die Luke hinunter, ihr beiden«, sagte er schroff. »Ich hab schon mal einen Nordwind erlebt, der eine Kombüse wegfegte. Also runter mit euch, damit ich alles sichern kann.«

Kurz darauf waren Mr. Serle und ich in der Dunkelheit eingeschlossen. Ich tastete mich vor zu meiner Koje, legte mich mitsamt meinen Kleidern hin und wickelte mich in meine Decke. Anfangs waren die Geräusche – das Knarren und Ächzen des Schiffs, die dumpfen Schritte über uns an Deck – noch vertraut. Nach und nach jedoch übertönten das Pfeifen des Windes und der Widerhall der gegen den Schiffsrumpf schlagenden Wellen alles andere.

Mr. Serle sprach nicht. Das Schiff bewegte sich noch nicht allzu heftig, und so döste ich ein. Minuten oder Stunden später, ich habe auch jetzt keinerlei Möglichkeit, das abzuschätzen, wurde ich schlagartig wach. Das Schiff arbeitete sich durch das aufgewühlte Meer. Wie Korbgeflecht unter einem ruhelosen Schläfer oder ein Feuer aus trockenen Zweigen knackte und knisterte die *Victoria*. Jeder ihrer Balken schrie mit seiner eigenen schrillen Stimme – ein Chor der Qual! Jeden Moment konnten die Planken auseinanderbrechen und die See brausend über uns herfallen. Unser Feuer würde wieder auflodern, fürchtete ich. Vielleicht würde bald alles verloren sein.

Ich lag eingesperrt in meinem Bett und spürte den Herzschlag in meiner Brust. Ob das Dröhnen in meinen Ohren der Pulsschlag meines Blutes war oder der Zusammenklang von Wind und Meer, die nur wenige Meter von mir entfernt tosten, wusste ich nicht zu sagen. In mein Hemd, das einst meinem Bruder gehört hatte, ist der goldene Ring mit dem roten Stein eingenäht, den meine Mutter mir gab, ehe sie starb. Ich zog an meinem Hemd, bis ich den kleinen runden Reif in meiner Hand halten konnte. Dieser Ring, der Ring meiner Mutter, verbindet mich mit allem, was gut war in der Vergangenheit, und tröstete mich. Ich döste wieder ein.

Durch einen Knall wurde ich wach. Das Schiff erbebte und kippte nach rechts. Wieder ein Knall, und es kippte nach links und warf mich dabei aus meiner Koje auf die rauen Planken des Fußbodens. In der beängstigenden, lauten Dunkelheit kroch ich über den geneigten Boden des Vorratsraums. Meine Schulter schmerzte. Ich schrie. Bei dem Tumult war ich mir nicht einmal sicher, ob es statt meiner nicht der Wind war, der da schrie.

»Mina! Mina!« Ich hörte meinen Namen.

»O Gott! Was ist los?«, keuchte ich. Und dann: »Wo sind Sie?«

»Hier, ich bin hier.« Es war Mr. Serle. »Ist alles in Ordnung mit dir?«, schrie er gegen den ohrenbetäubenden Lärm an.

»Ich bin aus meiner Koje gefallen«, antwortete ich.

Ich tappte umher. Da war die Kante meiner Koje, hier die flache Tür des verschlossenen Vorratsschranks. Kriechend bewegte ich mich auf Mr. Serles Koje zu. Ich streckte meine Hand aus. Eine kräftige Hand packte sie.

»Ich bin hier.« Mr. Serle versuchte, mich mit fester Stimme zu beruhigen.

»Ich habe Angst.« Das Entsetzen schnürte mir fast die Kehle zu.

Mr. Serle sagte etwas, das ich nicht verstehen konnte.

»Was?«, fragte ich zurück. Ich kauerte auf dem Boden neben Mr. Serles niedriger Koje und drückte die Hand, die er mir hinhielt.

»Ich habe gebetet.« Mr. Serles Stimme war eine Insel der Ruhe im heulenden Wind.

»Ich werde auch beten«, sagte ich, ließ aber Mr. Serles Hand nicht los.

Obwohl es dunkel war, presste ich meine Augen fest zu. Wir sprachen jeder unsere eigenen Worte, Mr. Serle in der hebräischen Sprache seiner Religion und ich auf Englisch, wie meine Mutter es mir auf ihrem Knie beigebracht hatte. Der Wind heulte, und das Schiff knackte und übertönte unsere Gebete.

Als unsere Stimmen erstarben, fühlte ich mich ruhiger. Doch ich hielt weiterhin Mr. Serles Hand umklammert. Offenbar lag er in seiner engen Koje auf der Seite und streckte den linken Arm über meine Schulter aus, um mir in dem schlingernden Schiff Halt zu geben. Im Dunkeln war mir sein Gesicht sehr nah. Ich roch Lorbeerblätter und den würzigen Duft seiner Rasierseife. Als er dann sprach, spürte ich seinen Atem an meiner Wange.

»Ist alles in Ordnung mit dir?«, fragte er mich.

»Meine Schulter tut mir weh«, sagte ich ihm.

»Vielleicht wärst du in deiner Koje sicherer untergebracht?«

»Ich will hierbleiben«, erklärte ich. »Ich möchte nicht allein sterben.«

Ehe Mr. Serle etwas erwidern konnte, setzte irgendwo unter uns im Schiff fürchterliches Geschrei ein. Wir erkannten den Schmerz menschlicher Stimmen inmitten des unmenschlichen Sturmgeheuls.

»O Gott«, sagte ich. »Es ist eine Totenklage. Eine arme Seele ist gestorben.«

Was konnten wir tun? Wir waren an diesen Sarg von einem Schiff gefesselt. Ich verschloss meine Augen vor der Dunkelheit und hielt die starke Hand, die mich beschützte. Ich stellte mir Mr. Serles Gesicht vor: seine schwarzen Augen mit ihren schweren Lidern, den Bogen seiner schwarzen Augenbrauen, seine straffe Wangenpartie, das ironische

Lächeln, die dunklen Locken, die ihm in die hohe Stirn fielen. Ich wünschte, beide Arme um ihn schlingen und meinen Kopf auf seine Brust betten zu können. Ich war so müde.

Als ich wach wurde, hatte sich der Lärm des Schiffs beruhigt, die Luke war offen und ließ einen kalten Luftzug und einen schmalen Streifen Tageslicht herein. Ich lag warm zugedeckt auf dem Boden. Offenbar hatte Mr. Serle die Decke über mir ausgebreitet.

Ich kniete mich an Ort und Stelle hin und sagte meine Gebete auf, um der Heiligen Jungfrau dafür zu danken, dass wir gerettet waren. Über mir hörte ich Mr. Serles tiefe Stimme in der Kombüse und Seymours Brummeln, während er mit den Pfannen schepperte. Ich musste rasch die Leiter hoch, um ihnen zu helfen. Seit gestern Morgen hatte keiner mehr etwas zu sich genommen. Sie würden bereits jammern.

Das Schiff überstand den Sturm weitgehend unbeschadet. Einer der Masten war ein wenig beschädigt, weil die Takelage vom Sturm weggerissen worden war, aber die Matrosen reparierten das über unseren Köpfen hockend und einander wie Vögel im Wald zurufend.

Im Zwischendeck war ein alter Mann gestorben. Vielleicht weil er krank gewesen war, vielleicht hatte aber auch im Dunkeln sein Herz ausgesetzt. Einer der Matrosen nähte den Leichnam in das Tuch ein, das ihn zu Lebzeiten gewärmt hatte. Als Ballast banden sie einen Stein mit ein. Ehe die Kabinenpassagiere aus ihren Betten waren, fand auf dem Hauptdeck ein Gottesdienst statt. Der Kapitän trug ein Gebet vor, und die Seeleute senkten das Bündel ins Meer. Jemand – wahrscheinlich ein Sohn oder eine Tochter – warf ein kleines Kreuz hinterher, das sich bald in den Wellen verlor.

Das war das schlimmste Ereignis. Zu einem weiteren bedauernswerten, aber nicht ganz so schlimmen Unfall kam es, weil der Sturm mit Schneeregen übers Deck gefegt war und der Matrose Flint darauf ausrutschte und stürzte, wobei er sich den Kopf an einem Poller aufschlug. Er wurde bewusstlos aufs Vorderschiff getragen. Seymour sagte, er sei jetzt zwar wieder bei Bewusstsein, aber der Kapitän habe ihm die Erlaubnis erteilt, noch einen Tag in seiner Koje zu bleiben. Der Gedanke, dass Flint leiden musste, stimmte mich traurig. Ich musste daran denken, mit welcher Kraft er mich in Sicherheit gebracht hatte.

Es ist aufregend, wie nah wir dem Land sind. Sicherheit für uns alle liegt nun in greifbarer Nähe. Zeitig am Morgen begrüßte uns ein Schiff, das von einer der Inseln herüberkam und uns eine Weile begleitete. Man bot uns Milch, Sahne, Gemüse und auch frischen Fisch an. Seit dem Sturm hat unsere seekranke Kuh keine Milch mehr gegeben. Der Kapitän war damit einverstanden, dass wir einkauften. Bald schon wurden eine Milchkanne und dann ein Leinensack voller Wurzelgemüse an Bord gehievt. Mr. Serle war begeistert von den Produkten unseres neuen Landes.

Die Kabinenpassagiere tranken am Abend, als der Sturm abflaute, nur ein wenig Tee, erschienen dazu aber nicht vollzählig. Am Morgen zum Frühstück waren jedoch alle auf und versammelten sich im Salon, um sich aufgeregt über ihren Schrecken auszutauschen. Die kleine Stellina Moses sah noch immer sehr blass aus. Ich lächelte ihr zu und gab ihr ein Stück Toast mit Zucker und Zimt. Sie flüsterte ihr »Danke, Daniel«, und ihre Mutter, Madame Moses, nickte mir wohlwollend zu. Der Ofen im Salon war wieder an, und es war gemütlich und warm. Mit geblähten Segeln jagte das Schiff auf glatter See Richtung Süden.

»Der Winter kommt«, sagte Mr. Simpkens, als ich ihm sein Porridge aus Hafermehl vorsetzte. »Seht nur, wie rosig die Wangen unseres kleinen Stewards von der frischen Morgenluft sind.«

Ich korrigierte ihn nicht, dass meine Röte vom Stehen über dem Feuer in unserer engen Küche herrührte. Stattdessen sagte ich: »Jetzt gibt es endlich wieder Sahne, Sir«, und stellte die Kanne neben ihn, bevor ich mich zurückzog. Seit der ersten Woche unserer Reise beklagte er sich, es gebe nicht genug Sahne, nur gesalzene Butter und Molasse als Zutat für seinen Haferschleim.

Bei der Erinnerung an Mr. Serles Freude beim Kosten der ersten Lebensmittel Amerikas warf ich einen Blick zu ihm hinüber. Er hatte offenbar bemerkt, dass meine Feder aufgehört hatte zu kratzen, denn er blickte hoch.

»Du hast so eifrig gekritzelt wie die kleine Pamela«, sagte er.

»Wer ist Pamela?«, fragte ich.

»Vergiss es«, gab er zurück, »nur eine Figur aus einem Roman, den ich gelesen habe, als ich Englischunterricht gab.«

»Ist das Kind in *Jane Eyre* inzwischen erwachsen geworden?«, fragte ich weiter.

»Ja. Und jetzt steckt sie in Schwierigkeiten. Ich werde noch ein wenig weiterlesen.«

Mr. Serle streckte die Hand aus, um den Lampendocht einzustellen, und beugte dann sein Haupt wieder über sein Buch. Ich tauchte meine Feder ein und kehrte zu meiner eigenen Geschichte zurück.

Während des Sturms war Flint, wie ich berichtet habe, auf dem vereisten Deck ausgerutscht und hatte sich den Kopf am Poller angeschlagen. Seymour berichtete, Flint habe den ganzen Sonntag und Montag in seiner Koje gelegen und über Kopfschmerzen geklagt. Am Dienstag endlich tauchte er wieder an Deck auf.

»Wie geht es Ihnen?«, erkundigte ich mich.

»Guten Morgen, Daniel«, sagte er. Seine Stimme klang

heiser, und er war sehr förmlich. »Ich habe Hunger.« Er stützte sich auf den Wischmopp, mit dem er das Deck geschrubbt hatte.

»Ich kann Ihnen eine Schüssel Porridge aus Hafermehl bringen«, bot ich an. »Es ist vom Frühstück noch etwas übrig.«

Da strahlte er. »Das würde ich gern annehmen«, erwiderte er. »Die Grütze heute früh habe ich nicht herunterbekommen. Ich habe wieder Kopfweh und werde mich im Vorderschiff ein wenig hinlegen.«

»Ich bringe es Ihnen gleich«, versprach ich ihm. Die Matrosen essen nur in ihren Räumen. Das scheint eine Regel bei ihnen zu sein.

Seymour polierte Messing an Deck, und Mr. Serle war nirgendwo zu sehen, also wärmte ich das Porridge auf, gab ein wenig Molasse dazu, breitete ein frisches Trockentuch darüber und trug es hinaus. Ich kann gut verstehen, dass Flint die Grütze nicht mag. Es ist ein dicker Maisbrei, und Seymour gibt sich nicht einmal Mühe, ihn glatt zu rühren, sondern serviert ihn mit ungekochten Klumpen darin. Selbst ein ganzer Becher Molasse würde den Brei nicht schmackhafter machen.

Das Vorderschiff war verlassen, bis auf Flint, der gekrümmt in seiner Koje lag. Er ist ein großer Mann, der mit seinem fleischigen Körper weich und unglaublich stark zugleich wirkt. Die anderen bestimmen ihn zum Anchorman am Ende des Taus, wenn sie die Segel einholen. Sein Gesicht ist dunkel von der Sonne. In Wahrheit ist es außerdem schmutzig und für gewöhnlich voller Bartstoppeln. Über seine Stirn zieht sich eine rohe Narbe. Sie ist nicht mehr ganz frisch, und doch hat sie noch nicht das bleiche Aussehen einer alten Wunde. In seinem rechten Ohr trägt er einen goldenen Ohrring in Form eines Ankers. Obwohl Flint so groß und kraftvoll und grob aussieht, spiegelt sein Gesicht Kindlichkeit. Er ist weder jung noch alt. Seine faltenlosen Wangen, muskulösen Arme und arbeitsrauen Hände lassen vermuten, dass er etwas über zwanzig sein dürfte. Durch seine Traurigkeit wirkt er alt, doch der sehnsuchtsvolle Blick in seinen Augen ist jugendlich. Er wirkt irgendwie unsicher.

»Ich habe Essen gebracht«, sagte ich. »Haben Sie Ihren Löffel?«

Flint stieg aus seiner Koje und setzte sich an den dreieckigen Tisch, der in der Mitte des Vorderschiffs stand.

»Da, für Sie«, sagte ich und stellte ihm die Schüssel hin.

»Danke, Daniel«, sagte Flint. »Willst du dich setzen?«

»Einen Moment, ja. Sind Sie gebürtiger Amerikaner?«, fragte ich mehr aus Verlegenheit.

»Ich bin in Uncas Falls, New York, geboren«, antwortete er, »aber Zip hat jetzt ein Haus in Albany.«

Er trug das mit stolzer Stimme vor, aber weitere Informationen bot er nicht an. Mit seinem ganzen Wesen vermittelt er etwas Unzugängliches, Verwirrtes, was mich einerseits neugierig macht, andererseits aber zögern lässt. Es wäre womöglich ein Eindringen in eine ganz eigene Welt, eine Welt vielleicht, die zu betreten ich mich fürchten sollte.

»Ich muss gehen«, sagte ich. Der Ort und der leidende Mann beunruhigten mich. Ich legte meine Hand an die Leiter, die hinauf ans Sonnenlicht und ans Deck führte.

»Hast du Angst vor mir?«, fragte er. Sein Gesicht wandte sich mir mit kläglicher Miene zu.

»Nein«, antwortete ich vorsichtig, »aber ich habe von Männern gehört, die sich an Jungs vergreifen.«

Flint schüttelte bedächtig seinen Kopf und presste dann seine Hände an die Schläfen, als würde ihn diese Bewegung schmerzen. »Ich gehöre nicht zu dieser Sorte, Junge. Ich …« Er brach ab.

Es folgte ein langes Schweigen. Flint starrte auf die Schüssel vor ihm, aß aber nicht.

»Ich muss wieder an die Arbeit«, sagte ich.

»Komm, gib mir einen Kuss, bevor du gehst«, bat er.

Er sah so verloren aus. Ich kann mir nicht vorstellen, dass er böse ist. Ich streifte seine stoppelige, nach Tabak schmeckende Wange mit meinen Lippen und hastete dann die Leiter hoch. Als ich wieder an Deck war und zurückschaute, sah ich seinen rechten Ellbogen auf dem Tisch liegen und seinen von der rechten Hand gestützten Kopf. Er löffelte Milch und Porridge langsam mit seiner Linken.

In der Kombüse erzählte ich, während ich mit meinen Arbeiten begann, Mr. Serle, wo ich war. Er würzte und wendete einen Rinderschmorbraten. Es war fast das letzte Stück Fleisch, das wir in der Eiskiste hatten. Ich entkernte und schnitt Äpfel für eine Pastete zum Dinner.

»Was will er von mir?«, fragte ich Mr. Serle.

»Du solltest ihn nicht ermutigen«, warnte mich Mr. Serle.

»Aber ich habe nichts gemacht«, erwiderte ich empört. »Er scheint um Freundlichkeit zu betteln. Er ist wie jemand, der ein Kind um einen Gutenachtkuss bittet.«

»Und – bist du ein Kind?« Mr. Serle zog eine Braue hoch. »Du hast mir erklärt, du seist keins mehr.«

»Aber ...«, begann ich und unterbrach mich.

Mr. Serle schmeckte seinen Schmorbraten ab und verzog das Gesicht. Er gab Thymian in den Topf und rührte wieder um. »Matrosen führen ein hartes Leben. Du weißt nicht, wer dieser Mann ist und was er durchgemacht hat. Du empfindest zu schnell Mitleid, vertraust zu schnell.«

»Aber ...«, versuchte ich es noch mal.

»Du kannst nicht durch die Welt gehen und alle Fremden küssen, die dich darum bitten«, erklärte mir Mr. Serle. Seine Wangen waren leicht gerötet. »Das ist mehr als dumm. Ob es nun ein Junge macht oder ein Mädchen, es ist dumm und gefährlich.«

Ich seufzte. Mr. Serle hatte zweifellos Recht, aber ich glaube nicht, dass er es voll und ganz verstand.

»Soll ich Zimtrinde oder Muskatnuss über die Äpfel reiben?«, fragte ich ihn, um das Thema zu wechseln.

»Zimt«, sagte Mr. Serle, »und gib viel Zucker dazu.«

Als ich, um die Schüssel zu holen, wieder ins Vorderschiff ging, saß Flint immer noch am Tisch und hielt den gesenkten Kopf mit seinen Händen. Er nickte mir kaum zu, als ich ihn ansprach. Er bat mich auch nicht um einen Kuss, und so kletterte ich mit der leeren Schüssel in der Hand ganz schnell wieder die Leiter nach oben.

Ich denke nicht, dass Mr. Serle wegen Flint ärgerlich auf mich war, auch wenn er mich für meine Dummheit schalt. Ich glaube, manchmal amüsiert Mr. Serle sich über meine Probleme und manchmal machen sie ihn auch traurig. Wenn ich jetzt über seine Worte nachdenke, ist mir klar, wie Recht er hat. Ich darf nicht zu schnell vertrauensvoll sein. Und gewiss darf ich niemanden küssen, nur weil er mich darum bittet.

Der Streit über Madame Moses begann an dem Tag, als feiner, kalter, durchdringender Regen fiel, es aber fast windstill war und die See sich nach ungestümer Nacht beruhigt hatte. Ich trug wie gewöhnlich den Morgentee in Madame Moses' Kabine. Der Raum war ein einziges Durcheinander an Kleidern und Gegenständen. Madame Moses trug über ihrem Unterrock und ihrem Hemd halb offen einen Flanellmorgenrock. Ihr ungekämmtes Haar hing ihr über die Schultern. Von ihrer öffentlich zur Schau getragenen Eleganz war nichts zu sehen.

»Stell den Tee bei mir ab, Junge«, herrschte sie mich an, »und nimm Lulys Tasse wieder mit. Sie hat es nicht verdient, heute Morgen etwas zu bekommen.«

Ich muss sie wohl entsetzt angesehen haben. Ich schaute

auf Luly, deren Lippen fest zusammengepresst waren. Ich stellte das Tablett ab, ohne etwas wegzunehmen, und bewegte mich dann rückwärts auf die Tür zu.

»Ich sagte doch, du sollst die Tasse mitnehmen«, fuhr Madame Moses mich erneut an. Sie nahm sie vom Tablett und warf damit nach mir. Das Ding zerbrach am Türrahmen.

Ich starrte sie mit offenem Mund an. Sie musste verrückt sein.

Das war sie in der Tat, denn sie schrie: »Ich hasse dieses Schiff. Ich hasse es, mich ständig krank zu fühlen. Geh weg, du Unglückswurm!«

Während ich flüchtete, hörte ich sie wieder schreien, als würden ihr die Worte herausgezogen. »Warum musstest du nur sterben, Isidore Moses?« Das Weinen von Luly und Stellina vermischte sich mit ihrem Schluchzen. Hin- und hergerissen zwischen der Angst vor ihrem Zorn und der Traurigkeit wegen ihres Kummers, schloss ich die Kabinentür so leise, wie es das schlingernde Schiff zuließ.

In der Kombüse blickte Mr. Serle auf, als ich eintrat. Ich ging gleich zum Herd, weil ich eine Prise Mehl hineinwerfen wollte, um zu sehen, ob er schon heiß genug war, um mein Brot darin zu backen. Meine Hand zitterte, und ich fasste versehentlich das heiße Eisen an.

»Au!«, entfuhr es mir, erschrocken über den plötzlichen Schmerz.

»Ist alles in Ordnung mit dir, Kind?«, erkundigte sich Mr. Serle sofort.

»O ja«, versicherte ich ihm.

Ich wollte nicht über die unglückliche Frau reden, die mich heruntergeputzt hatte, obwohl ich ihr Kind gerettet hatte, und genauso Luly, die Stellina wirklich sehr liebte. Vielleicht war sie wirklich krank vor Kummer. Es war ja das einzige Mal, dass ich sie wütend erlebt hatte. Ich fühlte mich ungerecht behandelt und konnte doch nicht darüber sprechen. Das überraschte mich selbst, besprach ich doch beinahe alles mit Mr. Serle. Aber Mr. Serle bewunderte Madame Moses.

Am späteren Vormittag verfütterte ich Kartoffelschalen an die Hühner. Das Schwein hatten wir am Tag nach dem Sturm geopfert. Einen Teil davon gibt es heute zum Dinner. Als ich so im kalten Regen stand und mir die armen, todgeweihten Hühner ansah, die in ihrem Käfig zitterten, kam mir der hässliche Gedanke, dass das Schiff sich wie ein Tier durch den Ozean fraß. Die Planken und Streben waren das Skelett, die Segel und Taue Haut und Haare. Und die Passagiere? Wir waren die Verdauung des Ungeheuers, nahmen unsere Vorräte in uns auf, die wir dann als Abfallspur hinter uns herzogen.

Ich zitterte, dann hörte ich Mr. Serles Stimme. Seine Worte verstand ich nicht. Doch Herrn Meyers Worte waren laut genug.

»Meine *prima donna assoluta* beharrt darauf, heute Morgen ihren Deckspaziergang zu machen«, sagte er. »Ich habe ihr zu erklären versucht, dass es zu kalt und glitschig dafür ist, aber sie hört nicht auf mich.«

»Ich habe meinen Schirm und deinen Arm«, sagte die Dame.

Ihre Stimme war gut zu vernehmen. »Mich dürstet nach Luft.«

»Aber ich friere«, rief ihr Bruder aus. »Ich bin ohne meinen Überzieher nach draußen gegangen.«

Gut möglich, dass die beiden mit dem Gesicht zu mir standen, wohingegen Mr. Serle seins abgewandt von mir hatte, denn seine Worte hörte ich nach wie vor nicht. Doch wurde auch so deutlich, was er gesagt hatte, denn Herr Meyer meinte: »Besten Dank, dass Sie meine Stelle für einen Moment einnehmen. Ich bin gleich wieder da.«

»Kommen Sie zu mir unter den Schirm«, sagte Madame Moses. »Er ist groß genug für uns beide.«

Ich trat näher an die Kombüse heran. Mein Haar und meine Schultern waren nass, ich wollte ins Warme.

»Sie waren so aufmerksam, Sir«, sagte Madame Moses. »Ich bin Ihnen sehr dankbar. Auf dieser Reise habe ich mich schrecklich elend gefühlt.«

»Nicht doch.« Jetzt hörte ich auch Mr. Serles Stimme. »Es ist ein Privileg, einem Künstler zu dienen.«

Madame Moses' Gesicht blickte in meine Richtung, und ich war davon überzeugt, dass sie mich sah. Ich wusste, es war unverschämt, aber ich konnte nicht umhin, sie zu beobachten. Die Art, wie sie ihren Kopf neigte und ihre Augen aufriss, sagte mir ganz deutlich, dass sie es liebte, Publikum zu haben.

»Wären Sie so freundlich, mir den Schirm zu halten?«, fragte sie. »Ich fürchte, ich stoße sonst damit an Ihrem Kopf an.«

Ich sah, wie Mr. Serle das Ding nahm und die schwarze Kuppel anhob.

»Mein Bruder mag Sie«, sagte Madame Moses.

»Ich bin dankbar für seine Anteilnahme«, erwiderte Mr. Serle.

»Natürlich interessiert er sich für Sie. Sie sind einer von uns.« Madame Moses streckte ihre behandschuhte Hand aus, und fast sah es aus, als würde sie Mr. Serles Wange berühren. »Ihre Aufmerksamkeit tut mir wohl. Sie sind ein guter Mann«, sagte sie.

»Madame!«, rief er aus.

Unmöglich zu sagen, ob er entsetzt oder erfreut war. Er hatte mir den Rücken zugekehrt, und so konnte ich sein Gesicht nicht sehen, nur die über seiner Schulter schwebende behandschuhte Hand der Dame. Jetzt schämte ich mich dafür, so viel belauscht zu haben, und da ich nicht in die

Kombüse konnte, ohne sie zu stören, huschte ich in den Salon, wo ich Beschäftigung vortäuschte. Mein Herz brannte, ich wünschte, er würde sie nicht mögen.

Als wir später das übrig gebliebene Essen verstauten und den Abwasch machten, erkundigte ich mich bei Mr. Serle nach Madame Moses. Ich dachte, vielleicht sollte ich ihm doch erzählen, dass sie mit der Tasse nach mir geworfen hatte.

»Ich habe mitbekommen, dass ihr Bruder sie eine *prima* noch was genannt hat«, begann ich. »Was bedeutet das?«

Mr. Serle ging nicht auf mein Belauschen ein. »*Prima donna assoluta*«, erklärte er. »Sie ist eine ganz hervorragende Sängerin, eine Meisterin ihrer Kunst.«

»Oh«, sagte ich.

»Sie ist eine großartige Künstlerin«, betonte Mr. Serle noch einmal, als hätte ich seine Worte in Zweifel gezogen.

»Wird wohl so sein«, murmelte ich.

Mir war bewusst, dass meine Stimme beleidigt und kindisch klang.

»Stimmt was nicht?«, wollte Mr. Serle wissen.

Er betrachtete mich mit neugierigem Blick. Ich spürte, wie mir die Röte ins Gesicht schoss.

»Sie täuschen sich in dieser Frau«, erklärte ich ihm mit zitternder Stimme.

»Kennst du denn meine Meinung über sie?«

Wir standen in der engen Kombüse dicht beieinander, und doch kam es mir vor, als wäre er plötzlich sehr weit weg.

Was wusste ich schon? Es war ein Gefühl, das ich ihm vermitteln wollte. Diese Frau war im Privaten mit ihrer Tochter und ihrer Dienerin ganz anders, als sie sich in der Öffentlichkeit gab. Insgeheim machte ich Madame Moses dafür verantwortlich, dass Stellina und ich beinahe ertrunken wären. Aber das war ungerecht, wie ich zugeben musste. Stellina wäre nach draußen gerannt, egal, wer sich um sie gekümmert hätte. Stellina war gerade mal drei Jahre alt. Keine Mutter kann ihr Kind gänzlich vor Gefahr bewahren. Mir wurde klar, dass ich Neid empfand. Aber auf wen? Auf Madame Moses, dass Mr. Serle sie bewunderte, oder auf Stellina, weil ihre Mutter am Leben war?

»Nun?« Mr. Serle drängte mich zu einer Antwort. Es war ganz ungewöhnlich für ihn, das Schweigen zu brechen und mich zum Reden zu drängen.

»Die Dame liebt ihre Tochter nicht besonders«, sagte ich. »Sie überlässt sie der Fürsorge einer Dienerin.«

»Das machen viele Frauen«, entgegnete Mr. Serle.

»Aber wir sind auf einer Seereise«, wandte ich ein. »Für die Passagiere gibt es hier wenig zu tun. Ich sehe andere Frauen auf diesem Schiff ihre Kinder unterrichten.«

»Das kleine Mädchen wirkt sehr glücklich, und seine Mutter hat unter diesem stürmischen Wetter sehr gelitten«, gab er zu bedenken.

»Ihre weiße Haut und der rote Mund sind angemalt«, trumpfte ich auf in Erinnerung an den in ihrer Kabine verstreuten Puder.

»Viele Frauen verwenden ein wenig Puder«, erwiderte Mr. Serle.

Offenbar fand er das Gespräch amüsant.

»Madame Moses' Bruder sollte nicht mit ihrem Ruhm prahlen, indem er sie eine *prima* noch was nennt.«

Als ich das aussprach, wurde mir klar, dass ich keine Ahnung davon hatte, wie Künstler sich verhalten. Und Mr. Serle zögerte nicht, mir dies vorzuwerfen.

»Ich denke, du kennst dich diesbezüglich nicht aus«, sagte er prompt. »Im Falle dieser Dame hat das berufliche Bedeutung.«

»Warum?«, fragte ich.

»Warum? Weil sie Jüdin mit einem jüdischen Namen ist. Sie hat mit Vorurteilen zu kämpfen.«

»Ihr Bruder muss auch einen jüdischen Namen haben, aber sie gibt ihm keine prahlerischen Titel«, versuchte ich mich zu verteidigen. Ich dachte darüber nach, während ich die Keksdosen verräumte. »Sie hat ein christliches Lied gesungen, an Maria, das *Ave Maria*«, erinnerte ich Mr. Serle.

»Das ist Kunst«, sagte er. »Mag ihr Name auch jüdisch sein, ihr Gesang ist es nicht.«

»Ich trage hier Ihren Namen«, sagte ich. »Ich nehme an, dass es ein jüdischer Name ist. Mir macht das nichts aus. Ich trage gern Ihren Namen, Serle, und Daniel ebenso, der mich mit meinem Bruder und auch mit Ihrem toten Sohn verbindet.«

Mr. Serles Gesicht lief rot an.

»Du verstehst das nicht«, entgegnete er.

»Mag ja sein«, gab ich zu, »aber ich würde nicht gern für Menschen arbeiten, die mich nur anhand meines Namens beurteilen.«

»Manchmal haben wir keine Wahl«, meinte Mr. Serle.

Natürlich hatte er damit Recht, und ich wollte es gerade äußern, als er hinzufügte: »Madame Moses hat gelitten. Ihr Ehemann war ein Held, der einen edlen Tod für die Freiheit gestorben ist. Sie trauert noch immer um ihn, doch sie erhebt sich über ihren Schmerz, um große Kunst vorzutragen. Ich bewundere ihren Mut. Sie ist eine gebildete, vollendete Frau und sehr schön.«

»Ich dachte, Sie liebten nur Ihre Frau«, warf ich ein.

Noch während mir die Worte über die Lippen kamen, wusste ich, dass ich sie nicht hätte aussprechen sollen. Aber mich ritt der Teufel, vielleicht, weil Mr. Serle Madame Moses schön genannt hatte. Mr. Serles Farbe schwand. Jetzt wirkte er grau und müde.

»Es reicht«, beendete er das Gespräch.

Er wetzte ein Messer am Stein. Gebeugten Hauptes widmete er sich dieser Aufgabe. Er blickte nicht auf.

»Es tut mir leid«, sagte ich erschrocken.

»Es reicht«, wiederholte er noch einmal, »bring deine Arbeit zu Ende.«

Ich musste noch ein paar Törtchen in einer Dose verstauen und dann den Teig für die Milchwecken kneten. Es war jetzt so kalt, dass ich den Teig fürs Frühstücksbrot nach dem Abendessen ansetzte und über Nacht aufgehen ließ. Dann lässt er sich leichter fertig machen, wenn der Herd morgens in der Kombüse aufheizt. Während ich arbeitete, spürte ich Mr. Serles Schweigen. Ich wusste nicht, wie ich die Situation verbessern konnte, also schwieg ich auch. An diesem Abend dauerte es lang, bis ich eingeschlafen war, obwohl ich die Heilige Jungfrau bat, mir meinen Zorn zu verzeihen, und dann den Ring meiner Mutter festhielt.

Es ist spät hier an dem Ort, der schon beinahe Amerika ist. Die Lampe ist weit heruntergebrannt. Der Docht wird aufflammen, rauchen und bald erlöschen. Mr. Serle blättert ganz vertieft in seinem Buch. Heute Abend vereint uns friedliche Stille. In der Kombüse riecht es schwach nach Fett und Nelken und den Anissamen in den Wecken, die fürs morgendliche Frühstück aufgehen. Ich gähne. Fast bin ich mit Schreiben fertig.

Gestern Abend räumte ich gerade das Geschirr im Salon ab, als Phoebe hereinkam, um die Arbeitstasche zu holen, die Mrs. Greene neben ihrem Stuhl vergessen hatte. Beladen mit dem großen Korb, worin ich die Sachen übers Deck zu tragen pflege, kämpfte ich mit der Tür. Phoebe ging voran und hielt sie für mich auf.

Der kalte Wind nahm mir den Atem. Das Schiff war wie ein großer Vogel, der mit gehissten Segeln dahinflog. Sterne blinkten ihr eisiges Licht hinter den dahintreibenden Wolken. Phoebe wickelte ihr braunes Wolltuch fest um ihre Schultern und hob ihr Gesicht dem Nachthimmel entgegen.

»Wie nah die Sterne zu sein scheinen«, sagte sie.

»Ich frage mich, wo wir wohl sind«, überlegte ich laut. »Das Ende unserer Reise müsste kurz bevorstehen.«

»Ich wünschte, sie würde niemals enden«, seufzte Phoebe.

»Aber wieso?«, fragte ich. Ich bin die Enge und das wogende Wasser so leid.

»Hier auf dem Ozean sind wir nicht in Amerika, wir sind auf der Reise«, erklärte Phoebe mir. »In diesem Niemandsland fühle ich mich wohl. Wenn ich hier sterbe, sterbe ich als freier Mensch. Ich würde weiß Gott was darum geben, in Freiheit zu sterben.«

»Egal was?«, staunte ich.

»Ja, egal was«, wiederholte sie. »Weißt du so *etwas*?«

»Ich werde dir ein Geheimnis anvertrauen«, sagte ich.

Sie wandte mir ihr Gesicht zu, und der Wind fuhr in die dicht gelockten Haarsträhnen, die ihr in die Stirn fielen.

»Erzähl es mir«, forderte sie mich auf. »Schnell.«

Ich erzählte Phoebe, dass ich wie sie ein Mädchen bin. Ich erzählte ihr, dass ich als Junge die Freiheit hätte, zu arbeiten und mich in der Welt zu bewegen, wie dies Mädchen nicht möglich sei. Doch verschwieg ich ihr auch nicht, dass ich dennoch Angst hätte, etwas Falsches zu tun, wenn ich meinem Bruder in dieser Verkleidung gegenübertreten würde. Ich habe Jungenkleidung, Phoebe hingegen besitzt ein Frauenkleid, wie sie mir vor Tagen erzählt hat. Ich werde mit ihr die Kleider tauschen. Vielleicht hat sie in New York Gelegenheit, den Greenes zu entkommen. Seymour erzählte mir, es gebe keine Sklaven in New York. Wir führten unser Gespräch rasch und leise, vereinbarten nur, dass wir den Tausch durchführen würden und versprachen einander, das Geheimnis zu wahren.

»O Daniel«, sagte Phoebe, »ich bin so froh, dass du dich mir anvertraut hast.«

Sie lächelte mich an, wobei ihre hübschen Zähne blitzten, und dann war sie schon wieder im Salon und in den Passagierkabinen.

Ängstlich bewegte ich mich über das sich neigende Deck. So nah an unserem neuen Land wäre es schrecklich, vom Wind mitgerissen zu werden.

Jetzt, da ich dies niedergeschrieben habe, kommen mir Zweifel, ob es klug war, unser Gespräch festzuhalten. Vielleicht ist dieses Buch, dieses Geschenk von Mr. Serle, ja ein verräterisches Ding, das mich zu dem gefährlichen Verlangen verführt, Rede und Tat genauestens festzuhalten. Schreiben lässt dort eine Wahrheit entstehen, wo es keine gab.

TEIL II

Elizabeth Street

Mittwoch, 15. November 1848 – abends

Gestern Nachmittag legten wir im Hafen von New York an. Zuerst kam der weiße Flügel eines kleinen Bootes zu uns herausgeflogen. Dann kletterte ein Mann in adretter Uniform – der Lotse, wie Flint sagte – behände über die Strickleiter an Bord. Der Kapitän und der Obermaat begrüßten ihn, und er gab dem Obermaat einen Packen Papiere.

Ich verbrachte so viel Zeit an Deck, wie ich mir von meiner Arbeit abknapsen konnte. Flint deutete auf eine flache, zu unserer Linken im Ozean liegende Sandbank.

»Das ist Sandy Hook«, erklärte er mir. »Siehst du die Skelette der gestrandeten Schiffe dort am Ufer? Das ist das Schicksal der Dummköpfe, die bei stürmischer See ohne Lotsen den Hafen ansteuern.«

Vor uns lag ein schmaler Streifen hoch gelegenen Landes an der linken Küste. Darauf standen die Überreste eines alten Forts. Auf der rechten Seite war das Land flacher. Dort befand sich ebenfalls ein ins Wasser hineingebautes Fort, das allerdings weniger stark zerfallen war. Dann musste ich die Platten mit dem Mittagessen in den Salon tragen. Die Kabinenpassagiere waren alle in heller Aufregung. Viele aßen Sandwiches draußen an Deck und verfolgten das Landemanöver und den Schiffsverkehr, der um uns herum immer dichter wurde. Froh um die Ausrede, mich um das Einsammeln von Geschirr und Besteck kümmern zu müssen, ging ich wieder nach draußen.

Als wir die schmalste Stelle zwischen den Inseln passierten, konnten wir eine gelbe Flagge sehen, die auf einem großen Mast vor niedrigen weißen Gebäuden wehte. Das Schiff bekam ein Signal, und alle Segel wurden eingezogen. Ein weiteres kleines Boot kam uns von der Küste entgegen.

»Jetzt darfst du nicht husten oder niesen, Junge«, sagte Flint, der neben mir stehen blieb. »Der Quarantäneoffizier kommt zu uns heraus.« Er eilte nach vorne, wo der Anker heruntergelassen wurde.

Als ich mich in die Kombüse zurückzog, traf ich dort Mr. Serle und Seymour auf Stühlen hockend und Zeitungen lesend an, die der Lotse mitgebracht hatte. Ich ging wieder nach draußen und sah, wie sich die Passagiere des Zwischendecks auf dem Hauptdeck versammelten. Während ich sie beobachtete, tauchte das medizinische Untersuchungspersonal aus dem Laderaum des Zwischendecks auf, lief zwischen den Leuten umher und blieb hin und wieder stehen, um dem einen oder anderen Einwanderer Fragen zu stellen. Der Obermaat stand schweigend dabei, die Arme vor der Brust verschränkt.

Endlich folgten die Männer von der Gesundheitsbehörde dem Obermaat hinauf aufs Achterdeck. Der Kapitän begrüßte sie. Sie schüttelten jedem die Hand.

»Ein gutes Zeichen«, raunte mir Flint heiser ins Ohr. »Wir lichten den Anker, sobald sie weg sind.«

»Dann ist also keiner krank?« Plötzlich hatte ich Angst.

Flint trat an die Reling und spuckte ins Wasser. »Das ist ein sauberes Schiff«, sagte er. »Das Zwischendeck ist nicht überfüllt, wie das bei anderen der Fall ist.«

Ich huschte hinein, um Mr. Serle und Seymour die Neuigkeiten mitzuteilen, dann eilte ich wieder nach draußen. Der Hafen von New York ist ein Ort voller Betriebsamkeit und Gedränge. Wir würden noch eine Nacht in ruhigen Gewässern vor der Küste ankern und am zeitigen Morgen anlegen.

Nördlich von uns erhob sich die Stadt. Entlang der Küste reckten die dicht an dicht an den Kais liegenden Schiffe einen Wald an Masten in den Himmel. Hinter dem Dickicht waren die Kamine der drei-, vier-, ja fünfstöckigen Häuser und Lager und Fabriken zu sehen, dazu die Kirchtürme, die sich wie weiße Finger über die Dächer erhoben. Als die Seeleute die großen Anker längsschiffs warfen und ein kleines Segel setzten, um den Wind abzufangen – gerade genug, um uns ruhig an Ort und Stelle zu halten –, stand die Sonne bereits tief im Westen. Die Strahlen einer trüben Novembersonne strichen über das Wasser und brachten mit ihrem kalten, reinen Licht hier ein Segel, dort ein glänzendes Kupferdach zum Leuchten. Alles war scharf umrissen. Wir waren dem Ende unserer Reise schon ganz nah, und doch war das Land noch so weit weg, dass wir auf einen Spielzeughafen und eine Spielzeugstadt schauten, ein Miniaturleben vor uns hatten.

Die Luft roch anders hier. Die Kiefern an der Küste, die Kohle- und Holzfeuer der Stadt, der Teer und die animalischen Gerüche des Schiffes. Ich bemerkte sie erst, da wir ruhten. Der Wind trieb die Gerüche in Wirbeln um uns herum, anstatt sie zwischen uns hindurchzufegen und wegzublasen.

Die Zwischendeckpassagiere scharten sich in stillen Gruppen zusammen. Sie kochten ihre letzten Vorräte, ohne das zornige Geschrei und Gezänk der letzten Tage. Die Crew war fröhlich. Die Matrosen erledigten ihre Aufgaben rasch und ergingen sich in zotigen Späßen, wie sie das Ende unserer Reise zu feiern gedachten. Auch die Kabinenpassagiere wurden plötzlich gesellig, bildeten Grüppchen, tauschten Adressen aus und unterhielten sich über die Zeitungsmeldungen, auf die sie während der Reise hatten verzichten müssen.

Eine Flotte kleinerer Boote kam im schwindenden Tag zu

uns heraus. Viele Kabinenpassagiere entrichteten den verlangten Obolus und ließen sich an Land übersetzen, um dort die Nacht zu verbringen. Mr. Simpkens war einer der Ersten, die aufbrachen, aber nicht, ehe er Mr. Serle für seine feine Küche gedankt hatte. Er überreichte Mr. Serle seine Karte mit den Worten, er solle sich an ihn wenden, falls er jemals wieder nach London komme und eine Stellung suche. Sie verabschiedeten sich mit einem herzlichen Händedruck, und dann schenkte Mr. Simpkens mir einen halben Sovereign.

»Hier ist ein Trinkgeld für den klugen, tapferen, rotschopfigen Steward«, meinte er augenzwinkernd.

Auch Mr. und Mrs. Greene gingen an Land und ließen Phoebe zurück. Sie würde am nächsten Tag mit dem Gepäck abgeholt werden. Sobald Mr. Greenes blonder Kopf verschwunden war, machte Phoebe kehrt und wickelte sich fest in ihren Schal.

»Heute Abend in der Kabine, Daniel«, flüsterte sie mir zu, als sie an der Salontür vorbeikam.

Für die wenigen verbliebenen Passagiere bereiteten wir ein Abschlussdinner vor. Es gab frische Austern von einem vorbeikommenden Fischerboot, das letzte Stück Rindfleisch, ausgezeichnete Steckrüben aus Amerika und einen Gewürzkuchen. Mr. Serle und ich kosteten die Austern und waren beeindruckt von ihrer Größe und dem salzigen Aroma.

»Ich sollte keine essen«, sagte er.

»Warum nicht?«, fragte ich. »Ich dachte, Sie dürfen kein Schweinefleisch essen.«

»Aber auch keinen Fisch ohne Kiemen und Gräten«, erklärte er mir. »Aber es ist nicht leicht, diese Dinge zu meiden, wenn man Koch ist. Als ich in Paris arbeitete, habe ich den Geschmack von Austern, Hummern und Krabben kennen gelernt. Amerika ist berühmt für seine Austern, und jetzt verstehe ich das auch.«

»Ist es eine Sünde?«, wollte ich wissen. Mr. Serle hatte nie zuvor davon gesprochen, dass er seiner Religion zuwidergehandelt hätte.

Er schüttelte den Kopf, aber seine Worte widersprachen dieser Geste. »Ja«, bestätigte er. »Es mindert mein Jüdischsein. Macht mich weniger jüdisch, als ich sein möchte.«

»Aber wenn Sie am Verhungern wären, würden Sie doch Schalentiere essen, oder?«, widersprach ich. »Wenn man leben könnte, wäre es doch eine größere Sünde zu sterben.«

»Aber ich bin nicht am Verhungern«, sagte Mr. Serle. »Ich habe keine Entschuldigung. Nur meine Arbeit, und dass einige glauben, die alten Gesetze seien in diesen modernen Zeiten überholt.«

»Werden Sie auch Austern servieren, wenn Sie Ihr eigenes Restaurant haben?«, hakte ich nach, doch ehe Mr. Serle antworten konnte, trat Seymour ein. Wir brachen unser Gespräch ab und wandten uns unseren Aufgaben zu. Mr. Serle regulierte die Ofenklappen am Herd, während ich die Suppe umrührte. Die Mahlzeit, die wir servierten, war eigentlich eine Kombination aus Nachmittagstee und Abendessen, weil es schon so spät war. Madame Moses und ihr Bruder waren unter den an Bord Gebliebenen.

»Meine Schwester möchte sich nicht darauf verlassen, dass man ihre Garderobe ohne sie an Land bringt«, hörte ich Herrn Meyer einem anderen Passagier erzählen.

Nachdem alles weggeräumt und gesäubert war, informierte Seymour uns, dass er ans Ufer rudern werde. Heute Abend würden nicht alle Hände gebraucht. Einige der Matrosen besuchten eine Taverne in der Stadt.

»Und du, Junge, verkrümelst dich am besten in die Koje, wenn sie zurückkommen. Ein paar von ihnen werden durch die Trinkerei nicht mehr zu bremsen und in einem Zustand sein, in dem sie noch ein Astloch bumsen würden. Sperren Sie den Jungen heute Nacht ein, Mr. Serle.«

Seymour, in seinen sauberen Kleidern und dem roten Halstuch, wartete nicht auf eine Antwort.

»Hast du ihn verstanden?«, wollte Mr. Serle von mir wissen. Er schürte das Feuer im Herd und blickte dabei auf. In einem der großen Kessel hatte er Wasser aufgesetzt.

»Ja«, sagte ich. »Ich werde den Matrosen aus dem Weg gehen, wenn sie besoffen zurückkommen.«

»Gut«, sagte Mr. Serle. »Morgen ...« Er unterbrach sich.

»Morgen ...?«, kam mein Echo.

Bei diesem Gedanken ging mir das Herz über.

»Hast du schon mal an morgen gedacht?«

»Ein wenig«, sagte ich. »Die *Washington*, das Schiff, von dem ich glaube, dass es meinen Bruder mitgenommen und hierhergebracht hat, könnte ein Büro an der Landungsbrücke haben. Wenn es ihm möglich war, wird mein Bruder mir dort eine Nachricht hinterlegt haben.«

In meinem Herzen weiß ich natürlich, dass ich mich nur deshalb noch nicht kundig gemacht hatte, weil mir der Gedanke, es gäbe kein Büro und keine Nachricht, unerträglich wäre.

»Ich habe mit dem Obermaat gesprochen«, berichtete Mr. Serle. »Die *Washington* ist ein Passagierschiff der Reederei Frost und Hicks. Ihr New Yorker Büro befindet sich ganz in der Nähe der Stelle, wo wir morgen anlegen werden. Wir werden uns nach deinem Bruder erkundigen. Wenn wir keine Nachricht finden, überlegen wir, was zu tun ist.«

»Danke schön«, sagte ich.

»Und jetzt«, meinte er, indem er den Deckel der Mehltonne zunagelte, »sind wir fertig hier. Nach dem Frühstück der Crew müssen wir noch die Liste mit den Vorräten überprüfen, eine Endreinigung vornehmen, und dann ist es vorbei mit dem Segeln. Ich mache mir Wasser heiß, damit ich mich rasieren und baden kann. Findest du noch eine Beschäftigung anderswo?«

»Natürlich«, sagte ich. »Ich habe Kleider, die gebürstet, und Knöpfe, die für morgen angenäht werden müssen. Ich werde Phoebe suchen und mich mit ihr unterhalten, während ich arbeite.«

Als ich an die Tür der Greene'schen Kabine klopfte, öffnete Phoebe sie einen Spalt und lugte heraus.

»Ich bin da«, sagte ich und schlüpfte hinein.

Phoebe verriegelte die Tür, und wir machten uns an die Arbeit. Ich hatte meine gute Hose und die gute Jacke mitgebracht, die beide meinem Bruder gehört hatten. Für Phoebe mussten die Hosenbeine und die Jackenärmel gekürzt werden. Sie hatte einen Leinenkittel – sie nannte ihn Bluse –, den sie gut darunter tragen konnte. Ich gab ihr meine Kappe. Es fiel mir schwer, mich von ihr zu trennen, denn ich hatte sie mir, beraten von Mr. Serle, in Liverpool gekauft. Die Stiefel konnten wir nicht tauschen, denn zu unserer Überraschung sind ihre Füße größer als meine.

Für mich gab es den Rock und das Mieder, die Phoebe in England von der Haushälterin geschenkt bekommen hatte. Zu meiner Freude war beides aus feiner, schmeichelnder Wolle von wunderbarem Goldbraun. Die Haushälterin dürfte meine Größe gehabt haben, musste aber viel stämmiger gewesen sein. Während Phoebe ihre neue-alte Hose umschlug, trennte ich eine ganze Stoffbahn aus dem Rock, so dass er für meine Taille passend gerafft werden konnte. Das Mieder warf ein größeres Problem auf. Um alles aufzutrennen und meinen Maßen anzupassen, hätte man einen Tag daran arbeiten müssen. Wir kamen überein, dass Phoebe an den seitlichen Nähten und im Rücken zusätzliche Abnäher machte und diese dann so flach nähte, wie es möglich war. Der überflüssige Stoff trug ein wenig auf, vor allem im Rücken, aber vorne sah es ganz gut aus. Mit Phoebes braunem Schal würde ich ganz respektabel aussehen.

»Vergiss nicht, deine Hände in die Taschen zu stecken

und weit auszuschreiten wie ein Junge«, ermahnte ich Phoebe. »Du wirst dich gleich freier fühlen, wenn du die Hosen anhast.«

Wir beugten uns über den Lichtkegel der Lampe und nähten wild drauflos. Zum Reden war keine Zeit. Wir waren beide aufgeregt angesichts unseres Vorhabens.

Als wir fertig waren, zogen wir unsere neuen Kleider an und zeigten sie einander. Wenn Phoebe ihre Zöpfe unter die Kappe steckt, ist sie ein überzeugender kleiner Kerl.

»O Daniel«, sagte Phoebe, »ich bin so froh, dass du ein Mädchen bist.«

Ihre Worte lösten hilfloses Gekicher bei uns aus.

Als wir uns wieder gefasst hatten, kümmerten wir uns um unsere Frisuren. Wir breiteten ein Tuch aus. Phoebe löste die Bänder ihrer Zöpfe, und ich stutzte ihr den ganzen Kopf. Dann stand sie auf, um sich von mir abbürsten zu lassen. Phoebe hatte ein paar Haarnadeln und ein blaues Band zurechtgelegt. Sie zeigte mir, wie ich meine Haare im Nacken, wo sie lang genug sind, hochbinden kann, so dass die Locken vorne über das Band fallen. Nie werde ich mein Haar über den Ohren in glatten Schwingen tragen. Phoebe meinte, ich solle diesen Stil gar nicht erst ausprobieren.

»Es passt nicht zu deiner Schönheit«, sagte sie.

Nachdem ich wieder meine Arbeitskleider angezogen hatte, wickelte ich Rock, Mieder und Schal vorsichtig mit den Haarnadeln und dem Band zusammen und verstaute alles in dem Beutel, in dem ich die Sachen für Phoebe mitgebracht hatte. Meine gute Hose und Jacke gehörten jetzt ihr. Ich hatte nur noch die Küchensachen, die ich trug, um meine Jungenrolle zu spielen. Ich betete darum, morgen auch als Mädchen wieder zufrieden und sicher sein zu können.

»Ich werde am zeitigen Morgen mit ein wenig Essen zu dir kommen«, sagte ich zu ihr mit einer Tapferkeit, die ich nicht wirklich empfand, » – ich werde dich dann verabschieden.«

Da nun die Besonnenheit wieder eingekehrt war, waren wir eher verängstigt als glücklich angesichts dessen, was wir getan hatten, und verunsichert im Hinblick auf den morgigen Tag. Schweigend gaben wir uns einen Kuss und hielten einander einen Moment lang umschlungen. Ich hörte den Riegel einschnappen, als ich ihre Kabine verließ und durch den Salon ging, wo ein paar Passagiere im Lampenlicht sitzend Briefe schrieben oder lasen.

Als ich aus dem Salon aufs Deck hinaustrat, lehnten Mr. Serle und Herr Meyer an der Reling und blickten hinaus auf die Myriaden von Lichtern der Stadt. Sie rauchten Zigarren. Ich roch das durchdringende, im Unterton leicht süße Aroma. Die *Victoria* war beleuchtet, wie auch alle anderen Schiffe im Bereich des Hafens. Das Schaukeln der Schiffe brachte die Lichter zum Schwingen, so dass sie das dunkle Wasser und das Deck mit schwankenden Goldspuren sprenkelten, die gleich darauf wieder verschluckt wurden. Ich sah die beiden Männer erst im Licht und dann im Schatten.

Herr Meyer entdeckte mich und rief mir wohlwollend zu: »Komm her, Junge.«

»Oh!« Ich war überrascht. »Wenn es Ihnen recht ist, Sir, möchte ich erst meinen Beutel in der Koje verstauen und dann zurückkommen.«

»Natürlich«, sagte Mr. Serle auf seine ruhige Art.

»Hast du all deine Knöpfe in Ordnung, Daniel?«, erkundigte Herr Meyer sich mit einem Lachen, als ich zurückkam und mich zu ihnen gesellte. Er strich seinen braunen Schnauzbart mit seiner linken Hand glatt. In der rechten hielt er seine Zigarre.

»Ich glaube schon«, erwiderte ich vorsichtig. Was mochte Mr. Serle diesem Mann erzählt haben?

»Nun schau nicht so besorgt drein, Kind.« Offenbar

konnte Mr. Serle meine Gedanken lesen. »Herr Meyer hat uns beide eingeladen, die morgige Nacht bei seinem Bruder zu verbringen. Wir könnten dort ein Zimmer bekommen.«

Er hob die Zigarre an seine Lippen. Ich fühlte mich von ihm durch den aufsteigenden Rauch beobachtet. Obwohl die Lampe neben ihm ein wenig schaukelte, so dass sein dunkler Kopf in ihr rosiges Licht getaucht wurde, konnte ich seine Augen nicht erkennen.

»Das ist sehr freundlich«, sagte ich.

Es kam mir sehr seltsam vor, in meiner Arbeitshose und dem Kittel vor diesen beiden Männern zu stehen und den süßen Tabakduft einzuatmen. Noch vor wenigen Augenblicken war ich in einem Rock herumgewirbelt und hatte mir ein Band ins Haar gebunden.

»Das klingt nicht sehr begeistert.« Herr Meyer strich wieder über seinen Bart, als hätte der Wind ihn zerzaust. Doch er schien nicht beleidigt, sondern nur belustigt zu sein.

Mr. Serle verfolgte alles schweigend. Die rote Glut seiner Zigarre glomm im trüben Licht.

»Ich bin dankbar für dieses Angebot«, sagte ich. »Aber ich hoffe, morgen eine Nachricht von meinem Bruder zu erhalten. Ich kam nach Amerika, um meinen Bruder zu finden.«

»Ja, ja«, erwiderte Herr Meyer. Er schielte hinüber zu Mr. Serle, als sei er erstaunt, dass dieser das nicht erwähnt hatte. »Dann hast du also einen Bruder, Daniel. Sieht er dir ähnlich?«

»O ja«, antwortete ich. »Wir haben beide das rote Haar unseres Vaters und dessen blaue Augen.«

»Hm.« Herr Meyer gab sich interessiert. »Kannst du singen?«

»Natürlich kann ich das«, bestätigte ich. »Aber nur einfache Lieder, nicht so berühmte, wie Madame Moses sie singt.«

»Es reicht, Sadick«, mischte sich nun Mr. Serle ein. »Zieh den Jungen nicht auf.«

»Dem macht das doch nichts aus, oder, Daniel?« Herrn Meyers Stimme war tief und volltönend.

»Es macht mir nichts aus«, sagte ich, und es entsprach der Wahrheit. Wenn Herr Meyer ein Freund Mr. Serles war und ihm in einer fremden Stadt einen Platz zum Schlafen anbot, freute ich mich, mich mit ihm unterhalten zu können.

»Was kannst du denn singen?«, fragte er mich.

»Meine Mutter hat mir ›Strawberry Lane‹ beigebracht«, antwortete ich, ohne zu überlegen. »Sie hat es als Kind in Falmouth, England, gelernt.«

Ich sang eine Strophe für ihn. Den ersten Refrain liebe ich: »Every rose grows merry betimes.« Als Kind habe ich mich immer gefragt, was das wohl bedeuten mag. Wie kann eine Rose fröhlich werden?

»Hm.« Herr Meyer richtete seinen Blick auf den Zigarrenstummel in seiner Hand und drehte ihn. »Ein sehr schöner Sopran. Du bist noch nicht im Stimmbruch, das höre ich. Wie alt bist du, mein Junge?«

Ehe ich darauf antworten konnte, begann einer der Passagiere des Zwischendecks den Rest meines Lieds zu singen. Die Tenorstimme erhob sich rein wie die meines Vaters. »And then he will be a true lover of mine«, sang er. Es ist ein fröhliches Lied, doch ich schauderte, und meine Augen wurden feucht.

Mr. Serle wandte sich ab und warf seinen Zigarrenstummel ins Wasser.

»Du warst lang beschäftigt mit deinen Knöpfen«, meinte er. »Am besten gehst du jetzt in deine Koje.«

Ich zögerte, gehorchte aber. Der Wind an Deck war kalt, und ich war müde.

»Gute Nacht«, sagte ich zu den beiden Männern und ging dann hinunter zu meinem Bett.

Doch ich war noch nicht bereit zum Schlafen. Die Lampe brannte noch für Mr. Serle, also kroch ich in meine Koje und schrieb das hier auf.

Morgen werde ich meine neuen Kleider tragen. Den Anfang in der Neuen Welt möchte ich als ich selbst machen – als Mina Pigot. Selbst wenn ich einen hastig zusammengenähten Rock zu meinem alten Hemd trage. Ich war immer in Sorge, was mein Bruder wohl sagen würde, wenn er mich in Knabenhosen und einer Kappe sehen würde. Vielleicht würde er mich in Jungenkleidung gar nicht erkennen, und das bräche mir das Herz. Er könnte entsetzt sein oder es verurteilen. Ich schäme mich, wenn ich daran denke, wie ich ihm von meinen Irrtümern berichten muss. Die Aussicht, ihm erklären zu müssen, wie man mich getäuscht und bedroht hat, ehe ich mich verkleidete und Mr. Serle fand, stimmt mich nicht froh.

Doch lieber nehme ich die Schande auf mich, dies alles zu erklären, als meinen Bruder nicht zu finden. Ich schiebe meine Angst weit von mir. Mein Beutel liegt neben mir in der Koje. Kleid und Schal liegen obenauf, so dass ich sie morgen herausholen kann. Mein Geld und mein Ring sind in mein Hemd eingenäht. Ich berühre den Ring. Jetzt werde ich dieses Buch wegpacken und ein Gebet für meine Mutter und meinen Vater sprechen, damit sie mich behüten und mich sicher zu meinem Bruder bringen.

Samstag, 25. November 1848

Heute ist Evacuation Day. Dabei handelt es sich um den Tag, an dem die englischen Truppen, die dafür gekämpft hatten, Amerika weiterhin in der Abhängigkeit von England zu halten, sich aus der Stadt auf ihre Schiffe im Hafen zurückzogen. Sie segelten davon, und der große General

George Washington, der Vater Amerikas, führte, auf seinem prächtigen Pferd reitend, seine Armee in einer Parade den Broadway hinunter. Amerika war gewonnen. Auch heute fand eine Parade statt, um daran zu erinnern und zu feiern. Ich hatte fast das Gefühl, als wäre Amerika nur zu meiner Ankunft in fröhlicher Feiertagsstimmung. Alles feierte Mina in Amerika.

Aber es ist schon wieder Tage her, seit ich zuletzt in dieses Buch schrieb. Ich möchte mein Glück festhalten.

Am Donnerstag, dem 16. November 1848 – dieser Tag ist mir heilig –, betrat ich zum ersten Mal amerikanischen Boden. An diesem Morgen bekamen die Passagiere kein Frühstück mehr. Nur für die Matrosen gab es die übliche Maismehlgrütze. Mr. Serle trank seinen Kaffee mit Milch und Zucker, wie er das immer tut. Er drängte mich, auch welchen zu trinken, aber ich war zu unruhig, um etwas zu essen oder zu trinken. Kurz vor Morgengrauen lichteten wir die Anker. Als blass das erste Morgenlicht durchbrach, legten wir am Stadtkai an, der Bugspriet des Schiffes ragte weit hinaus über eine gepflasterte Straße, die South Street, wie man mir sagte, gleich neben der Maiden Lane, wo nur Geschäftigkeit und Trubel herrschten.

Während die Matrosen das Schiff am Pier vertäuten, schlich ich mich hinunter in die Kabine, wo Phoebe schon auf mich wartete. Sie stand in ihren Jungenkleidern bereit, ich trug noch meine Küchenhose und den Kittel für die morgendliche Arbeit. In diesem kurzen Zeitraum waren wir beide für die Augen der Welt Jungen. Ich hatte ein Päckchen mit Brot und Salzheringen für Phoebe zurechtgemacht. Das drückte ich ihr in die Hand, und sie lächelte mich an. Wir redeten nicht, während wir durch den leeren Salon nach draußen huschten.

Wer einen Platz an der Reling ergattern konnte, stand dort und blickte Richtung Stadt. Schreiende Menschen drängten sich auf der Straße vor dem Schiff. Den Beutel geschultert und meine Kappe tief über die Ohren gezogen, mischte Phoebe sich unter die Passagiere des Zwischendecks. Ich sah, wie sie sich einer verwirrt wirkenden Frau anschloss, die inmitten von Kindern und Bündeln stand. Im nächsten Moment hatte sie eines der Kinder auf dem Arm und kletterte mit den anderen vom Schiff.

Dann war sie auf der Straße und half der Frau, ihre Habe auf einen Haufen zu legen und vor den schubsenden Fuhrmännern zu schützen, die sie ihr wegnehmen wollten. Ein Mann kam auf die Frau zugeeilt. Sie fielen einander in die Arme. Phoebe übergab das Kind, das sie im Arm gehalten hatte, dem größten der anderen Kinder. Dann verschwand sie in der Menge.

Nun wurde meine Aufmerksamkeit von einer anderen Menschengruppe in Anspruch genommen. Mr. Levi Meyer kam an Bord und umarmte seine Schwester und die kleine Stellina. Er umarmte auch Herrn Meyer und begrüßte dann Mr. Serle mit einem herzlichen Händedruck, als Herr Meyer ihm diesen vorstellte. Er hatte drei Fuhrwerke angemietet: eins für Herrn Meyers, Stellinas und Lulys Sachen und zwei für Madame Moses' Schrankkoffer.

Herr Meyer kam zu mir und ergriff meine Hand. »Ich möchte dir noch mal dafür danken, dass du unsere kleine Stellina gerettet hast«, sagte er. »Wenn ich es dir je entgelten kann, dann melde dich bei mir. Und Stellina möchte sich auch bedanken.«

Luly hielt Stellina hoch.

»Auf Wiedersehen, Daniel«, flüsterte Stellina mir ins Ohr und drückte mir einen feuchten Kuss auf die Wange.

»Danke schön, Daniel«, sagte Madame Moses leutselig. »Wir sind dir für unseren Schatz dankbar.«

Herr Meyer wandte sich daraufhin an Mr. Serle, und Madame Moses trat ebenfalls zu ihm.

»Besuchen Sie uns bald«, sagte sie. »Mein Bruder Sadick liebt Ihre Gesellschaft.«

Sie hob eine schwarz behandschuhte Hand, als wollte sie mit ihrem Finger seine Wange berühren, zog sie dann aber zurück. Als alle aufbrachen, drehten Luly und die kleine Stellina sich nach mir um, sahen, dass ich ihnen nachschaute, und winkten mir zu.

Die Matrosen und die Hafenarbeiter waren rasch fertig mit dem Entladen der Fracht. Das Schiff stieg höher, als der Ballast herausgehievt wurde, bis wir in die Fenster des Lagerhauses auf der anderen Straßenseite schauen konnten, wo an Schreibtischen Männer mit Augenschirmen gebeugt über ihren Hauptbüchern saßen.

Auch unsere Einnahmen und Ausgaben wurden aufgeschrieben, und dann begaben wir uns mit den anderen zur Kapitänskajüte, um unseren Lohn zu empfangen. Der Kapitän und der Obermaat verteilten stapelweise Banknoten und Münzen, und wir bestätigten mit unserer Unterschrift, dass wir unseren Lohn erhalten hatten. Während die Matrosen aus der Tür drängelten, bat der Kapitän Mr. Serle, doch noch einen Moment zu bleiben. Zitternd vor Ungeduld wartete auch ich.

»Wollen Sie es sich nicht vielleicht noch mal überlegen?«, fragte der Kapitän. »Die Kabinenpassagiere waren höchst zufrieden. Mr. Simpkens gestand mir, Ihre Gerichte seien eine Überraschung gewesen. Wenn Sie noch einmal auf der *Victoria* anheuern, werde ich Ihren Lohn erhöhen.«

»Besten Dank, Kapitän«, erwiderte Mr. Serle. »Sollte ich jemals den Wunsch verspüren, den Ozean noch einmal zu überqueren, werde ich zu Ihnen kommen. Aber um ehrlich zu sein, ich rechne nicht damit.«

Der Kapitän seufzte und schüttelte bedauernd den Kopf. »Die Eigner werden enttäuscht sein«, meinte er. »Es ist eine seltsame Zeit, jeden Tag werden mehr Segler von Dampfschiffen überholt. Ich mag ihren Lärm nicht und den Rauch, den sie ausspeien. Ich vermisse die Schönheit dabei.«

Mr. Serle pflichtete ihm höflich bei, und sie gaben sich die Hände. Endlich waren wir wieder an Deck.

»Ich muss noch meine guten Sachen anziehen und mir die Haare kämmen«, sagte ich.

»Ich warte hier«, versprach Mr. Serle.

Im Vorratsraum entledigte ich mich rasch meiner Arbeitshose und des Kittels und zog das goldbraune Kleid an. In der Kombüse gab ich mir Mühe, meine Haare so zu richten, wie Phoebe es mir gezeigt hatte, aber ich scheiterte am Anbringen des Bandes und gab auf. Auf Zehenspitzen betrachtete ich mich in dem Stück Rasierspiegel, den Seymour auf dem Regal über dem Herd stehen hatte. Ich konnte nur einen Teil meines Gesichts darin sehen, eine rote Haarlocke an meiner Schläfe, meine geraden Augenbrauen und meine blaugrünen Augen, von der gleichen Farbe wie die meines Vaters und meines Bruders. Bei diesem Gedanken stockte mir der Atem. Mein Bruder. Ich musste mich beeilen.

Ich spähte vorsichtig aus der Kombüsentür. Nicht dass ich plötzlich vor Matrosen auftauchte, die mich als Daniel kannten. Mr. Serle stand wartend an der Reling, den Blick auf die Stadt gerichtet.

»Mr. Serle?«, rief ich.

Er drehte sich um und erblickte mich. Seine Augen weiteten sich. Er machte einen entsetzten Eindruck, wie ich fand, als er sich den Hut vom Kopf riss und ihn wie ein Schutzschild vor seine Brust hielt.

»Mina?«, staunte er.

»Ist alles in Ordnung?« Ich ging auf ihn zu.

»Du hast mir nichts gesagt«, erwiderte er. »Wie hast du das gemacht?«

»Das Kleid gehörte eigentlich Phoebe«, erklärte ich. »Sie hat es in England geschenkt bekommen. Ich habe ihr dafür meine Jungenhose, meine Jacke und Kappe gegeben.« Ich machte eine Pause. »Sie ist abgehauen.«

Mr. Serles Gesichtsausdruck war sehr ernst.

»Das kann schwerwiegende Folgen für sie – und für dich – haben, wenn sie erwischt wird«, erklärte er mir.

»Ich wünsche mir so sehr, in Amerika als ich selbst an Land zu gehen. Meinem Bruder würde es nicht gefallen, wenn seine Schwester sich in einen Jungen verwandelt hat. Und ich weiß noch gut, was es bedeutet, Angst vor jemandem zu haben. Mrs. Greene schlägt Phoebe.«

Ich flehte Mr. Serle an, doch Verständnis zu haben. Ich glaube, er verstand es, weil er nicht mehr auf das Thema zu sprechen kam. Er verharrte einen langen Moment schweigend und starrte mich an. Wäre es nicht Mr. Serle gewesen, hätte ich es unverschämt gefunden.

»Du bist hübsch, Mina«, sagte er endlich.

Gemeinsam verließen wir die *Victoria* über die steile Leiter. Ich hielt mich mit einer Hand fest, und eingedenk der Tatsache, dass ich darunter keine Unterhosen und keinen Unterrock trug, presste ich mit der anderen meinen Rock eng an meinen Körper. Endlich standen wir auf der ersten gepflasterten Straße von Amerika. Ich bückte mich und berührte sie rasch mit meiner Hand.

»Wir sind tatsächlich angekommen«, sagte Mr. Serle.

Wir bahnten uns unseren Weg entlang des geschäftigen Landestegs, wo Seilrollen und Fässer gestapelt waren und Pferdewagen entladen wurden. Als ich einem Fuhrwerk auswich, wäre ich fast in einen Träger gelaufen, der gerade einen Ballen auf seinen Rücken schwang. Mr. Serle packte mich am Handgelenk, um mich festzuhalten. Er zögerte einen Moment und verweilte so, dann hakte er mich unter. Er beschützte mich, als wäre ich eine Dame. Erschrocken wurde ich seiner drahtigen Kraft gewahr. Wir lebten so eng zusammen und hatten einander doch kaum berührt.

Im zweiten Stock des Lagerhauses aus roten Ziegeln, in dem die Büros der Reederei der *Washington* untergebracht waren, standen wir vor einem polierten Holztresen. Mr. Serle erklärte, was uns hierherführte. Ich vermochte vor Angst nicht zu sprechen.

»Miss Mina Pigot?« Der Mann am Tresen strich sich mit dem Zeigefinger über seinen Schnauzbart und starrte mich an. »Mal sehen, ob wir eine Nachricht für Miss Mina Pigot haben.«

Er holte eine Holzkiste unter dem Tresen hervor und stellte sie feierlich vor sich ab. Mit befeuchtetem Daumen begann er die Papiere durchzublättern. Gern hätte ich ihm zugerufen, er solle sich beeilen, oder wäre am liebsten über den Tresen geklettert, um ihm die Aufgabe abzunehmen. Mr. Serle spürte offenbar meine Unruhe, denn er drückte meinen Arm ein wenig fester.

»Ah!«, sagte der Mann mit dem Schnurrbart. »Eine Nachricht für Miss Mina Pigot.«

Mir hüpfte das Herz im Leib.

12. Mai 1848
Meine liebste Schwester Mina,
ich habe wenig Hoffnung, aber wenn du diese Zeilen liest, danke ich Gott. Ich bin Kellner im Columbia House Hotel am Broadway zwischen der Vesey und der Barclay Street in der Innenstadt von New York. Ich bete jeden Tag für deine Seele.
Dein dich liebender Bruder
Daniel Pigot

»Eine gute Nachricht, wie es scheint«, meinte Mr. Serle und schaute in mein verweintes, lächelndes Gesicht. »Ich bin froh für dich.«

»Lesen Sie.« Ich drückte ihm den wunderbaren Brief in

die Hand. Ohne abzuwarten, bis er zu Ende gelesen hatte, bat ich den Mann am Tresen um einen Federhalter und Papier. »Ich muss meinem Bruder schreiben«, teilte ich ihm voller Freude mit. »Mein Bruder lebt.«

Mr. Serle und der Mann mit dem dicken Schnurrbart halfen mir, mich hinzusetzen, bis ich mich ein wenig beruhigt hatte und nicht mehr mit zitternder Hand schrieb und alles verkleckste. Das Reedereibüro beschäftigte einen Laufburschen, der die Nachricht wegbrachte und auf die Antwort wartete. Mein Bruder würde binnen einer Stunde zur *Victoria* kommen.

Wir gingen wieder zurück durch das belebte und hektische Hafenviertel. Als wir gerade die Leiter zur *Victoria* hochsteigen wollten, fiel mir am Bug des neben ihr am Kai liegenden Schiffes ein Name auf.

»Oh, sehen Sie!«, rief ich Mr. Serle zu. »Neben uns liegt die *Cushlamachree*. Das ist bestimmt ein gutes Omen.«

Mr. Serle sah mich erstaunt an.

»Es ist ein irisches Schiff«, klärte ich ihn auf. »Sein Name bedeutet *Freude*.«

Mr. Serle lächelte mir zu. »Tatsächlich, ein gutes Omen«, stimmte er mir zu.

Ich trug meine Tasche hinauf an Deck. Dann stellte ich mich an die Reling, von wo aus ich die Straße gut im Blick hatte. Nun stellte ich mir vor, wie ich seinen hellen Kopf gleich zum ersten Mal erblicken würde, er sich rasch durch die Massen der kommenden und gehenden Menschen bewegte, vorbei an den Leinwandsäcken, Holzstapeln, den von Pferden gezogenen Rollwagen und Handkarren. Minute um Minute kam Daniel näher.

Ich hielt es kaum aus vor Ungeduld, guckte über die Reling, lief an Deck ein Stück, um zu schauen, ob ich von einer anderen Position aus meinen Bruder entdeckte. Mr. Serle saß auf seinem Schrankkoffer.

»Ruh dich einen Moment aus, Mina«, ermahnte er mich. »Du wirst erschöpft sein, bis dein Bruder kommt. Ich kann dir gar nicht zusehen.«

Ich blieb neben ihm stehen. »Jetzt bin ich Mina«, sagte ich. »Finden Sie es seltsam, mich Mina zu nennen?«

Mr. Serle seufzte. »Nein«, antwortete er. »Du siehst heute sehr mädchenhaft aus.«

Wie konnte er nur bei diesem Sonnenschein und all der Freude traurig aussehen? Ehe ich ihn fragen konnte, kam Flint aus dem Vorschiff.

»O Flint«, begrüßte ich ihn. »Ich warte auf meinen Bruder.«

»Das ist gut«, erwiderte er mit seiner undeutlichen, heiseren Stimme. Er blinzelte verwundert, als würde ihn die schwache Novembersonne blenden.

»Gehen Sie von Bord?«, fragte ich ihn. »Werden Sie das Ende der Reise feiern?«

»Nein, nein«, sagte er. »Ich habe letztes Frühjahr dem Alkohol abgeschworen. Ich werde hier in New York zur Mission gehen, oder vielleicht wage ich es ja auch, nach Albany zu fahren. Ich bin nicht so stark, wie ich sein sollte.«

Er wirkte wieder so unglücklich. Das einzig Strahlende an ihm war der kleine Goldanker in seinem Ohr.

»Auf Wiedersehen, Flint«, sagte ich. »Viel Glück für Sie.«

Ich wünschte, er würde gehen und nicht herumstehen wie drei Tage Regenwetter.

»Komm, gib mir noch einen Kuss, Junge«, bat er.

Ich beugte mich über ihn und küsste ihn flüchtig. Er stank nach Schweiß und Tabak. Ohne ein weiteres Wort hievte Flint seinen Seesack auf seinen Rücken und kletterte über die Leiter hinunter zur Landungsbrücke. Es schien ihm nicht aufgefallen zu sein, dass ich nicht länger Daniel in Hosen und Kittel war, sondern ein Mädchen in einem langen Kleid mit einem Schal um die Schultern.

»Sehen Sie«, sagte ich zu Mr. Serle. »Man kann ihn nicht einschätzen.«

»Das sehe ich tatsächlich«, bestätigte Mr. Serle.

»Was bedeutet das?«, fragte ich.

»Ich weiß es nicht. Ich denke, der Mann ist verwirrt. War er schon so, ehe er sich bei dem Sturm den Kopf angeschlagen hat?«

Mr. Serle kam an meine Seite. Er stützte sich mit seinen Armen an der Reling auf und starrte auf die Landungsbrücken mit ihrem Getümmel. Bevor ich antworten und ihm erklären konnte, dass Flint schon von Beginn der Reise an so gewesen war, hörten wir jemanden von unten heraufschreien.

»Beniamino! Beniamino!« Es war eine kräftige, laute, fröhliche Stimme.

Mr. Serle schrak auf. Von der Landungsbrücke winkte uns ein Mann mit beiden Armen zu.

»Beniamino!«, rief der Mann wieder. Er war stämmig und wirkte sehr kräftig mit einem dichten Schopf dunkelbrauner Locken und den groben Kleidern eines Hafenarbeiters.

»Guido!«, schrie Mr. Serle nun. Auch er winkte.

Der Mann kletterte die Leiter herauf. Sie fielen einander um den Hals und küssten sich. Nie hatte ich Männer sich so umarmen sehen. Mr. Serle packte seinen Freund fest an der Schulter. Wie ein Matrose sich an seine Rettungsleine klammert, wenn das Schiff in einem Sturm hin und her geworfen wird, klammerte er sich an diesen Mann, dessen Namen er immer und immer wieder aussprach – *Guido! Guido! Guido!* Als sie aufhörten, sich zu küssen, bekreuzigte der Mann sich. Auf einmal sprachen sie beide in einer fremden Sprache. Während ich nach meinem Bruder Ausschau hielt, versuchte ich mitzukriegen, was hier passierte, stand aber neben mir.

Endlich wandte Mr. Serle sich mir mit tränennassen Augen zu. »Das ist Guido«, sagte er. »Guido, der meinen Vater kannte und der mir das Leben rettete, als mein Bruder starb. Guido, der mir geholfen hat, Rom und mein entsetzliches Leben dort zu verlassen. Das ist mein Freund Guido.«

Guido sah mich an und lächelte. »*Che bella!*«, sagte er zu Mr. Serle.

Es klang, als wäre es etwas Nettes. Ich lächelte ihm zu.

»Das ist Mina. Ich meine, Miss Pigot«, stellte Mr. Serle uns einander vor. »Guido, Guido, Mr. DiRoma – Miss Mina Pigot.«

»Guten Tag, Mr. DiRoma«, sagte ich.

»Ahhh«, antwortete Guido und dehnte den Vokal in einem langen Atemzug. »Miss Mina Pigot. *Mina di miele. È la tua moglie, Beniamino?*«

»Nein, nein, nicht meine Frau.« Mr. Serle reagierte aufgebracht. Seine Wangen erröteten.

»*Innamorato?*« Guido zog seine braune Stirn kraus und sah Mr. Serle überrascht und gleichzeitig verdutzt an.

»Nein, nein, nein«, wehrte Mr. Serle ab. Er blickte mich verunsichert an, wie er das auch getan hatte, als er mich das erste Mal in meinem Frauenkleid sah. Er und Guido unterhielten sich. Ich verstand kein Wort und konnte nichts anderes daraus ableiten, als dass sie gute Freunde sein mussten.

»Miss Pigot?« Mr. Serle sprach mich an.

Wie seltsam, dachte ich. Erst bin ich ein Kind und ein Junge und Mina, und jetzt bin ich Miss Pigot.

»Ich bin so froh, dass Sie Ihren Freund gefunden haben«, sagte ich. »Was für ein Glück, dass er Sie gesehen hat.«

»Guido arbeitet im Hafen«, erklärte mir Mr. Serle. »Er hat nicht weit von hier ein Zimmer. Wir haben heute beide unser großes Glück gefunden. Dein Bruder lebt, und ich bin im neuen Land einem alten Freund wieder begegnet.«

»Wie wunderbar«, sagte ich, aber dann überfiel mich plötzlich ein schrecklicher Gedanke. »Wann werde ich Sie wiedersehen?«, rief ich aus. »Wie soll ich das anstellen?«

Zu meiner Verwunderung wurden Mr. Serles dunkle Augen wieder feucht. »Ich denke, du wirst mich bald vergessen«, erwiderte er sanft. »Dein Bruder wird sich deiner annehmen wollen.«

»Aber Sie sind mein Freund«, sagte ich. Auch mir standen Tränen in den Augen. Ich war glücklich und bekümmert zugleich. »Wir haben fast acht Monate zusammengearbeitet und -gelebt. Ich kann Sie niemals vergessen.«

Guido sagte rasch etwas in seiner Sprache.

Mr. Serle nickte. »Diese neue Welt verwirrt mich«, sagte er. »Ich habe nicht vorausgeplant, wie wir auseinandergehen sollen. Ich werde dir aufschreiben, wo Guido wohnt. Du und ich, wir werden beide in Amerika viel zu lernen haben. Ich würde mich freuen zu erfahren, wie du zurechtkommst.«

Ich verstaute das Stück Papier sicher neben meinem Rosenkranz und meinem Nähbeutel in der Tasche meines neuen Rocks, und während ich noch damit beschäftigt war, hörte ich die Stimme meines Bruders meinen Namen rufen.

Und dann – nun, wie schreibt man Freude?

»Ich habe dir deine Reitstiefel mitgebracht«, sagte ich, als ich ihm um den Hals fiel.

Sein an mich gedrücktes festes Fleisch und Blut blockte jeglichen Lärm und Tumult der Stadt ab. Wir befanden uns in einem Teich aus Licht und Ruhe, wo die Liebe das durstige Herz tränkt. Ich weiß nicht, wie lange ich mich wortlos an Daniel klammerte, aber irgendwann drückte er mich von sich weg, damit er mir ins Gesicht sehen konnte.

Und dann kehrte die Welt wieder zurück. Schreie vom Hafen und von den vor Anker liegenden Schiffen, das knarrende Scheuern der Taue an den Holzpfosten und das Klappern der Takelage im Wind. Mr. Serles Freund hatte seinen Arm um dessen Schulter gelegt, und beide lehnten an der Reling. Ich stellte Daniel Mr. DiRoma und Mr. Serle vor, aber er schien sie kaum wahrzunehmen, hatte nur Augen für mich.

»Beeil dich, Mina«, sagte Daniel. »Wir müssen in die Elizabeth Street.«

Er warf sich meinen Beutel über die Schulter. Mr. Serle strich mir behutsam eine Locke aus der Stirn, als er sich verabschiedete, und lächelte mir zu. Ich spürte Tränen in mir aufsteigen, aber ehe ich denken oder sprechen konnte, kletterte ich schon wieder die steile Schiffsleiter hinab und lief, beinahe atemlos vor Staunen, mit Daniel durch die Stadt.

Daniel sieht gut aus. Seit wir im Frühjahr auseinandergerissen wurden, ist er voller und kräftiger geworden. Er sieht nicht mehr so verhungert, ja fast durchsichtig aus wie die Emigranten, die ich auf dem Schiff sah. Er ist kompakter und dunkler geworden, von gesunder Farbe, nicht mehr fahl und grau. Natürlich ist er größer als ich und recht schlaksig. Außer der Farbe unserer Haare und Augen teilen wir noch die Form der langfingrigen, kräftigen Hände unseres Vaters. Daniel hat auch Vaters lang gezogenes Gesicht – ein Pferdegesicht, wie meine Mutter es scherzhaft zu nennen pflegte, weil mein Vater die Pferde so liebte.

»Das Kellnerdasein bekommt dir gut, Daniel«, sagte ich und beeilte mich, um mit ihm Schritt zu halten. »Ich bin so froh, dich gesund anzutreffen.«

Daniel verlangsamte seinen Schritt ein wenig, und wir unterhielten uns beim Gehen. Weil ich nur Augen für ihn hatte, sah ich nichts von den Straßen oder Sehenswürdigkeiten, an denen wir vorbeikamen. Daniel gefällt seine Arbeit im Columbia House Hotel am Broadway. Er wohnt dort in den Speicherräumen, die für die Köche, Kellner und Küchenjungen bestimmt sind. Das Hotel beherbergt Hunderte von Gästen, und alle zahlen, um ihre Mahlzeiten im Hotel einzunehmen. Daniel bedient reiche Reisende und Geschäftsleute von der Wall Street und kriegt ihre Gespräche mit.

Nachdem Daniel mich zu Mrs. Redburns Pension gebracht hatte, wo ich jetzt sitze und schreibe, ging er sofort wieder zurück an die Arbeit, obwohl ich ihn zu bleiben bat.

»Nein«, sagte er. »Ich darf meine Arbeit nicht aufs Spiel setzen. Sie wird gut bezahlt.«

»Aber sie werden doch sicherlich verstehen, dass du gerade deine Schwester wiedergefunden hast, die du verloren glaubtest«, wandte ich ein. »Das kannst du ihnen doch sagen.«

»Was für ein Gänschen du doch bist, Mina«, meinte Daniel und drückte mich noch mal an sich. »Du bist hübscher, als ich dich in Erinnerung hatte, obwohl mir deine Haare sehr kurz vorkommen und du viel zu dünn bist.«

Dann eilte Daniel davon. Er würde in den Omnibus steigen, der den Broadway hinunter zu seinem Hotel fährt, und dort bis spätabends Essen servieren.

Am Sonntag endlich kam er wieder. Sonntags wird im Hotel ein einfacheres Abendessen serviert, so dass nicht alle Kellner gebraucht werden. Sie nehmen sich abwechselnd ein paar Stunden frei. Daniel hatte mit jemandem getauscht, damit er mich besuchen konnte.

»Du wirkst viel ausgeruhter, Mina«, sagte er, nachdem er mir einen Begrüßungskuss gegeben hatte.

»Ich habe zwei Tage lang nur geschlafen«, berichtete ich. »Ich habe Angst auszugehen.«

»Wir werden zusammen einen Spaziergang machen«, schlug Daniel vor.

Ich hüllte mich in meinen Schal, und wir gingen die Steintreppe der Pension hinunter. Was für ein wunderbares Gefühl es doch war, bei ihm untergehakt die Stadt zu erkunden. Wir liefen die Elizabeth Street ein Stück in nördlicher Richtung und sahen uns die Häuser mit den Ziegelfassaden und den kleinen Läden an, dann bogen wir in die Prince Street ein, wo Daniel mir die St. Patrick's Church zeigte. Es ist ein großer Steinbau mit einer Steinmauer entlang der Straße und Eisengittern auf der Vorderseite.

»Sieh nur, sie liegt ganz in deiner Nähe«, sagte Daniel. »Du kannst auch allein hierherkommen.«

»Warum ist die Kirche von einer Mauer umgeben?«, fragte ich. »Unsere Kapelle in Irland hatte so etwas nicht.«

»Zum Schutz«, erklärte Daniel. Seine Stimme klang plötzlich bitter.

»Aber weshalb?«

»Es gibt Menschen, die uns hassen«, klärte Daniel mich auf. »Es ist nicht anders als in Irland auch. Die Elite behauptet, die Katholiken würden vom Papst regiert und könnten keine echten Amerikaner sein. Unsere Kirche und unsere Friedhöfe sind auch überfallen worden.«

»Wie schrecklich«, sagte ich und schauderte bei dem Gedanken. »Ich dachte, hier herrsche Freiheit.«

»O ja«, erwiderte Daniel. »Freiheit gibt es hier. Wenn wir angegriffen werden, haben wir hier nämlich die Freiheit, uns zusammenzutun und Widerstand zu leisten. Wir kämpfen füreinander und für unsere Rechte. Es ist nicht wie in unserer alten Heimat, wo man dem Hungrigen den Stiefel seiner Lordschaft zum Ablecken hinhält. Wir sind füreinander da. Vergiss das nicht, Mina.«

»Ja, Daniel«, antwortete ich.

Wir bogen links in die Mulberry ein, dann wieder links in die Spring Street. Wir blieben stehen, um uns die Pferde in einem Mietstall anzuschauen. Ich atmete tief durch. Ich liebe den warmen Duft des Stalls. Daniel warnte mich davor, in südlicher Richtung weiter als bis zu diesen Straßen zu gehen.

»Die führen in die Five Points, einen gefährlichen Teil der Stadt. Halte dich hier und in der Nähe der Kirche auf. Wenn du in die Stadt gehen möchtest, bleib westlich vom Broadway.«

Bald waren wir wieder in der Elizabeth Street und vor Mrs. Redburns Pension.

»Sollen wir hineingehen?«, erkundigte sich Daniel. »Du siehst verfroren aus.«

»Ich bin durchgefroren«, gab ich zu. »Außerdem sind die Straßen schmutzig, und ich habe nur dieses eine Kleid.«

Mrs. Redburn überließ uns ihren privaten Salon, damit wir uns unterhalten konnten. Der Hauptsalon für die Pensionsgäste war voll faulenzender junger Männer, die an diesem Sonntagnachmittag Zeitung lasen oder miteinander scherzten. Die jungen Männer arbeiten als Angestellte in den Läden und Kontoren, wie Mrs. Redburn mir erzählt hat. Sie starren mich neugierig an, wenn sie mir im Flur oder beim Abendessen begegnen.

Anfangs saßen Daniel und ich schweigend in der Wärme des Salons. Allein ihm nahe zu sein wühlte mich auf.

Daniel umschloss meine Hand mit einem festen Händedruck und sagte: »Ich glaubte, du seist tot, Mina. Ich weinte um dich, als ich in dem Fischerboot saß, das mich rettete. Wusstest du denn, dass ich am Leben war?«

»Nach dem ersten Tag glaubte ich daran. Ich habe immer daran geglaubt, dich zu finden.«

»Was ist dir widerfahren?«, fragte er mich.

Es war so wunderbar, wieder mit Daniel zu reden. Sein Gesicht war so lebhaft und guter Dinge, und in seinem Ausdruck fand ich den meiner Mutter wieder, wenn sie in Gedanken die Stirn krauszog, und die zu einem Lächeln verzogenen Lippen meiner toten Schwester Eliza. Und so erzählte ich ihm, ohne ihn aus den Augen zu lassen, so einfach wie möglich, wie ich ihn gesucht hatte und seinen Namen auf einer der Listen der Geretteten fand, die man in Liverpool angeschlagen hatte; wie ich all mein Geld an einen Betrüger verlor, der mir eine Fahrkarte nach Amerika auf einem Schiff verkaufte, das es gar nicht gab; wie mir eine Überfahrt und Arbeit als Zofe von der bösen Mrs. Hatton angeboten wurden, ich dann aber zufällig mitbekam, wie sie und ihr Ehemann planten, mich als Bordellsklavin zu verkaufen; wie ich aus dem Sack mit Daniels Sachen, den ich selbst dann noch festhielt, als ich von dem brennenden Schiff, der *Abigail*, sprang, eine Hose und Jacke anzog, wie ich hinaus aufs Land fuhr und glaubte, dort mit Pferden arbeiten zu können, dann aber als Küchenlehrling bei Mr. Serle landete; und wie ich dann, noch immer als Junge, auf der *Victoria* anheuerte, um nach Amerika zu kommen.

Beim letzten Teil meines Berichts zog er seine Stirn in wilde Falten. »Also!«, rief er, als würde er Dampf ablassen. »Ich bin wirklich froh, dass das jetzt ein Ende hat. Ich dachte, du seist auf der *Victoria* als Passagier herübergekommen, wie eine Dame.«

»Aber Daniel«, protestierte ich, »ich dachte, es richtig zu machen, indem ich arbeitete und sparte. Die ganze Zeit über habe ich nur an unseren Traum gedacht, eine Farm und Pferde zu haben.«

Daniel drückte meine Hand. »Was bist du für ein gutes Mädchen«, sagte er.

»Aber ich möchte arbeiten. Ich möchte deine Partnerin in der Welt sein. Was meinst du, werden wir uns bald auf die Suche nach einer Farm machen?«

»Diesen Tagtraum habe ich aufgegeben.« Daniel sagte das so, als würde er sich ein Spinnennetz aus dem Gesicht wischen. »Im Hotel habe ich einen Freund, John Deegan. Wir wollen gemeinsam einen Saloon kaufen. Wir werden aufsteigen.«

Ich musste an die hoffnungsvollen Gespräche denken, die Daniel und ich führten, als wir planten, Pferde und unser eigenes Land zum Bewirtschaften zu haben. Ich biss mir auf die Lippen. Er lebte schließlich schon länger hier in Amerika als ich.

»Einen Saloon?«, fragte ich. »Dann werde ich kochen.« Ehe er darauf eingehen konnte, redete ich weiter. »Ich werde dir helfen. Ich habe so viel von Mr. Serle gelernt in dem großen Haus in England. Ich kann backen und braten und fantastische Kuchen machen – sogar Zuckernester für Eiercreme.«

Daniel klopfte mir auf die Schulter. »Ich bin froh, Mina. Du wirst eine gute Wirtschafterin sein, wenn du heiratest. Doch ich glaube nicht, dass fantastische Kuchen in einem New Yorker Saloon gefragt sein werden. Wohl eher eingelegte Eier und Schweinsfüße.«

»Oh!« Ich war enttäuscht. »Aber ich kenne ein Rezept für eingelegte Eier«, fiel mir ein.

Daniel war in Gedanken ganz woanders. »Wer waren die Männer, die mit dir auf dem Schiff waren?«, fragte er mich jetzt. »Ich habe vergessen, was du gesagt hast. Ich habe an nichts anderes denken können, als daran, dich wiederzusehen.«

»Mir ging es genauso«, versicherte ich ihm.

»Wer sind sie?«, wiederholte er seine Frage.

Ich glaubte, eine gewisse Beunruhigung in seiner Stimme zu hören.

»Der braunhaarige Mann ist Mr. Guido DiRoma«, berichtete ich. »Ich habe ihn erst fünf Minuten vor deinem Eintreffen kennen gelernt. Der andere Mann, der dunklere, der schmächtig wirkt, aber dennoch sehr stark ist – das ist Mr. Serle. Er gab mir Arbeit und sorgte dafür, dass man sie mir entlohnte. Er unterrichtete mich. Er ist ein hervorragender Koch, ausgebildet in Paris und London. Er half mir, sicher über den Ozean zu dir zu kommen. Ihm habe ich es zu verdanken, dass ich hier bin und Goldmünzen als Erspartes in mein Hemd eingenäht mitbringe.«

»Woher kommen diese Männer denn?«, hakte mein Bruder nach. »Es sind doch bestimmt keine Iren?«

»O nein. Sie kommen beide aus Rom, aus Italien, wo der Papst lebt. Ich kenne nicht ihre ganze Geschichte, aber sie kennen einander aus Jugendtagen.«

Ich überlegte kurz. »Sie sind sehr verschieden«, klärte ich Daniel auf. »Mr. Serle ist Jude und der Gebildetere. Guido DiRoma arbeitet hier als Hafenarbeiter. Er ist Katholik, wie wir. Und dennoch sind Mr. DiRoma und Mr. Serle Freunde.«

»Ein Jude?«, staunte mein Bruder und runzelte die Stirn. »Und du traust ihm?«

»Natürlich«, sagte ich. Mir stiegen Tränen in die Augen. Ich wollte so gern, dass Daniel mich verstand.

»Ist ja gut, Mina«, beruhigte er mich. »Ich weiß doch, dass du ein gutes Mädchen bist.«

Ich war nicht glücklich, aber würde ich versuchen, es zu erklären oder ihm zu widersprechen, wäre das nicht anders als bei meinem Versuch, Mr. Serle von Flint zu erzählen. Manche Dinge lassen sich nicht einfach mit Worten erklären; manche Dinge im Leben kann man nur sehen und fühlen.

Mrs. Redburns kleine Uhr auf dem Regal schlug klingelnd die Stunde, und Daniel erhob sich, umarmte und küsste mich. Er sagte, er werde mich am Donnerstag wieder besuchen, das sei ein besonderer Feiertag. Der Präsident von Amerika, Präsident Polk, wie er heiße, verkünde dem Volk den Thanksgiving Day. Alle gingen in ihre jeweiligen Gotteshäuser und dankten dort für das großartige Land, das ihnen gehöre.

Ich habe darüber nachgedacht, seit Daniel es mir erklärt

hat. Er hat nämlich nicht die Worte gebraucht, die ich gerade niedergeschrieben habe.

Er sagte: »... dieses großartige Land, das uns gehört.«

»Uns?«, rief ich aus.

»Ja, uns, Mina«, sagte Daniel. »Vor siebzig Jahren haben die Menschen es diesen verdammten Engländern abgenommen. Jetzt ist es deins und meins. Ich bin ein Staatsbürger. Ich habe diesen Monat Locofoco gewählt, das sind die Radikalen in der Demokratischen Partei, und ich habe auch für die Männer abgestimmt, die diese Stadt regieren.«

»Aber ...«, setzte ich an, »es dauert fünf Jahre, bis man Staatsbürger werden kann. Das hat Mr. Serle mir erzählt.«

»Keine Sorge«, beschwichtigte Daniel. »Ich kenne kluge Männer, die sich darum kümmern, dass ich meine Rechte bekomme und aufsteige. John Deegan und ich werden unseren Saloon bekommen, und außerdem werden wir uns für die Demokraten starkmachen. Dieses Mal hat es für unseren Mann nicht zur Präsidentschaft gereicht. Das alte Raubein Taylor wird nächstes Frühjahr vereidigt – einstweilen tut er's. Wir gewinnen dann zweiundfünfzig.«

Ich war stolz, dass mein Bruder so bald schon wählen konnte, und sagte ihm das auch.

»Schon gut, Mina«, fuhr er fort. »Ein Mann muss das tun. Ich möchte, dass du deine Kleider abbürstest. Wir werden am Donnerstag in die Kirche gehen, die ich dir gezeigt habe, St. Patrick's, und ich freue mich, dass wir zusammen sind. Hast du eine Haube?«

Eine Haube? Gerade erst hatte ich aufgehört, meine Jungenkappe zu tragen.

»Nein«, sagte ich, »ich habe keine Haube, nur einen Schal.«

Daniel seufzte. »Der tut's fürs Erste«, befand er. »Aber ich möchte, dass du wie eine Dame aussiehst, nicht wie eine arme Emigrantin frisch vom Boot.«

Als ich in der großen Kirche mit ihren hohen, aus vielen Scheiben zusammengesetzten Fenstern kniete, umgeben vom Echo der betenden Stimmen, fielen mir Daniels Worte über den Eisenzaun und wer wir sind wieder ein. Hass. Freiheit. Die Iren halten zusammen. Daniel glaubte an Gerechtigkeit. Wirklich verändert hatte er sich nicht. Der Priester hob die Hostie vor dem Altar in die Höhe. Dies war ein Tag, um Dank zu sagen.

Nach dem Gottesdienst begrüßte Daniel einige der Männer, die er kannte. Sie waren sehr gut gekleidet. Einer von ihnen, ein großer Mann mit einem Hals, so dick, dass er fast seinen Kragen sprengte, sah zu mir herüber und nickte, während Daniel sprach.

»Was sind das für Männer?«, fragte ich, als wir zurück zur Elizabeth Street liefen.

Daniel lächelte. »Wichtige Männer«, sagte er. »Mr. Branton findet dich hübsch.«

Bei Mrs. Redburn setzten wir uns in den Winkel des Salons und unterhielten uns. Die jungen Männer waren an diesem Feiertag ausbezahlt worden, und alles war ruhig.

»Ich habe dir erzählt, was mir widerfahren ist«, begann ich. »Und was ist mir dir?«

Daniel seufzte. »Ich denke nicht gerne daran.«

»Aber ich bin deine Schwester«, entgegnete ich. »Erzähl es mir. Es kann nicht schlimmer sein als das, was ich mir ausmale.«

Daniel holte tief Luft. »Ich befand mich an Deck der brennenden *Abigail*«, erzählte er. »Ich sah dich an der zerborstenen Reling. Dein Zopf hatte sich gelöst, und bei dem Wind und dem Rauch konnte ich nicht unterscheiden, ob es dein rotes Haar oder eine Flamme war. Als ich die Hand ausstreckte, verschwandst du in einer Explosion aus Feuer und Rauch. Gerade warst du noch da, und dann warst du plötzlich nicht mehr da. Für mich warst du verloren, Mina.

Und ohne einen Gedanken darauf zu verschwenden, ob ich leben oder sterben würde, sprang ich vom Schiff ins kalte Meer.«

»O Daniel.« Ich streckte die Hand aus, um seinen Kopf zu streicheln.

»Ich weiß nicht, wie lang ich im Wasser war.« Daniel nahm meine Hand. »Jemand war bei mir und kämpfte. Ich glaube, er half mir. Dann waren wir in einem Boot, keuchten inmitten der Ladung Fisch selbst wie Fische am Haken. Die *Abigail* war ein brennendes Wrack am Horizont.«

Er hielt einen Moment inne, ließ meine Hand los und lief unruhig im Salon auf und ab. Ich wartete schweigend. Ich kannte die Bilder, die in seinem Kopf aufflammten. Kummer braucht Zeit.

»Die Fischer hatten einige von uns aus dem Meer gefischt. Beladen mit Fisch und Menschen rollte die kleine Barke tief in den Wellen. Einer der Männer zog sein weißes Hemd aus und hisste es als Flagge. Ein Schiff gab uns ein Signal, es war die *Washington* auf ihrer Fahrt nach Westen, nach New York. Sie bot an, jeden aufzunehmen, der bereit war mitzufahren. Der Kapitän hatte Post und viele Passagiere geladen und war nicht willens umzukehren.«

Mein Bruder nahm wieder meine Hand. Ich drückte sie fest.

»Ich glaubte dich tot, Mina«, sagte er. »Sonst wäre ich zurückgekehrt. Vielleicht konnte ich auch nicht klar denken. Mein Arm war verbrannt, mein Gehirn vernebelt von Rauch und Kummer.«

»Du hast das Richtige getan, Daniel«, versicherte ich ihm.

»Nun«, Daniel seufzte, ein trauriger Seufzer, »die Entscheidung war gefallen. Das Beiboot des Schiffes kam herüber. Ich ging an Bord der *Washington*. Der Obermaat wies mich an, im Zwischendeck bei den anderen Emigranten zu schlafen. Ich bat um Arbeit. Er fragte mich, ob ich denn wüsste, wie man segelte. Ich log und sagte ja.«

»O Daniel, wie mutig von dir.«

Daniel löste seine Hand aus meiner und strich sich damit übers Gesicht. Irgendwie war es eine müde Geste. Er rieb sich den Kopf, bis seine roten Locken alle durcheinander waren.

»Mutig kam ich mir nicht dabei vor«, nahm er seinen Bericht wieder auf, »nur verzweifelt. Da stand ich in meinen tropfnassen Kleidern, ein Ärmel meiner Jacke war weg. Das Einzige, was ich noch besaß, waren unsere Taufscheine von Father Fintan, die paar kleinen Münzen, die du mir ins Futter der Jacke eingenäht hattest, und das Taschenmesser, das Vater gehört hatte.«

Daniel verstummte wieder. »Nun, ob mutig oder nicht, der Maat glaubte mir nicht. Man sagte mir, ich solle mir einen Platz im Zwischendeck suchen. Der Schiffsarzt kam, untersuchte mich und meinte, ein Mann sei ich sicher nicht und man solle mir deshalb nur die halbe Ration geben, wie sie einem Kind unter vierzehn zusteht – und das mir, einem ausgehungerten Mann von zwanzig Jahren. Sofern ich nicht bereit sei, ihm jeden Penny zu geben, den ich besitze, könne er – würde er – nichts für meinen verbrannten Arm tun.«

Am liebsten hätte ich aufgeschrien und diese Ungerechtigkeit verflucht. Daniel hatte sich jetzt von mir abgewandt, aber seine Hand lag schlaff in meiner. Er war vollkommen in seine Geschichte eingetaucht.

»Diese *Washington* war ein fürchterliches Schiff. Neunhundert Passagiere im Zwischendeck, zum Kochen zwei Bratroste aus Eisen an Deck für diese ganze Horde, Maate, die Menschen traten und anschrien, knappe Rationen. O Mina, nur zwei gutherzigen Familien aus unserer Heimat habe ich es zu verdanken, dass ich nicht verhungert bin. Sie erlaubten mir, mit ihnen zu kochen, sie fanden einen Löffel für mich, damit ich aus ihrem Topf essen konnte. Ich entgalt es ihnen mit allem, was mir möglich war, half, unseren Vorrat an Salzwasser zu holen, wenn es verteilt wurde, und hielt den Platz an der Kochstelle frei. Natürlich gab es auch Tage, an denen wir nicht kochen konnten. Wir hatten schlechtes Wetter.«

Mich schauderte bei dieser Vorstellung. Mein armer Bruder krank und hungrig in der stickigen Dunkelheit, im Kopf das Brüllen des Sturms und der donnernden Wellen. Ich beugte mich hinab, um ihm mitleidig die Hand zu küssen.

»Im Sturm verletzte sich ein Mann im Zwischendeck die Hand. Er hatte sich ganz eng an die Planken gedrückt, um nicht aus seiner Koje geschleudert zu werden. Die Planken klaffen auseinander, wenn das Schiff sich in die eine Richtung neigt, und schließen sich wieder, wenn es sich zu der anderen Seite neigt. Offenbar hat er seine Hand ausgestreckt, also klemmte er sich, als das Schiff seinen Kurs änderte, seinen kleinen Finger zwischen zwei Planken ein. Er schrie vor Schmerz. Als das Schiff sich wieder zur anderen Seite neigte, bekam er ihn endlich frei. Diese Schreie werde ich nie vergessen. Ich höre sie noch in meinen Träumen.«

»Ich weiß, ich weiß«, sagte ich beschwichtigend.

»Das Wetter beruhigte sich und es wurde heiß, was noch schlimmer war«, erzählte Daniel. »Das Fieber raffte die Ältesten und die Jüngsten dahin. Wir verloren achtzig von uns. Jeden Tag, jeden Tag wurden Leichen ins dunkle Wasser geworfen. Und es gab keinen Geistlichen auf dem Schiff. Unsere Leute ließen es nicht zu, dass der Kapitän ein Gebet sprach. Er und seine Maate meinten, wir seien dumm, Papistendummköpfe. Wir wussten, dass ein Mann, der die Menschen so behandelte, kein Christ sein konnte. Wir wollten nicht den Teufel über unseren Toten beten lassen.«

Daniel wischte sich die Augen mit dem Ärmel trocken.

»Endlich erreichten wir den Hafen von New York, und

der Lotse kam an Bord. Die Maate zwangen die Leute, ihr schmutziges Bettzeug und auch viele ihrer sonstigen Habseligkeiten über Bord zu werfen. Nun, mich betraf das nicht. Ich hatte ein Stück altes Segeltuch, das ich aus dem Lager gemopst hatte. Darin wickelte ich mich ein, das war mein Bettzeug. Der entsetzliche Laderaum des Zwischendecks wurde geschrubbt und ausgeräuchert, damit die Inspektoren aus New York nicht die Wahrheit darüber erfuhren, wie sehr die Menschen litten. Bis zum Ende der Fahrt hörten die Ungerechtigkeiten nicht auf.«

»Aber du bist tapfer und stark, und du bist hier«, sagte ich zu Daniel. Er zappelte, als wolle er wieder aufstehen und im Zimmer auf und ab gehen, aber ich schlang meine Arme um ihn und hielt ihn fest.

»Ja, ich bin hier«, wiederholte Daniel, küsste mich auf die Wange und schob mich dann weg. »Im Hafen kamen Iren aufs Schiff. Sie halfen denen von uns, die in Not waren, eine Bleibe zu finden, wo wir nicht übervorteilt wurden. Diese Leute halfen mir auch, Arbeit zu finden. Und einer dieser Männer war es, der mich bedrängte, einen Brief für dich zu hinterlegen. Obwohl ich dich für tot hielt, riet er mir zu hoffen.«

»Ich bin stolz auf unsere guten Landsleute«, sagte ich.

Daniel strich sich wieder mit der Hand übers Gesicht, als wollte er einen Gedanken wegwischen. »Jetzt kennst du meine Geschichte. Ich werde nie wieder darüber reden, Mina, nie wieder. Du darfst nie mehr fragen, nie mehr davon anfangen. Versprich mir das.«

»Ich verspreche es.«

Und so gab ich meinem Bruder einen Abschiedskuss und brachte ihn zur Tür. Nachdem ich am lauten Abendbrottisch etwas gegessen hatte, nahm ich meine Kerze und ging auf mein Zimmer. Heute habe ich die Geschichte meines Bruders aufgeschrieben. Ich werde nie wieder darüber sprechen, aber ich habe meine eigenen Aufzeichnungen. Und ich werde sie nicht vergessen.

Nun bin ich mit meinen Aufzeichnungen am heutigen Tag, dem Evacuation Day, angelangt. Ich ging auf eigene Faust den Broadway hinunter, um mich mit Daniel zu treffen. Dazu wechselte ich auf die westliche Seite der Hauptverkehrsstraße und bahnte mir meinen Weg durch die Menschenmassen. Hätte ich eine Geldbörse besessen, wäre ich sicherlich wegen der Taschendiebe in Sorge gewesen. Aber so sind alle meine Münzen gut in mein Hemd eingenäht und sicher unter meinen Röcken. Mein Bruder sagte mir, ich solle so lange gehen, bis er mir entgegenkomme, aber ich dürfe mich nicht weiter als bis zu A. T. Stewart's Laden an der Reade Street begeben. Den könne ich nicht verfehlen, meinte er, er sei ganz aus glänzendem Marmor. Tatsächlich traf er dort zusammen mit mir ein. Er kam mit seinem Freund John Deegan.

»Meine Schwester, Miss Mina Pigot«, stellte mein Bruder mich vor.

Ich vergaß, dass ich ein Mädchen bin, streckte meine Hand aus und schüttelte dem Freund meines Bruders herzlich die Hand.

»Ich freue mich, Sie kennen zu lernen«, sagte ich, aber dann fiel es mir wieder ein, und ich kam mir unbeholfen vor.

»Was für ein hübsches Mädchen deine Schwester ist, Daniel«, bemerkte Mr. Deegan und hielt meine Hand fest.

Ich befreite mich aus Mr. Deegans festem Griff. Er starrte mich an, und ich zog den Schal fester um meinen Kopf.

»Ist dir kalt, Mina?«, erkundigte sich mein Bruder.

»Nein, nein«, erwiderte ich, »ich mag nur den Wind nicht in meinen Haaren.«

Ich war überrascht über meine eigenen Worte. Sie entsprachen nämlich nicht der Wahrheit. Auf dem Schiff genoss ich die Freiheit meines unbedeckten Hauptes. Die Musik der in der Ferne spielenden Kapelle entband uns von der Notwendigkeit, Konversation zu machen. Die Menge drängte vorwärts und wir drei mit ihr, Daniel an meiner einen, Mr. Deegan an meiner anderen Seite.

John Deegan war nicht ganz so groß wie mein Bruder und schmächtiger gebaut. Sein Haar stach als hellbrauner Schopf unter seinem Hut hervor. Heufarbenes Haar, sage ich dazu. Seine Nase war gerade, und er hatte ein offenes Gesicht. Er hatte einen stolzen Gang. Obwohl er ein hübsches Gesicht hatte, fühlte ich mich unwohl, als er in der drängenden Menge so dicht neben mir stand.

Mein Unbehagen schwand im Jubel und in der Aufregung der sich nähernden Parade – Feuerwehrleute, die einen glänzenden Wasserkarren zogen, Marschkapellen, eine Artilleriekompanie, die eine Kanone mit sich führte, Männer mit Bannern, Männer, die römische Lichter mit einem Knall und einem Schwall roter Funken abschossen, so dass die Pferde vor den Rollwagen, die in den Seitenstraßen warteten, scheuten und erschrocken wieherten. Zusammen mit den anderen rief und schrie ich. Am Ende der Parade kam ein großer Mann in den altmodischen Kleidern von General Washington auf einem großen, weißen, sich aufbäumenden Pferd geritten. Der Mann schwenkte seinen Dreispitz, und die Leute schrien sich heiser.

Dann war die Parade vorüber. Zart wie Rosenduft im Sommerwind hörten wir noch die Musik. Die Menge beruhigte sich, redete und lachte. Es war vorbei.

»Es freut mich, Sie kennen gelernt zu haben, Miss Pigot«, sagte John Deegan. Er ergriff wieder meine Hand, obwohl ich sie ihm nicht dargeboten hatte.

»Auf Wiedersehen«, antwortete ich höflich.

Ich wünschte, ich hätte Handschuhe gehabt. Ich wickelte meine Hände in den Schal.

»Ich werde meine Schwester noch ein Stück begleiten«, sagte Daniel zu Mr. Deegan.

»In Ordnung«, gab Mr. Deegan zurück und ging dann fröhlich pfeifend Richtung Innenstadt davon.

Daniel und ich liefen eine Weile schweigend nebeneinanderher.

»Hat dir mein Freund John Deegan denn gefallen?«, fragte Daniel mich. »Ich glaube, die Frauen finden, dass er ganz gut aussieht.«

»Ja, er sieht gut aus«, gab ich zu.

»Er ist mein Freund«, wiederholte Daniel. »Wenn du ihn magst, kannst du ihn vielleicht heiraten.«

Der Gedanke verschlug mir den Atem.

Nach einer Weile zwickte Daniel mich in den Arm. »Schläfst du?«, fragte er.

»Ich bin zum Heiraten noch nicht bereit«, protestierte ich.

»Nun, wenn es so weit ist, kannst du John ja in Erwägung ziehen. Er scheint dich zu mögen.« Mein Bruder drückte meinen Arm und lachte. Er zog mich nur auf.

An der Grand Street geleitete Daniel mich sicher durch das Gewühl und das Durcheinander der Kutschen und Karren und Omnibusse auf dem Broadway, um dann zurück zu seiner Arbeit zu eilen. Ich schlenderte langsam den Broadway hinauf und staunte über die Luxusläden. An der Broome Street bog ich rechts ab und ging dann links in die Crosby Street. Vielleicht traf ich ja Madame Moses oder die kleine Stellina mit dem Kindermädchen Luly. Es ist seltsam, an einem Ort mit so vielen Menschen zu sein und doch tagelang keinen derer zu sehen, die man kennt.

Ich fragte mich, ob Mr. Serle wohl heute auch die Parade gesehen hatte.

Während ich diesen letzten Satz schreibe, klingelt es unten. Ich muss mich beeilen, oder ich verpasse das Abendessen. Die Amerikaner essen so schnell, dass ich mich oft erst hinsetze, wenn alle anderen schon wieder aufstehen. Ich bin des Lärms und der Hetze im Esszimmer überdrüssig. Und ich habe wenig Appetit auf gekochtes Fleisch mit fettigen Pasteten.

Montag, 4. Dezember 1848

Endlich gewöhne ich mich wieder daran, festen Boden unter den Füßen zu haben. Wenn ich mich nachts hinlege, hüpft mein Kopf nicht mehr in endlosen Wellen auf und ab, auf und ab, als würde ich noch immer auf dem Segelschiff über den Ozean fahren. Mit wachsender Selbstsicherheit gehe ich mittlerweile bis zur Kirche und wieder zurück und dann um den Häuserblock am Mietstall vorbei.

Ich habe mit Daniel darüber gesprochen, dass ich mich um eine Stelle als Köchin oder Beiköchin bewerben möchte. Am liebsten würde ich in einen komfortablen Haushalt gehen und für Menschen mit erlesenem Geschmack kochen. Daniel möchte, dass ich noch warte. Er sucht nach einer Arbeit für mich, die es uns erlaubt, uns öfter zu sehen, als wenn ich in Stellung bin. Er wird mir bald Nachricht geben.

In der Zwischenzeit brauche ich noch etwas anderes zum Anziehen als das eine schlecht sitzende Kleid und Phoebes Schal. Heute Morgen nahm ich all meinen Mut zusammen und erklomm die Stufen zu einer Schneiderin, zwei Türen von Mrs. Redburns Pension entfernt. Vergangene Woche fiel mir im Fenster des Erdgeschosses das hübsche Schild auf, schwarze Buchstaben auf einem blassblauen Hintergrund:

FEINE KLEIDER, MODISCHE DAMENHÜTE
MISS H. CORBETT

Im Fenster auf der anderen Seite der zentralen Eingangstür ist noch ein weiteres Schild im gleichen Stil angebracht:

MALUNTERRICHT FÜR DAMEN, PRIVATUNTERRICHT
MISS J. CORBETT

Wenn es mir zu kostspielig sein sollte, konnte ich immer noch sagen, ich hätte mich geirrt, und anderswohin gehen, sagte ich mir, als ich klingelte. Miss H. Corbett führte mich in einen hellen Raum mit einem Arbeitstisch und einem langen Kleiderrechen, auf dem Kleider und Teile von Kleidern hingen. An der Wand gegenüber der Flurtür befand sich ein Ofen mit der Trage für Kohlen und Holz. Der Ofen schien sowohl zum Heizen als auch zum Kochen verwendet zu werden, denn es stand ein Kessel darauf, und daneben befand sich ein Regal mit einem Vorhang davor. Ich stellte mir die dort verstauten hübschen Töpfe und das Geschirr vor. Neben dem Herd standen zwei bequeme Sessel und ein kleiner Tisch mit einer polierten Öllampe. Vor einem der rechts liegenden Fenster hatte ein Schaukelstuhl seinen Platz. Eine Schneiderin muss dort sitzen, wo sie gutes Tageslicht bekommt. An der linken Wand stand ein hoher, dreiteiliger Spiegel, und ein Durchgang führte in einen weiteren Raum.

Mir gefiel es hier auf Anhieb, denn alles war sauber und ordentlich. Außerdem strahlte Miss Corbett Ordnungssinn aus. Sie war eine kleine, etwas pummelige junge Frau, weder dick noch dünn. Ihr glänzendes braunes Haar hatte sie aus dem Gesicht gekämmt und zu einem geflochtenen Nackenknoten aufgesteckt. Ihre grauen Augen waren munter. Sie trug ein sehr schlichtes blaues Wollkleid ohne Putz oder Besatz am Rock, nur das Oberteil war fein gerafft und genäht.

»Wie kann ich Ihnen helfen?«, fragte mich Miss Corbett.

Wie ihr schlicht wirkendes und dennoch raffiniertes

Kleid erweckte sie den Eindruck von Vollkommenheit, von Schliff, nur dass es bei ihr nicht harter Oberflächenschein, sondern glänzende Tiefe war.

»Ich bin gekommen, weil ich mir gerne ein Kleid machen und das ändern lassen möchte, das ich anhabe. Außerdem brauche ich einen Unterrock und ein Nachthemd. Viel Geld habe ich aber nicht«, sagte ich.

»Ein Kleid? Wollen Sie es am Tag oder am Abend tragen? Zu Hause oder wenn Sie Besuche machen?« Miss Corbett hatte einen sehr forschen, geschäftsmäßigen Umgangston. Sie klang sehr amerikanisch. »Nehmen Sie hier Platz«, sagte sie und deutete auf die Sessel am Herd. »Legen Sie Ihren Schal ab. Wir werden das besprechen.«

»Ein Tageskleid«, sagte ich und setzte mich. »Vielleicht zum Arbeiten. Das weiß ich noch nicht. Ich dachte an etwas Schlichtes, Einfaches. Vielleicht in Schwarz.«

Miss Corbett lehnte sich in ihrem Sessel zurück. Sie nahm einen Federhalter vom Tisch neben ihr und klopfte damit gegen ihre Schneidezähne. Sie sah mich nachdenklich an.

»Meine Liebe«, begann sie, »ein schwarzes Kleid ist nichts für Sie. Bei Ihrem hellen Haar und der blassen Haut wäre das viel zu auffällig. Sie könnten den Broadway nicht hinuntergehen, ohne dass sich alle nach Ihnen umdrehten. Für den Abend, ja.«

Während sie sprach, sah sie mich unverwandt an. Es war, als würde sie mich sehen, wie ich bin, und sich gleichzeitig vorstellen, wie ich angezogen aussähe.

»Nicht schwarz?«, fragte ich schüchtern nach.

Miss Corbett schüttelte entschlossen den Kopf. »Nein«, sagte sie. Plötzlich bekam sie einen verschlossenen, träumerischen Gesichtsausdruck. »Aber vielleicht für ein Abendkleid. Schwarze Seide, tief ausgeschnitten, weiße Spitze an den Ärmeln, Ziegenlederhandschuhe, Perlen.« Sie unterbrach sich kopfschüttelnd. »Achten Sie nicht auf mich, meine Liebe.« Um ihre Augen legten sich Lachfältchen. »Wir fangen noch mal an. Sie brauchen ein Tageskleid. Etwas Praktisches.«

»Ja, und das hier muss geändert werden. Ich bin leider nicht so geschickt, es selbst zu tun.«

»Nun«, sagte Miss Corbett. »Fangen wir doch damit an, dass wir in das innere Zimmer wechseln – wenn Sie so gut wären. Ich muss bei Ihnen Maß nehmen. Dann können wir uns vertrauensvoll über Stoffe und Preise unterhalten. Wenn die Mittel begrenzt sind, wollen wir doch wissen, was auf uns zukommt, bevor wir anfangen.«

Zu meinem Entsetzen und meiner Schande reagierte ich darauf mit einem Tränenausbruch. Miss Corbett sagte nichts. Als ich wieder Luft bekam und endlich zu ihr hochblickte, hatte sie sich eine Arbeit vorgenommen und nähte in aller Ruhe, die Hände emsig, das Gesicht ernst. Als ich mich beruhigt hatte, legte sie ihre Arbeit beiseite und sah mich an.

»Wollen Sie mir sagen, was das Problem ist?«, forderte Miss Corbett mich sanft auf. »Miss – vielleicht wollen Sie mir ja Ihren Namen sagen?«

»Ich bin Miss Mina Pigot«, sagte ich ihr. Jetzt hatte ich einen Schluckauf.

Miss Corbett nahm ein Hauptbuch zur Hand und schlug eine unbeschriebene Seite auf. Sie zog ihr Tintenfass zu sich heran. »Mit einem *t* in Pigot oder mit zweien?«, fragte sie, die Feder schreibbereit.

»Mit einem.«

»Aha«, sagte sie und schrieb. »Ihr erster Kauf, Miss Pigot, werden zwei Taschentücher aus Kambrik sein.« Sie tupfte ihren Eintrag mit dem Löschblatt ab, klappte das Buch zusammen, stand auf und ging an ihren Arbeitstisch. Sie holte aus einer Schachtel weiße Quadrate, brachte sie und legte sie mir in den Schoß.

Während ich mir die Augen trocknete, wobei mir auffiel, dass das Taschentuch, das ich in der Hand hielt, einen feinen Hohlsaum hatte, nahm Miss Corbett einen Becher aus dem Regal und füllte ihn mit Wasser aus einem irdenen Krug auf dem Fensterbrett. Sie stellte ihn wortlos neben mich und nahm dann wieder geräuschlos Platz.

»Kann ich Ihnen helfen?«, fragte sie. »Oder kann ich jemanden benachrichtigen, damit er sie abholt?«

»Es tut mir so leid«, sagte ich. »Ich komme mir so töricht vor. Ich bin noch keine drei Wochen in Amerika und immer noch durcheinander. Sie baten mich, mein Kleid zum Maßnehmen auszuziehen.« Die Tränen fingen wieder an zu laufen, und ich schniefte und wischte mir die Augen ab. »Ich weine, weil ich mich schäme, dass ich kein Hemd und überhaupt keine Unterwäsche habe und nur ein zerlumptes Jungenunterhemd unter meinem Kleid trage.«

»Ich verstehe.« Miss Corbetts Gesicht zeigte Mitleid.

Wie ich bei diesem Gespräch gelernt habe, nimmt sie alles, was mit Kleidung zu tun hat, in der Tat sehr ernst – andere Dinge jedoch leicht und humorvoll. Ich trank einen Schluck Wasser, das kalt und klar war. Mein Schluckauf beruhigte sich, meine Augen trockneten. Bald schon war ich mittendrin, ihr alles zu erklären. Und dann stand ich im Hinterzimmer, das Miss Corbetts Schlafzimmer zu sein schien. Ich zitterte in dem zerlumpten Hemd, das Miss Corbett mit einem Zungenschnalzen kommentierte, als wäre es ein verletztes Tier.

»Sie haben eine reizende Figur zum Ausstaffieren«, meinte Miss Corbett, als wir wieder saßen und sie Zahlen in ihrem Buch vermerkte. »Wenn Sie sich von Ihrer Reise etwas besser erholt und ein wenig Fleisch angesetzt haben, werden Sie eine elegante Erscheinung sein. Aber jetzt lassen Sie uns überlegen, wie wir fortfahren.«

Gemeinsam erstellten wir eine sehr lange Liste all dessen,

was ich benötige. Als Miss Corbett ein paar Berechnungen anstellte und mir die Kosten dafür nannte, wurde mir schwindlig.

»Das kann ich mir nicht leisten«, sagte ich zu ihr. »Es tut mir so leid. Jetzt habe ich Sie umsonst bemüht.«

»Gemach, Miss Pigot, gemach«, beschwichtigte Miss Corbett. »Können Sie einfache Nähte nähen?«

Ich sagte ihr, dass ich das könne und auch meinen eigenen Nähbeutel mit Nadeln und einer Schere besäße.

»Was benötigen Sie denn am meisten?«, fragte sie.

»Den Flanellunterrock«, antwortete ich prompt, »das Flanellleibchen und ein warmes Nachthemd. Ich friere ständig.«

»Und das Wetter wird bald noch kälter werden«, gab Miss Corbett zu bedenken. »Sie sind eine vernünftige junge Frau.«

Sie redete, als wäre sie eine Großmutter, aber mit ihrem glänzenden Haar und der glatten, reinen Haut konnte sie kaum älter sein als ich.

Danach unterbreitete sie mir einen Plan. Sie wolle mir einen Unterrock und ein Nachthemd zuschneiden, die ich dann selbst zusammennähen könne. Auch das Leibchen wolle sie mir zuschneiden, aber das müsse ich unter ihrer Aufsicht nähen und anprobieren. Der Preis, den sie mir dafür nannte, erschien mir sehr gering, aber als ich mich bei ihr dafür bedanken wollte, meinte sie, sie freue sich schon darauf, mehr Aufträge für mich zu erledigen, wenn ich Arbeit hätte.

Dann brach ich, um meine Sorgen erleichtert, auf, das zugeschnittene Material für den Unterrock in ein Stück Musselin gewickelt. Am Mittwoch soll ich wiederkommen, um am Leibchen zu arbeiten. Während ich das tue, wird Miss Corbett das Mieder meines Kleides auftrennen und es passend für mich machen. Natürlich werde ich bleiben müssen, bis sie damit fertig ist, da ich ansonsten nur noch den Jungenkochkittel zum Anziehen hätte.

Beim heutigen Abendessen fiel mir ein, dass Miss Corbett meinte, ich würde elegant sein, wenn ich ein wenig mehr Fleisch auf den Rippen hätte. Ich gab mir große Mühe, ein wenig mehr zu essen, aber das Essen ist wirklich sehr gewöhnlich, und die jungen Männer stürzen sich auf die gebratenen Koteletts, sobald die Platte auf den Tisch gestellt wird, und lassen nur den fettigen Hammeleintopf, das zerkochte gepökelte Schweinefleisch und den Kohl für diejenigen übrig, die nicht so schnell sind.

Jetzt muss ich meine Feder beiseitelegen, meine Hände in der Schüssel waschen und mit dem Nähen anfangen.

Freitag, 8. Dezember 1848

Den Mittwochnachmittag verbrachte ich bei Miss Corbett. Wir nähten und unterhielten uns. Miss Corbett hat das Mieder meines Kleides perfekt abgeändert. Jetzt sehe ich nicht mehr wie eine Bucklige aus, sobald ich meinen Schal ablege. Sie kam auf die Idee, mir zu zeigen, wie ich aus ihrem Vorrat von Stoffresten ein Paar falsche Ärmel aus Kambrik für mich machen kann. Dann müsste ich mein altes Hemd nicht mehr anziehen. Miss Corbett bot auch an, mir zu helfen, eine Pelerine anzufertigen, die ich über meinem Kleid tragen kann, damit es anders aussieht. Sie meint, Pelerinen seien sehr modern.

Wir unterhielten uns nicht nur über Kleidung. Ich erzählte ihr von meinem Bruder und wie froh ich sei, ihn gefunden zu haben. Auch davon, wie Mr. Serle mir half und mich beschützte, erzählte ich ihr, und von meiner Traurigkeit, ihn in diesem riesigen neuen Land vielleicht nie wiederzusehen. Beim Reden fühlte ich mich gleich weniger einsam.

Miss Honor Corbett ist mir sehr ähnlich. Ihre Eltern sind tot. Auf ihrem Tisch steht in einem geschnitzten Holzrahmen ein Aquarellporträt von ihnen. Das Bild zeigt ihre hübsche, zerbrechlich wirkende Mutter auf einem Stuhl sitzend, ihr Vater steht daneben und legt beschützend seine Hand auf ihre Schulter. Honors einzige lebende Verwandte ist ihre Tante, Miss Jane Corbett, die das Bild gemalt hat und die das andere Vorderzimmer auf der gegenüberliegenden Flurseite bewohnt. Ihre Tante ist die Schwester ihrer Mutter, hat sie angenommen und aufgezogen. Miss Jane Corbett unterrichtet junge Damen im Zeichnen und Malen, entweder bei diesen zu Hause oder bei sich im Atelier. Sie und Honor können sich keinen Raum teilen, denn beide empfangen sie Kundinnen – und die Intimsphäre der Frauen, die sich bei Honor ihrer Kleidungsstücke entledigen, muss gewahrt werden.

Heute Nachmittag kam ich, um Miss Corbett meinen fertigen Unterrock zu zeigen, und begann mit meinen Ärmeln. Sie legte mir die Zuschnitte hin und gab ihre Anweisungen. Nachdem Miss Corbett die Arbeit sorgfältig in den mitgebrachten Musselin gewickelt hatte, gab es eine Überraschung.

»Ich möchte Sie gerne meiner Tante vorstellen«, sagte Miss Corbett. »Wir werden zusammen Tee trinken.«

Miss Jane Corbett ist eine schlanke Frau, und sie trägt ihr glänzendes braunes Haar genauso kunstvoll geflochten wie ihre Nichte. Das Kleid, das sie trug, war genauso schlicht wie das von Miss Honor Corbett, aber wunderbar genäht. Es war von tiefgrüner Farbe, die ihr prächtiges Haar und das Blau ihrer Augen betonte. Sie ist in Wahrheit sogar hübscher als ihre Nichte, obwohl sie älter und abgespannter aussieht und ein wenig steif wirkt.

Miss Honor Corbett holte den Schaukelstuhl vom Fenster und setzte den Kessel auf, um Wasser zu kochen. Wir unterhielten uns über alles Mögliche – die Familie und meine ersten wirren Eindrücke von New York und Amerika. Miss Jane Corbett ist eine gebürtige New Yorkerin; Miss Honor Corbett kam in Hartford, Connecticut, zur Welt, hat aber seit ihrer Kindheit in New York bei ihrer Tante gewohnt. Sie sagen beide, dass die Stadt sich sehr schnell verändert und täglich größer wird. Sie ist jetzt bis hoch zur Vierunddreißigsten Straße zugebaut.

Nachdem wir unsern Tee getrunken und jede einen Keks gegessen hatten – Plätzchen nennt Miss Jane Corbett sie –, bedankte ich mich höflich für die mir von ihnen erwiesene Freundlichkeit. Da tippte Miss Honor Corbett mir auf den Arm und unterbrach mich.

»Wir möchten mit Ihnen etwas besprechen, Miss Pigot«, sagte sie.

»Oh«, rief ich überrascht aus.

Miss Corbetts Augen lachten schalkhaft. »Nun, Sie werden natürlich denken, dass wir uns doch eben auch unterhalten haben«, sagte sie, »aber das war das *hors-d'œuvre* und nicht das, worum es uns eigentlich geht.«

»Wir möchten Ihnen einen Vorschlag machen«, ergänzte die Tante.

Bei mir läuteten die Alarmglocken.

Offenbar sah man mir die Veränderung an, denn Miss Honor fügte rasch hinzu: »Keine Bange, Miss Pigot. Es ist ein respektabler Vorschlag, den sie sofort ablehnen können, ohne irgendwelche Gefühle zu verletzen.«

Ich nickte und versuchte zu lächeln.

»Wir haben uns gefragt, ob Sie vielleicht Lust hätten, bei uns zu wohnen?«, fragte die Tante.

»O mein Gott!«, sagte ich.

»Warten Sie, meine Liebe«, beruhigte mich Miss Honor. »Hören Sie zu.«

Die Tante ergriff das Wort. »Honor wird Ihnen sicherlich

schon erklärt haben, dass wir beide unsere Räume benötigen, damit wir unserem Beruf professionell nachgehen können. Es ist ein für uns sehr kostspieliges Arrangement.«

Sie sah traurig aus. Es fiel ihr schwer, über ihre Armut zu sprechen.

»Ich mag Sie, Miss Pigot.« Miss Honor kam auf ihre offene Art gleich zur Sache. »Wenn Sie mit mir das Schlafzimmer teilen und sich an der Miete beteiligen würden, kämen wir alle sehr viel leichter über die Runden.«

»Honor berichtete mir, dass Sie eine ehrbare, gut erzogene junge Frau sind und gern kochen. Wir können alle sparen, wenn Sie die Einkäufe erledigen und das Kochen übernehmen, bis Sie andere Arbeit finden«, ergänzte die Tante, die aufrecht in ihrem Sessel saß und sich sehr förmlich ausdrückte. »Das Kellergeschoss wird von einer polnischen Familie bewohnt. Ihre Jungs bringen uns Wasser, Holz und Kohlen herein und kümmern sich darum, dass die Asche weggeschafft wird. Die Frau putzt zweimal die Woche für uns. Das ist im Mietpreis inbegriffen. Wir müssen nicht die schwerste Arbeit tun.«

»Mir ist aufgefallen, dass Sie den Herd immer so sehnsüchtig betrachten«, fügte Miss Honor hinzu. Sie lächelte mich dabei freundlich an.

»Ich vermisse das Kochen«, gab ich zu. »Ich würde gerne wieder als Köchin arbeiten. Es wäre sehr von Vorteil für mich, wenn ich mich erst hier auf den Märkten kundig machte, ehe ich mir wieder eine Stellung suche.«

»Und für uns wäre es von Vorteil, wenn wir mit der Gewissheit einer erfreulichen Mahlzeit am Ende des Tages bis spätabends arbeiten könnten«, ergänzte Miss Jane auf ihre vornehme Art.

»Wir hoffen, dass Sie zusagen«, meinte Miss Honor noch.

»Ich muss das mit meinem Bruder besprechen«, erklärte

ich ihnen. »Es ist so freundlich von Ihnen. Sie wissen ja gar nicht, was für Kopfschmerzen mir die lauten jungen Männer und die hinuntergeschlungenen Mahlzeiten bei Mrs. Redburn verursachen – die trotz alledem eine freundliche und ehrliche Frau ist.«

»Natürlich müssen Sie sich mit Ihrem Bruder besprechen«, sagte Miss Jane Corbett.

»Dürfen wir am Sonntagnachmittag bei Ihnen vorbeikommen?«, fragte ich. »Ich möchte, dass Sie ihn kennen lernen, und er würde sich auch Ihnen bestimmt gern bekannt machen.«

Wir einigten uns darauf. Ich denke, dass Daniel nichts dagegen haben kann. Die Summe, die von den Misses Corbett genannt wurde, ist weitaus geringer als die Vollpension bei Mrs. Redburn. Ich bin so glücklich. Es ist, als wäre ich von lauter kleinen schillernden Seifenblasen der Freude umgeben, die flimmernd im Licht explodieren.

Freitag, 15. Dezember 1848

Gestern Morgen zog ich mit meinen Sachen zu den Corbetts. Es war nicht gerade viel, nur mein Beutel und meine Decke. Am Nachmittag wagte ich mich auf Weisung von Miss Corbett – will sagen Tante Jane – hinaus. Nach unserer gestrigen Abendmahlzeit bat sie mich, sie so zu nennen, wie Honor das tut. Nun habe ich mir, um meine Sachen ordentlich zu verstauen, einen Blechkoffer mit Messingbändern gekauft, und er wurde auch schon geliefert. Das Messing erinnert ein wenig an das Band um Mr. Serles Schrankkoffer.

Ich habe alles in meinen neuen Koffer gelegt. Dort drinnen befindet sich alles, was ich besitze: meine Ersparnisse; eine Porzellantasse mit blauen Blumen, die meiner Mutter gehörte; ein Hornlöffel; das Leinenhemd, das meinem Bruder gehört hat und das ganz dünn ist, weil ich es in diesen letzten Monaten ständig getragen habe; zwei alte Hemden; das kleine Gebetbuch meiner Mutter, das aufgequollen und verdorben ist, weil es im Meerwasser war, als die *Abigail* unterging, das wegzuwerfen ich aber nicht übers Herz bringe; meine Decke, die ich jetzt nicht brauche, weil Honor – ich nenne sie Honor, und sie nennt mich Mina – zwei Steppdecken und ein Federbett in der Bettstatt liegen hat, die wir uns teilen werden. Das sind die Dinge, die ich außer meinem Nähbeutel und meinem Rosenkranz, die ich beide in meiner Rocktasche aufbewahre, aus Irland mitgebracht habe.

Ebenfalls im Koffer liegen die Arbeitshose, zwei Kittel und das Tuch, das ich mir bei der Küchenarbeit ums Haar gebunden hatte. Diese Sachen gab mir Mr. Serle, als ich in England sein Lehrling wurde. Ich habe auch noch ein anderes, sehr altes und zerrissenes Tuch, in dessen einen Zipfel ich Apfelsamen aus dem Obstgarten in England geknotet habe. Natürlich besitze ich auch einen Vorrat an Stofffetzen für meine monatlichen Blutungen, aber bei mir kommen sie nicht monatlich. Während der Seereise kamen sie gar nicht. Es wird eine Erleichterung sein, mit Honor oder ihrer Tante über solche Dinge sprechen zu können. Ich weiß so wenig, und immer, wenn ich daran denke, dass ich eine Frau bin, vermisse ich meine Mutter und meine Schwester Eliza sehr.

Mein neues Flanellnachthemd liegt obenauf bereit. Vorne habe ich mich für rosarote Bänder und nicht für Knöpfe entschieden. Alle anderen Kleidungsstücke, die ich besitze, habe ich am Leib.

»Gemach, gemach«, sagt Honor. »Rom wurde auch nicht an einem Tag erbaut, und eine Garderobe sollte man genauso wenig überstürzen.«

Honor wird mir helfen, im Lauf der nächsten Wochen

und Monate alles Nötige zu fertigen. Außerdem muss ich abwarten, welche Arbeit ich bekomme, und mir dann ein Kleid aussuchen, das dieser angemessen ist. Tante Jane bringt mir Stricken bei. Ich brauche warme Handschuhe und eine Kapuze, wenn der Schnee kommt. Eine Haube ist im Moment noch zu teuer.

In meinem Koffer liegen noch drei Dinge. Da wäre die kleine Holzkette, die Flint mir geschenkt hat. So ein komisches Ding – genau wie er. Ich besitze auch zwei Schriftstücke. Eins ist die Geburtsurkunde von Father Fintan mit Wasserflecken, worin steht, dass ich am 19. November im Jahr unseres Herrn 1832 auf den Namen Mina Pigot getauft wurde. Sie ist arg mitgenommen und kaum mehr zu entziffern, aber mein Bruder meint, ich solle sie aufheben. Das andere ist der Brief des Barons, in dessen Küche ich in England gearbeitet habe. Darin heißt es, Daniel Serle habe im Jahre 1848 seinem Dienstherrn als Hilfskoch treue Dienste geleistet und sei ein begnadeter Bäcker. Ich weiß nicht, wie mir dieses Zeugnis nützen kann, da ich nun wieder Mina Pigot bin, aber ich hebe es dennoch auf.

Das Wichtigste jedoch – den Goldring meiner Mutter mit dem roten Stein – habe ich in mein neues Leibchen eingenäht, so dass es direkt über meinem Herzen ruht.

Sonntag, 17. Dezember 1848

Daniel besuchte mich heute Nachmittag bei den Corbetts. Er brachte seinen Freund John Deegan mit. Dieser hat ein hübsches Gesicht, aber wenn er seinen Hut abnimmt, steht sein heufarbenes Haar ab wie Strohbüschel auf einem schlecht gedeckten Dach. Daniel und John Deegan tranken viel Tee und aßen sämtliche Kekse auf. Die ganze Zeit über redeten sie über die Goldfunde in Kalifornien. Ein Mann im Speisesaal des Columbia House Hotel hatte am Freitagabend einen Goldbrocken herumgezeigt.

Daniel versetzte mich in große Unruhe mit seiner Idee, nach Kalifornien gehen zu wollen, um dort sein Glück zu suchen. Mr. Deegan spricht ebenfalls davon. Wenn ich mir überlege, dass ich hierhergekommen bin, um Daniel zu finden und dann gleich wieder zu verlieren, könnte ich weinen. Tante Jane und Honor trösteten mich, als Daniel und Mr. Deegan gegangen waren. Sie halten es für unwahrscheinlich, dass viele Menschen aufgrund derart ungesicherter Berichte, wie sie in den Zeitungen erscheinen, nach Kalifornien aufbrechen.

Anfang der Woche schickte ich Mr. Serle eine Nachricht an die Adresse von Mr. Guido DiRoma, um ihm meinen neuen Wohnort mitzuteilen. Gestern erhielt ich den Antwortbrief. Aber – nun – ich werde ihn in mein Buch einkleben. Hier ist er:

Liebe Miss Pigot,
ich danke Ihnen für Ihr Schreiben vom Dienstag.

Sie erkundigten sich nach meinen Zukunftsaussichten. Ich habe bereits eine Anstellung. Zu meiner Überraschung konnte ich sogar zwischen zwei Stellen wählen. Ich traf einen alten Kollegen aus dem Pariser Restaurant wieder, wo ich arbeitete, ehe wir uns kennen lernten. Er hat mir die Wege geebnet, und durch ihn wurde ich als einer der Chefköche für den Sechzehnten dieses Monats zu einem großen Dinner und Ball in einem Privathaus engagiert. Es ist eine ausgezeichnete Gelegenheit, mit jemandem zusammenzuarbeiten, der dieses Land, seine Produkte und seine Geschmäcker kennt.

Nachdem ich mich für eine Anstellung in mehreren der großen Hotels interessiert hatte, habe ich mich für das Columbia House Hotel am Broadway entschieden.

Ich hoffe, das Küchenpersonal wird sich in der Erledigung seiner Aufgaben als so rasch und geschickt erweisen, wie das mein junger Assistent im vergangenen Sommer in England und auf der Victoria *war.*

Die Amerikaner scheinen sehr lange Arbeitstage zu haben, doch ich hoffe, es wird mir gelegentlich möglich sein, Freunde zu besuchen und Konzerten beizuwohnen. Mein lieber Guido, der sich ständig einmischt, während ich schreibe, bittet mich, bei Miss Mina Pigot in Erinnerung gerufen zu werden. Er meint, ich solle fragen, ob wir Sie in Ihrem neuen Zuhause besuchen dürfen. Die Entscheidung liegt bei Ihnen.

Hochachtungsvoll,
Benjamin Serle

Ich bin dankbar, heute Abend in Amerika zu sein, in einem richtigen Schlafzimmer auf einem Stuhl zu sitzen und an einem Eichentisch zu schreiben. Honors Stimme, die sich mit einer Kundin bespricht, dringt als angenehmes Gemurmel aus dem Arbeitszimmer zu mir. Bei einem friedlichen Abendessen mit Honor und Tante Jane erwartet mich freundliche Gesellschaft. Aber – wenn die Stimmen Mr. Serle und Guido gehörten, sollte mich das auch freuen. Könnte ich Mr. Serle wegen unseres Essens zu Rate ziehen und wie gewohnt an seiner Seite arbeiten, wäre dies meinem Appetit förderlich.

Mr. Serle schreibt so, als sei es die Idee seines Freundes Guido gewesen, mich zu besuchen. Und *Hochachtungsvoll* klingt wie aus einem Geschäftsbrief. Eine sonderbare Verwirrung ergreift mich. In meinem Herzen bin ich noch immer als Junge verkleidet; Mr. Serle ist noch immer mein Onkel und ich sein Neffe Daniel, sein von ihm beschütztes Kind. Aber in seinem Herzen lebe ich womöglich nicht so. Die Vorstellung, er könne unsere gemeinsame Zeit so schnell vergessen, stimmt mich traurig. Ich frage mich, ob Mr. Serle eine Kirche gefunden hat, wo er unter seinesgleichen ist. Und ich frage mich auch, ob es ihm wirklich gut geht. Mich würde interessieren, welche Konzerte er besuchen wird, wer dort auftritt und ob sie ihm gefallen.

Sonntag, 31. Dezember 1848

Ich schreibe, eingehüllt in meinen Schal, im Schlafzimmer, weil es in dieser letzten Nacht des Jahres so klirrend kalt ist. Honor ist noch mit einem Kleid für eine Frau beschäftigt, die am Donnerstag mit einem Bündel Seide hereingeschneit kam und meinte, sie brauche etwas ganz Besonderes für eine große Gesellschaft am heutigen Abend. Honor berechnet ihr eine Extragebühr für diesen Eilauftrag. Sie freut sich über das Geld und ist begeistert, ein aufwändiges Kleid aus herrlicher karmesinroter Seide mit einem Unterrock aus cremefarbener Seide und echtem Spitzenbesatz nähen zu können. Jetzt ist die Frau mit ihrem Schlitten zu ihr gekommen und lässt sich von Honor das Kleid anpassen und den Putz anstecken. Ich höre Gelächter.

Auch ich habe Arbeit. Ich bin das Tabakmädchen im Columbia House Hotel. Daniel hat das alles in die Wege geleitet. Das Tabakmädchen verkauft Zigarren, Pfeifen und Pfeifentabak, Kautabak und Schnupftabak in einem Raum des Hotels, den Daniel einen Kiosk nennt. Ich habe diesen noch nicht gesehen, werde aber den Direktor des Hotels kennen lernen und übermorgen, am Dienstagmorgen, mit der Arbeit beginnen.

Um das zu feiern, bereite ich heute ein besonderes Abendessen für Honor und Tante Jane zu. Gestern ging ich in den Schnee hinaus und kaufte ein feines, frisches junges Huhn mit weißem Fleisch und blassgelben Füßen. Sobald die Frau mit ihrem Kleid weg ist, werde ich es *à la Marengo* schmoren, wie Mr. Serle es mir beigebracht hat. Vorher werden wir eine köstliche Suppe aus Hühnerbrühe, die ich aus den Füßen, Flügelspitzen und dem Kragen gekocht habe, mit Fadennudeln und fein gehackten Karotten essen. Backen geht hier nicht so einfach, also habe ich heute Morgen kleine Schälchen Schokoladencreme vorbereitet. Sie warten bereits auf dem kalten Fensterbrett. In der Confiserie habe ich Biskuits mit Orangenschalen darin gekauft, die wir zur Creme essen werden. Danach werden wir dann am Herd unseren Tee trinken.

Daniel kann uns nicht Gesellschaft leisten. Er verdient zusätzliches Geld, indem er heute Abend bei einem Ball serviert. Jeder Tag Arbeit bringe ihn seinem Saloon näher, meint er. Und in zwei Tagen werde ich im Columbia House Hotel sein und Daniel täglich sehen. Ich werde mich immer davon überzeugen können, dass es ihm gut geht und dass er glücklich ist.

Meine Feder zögerte, nachdem ich dies geschrieben hatte. Ich habe nicht die ganze Wahrheit geschrieben. Ich bin traurig, weil ich das Jahr ungern beende, ohne Mr. Serle gesehen zu haben. Ich vermisse ihn so sehr. Als Daniel mir mitteilte, dass ich im Columbia House Hotel arbeiten könne, beschleunigte sich mein Herzschlag. Ich glaube sogar, ich wurde rot. Noch ehe ich meinem Bruder dafür dankte oder mich auch nur erkundigte, um was für eine Arbeit es sich handele, galt mein einziger Gedanke meinem Freund Mr. Serle, den ich dann auch dort würde sehen können.

Heute Morgen besuchte ich die St. Patrick's Church. Nachdem ich dafür gedankt hatte, noch am Leben zu sein, betete ich für die Seelen meiner Eltern und meiner lieben Schwester. Vielleicht spüren sie irgendwie, dass wir an sie denken. Sie sollten vor allem wissen, dass wir genug zu essen haben.

Ich lauschte der jubilierenden Musik des Chors und dem Gesang der Geistlichen. In der Luft hing Weihrauch, und durch dessen Nebel erschienen die Gestalten am Altar riesig wie Engel, die ihr Ritual vollziehen. Der moschusartige Duft ist das Parfüm der sich Gott öffnenden Seele, vergleichbar der Rose, die sich im Sommergarten der Sonne öffnet.

TEIL III

Das Columbia House Hotel

Sonntag, 21. Januar 1849

Es ist kalt, und das Wetter ist gräulich. Eine Woche lang war es so eiskalt, dass wir all unsere Federbetten in Honors Arbeitsraum geschafft haben, um dort im Warmen zu schlafen.

Gestern Abend habe ich uns zum Abendessen überbackene Austern zubereitet. Danach saßen wir drei Damen zusammen. Honor nähte, und Tante Jane arbeitete an den Radierungen von Kindern und Hunden, die zu kolorieren ein Verleger sie beauftragt hatte. Ich las ihnen laut aus Honors Band von *Godey's Lady's Book* vor. Mr. Godeys Damen gehen nicht über den Broadway zu ihrer Arbeitsstelle. Sie trainieren mit Hanteln, um Schönheit und Grazie zu entwickeln. Und Jenny-Lind-Hauben werden, wie auch immer diese aussehen mögen, im Frühling groß in Mode kommen.

Vor drei Wochen habe ich meine Arbeit als Tabakmädchen begonnen. Diesem meinem Buch vertraue ich an, dass sie nicht meinen Erwartungen entspricht. Der Direktor des Columbia House Hotel war jedoch sehr freundlich, als ich mit Daniel bei ihm vorstellig wurde. Honor und Tante Jane halfen, mich einzukleiden, und Honor lieh mir ein Paar Handschuhe. Tante Jane machte sich die größten Sorgen wegen meines Haars.

»Wir müssen es hinten über einer Form hochstecken, damit es länger wirkt«, erklärte sie mir. »Du wirst doch nicht gefragt werden wollen, weshalb es so kurz ist und ob du krank gewesen bist oder Schlimmeres.«

»Schlimmeres?«, fragte ich.

»Frauen, die ins Gefängnis kommen, werden die Haare geschoren.« Honor hielt mit der Wahrheit nicht hinterm Berg. »Manchmal sieht man es, wenn ihnen auf der Straße der Schal vom Kopf rutscht. Die groben Kerle verspotten sie, wenn sie es bemerken.«

»Ich werde mein Haar über einer Form hochstecken«, willigte ich rasch ein. »Ich bin froh, dass ihr mir das gesagt habt.«

Offenbar sah es gut aus, denn weder mein Bruder noch der Direktor äußerten sich dazu. Der Direktor musterte mich von Kopf bis Fuß und fragte mich dann nach meinem Namen und meinem Alter. Er wollte wissen, ob ich lesen, addieren und subtrahieren könne. Als ich das bejahte, wandte er sich an meinen Bruder und meinte: »Sie drückt sich gut aus, und ihre Manieren sind damenhaft, ohne gekünstelt zu sein. Sie wurde von Mr. Branton empfohlen. Sie bekommt die Anstellung. Acht Dollar im Monat ohne Logis. Von neun Uhr morgens bis sieben Uhr abends. Sonntags ist der Kiosk geschlossen; an Sonntagen verkaufen wir keinen Tabak. Die Bezahlung erfolgt immer am Monatsende.«

»Ich danke Ihnen, Sir«, sagte ich.

»Hier ist der Schlüssel«, er gab ihn meinem Bruder. »Wenn Sie ihn verlieren, müssen Sie dafür aufkommen. Miss Roget wird eine Stunde gemeinsam mit Ihnen arbeiten, um Ihnen zu zeigen, was Sie tun müssen. Einen schönen Tag, Miss Pigot, Mr. Pigot.«

»Wer ist Mr. Branton?«, fragte ich Daniel.

»Ein wichtiger Mann in der Politik«, antwortete Daniel. »Er sah dich am Thanksgiving Day in der Kirche. Als ich ihn um Rat fragte, meinte er, er werde dich hier empfehlen.«

Der Tabakkiosk befindet sich im Untergeschoss des Columbia House Hotel gegenüber der breiten Marmortreppe, die von der Eingangshalle nach unten führt. Die Gaslampen an den Wänden glühen und zischen Tag und Nacht. Beidseits meines Kiosks führen Korridore links zu den Küchen und rechts zu den Badezimmern für die Gäste. Die hoch oben an den Wänden eingelassenen Fenster lassen nur wenig Licht herein. Am Fuß der Treppe befinden sich große Spuckschalen aus Messing, und der Marmorboden ist dort, wo die Männer ihr Ziel verfehlt haben, braun gefleckt. Die Putzmänner wischen zwar oft, aber der Boden ist nie ganz sauber.

Mein Bruder stellte mich Miss Katy Roget vor. Dann eilte er davon.

Das Tabakmädchen arbeitet im Kiosk, einem winzigen Verschlag mit abschließbaren Schränken an drei Seiten und einer Verkaufstheke vorne. Ich betrete ihn, indem ich die Theke an einem Scharnier nach oben ziehe und dann wieder absenke. Wenn ich drinnen bin, fühle ich mich plötzlich wie ein Vogel im Käfig. Katy Roget, ein fröhliches Mädchen, das die Arbeit aufgeben muss, weil sie geheiratet hat, zeigte mir, wo alles ist und wie ich den Kautabak abwiege und ordentlich in Stücke schneide.

»Kaufen Sie sich ein Paar Baumwollhandschuhe«, empfahl sie mir. »Die brauchen Sie, wenn Sie keine fleckigen Hände haben möchten.«

Ich werde sechs Sorten Zigarren verkaufen. Die Ramon Allones sind die beliebtesten Havannas. Es gibt auch spanische Zigarren, Kautabak, Pfeifentabak und Schnupftabak. Miss Roget zeigte mir, wie man die Waage mit der Schnupftabaksdose des Kunden justiert und dann den Tabak einfüllt, ohne ihn zu verschütten. Die kleinen, Zigaretten genannten Zigarren kann man nicht im Kiosk kaufen. Nur die Nutten in den Bordellen auf der Mercer und Greene Street, die von allen »Damenpensionen« genannt werden, rauchen diese Dinger, wie Miss Roget naserümpfend erklärte.

Ehe sie ging, nahm Miss Roget sich noch Zeit, mich vor den Kunden zu warnen.

»Wählen Sie niemals für einen Mann eine Zigarre aus und zünden Sie diese auch nicht für ihn an, selbst dann nicht, wenn er ganz besonders reizend und hartnäckig ist«, erklärte sie mir. »Die Männer betrachten es als Einladung zu weiteren Aufmerksamkeiten, wenn Sie ihnen so entgegenkommen. Und vermeiden Sie es vor allem, den Männern in die Augen zu schauen.«

»Wie soll ich es dann machen?«, fragte ich verdutzt.

»Legen Sie ihnen eine Auswahl von zwei oder drei Zigarren vor. Lassen Sie sich auf kein Gespräch ein, das über einen Kommentar über das Wetter hinausgeht. Seien Sie fröhlich und flink.« Katy tätschelte mir die Hand. »Sie sind ein hübsches Mädchen. Nehmen Sie sich in Acht. Wer weiß, vielleicht finden Sie hier einen reichen und respektablen Ehemann.«

Wie man vermeiden soll, den Männern in die Augen zu schauen, dabei nur übers Wetter reden und gleichzeitig einen Ehemann finden soll, kann ich mir nicht recht vorstellen.

Die Arbeit ist leicht, aber ermüdend, denn es ist immer das Gleiche. Ein angenehmer Teil des Tages ist der morgendliche Einkauf. Manchmal begleitet mich Tante Jane, um ein wenig an die Luft zu kommen. Es macht Spaß, sich mit ihr zu beraten, welches Stück Fleisch und welchen Käse wir nehmen. Ich verwahre die Sachen und gehe zur Arbeit. Dazu laufe ich inmitten der hastenden Menge den Broadway zum Hotel hinunter. Der beste Teil des Tages besteht darin, dass ich Daniel sehe. Jeden Morgen kommt er aus dem Durchgang, der zu den Küchen führt, zu mir geeilt. Er hat gerade Frühstück serviert.

»Guten Morgen, *acushla*, meine Liebe«, sagt er, genau wie mein Vater das immer tat.

Wenn keiner in der Nähe ist, beugt er sich über die Theke und gibt mir einen Wangenkuss. Wir tauschen Neuigkeiten aus. Ich frage ihn immer, ob er gut geschlafen hat, und er antwortet darauf immer mit Ja, obwohl ich seinen Augen und seinem erschöpften Gesicht ansehe, dass er mir nicht immer die Wahrheit erzählt. Am Nachmittag sehe ich ihn oft noch einmal. Manchmal hat er nur kurz Zeit, um stehen zu bleiben und mir eine Geschichte über einen interessanten Gast zu erzählen – letzten Dienstag bediente er einen Mann, der von der Insel Australien angereist kam. Wenn es ihm möglich ist, bleibt Daniel bei mir, bis ich abgeschlossen habe, und begleitet mich dann die Treppe hoch und hinaus auf den Broadway, von wo aus ich den Heimweg antrete.

Ich laufe dann oder nehme den Omnibus, der den Broadway hoch zur Spring Street fährt. In den Omnibus dürfe ich nur einsteigen, wenn der Fahrer keinen betrunkenen Eindruck macht, warnte mich Daniel, ansonsten solle ich lieber auf den nächsten, sichereren warten. Ich gelobte mir, wenn es wieder wärmer ist, immer zu Fuß zu gehen.

Das Bedienen und Verkaufen macht mir nichts aus. Es ist interessant, die Leute zu beobachten, die im Allgemeinen sehr freundlich sind. Was mir aber sehr wohl zu schaffen macht, ist der Tabakgeruch. Er dringt in meine Hände und in meine Kleidung ein; nach einigen Stunden ersticke ich fast. Ehe ich mir, wie von Katy empfohlen, Baumwollhandschuhe besorgte, waren meine Finger am Ende des Tages braun gefleckt. Abends schrubbte und schrubbte ich dann, um sie sauber zu bekommen. Jetzt habe ich Handschuhe und nähe mir einen hübschen Kittel, den ich über meinem Kleid tragen kann, um es vor dem Geruch zu schützen.

Die Augenblicke mit Daniel genieße ich. Es macht nichts, dass wir nur wenig reden. Allein ihn in Bewegung und voller Energie zu sehen gibt mir Hoffnung für die Zukunft.

Freitag, 26. Januar 1849

Ich traf Mr. Serle und sprach mit ihm. Es war für mich fast schon Zeit, den Kiosk zu schließen, und ich räumte meine Vorräte weg. Zigarren müssen sorgfältig verwahrt werden, sonst verlieren sie ihr Aroma. Mir würde das nichts ausmachen, doch man kann sie nicht mehr verkaufen, wenn sie schal und trocken sind. Ich hörte Schritte auf dem Marmorboden, und als ich aufblickte, stand er da. Jetzt kann mir nichts mehr passieren, schoss es mir durch den Kopf. Er ist derjenige, der mir Halt gibt, denn er kennt mich am besten.

Mr. Serle trug seinen dunklen Anzug und einen Überzieher. In der Hand hielt er seinen Hut und Handschuhe. Als er mich sah, kam er zu mir, um sich mit mir zu unterhalten. Sein weißer Hemdkragen drückte steif gegen sein Kinn. Sein dunkles Haar fiel ihm in Locken in die Stirn, und seine Augen waren wachsam und groß.

»Miss Pigot«, begrüßte er mich, »geht es Ihnen gut?«

»Ja«, antwortete ich, obwohl es nicht ganz stimmte. Das kalte Wetter bereitet mir Schmerzen in den Händen und Füßen, vor allem an der Seite meines rechten Fußes, wo mich einst das Pony trat. »Und Ihnen?«, erkundigte ich mich.

Er nickte. »Ich bin zufrieden mit meinem Leben in Amerika.«

»Sie sehen sehr … sehr elegant aus«, sagte ich zu ihm. Mir fiel sein Brief ein. »Gehen Sie zu einem Konzert?«

Er lächelte und zuckte mit den Schultern. »Ich gehe in die Oper«, erklärte er seine vornehme Garderobe.

»Oh«, sagte ich. Es entstand eine Pause, aber er verabschiedete sich noch nicht. »Singt etwa Madame Moses?«, fragte ich.

»Nein, ich treffe Herrn Meyer. Er hat es sich zur Aufgabe gemacht, mich in die Künste einzuführen. Heute Abend werden wir eine Oper des Komponisten Gaetano Donizetti hören.«

»Wird sie Ihnen gefallen, was meinen Sie?«, fragte ich. Ich habe schon Handzettel mit Skizzen der berühmten Sänger gesehen, weiß aber nicht, was genau eine Oper ist.

»Es ist mir egal, ob es mir gefällt«, erwiderte Mr. Serle. »Für mich ist es immer noch seltsam, dass ich nach Amerika kommen musste, um die Freiheit zu haben, die Kunst eines meiner Landsleute bewundern zu können. Und diesem Vergnügen werde ich mich hingeben, ehe ich entscheide, ob ich die Musik mag oder nicht mag.«

»Wie geht es Mr. DiRoma?«, fragte ich weiter.

»Es geht ihm gut.«

Mr. Serle stand da und sah mich an. Ich nahm mein Tuch, womit ich immer die Theke poliere, benutzte es aber nicht. Es stimmte mich froh, einfach mit ihm zusammen zu sein.

»Danke für Ihren Brief«, sagte ich. »Das war sehr freundlich von Ihnen.«

»Ich bin froh, dass Sie Freunde gefunden haben«, antwortete Mr. Serle.

Ich nahm nun all meinen Mut zusammen. »Werden Sie uns denn besuchen kommen? Ich möchte Ihnen gerne die beiden Misses Corbett vorstellen«, sagte ich. »Wenn Sie einen Sonntagnachmittag frei haben, können Sie mich das ja vielleicht wissen lassen. Dann frage ich Tante Jane, ob es ihr angenehm ist.«

»Tante Jane?« Mr. Serle klang überrascht, fast ein wenig ärgerlich.

»Sie bat mich, sie so zu nennen«, erklärte ich. »Es sind gute Menschen.«

»Dessen bin ich mir sicher«, beeilte Mr. Serle sich zu sagen. »Ich freue mich darauf, sie kennen zu lernen.« Wieder entstand eine Pause, aber er ging noch immer nicht.

»Sehen Sie die kleine Stellina Moses manchmal?«, erkundigte ich mich. »Geht es ihr gut?«

»Ich sehe sie«, gab er zu. »Erst neulich hat sie mich nach Daniel gefragt. Sie erinnert sich an ihn und wie er sie gerettet hat.«

Ich spürte die in meine Wangen schießende Röte, und mir zog sich der Brustkorb zusammen. Ich hätte Mr. Serle gern gefragt, was ihm von dem Daniel, der ich war, in Erinnerung geblieben ist, aber ich brachte es nicht über mich.

»Es scheint so lange her zu sein.« Ich senkte meinen Kopf, während ich die Theke polierte. »Und doch ist es erst zehn Wochen und einen Tag her, seit unser Schiff in New York angelegt hat und ich meinen Bruder wiederfand.«

»Das war ein Tag!«, rief Mr. Serle aus. Dann seufzte er. »Nun, ich muss gehen, Kind.«

»Auf Wiedersehen.« Ich hielt mein Flanelltuch fest in meiner Hand. »Einen angenehmen Opernabend.«

»Guten Abend, Miss Pigot«, sagte er.

Ich beobachtete ihn, wie er rasch die Treppe hinaufstieg.

Sonntag, 4. Februar 1849

Wir arbeiten hart in der Elizabeth Street, und unser Wohlstand wächst. Honor hat mehrere Aufträge für Frühjahrskostüme. Dann bekam Tante Jane überraschend einen großen Auftrag von dem Hersteller der Drucke, für den sie arbeitet. Sie muss bis nächste Woche tausend Modezeichnungen koloriert haben. Ich helfe ihr frühmorgens und abends, und Honor wird sich ebenfalls daransetzen, sobald sie das Ausgehkleid und den Mantel fertig hat, woran sie arbeitet. Tante Jane will den Lohn mit uns teilen.

Ich bin froh um das Geld. Ich habe ein Geheimnis. Ich erzählte Daniel, dass Mr. Serle mich vor dem Mann gerettet hat, der mich schlug und mich zu üblen Zwecken verkauft hätte. Was ich Daniel nicht erzählte – und auch sonst keinem erzählt habe –, ist, dass Mr. Serle mich nicht nur gerettet hat, indem er Mr. Hattons Peitsche zerbrach und ihm drohte, sondern indem er die Auslösesumme für den Lehrvertrag zahlte, durch den ich mich, wie Mr. Hatton behauptete, auf fünf Jahre verpflichtet hätte.

Ich schulde Mr. Serle die dreißig Guineas, die er bezahlte, um mich freizukaufen. Es ist eine seltsame Sache. Als ich mit Mr. Serle zusammengearbeitet habe, empfand ich diese Schuld nicht als Belastung, ich dachte eigentlich kaum daran. Dabei gab Mr. Serle seine kostbaren Ersparnisse für mich aus, die Ersparnisse für seinen Traum, ein Restaurant an einem See zu eröffnen. Ich habe ihm seinen Traum gestohlen.

Es gibt noch einen anderen Grund, weshalb ich entschlossen bin, das Geld zurückzuzahlen. Tante Jane legt großen Wert auf Anstand. Ich beklagte mich eines Abends, dass ein Mann, der im Hotel eine Zigarre kaufte, meinte, ich solle das Wechselgeld behalten, womit er jedoch glaubte, sich meine Aufmerksamkeit erkauft zu haben. Tante Jane sagte, das Schlimmste, was einer Frau passieren könne, sei es, einem Mann verpflichtet zu sein, der nicht mit ihr verwandt sei. Dieser Mann werde danach immer Macht über sie haben, behauptete sie. Honor bat zu unterscheiden. Sie sagte, die Umstände seien maßgeblich für die Bedeutung einer Handlung. Ich vermochte ihrer Unterhaltung kaum zu folgen. Ich war zu sehr in Sorge, Tante Jane oder Daniel oder Honor könnten schlecht von mir denken.

Bis ich Tante Jane kennen lernte, habe ich mir keine Gedanken darüber gemacht, ob ich eine achtbare Person bin oder nicht. Ich dachte immer nur an meine Bedürfnisse und die meiner Seele, nicht an die der Gesellschaft. Wenn nun Tante Jane von Etikette spricht oder Daniel sagt, er möchte, dass ich wie eine Dame aussehe, begreife ich, dass ich noch viel lernen muss. Sowohl was wir sind als auch wie wir scheinen, beides muss erwogen werden.

Rückblickend glaube ich, dass ich mich einfach an dem Gedanken, Mr. Serle sei mein Onkel, festhalten wollte. Verwandte lieben einander. Ich hielt meine Verkleidung aus praktischen Gründen für die Wahrheit und akzeptierte es, ein Kind zu sein, weil es mir Sicherheit gab.

Jetzt muss ich aber mit Schreiben aufhören und Modezeichnungen kolorieren.

Sonntag, 11. Februar 1849

Als Daniel heute zu mir auf Besuch kam, redete er die ganze Zeit nur über seine Zukunftsaussichten. Am vergangenen Montag war ein Schiff, die *Crescent City*, mit einer Ladung Gold in New York eingelaufen. Ich dachte, es sei auf den Einfluss von John Deegan zurückzuführen, dass Daniel so versessen darauf ist, nach Kalifornien zu gehen. Doch nun muss ich mir eingestehen, dass Daniel selbst derjenige ist, der sein Glück dort machen möchte.

Überall reden die Leute von dem Gold, das man aus den Flüssen und der Erde Kaliforniens holen kann. Auch die Männer, die bei mir ihre Zigarren kaufen, unterhalten sich darüber. Selbst eine alte Dame, die gestern ihren Schnupftabak kaufte, fragte mich, ob ich die Neuigkeiten schon gehört hätte.

»Amerika ist ein großes Land«, erklärte sie mir. »Überlegen Sie mal, wir haben Kalifornien den Mexikanern weggenommen, und jetzt wird es uns alle reich machen. Mein Enkelsohn geht nach Westen. Er hat versprochen, mir einen echten Goldklumpen zu schicken, sobald er einen ausgegraben hat.«

Ich sagte Daniel, dass ich hoffte, er werde New York nicht verlassen.

»Eine Seereise ist zu gefährlich«, gab ich zur Begründung an.

»Ich werde den Landweg nehmen«, erwiderte er. »Es kostet nur ein Zehntel dessen, was man für das Schiff ausgeben muss.«

»Aber es gibt wilde Tiere und Indianer, und es heißt auch, die Mormonen sehen es nicht gern, wenn Fremde durch ihr Gebiet kommen«, hielt ich dagegen. »Menschen sterben auf den schrecklichen Bergpässen, weil sie im ungespurten Schnee stecken bleiben. Honor hat mir von einer Gruppe Reisender erzählt, die sich angeblich untereinander aufgegessen haben.«

Daniel lachte und schüttelte den Kopf. »Ich würde doch niemals im Winter aufbrechen, Mina. Wenn ich gehe, dann in diesem Frühjahr, dann kann ich die Berge im Sommer überqueren. Das Problem sind nur das Geld für eine Ausrüstung und ein zuverlässiger Gefährte, den es zu finden gilt. Ich möchte nicht allein gehen.«

»Ich dachte, John Deegan wollte mitkommen«, erwiderte ich.

Daniel sah mich gedankenvoll an. »Würdest du es bedauern, wenn er wegginge?«

»Nein, überhaupt nicht«, erklärte ich. »Ich habe Angst, dass du weggehst.«

»John Deegan ist ein richtiger Stadtmensch«, meinte Daniel. »Das Gold reizt ihn, aber nicht das Abenteuer, das damit verbunden ist. Ihm gefällt eher die Vorstellung, einen Saloon zu besitzen und in den Augen des Politikers Mr. Matt Branton aufzusteigen. Seit ich ihn besser kenne, habe ich meine Zweifel an ihm. Er gehört zu denen, die das Fell schon verkaufen, ehe sie den Bären erlegt haben.«

»Und du denkst nicht mehr an einen Saloon?«

Ich hatte das Gefühl, dass Daniel hin- und hergerissen war. Der Gedanke, dass mein Bruder eines Tages Rum verkauft, gefällt mir nicht, und dennoch würde ich ihn gern in meiner Nähe behalten.

»Ich hasse es, mich von allen herumkommandieren lassen zu müssen«, sagte Daniel unvermittelt. »Komm, Mina, lass uns ein wenig spazieren gehen, ehe die Sonne weg ist.«

Ohne auf meine Antwort zu warten, ging er in seiner rastlosen Art schon zur Tür. Also liefen wir hinüber zur St. Patrick's Church. Der Weihrauch von der Messe hing noch in der Luft. Ich zündete zur Erinnerung an unsere Eltern und an Eliza eine Kerze an. Auf dem Rückweg unterhielten wir uns über das Leben zu Hause und das rotbraune Pferd, das mein Vater besaß, ehe die schlechten Zeiten anbrachen. Während ich dies mit meiner rechten Hand niederschreibe, berühre ich mit meiner Linken den Ring, den meine Mutter mir gab und den ich in meinem Leibchen über dem Herzen verwahre. Ich bete darum, dass uns die Zukunft wieder Freude bringt.

Montag, 12. März 1849

Ende Februar hatten wir Eiseskälte. Das Wasser aus dem Croton-Reservoir war gefroren, und wir mussten mehrere Tage darauf verzichten. Dann kündigte sich Anfang März der Frühling an. Um ihn zu feiern, machten Daniel und ich einen Spaziergang bis hinunter ins Battery-Viertel, um uns die Schiffe im Hafen und den blauen Himmel anzuschauen.

Natürlich hatten diese Idee auch viele andere Menschen, nachdem sie all diese eisigen Wochen in ihren Räumen eingeschlossen gewesen waren. Wir sahen Babys in ihren Wagen, und einen Mann, der mit seinem Sohn einen Drachen steigen ließ. Eine junge Dame führte einen winzigen Hund aus, der einen rot-grün karierten Überwurf passend zu ihrem Mantel trug. Diese modische Erscheinung würde sogar Honors Beifall finden.

Daniel deutete gerade auf Castle Garden, als ich eine Kinderstimme rufen hörte: »Da ist Daniel, Mama. Sieh nur, Daniel!« Und dann erstaunt: »Das sind jetzt zwei Daniels!«

Mr. Serle, Madame Moses und Herr Meyer kamen uns entgegen. Stellina hüpfte auf und ab und hielt sich an Herrn Meyers Hand fest. Als sie uns erreicht hatten, ließ Stellina Herrn Meyers Hand fallen. Sie umkreiste uns und blieb dann vor Daniel und mir stehen. Sie drehte ihren Kopf vom einen zum anderen. Ihr Mund stand vor Erstaunen offen.

Auch Herrn Meyers Blicke flogen zwischen mir und Daniel hin und her, während er sich über den braunen Bart strich. Mr. Serle machte anfangs einen bestürzten Eindruck, lächelte dann aber und begrüßte uns.

»Miss Pigot«, sagte er. »Mr. Pigot. Ich freue mich, Sie an diesem schönen Tag draußen zu sehen.«

Er gab Daniel die Hand. Madame Moses rammte ihren Schirm in den Boden und richtete ihren Blick hinaus aufs Wasser. Ihr Bruder strich sich weiterhin über den Bart und lächelte.

»Darf ich Sie meinen Freunden vorstellen?«, erkundigte sich Mr. Serle.

Ich hielt das nicht für angemessen. Ich hörte Tante Jane mir aus ihrem Anstandsbuch vorlesen. Mr. Serle hätte Madame Moses fragen müssen, ob sie uns kennen lernen wolle, weil sie die Ältere war. Doch da ich mich ihres Zornausbruchs auf dem Schiff erinnerte, als sie in mir nur einen Bediensteten sah, war es mir gleichgültig, ob das höflich war oder nicht. Sie waren mir außerdem ja alle bekannt. Weshalb sollte ich also etwas dagegen haben, noch einmal ihre

Bekanntschaft zu machen? Außerdem mussten Freunde von Mr. Serle ihre guten Seiten haben.

»Natürlich«, sagte ich daher zu Mr. Serle. »Wir freuen uns, Ihre Freunde kennen zu lernen.«

Wir waren Miss Pigot und ihr Bruder, Mr. Pigot. Sie wurden uns als Madame Moses, ihr Bruder Herr Meyer und ihre Tochter Stellina vorgestellt. Herr Meyer schüttelte Daniel die Hand und machte eine kleine Verbeugung vor mir, als hätte er mich noch nie im Leben gesehen. Ich erinnerte mich, dass es in Tante Janes Buch hieß, Händeschütteln zieme sich nicht für Damen. Madame Moses und ich nickten und lächelten uns höflich an.

»Aber wer von euch ist Daniel?«, wollte Stellina wissen.

»Wie alt bist du, Stellina?«, fragte Daniel sie.

»Ich bin jetzt vier«, antwortete sie.

»Ich bin einundzwanzig«, teilte er ihr mit. »Ich bin mehr als fünfmal so alt wie du.«

Das Kind wollte sich nicht ablenken lassen. »Aber du bist Daniel?«, fragte es erneut.

»Ja«, sagte mein Bruder, »ich bin Daniel.«

»Und wer ist das?« Sie deutete auf mich. »Sie sieht aus wie Daniel vom Schiff, aber sie trägt heute ein Kleid. Du bist zu groß.«

»Das ist meine Schwester«, erklärte Daniel. »Bist du dir sicher, dass sie mit auf dem Schiff war?«

»Ja«, sagte das Kind. »Daniel vom Schiff hat mich gerettet, als eine Welle versucht hat, mich über Bord zu stoßen. Er hat mir Toast mit Zucker darauf gemacht. Luly und ich lieben Daniel.«

Madame ist so weiß und hübsch wie immer, als ihr Blick von mir zu Mr. Serle wandert. Ihr Gesicht wird von einem weichen schwarzen Pelz gerahmt, der die Kapuze ihres schwarzen Umhangs säumt.

»Wie ich sehe, haben mein Bruder und sein Freund Geheimnisse vor mir«, sagte sie mit ihrer klaren Stimme, die wie eine Glocke in einer frostigen Nacht klingt.

»Nicht doch, Anna.« Herr Meyer lächelte.

Während ich noch nach einer höflichen Bemerkung suchte, schlug Madame Moses' Stimmung plötzlich um.

»Egal, wer von beiden nun Daniel ist, meine Süße«, sagte sie zu Stellina. »Wir werden immer dankbar sein, dass du lebst.«

»Ja«, rief das Kind, »und, Mama, ich werde jetzt, wo es zwei Daniels gibt, die mir helfen, zweimal so sicher sein.«

Madame Moses lächelte auf ihre Tochter herab und sah dann ihren Bruder fragend an. Er nickte ihr zu.

»Nächsten Sonntag gebe ich einen Musikabend«, verkündete Madame Moses. »Er findet im Haus meines Bruders an der Crosby Street statt. Sie müssen uns beide besuchen.«

»Sie sind Musikerin, Madame?«, fragte Daniel.

»Ich singe«, klärte Madame Moses ihn auf. Sie sah mich an, als könne sie es gar nicht fassen, dass ich nicht mit ihrem Ruhm geprahlt hatte. »Ich habe im nächsten Monat hier ein Opernengagement.«

»Sie hat auf dem Schiff gesungen, Daniel«, warf ich ein. »Sie sang das *Ave Maria* in Vollkommenheit.«

Madame Moses wirkte zufrieden. Stellina hatte jegliches Interesse an uns verloren und beobachtete, wie eine Möwe ein Stück Keks vom Weg aufhob.

»Kommen Sie nächsten Sonntag«, sagte Madame Moses.

»Ich weiß nicht ...«, fing ich an.

»Ich bestehe darauf.« Madame Moses fiel mir mit ihrer bestimmenden Art ins Wort. »Die Retterin meiner Tochter und Freunde von Benjamin Serle sind mir immer willkommen.« Sie zog zwei Karten aus ihrem Muff und gab sie uns mit schwarz behandschuhten Fingern. »Ich rechne mit Ihnen«, sagte sie. Dann wandte sie sich an Mr. Serle. »Wären

Sie so freundlich, mir Ihren Arm zu leihen, Sir? Nimm meinen Schirm, Sadick.«

Sie reichte ihm das lange schwarze Ding, ohne seine Antwort abzuwarten.

Mr. Serle lächelte mir zu. Es schien ihm sehr gut zu gehen.

»Einen schönen Tag«, wünschte er und tippte höflich an seinen Hut.

Er reichte der Dame seinen Arm, und sie gingen weiter. Herr Meyer verbeugte sich vor uns, nahm die kleine Stellina wieder an die Hand und folgte seiner Schwester und Mr. Serle. Stellina drehte sich um und winkte.

»Auf Wiedersehen, Daniel«, rief sie.

Wir sahen ihnen nach. Obwohl es nur vier Leute waren, sorgte Madame Moses dafür, dass man glaubte, eine Prozession zöge davon.

Daniel und ich liefen langsam eine Weile in die andere Richtung, aber die Sonne verschwand, die Luft wurde feucht, und es kam Wind auf. Daniel meinte, ich sähe blau gefroren aus, und obwohl ich das anfangs abstritt, musste ich doch zugeben, dass mich der Wind ermüdete, nachdem ich zwei Monate lang so wenig an die Luft gekommen war. Daniel lud mich zu einer Tasse heißer Schokolade in einem Café ein, das sich direkt unter Mr. P. T. Barnum's Museum am Broadway befand. Dort war es warm, und Daniel erheiterte mich mit Geschichten über die lustigen Gewohnheiten der Amerikaner – er trifft beispielsweise elegant gekleidete Leute im Hotel, die sich ihre Messer in den Mund schieben. Dann meinte er, ich sähe inzwischen sehr viel besser aus als bei meiner Ankunft in Amerika.

»Ich weiß, du bist müde«, sagte er, »aber du hast heute rosige Wangen und bist auch nicht mehr ganz so dünn.«

Wir einigten uns darauf, am nächsten Sonntag zu Madame Moses' musikalischem Abend zu gehen. Daniel war sehr neugierig zu erfahren, wie solche Leute leben. Den ganzen Nachmittag hatte er nicht mehr vom Gold gesprochen.

Wir, Daniel und ich, gingen zu dem Konzert, das Anna Moses im Haus ihres Bruders an der Crosby Street gab. Honor und Tante Jane zeigten sich hocherfreut, als ich ihnen davon erzählte. Honor wollte mir gleich ein neues Kleid machen, aber ich schlug es aus. Ein zweites Winterkleid wäre Luxus. Honor und ich einigten uns auf eine Pelerine aus cremefarbenem Kambrik mit braunen Samtbändern und ein neues Paar Ärmel mit den gleichen Bändern, die sehr viel hübscher sind als die einfachen, die ich in der Arbeit trage.

Als ich fertig angezogen war, betrachtete Honor mich eingehend.

»Ich wünschte, du ließest mich dir eine Haube leihen«, sagte sie. »Deine Strickkapuze ist zwar hübsch genug, um dein Gesicht zu rahmen, aber nicht so elegant wie eine Haube mit weißen Rosen und Bändern, die zu deinen Ärmeln passen.«

»Aber die Kapuze passt zu meinen Wollhandschuhen für draußen«, widersprach ich. »Es ist kalt heute. Ich denke, ich sollte mich lieber warm als modisch kleiden.«

Honor sah mich schmollend an. »Irgendetwas fehlt«, behauptete sie.

Ich kam mir vor wie ein Gericht, das sie gerade gekocht hatte und dem die Würze fehlte.

»Was meinst du, Tante Jane?«, fragte Honor sie.

Tante Jane betrachtete mich kritisch. »Sie braucht eine Brosche an ihrem Hals«, meinte sie. »Sie ist ganz in weiche Braun- und Cremetöne gekleidet, dazu das Rot ihres Haars. Das Kleid braucht noch etwas in Nähe ihres Gesichts, das einen Akzent setzt.«

»Aber ja«, rief Honor aus. »Warum habe ich das nicht selbst gesehen? Was täte ich nur ohne dein künstlerisches Auge?«

Sie küsste Tante Jane auf die schlaffe Wange. Tante Jane war glücklich, wie sie das immer ist, wenn Honor sie liebkost. Honor wühlte in der Schachtel mit den Zierstücken, die sie in ihrem Arbeitszimmer aufbewahrt, weil sie diese für Kleideranproben ihrer Kundinnen benötigt, aber sie fand nichts Zufriedenstellendes. Sie ging in ihr Schlafzimmer und kehrte mit einer schwarzen Trauerbrosche zurück.

»Nein«, wehrte Tante Jane ab, als Honor sie mir an den Hals hielt. »Die wirkt viel zu schwer. Warte einen Moment.«

Als sie aus ihrem Zimmer auf der anderen Flurseite zurückkam, hielt sie ebenfalls eine Brosche in der Hand. Es war ein oval geschnittener, dunkelgrüner Stein, gefasst in Goldmetall.

»Oh«, rief ich aus, als ich sie sah. »So etwas Wertvolles kann ich doch nicht ausleihen.«

Tante Jane schüttelte den Kopf. »Es ist nichts Wertvolles, Mina«, erwiderte sie. »Das ist Jaspis, kein wertvoller Stein, und das Metall ist nur vergoldet. Außerdem gehe ich nicht davon aus, dass du sie verlieren wirst. Sie hat einen Sicherheitsverschluss.«

»Die passt ausgezeichnet«, meinte Honor, und damit war die Sache erledigt.

Als Daniel kurz darauf eintraf, um mich abzuholen, erklärte er, er sei stolz, sich an der Seite eines so eleganten Geschöpfs sehen zu lassen. Ich fand, auch er sah großartig aus in seiner karierten Hose und dem Gehrock. Er trug die dunkelgrüne Seidenkrawatte, die ich zu Weihnachten für ihn aus einem Stoffrest gemacht habe, den Honor für mich ausgesucht hatte.

Als wir das Haus an der Crosby Street erreichten, standen vor der Tür zwei Kutschen. Drinnen wogte eine Menschenmenge. Eine Bedienstete forderte die Damen auf, sich in ein Zimmer im zweiten Stock zu begeben, um sich dort ihrer Mäntel und Schals zu entledigen. Langsam stieg ich die Treppe wieder hinab. Da ich keinen kannte, war ich schüchtern, aber Daniel nahm meine Hand, und wir traten in den Salon ein.

Mr. Serle kam durch die Menschenmenge auf uns zu.

»Ich habe mich gefreut, als wir uns an der Battery begegnet sind«, sagte er zu mir. Dann wandte er sich an Daniel. »Sie tun sehr gut daran, Ihre Schwester ins Freie auszuführen. Ich fürchte, der Platz im Hotel ist ihrer Gesundheit nicht zuträglich.«

Daniel reagierte gereizt: »Sie hat sich nicht beklagt.«

»Es geht mir sehr gut«, log ich vor Mr. Serle. Ich mochte es nicht, dass er sich mit Daniel über mich unterhielt. »Ich gehe jeden Morgen und Abend zu Fuß. Ich genieße die Geschäftigkeit auf den Straßen.«

»Sie passt auf sich auf«, ergänzte Daniel in herausforderndem Ton.

»Wo ist Herr Meyer?«, fragte ich, um das Thema zu wechseln, und blickte auf die sich eifrig unterhaltenden Damen und Herren.

»Vor der Aufführung ist er für keinen zu sprechen«, erklärte Mr. Serle.

In der Diele ertönte eine Glocke. Die Unterhaltungen schwächten sich zu einem Murmeln ab, während die Gäste ihre Plätze einnahmen. Unter Seidengeraschel drapierten die Damen ihre Röcke. Mein Wollkleid und mein Unterrock aus Musselin machten natürlich kein Geräusch. Es freute mich, dass Mr. Serle sich neben mich setzte. Auch wenn ich unter den Anwesenden nicht die eleganteste Person war, so war er doch noch immer mein Freund.

»Was wird sie singen?«, fragte ich ihn.

»Herr Meyer wird das Programm ankündigen«, flüsterte Mr. Serle mir zu.

»Was sagt er zu dir?«, verlangte Daniel auf meiner anderen Seite zu wissen.

»Sch«, ermahnte uns jemand vor uns.

Herr Meyer trat mit Notenblättern in der Hand vor die Zuhörer und wartete, dass er sprechen konnte. Aus meinem Augenwinkel sah ich Daniels Verärgerung darüber, dass man ihn zur Ruhe ermahnt hatte. Er lehnte sich zurück und verschränkte die Arme vor seiner Brust. Zu meiner Rechten hatte Mr. Serle es genauso gemacht. Ich faltete meine Hände im Schoß. Mir blieb zwischen den beiden aufgeplusterten Männern wenig Platz.

Herr Meyer verkündete mit sanfter Stimme, was wir hören würden. Er hielt die Noten in der einen Hand und strich sich mit der anderen über den Bart, als wolle er sich vergewissern, dass dieser echt und tatsächlich seiner sei. Zum Auftakt des musikalischen Abends werde Madame Moses ein englisches Volkslied und dann zwei Lieder mit den Titeln »Sympathy« und »She Never Told Her Love« von dem Komponisten Franz Joseph Haydn singen. Danach werde sie drei Lieder eines Komponisten vortragen, der offenbar Gluck hieß, was mir aber seltsam vorkam. Als Herr Meyer seine Ansprache beendet hatte, klatschten alle. Er verbeugte sich und setzte sich an das Pianoforte.

Nun trat Madame Moses auf. Sie trug ein tief ausgeschnittenes schwarzes Seidenkleid mit einem Schößchenmieder, wie Honor es nennen würde. Der Rock bestand aus zwei Lagen, deren oberste gerafft und mit einer karmesinroten Seidenrose festgesteckt war. Die Spitze am Hals und an den kurzen Ärmeln war schwarz. Dazu trug sie weiße Ziegenlederhandschuhe, die über ihre Ellbogen reichten, und glitzernde Ohrringe. An einer weißen Seidenkordel baumelte an ihrem linken Handgelenk ein Fächer aus Elfenbein und schwarzer Spitze. Ich versuchte, mir alles zu merken, damit ich es Honor erzählen konnte. Madame Moses' Gesicht und Dekolleté waren sehr weiß. Ihr Haar und ihr Kleid hingegen waren tiefschwarz. Die einzigen Farbtupfer waren ihre roten Lippen und die rote Rose an ihrem Rock sowie das Aufblitzen an ihren Ohren, wenn sie ihren Kopf drehte.

Zu meiner Linken ließ Daniel die Arme fallen und beugte sich nach vorne. Er machte nun einen sehr interessierten Eindruck und hatte seine Befangenheit wegen seines zu lauten Sprechens abgelegt. Mr. Serle veränderte seine Haltung nicht. Er ruhte in sich. Ich weiß so viel über ihn – und doch so wenig.

Madame Moses blickte Herrn Meyer an, lächelte und nickte. Die erste Note ertönte unter Herrn Meyers Fingern. Wie seltsam muss es wohl sein, überlegte ich, vor einem Raum voller Menschen zu stehen, die einen alle anstarren und beobachten und darauf warten, dass man für sie einen Ton erzeugt.

Als Madame Moses ihre Lippen öffnete und ihren Kopf zurückwarf, verstummte nicht nur das Geraschel der Menschen im Raum, sondern es schwanden auch die Straßengeräusche der Kutschen, klappernden Pferde und Schreie der Hausierer. Das Klavier vibrierte und schlug den Rhythmus zu Madame Moses' aufsteigender, tremolierender Stimme. Zwar verstand ich die Bedeutung der meisten Worte in den Liedern nicht, aber ich fühlte mich abwechselnd traurig und ängstlich und gefoppt und voller Freude. Diese Gefühle löste Madame Moses in mir aus, obwohl ich nicht hätte sagen können, ob ich sie wirklich mochte. Als Mr. Serle sagte, sie sei eine große Künstlerin, musste er dies damit gemeint haben. Alle klatschten sehr laut, als Madame Moses zum Ende kam, sich verbeugte und abging.

Herr Meyer kündigte an, er werde nun *Opus 62* von Dr. Felix Mendelssohn Bartholdy spielen. »Es handelt sich dabei um ›Lieder ohne Worte‹. Es sind sechs an der Zahl«, sagte er. Sein Blick schweifte ins Publikum, und seine Augen lächelten. »Es sind sechs, aber sie sind kurz. Der große Komponist hat mir, als ich sein Schüler am Leipziger Konservatorium war, bei der Interpretation dieser Stücke selbst zur Seite gestanden.«

Im Publikum wurde beifälliges Gemurmel laut. Ich hörte genau zu. Das war nicht wie der Gesang von Madame Moses. Die Gefühle waren verhaltener, wenn nur das Piano spielte. Der Klang warf mich auf mich selbst zurück. Ich erinnerte mich an das gegen das Schiff klatschende Wasser, wenn wir in ruhiger See segelten. Ich musste an den Menschenzug am Broadway am Evacuation Day denken. Das letzte Lied war leicht und anmutig – bald kommt der Frühling.

Dann kehrte Madame Moses zurück. Sie sang nun aus einer Oper von Rossini. Es interessierte mich, ein Lied aus einer Oper zu hören. Jetzt würde ich erfahren, was Mr. Serle gelernt hatte. Die Lieder waren sehr dramatisch. Madame Moses klang aufgebracht und sorgenvoll, und dies über einen ziemlich langen Zeitraum hinweg. Diese Musik passte besser zu ihr als die Fröhlichkeit der Volkslieder. Ihre Stimme sang viel leichter von Herzeleid als von Freude. Vielleicht hörte Mr. Serle das und glaubte dabei, sie lausche ihrem wahren Selbst. Als der Applaus aufgehört hatte und Herr Meyer und Madame Moses sich in einen anderen Raum zurückzogen, gab es eine Pause.

Daniel fragte mich: »Möchtest du hinausgehen und etwas frische Luft schnappen, Mina?« Aber gleichzeitig sprach mich Mr. Serle an: »Hier ist Mr. DiRoma, der mit Ihnen sprechen möchte, Miss Pigot.«

Guido DiRoma schüttelte mir lebhaft die Hand und erkundigte sich nach meinem Befinden. Mr. Serle stellte ihn Daniel vor.

»Sind Sie Koch bei meinem *Beniamino?*«, erkundigte Mr. DiRoma sich auf seine direkte Art.

Daniel sah ihn verdutzt an.

»Er meint Mr. Serle«, klärte ich Daniel auf.

»Oh! Nein, Sir, ich bin Kellner im Columbia House Hotel. Und Sie?«

»Ich habe anfangs im Hafen gearbeitet. Jetzt bin ich im Geschäft meines Cousins und liefere Eis und Kohle aus. Ich bin ein sehr starker Mann.« Mr. DiRoma lachte und ballte seine Faust, um uns ihre Stärke und Kraft zu demonstrieren. Er wandte sich Daniel zu und vertraute ihm an: »In diesem Haus hier fühle ich mich wie ein Fisch auf dem Trockenen.« Seine Stimme war ziemlich laut. Mehrere Leute drehten sich um und starrten ihn an, aber Mr. DiRoma bemerkte es nicht. »Gefällt Ihnen denn Ihre Arbeit in Amerika, Mr. Daniel Pigot?«, fragte er.

Daniel schüttelte den Kopf. »Ich bin nun fast ein Jahr lang in New York und habe vor, bald nach Kalifornien weiterzuziehen«, sagte er. »Dort lässt sich ein Vermögen verdienen.«

Mr. DiRoma zeigte sich interessiert. »Auch ich habe schon daran gedacht, mein Glück in Kalifornien zu versuchen«, teilte er Daniel mit.

Ich seufzte. Nun würde wieder endlos über Gold geredet werden.

Mr. Serle entfernte sich, und ich stand neben Daniel und Mr. DiRoma, aber ihr Gespräch – über Zelte, Pfannen, Goldstaub, Waffen – rauschte an mir vorbei. Ich wünschte, ich würde hier ein paar Frauen kennen. Neben uns unterhielten sich eine ältere Frau und eine jüngere miteinander. Sie sahen adrett aus in ihren Seidenkleidern und kleinen Hauben, und die jüngere schielte zu mir herüber. Ich lächelte. Vielleicht würde sie mich ja ansprechen, aber sie musterte mich nur gemächlich von oben bis unten und kehrte mir dann den Rücken zu. Ich hätte mir wohl doch Honors Haube borgen sollen.

Daniel und Mr. DiRoma setzten ihr Gespräch fort. Sie passten gut zusammen, fand ich. Daniel groß und gelenkig, Guido DiRoma stämmig, die Beine kurz und in den Schultern breit. Sie waren beide nicht so gut angezogen wie der Rest des Publikums. Aber ich mochte ihre Gesichter, die Offenheit, die gute Laune darin. Sie platzten vor Energie. Sie würden der Erde Kaliforniens ihr Schicksal entreißen. Fast ermüdete es mich, sie zu betrachten. Ich hockte auf meiner Stuhlkante und wünschte, ich hätte einen Fächer, wohinter ich gähnen und mich als Dame der Gesellschaft ausgeben könnte.

Endlich ertönte die Glocke in der Diele, und es war Zeit, die Plätze wieder einzunehmen und zuzuhören. Als ich schon annahm, dass der Platz neben mir frei bleiben würde, kam Mr. Serle. Er nickte, als ich mich zu ihm umdrehte, sagte aber nichts.

Der zweite Teil des musikalischen Abends wurde wieder von Herrn Meyer eingeführt. Als Erstes hörten wir ein Arrangement von Liedern aus einer Oper, in der es um Liebe ging: *L'Elisir d'Amore.*

»Der Liebestrank«, flüsterte Mr. Serle mir ins Ohr.

Ein Lied hieß *Quanto Amore. Amore* meint Liebe. Madame Moses sang süß und tändelnd im Duett mit einem Mr. Windmuller, der eine volle Stimme und eine komische Art hatte. Nachdem Madame Moses' Stimme sich zu den hohen, eisigen Gipfeln der letzten hohen Töne emporgeschwungen hatte, bekam sie großen Beifall. Als Nächstes, verkündete Herr Meyer, werde er ein Stück spielen, das ein Mann namens Franz Liszt arrangiert habe, *Hexameron oder sechs Variationen zu einem Thema von Bellini.* Offenbar liebte Herr Meyer die Zahl sechs. Er hatte zuvor sechs Lieder gespielt. Ich verfolgte den Flug seiner Hände über die Tasten und staunte, wie zehn Finger einen so komplizierten, sich ständig verändernden Klang erzeugen konnten.

Im letzten Teil des Konzerts sang Madame Moses Arien von Mozart. So nennt man die Lieder in den Opern, *Arien*. Als Herr Meyer *Batti, Batti* und *Porgi Amor* ansagte, quittierte das Publikum dies mit einem wohligen Seufzen. Madame Moses' Stimme war sehr geschmeidig und fließend. Ich kam mir vor wie in einer Art Liebestraum und empfand sehnsuchtsvollen Genuss.

Am Ende entstand eine Schweigepause, als würden alle zusammen lauschen, bis die letzte süße Note in der Luft über der Stadt verklungen war. Dann setzte tosender Applaus ein, und *Bravo*- und *Brava*-Rufe wurden laut. Madame Moses blickte Herrn Meyer an, und er nickte. Dann sang sie das *Ave Maria,* wie ich es noch im Gedächtnis hatte.

»Du hattest Recht, Mina«, flüsterte Daniel mir am Ende zu. »Das ist sehr schön.«

Madame Moses und Herr Meyer verbeugten sich anmutig. Die kleine Stellina kam aus dem Hintergrund des Raumes nach vorne und überreichte ihrer Mutter ein Bukett mit roten Gewächshausrosen. Madame Moses beugte sich hinab, um ihr einen Kuss zu geben, was Stellina zu überraschen schien. »Wie süß«, sagte eine Frau, und alle klatschten nur umso lauter. Dann dankte Herr Meyer allen fürs Zuhören und kündigte an, dass in dem Raum auf der anderen Seite der Diele Erfrischungen gereicht würden.

»Ich werde mich, bevor wir gehen, noch einmal mit Mr. DiRoma unterhalten«, meinte Daniel zu mir. »Kannst du dich für ein paar Minuten selbst beschäftigen?«

»Ja, Daniel«, beruhigte ich ihn.

Leute liefen umher und unterhielten sich. Stimmen erhoben sich voller Gelächter und Leben. Jenseits des Raums sah ich Mr. Serle im Gespräch mit Madame Moses. Sie streifte langsam ihre Handschuhe ab. Als sie damit fertig war, nahm er ihre Hand und küsste diese. Mir drehte sich das Herz im Leib.

»Hat Ihnen die Musik gefallen, Miss Pigot?« Plötzlich stand Herr Meyer neben mir.

»Ja, sehr«, antwortete ich vorsichtig.

»Und hatten Sie ein Lieblingsstück?«, bedrängte er mich.

»Es ist alles so neu für mich«, sagte ich. »Gefallen hat mir alles. Doch am meisten habe ich mich wohl über das *Ave Maria* gefreut.« Dann kam mir in den Sinn, dass es wohl angemessen wäre, ihm ein Kompliment zu machen. »Ich fand, Sie spielten auf dem Pianoforte sehr ... sehr präzise und meisterhaft. Am besten haben mir die ›Lieder ohne Worte‹ gefallen.«

»Danke schön, Miss Pigot.« Herr Meyer deutete eine Verbeugung an. Es entstand eine Pause. »Ich erinnere mich, dass Sie eine reizende Stimme haben und sehr gut den Ton halten.« Herrn Meyers Augen lächelten, während er sich über den Bart strich. »Ich weiß Ihr Lob zu schätzen, denn ich glaube, Sie haben gute Ohren.«

»Meine Ohren?« Instinktiv wollte ich nach meinen Ohren greifen, doch ich konnte diese Regung gerade noch rechtzeitig unterdrücken.

»Haben Sie einmal daran gedacht, Musikunterricht zu nehmen und aufzutreten?«, fragte er. Seine Augen wurden schmal, und plötzlich bekam er etwas Verschlagenes. »Sie würden auf der Bühne eine gute Figur machen, egal ob in Jungen- oder Frauenkleidern.«

»Nein, nein«, wehrte ich ab. »Ich möchte keinen Unterricht nehmen.«

Herr Meyer war plötzlich sehr nüchtern. »Entschuldigen Sie, Miss Pigot, ich schwätze manchmal dummes Zeug. Ich erinnere mich lebhaft der Schönheit der Nacht auf dem ruhigen Wasser mit den Lichtern Amerikas vor uns. Wenn ich das vor meinem geistigen Auge habe, wird dieses Bild immer vom Klang Ihrer reinen Stimme begleitet. Ich sollte Ihnen für diese Erinnerung dankbar sein und Sie nicht mit ungewollten Vorschlägen belästigen.«

»Machst du dich über dieses Mädchen lustig, Sadick?«, hörte ich eine Stimme hinter mir sagen.

Es war Madame Moses. Mr. Serle unterhielt sich jetzt mit jemand anderem. Herr Meyer gab keine Antwort, sondern hob die Hand seiner Schwester an seine Lippen, wie das eben noch Mr. Serle getan hatte.

»Ich habe dir doch schon gesagt, und ich sage es noch einmal: Du warst brillant, meine Liebe«, schmeichelte er.

»Es war ein wunderbarer Gesang, Madame Moses«, sagte ich höflich. »Ich danke Ihnen, dass Sie uns zu Ihrem musikalischen Abend eingeladen haben.«

Sie musterte mich von Kopf bis Fuß.

»Ah!« Ihr roter Mund lächelte. »Benjamin Serles kleines Junge-Mädchen-Barmherzigkeitsmündel. Sie verkaufen jetzt Zigaretten, wie ich höre.«

Ich sah Herrn Meyer erstarren. Mir schoss das Blut in die Wangen.

»Ich arbeite im Columbia House Hotel«, sagte ich, »wo auch mein Bruder und Mr. Serle angestellt sind. Ich glaube, Sie verwechseln mich mit jemandem von Ihren Freunden.«

Herr Meyer machte ein Geräusch zwischen Husten und Lachen.

»Anna«, sagte er und ergriff den Arm seiner Schwester, »du brauchst ein Glas Champagner. Und ich sehe da drüben Mr. Nathaniel Willis. Wir müssen ihm unseren Dank für sein Kommen aussprechen. Reizend, Sie wiedergesehen zu haben, Miss Pigot.«

Er führte seine Schwester, so rasch es ging, durch die Menge.

»Hätten Sie gerne ein Glas Champagner oder etwas zu essen, Miss Pigot?«, sprach Mr. Serle mich an. »Kann ich Ihnen etwas bringen?«

»Nein, danke«, lehnte ich ab.

»Ich sah Sie mit Madame Moses sprechen. Sie ist reizend, finden Sie nicht?«

»Sie ist sehr gut gekleidet«, sagte ich steif. Ich hatte Kopfschmerzen. »Ich muss gehen. Mein Bruder wartet auf mich. Ich würde gerne an die frische Luft.«

»Natürlich«, sagte Mr. Serle. Er hörte mir gar nicht richtig zu, sondern gaffte auf Madame Moses, die über etwas lachte, das ein großer Herr in dem Moment zu ihr sagte.

Madame Moses' geringschätzige Worte hatten mir im Herzen wehgetan. Und Mr. Serle klang so abwesend, so gar nicht wie er selbst. Alle gaben sich hier wie feine Damen oder Herren.

In der Diele fiel mir ein, dass ich mir noch meine Straßensachen holen musste. Als ich wieder die Treppe herunterkam, die Wollhandschuhe in der Hand, sah ich weder meinen Bruder noch Mr. Serle. Am Fuß der Treppe stand hingegen Herr Meyer. Er schien auf mich zu warten.

»Ich möchte mich für meine Schwester entschuldigen«, sagte Herr Meyer, sobald ich die letzte Stufe erreicht hatte. »Wenn sie auftritt, werden ihre Gefühle aufgewühlt. Sie ist sehr launenhaft.«

»Das macht nichts. Aber es überrascht mich, dass eine Dame sich gegenüber einem geladenen Gast so unhöflich äußert.«

Herr Meyer seufzte. »Benjamin Serle war sehr einfühlsam in seinem Lob auf Sie, als er das Rätsel der beiden Daniels aufklärte«, erzählte er mir. »Anna liebt die Herausforderung, aber ich fürchte, sie sehnt sich nach einer Mahlzeit, die sie mit Mr. Serle niemals teilen wird.«

»Er ist nicht der meine«, sagte ich.

Herr Meyer zog eine Braue hoch. »Entschuldigen Sie, Miss Pigot, aber ich dachte, er sei Ihr Beschützer.«

»Oh!« Die Erinnerung an die Vergangenheit und den mich während des Sturms festhaltenden Mr. Serle gab mir Trost. »Beschützt hat Mr. Serle mich in der Tat. Er half mir dabei, England zu verlassen und nach Amerika zu reisen. Ich werde ihm immer dankbar sein für seine schützende Hand.«

»Verstehe«, sagte Herr Meyer. »Aber Ihre Liaison ist beendet?«

Ich starrte ihn an. »Liaison?«

Herr Meyer strich sich über seinen Bart und betrachtete mich nachdenklich. »Meine Schwester und Benjamin Serle passen nicht zueinander, aber dennoch möchte ich sie nicht getäuscht sehen.«

»Ein solches Gespräch ziemt sich nicht«, sage ich. »Ich weiß gar nicht, wovon Sie sprechen.«

»Ich entschuldige mich, Miss Pigot«, sagte Herr Meyer. »Ich scheine Ihnen immer auf die Füße zu treten. Würden Sie mir erlauben, Sie zu besuchen, wenn Sie zu Hause sind? Vielleicht könnte ich mich Ihnen in einer ruhigeren Atmosphäre besser verständlich machen.« Er lächelte mir zu und zupfte an seinem Kinn.

Am liebsten hätte ich nein und noch mal nein gesagt. Es war unverschämt von ihm, mich so etwas zu fragen. Tante Janes Anstandsbuch war in diesem Punkt sehr eindeutig. Es läge an mir, ihn einzuladen.

»Lieber nicht«, sagte ich so ruhig wie möglich.

»Ah, ich verstehe.«

Er nahm meine Hand in seine und hob sie an seine Lippen, wie Mr. Serle das vorhin bei Madame Moses getan hatte. Sein Mund war ziemlich rosig im braunen Nest seines Bartes. Noch nie hatte ein Gentleman meine Hand geküsst. Aber ich fragte mich, ob Herr Meyer tatsächlich ein

Gentleman war. Ehe mir eine passende Antwort einfiel, gesellte sich ein stämmiger Mann mit einem bis zum zweiten Hemdknopf reichenden schwarzen Bart zu uns.

»Sadick Meyer!«, rief er, als wisse Herr Meyer seinen eigenen Namen nicht. »Ein ganz ausgezeichnetes Konzert.«

Herr Meyer verbeugte sich vor ihm. »Entschuldigen Sie, Sir«, schrie er, als er sich wieder aufrichtete. »Miss Pigot, unser berühmter Musikkritiker, Mr. Cyrus Taub. Verzeihung, ich muss mich entschuldigen.«

Der Mann wandte sich an mich. »Was meinen Sie?«, wollte er wissen.

»Es war sehr schön, Mr. Taub«, sagte ich.

»Äh?« Er legte seine Hand hinter sein Ohr. »Sprechen Sie lauter, meine Liebe. Der Lärm hier ist grässlich.«

»Es war sehr schön!«, wiederholte ich.

»Wie fanden Sie das Andante im *Hexameron*?«, bohrte der Mann nach. »Halten Sie es für ein Charakteristikum von Chopin?«

»Andante? Charakteristikum von Chopin?« Ich wiederholte seine mir unverständlichen Worte.

»Ah, Sie sind Harfenistin«, brüllte Mr. Taub. Er strahlte mich an. »Reizend. Werden Sie bald in New York auftreten?«

»Ich muss gehen«, sagte ich. Aber was mochte er wohl verstanden haben?

»Wie ich sehe, haben Sie keine Erfrischung zu sich genommen«, fuhr er fort. »Das kann ich Ihnen nicht verdenken. Schinkensandwiches und so ein Mist. Unsere Leute vergessen die Tradition unserer Väter und entschuldigen das damit, dass sie Amerikaner werden. Selbst einige der Rabbis nennen sich Reformer und behaupten, die alten Regeln des *kashruth* seien in der modernen Zeit nicht mehr von Bedeutung. Es freut mich zu sehen, dass Sie sich an Ihre Prinzipien halten.«

»Ich …«, versuchte ich es. Ich hätte sagen sollen – oder besser schreien –, dass er sich in seiner Einschätzung, ich sei Musikerin oder Jüdin, täusche. Aber das war im Grunde nicht von Belang, denn Cyrus Taub hörte gar nicht zu.

»Dieses Konzert hat mir große Freude bereitet, aber …«

Ich entdeckte meinen Bruder, der zusammen mit Mr. DiRoma an der Tür stand, die zum Vestibül hinausführte.

»Danke«, schrie ich Mr. Cyrus Taub zu. »Auf Wiedersehen!«

Ich ließ ihn, der noch immer weiterredete, stehen und eilte zu meinem Bruder.

»Bitte, Daniel, lass uns gehen«, sagte ich.

»Da bist du ja, Mina. Ich habe mich schon gewundert, wo du bist. Hast du was gegessen?«

»Nein«, sagte ich. »Die Hitze und die vielen Menschen haben mir den Appetit geraubt.«

»Die Schinkensandwiches sind gut«, sagte Daniel. »Guido und ich haben einige davon gegessen.«

Das Leben war lachhaft. Die unverschämte Madame Moses, der verschlagene Herr Meyer, der taube Mr. Taub, Menschen, die sich über Schinkensandwiches freuten, Menschen, die sie ablehnten.

»Wenn du gegessen hast, können wir jetzt vielleicht aufbrechen«, sagte ich zu Daniel. »Mr. DiRoma wird sicherlich Verständnis dafür haben, dass ich müde bin und du mich nach Hause begleiten musst.«

»Nun, ich muss wohl gehen«, sagte Daniel zu Mr. DiRoma.

»Wir werden ein andermal weiterreden«, erwiderte Mr. DiRoma. »Überleg dir, was ich dir vorgeschlagen habe!«

»Aber ja«, antwortete Daniel. »Was hältst du davon, wenn wir am Dienstagabend weiterreden? Sollen wir uns bei Hoxey's am Fulton Market treffen? Um neun Uhr? Passt dir das?«

Mr. DiRoma schüttelte Daniel leidenschaftlich die Hand.

»Bis Dienstagabend«, sagte er. »Ich werde mit den Männern, von denen ich dir erzählt habe, über unsere Ideen sprechen.« Er wandte sich an mich. »Auf Wiedersehen, Miss Mina Pigot«, sagte er. »Sie sehen reizend aus. *Bellissima.*«

Seine direkte Art war nicht forsch, aber auch nicht unpersönlich. Anders als Herr Meyer, der sich immer an eine Version von mir zu wenden scheint, die er erfindet, wenn er mit den Fingern seinen Bart krault, ist Guido DiRoma – schwer, dafür Worte zu finden –, ist Guido DiRoma einfach da. Er existiert im jeweiligen Augenblick.

Als Daniel und ich das Haus verließen, kam uns die Luft nach der Hitze in den Räumen kalt und rau vor. Die Straßen waren matschig, weil kurz vorher ein Graupelschauer niedergegangen war. Ich setzte meine Füße vorsichtig voreinander. Ich mag es nicht, jeden Abend in dem eisigen Flur meine Stiefel putzen zu müssen.

»Hat dir die Musik gefallen?«, fragte ich Daniel.

»Ganz gut«, gab er zurück. »Die Volkslieder haben mich fröhlicher gestimmt als die hochtrabenden Operngesänge. Und Madame Moses ist auf jeden Fall hübsch anzusehen. Ich verstehe, warum dein Freund Mr. Serle so für sie entflammt ist.«

»Ist er das?« Ich sagte das mit so dünner Stimme, dass Daniel mich nicht verstand.

»Erzähl mir doch noch mal, woher du Mr. DiRoma kennst, Mina«, bat mein Bruder mich. »Ich weiß, du hast es mir erzählt, aber ich habe es vergessen.«

»Ich bin ihm erst einmal begegnet. Mr. Serle kennt ihn aus seiner Kindheit in Rom, in Italien«, berichtete ich. »Erinnerst du dich noch an den Tag, als du zum Schiff kamst, um mich abzuholen? Erinnerst du dich, dass er dort war?«

»Ich mag ihn«, sagte Daniel. »Wir haben uns über Kalifornien unterhalten. Er hat sehr vernünftige Ideen.«

»Was für Ideen?«

»Er erkennt, welche Risiken die Goldfelder bergen«, erzählte Daniel mir. »Manche Parzellen sind voller Gold, in anderen hingegen wird man überhaupt nicht fündig. Mr. DiRoma meint, ein kluger Mann sollte Ausrüstung mitnehmen, um sie dort an die Goldschürfer zu verkaufen, und erst das Terrain sichten, ehe man sich an eine Schürfstelle heranwagt.«

»Das hört sich sehr vernünftig an«, gab ich zu.

»Ich mag ihn.« Daniel wiederholte das voller Befriedigung. »Ich freue mich schon darauf, mich wieder mit ihm zu unterhalten. Er könnte der Partner sein, den ich suche.«

Ich wünschte, wir wären nicht zu dem musikalischen Abend gegangen. Jetzt kann ich nur hoffen, dass Mr. DiRoma nicht nach Kalifornien gehen will. Außerdem hoffe ich, dass Daniel davon ablässt. Ich habe Angst und bin auch wütend bei dem Gedanken, Daniel könnte mich verlassen wollen.

Sonntag, 18. März 1849

Am Donnerstag, als es am späten Nachmittag ruhig war, kam Mr. Serle zu mir an den Kiosk, um mich zu fragen, ob er mich am Sonntag besuchen kommen dürfe. Ich versprach ihm, Tante Janes Einverständnis einzuholen und ihm dann am Freitag Bescheid zu geben. Natürlich willigten Tante Jane und Honor ein. Ich beratschlagte mich mit Tante Jane, ehe ich am zeitigen Samstagmorgen zum Einkaufen aufbrach. Tante Jane meinte, ich solle Schokoladencreme machen und ein paar Kekse kaufen.

»Du machst so köstliche Cremes, Mina«, lobte sie. »Zarter, als ich je welche gegessen habe. Und die mit Schokolade ist *mir* nun mal die liebste.«

Letzte Nacht hat es geregnet, und heute regnet es noch mehr. Ich war mir sicher, dass Mr. Serle bei so wenig verheißungsvollem Wetter nicht kommen würde. Nachdem ich die Schokoladencreme in acht kleine Schälchen abgefüllt hatte, lief ich hin und her und guckte ständig durch die Regenschlieren am Fenster hinaus auf die Straße, bis Honor, die an einem Kragen arbeitete, schalt, ich würde sie nervös machen und ich solle mich hinsetzen und mich meiner Häkelarbeit widmen. Als Mr. Serle kam, brachte er zu unserer Überraschung auch Mr. DiRoma mit.

Ich stellte Mr. Serle Tante Jane und Honor vor, und Mr. Serle stellte Mr. DiRoma uns allen vor. Er schien vergessen zu haben, dass ich ihm bereits zweimal begegnet war. Wir mussten einen zusätzlichen Stuhl aus Tante Janes Studio holen, so dass es ein wenig dauerte, bis wir alle Platz genommen hatten. Tante Jane und Mr. Serle saßen neben dem Ofen. Honor an ihrem Arbeitstisch. Ich glaube, ihr war gar nicht bewusst, dass sie ein Stück Stoff aufgeschlagen hatte und zu nähen anfing. Es liegt in ihrer Natur, ihre Hände immer mit etwas beschäftigen zu müssen.

»Mina erzählte uns, wie freundlich Sie zu ihr waren, Mr. Serle«, begann Tante Jane mit ihrem eintönigen amerikanischen Akzent das Gespräch. »Wir freuen uns, Sie und Ihren Freund begrüßen zu dürfen.« Sie senkte ihre Stimme ein wenig, so dass ihre Worte nur an Mr. Serle gerichtet waren, obwohl ich sie verstehen konnte, weil ich am Herd stand, um den Tee zuzubereiten. »Ich danke Ihnen, dass Sie Mina sicher über den Ozean zu ihrem Bruder und zu uns gebracht haben«, sagte sie. »Sie müssen ein sehr feinfühliger Mann sein. Sie haben ihr Vertrauen nicht nur erworben, sondern es auch verdient.«

Mr. Serle errötete.

»Sie sind sehr großzügig, Miss Corbett«, erwiderte er.

»Wir haben Mina sehr lieb gewonnen«, erzählte Tante Jane und machte mich damit ganz verlegen.

Endlich kochte das Wasser im Kessel, und ich konnte die blau-weiße Porzellankanne Tante Jane reichen, die uns allen einschenkte. Sie und Mr. Serle unterhielten sich über das Wetter in der Stadt und die Beschwerlichkeit, zu Fuß zu gehen, wenn die Straßen entweder mit einer glatten Eisschicht bedeckt sind oder man knöcheltief in ekligem Matsch versinkt.

Guido DiRoma wirkte unruhig. Er drehte sich in seinem Stuhl hin und her, um das Zimmer in Augenschein zu nehmen.

»Darf ich mich umsehen?«, fragte er schließlich Honor, die ihm am nächsten saß.

»Natürlich«, sagte sie.

Guido lief mit hinter dem Rücken verschränkten Armen durchs Zimmer. Er schaute aus dem Fenster. Er warf seinen Kopf in den Nacken und starrte zur Decke an das dort in der Mitte angebrachte Gipsmedaillon aus geschwungenen Blättern. Er lief die Kleiderstange ab, auf die Honor die Mieder und Röcke der Kleider hängt, an denen sie arbeitet. Sie hatte ein Laken darübergeworfen, wie sie das immer macht, wenn wir im Raum kochen.

»Darf ich einen Blick darauf werfen?«, bat Mr. DiRoma sie.

»Ja«, sagte Honor, »aber fassen Sie bitte nichts an.«

Er schob das Tuch beiseite. »*Che bella*«, sagte er.

»Was bedeutet das, Mr. DiRoma?«, fragte Honor ihn.

»Hübsch«, antwortete er und sah dabei sie und nicht die hängenden Kleidungsstücke an. »Wie nennen Sie diesen Stoff auf Englisch?« Er deutete auf einen grauen Samtrock mit schwarzem Band als Besatz.

»Das ist Samt«, erklärte Honor ihm.

»Er ist wie Ihre Augen. Ich werde mich immer an Samt erinnern«, sagte er und zog das Laken wieder so über das Gestell, wie es zuvor gewesen war. Er ging weiter und untersuchte die Rollen mit den bunten Seiden und Bändern auf dem großen Arbeitstisch.

Wir Übrigen beobachteten ihn. Tante Jane wirkte misstrauisch auf mich, aber Honor folgte seinen Bewegungen mit nachdenklichem Blick. Ihre Mundwinkel gingen nach oben, als er ihre kleine Schere dazu benutzte, einen Faden abzuschneiden. Auch Mr. Serle schien das amüsant zu finden. Er wirkte sehr gelöst. Mit seinen langen Fingern hielt er den blau-weißen Unterteller der Tasse Tee, die ich ihm gereicht hatte.

Guido wandte sich von der Betrachtung des Raums und seiner Gegenstände ab und bemerkte, dass er von uns beobachtet wurde. Er lächelte.

»Ma come è gentile qui, Beniamino«, sagte er. *»Tranquillissimo.«*

»Bitte sprechen Sie Englisch, Mr. DiRoma«, forderte Honor ihn auf.

»Er sagt, es ist hübsch hier«, übersetzte Mr. Serle für ihn. »Zivilisiert.«

»Und die Stoffe«, begeisterte sich Guido. »Wissen Sie, Miss Corbett, dieser Mann hier, mein *caro Beniamino*, und ich haben einmal in einer Stoffhandlung in Rom gearbeitet. Was für Farben, was für Gewebe.«

»Ja«, bestätigte Mr. Serle in freudiger Erinnerung, »wir haben Brokate aus dem Osten importiert, Seide und feine Wollstoffe aus dem Norden.«

»Sie geben uns das Gefühl, zu Hause zu sein, Miss Corbett, Miss Pigot, Miss Corbett«, sagte Guido mit einer Verneigung. »Wir danken Ihnen. Vielleicht erlauben Sie unserem Freund hier, in nächster Zeit einmal etwas zu kochen, um Ihnen unsere Dankbarkeit zu erweisen.«

Tante Janes Stirn glättete sich.

»Sie verfügen sehr großzügig über die Arbeitskraft Ihres Freundes«, sagte sie.

»Ach, aber mein Beniamino wird Sie mit seinen Fähigkeiten überraschen«, überging Guido ihren Einwand. »Wenn er *pesce all' Ebraica* zubereitet, wähnen Sie sich im Himmel.«

»Was ist das?«, fragte Honor.

»Fisch«, erklärte er, »Essig und Honig und Rosinen und kleine *pignoli* – das englische Wort dafür kenne ich nicht.«

»Das würde ich gern kosten«, sagte ich.

Guido gab Mr. Serle keine Gelegenheit, uns das Angebot, für uns zu kochen, selbst zu machen. »Ihre schönen Kleider und Bänder rufen eine Erinnerung in mir wach«, sagte er. »Bei uns gibt es ein Sprichwort: *Vesti da Turco, mangia da Ebreo*. Sich kleiden wie die Türken, essen wie die Juden.«

»Oh!«, sagte Honor. Ihre Nadel ruhte, schwebte über dem Stoff, den sie gerade durchstechen wollte. Sie hatte wieder den träumerischen Blick, den ich an ihr sah, als ich ihr zum ersten Mal begegnete. »Ich würde Mina gern als Türkin gekleidet sehen«, sagte sie. »Hosen aus roter, mit einem Goldfaden durchwirkter Seidengaze, die von einem goldbestickten tiefen Bund herabfallen und an den Knöcheln mit demselben bestickten Band zusammengefasst werden. Nackte Füße. Eine kleine Weste in Rot und Gold, weit ausgeschnitten und ärmellos mit goldenen Armbändern, in die Rubine eingelegt sind, an den Oberarmen. Ihr Haar lose und ...«

»Honor!« Tante Jane war entsetzt. »Honor! Du machst Mina verlegen. Du bringst uns alle in Verlegenheit.«

Mr. Serles Teetasse klapperte auf dem Unterteller, und er stellte sie auf dem Tisch neben sich ab.

Guido starrte wieder die Decke an. »Wie gut, dass mein Englisch so schlecht ist«, meinte er.

»Entschuldigung«, sagte Honor. »Ich habe mich vergessen.«

Aber sie lächelte und beobachtete Mr. Serle. Es tat ihr keineswegs leid.

Plötzlich fühlte ich mich befangen, aber zugleich geschmeichelt. Honor gab mir das Gefühl, ein gänzlich anderes Mädchen als das in dem hochgeschlossenen Kleid zu sein, das ich heute bin, oder auch als der verkleidete Junge, der ich noch vor ein paar Monaten war. Ich könnte sogar schön sein.

»Ich entschuldige mich für Honor«, sagte Tante Jane zu uns allen.

»Ich weiß«, verteidigte ich Honor. »Wenn sie von Kleidern zu träumen anfängt, gibt es kein Halten mehr.«

Danach schwiegen wir. Honor wandte sich wieder ihrer Näharbeit zu, und Guido setzte sein rastloses Umherlaufen fort. Mr. Serle nahm seine Teetasse vorsichtig auf und trank einen Schluck. Ich weiß nicht, welches Thema einer von uns als Nächstes angeschnitten hätte, aber das wurde uns erspart, denn es klopfte an der Tür, und unerwartet stand dort mein Bruder in Begleitung von John Deegan, und beide schüttelten sich den Regen von ihren Hüten.

Dann drehte das Gespräch sich natürlich um Gold und Vermögen und die beste Route nach Kalifornien. Ob Meer oder Land, es hörte sich beides besorgniserregend an. Mr. DiRoma und Daniel unterhielten sich leidenschaftlich. Mr. Serle hört ihnen zu und stellte gelegentlich eine Frage. Ein anderes Gespräch zu führen war unmöglich.

Später, als alle wieder gegangen waren, sprachen wir über den Besuch.

»Ich mag deinen Mr. Serle«, bemerkte Honor. »Er ist genauso, wie du ihn beschrieben hast, sehr attraktiv. Und tiefgründig, wie ich finde«, fügte sie hinzu.

»Er scheint ein Gentleman zu sein, obwohl er Koch und

Jude ist.« Tante Jane sagte dies auf ihre übliche, ein wenig herablassende Art. »Natürlich ist er niemand, bei dem ich es begrüßen würde, wenn er dir oder Honor den Hof machte, aber eine ehrenwerte Bekanntschaft. Er hat ausgezeichnete Manieren.«

»Mr. Serle würde uns niemals den Hof machen«, erwiderte ich. »Er wird nur jemanden seines Glaubens heiraten.«

Darauf folgte Schweigen. Tante Jane schürzte ihre Lippen und verkniff sich eine Bemerkung. Honor richtete ihren Blick auf ihre Teetasse und lächelte in sich hinein.

»Ich war überrascht, Mr. Serles Freund, Mr. DiRoma, zu sehen«, nahm ich die Unterhaltung wieder auf. »Er hat ihn nicht erwähnt, als wir miteinander sprachen.«

»Mir hat das nichts ausgemacht. Gar nichts.« Honor sprach sehr schnell. »Ich fand ihn amüsant.«

Tante Jane bedachte Honor mit einem sorgenvollen Blick, aber als sie sprach, ging es gar nicht um Mr. DiRoma. »Dieser Freund deines Bruders, Mr. Deegan, aß noch ein zweites Schälchen Schokoladencreme«, meinte sie. »Ich fand das gierig von ihm.«

Sonntag, 25. März 1849

Als Daniel heute zu Besuch kam, begrüßte er erst Tante Jane und Honor höflich. Dann fragte er mich abrupt, ob ich mit ihm ausgehen und mich mit ihm unterhalten wolle.

»Ich wollte gerade mit Tante Jane über den Flur gehen, um mir bei ihr ein paar Drucke anzusehen, die sie kolorieren wird«, meinte Honor beschwichtigend. »Warum wollt ihr hinausgehen? Macht es euch doch hier bequem.«

»Danke, das ist sehr freundlich«, erwiderte Daniel.

Wir schwiegen, während sie nach draußen gingen, und schlossen die Tür.

»Ich gehe nach Kalifornien.« Daniel ergriff meine Hand, wich meinem Blick jedoch aus.

Mir zog sich vor Verzweiflung das Herz zusammen.

»Warum, Daniel?«, jammerte ich. »Warum musst du weggehen?«

»Ich möchte es zu etwas bringen in der Welt«, sagte Daniel.

»Aber du sagtest doch, dass deine Arbeit im Hotel gut bezahlt wird«, hielt ich ihm vor.

Die Wut schnürte mir jetzt die Kehle zu. Mein Bruder würde mich verlassen. Mein Bruder brauchte meine Liebe nicht.

Daniel erhob sich und lief im Raum auf und ab.

»Ich bin dort Kellner«, versuchte er zu erklären. »Was habe ich damit für Aussichten? Ich könnte es zum Chefkellner bringen. Nach vielen Jahren könnte ich sogar aufsteigen, um ein Hotel zu leiten, aber das ist zweifelhaft. Mit meinem Kellnerlohn werde ich nie genug verdienen, um mir selbst ein Hotel leisten zu können.«

»Aber deinen Saloon«, erinnerte ich ihn.

»Es wird zwanzig Jahre dauern, bis ich dafür das Geld zusammenhabe«, hielt er dagegen, »oder ich muss bei Leuten wie Matt Branton Schulden machen. Und die wollen für ihr verliehenes Geld mehr zurück als nur die Zinsen. Ich werde mir nicht das Kreuz brechen und mein Gewissen verraten, nur um eine Säule der Macht eines anderen zu sein. Nein, Mina, meine Seele dürstet nach Freiheit. Ich werde mein Glück auf eigene Faust machen.«

Ich ballte meine Faust, bis meine Nägel sich in meine Handflächen gruben. Ihm vorzuwerfen, dass seine Freiheit mein Schmerz ist, wenn er mich verlässt, wäre sinnlos.

»Wenn du gehen musst, gehe ich mit dir«, sagte ich.

»Das ist kein Ort für eine Frau«, meinte er stirnrunzelnd.

»Dann gehe ich eben als Junge«, trotzte ich. Doch schon

als ich die Worte aussprach, las ich in seinem Gesicht, dass er sich gedanklich dagegen sperrte. »Ich werde mir die Haare schneiden. Ich kann für dich kochen und deine Kleider in Ordnung halten. Ich bin eine sehr gute Reisende.«

Die Vorstellung, mir meine Haare wieder abzuschneiden, schmerzte mich. Sie sind noch immer nicht lang genug, um sie gut aufstecken zu können. Doch für meinen Bruder würde ich alles tun – wenn er mich nur genug lieben würde, um mich mitzunehmen.

Daniel setzte sich und nahm meine Hand in seine beiden Hände.

»Mr. DiRoma und ich werden die Überfahrt auf einem Schiff machen, das nach Panama fährt«, berichtete er. »Und ich kann dich nicht in ein Zwischendeck voller Männer mitnehmen. Du würdest dich schämen und ich mich genauso.«

»Was werde ich ohne dich machen?«, klagte ich.

»Du hast doch deine Freunde«, sagte Daniel. »Ich unterhalte mich im Hotel des Öfteren mit Mr. Serle, weißt du. Du hattest Recht mit deiner Beschreibung. Ihm liegt dein Wohlergehen am Herzen wie einem Onkel. Und ich dachte, du seist glücklich bei den Corbetts. Ich bin stolz auf dich, dass du dir auf so damenhafte Weise dein Brot verdienst.«

Seiner Stimme war die Ungeduld anzuhören, dass ich zufrieden sein möge und ihn unbeschwert ziehen ließe.

»Wirst du zurückkommen?«, fragte ich ihn. Es war ein Flehen.

»Natürlich werde ich zurückkommen«, sagte er. »Ich werde mit einem großen Vermögen zurückkommen.«

Er stand auf, durchmaß den Raum und kehrte zurück.

»Aber wenn du dort nicht zu Wohlstand kommst oder nur zu sehr geringem?«, fragte ich. »Was dann?«

»Du kannst zu mir kommen«, sagte Daniel und ergänzte nach einiger Überlegung: »Ich werde dir Geld schicken, damit du dir ein Dienstmädchen nehmen und als Dame reisen kannst. Oder vielleicht komme ich auch selbst, um dich abzuholen.«

»Ja.« Ich rang mir ein Lächeln ab. »Es ist immer einfacher, eine Reise mit jemandem zu machen, der den Weg kennt.«

»Ich werde dir schreiben, Mina«, versprach Daniel. »Ich werde dir schreiben und so bald wie möglich Geld schicken. Ich möchte für dich sorgen.«

»Tröstlicher als Geld wäre mir, ich könnte bei dir sein«, sagte ich.

»Du bist ein gutes Mädchen, Mina«, lobte Daniel, als er sich wieder neben mich setzte. »Ich könnte es nicht ertragen, ohne deinen Segen aufzubrechen.«

»Den hast du«, versicherte ich ihm, »und meine Gebete ohnehin.« Und meine Tränen, dachte ich im Stillen. »Wann werden du und Mr. DiRoma aufbrechen?«, fragte ich.

»Wir fahren am Donnerstag, auf der *Salsette*«, sagte er. »Gestern war mein letzter Tag im Hotel. Bis wir aufbrechen, wohne ich bei Guido.«

»Donnerstag!« Ich war bestürzt. »Aber das ist ja in vier Tagen. Das ist zu bald. Was ist mit all den Sachen, die du brauchen wirst? Ich muss dir ein neues Hemd machen.«

Er fährt am Donnerstag, erzählte es mir aber erst heute. Es ist leichter, sich den praktischen Dingen zuzuwenden, als über Gefühle zu reden, wenn einem das Herz in der Brust gefroren ist. Ich stellte eine Liste all dessen zusammen, was Daniel brauchen wird und worum ich mich kümmern kann. Daniel wird genug mit den Reisevorbereitungen zu tun haben. Er und Guido kaufen die Ausrüstungsgegenstände, die sie verkaufen wollen, und kümmern sich nun darum, dass diese auf der *Salsette* als Frachtgut mitreisen.

Ein Gedanke ließ mich aber nicht los. Er ist mein älterer Bruder und kannte mehr von der Welt als ich. Das waren Angelegenheiten von Erwachsenen, und doch gab es etwas, das noch nicht geklärt war.

»Du nimmst die Route, von der du mir erzählt hast, dass sie zu teuer ist, und kaufst auch noch Waren zum Verkaufen«, sagte ich. »Ist Guido DiRoma reich? Kommt er dafür auf?«

»Oh!« Es schien Daniel zu überraschen, dass ich diese Frage stellte. »Ich vergaß, dass ich dir noch nicht davon erzählt habe. Guido ist alles andere als reich. Wir können gerade genug aufbringen, um die Fahrt durch Panama zu bezahlen, die schnellste Route. Für den Rest haben wir Investoren.«

»Investoren?«, staunte ich.

»Guido hat mit seinem Freund Mr. Serle und mit Mr. Serles Freund Herrn Meyer gesprochen, der ein Bankierssohn ist. Und Guidos Cousin gehört eine Eis- und Kohlenhandlung. Diese drei haben uns Geld vorgestreckt. Wir sind ein Geschäft, das aus fünf Eigentümern besteht. Wenn Guido und ich uns unser Geld verdienen, müssen wir die Profite mit den drei anderen teilen. Wir haben eine Vereinbarung getroffen.«

»Ich wusste gar nicht, dass Mr. Serle so viel Geld besitzt«, sagte ich verwundert.

Daniel sah mich eindringlich an und runzelte die Stirn. »Er zeigte sich entgegenkommend und scheint in angenehmen Verhältnissen zu leben.«

»Ich wünschte, ich könnte auch etwas investieren«, seufzte ich.

Daniel lachte und griff liebevoll nach meiner Hand. »Wenn mir etwas zustößt und das Geschäft überlebt, dann wirst du mit den anderen vieren zusammen Teilhaber sein. Das habe ich schriftlich festgelegt. Jeder von ihnen hat eine Abschrift des Schriftstücks.«

»Du bist ein guter Bruder«, sagte ich mit meinem Mund, obwohl, Gott verzeih mir, ich diesen Gedanken nicht im Herzen trug. »Gott beschütze dich.«

»Bei diesem Geschäft gab es eine Überraschung«, berichtete Daniel. »Guido DiRoma kann nicht lesen und bis auf seine Unterschrift auch nicht schreiben. Ich habe ihm versprochen, es ihm auf der Reise beizubringen.«

Wir unterhielten uns noch ein wenig. Daniel glaubt, dass unsere Eltern sein Vorhaben gutheißen würden. Vermutlich muss er sich das einreden. Bald schon ging ich, um Honor und Tante Jane zu holen, die sich noch immer den Anschein gaben, als wären sie in dem anderen Zimmer beschäftigt. Honor wird mir helfen, die Dinge herzurichten, die Daniel benötigt. Sie wollte ein paar Einzelheiten über Mr. DiRoma erfahren und meinte, es sei kaum schwerer, zwei Hemden als eins zu machen, sofern auch dieser ausstaffiert werden müsse.

Ich leide. Und doch konnte ich mir – später, nachdem ich mich beruhigt und in aller Ruhe mit Honor darüber gesprochen hatte – eingestehen, dass ich die Abenteuersehnsucht Daniels nachempfinden kann. Sein Gesicht strahlt, wenn er davon spricht, der Welt die Stirn zu bieten und seinen Weg zu gehen. Er ist wie ein Falke, der hoch fliegen und weit blicken muss, um seine Beute zu erspähen.

Freitag, 30. März 1849

Daniel und Mr. DiRoma nahmen am Mittwochabend ihre letzte New Yorker Mahlzeit bei uns ein. Ich ging bereits sehr zeitig am Morgen zum Markt und schloss den Kiosk pünktlich um fünf Uhr, um nach Hause zu eilen. Ich bereitete gekochtes Rindfleisch mit Senfsauce und Bratkartoffeln in der Schale zu. Es war Glück, in dieser Jahreszeit noch gute zu bekommen. Ich servierte sie mit daruntergezogener Sahne und in Butter gedünsteten Zwiebeln. Es gab Salat aus frischem Grün von den Farmen New Jerseys und zum Nachtisch Orangenscheiben mit Zucker. Ich denke, es war gut zubereitet, aber ich konnte nur so tun, als äße ich mit.

Daniel schmeckte alles.

»Ich glaube, so gut werden wir lange Zeit nicht mehr essen«, sagte er.

»Und auch nicht die Gesellschaft so reizender Damen genießen«, fügte Mr. DiRoma hinzu.

Ich hätte gern gefragt: »Warum gehst du dann weg?«, wusste aber, dass man mir das nur als Schmollen auslegen würde.

»Wir werden die Gesellschaft so reizender Herren ebenfalls vermissen«, sagte Honor. Sie wirkte sehr ernst, aber die Lachfältchen ihrer Augenwinkel kräuselten sich. »Ohne euch beide wird New York wieder zu dem üblichen Brachland schlechter Manieren werden.«

Darauf lachten alle, und die Stimmung hob sich.

»Möchtet du meine Pistole sehen, Mina?«, erkundigte sich Daniel bei mir.

Ich bewunderte sie mit gebührender Vorsicht. Daniel versicherte mir, er habe nicht vor, sich mit jemandem anzulegen, er habe sie nur des Schutzes wegen bei sich. Er hatte das Ding gestern in der Nähe des Fulton Market gekauft und war dann hoch zum unbebauten Land oberhalb der Fünfundvierzigsten Straße gegangen, um sie auszuprobieren. Wir meinten scherzend, dass er uns eins der Schweine für unser Abendessen hätte schießen können, die dort in die Gassen einfallen.

»Er ist ein ausgezeichneter Schütze«, versicherte uns Mr. DiRoma. »Ich werde ihm mein Leben anvertrauen.«

»Nehmen Sie denn keine Waffe mit?«, fragte Honor.

Mr. DiRoma schüttelte heftig den Kopf. »Nein, das liegt mir nicht«, erwiderte er. »Ich könnte nicht damit umgehen, und das hätte schreckliche Folgen. Ich würde Daniel oder mich selbst erschießen, aber ich vertraue auf meinen Hirschfänger, der mir hilft, mein Essen zu zerkleinern. Wenn ich einen Bären damit töten muss, um mich selbst zu schützen, werde ich ihn auch dafür verwenden.«

»Er wird vorher den Bären zu Tode quasseln«, scherzte Daniel. »Und dieser wird mich anflehen, ihn zu erschießen, ehe Guido ein Ende gefunden hat.«

Tante Jane wollte genauere Auskünfte über die Reise. Das Schiff wird sie von New York nach Chagres bringen, eine schreckliche, ungesunde Stadt. Sie werden die Landenge von Panama durchqueren, um zum Pazifischen Ozean zu gelangen. Dort müssen sie sich wieder einschiffen und in nördlicher Richtung bis San Francisco segeln, die Stadt, die den Goldfeldern am nächsten liegt. Daniel wird versuchen, mir aus Panama zu schreiben. Doch es ist auch gut möglich, dass er erst in Kalifornien Gelegenheit hat, einen Brief abzuschicken. Wenn alles gut geht, werden sie im Juni dort eintreffen. Aber natürlich muss der Brief dann erst noch seinen Weg hierher zurückfinden, gab Daniel mir zu bedenken.

Ich darf also nicht allzu bald Nachricht von ihm erwarten. Alle ermahnen mich schon jetzt zur Geduld. Am schwersten wird es mir fallen, keinen Brief an Daniel schicken zu können, solange ich keine Nachricht von ihm habe. Also werde ich dieses Buch sorgfältig führen, damit ich ihm alles Neue und meine Gedanken mitteilen kann.

Am Ende des Abends, als für Daniel die Zeit zum Aufbruch gekommen war, hatte ich noch eine Überraschung für ihn. Ich überreichte ihm sein neues Hemd und zeigte ihm die Goldmünze, einen amerikanischen Eagle, die ich in den Ärmel eingenäht hatte.

»Du brauchst etwas, worauf du zurückgreifen kannst, wenn du in Not gerätst. Du wirst Gold nach Kalifornien bringen, aber dort auch welches finden«, sagte ich zu ihm. »Jetzt habe ich auch etwas in dich investiert.«

Daniel küsste mich und drückte mich an sich. Ich denke, wir trugen beide das unaussprechliche Wissen um seine schreckliche Reise auf der *Washington* in unseren Herzen.

»Du wirst für deine Investition etwas zurückbekommen. Das verspreche ich dir.«

»Warte«, sagte ich. »Ich habe noch ein Geschenk.«

Ich gab ihm ein kleines Porträt von mir, gemalt von Tante Jane. Es war ein Brustbild, so groß, dass es in seine Westentasche passte. Der Ausdruck war sehr gut getroffen, wie alle sagten. Daniel schien sich sehr darüber zu freuen. Er gab mir noch einen Kuss.

Nachdem Daniel und Mr. DiRoma gegangen waren, blieb Honor noch lange Zeit an ihrem Arbeitstisch sitzen.

Daniel und Mr. DiRoma stachen am ganz frühen Donnerstagmorgen in See. Tante Jane, Honor und ich gingen zum Hafen, um sie zu verabschieden. Auch Mr. Serle und – zu meiner Überraschung – auch Herr Meyer standen am Pier. Mr. DiRomas Cousin und dessen Frau waren ebenfalls gekommen. Der Cousin sieht wie eine ältere Ausgabe von Mr. DiRoma aus, rau, aber herzlich und sehr lebhaft, doch mit grauen Strähnen in seinen braunen Wuschelhaaren. Seine Frau ist stämmig, kurzatmig und spricht nur wenig Englisch. Sie und Tante Jane verständigten sich überwiegend mit Zeichen und Gesten.

Honor war in der vergangenen Nacht lange aufgeblieben, um für Mr. DiRoma ein Geschenk zu fertigen. Sie überreichte es ihm, sobald wir am Schiff angekommen waren. Gemeinsam liefen sie ein Stück den Pier entlang. Sie steckte ihm ein Päckchen zu, und sie unterhielten sich. Als sie zurückkamen, lächelte Mr. DiRoma, aber Honors Augen glänzten von ungeweinten Tränen.

Ich weiß wirklich nicht, was sie einander gesagt haben. Zudem war ich abgelenkt durch meine Sorge, ob Daniel auch alles dabeihatte, was er für die Reise benötigte, und in Gedanken bei den Gefahren, die ihm bevorstanden, sowie bemüht, die Tränen über sein Weggehen zurückzuhalten.

Daniel legte zu einer letzten Umarmung seinen Arm um meine Schultern. »Mach dir keine Sorgen, Mina«, sagte er. »Denk daran, du bist bei mir.«

Dabei klopfte er auf die Brusttasche, in der er mein Bild verstaut hatte. Ich blickte in sein liebes Gesicht, seine blaugrünen Augen und auf seinen langen Unterkiefer. Sein Gesicht gehört nicht nur ihm, sondern birgt auch die Geister meiner Eltern und meiner Schwester. Was werde ich von ihm – von ihnen allen – noch haben, wenn er weg ist? Der vom Wasser kommende Wind wehte ihm eine Haarlocke in die Stirn.

»Bitte, Daniel, darf ich mir eine Locke von deinem Haar abschneiden?«, fragte ich ihn.

»Ja, aber beeil dich«, sagte er. »Wir müssen an Bord.«

Ich holte meinen Nähbeutel heraus und fummelte mit der Schere herum. Jetzt rollten die Tränen, und meine Hände zitterten. Ich ließ die Schere fallen. Dann war plötzlich jemand neben mir – Mr. Serle.

»Lassen Sie mich das machen«, sagte er. »Sie werden Ihren Bruder doch nicht aus Versehen stechen wollen.« Er hob die Schere auf, schnitt die Locke ab und wickelte alles in meinen Nähbeutel. »Hier«, sagte er. »Verstauen Sie das sicher in Ihrer Tasche, Kind.«

»Danke schön, Sir«, hörte ich die Stimme meines Bruders. »Würden Sie ihr Ihren Arm reichen? Ich fürchte, sie wird ohnmächtig.«

»Es geht mir gut«, protestierte ich schwach, aber Mr. Serle hielt mich dennoch fest.

»Auf Wiedersehen«, sagte Daniel und küsste noch einmal meine Wange. »Bete für mich, Mina.«

Durch die Prismen meiner Tränen sah ich Daniel und

Guido DiRoma auf die Schiffsleiter zurennen und sie hochklettern. Es wurde geschrien, Taue wurden eingeholt, Abschiedsworte gerufen. Weiße Taschentücher wurden an Deck des Schiffs geschwenkt und auch die Menschen am Ufer winkten.

»Hier ist mein Taschentuch«, sagte Mr. Serle. »Ihr Bruder winkt Ihnen zu. Sehen Sie?«

Das Schiff wurde ins Schlepptau genommen und glitt vom Pier weg den Fluss hinunter in den Hafen und entfernte sich dann von dort aus durch die Meerenge, die hinaus aufs Meer führt. Wie eine Frau, die sich für einen Ball herausputzt, entfaltete es seine Segel, und seine Wimpel flatterten leuchtend wie Haubenbänder im Wind. Schließlich sahen wir auch nicht mehr das kleinste Fitzelchen Weiß von seinem Deck aufblitzen. Ich seufzte und gab Mr. Serle sein Taschentuch zurück.

»Warten Sie.« Seine Stimme klang sanft, und er tupfte mir die Tränen von den Wangen. Dann faltete er das Tuch und steckte es zurück in seine Tasche.

Die anderen unterhielten sich. Die Welt, die um mich herum ins Rutschen und Schwanken geraten war, kehrte zurück zu trostloser Stetigkeit.

»Möchten Sie jetzt mit den Misses Corbett nach Hause gehen?«, fragte Mr. Serle mich.

»O nein. Ich muss zu meiner Arbeit. Ich ließ gestern eine Nachricht am Kiosk zurück mit der Information, dass er heute später als üblich geöffnet sein wird.«

»Sind Sie sich da ganz sicher?«, hakte Mr. Serle nach. »Ich könnte die Nachricht für Sie abändern.«

»Ich möchte lieber beschäftigt sein«, sagte ich.

Herr Meyer gesellte sich zu uns.

»Darf ich Ihnen anbieten, Sie nach Hause zu fahren, Miss Pigot?«, fragte er. »Die Kutsche wartet auf mich. Ich bringe die beiden Misses Corbett in die Elizabeth Street.«

»Ich möchte lieber zu Fuß gehen«, erwiderte ich. »Wenn es Ihnen recht ist, würde ich gern in aller Ruhe mit Mr. Serle zum Columbia House laufen.«

»Selbstverständlich«, antwortete Mr. Serle.

Herr Meyer verbeugte sich vor mir und überraschte mich dann damit, dass er meine Hand nahm und sie küsste.

»*Au revoir*, Miss Pigot«, sagte er.

»Was hat er gesagt?«, fragte ich Mr. Serle. »Ich habe ihn nicht verstanden.«

»Er sprach Französisch«, erklärte Mr. Serle. »Er sagte, ›bis wir uns wiedersehen‹, was bedeutet, dass er sich nicht verabschieden möchte.«

Wir schwiegen eine Weile. Es war so unbeschwert und tröstlich, mit Mr. Serle zu gehen. Der Tag zeichnete sich immer klarer ab. Wir kehrten dem Meer den Rücken und liefen über den Battery Place hoch zum Broadway. Das Gras hinter dem Eisengitter von Bowling Green auf der anderen Straßenseite glänzte im frühmorgendlichen Sonnenlicht in tapferer Verheißung des Frühlings.

»Wussten Sie, dass auf diesem Geländer früher Kronen angebracht waren?«, fragte mich Mr. Serle.

»Nein«, gab ich zu. »Wohin sind sie verschwunden?«

»Man verlas hier im Jahr 1776 die Unabhängigkeitserklärung Amerikas von England. Die zuhörende Menschenmenge war von den Worten so aufgestachelt, dass sie die Kronen, die Zeichen der Monarchie, abbrach und wegtrug.«

»Das wusste ich nicht«, sage ich.

»Solche Dinge sollten wir lernen«, bemerkte Mr. Serle. »Wir sollten als Amerikaner unsere Geschichte kennen.«

Wir gingen schweigend weiter, bis wir zur Trinity Church und zum Eingang zu ihrem Friedhof kamen.

»Lassen Sie uns hier kurz anhalten«, schlug Mr. Serle vor. »Sind Sie schon einmal hier gewesen? Der Kirchhof ist ein friedlicher Ort.«

»Nein«, sagte ich. »Dürfen wir denn hier eintreten?«

»Gewiss doch«, erwiderte er. »Hier findet sich noch mehr zur Geschichte unseres Landes.«

Die zarten Blütenknospen der Bäume über uns standen kurz vor dem Aufplatzen. Entlang der Kirchmauer blühten Schneeglöckchen. Wir liefen auf dem grauen Kiesweg zwischen den Monumenten hindurch. Mr. Serle blieb vor einer weißen Steinpyramide stehen. Der Name *Alexander Hamilton* war tief in ihren Sockel eingraviert.

»Wer war Alexander Hamilton?«, fragte ich.

»Einer der Gründerväter Amerikas«, teilte Mr. Serle mir mit.

»Oh«, staunte ich. »Und was hat er getan, um Gründervater zu sein?«

»Keine Ahnung«, sagte Mr. Serle feierlich. »Aber er muss wichtig gewesen sein, weil er so einen großen Grabstein hat.«

Jetzt musste ich doch lächeln.

»Sie sind ein armseliger Führer«, sagte ich.

»Aber ich weiß mehr als Sie«, trumpfte er auf.

»Kaum«, gab ich zurück. Dann seufzte ich. »Ich bin fremd hier. Wann werden wir uns wie Amerikaner fühlen?«

»Bald«, versprach Mr. Serle. »Überlegen Sie doch, wenn Ihr Bruder in Kalifornien ist und Sie hier sind, werden Sie, wenn Sie Ihre Arme nach ihm ausstrecken, das ganze Land zwischen ihnen halten. Es wird Ihnen gehören.«

»Das bezweifle ich«, sagte ich müde.

Es war ein seltsamer Gedanke. Mein Bruder an der Küste des Pazifischen Ozeans und ich hier an der Küste des Atlantiks. Wie viele Meilen Prärie und Flüsse und bewaldete Berge würden zwischen uns liegen.

»Das bezweifle ich«, wiederholte ich.

»Ich nicht«, versicherte Mr. Serle. »Das ist Ihr Land.«

Darauf folgte eine Pause.

Dann – »Sie tragen eine hübsche Brosche.«

Ich sah, dass Mr. Serle mich mit nachdenklicher Miene betrachtete.

»Es ist eine Leihgabe von Tante Jane«, erzählte ich ihm. »Honor ist sehr eigen, was die Wirkung eines Kleides angeht, und sie sind beide so freundlich, mir Sachen zu leihen.«

»Sie sind wirklich sehr freundlich«, sagte Mr. Serle. »Aber hätten Sie nicht gern Ihre eigene Brosche?«

»Vielleicht kaufe ich mir eine schlichte Brosche, um die Locke meines Bruders aufzubewahren, die er mir gab«, überlegte ich. »Aber ich weiß nicht, wo ich einen vertrauenswürdigen Laden finde, um so etwas auszusuchen. Kennen Sie einen?«

»Ich werde mich für Sie umhören.«

Ich stand für mich allein, als wir das Grab des rätselhaften Mr. Hamilton betrachteten. Jetzt hakte Mr. Serle mich wieder unter. Wir entfernten uns aus der Stille der Grabsteine und dem Bogengang der Bäume, um wieder in den Lärm des Broadways einzutauchen. Die morgendliche Betriebsamkeit hatte begonnen. Wie so oft war es auf der Straße zu einem Unfall gekommen. In der Fulton Street hatten sich die Räder eines mit leeren Bierfässern beladenen Lastkarrens mit einem anderen verhakt, der Ziegelsteine zu einer Baustelle bringen sollte. Es war ein einziges Durcheinander rollender Fässer, verstreut liegender Ziegel, durchgehender Pferde und schreiender Kutscher. Wir umrundeten vorsichtig den Unfallort. Zu meiner Erleichterung war keins der Pferde verletzt.

»Danke«, sagte ich zu Mr. Serle an den Stufen des Columbia House Hotel. »Ich liebe Honor und Tante Jane, aber Sie sind mein treuester Freund. Sie sind für mich das Bindeglied zwischen der Vergangenheit und der Gegenwart, und wir kennen unsere Verletzungen.«

»Was immer ich auch für Sie tun kann, Sie sind mir immer willkommen. Ich schätze Ihre Freundschaft und Ihr Vertrauen.«

Wir betraten das große Gebäude, wo ich noch bis letzte Woche täglich meinen Bruder sah. Er war fort. Ich hielt die Luft an und atmete langsam aus. Nun begann ein anderes Leben.

»Magst du Herrn Meyer?«, fragte Honor mich abends, als wir unsere Haare bürsteten und uns bettfertig machten.

»Nicht wirklich«, sagte ich. »Mir gefällt es nicht, wie er sich über den Bart streicht. Man könnte meinen, er sei seine Hauskatze. Wenn er Musik macht, ist er viel netter; dann bewegen sich seine beiden Hände über das Pianoforte.«

»Was für ein Vergleich«, Honor lachte. »Was hältst du von Mr. DiRoma?«

»Ich mag ihn«, antwortete ich. »Ich bin mir sicher, dass er meinem Bruder ein guter Freund ist.«

»Ja«, bestätigte Honor gedankenverloren, so dass der Laut fast wie ein Seufzer klang.

»Hast du ihm ein Geschenk gegeben?«, fragte ich.

Ich konnte mir diese Frage nicht verkneifen.

»Ja«, sagte Honor wieder. Sie bürstete ihr Haar recht heftig. »Ich gab ihm zwei Taschentücher, eins für den Gebrauch und eins mit einem Stück grauem Samt in einer Ecke eingenäht.«

Beinahe hätte ich ihr gesagt, dass ich das nicht begreifen konnte, da sie ihm doch nur zweimal begegnet war. Aber ich verstand sie. Honor weiß sehr schnell, was sie will; das liegt in ihrer Natur.

»Es war freundlich von dir, ihm ein Geschenk zu machen«, sagte ich stattdessen.

»Glaubst du, er wird je wieder nach New York zurückkehren?«

Ich hörte ein leichtes Beben in ihrer Stimme. Ich sah sie an, aber sie hielt ihren Kopf gesenkt und bürstete sich ihr Haar in schwungvollen Strichen aus dem Nacken nach vorne. Und so konnte ich ihr Gesicht natürlich nicht sehen.

»Dazu kann ich nun wirklich nichts sagen«, antwortete ich. »Ich weiß es nicht.«

Honor ließ das Thema fallen, bat mich aber, die Kerze auszublasen, nachdem ich meine Gebete gesprochen hätte.

Donnerstag, 19. April 1849

Mr. Serle trat an den Kiosk, gerade als ich die Schränke abschloss. Im Winter sah ich ihn nur selten, aber seit Daniel weg ist, kommt er fast jeden Tag vorbei, um mir guten Tag zu sagen. Für gewöhnlich ist er ziemlich kurz angebunden, als wolle er nur überprüfen, ob es mich noch gibt, und nicht, um ein Gespräch anzufangen. Heute Abend jedoch merkte ich, als er näher kam, dass sich dahinter eine Absicht verbarg. Er trug seinen dunklen Anzug. Sein gestärktes Hemd glänzte. Das dunkle Oval seines Gesichts war wie eine scharf geschnittene Kamee über dem Weiß.

»Guten Abend«, begrüßte er mich.

»Guten Abend«, erwiderte ich. »Gehen Sie heute Abend wieder in die Oper?«

»Nein«, sagte er, »Herr Meyer und ich begleiten Madame Moses zu einem Konzert.«

»Dann wünsche ich Ihnen einen angenehmen Abend«, sagte ich, schloss die letzte Tür zu und steckte den Schlüssel in meine Tasche.

»Danke«, sagte er. »Ich habe Ihnen etwas mitgebracht.« Er stellte eine kleine Pappschachtel auf den Tresen zwischen uns.

»Oh!« Ich betrachtete sie überrascht. »Was ist das?«

»Öffnen Sie es und sehen Sie nach«, sagte er.

Ich wischte mir die Finger an meinem Taschentuch ab, ehe ich die Schachtel berührte. Als ich den Deckel lüftete, fiel mein Blick auf eine Brosche, die auf ein Stück weiße Seide geheftet war. Es ist ein goldgefasstes Oval. Die Brosche selbst ist eine rote Rose mit einem grünen Blatt vor dunkelblauem Hintergrund. Das ganze Bild ist aus winzigsten Teilen zusammengesetzt, die wie verschiedenfarbige Steine aussehen.

»Es ist wunderschön«, sagte ich mit stockendem Atem.

»Sehen Sie sich auch die Rückseite an«, forderte Mr. Serle mich auf. Er nahm die Brosche ab und drehte sie um. »Sehen Sie, hier ist Platz für das Haar Ihres Bruders.«

Er zeigte mir, wie sich die Nadel wie ein Schloss öffnen und schließen ließ. Die Rückseite war ein durchsichtiger Kristall, so dass ich das rote Haar meines Bruders sehen konnte. Es war einfach perfekt.

»Wie haben Sie die gefunden?«, fragte ich ihn. »Wie kann man so winzige Teilchen so sauber verarbeiten?«

»Es ist *pietra dura*, eine Mosaikarbeit aus meiner Geburtsstadt Rom«, erklärte er mir. »Die Steine sind Lapislazuli, Jade und Koralle.«

»Aber ich habe nicht das Geld für so etwas Kostbares!«, rief ich aus. »Als ich Sie nach einem Geschäft fragte, wo man eine Brosche kaufen könne, habe ich nicht ...« Ich sprach nicht weiter. Mr. Serle musste mich missverstanden haben.

»Nein, nein«, sagte er. »Es ist ein Geschenk. Ich möchte Ihnen diese Brosche schenken.«

»Ein Geschenk? Für mich?«

»Die Brosche hat einen Sicherheitsverschluss«, sagte ich, als ich meine Sprache wiederfand. »Da brauche ich keine Angst zu haben, etwas so Kostbares zu verlieren.« Dann kam mir ein schrecklicher Gedanke. Ich würde doppelt in seiner Schuld stehen. »Darf ich das denn auch annehmen? Ziemt sich das?«

»Was macht Ihnen denn Angst, meine Liebe?«, fragte Mr. Serle.

»Ich weiß nicht recht«, antwortete ich ziemlich verwirrt. »Tante Jane hat mich gewarnt – und dann hat mein Bruder gesagt – und die Männer, die Zigarren kaufen, machen manchmal – es ist so eine hübsche Anstecknadel …« Ich brach wieder ab.

Ich hatte keine Ahnung, was ich eigentlich sagen wollte. Und Mr. Serle gehörte nicht zu den Männern, die Zigarren kaufen. Er war ja nicht irgendeiner. Er ist mein Freund.

»Wir könnten in Betracht ziehen, dass ich einmal Ihr Onkel war«, meinte Mr. Serle trocken.

Ich fürchtete, seine Gefühle verletzt zu haben.

»Ich freue mich, dass die Brosche dort gemacht worden ist, wo Sie geboren wurden«, sagte ich. »Ich werde Tante Jane fragen, ob es korrekt ist, ein solches Geschenk anzunehmen. Ich hoffe, sie stimmt zu. Ich denke, das Haar meines Bruders wäre darin gut geschützt.«

Mir kamen die Tränen, als ich an meinen Bruder dachte und an Mr. Serles Sohn, der seit so vielen Jahren tot war und ebenfalls Daniel hieß, und auch weil Mr. Serle daran gedacht hatte, mir ein solches Geschenk zu machen.

»Bitte weinen Sie nicht, *cara*«, sagte er mit nun sanfterer Stimme. »Ich wollte Sie nicht traurig machen. Ich dachte, Sie hätten gern etwas Eigenes, nichts Geliehenes.«

Ich wischte mir die Augen mit meinem Taschentuch trocken.

»Sie haben mich nicht traurig gemacht«, erklärte ich ihm. »Es macht mich glücklich, zu wissen, dass Sie an mich gedacht haben – und auch an meinen Bruder«, fügte ich hinzu.

»Aber warum weinen Sie dann?« Vermutlich eine vernünftige Frage.

»Ich bin ein wenig müde«, sagte ich, »und dann dachte

ich an Ihre Familie und an meine, die alle tot sind, und an meinen Bruder, der sich, während wir uns unterhalten, immer weiter von uns entfernt – und an Ihre Freundlichkeit mir gegenüber.«

Ich legte die Brosche in die Schachtel zurück und verschloss sie mit dem Deckel. Während ich das tat, legte Mr. Serle seine Hand auf meine.

»Es schmerzt mich, dass Sie so erschöpft sind«, sagte er. »Sie sind viel zu jung, um den ganzen Tag an einem so dunklen Ort eingeschlossen zu sein.«

Ich betrachtete seine geschwungene Hand über meiner. Seine langen Finger mit den gepflegten Nägeln waren wunderschön.

»Ich bin gar nicht so niedergeschlagen«, beruhigte ich ihn. »Sie sind so gut zu mir. Es ist, als hätte ich einen Schutzengel.«

Er blickte mir einen Moment lang ins Gesicht.

»Dazu sind Onkel schließlich da«, sagte er. »Ich muss gehen. Ich komme sonst zu spät.«

»*Au revoir*. Und danke schön.«

Er nickte und ging.

Tante Jane konnte sich nicht gleich entscheiden, ob es angemessen sei, die Brosche anzunehmen. Und da musste ich, müde und enttäuscht wie ich war, wieder weinen, obwohl ich mich dagegen wehrte. Daraufhin meinte sie dann rasch, ich könne sie behalten. Ich war so froh. Es wäre schrecklich, sich gegen einen wahren Freund entscheiden zu müssen, nur weil man wie eine Dame handeln möchte. Tante Jane gab dann auch ihr Einverständnis, dass ich Mr. Serle eine Seidenkrawatte ähnlich der für meinen Bruder mache. Ich habe mir aus Honors Korb mit den Stoffresten ein wunderschönes Stück dunkelblaue Seide mit roten und schwarzen Mustern darauf ausgesucht. Das Blau entspricht der Farbe der blauen Steine in der Brosche, wie ich finde.

Mittwoch, 2. Mai 1849

Heute war es für diese Jahreszeit außergewöhnlich heiß. Am Spätnachmittag entlud sich die drückende Schwüle in einem Gewitter. Ich hörte das Donnergrollen in den Wolken. Auf das erste Grummeln folgten ein Knall und Geklirr, als wären sämtliche Töpfe und Pfannen der Hotelküche von den Regalen gefallen. Und dann folgte ein Donnerschlag auf den anderen, bis mir der Kopf brummte von dem Lärm.

Selbst an meinem Arbeitsplatz hörte ich den auf den Broadway niederprasselnden Regen. Ein kalter Windstoß fegte die Treppe herunter. Die Gaslampen entlang der Wand flammten auf und flackerten. Doch die Erleichterung hielt nicht an. Der Donner erstarb zu einem entfernten Grollen wie Reifen, die über Kopfsteinpflaster rollen, und die Luft kehrte heiß zurück, nur dass es jetzt noch schlimmer war, weil sie den dampfenden Gestank der Straßen mitbrachte. Ich fing an, meine Ware wegzupacken, und freute mich schon darauf, in einer Stunde zu Hause zu sein. Ich überlegte, ob es wohl noch regnete und ob ich den Omnibus nehmen sollte.

John Deegan schreckte mich aus meinen Gedanken auf. Als ich mich umdrehte, lehnte er am Tresen. Er sei gekommen, um mich für heute Abend in den Niblo's Garden einzuladen, sagte er. Dort gebe es Akrobaten und Seiltänzer und eine Blaskapelle zu sehen. Ich lehnte ab. Als er mich bedrängte, erklärte ich ihm, dass ich, sofern ich dorthin gehen wollte, nur in Begleitung einer Anstandsdame mitkäme.

»Sie sind gar nicht wie ein irisches oder amerikanisches Mädchen«, protestierte John Deegan. »Sie scheinen sich für eine richtige englische Miss zu halten. Aber glauben Sie mir, das sind Sie nicht. Und zur Elite, die mit ihrer guten Herkunft in der Oper prahlt, gehören Sie auch nicht.«

»Es ist mir egal, was Sie von mir denken«, entgegnete ich.

»Moderne Mädchen haben die Freiheit, wann immer es ihnen gefällt, mit ihren Beaus auszugehen«, wandte John Deegan ein.

»Dann bin ich eindeutig ein modernes Mädchen«, trumpfte ich auf. »Ich nehme mir die Freiheit, zu tun, was mir gefällt. Außerdem sind Sie nicht mein Beau.«

»Ihr Bruder fand, unsere Leute sollten zusammenhalten«, hielt er mir vor.

»Gehen Sie«, sagte ich. Seine Worte verletzten mich. Wenn mein Bruder der Meinung gewesen wäre, dass wir zusammenhalten müssen, hätte er mich hier nicht alleingelassen. Und dann sagte ich erleichtert, weil es den Tatsachen entsprach: »Ein Kunde kommt.«

»Sie müssen Ihren Bruder vermissen«, sagte John Deegan, und plötzlich klang seine Stimme freundlich. »Ich wollte Sie nicht bedrängen. Verzeihen Sie mir?«

»Ja«, antwortete ich, und er ging zufrieden davon – ob mit sich, konnte ich nicht eindeutig erkennen.

Der Kunde, der aus der Hotellobby über die Marmortreppe nach unten kam, war von kleiner, gedrungener Gestalt, gut gekleidet, aber nach Rum oder Whiskey stinkend. Er ließ sich unendlich Zeit, sich meinen Rat über Zigarren einzuholen und zwischen den drei Sorten zu wählen, die ich ihm vorlegte.

»Würden Sie sie mir abschneiden und für mich anzünden?«, bat er.

Ich sah, dass er seinen eigenen Zigarrenschneider an seiner goldenen Uhrkette hängen hatte. Ich stellte die Zigarrenschachtel auf den Tresen.

»Das mache ich nicht«, sagte ich. »Zündhölzer kosten extra.«

Als ich sein Geld nahm und ihm das Wechselgeld zurückgeben wollte, weigerte er sich, es anzunehmen.

»Behalten Sie es, meine Liebe«, sagte er. »Kaufen Sie sich etwas dafür.«

»Nein, danke«, lehnte ich ab. »Ich nehme kein Trinkgeld an.«

»Dann lassen Sie sich von mir zum Essen ausführen«, bestimmte er. »Austern und Champagner und Eiscreme. Ihr Haar ist wie ein rotgoldener Sonnenuntergang. Ein hübsches Mädchen wie Sie hat sich eine Belohnung verdient.«

»Nein, danke«, wiederholte ich.

»Ins Theater?«, schlug er vor.

»Nein, danke«, wehrte ich auch diesen Vorschlag ab.

Nachdem er mir Niblo's, ein Konzert, die Minstrelshow in der Mechanics' Hall und eine Fährbootfahrt im Mondlicht nach New Jersey – eine lächerliche Idee bei diesem Wetter – vorgeschlagen hatte, gab er auf, und ich konnte meinen Kiosk schließen. Nun war es doch schon sehr spät geworden. Vergangene Woche ist eine junge Frau von der Mott Street verschwunden. Honor meint, sie sei wahrscheinlich durchgebrannt, aber Tante Jane war sich dessen nicht so sicher. Ich hatte keine Angst, verschleppt zu werden. Die Wahrscheinlichkeit, von den Straßendirnen beleidigt zu werden, die ihrem Gewerbe nachzukommen versuchen, ist sehr viel größer.

Zu meinem Entsetzen stand der gedrungene Mann mit der goldenen Uhrkette rauchend vor der Tür des Hotels, als ich herauskam.

»Miss«, schrie er mir zu. »Miss! Ich werde Sie nach Hause begleiten.«

Sam, der den Gästen sonst die Droschken herbeiruft, war nicht in Sicht. Wenn ich auf einen Omnibus wartete, würde dieser Mann mich belästigen. Wenn ich loszulaufen begänne, würde er mir folgen.

»Gehen Sie, oder ich schreie«, sagte ich in meiner Verzweiflung.

Ich machte kehrt und ging ins Hotel zurück. Mr. Serle kam die Treppe herunter. Der Strahl des Scheinwerfers vom Dach des Museums von Mr. Barnum erhaschte und erleuchtete sein Gesicht für einen kurzen Moment. Es war die Offenbarung von Sicherheit.

»Guten Abend«, begrüßte er mich.

»Wären Sie so freundlich, mit mir zu warten, bis eine Droschke kommt?«, bat ich ihn. »Ein Mann belästigt mich.« Ehe Mr. Serle antworten konnte, torkelte der Mann auf uns zu.

»Ich habe sie zuerst gesehen«, sagte er.

Mr. Serle musterte ihn.

»Wohnen Sie hier im Hotel?«, fragte er.

»Ja«, bestätigte der Mann, offenbar überrascht.

»Dann gehen Sie am besten hinein«, riet ihm Mr. Serle auf seine besonnene Art. »Ich kann den Alkohol bis hierher riechen. Wenn Sie auf der Straße bleiben, werden Sie Ihre goldene Uhrkette nicht lange behalten.«

Wir warteten die Antwort des Mannes nicht ab, denn Mr. Serle nahm meinen Arm und eilte mit mir einer wartenden Pferdedroschke zu. Nachdem er mir beim Einsteigen geholfen hatte, nannte er dem Fahrer meine Adresse und stieg dann selbst mit ein.

»Es tut mir leid«, sagte ich. »Ich wusste nicht, was ich tun sollte.«

»Es war richtig von Ihnen, wieder hineinzugehen.«

Darauf folgte ein längeres Schweigen.

»Haben Sie genug Geld für die Droschkenfahrt dabei?«, wollte Mr. Serle plötzlich wissen.

»Ich weiß nicht, wie viel es kostet«, antwortete ich. »Ich habe noch nie daran gedacht, mir eine Droschke zu nehmen.«

»Ich werde mit Sam sprechen«, sagte Mr. Serle. »Er wird immer einen sicheren Fahrer für Sie suchen. Nach Einbruch der Dunkelheit sollten Sie nicht mehr allein auf der Straße sein.«

»Danke«, sagte ich. »Ich bin heute später dran als sonst.«

Aber ich dachte nicht daran, mein Geld für eine Droschke auszugeben, wie wenig es auch kosten mochte. Ich spare, um Mr. Serle meine Schulden zurückzuzahlen und genügend Geld für die Überfahrt zusammenzubekommen, damit ich meinem Bruder nach Kalifornien folgen kann.

»Es ist sehr freundlich von Ihnen, mich nach Hause zu begleiten«, nahm ich das Gespräch wieder auf. »Es tut mir leid, Ihnen etwas von Ihrem Abend wegzunehmen.«

»Ich wollte ohnehin stadtauswärts«, sagte Mr. Serle. »Ich habe eine Verabredung mit Herrn Meyer.« Es folgte eine Pause. »Geschäftlich«, ergänzte er.

Trotz des Regens waren die Seitenfenster der Droschke geöffnet. Es war so warm, dass selbst die schwüle Luft willkommen war, weil sie sich ein wenig bewegte. Die Abendgeräusche der Stadt mischten sich in das Hufgeklapper auf den Steinen. Die Lampen warfen ihre Lichtkegel auf die Straße. Schwarze, feucht glänzende Schirme leuchteten unter den Lampen auf und verschwanden zwischen den Lampenpfosten wieder in der Dunkelheit.

Manchmal erkennt man einen Menschen leichter, der sich von einem wegbewegt, als jemanden, der auf einen zukommt. Kurz vor der Kreuzung Broadway und Reade Street stakste John Deegan hinter einem größeren Mann, einem Bär von einem Mann, her, der zielstrebig ausschritt. Mr. Deegan lief ihm nach wie ein Hündchen seinem Herrn.

»Dort ist Mr. Deegan«, sagte ich. »Er ist mit jemandem unterwegs.«

Mr. Serle beugte sich vor, damit er beim Vorbeifahren hinsehen konnte. »Das ist Matt Branton, ein hochrangiger Politiker.«

»Oh«, sagte ich erstaunt. »Mein Bruder meinte, er habe mich für meine Arbeit im Hotel empfohlen.«

Ich wandte mich Mr. Serle zu, doch in der Droschke war es zu dunkel, um seinen Gesichtsausdruck zu erkennen. Erst als wir an einer Lampe vorbeikamen, nahm ich die Schönheit seines Profils wahr.

»Ich bin froh, dass Sie weder einen Schnurrbart noch einen Backenbart tragen«, bemerkte ich, ohne nachzudenken.

»Danke für Ihre Zustimmung, Miss Pigot«, erwiderte er. »Ich werde mir Ihre Vorlieben für die Zukunft merken.«

Dem Klang seiner Stimme nach schien es ihn zu amüsieren. Es gibt so vieles, was ich sagen möchte. Wenn wir zusammen sind, durchdringen mich sowohl die Traurigkeit als auch der Trost der Vergangenheit. Ich würde ihm gern wichtige Fragen stellen, etwa die, ob er an seinen Träumen festhält. Vor ein paar Tagen habe ich von einem Aufruhr gelesen, weil Deutsche einem Juden die Beerdigung auf einem Friedhof auf Long Island verweigerten. Ich würde Mr. Serle gerne fragen, ob seine Vorstellung von Amerika dadurch auf den Kopf gestellt werde. Doch ich finde nie die richtigen Worte, um ein solches Thema anzuschneiden.

Mr. Serle sagte nichts. Er hing seinen eigenen Gedanken nach. Ich wollte vor ihm nicht töricht daherplappern. Außerdem war ich zu müde, um Konversation zu machen. Es war ein gutes Gefühl, neben jemandem zu sitzen, dem man vertraut, und still zu sein. In unbeschwertem Schweigen erreichten wir die Elizabeth Street.

»Warten Sie auf mich«, forderte Mr. Serle den Fahrer auf. »Ich begleite die Dame nur zu ihrer Tür, dann fahren wir in die Crosby Street.«

Er half mir beim Absteigen. Es hatte jetzt zu regnen aufgehört, aber die Luft war immer noch regenschwer. Wie üblich waren Leute auf der Straße.

»Blumen, Sir! Blumen! Narzissen und Tulpen!«, rief eine schrille Mädchenstimme.

Zwei Kinder kamen auf uns zu, sie trugen einen Korb voller Blumen. Das in Ginganstoff gekleidete Mädchen hatte ein hübsches rundes Gesicht und Rosenknospenlippen, aber ihr linkes Auge schielte zur Nase hin. Der Junge war größer, aber nicht viel. Sein weißes Hemd hob sich strahlend von seiner dunklen Haut ab. Über der Stirn kräuselte sich sein Haar in kurzen, festen Locken.

»Nicht doch, das ist ja Phoebe!«, entfuhr es mir.

Das kleine Mädchen kicherte. »Das ist Phil«, sagte sie.

Phoebe sah mich aus großen Augen an. Sie schien Angst zu haben.

»Oh! Natürlich ist es Phil«, verbesserte ich mich schnell. »Ich habe mich getäuscht.«

»Kauf doch unseren Blumenstrauß.« Das kleine Mädchen drehte seinen Kopf, so dass ich in sein gesundes Auge blickte.

Ehe wir etwas sagen konnten, es ihr entweder abschlagen oder ihr eine Münze geben konnten, kamen ein Mann und eine Frau auf uns zu. Die Frau hatte ein sehr strenges Gesicht mit lang gezogenem Unterkiefer, langer Nase, geraden Brauen über zusammengekniffenen Augen. Für eine Frau war sie groß. Sie trug eine alte schwarze Schutenhaube und ein enges schwarzes, altmodisch geschnittenes Köperkleid, das einem bei diesem Wetter die Luft abschnüren musste. In der einen Hand hielt sie einen schwarzen Volantschirm, in der anderen bedruckte Blätter.

»Nur dem Heiligen wird Gott der Herr erscheinen!«, sagte sie ohne Umschweife. »Sind Sie gerettet?«

Sie drückte Mr. Serle ein Traktat in die Hände. Zu meiner Enttäuschung zogen sich das kleine Mädchen und Phoebe zurück. Mr. Serle faltete das Blatt und wandte sich an mich.

»Ich bringe Sie noch zu Ihrer Tür«, sagte er. »Ich muss gehen.«

»Hallo, Daniel. Guten Abend, Mr. Serle, Sir.«

Es dauerte einen Moment, bis ich begriff, dass es Flint war, der so tat, als sei es erst wenige Stunden her, dass er uns das letzte Mal gesehen hatte. Er stand einen Schritt hinter der Frau und machte einen so unsicheren und unbeholfenen Eindruck wie immer. Der goldene Anker leuchtete an seinem Ohr. Auch er trug ein Bündel Papiere in der Hand. Offenbar die gleichen Traktate, die die Frau verteilte.

»Ich habe mich wieder zur Abstinenz verpflichtet«, erzählte er uns.

»Gut«, sagte Mr. Serle. »Miss Pigot?«

»Tut Buße! Tut Buße!«, rief die Frau grimmig. »Sünder, wollt ihr nicht verharren, um das Wort des Herrn zu hören?«

»Ich muss meinen Freundinnen Bescheid geben, dass ich wohlbehalten zurück bin«, sagte ich.

Mr. Serle eilte mit mir die Stufen hoch.

»Wenn Sie sich mit dieser Frau auf ein Gespräch einlassen, werden Sie sie nie mehr loswerden«, warnte er mich mit leiser Stimme.

Ich war verwirrt. Ich rief Phoebe, die von der großen Frau am Arm gepackt wurde, zu: »Warte. Ich komme zurück.«

»Ich bin spät dran«, entschuldigte sich Mr. Serle. »Und ich kann die Droschke nicht länger warten lassen.« Er öffnete die Tür für mich. »Seien Sie vorsichtig, meine Liebe«, sagte er. »Gute Nacht.«

»Gute Nacht«, antwortete ich, »und besten Dank, dass Sie mich sicher nach Hause begleitet haben.«

Mr. Serle hastete die Stufen hinunter, und ich trat ein, um Tante Jane und Honor wissen zu lassen, dass ich zurück war. Dann wollte ich wieder hinaus, um Phoebe eine Münze zu geben, aber als ich hinausschaute, waren Phoebe, das kleine Mädchen, Flint und die große Frau weg. Die Straße war leer. In der Ferne grollte der Donner. Es schüttete wieder. Die Straßen dampften und stanken. Ich ging hinein und erzählte Tante Jane und Honor, was für einen ermüdenden Tag ich erlebt hatte, und von dem friedlichen Ausklang und den Erscheinungen, die ich hier vor dem Haus gehabt hatte.

Dienstag, 8. Mai 1849

Als ich heute Morgen den Broadway hinunterging, schrien die Zeitungsjungen, dass es am Astor Place Theater zu einem Aufstand und schwerer Körperverletzung gekommen sei. Ich öffnete meine Schränke und wollte gerade die Nachrichten im *Mirror* nachlesen, ehe ich meine Ware zum Verkauf ausstellte, als John Deegan an den Kiosk trat.

»Wie geht es Ihnen?«, erkundigte er sich.

Seine Hand auf dem Tresen sah schmutzig aus.

»Mir geht es gut«, sagte ich, legte die Zeitung beiseite und stellte die Waage zum Auswiegen von Schnupftabak und Pfeifentabak zusammen mit der kleinen Schachtel auf die Theke, in der die Messinggewichte in ihren Samtfächern lagen.

»Ich brauche Ihre Hilfe«, flüsterte er.

Zum ersten Mal sah ich ihn mir richtig an. An seinem Nacken klebte getrocknetes Blut. Sein rechtes Ohr war rot und geschwollen, sein Jackenärmel eingerissen. Ich wollte ihn gerade fragen, was das zu bedeuten habe, als Mr. Serle zu uns herüberkam.

»Was ist Ihnen denn widerfahren, Mr. Deegan?«, fragte Mr. Serle ihn.

»Ich habe die Ehre unseres Landes gegen die Stockfisch-Aristokraten und ihre verdammte Marionette verteidigt«, erklärte er kämpferisch.

»Dann waren Sie also einer der Aufständischen letzte Nacht«, stellte Mr. Serle fest.

»Natürlich«, antwortete John Deegan. Er erhob trotzig seine Stimme. »Ich bin gewillt, gegen all diejenigen zu kämpfen, welche Arbeiter niederschlagen. Die Reichen finden ihr Vergnügen daran, uns zu zermalmen.«

»Die Zeitungen entfachen einen törichten Streit zwischen den Schauspielern, um ihre eigenen Absatzzahlen in die Höhe zu treiben.« Mr. Serle sagte dies ruhig, aber voller Verachtung. »Ich nehme an, Sie haben Ihre Theaterkarte gestern von einem Zeitungsmann oder einem der politischen Führungsleute bekommen.«

»Größere Männer als Sie oder ich haben gesehen, wie ich den Aufruf zum Kampf befolgte«, sagte John Deegan.

»Dann verfolgen Sie damit also ein persönliches Interesse?«, fragte Mr. Serle ihn gelassen.

»Ich kam, um Mina zu bitten, mir meinen Ärmel zu nähen«, erklärte John Deegan nun. Er verzog sein Gesicht. »So kann ich mich nicht zur Arbeit melden, und meine Mutter ist wütend auf mich und wird es nicht tun.«

Mr. Serle sah ihn an wie ein ungezogenes Kind.

»Hat Miss Pigot Ihnen jemals die Erlaubnis erteilt, sie mit Vornamen anzusprechen?«, erkundigte er sich. »Ich kann mich nicht erinnern, dass Sie das getan haben, solange ihr Bruder noch hier war.«

»Ich habe ihrem Bruder bereits mitgeteilt, ich würde bei ihm um ihre Hand anhalten und sie heiraten«, sagte John Deegan. »Ich nenne sie, wie es mir gefällt.«

»Nein, das tun Sie nicht!« Mr. Serle war sehr wütend. »Sie nennen sie so, wie es *ihr* gefällt. Miss Pigot, wie möchten Sie genannt werden?«

»Dies hier ist ein Ort für Geschäfte, Mr. Deegan«, versuchte ich die aufgebrachten Gemüter zu kühlen. »Ich möchte Miss Pigot genannt werden. Jetzt geben Sie mir Ihre

Jacke; ich werde den Ärmel aus Mitleid für Sie flicken, damit Sie Ihre Anstellung nicht verlieren. Mr. Serle wird Ihnen Ihre Jacke gleich wiederbringen.«

John Deegan sah aus, als wollte er einen Streit vom Zaun brechen, aber dann zuckte er mit den Schultern, zog die Jacke aus und stakste davon. Mein Nähbeutel befand sich natürlich in meiner Tasche, und ich flickte den Ärmel mit raschen, groben Stichen. Mr. Serle stand dabei und schaute mir beim Nähen zu. Glücklicherweise war es noch früh, und es kamen keine Kunden.

»Würden Sie tatsächlich eine Ehe mit einem solchen Raufbold in Betracht ziehen?«, fragte Mr. Serle mich.

»Nein«, antwortete ich. »Anfangs mochte Daniel ihn, aber dann hat er sich von ihm abgewandt. Ich wusste gar nicht, dass John Deegan eine Mutter hat. Wie traurig, dass sie sich nicht um ihn kümmert.«

Nach einer Pause meinte Mr. Serle: »Ich glaube nicht, dass er Sie glücklich machen würde.«

Überrascht blickte ich auf. Mr. Serle betrachtete mich mit gerunzelter Stirn, dann erröteten seine Wangen unter dem Olivbraun seiner Haut. Mir hüpfte das Herz. Ihm lag ganz offenbar mein Glück am Herzen.

»Ich verspreche, John Deegan nicht zu heiraten«, versicherte ich ihm. »Aber ich bin ohnehin noch nicht so weit, jemanden zu heiraten.« Ich brachte meine Arbeit zu Ende und schnitt den Faden ab. »Hier ist die Jacke«, sagte ich und lächelte Mr. Serle an. »Waschen Sie sich die Hände, wenn Sie sie abgegeben haben, sie ist schmutzig.«

Mr. Serle nahm die Jacke mit spitzen Fingern und ging hinunter zum Durchgang, der zur Küche führt.

Donnerstag, 17. Mai 1849

In den Zeitungen hieß es, es habe alles mit Beschimpfungen angefangen, die angeheuerte Schlägertypen gegen einen englischen Schauspieler gerichtet hätten. Der Schauspieler – der englische – ist ein Rivale eines amerikanischen Schauspielers. Die Beschimpfungen fanden am letzten Montag vor einer Woche statt. Dann wurde die Geschichte in den Zeitungen breitgetreten, die Zeitungsjungen priesen ständig Sonderausgaben an, die vorhersagten, es werde zu Ausschreitungen kommen, wenn der englische Schauspieler, Mecready ist sein Name, wie geplant am Donnerstagabend auftrete.

Als ich am vergangenen Donnerstagmorgen auf dem Weg zu meiner Arbeit den Broadway entlangging, war alles ruhig. Wie immer hastete die Menge dahin, und die Bettler und Hausierer verstopften die Gehwege. Ich schaue immer geradeaus und gaffe und trödele auch nicht, wenn ich ein Schaufenster voll orientalischer Waren oder einen Indianer in Lederbekleidung und Perlen sehe. Manche New Yorker Frauen tragen dichte Schleier, um keine Aufmerksamkeit auf sich zu lenken, aber mir ist aufgefallen, dass sie damit den Müßiggängern mehr Anlass zu Kommentaren geben als Frauen, die sich sittsam kleiden und rasch ihrer Wege gehen.

Es war an diesem Morgen also alles wie gewohnt. Mein Heimweg am Abend versprach ein schöner Frühlingsspaziergang inmitten von Leuten zu werden, die zum Abendessen nach Hause eilten oder nach einer zeitigen Mahlzeit im Freien bummeln gingen. Ich bemühe mich, immer in der ruhigen Zeit unterwegs zu sein, ehe die Dirnen und Zuhälter die Straßenecken in Beschlag nehmen. Auch am vergangenen Donnerstagabend war ich zeitig dran, aber sobald ich aus dem Haupteingang des Columbia House Hotel trat, spürte ich, wie es in der Stadt brodelte. Auf beiden Seiten des Broadways eilten grüppchenweise Männer und junge Burschen Richtung Norden. Manche schwangen Handzettel in ihren Fäusten, die sie an die anderen verteilten.

»Beeil dich, Pat!«, hörte ich einen Mann zu seinem Gefährten sagen. »Sonst fängt der Spaß ohne uns an.«

»Was ist da los?«, fragte ich Sam, der am Hoteleingang stand.

»Sie ziehen hoch zum Astor Place, um das Theaterstück zu verhindern«, sagte Sam. »Passen Sie gut auf, wenn Sie unterwegs sind, Miss. Es ist eine gefährliche Meute.«

Anfangs fühlte ich mich noch ganz sicher. Ich hielt mich dicht an den Geschäften und Häusern, so dass ich nicht vom kopflosen Mob in die Gosse abgedrängt wurde. Als ich zu einer Baustelle kam, wurde es schon schwieriger. Die Menschenmenge wurde dichter, ich wurde zur Seite geschoben und stolperte die Stufen zu einem Durchgang hinunter. Dort stank es entsetzlich nach Müll und Verwesung. Hinter einem zerbrochenen Fass raschelte etwas. Ich wagte es nicht hinzusehen.

Als ich wieder auf der Straße war, eilte gerade eine weitere Gruppe von Männern vorbei. Einer von ihnen schielte zur Seite, und ich erkannte John Deegan. Auch er sah mich, blieb stehen und starrte zurück.

»Mr. Deegan?!«, rief ich ihm zu.

Er drückte seine Handzettel einem anderen Mann in die Hand und kam zu mir.

»Was ist denn?«, fragte er barsch.

»Ich versuche nach Hause zur Elizabeth Street zu kommen«, sagte ich. »Könnten Sie mir bitte dabei behilflich sein? Ich habe Angst, gestoßen zu werden und zu fallen.«

Er zuckte mit den Schultern, als wolle er ablehnen, aber dann nahm er Haltung an und ergriff meine Hand.

»Ich werde Sie begleiten«, erklärte er. »Kommen Sie. Wir müssen uns beeilen.«

Der Haufen wurde ein wenig lichter, dann rückten Gruppen, die von hinten heraneilten, auf, und der Mob wuchs. Wir kamen zu einem Abbruchgebäude. Latten und Ziegel und herausgebrochener Putz lagen verstreut. Vor uns blieb ein Mann stehen, bückte sich und packte ein Stück Holz, um es dann über seinem Kopf zu schwingen.

»Nieder mit den Teufeln«, schrie er. »Zerschlagt die Stockfisch-Aristokratie!«

Die Leute um ihn herum wichen aus, um nicht von seinem Stock getroffen zu werden, rannten dann aber, als er schneller lief, hinter ihm her. John Deegan riss an meiner Hand, und wir rannten auch.

Bei der nächsten Kreuzung bogen wir rechts vom Broadway ab. Die Massen strömten von den Five Points die Orange Street hoch, zerlumpte Männer und noch mehr zerlumpte Burschen. Es waren auch Frauen dabei, die entweder mit der Meute rannten oder einen Sohn oder Ehemann zurückzuhalten versuchten.

»Komm zurück, Adam, komm zurück«, kreischte ein altes Mütterchen, das hinter einem Haufen junger Kerle herlief. »Man wird dich töten. Komm zurück.«

Am schwersten ließ sich die Kreuzung von Broome und Mulberry Street überqueren, da hier die Geleise dazukommen und der Fuhrverkehr Richtung Innenstadt abbiegt. Menschen und Pferde und Fuhrwerke waren überall ineinander verkeilt. Ich betete, der Zug möge nicht auch noch in uns hineinfahren. Jemand schrie eine Warnung. Ein herbeieilender Einspänner, dessen junger Fahrer auf sein Pferd einschlug, sprengte durch die Menge. Mr. Deegan legte schützend seinen Arm um mich, hob mich fast weg, und wir waren flink genug, den Pferdehufen und den ratternden Rädern zu entgehen.

»Stockfisch!«, schrie einer, der Stimme nach ein Ire, und warf dem Einspänner einen Stein hinterher.

Zum Glück wurde niemand verletzt. Doch in dem Moment wäre mir das auch egal gewesen. Wir rannten. Mein Herz hämmerte. John Deegans Hand hielt mich warm und fest. Wir waren Sterne, die über den Nachthimmel schossen, Lichtblitze inmitten der funkelnden Millionen der Milchstraße. Ich war Teil der ganzen Menschenmasse, bewegte mich, barst vor Licht und brannte in eisigem Feuer. Es war eine seltsame und gefährliche Freude.

Wir bogen in die Spring Street ab, überquerten die Mott und blieben am Mietstall stehen, um zu verschnaufen. Ich spürte die Begeisterung des Mobs und wollte gleichzeitig nicht von dieser Welle mitgerissen werden, wenn deren geballte Kraft ihren Höhepunkt erreichte und brach.

Warm und vertraut entströmte dem Stall der Geruch der Pferde. Wir lehnten uns an die Wand, beide kurzatmig von unserem Lauf. In diesem Augenblick war ich keine Dame, aber getragen von dieser befreienden Stimmung, kümmerte es mich auch nicht.

»Lassen Sie es gut sein, Mr. Deegan«, keuchte ich. »Überlassen Sie den Aufruhr den anderen.«

John Deegan schüttelte den Kopf. »Das ist mein Kampf«, sagte er.

»Wie kommen Sie dazu, für einen Schauspieler in einem Theaterstück zu kämpfen?«, fragte ich ihn.

»Sie täuschen sich«, erklärte er mir, noch immer außer Atem. »Hier geht es nicht um die Schauspieler. Wir kämpfen darum, Amerikaner zu sein; wir kämpfen gegen die Elite für unsere Rechte.«

»Und welchen Nutzen soll es haben, faule Eier zu werfen oder ein Theater niederzubrennen?«, fragte ich weiter.

»Wir halten zusammen«, sagte er dickköpfig. »Wir zeigen, dass wir eine Macht sind in der Stadt.«

»Ich wüsste lieber, ob Sie morgen noch am Leben sind«, sagte ich.

Wir hatten uns mit dem Rücken an die Mauer gelehnt und mit gedehnter Brust Atem geholt, aber jetzt drehte er sich um. Ich verharrte in meiner Stellung, aber er stand vor mir und drückte seine Hand neben meinem Kopf an die Mauer. Sein hübsches Gesicht erstrahlte in Schönheit.

»Es könnte Ihnen etwas bedeuten, ob ich morgen noch lebe?«, fragte er, als wäre dieser Gedanke etwas ganz Besonderes, Honig im Mund, der ausgekostet werden musste.

»Das Leben ist besser als der Tod«, ergänzte ich.

Ich weiß nicht, ob er sich beruhigt hätte und mich nüchtern den Rest meines Wegs nach Hause begleitet hätte. Während ich sprach, hörte man vom Broadway her den Klang von Trommelschlag und Trillerpfeifen anschwellen und immer lauter werden. John Deegans Gesichtsausdruck veränderte sich erneut. Seine Stimme bekam einen ganz anderen Klang.

»Die Miliz marschiert auf.« Ungestüm und Befriedigung lagen in seinen Worten. »Es kommt zum Kampf.«

»O nein!«, rief ich.

»Sie sind gleich zu Hause«, erklärte er mir. »Sie sind so gut wie in Sicherheit.«

Er ging, ohne eine Antwort abzuwarten, rannte – hüpfte beinahe – hoch Richtung Astor Place, als würde er die Stufen des Paradieses erklimmen.

»Was ist da draußen los?«, fragte mich ein Stallknecht, der in einer der Halbtüren lehnte, als ich vorbeiging.

»Der Pöbel zieht hoch zum Astor Place«, sagte ich ihm. »Die Miliz marschiert auf.«

Der Mann verzog mürrisch das Gesicht. »Das wird eine schlimme Nacht«, sagte er. »Schlecht fürs Geschäft.«

»In der Tat«, stimmte ich ihm zu, noch immer unter dem Eindruck des kraftvollen Sogs der Masse.

Verglichen mit dem Lärm hinter mir auf der Mott und der Mulberry Street und den Schreien, die von der dahinterliegenden Bowery zu mir drangen, war es in der Elizabeth Street ruhig. Ich wollte nur noch ins Haus. Eine seltsame Mischung aus Angst und Erregung brodelte in mir. Mein Blick fiel auf die ordentlichen Schilder für die Dienstleistungen der beiden Misses Corbett. Ordnung war möglich.

Honor beobachtete mich durchs Fenster. Sie öffnete mir die Tür und nahm mich in den Arm. Auch ich drückte sie fest. Wir warteten Arm in Arm auf der Schwelle, bis Tante Jane endlich atemlos angelaufen kam, ihre Mappe fest an sich gedrückt, die Haube verrutscht. Ihr Weg vom Washington Place, wo sie eine Zeichenstunde gegeben hatte, hierher war ein einziger Kampf gewesen, jetzt war sie in Sicherheit.

Am späteren Abend, nach unserer Mahlzeit, hörten wir in der Ferne Explosionen, unheimliches Geschrei, das Klirren brechenden Glases und das Geläut von Feuerglocken.

»Schüsse!«, schrie Tante Jane, als die Geräusche widerhallten.

Honor spähte vorsichtig aus dem Fenster. Auf der Straße war nichts und niemand zu sehen. Wir überlegten, ob wir für den Fall, dass Feuer ausbräche, Wache halten sollten, befanden dann aber, dass die Elizabeth Street sicher sei. Angriffe auf Häuser, wenn es denn dazu käme, würden sich gegen die Reichen richten, die eine öffentliche Petition zugunsten des englischen Schauspielers unterschrieben hatten.

Ich war gerade in einen unruhigen Traum geglitten, in dem mein Bruder vor dem Eisengitter des Bowling Green stand und sich dort mit einem großen Bären stritt, der die Gesichtszüge von Matt Branton trug, als Honor mich wieder wach rüttelte.

»Jemand schlägt gegen die Tür«, sagte sie. »Jemand ruft deinen Namen.«

Wir zogen uns hastig an und gingen hinaus. Im Flur trafen wir auf Tante Jane. Sie hatte ihre Öllampe entzündet. Draußen war dunkle Nacht. Es war Neumond, und die flackernde Straßenlaterne an der Ecke zeichnete von den Gestalten auf der Treppe nur schwankende Silhouetten. Tante Jane hob ihre Lampe hoch. Wir konnten eine Gruppe von Männern sehen, vielleicht acht oder zehn.

»Was gibt es?«, erkundigte sich Tante Jane mit zitternder Stimme. »Weshalb die Störung?«

»Miss Mina Pigot?«, fragte eine Stimme.

»Ja?«, sagte ich und trat vor.

»Wir haben John Deegan gebracht«, sagte die Stimme. »Er ist angeschossen worden. Er verlangte nach Ihnen.«

Ich eilte hinab und kniete mich neben John Deegan auf die Stufen. Jemand kam mit einer zweiten Lampe aus dem Haus. Selbst im warmen Lichtschein der Lampe wirkte Johns Gesicht wachsweiß. Ein Blutfaden zog sich aus seinem Mundwinkel zum Kinn hinunter. Sein Mantel war über der Brust zerfetzt und von Blut durchtränkt.

»Dieser Mann braucht einen Arzt und einen Priester«, sagte ich.

»Wir haben bei St. Patrick's Halt gemacht«, teilte mir die Stimme aus dem Dunkeln mit. »Der Priester hat ihm und zwei anderen die Sakramente erteilt. Die anderen sind bereits tot, aber John Deegan wollte, dass wir ihn hierherbringen. Bis gerade eben konnte er noch sprechen.«

Wohl da er seinen Namen hörte, holte John Deegan tief Luft, was zu einem blubbernden Keuchlaut in seiner Kehle führte. Ich beugte mich über ihn.

»John?«, sprach ich ihn an. »Wie kann ich Ihnen helfen?«

Jemand hielt die Lampe über ihn. Johns Augen waren geöffnet und starrten ins Leere. Ich berührte seine Wange, und sein Blick kehrte von einem weit entfernten Ort zurück. Vermutlich erkannte er mich, denn sein Gesicht hellte sich ein wenig auf, wie zuvor am Mietstall. Seine Lippen bewegten sich.

»Ich bin da«, sagte ich.

»Sie hatten Recht«, murmelte er.

»Recht?«

Ich zitterte in der Nachtluft. Der Tod hatte mich aufgesucht.

»Leben …«, sagte er leise, und dann fragend: »Verzeih …«

John Deegan starrte mich einen Moment lang an, dann entfernte sich sein Blick wie übers Wasser tänzelndes Lampenlicht weg von mir zu einem anderen Ort. Hellrotes Blut schäumte über seine Lippen. Ich streckte meine Hand aus und streichelte seinen störrischen Haarschopf.

»Mein Lieber«, sagte ich, »mein Lieber. Gott gebe dir Frieden. Ich weiß nicht, was du gern verziehen oder verziehen bekommen hättest. Was immer es war, Gott möge es dir gewähren. Ich denke in diesem Augenblick nichts als Gutes über dich.«

Er hob seine Hand, als gelte es einen Schlag abzuwehren, dann hörte ich das Todesröcheln in seiner Kehle. Er starb auf den Stufen mit meiner Hand auf seinem Haupt, umgeben von einer Gruppe fremder Menschen.

»Er ist tot, Miss«, sagte endlich der Mann, der zuvor gesprochen hatte.

Ich wusste nicht, wie mir geschah, aber mein Gesicht war feucht. »Was müssen wir tun?«, fragte ich. Zeit und Empfindung waren erstarrt in dieser trüben Nacht.

Der Mann zuckte mit den Schultern.

»Seine Mutter lebt unten an der Mott Street bei den Five Points«, sagte eine andere Stimme im Dunkeln. »Ich kenne Mary Ann Deegan.«

Der erste Mann meinte daraufhin schulterzuckend:

»Dann werden wir ihn wohl am besten zu seiner Mutter bringen.«

»Honor«, sagte ich, »bring mir doch bitte die Decke aus meinem Koffer.«

Als sie wiederkam, breitete ich die Decke neben John Deegans Leichnam auf dem Gehweg aus.

»Hier«, sagte ich. »Die habe ich aus der alten Heimat mitgebracht. Wann ließe sie sich besser verwenden als jetzt. Wir werden ihn darin einwickeln, damit Sie den armen Kerl in Würde zu seiner Mutter bringen können.«

Tante Jane schloss John Deegans Augen, dann hoben die Männer ihn auf die Decke, damit wir diese über ihm falten konnten. Honor fand noch eine Kordel, mit der wir die Decke zubanden. Wir führten sie so um den eingehüllten Körper, dass daraus ein Bündel mit drei Schleifengriffen auf jeder Seite wurde. Ich bekreuzigte mich, als sechs Männer vortraten, um ihre Last aufzuheben. Dann bewegten sie sich wie Schatten in südlicher Richtung in die Dunkelheit hinein und verschwanden.

Am nächsten Morgen lag ich mit entsetzlichem Durchfall danieder. Honor pflegte mich. Sie gab mir Kamillentee zu trinken, aber als es mir dadurch auch nicht besser ging, suchte sie beim Apotheker Rat und verabreichte mir ein Elixier aus einem lindernden Mittel und Kreide in Branntwein.

Als sie mich am Samstag zum dritten Mal hinunter zur Toilette führte, versicherte ich ihr, ich könne mir keine bessere Freundin vorstellen.

Darauf antwortete sie in ihrer lockeren Art: »Ich glaube, bei dir wirkt der Kummer abführend, Mina. Ich finde es gut, dass du keine romantische Krankheit bekommen hast.«

»Ich habe ihn nicht geliebt«, sagte ich. »Ich bin nicht stolz darauf.«

»Ich weiß«, erwiderte Honor, »aber Lieben entzieht sich unserer Kontrolle. Und ob du ihn nun geliebt hast oder nicht, sein Tod ist traurig und eine törichte Vergeudung. Nun – du kannst jetzt allein auf die Toilette gehen, aber ruf mich, wenn du das Gefühl hast, ohnmächtig zu werden.«

Als ich all diese Tage im Bett verbrachte und mich zwischen meinen Gängen zur Toilette, dem Einnehmen der Medizin und der nahrhaften Brühe, die ich auf Honors Geheiß versuchen musste, ausruhte, dachte ich noch einmal über das Geschehene nach. Tante Jane besuchte mich, um mir zu erzählen, dass die Zeitungen voll waren mit Berichten und Schuldzuweisungen. Die Soldaten hatten in den Pflastersteine werfenden Mob gefeuert, der sich weigerte, sich aufzulösen. Es dürften an die fünfzig Menschen umgekommen sein. Gott gebe ihren Seelen Ruhe. Und alles nur, weil angeheuerte Raufbolde »Stockfisch!« geschrien hatten. Ich hätte es gern verstanden.

Als Stellina und ich fast ertrunken wären, war ich in Trauer wegen des Leids der Vergangenheit und schob einen Moment lang die Angst des Augenblicks beiseite. Wenn ich jetzt über John Deegans Sterben nachdenke, laufen mir wieder die Tränen über die Wangen. Sein Tod ist ein Verlust der Gegenwart.

Und trotz seines traurigen Tods hat John Deegan – ich muss diese Wahrheit aussprechen, auch wenn sie mir nicht gefällt – meine Gedanken und meine Gefühle bereichert. Ich verstehe nun die Erregung in der Gefahr und dass sich ein Mensch dem Mob hingeben möchte und nichts anderes dabei im Sinn hat, als ein Tropfen zu sein, der mit der ganzen Kraft der wogenden Bewegung verschmilzt, der ein Wasseratom in der Ozeanwelle wird. Ich empfand es als eine Art Tod, und doch kümmerte es mich in diesem Moment nicht zu sterben. Ich liebte meinen Tod. Man war nicht allein, wenn man sich aufgab. Ich frage mich, ob diese Verführung für John Deegans Schicksal verantwortlich war. Ich frage mich, ob er die Gefahr zwar spürte, sich aber für unsterblich hielt. Ich frage mich, ob mein Bruder und Guido sich mit dieser Heiterkeit des Herzens ins Leben stürzen. Ich kannte Kummer, aber ich wusste bisher nichts von diesem Gefühl, das den Kummer beiseitedrängt. Ich glitt dahin wie ein Vogel im Schwarm, der wie ein einziges Wesen in den Herbsthimmel eintaucht und kreist, während der Winter naht. Aber zugleich kann ich den Schwarm und mich selbst sehen. Ich fühle mich einsam und fern von allen anderen auf einem Zweig hocken, ein Einsiedler. Und doch – eine weitere Wahrheit, ob sie mir gefällt oder nicht – liegt es in meiner Natur, mich dafür zu entscheiden.

Heute Morgen – Donnerstag – fühlte ich mich wohl genug, um zur Frühmesse zu gehen. Heute ist Christi Himmelfahrt. Nach dem Gottesdienst kaufte ich Essen für unsere Abendmahlzeit. Ich entdeckte zarten Spinat und Kräuter und gute frische Eier. Ich würde Omeletts machen. Tante Jane wollte mich noch nicht wieder ins Hotel gehen lassen, aber ich bestand darauf. Ich muss Geld verdienen, und sie selbst war ja auch unterwegs, um ihre Stunden zu geben. Wir gingen gemeinsam den Broadway hinunter. Die Straßen waren ruhig, aber ich bemerkte, dass hier und da Pflastersteine herausgerissen worden waren oder Ziegelbrocken in den Rinnsteinen lagen.

Als ich das Columbia House Hotel erreichte, kam Mr. Serle sofort aus der Küche zu mir.

»Guten Morgen«, sagte ich.

»Geht es Ihnen gut?«, erkundigte er sich. »Ich hörte, John Deegan sei umgekommen.«

»Es ist eine schreckliche Geschichte«, begann ich. »Er kam in die Elizabeth Street, um Hilfe zu suchen, aber wir konnten nichts mehr für ihn tun.«

»Oh, meine Liebe«, sagte er mitfühlend. »Wollen Sie mir erzählen, was geschehen ist?«

Als ich am Ende meiner Geschichte angelangt war und mir die Augen trocknete, sah Mr. Serle mich besorgt an.

»Der Verlust muss Sie arg schmerzen«, sagte er.

Ich erzählte ihm die Wahrheit.

»Ich empfinde Trauer, aber ich empfinde den sinnlosen Tod von John Deegan nicht als meinen großen Verlust. John Deegan kannte meinen Bruder. Er verband mich mit einem kleinen Teil meiner Vergangenheit. Seine Mutter tut mir leid. Vielleicht weine ich mehr um mich als um ihn.«

»Wie kommt das?«, fragte Mr. Serle.

»Ich erkannte die Einsamkeit John Deegans an dem Tag, als er starb. Bis zu diesem Moment mochte ich ihn nicht, und dann war er nicht mehr. Mein Herz ist eine verschlossene Tür.«

Mr. Serle stand schweigend da. Er wandte sich einem Gedanken zu, den er noch nicht auszusprechen vermochte.

»Ich glaube nicht, dass Sie sich schon kennen«, meinte Mr. Serle endlich. »Eines Tages werden Sie sich auch für die Freude in einem Mann öffnen und nicht nur seine Traurigkeit umfangen. Dass John Deegan nicht vermochte, an Ihr Herz zu rühren, wäre sein Jammer gewesen, nicht der Ihre, wenn er gelebt hätte.«

Ich musste daran denken, wie ich mit John Deegan gerannt war und einen flüchtigen Blick seiner Schönheit erhascht hatte.

»Ich wünschte, ich würde mich kennen und sowohl innerlich als auch äußerlich erwachsen sein«, sagte ich. Dann quälte mich ein wirrer Gedanke. »Wie werde ich mich erkennen, wenn ich gar nicht weiß, wer ich bin?«

Mr. Serles Mundwinkel gingen nach oben. Offenbar musste er sich ein Lachen verkneifen.

»Das werden Sie schon wissen, wenn die Zeit dafür gekommen ist, meine Liebe«, beruhigte er mich und wechselte dann das Thema. »Sie sind seit letztem Donnerstag nicht mehr zur Arbeit gekommen«, sagte er. »Ich sah die Nachricht des Hoteldirektors am Kiosk, als ich Sie besuchen wollte.«

»Ich war drei Tage lang krank. Und danach erlaubte Tante Jane Honor und mir wegen der Soldaten und Raufbolde bis heute nicht, auf die Straße zu gehen.«

»Gut«, sagte er. »Ich bin froh, dass Sie wieder gesund sind, und vor allem, dass Ihnen nichts passiert ist.«

»Ja!«, seufzte ich und begann dabei mit dem Öffnen meiner Schränke. »Ein Kunde kommt. Die Arbeit wird mich aufrichten.«

Sonntag, 22. Juli 1849

Noch immer kein Brief von Daniel.

Ich trage meine Rosenbrosche jeden Tag. Wenn ich sie am Morgen in die Hand nehme, um sie mir anzustecken, macht mein Herz einen kleinen Freudensprung, wenn ich die rote Locke von Daniels Haar sehe und an die schützende Hand Mr. Serles denke, die er auf meine legte.

Die Brosche sieht gut aus zu meinem Sommerkleid aus weißem Musselin, gesäumt von einer dunkelblauen und einer hellblauen Linie. Honor hat ein zweites Kleid in Arbeit, das ebenfalls weiß ist, aber rosarot abgesetzt. Das heiße, schmutzige Wetter erfordert zwei Kleider, wenn ich sauber und frisch bleiben möchte. Letzte Woche stieg die Temperatur auf dreiunddreißig Grad an. Im Haus bewegen wir drei uns am Abend nur in unseren Unterröcken und Hemden. Wir bleiben lange auf, weil man bei der Hitze ohnehin kaum schlafen kann.

Mr. Serle habe ich die Krawatte geschenkt, die ich für ihn

gemacht hatte. Er schien sich sehr darüber zu freuen. Er meinte, er werde sie anziehen, wenn er das nächste Mal zu einem Konzert gehe.

»Herr Meyer wird neidisch sein«, sagte er.

Ich legte der Krawatte eine Notiz bei, in der ich mich noch einmal bei ihm für die Brosche bedankte. Es fällt ihm sicherlich auf, dass ich sie trage, auch wenn er es nicht erwähnt.

Gestern kam Mr. Serle auf einen Sprung vorbei. Eine Seuche überschwemmt die Stadt. Er warnte mich davor, Schalentiere zu essen – auch nicht gekocht –, und riet mir, bei der Zubereitung von Speisen größte Sorgfalt darauf zu legen, dass alles gut durchgegart ist. Nachdem er das gesagt hatte, zögerte er einen Augenblick und fügte dann hinzu: »Es wäre auch klug, die Toilette mit Lauge zu spülen, wenn das möglich ist. Ich sage das, weil ich Sie keiner Gefahr ausgesetzt sehen möchte.«

Als ich Tante Jane und Honor von diesem Gespräch erzählte, schürzte Tante Jane die Lippen, und ihre Wangen erröteten ein wenig. Sie meinte, es sei nicht rechtens, wenn ein Gentleman vor einem unverheirateten Mädchen die Toilette erwähnte.

Aber Honor widersprach ihr: »Unsinn, Tante Jane, eine derartige Vornehmheit ist lächerlich. Mr. Serle zeigt damit doch nur seine Fürsorge für die liebe Mina. Also wirklich, wenn wir die Etikette über den gesunden Menschenverstand stellen, dann stimmt etwas nicht mit unserem Leben.«

Tante Jane wirkte verletzt, und Honor entschuldigte sich für ihre vorlauten Worte. Doch mir fiel auf, dass sie damit nicht ihre Äußerung zurücknahm, sondern nur zugab, dass ihre Art unhöflich gewesen war.

Südlich von uns sterben jeden Tag arme Seelen in der Stadt, aber auch in den reichen Vierteln, die nördlich von uns liegen. Es heißt, das Quarantäne-Krankenhaus draußen auf der Insel sei voll. Das Geschäft in den Restaurants und Saloons liegt danieder, vor allem in den Austernlokalen.

Doch ich hatte viel zu tun. Tabakrauchen ist eine gute Schutzmaßnahme gegen die Seuche. Alle Männer rauchen Zigarren oder Pfeife. Auch Arzneien helfen. Tante Jane kaufte ein wenig Opiumtinktur für den Fall, dass eine von uns erkrankt. Sie sagt, dass die Kombination von Quecksilberchlorid und Laudanum sehr gut gegen die *cholera morbus* helfe. Besser sei es jedoch, gar nicht erst zu erkranken. Ich spülte die Toilette mit Seifenlauge. Gestern räucherte ich sie auch mit Tabak aus, obwohl ich den Rauch und den Gestank verabscheue.

Nachts berühre ich meinen Ring. Ich knie nieder und bete für die Unversehrtheit meines Bruders in der Ferne und für die Gesundheit derer, die ich hier in der Stadt liebe.

Sonntag, 14. Oktober 1849

Endlich – ein Brief von Daniel.

4. Juli 1849
San Francisco

Meine allerliebste Schwester,
heute habe ich die Muße, Papier und Feder, alles beieinander, um dir zu schreiben. Mir und Guido DiRoma geht es gut. Anfang Juni trafen wir hier in San Francisco ein. Die Reise – vor allem der harte, von Ängsten begleitete mühselige Transport unserer Waren auf Maultieren durch Panama City an der Pazifikküste – war nicht einfach, aber wir hielten durch, und nun lächelt uns das Glück. Wir fanden ganz schnell ein Schiff von Panama nach San

Francisco. Einige, die wir unterwegs trafen, warten dort offenbar noch immer auf eine Überfahrt nach Norden.

Ich will dich nicht mit all unseren Geschäftsverhandlungen langweilen, sondern dir nur sagen, dass wir gutes Geld machen, aber nicht mit Goldschürfen. Das Gold kommt zu uns, wir brauchen nicht zu ihm zu gehen. Guido hatte Recht. Wir haben hier in der Stadt einen Saloon, einen Laden und Schlafquartiere für diejenigen, die sich darauf vorbereiten, ihre Claims abzustecken. Schon nach drei Wochen haben wir Profit gemacht. Ich hätte es nicht geglaubt, selbst wenn der heilige Patrick selbst es mir versprochen hätte, bevor wir im Osten aufbrachen.

Ein Teil unseres Etablissements hat noch nichts weiter als ein Zeltdach. Wenn wir den Laden hier auf Vordermann gebracht haben, werden wir bald schon abwechselnd hoch zum Fluss gehen und dort die Männer zu den Minen übersetzen und sie mit Vorräten ausrüsten. Ein Boot haben wir bereits, jetzt warten wir nur noch auf die Kohlen, um den Kessel zu schüren, und auf weitere Ware. Wer hier zu harter Arbeit bereit ist und sich nicht vom Gold blenden lässt, hat gute Chancen.

Diese Stadt wächst und gedeiht in einem steten Kampf. Von einigem, was es hier zu sehen gibt, wärst du entsetzt. Ich kann es selbst manchmal kaum glauben. Heute haben wir hier den Geburtstag unseres Landes mit einer Kapelle und Reden und einer Kanonade gefeiert. Jetzt werden zur Feier auch Pistolen abgefeuert. Ich selbst jedoch spare mir meine Munition.

Bete für mich, Mina.
Dein dich liebender Bruder,
Daniel

In einem Postskriptum gab er mir an, wohin ich ihm Post schicken könne, und bat mich, ihm bald zu schreiben. Mein

Brief ist bereits unterwegs. Mit dem nächsten habe ich schon begonnen.

In den vergangenen Monaten habe ich mein Tagebuch vernachlässigt, weil ich so sehr in Sorge war. Auf das Datum zu schauen und von keinem Brief Daniels berichten zu können machte mich krank.

Sonntag, 11. November 1849

Ein zweiter Brief von Daniel traf am Mittwoch ein. Es geht ihm und Guido DiRoma weiterhin gut. Natürlich hatte Daniel meine Antwort auf seinen ersten Brief noch nicht bekommen und deshalb auch meine Fragen nach dem, was er isst und wie die Stadt San Francisco aussieht, noch nicht beantwortet.

Dem Brief beigelegt war ein kleines zusammengefaltetes Blatt Papier mit einer Prise Goldstaub darin. Ich wusste nicht, was ich damit machen sollte. Ich fragte Mr. Serle, als ich ihn sah.

Mr. Serle meinte, ich brauche ein Bankkonto, auf das ich die Ersparnisse von meinem Lohn bringen und wo ich den Goldstaub und alles andere Gold oder Geld, das mein Bruder mir schicken würde, deponieren könne. Inzwischen verwahre ich das gefaltete Papier mit dem Goldstaub zusammen mit meinem Geld in meinem Koffer. Diesen Schatz hat mein Bruder berührt, ich möchte ihn keinem Fremden in einer Bank überlassen.

Mittwoch, 12. Dezember 1849

Heute Morgen legte ich meinen Weg entlang des Broadways in der Kälte zurück, und meine Füße schmerzten, als ich das Columbia House Hotel erreichte. Ich öffnete gerade meinen Kiosk, als ich eine Stimme auf der Treppe hörte. Daniel ist gekommen, um mir guten Morgen zu sagen, dachte ich, und blickte voller Freude hoch. Dann fiel es mir natürlich ein. Wut und Traurigkeit erfassten mich.

Plötzlich fühlten sich meine Hände schwer an, und selbst eine Zigarre aus der Schachtel zu holen wurde zu einer gewaltigen, schwierigen Aufgabe. Ich verschüttete Schnupftabak, verstand einen älteren Herrn nicht richtig und wollte ihm doppelt so viel Pfeifentabak geben, wie er haben wollte, dann ließ ich auch noch eine Tonpfeife fallen, als ich sie vom Regal holte, um sie ihm zu zeigen. Ich kann von Glück sagen, dass ich keine wertvolle Meerschaumpfeife zerbrochen habe. Am späten Vormittag kam Mr. Serle vorbei, um sich mit mir zu unterhalten.

Er betrachtete mich mit gerunzelter Stirn. »Sie sehen nicht gut aus«, ließ er mich wissen.

»Das Wetter schlägt um«, sagte ich. »Und heute vermisse ich meinen Bruder. Sie habe ich auch seit über einem Monat nicht mehr gesehen.«

»Ich arbeite lang und habe auch noch zusätzliche Aufträge für private Veranstaltungen angenommen«, berichtete er. »Nach dem schrecklichen Sommer voller Hitze und Krankheit nutzen die Menschen nun die Zeit zum Feiern.«

»Verstehe«, antwortete ich und spielte an den Messinggewichten in ihrer Samtschatulle herum.

»Miss Pigot«, sprach Mr. Serle mich an.

Ich blickte zu ihm auf, aber er sagte nichts, sondern starrte nur mit besorgtem Blick auf mich. Jemand musste oben die großen Türen geöffnet haben, denn ein kalter Luftzug fegte die Treppe herunter und ließ mich frösteln. Ein Putzmann kam mit seinem Eimer und dem Mopp und wischte den Fußboden um einen der großen Messingspucknäpfe. Von meinem Platz aus konnte ich erkennen, wie braun und abstoßend das Wasser war, das er aus den Lappen wrang.

»Miss Pigot«, sagte Mr. Serle noch einmal.

»Ja?«, antwortete ich.

»Ich verlasse das Columbia House Hotel«, teilte Mr. Serle mir mit.

Mir drehte sich das Herz im Leib um. Ich hielt mich am Tresen fest.

»Warum?«, fragte ich ihn.

»Ich habe eine neue Stellung angenommen«, erzählte Mr. Serle mit ruhiger Stimme. »Ich werde bei den Delmonicos mehr verdienen. Die Küche ist dort vielfältiger und auch interessanter – nicht diese endlosen gebratenen Beefsteaks, die wir hier servieren.«

»Wann gehen Sie?«, fragte ich.

Meine Stimme gehörte nicht mehr mir, sondern jemand anderem – einer gelassenen Person, die nichts fühlte, weil Fühlen so viele Probleme mit sich bringt.

»Ende des Monats«, sagte Mr. Serle, als wäre meine Welt nichts weiter als ein Stück Papier, das er achtlos ins Feuer wirft und zusieht, wie es zu Asche wird.

»Verstehe.« Hinter meinen Augen sammelten sich Tränen. Ich zwickte mir ins Handgelenk; ich durfte nicht weinen.

»Ich freue mich«, ergänzte Mr. Serle erbarmungslos. »Es ist meine Chance.«

»Dann freue ich mich auch für Sie«, log ich. »Ich werde für Ihren Erfolg beten.«

»Danke«, sagte er. Er streckte die Hand aus, um meine zu berühren. »Aber ich werde versuchen, hier vorbeizukommen, sooft meine Arbeit das zulässt. Ich würde auch weiterhin gerne erfahren, wie es Ihnen ergeht.«

»Ich freue mich immer, Sie zu sehen. Vielleicht könnten Sie mich am Sonntag in der Elizabeth Street besuchen kommen?«

Mr. Serle sah mich zweifelnd an. »Ich weiß nicht, meine Liebe. Gerade jetzt muss ich sieben Tage die Woche arbeiten. Vielleicht, wenn ich einen neuen Arbeitsplan bekomme. Wir werden sehen.«

Der Putzmann lärmte mit seinem Eimer und dem Mopp um den anderen Spucknapf herum. Eine Familie, die im Hotel wohnte, kam die Treppe herunter. Der Vater würde sich jetzt wie jeden Tag vor dem Essen seine Zigarre kaufen. Mr. Serle öffnete seine Lippen, als wolle er noch etwas sagen, schloss sie jedoch wieder und ging.

Gegen Ende des Tages kam Mr. Branton zum Tabakkiosk. Anfangs erkannte ich ihn gar nicht, als er dann aber seinen Kopf drehte, erinnerte ich mich, ihn in der Kirche und auf der Straße gesehen zu haben. Er ist ein Hüne von einem Mann, groß und breit zugleich, mit einem Nacken, der wie ein dicker Mast aus seinem Hemdkragen aufsteigt.

Mr. Branton nahm sich Zeit für den Kauf seiner Zigarre. Ich spürte, wie er mich beobachtete, als ich ihm Havannas aus Kuba, spanische Panatelas und auch eine milde Zigarre mit einem American-Piedmont-Deckblatt vorlegte. Er nahm sie eine nach der anderen in die Hand und roch daran. Schließlich entschied er sich für die größte, eine dicke Havanna, bezahlte sie, steckte sie sich in den Mund und zündete sie an. Er rührte sich nicht vom Fleck, sondern blieb wie ein fest verwurzelter großer Baum stehen und verfolgte, wie ich die Auswahl wegpackte, die er ausgeschlagen hatte. Er hatte etwas an sich, das Widerstand in mir weckte, aber gleichzeitig wusste ich, was für ein törichter Gedanke das war. Wenn er mich sprechen wollte, könnte ich mich ohnehin nicht weigern.

Endlich fragte er mich, ob ich wüsste, wer er sei.

»Ja, Sir«, sagte ich. »Ich glaube, Sie sind Mr. Branton.«

»Und Ihr Bruder ist Daniel Pigot, nicht wahr?«, fragte er.

Rauch umhüllte sein Gesicht mit den kräftigen Zügen, der breiten Stirn und dem dichten, schwarz gelockten Haar.

»Ja, Sir«, sagte ich.

Mr. Branton konnte noch gar nicht so alt sein, höchstens dreißig, also etwa Mr. Serles Alter. Wie Mr. Serle verfügt er über eine besondere ihm innewohnende Kraft. Mr. Branton starrte mich unentwegt an. Er hatte wunderbar klare, haselnussbraune Augen. Was wollte er nur?

Das Schweigen drückte, dann sprach Mr. Branton unvermittelt. »John Deegan ist für Sie gestorben, und Sie sind nicht einmal zu seiner Beerdigung gekommen«, warf er mir vor.

»Ich konnte nicht«, verteidigte ich mich. »Ich war krank. Und er ist nicht für mich gestorben. Er starb, weil er darauf bestand, wegen eines Schauspielers zu kämpfen, und dabei erschossen wurde.«

Mr. Branton schüttelte den Kopf, als würde ihn eine Fliege ärgern. »Sie vergessen, wer Sie sind, Miss. Sie sollten sich an Ihre Leute halten.«

»Ich gehe in die Kirche«, sagte ich.

Mr. Branton gab sich nicht die Mühe, darauf einzugehen.

»Gefällt Ihnen Ihre Arbeit hier?«, fragte er mich.

»Ganz gut«, antwortete ich.

»Ich würde Sie gern näher kennen lernen«, sagte er. »Ich habe ein paar hübsche Cousinen, die sich freuen würden, wenn Sie sie besuchten. Sie würden John Deegans Mädchen gerne trösten. Was halten Sie davon?«

Was konnte man darauf antworten? In diesem Mann steckte die Macht, andere seinem Willen zu beugen, so dass sie ihm gern zu Diensten waren. Er könnte es schaffen, dass ich es als Ehre empfände, die Beute des Löwen zu sein.

Mr. Branton nahm die Zigarre aus seinem Mund.

»Ihr Haar war sehr kurz, als ich Sie das erste Mal sah«, sagte er. »Ich nehme an, Sie waren eine Zuchthäuslerin, ehe Sie hierherkamen.«

»Nein!«, empörte ich mich. »Nein! Ich bin ein ehrbares Mädchen!«

Mr. Branton schien zu überlegen. Es herrschte wieder Schweigen.

»Wie ich höre, ist Ihr Bruder in Kalifornien sehr erfolgreich«, begann er von neuem.

»O ja!«, sagte ich, ein wenig zu begeistert vielleicht. Ich bin stolz auf Daniels Aufstieg.

»Nun«, nahm er nach einer weiteren Pause den Faden wieder auf. »Dann schreiben Sie ihm doch. Sagen Sie ihm, ich zeige Interesse an seinem Glück. Sagen Sie ihm, dass wir miteinander gesprochen haben.«

Endlich wandte er sich zum Gehen, drehte sich dann aber noch mal zu mir um. Seine Gestalt verstellte mir den Blick, löschte den Rest der Welt aus. Über seine Haselaugen legte sich ein grauer Schatten, als das Licht sich änderte. Sie waren klar und sehr kalt.

»Denken Sie daran, Miss Pigot, ich mag das Wort *nein* nicht«, sagte er.

Damit schlenderte er auf die Treppe zu. Ehe er nach oben ging, blieb er noch einmal stehen und starrte mich wieder an.

In der noch verbleibenden Zeit, bevor ich den Kiosk schließen konnte, hatte ich viel zu tun. Ich machte Fehler, aber es war mir gleichgültig. Erleichtert schloss ich endlich zu. Ich zögerte, ging dann aber zu dem Durchgang, der zu den Küchenräumen führte. Als der Flur sich teilte, wusste ich nicht, welche Richtung ich einschlagen sollte. Das Geklapper und die Dünste der Küche schienen vor mir zu liegen. Die Büros und Vorratsräume lagen womöglich auf dem Korridor zu meiner Rechten. Ein Küchenjunge kam mit einem Stoffsack voll verschrumpeltem Gemüse vorbei, wahrscheinlich Steckrüben oder Kartoffeln.

»Wo kann ich Mr. Serle finden?«, fragte ich. »Ich habe eine Nachricht für ihn.«

Er starrte mich dreist an, gab mir aber durch Kopfnicken zu verstehen, dass ich mich rechts halten musste. »Dritte Tür«, sagte er.

Ich klopfte an.

»Treten Sie ein«, hörte ich seine vertraute Stimme.

Ich öffnete die Tür und blieb an der Schwelle stehen.

»Mina!« Mr. Serle erhob sich von seinem Stuhl hinter einem Tisch.

Ich wollte mit ihm reden, aber ich brachte kein Wort heraus. Mir war so seltsam im Kopf, als wäre der Raum ein Schiffsdeck, das unter mir wegkippte. Mr. Serle bemerkte offenbar, dass ich mich nicht wohl fühlte, denn er nahm meinen Arm, um mich zu stützen.

Er schenkte Wasser aus einer Karaffe auf dem Tisch in ein Glas. Als ich zu trinken versuchte, verschüttete ich das Wasser. Da nahm er mir das Glas aus der Hand und stellte es ab. Er legte seinen Arm um meine Schultern und drückte mich an sich.

»Meine Liebe«, sagte er. »Sie sind in Sicherheit. Ruhen Sie sich einen Moment aus.«

Sein Arm war ein eisernes Band der Stärke. Es war, als er würde er einen Kreis ziehen, in dessen Mitte ich stehen und atmen konnte. Endlich ließ der Schwindel nach. Mr. Serles Arm entspannte sich ein wenig.

»Haben Sie heute schon etwas gegessen?«, fragte er mich.

»Am Morgen habe ich Kaffee getrunken«, sagte ich, »mit einem Stück Brot und Käse.«

»Ihre Stücke Brot und Käse kenne ich«, erwiderte Mr. Serle. »Die haben die Größe, die eine Mücke sich als Zudecke und Kissen zurechtschneiden würde. Und Sie haben bis auf Ihr Stückchen Brot und Käse nichts mehr gegessen seit – seit wann?«

»Es war noch vor Sonnenaufgang«, gab ich zu.

»Setzen Sie sich«, sagte Mr. Serle. »Sie müssen etwas essen.« Offenbar hatte ich ihn entsetzt angesehen, denn er fügte hinzu: »Ich werde die Tür absperren. Keiner wird hereinkommen.«

Er ging, und ich hörte, wie der Schlüssel sich glatt im Schloss drehte. Der rechteckige Raum hatte ein kleines Fenster mit Butzenscheiben hoch oben an der Wand. Ein schlichter Tisch stand darin, an dem Mr. Serle mit seinen Rechnungsbüchern saß, als ich eintrat. Auf dem Tisch fiel mir eine Öllampe auf. Offenbar bevorzugte er dieses Licht, denn die Gaslampe an der Wand war nicht entzündet. Es war sehr sauber und bescheiden.

Der Schlüssel drehte sich wieder im Schloss, und Mr. Serle kam mit einem Tablett zurück, das er auf den Tisch stellte.

»Ziehen Sie Ihren Stuhl heran und versuchen Sie das«, sagte er.

Auf dem Tablett stand ein hohes, schmales Glas mit einem kannelierten Fuß. Daneben lagen ein langstieliger Löffel und eine weiße Serviette.

»Kosten Sie«, drängte Mr. Serle mich.

Er setzte sich hinter seinen Tisch und verschränkte die Arme vor seiner Brust. Ich legte die Serviette über mein Kleid und nahm den Löffel in die Hand. Oben auf dem Glas saß eine weiße Haube aus geschlagener Sahne, und darunter befand sich blassgoldene Eiercreme mit kleinen dunkleren Sprenkeln darin. Ich kostete es. Die weiche Eiercreme war mit Vanille gewürzt, und die dunkleren Sprenkel waren Muskat. Ich kostete noch einen Löffel voll. Etwas kitzelte mich an der Zunge.

»Oh! Was ist das?«, fragte ich Mr. Serle.

»Mal sehen, ob Sie es mir nicht beschreiben können«, meinte er lächelnd.

Ich nahm den nächsten Löffel in den Mund und ließ ihn mir auf der Zunge zergehen.

»Es ist sehr kalt«, sagte ich. »Es ist wie eine cremige Wolke und dann wie eine Schneeflocke auf der Zunge. Ein Gefühl, kein Geschmack – wie ein Eisatom.«

»Sehr gut, Miss Pigot«, lobte Mr. Serle. »Es ist tatsächlich Eis.«

»Wie machen Sie das?«, fragte ich, während ich noch mehr davon aß und dem Gegensatz der Struktur nachschmeckte.

»Die weiche Eiercreme ist nur weiche Eiercreme«, erklärte Mr. Serle. »Ganz leicht zuzubereiten, wie Sie wissen. Das Eis entsteht, indem man kaltes Wasser auf eine Metallplatte mit kleinen Vertiefungen träufelt und diese dann auf einen Eisblock setzt, damit es gefriert. Danach kommt die Eiercreme ins Glas, die Eisstückchen werden hineingesteckt und obendrauf kommt zum Abschluss die Schlagsahne. Ganz einfach, wenn man es weiß.«

»Sehr einfach, wenn man es sich überlegt«, stimmte ich zu.

»Gestern hatten wir einen Gast, der aß vier Gläser und war auch dann noch nicht in der Lage, den Effekt zu benennen, der ihm diesen Genuss verschaffte«, erzählte mir Mr. Serle. »Sie wissen nach zwei Löffeln Bescheid.«

Ich hatte aufgegessen und legte meinen Löffel auf das Tablett und die zusammengefaltete Serviette dazu.

»Geht es Ihnen jetzt besser?«, erkundigte sich Mr. Serle.

»Ja, danke.«

Mr. Serle schob das Tablett mit dem leeren Glas und

dann auch noch seine Rechnungsbücher beiseite. Zwischen uns lag nun nichts mehr auf dem Tisch. Die Lampe sorgte für einen warmen Lichtschein.

»Was ist passiert?«, fragte er.

»Ich war heute den ganzen Tag traurig«, erzählte ich ihm. »Ich vermisse meinen Bruder, und Sie gehen nun auch – oh, ich verstehe das«, sagte ich schnell, als Mr. Serle etwas entgegnen wollte. »Sie tun gut daran, sich zu verbessern. Aber wenn ich daran denke, dass ich dann hier gar keinen Freund mehr habe, und plötzlich scheint auch Mr. Branton etwas von mir zu wollen … Ich fühlte mich plötzlich so verängstigt und allein.«

Ich beschrieb ihm die seltsame Unterhaltung mit Mr. Branton.

»Die Aufmerksamkeit eines solchen Mannes ist nicht wünschenswert«, sagte Mr. Serle.

»Ich möchte sie keineswegs«, stimmte ich ihm zu. »Ich frage mich nur, warum ich ihm plötzlich aufgefallen bin.«

»Er hat Ihren Bruder erwähnt«, erinnerte Mr. Serle mich. »Es heißt, die Bosse hier möchten in Kalifornien mehr Einfluss gewinnen.«

»Aber mein Besuch bei seinen Cousinen wird ihm doch sicherlich keinen Einfluss in Kalifornien bringen«, entgegnete ich.

»Er ist an mehreren Damenpensionen in der Greene Street beteiligt«, berichtete Mr. Serle. »Vielleicht glaubt er, wenn er Sie unter Kontrolle hat, käme er auch an Ihren Bruder heran. Seine Cousinen dürften sehr wahrscheinlich einige seiner Huren sein, die Ihnen ihre Lebensweise aufdrängen wollen.«

»Ich glaube nicht, dass Daniel noch zugeben würde, mich zu kennen, wenn ich dem Laster verfalle«, entgegnete ich.

»Der Meinung bin ich auch«, meinte Mr. Serle.

»Ich werde mich nach einer anderen Aufgabe umsehen«, sagte ich nach einer Schweigepause. Sobald ich den Gedanken geäußert hatte, fühlte ich mich schon viel leichter.

»Gut«, erwiderte Mr. Serle.

»Aber jetzt sollte ich wirklich gehen. Es ist spät.«

Eigentlich wäre ich viel lieber hier in der Stille bei meinem Freund geblieben.

»Da wir nun schon mal beisammen sind, muss ich Ihnen eine Frage stellen, die mich schon seit geraumer Zeit belastet«, sagte er. »Es ist eine andere Sache, Miss Pigot.«

»Ja?« Meine Brust zog sich zusammen. Dieser Tag brachte nur Schlimmes.

Mr. Serle holte Luft, offenbar fiel es ihm nicht leicht, das auszusprechen, was ihm am Herzen lag.

»Meine liebste Unschuld, was zum Teufel haben Sie anlässlich der Musikvorführung im März zu Sadick Meyer gesagt?«, fragte er endlich.

Ich dachte zurück an diesen Nachmittag mit meinem Bruder. Das Bild von Madame Moses, die langsam ihre langen weißen Handschuhe von ihren weißen Armen schälte, und Mr. Serle, der ihr die Hand küsste, kamen mir vor Augen. Madame Moses hatte mich beleidigt. Aber das war es gewiss nicht, was Mr. Serle meinte.

»Ich sagte Herrn Meyer, dass ich sein Klavierspiel bewunderte«, erinnerte ich mich.

»Was noch?« Mr. Serle musterte mich. Seine dunklen Augen glühten im Lampenlicht, als er sich mit vor der Brust verschränkten Armen in seinem Stuhl zurücklehnte.

Ich überlegte wieder. Daniel und Guido hatten sich über Gold unterhalten, der taube Mann hatte mich angeschrien. Davor war ich mit meinen Wollhandschuhen in der Hand die Treppe heruntergekommen.

»O ja, jetzt erinnere ich mich«, sagte ich. »Herr Meyer fragte mich, ob Sie mich beschützt hätten. Ich sagte, natürlich hätten sie das getan, und ich sei Ihnen sehr dankbar dafür. Er fragte mich, ob er mich besuchen dürfe, und ich sagte *nein*. Ich fand ihn sehr dreist.«

Mr. Serle stützte seine Ellbogen auf dem Tisch auf und legte seinen Kopf in seine Hände. Fast sah es aus, als raufe er sich das Haar.

»Sie müssen doch wissen, was es bedeutet, wenn eine Frau einen Mann als ihren Beschützer bezeichnet.«

»Ich lese keine Romane«, sagte ich. »Nie in meinem Leben habe ich mich mit vornehmen Leuten unterhalten, erst als wir mit dem Schiff nach Amerika unterwegs waren. Was ist so schlimm daran?«

»Die Drohung von Matt Branton haben Sie doch verstanden. Wie ist es möglich, dass Sie das nicht wissen? So unbedarft können Sie doch gar nicht sein. *Sorci verdi!* Es ist unmöglich.«

»Ich spürte, dass Mr. Branton mich unter seine Kontrolle bringen wollte. Seine Worte habe ich erst verstanden, als Sie mir das mit seinen Cousinen erklärt haben«, erläuterte ich ihm.

»Wie alt sind Sie jetzt, *cara*?«, fragte Mr. Serle mich freundlich. »Ich habe es vergessen.«

»Ich wurde im November 1832 getauft. Ich bin erst siebzehn«, antwortete ich.

»Herr Meyer glaubt, Sie hätten ihm erzählt, Sie seien meine Geliebte gewesen«, klärte Mr. Serle mich auf. »Für ihn ist ein Beschützer ein Mann, der Geld ausgibt, um eine Frau zu unterstützen, ihre Gunst genießt, sie aber nicht heiratet.«

»Oh!«, sagte ich. Meine Augen schwammen in Tränen. »Aber Sie haben mich mit Geld aus meinem Lehrvertrag entbunden. Sie gaben mich als Ihren Neffen aus. Sie haben mich doch beschützt.«

Mr. Serle hielt sich wieder den Kopf. »Wenn ich mir

überlege, wie stolz ich auf meine Selbstkontrolle gewesen bin, wie ich mir dazu gratuliert habe, der Versuchung widerstanden zu haben. Und jetzt werde ich für eine Sünde verdammt, deren Freuden ich nicht einmal genossen habe.«

Einen Moment lang stockte mir der Atem. Ich war für Mr. Serle eine Versuchung gewesen. Selbst wenn er mich »Kind« nannte, wusste er, dass er mich besitzen könnte. Einmal hatte er mir gesagt, ich sei zu jung zum Heiraten. Vielleicht war es wichtig für ihn, mich wie ein Kind zu behandeln, um eine ungefährliche Liebe empfinden zu können. Offenbar war ihm nicht bewusst, was er gerade gesagt hatte, denn er sah mich aufrichtig über den Tisch hinweg an, als ein Freund, der ein Problem mit seinem Freund teilte.

»Aber Herr Meyer wird Sie doch sicherlich respektieren, auch wenn er von mir schlecht denkt?«, tastete ich mich vor. »Soll ich ihm schreiben? Soll ich ihm erklären, dass es keine körperlichen Gunstbezeigungen von meiner Seite gab?«

Mr. Serle schien zwischen Lachen und Verzweiflung hin- und hergerissen zu sein. »Gott bewahre mich vor einer aufrichtigen Frau«, stöhnte er. »Was könnte es Gefährlicheres geben?«

»Tut mir leid, aber ich verstehe schon wieder nicht«, sagte ich zu ihm. »Liegt Ihnen daran, was Herr Meyer denkt?«

»Ja, mir liegt daran«, erwiderte Mr. Serle ernst. »Er und Guido sind meine engsten Freunde, und Guido ist nicht mehr da. Ich schulde Herrn Meyer sehr viel als Freund und als Religionsbruder.«

»Wenn er Ihr Freund ist, dann wird er Ihrem Wort glauben schenken«, versuchte ich ihn zu beruhigen. Ich dachte über Herrn Meyer nach. »Für mich ist es schlimm, für eine Geliebte gehalten zu werden; es lädt zu Beleidigungen ein. Aber für Männer ist es anders. Herr Meyer könnte Sie sogar dafür bewundern, dass Sie Macht über eine Frau haben.«

Mr. Serle blickte mich überrascht an. »Es würde mir aber nicht gefallen, Sie beleidigt zu sehen, Miss Pigot.«

Ich erzählte ihm nicht, dass Madame Moses – und offenbar auch Herr Meyer – dies bereits getan hatten.

Mr. Serle seufzte. »Ich werde noch einmal mit ihm reden. Jetzt sollte ich Sie aber nach Hause bringen, mein lieber Neffe oder Nichte oder was immer Sie sind. Die Misses Corbett werden sich schon Sorgen machen.«

»Sie werden sich tatsächlich große Sorgen machen«, bestätigte ich. »Ich muss mich beeilen.«

»Rascher geht es, wenn Sie den Hinterausgang des Hotels benutzen«, schlug Mr. Serle vor. »Die Droschken warten abends jetzt oft in der Church oder Barcley Street. Dort bekommen Sie etwas von der Wärme aus der Küche ab, und Sam pfeift ihnen um die Ecke zu, wenn er eine Fahrt für sie hat.«

»Ich kann allein gehen«, sagte ich. »Ich darf Sie nicht von Ihrer Arbeit abhalten.«

»Für heute bin ich fertig«, erwiderte Mr. Serle.

»Sie sind besser als ein echter Onkel«, sprudelte es aus mir heraus. »Es tut mir leid, dass ich Sie durcheinandergebracht habe. Ohne Sie wird es hier fürchterlich sein. Sie sind so geduldig, und Sie helfen mir immer. Ich weiß gar nicht, wie ich Ihnen danken soll.«

»Mich gebraucht zu fühlen ist mir Dank genug«, sagte Mr. Serle mit ruhiger Stimme.

Er löschte seine Lampe und schloss die Tür ab. Er zeigte mir, wie die verwirrend verschachtelten Flure um die Küche herumführten, vorbei an Vorratsräumen und weiteren Büros, bis zu einer Tür, die auf die hintere Gasse führte, wo die Ware angeliefert wurde.

»Ich muss sofort neue Arbeit finden«, entschied ich, als

wir in der Droschke saßen und das Pferd – vom fröhlichen Kutscher angetrieben – sich klappernd auf den Weg machte.

»Warum sofort?«, fragte Mr. Serle.

»Ich habe Angst, dass Mr. Brantons Macht mich verdirbt«, sagte ich ihm offen. »Und nun, da mein Bruder weg ist und Sie auch gehen, werde ich hier keinen Freund mehr haben, der mich schützt – ich meine, der mir den Tag versüßt. In dem Kiosk komme ich mir vor wie ein eingesperrter Vogel. Und den Tabakgeruch hasse ich wirklich. Er verdirbt den Geschmack an allem.«

»Was würden Sie denn gern tun?«, hakte Mr. Serle nach.

»Ich wäre gern Köchin in einem freundlichen Haushalt«, sagte ich. »Ich werde die Anzeigen studieren.«

»Sie werden eine Empfehlung benötigen«, meinte Mr. Serle. »Ich werde heute Abend eine schreiben und sie Ihnen dann morgen zum Kiosk bringen.«

»Danke, Sie sind so gut zu mir.«

Mr. Serle nahm meine Hand in seine, um mir Halt zu geben, als die Droschke ausscherte, um in die Spring Street abzubiegen.

»Haben Sie immer noch den Ring, den Sie mir in England gezeigt haben?«, erkundigte er sich.

»Ja, ich verwahre ihn sicher«, sagte ich. »Ich habe ihn hier über dem Herzen in mein Hemd eingenäht.«

Nachdem ich das gesagt hatte, kamen mir Zweifel, ob es auch schicklich war, das zu sagen. Wahrscheinlich nehmen Damen einem Herrn gegenüber das Wort Hemd nicht in den Mund. Aber Mr. Serle schien sich nichts dabei zu denken.

»Sie tun gut daran, sich zu verändern«, nahm er das Gespräch über meinen Stellungswechsel wieder auf. »Als Köchin können Sie Ihre Fähigkeiten besser nutzen.«

Als wir die Elizabeth Street erreicht hatten, ließ Mr. Serle die Droschke fahren, aber obwohl er sich mit mir noch einen Moment auf den Stufen unterhielt, wollte er doch nicht mit ins Haus kommen. Er freue sich auf seine neue Arbeit, sei glücklich, langsam das Gefühl zu haben, Teil des Lebens in Amerika zu sein, vertraute er mir an. Als ich ihm noch einmal für seine Hilfe dankte, tat er das mit seinem üblichen Schulterzucken ab. Ich müsse auf mich Acht geben, sagte er. Und dann schickte er mich ganz unvermittelt ins Haus. Er werde in der frostigen Nacht zu Fuß gehen und den Mond betrachten, der wie ein reifer, goldener Apfel am Himmel hänge, sagte er. Er brauche Luft und Raum.

Donnerstag, 13. Dezember 1849

Als ich gestern nach Hause kam, waren Tante Jane und Honor schon in Sorge um mich. Tante Jane war sogar so aufgebracht über meine Verspätung, dass ich gar nicht viel über die Schwierigkeiten dieses Tags erzählte. Ich wollte nicht, dass sie sich noch mehr quälte. Ich berichtete nur, dass ich wieder von einem Mann belästigt worden sei und Mr. Serle mich deshalb freundlicherweise in der Droschke nach Hause begleitet habe.

Tante Jane fand kein Ende mit ihrer Klage, welche Gefahren in der Stadt auf junge Frauen lauerten, während ich die Ochsenschwanzsuppe aufwärmte, die ich am Morgen gekocht hatte, und Honor Brot toastete, das wir dazu essen wollten. Wieder war eine junge Frau verschwunden. Diese wurde nun seit drei Tagen vermisst. Ihre Eltern hatten Anschlagzettel angebracht und die Nachbarn gebeten, nach ihr Ausschau zu halten. Tante Jane war so aufgewühlt, dass sie tatsächlich die Worte *Entführung*, *Schändung* und *Bordell* vor uns gebrauchte.

Als ich meine Eintragungen in mein Buch beendet hatte und Honor und ich uns bettfertig machten, erzählte ich ihr mehr. Sie war mit mir der Meinung, dass ich mir so schnell wie möglich andere Arbeit suchen sollte. Zu meinem Kummer fand sie die Verwirrung lustig, die ich mit meiner Beschreibung, dass Mr. Serle mein Beschützer sei, bei Herrn Meyer ausgelöst hatte.

»Keiner, der dich kennt, Mina, käme auf einen solchen Gedanken«, sagte Honor. »Offenbar haben Herrn Meyers Fantasien ihm die Sinne vernebelt.«

Sie stellte mir die gleiche Frage, die Mr. Serle mir schon gestellt hatte: Weshalb hatte ich die Unanständigkeit bei Mr. Branton sofort empfunden, während ich bei Herrn Meyer keine Hintergedanken vermutet hatte?

»Ich weiß nicht recht«, überlegte ich. »Vielleicht liegt es an der Art und Weise, wie Mr. Branton mich ansieht, so als wäre ich ein Pferd, das er zügeln möchte. Und als ich mich mit Herrn Meyer unterhielt, dachte ich nur daran, dass wir beide Freunde von Mr. Serle sind.«

»Ich begreife nicht, warum Mr. Serle dich nicht gefragt hat, ob du ihn heiraten möchtest«, meinte Honor.

»O nein, das erlaubt ihm seine Religion nicht«, entgegnete ich. »Selbst wenn er die Versuchung spürte, würde er einer solchen Liebe widerstehen.«

Honor sah mich zweifelnd an.

»Das hätte ich aufgrund des Blicks, mit dem er dich bedacht hat, als er uns besuchte, nicht vermutet, und auch nicht in Anbetracht seiner Besorgnis an dem Tag, als dein Bruder wegging …« Sie unterbrach sich. »Tut mir leid, Mina. Ich möchte mich nicht einmischen. Ich hoffe nur, dass er dich nicht unglücklich macht.«

»Nein«, sagte ich. »Ich bin jetzt siebzehn. Vermutlich könnte ich heiraten, aber irgendwie – nun, ich weiß auch nicht, aber ich bin nicht unglücklich wegen Mr. Serle.«

»Gut.« Honor war beruhigt und legte sich zum Schlafen hin.

Ich zog die Steppdecke an mein Kinn und schloss meine Augen. Ich schlief ein, aber es kam mir nicht so vor. Ab dem Moment, da ich mir die Steppdecke hoch ans Kinn zog, befand ich mich schon in einem Traum, in dem ich in einem Bett lag und mir die Steppdecke ans Kinn hochzog. In meinem Traum war mein Bett warm, wie es mein echtes Bett auch war, aber der Raum, in dem das Bett stand, war unmenschlich kalt. In der Ferne schlug eine Glocke.

»Steh auf!« Madame Moses' schallende Stimme sprach mir laut in mein Ohr.

Zögernd ließ ich die Steppdecke von mir abfallen. Ich setzte meine nackten Füße auf den Boden und zog sie sofort wieder zurück. Überall klebte der Schleim eisiger Tabakspucke. Ich hob vor Ekel meine Zehen auf, aber ich stand unter Zwang. Ich musste der läutenden Glocke folgen.

In meinem Nachthemd lief ich zitternd über den schmutzigen Boden und öffnete die Tür. Eine Prozession schwarz verhüllter Gestalten näherte sich mir durch einen Bogengang aus Stein. Sie waren barfuß wie ich, und ihre Füße waren braun gefleckt. Nur ihre dreckigen Füße und die Kerzen, die jede der Gestalten in der kalten Hand hielt, waren inmitten der flatternden Gewänder zu erkennen.

»Folge«, sagte die vertraute Stimme.

Die Gestalten führten mich zu einem höhlenartigen Raum. Alles war dunkel, alles von Frost überzogen. Die Gestalten schritten zum Ende des Chorraums. Jede stellte ihre Kerze ab und trat beiseite. Sie wandten sich mir zu und verfolgten, wie ich mit leeren Händen auf den Altar zuging.

»Sie ist da«, verkündete Madame Moses' Stimme.

Hände griffen nach mir. Ich schob sie weg.

»Schneidet ihr Haar«, hörte ich Mr. Brantons tiefe Stimme. »Sie ist jetzt eine Zuchthäuslerin.« Ich sah die Schere vor meinem Gesicht aufblitzen.

»Nein! Nein!«, schrie ich. »Aufhören!«

»Mina?« Honors schläfrige Stimme drang an mein Ohr. »Warum wirfst du dich so herum?«

»Tut mir leid«, flüsterte ich. »Ich hatte einen schlimmen Traum.«

»Macht nichts«, grummelte Honor. »Schlaf wieder.«

Als ich das nächste Mal wach wurde in dem schwachen grauen Licht, das der Dämmerung vorangeht, zündete ich eine Kerze an und schrieb dem Direktor des Columbia House Hotel einen Brief. Ich teilte ihm mit, dass ich den Schlüssel für den Tabakkiosk zurückgeben und am Ende des Tages meinen Lohn abholen müsse.

Als ich dann an diesem Abend mit meinem Geld und Mr. Serles freundlichem Brief in der Tasche den Broadway hinauflief, sah ich den Mond wieder, eine strahlende Scheibe zwischen zwei dunklen Gebäuden. Mein Herz sang in mir. Ich werde ein neues Leben beginnen.

Sonntag, 23. Dezember 1849

Im Januar fange ich im Haushalt der Familie Westervelt in der Fourth Street als Köchin an. Mir untersteht eine Küchenhilfe, außerdem gibt es noch ein Stubenmädchen, das die Mahlzeiten serviert. Ich werde im Obergeschoss des Hauses wohnen – in meinem eigenen Zimmer, weil ich die Köchin bin. Es ist das erste Mal – abgesehen von den paar Tagen in der Pension von Mrs. Redburn –, dass ich in einem Zimmer ganz für mich allein schlafe. Die Mädchen teilen sich ein Zimmer. Ich werde jede Woche ab Sonntagmittag bis zum Frühstück am Montagmorgen frei haben. Die Mädchen haben immer nur abwechselnd ein um die andere Woche frei.

Ich habe nachgerechnet, wie es um meine Ersparnisse

steht: Da wäre das Geld aus England, vom Schiff und vom Tabakkiosk. Die zusätzliche Arbeit, mit der ich Tante Jane half, Modeplakate zu kolorieren, brachte mir im Lauf des Jahres mehr als fünfzig Dollar ein. Ich habe gerade genug, um Mr. Serle meine Schulden zurückzuzahlen und mir die Waschkleider, Schürzen und Kappen zu machen, die ich für meine neue Stellung benötige. Um mir neue Winterstiefel zu kaufen, werde ich warten, bis ich im Februar meinen Lohn ausgezahlt bekomme, obwohl die alten schon sehr abgetragen sind und die Nässe durchlassen.

Nachdem ich mein Geld gezählt hatte, schrieb ich Mr. Serle einen Brief.

Lieber Mr. Serle,
ich lege das Geld bei, das ich Ihnen seit letztem Jahr schulde, als Sie mich aus meinem Lehrvertrag loskauften. Bitte nehmen Sie es an. Es schickt sich für mich nicht, Ihnen Geld zu schulden.

Die beiden Goldsovereigns sind dieselben, die Sie mir als Lohn gaben, als wir die große Küche in England verließen, und die ich auf der Seereise zur Sicherheit in mein Hemd eingenäht hatte. Bei ihrem Anblick denke ich an all Ihre Fürsorge für mich und segne Sie.

Ich danke Ihnen für alles, was Sie mir beigebracht haben, sowie für die Empfehlung, die Sie mir ausstellten. Ich habe schon neue Arbeit gefunden. Am 1. Januar beginne ich meine neue Anstellung als Köchin in einer Privatfamilie. Das Haus liegt an der Fourth Street, von wo aus ich zum Einkaufen gut den Tompkins Market erreichen kann.

Wären Sie bitte so freundlich, mir zu bestätigen, dass dieses Päckchen Sie wohlbehalten erreicht hat?

Wenn Sie nicht gewesen wären, dann wäre ich bestimmt längst tot oder zugrunde gerichtet.

Ihre dankbare Freundin
Mina Pigot

Ich war mir sicher, richtig gehandelt zu haben.

Mr. Serle antwortete umgehend.

Meine geschätzte liebe Miss Mina Pigot,
das Päckchen, das Sie mir geschickt haben, ist wohlbehalten bei mir angekommen. Ich hoffe, Sie haben, um dieses Geld auf die Seite zu legen, nicht auf Lebensnotwendiges, aber auch nicht auf Freuden verzichten müssen. Seien Sie versichert, dass mir gegenüber nie eine unschickliche Verpflichtung Ihrerseits bestanden hat.

Es rührt mich, dass Sie sich unserer gemeinsamen Arbeit erinnern. Ich hoffe, dass Ihre neue Position Ihnen entspricht. Sollte ich Ihnen in irgendeiner Weise behilflich sein können, schreiben Sie mir bitte oder kommen Sie zu mir.

Hochachtungsvoll,
Ihr Benjamin Serle

Ich habe meine Schuld bezahlt. Ich habe korrekt gehandelt, bin deswegen aber nicht glücklicher. Indem ich Mr. Serle sein Geld zurückbezahlt habe, habe ich mich von der Verpflichtung befreit, mich aber auch aus dem Netz der Güte gelöst, das die Gegenwart mit der Vergangenheit verknüpfte. Anstatt Erleichterung zu empfinden, verspüre ich Einsamkeit. Ich bin ein Vogel, der zitternd im Winterzwielicht allein auf seinem Zweig hockt.

Nun denn!

Die Misses Corbett und ich werden ein amerikanisches Weihnachtsfest feiern. Auf dem Markt werden Tannenbäume verkauft. Es muss wunderbar durften, wenn man einen im Haus hat, aber das wäre eine zu große Verschwendung.

Wir belohnen uns am Abend mit einem Wildbraten und auf dem Ofen gebratenen Kastanien. Ich habe noch nie Wild gegessen. Vielleicht fühle ich mich amerikanischer, wenn ich das Wild der weiten Wälder koche und esse.

Ich bin froh, mit dem Columbia House Hotel abgeschlossen zu haben – seinem hallenden Marmorvestibül, den flackernden Gasdüsen, lüsternen Männern, dem ständigen Tabakgestank in meinen Kleidern und der Erinnerung an den armen John Deegan. Ich hoffe, bei meiner neuen Arbeit vor dem Zorn in dieser Welt geschützt zu sein.

In den Zeitungen wird von einem schrecklichen Feuer in San Francisco berichtet. Tante Jane wollte nicht, dass ich darüber las, aber Honor hielt das für falsch. Ich erklärte Tante Jane, ich müsse die Nachrichten erfahren, selbst wenn ich danach Albträume bekäme. In der *Tribune* steht, es habe nur wenig Tote gegeben und man habe bereits mit dem Wiederaufbau begonnen. Ich bete, dass Daniel und Mr. DiRoma am Leben sind.

TEIL IV

Das Haus an der East Fourth Street

Dienstag, 1. Januar 1850

Ich habe einen Weihnachtsbrief von Daniel bekommen, geschrieben im November. Vielleicht ist dies der letzte Brief, den ich bekommen werde, falls Daniel umgekommen ist.

> *Meine liebste Schwester Mina,*
> *ich bin froh, deine Neuigkeiten aus New York bekommen zu haben und zu wissen, dass es dir gut geht. Die Geschäfte gehen energisch voran. Guido ist gerade erst wieder zurückgekehrt, nachdem er eine ganze Bootsladung Goldsucher an Benicia vorbei flussaufwärts gebracht hat, von wo aus sie nach Sutter's Fort weitergehen. Ich blieb hier, um Waren zu verkaufen, mich um unser Hotel zu kümmern und auf eine Schiffsladung Schaufeln und Ketten und eine andere mit Rum zu warten, die ums Kap Horn herum verschifft wurden. Es kostete mich viel Überredung, die Matrosen zum Löschen der Fracht zu bewegen. Und kaum hatten sie das unter der Androhung, ansonsten erschossen zu werden, getan, verschwanden sie schon in den Goldminen. Viele Schiffe liegen nun verlassen im Friedhof der Boote in der Bucht. Guido und ich haben uns schon überlegt, sie gewinnbringend auszuschlachten. Aber bis jetzt hat sich das nur beim Segeltuch ausgezahlt.*
>
> *Du hast gefragt, was wir essen, und auch, ob es hier Frauen gibt. Die Preise sind natürlich sehr hoch, aber das Rindfleisch ist ausgezeichnet. Die wenigsten Frauen*

hier kann man als ehrbar bezeichnen. Du würdest keine finden, mit der eine Dame, wie du hoffentlich eine bist, verkehren würde. Ich möchte nicht, dass du, wie vorgeschlagen, zu mir reist.

Guido und ich unterhalten uns oft über dich und all unsere Freunde in New York. Ohne einen Brief von dir wird es ein trauriges Weihnachten werden. Ich hoffe, du wirst an Weihnachten zur Messe gehen. Bete für mich.

Dein dich liebender Bruder
Daniel

Er hat wieder Goldstaub beigelegt. Ich habe ihn zu der Prise vom letzten Mal dazugetan. Ich versuchte, meine Ängste, er könnte im Feuer umgekommen sein, außer Acht zu lassen, und antwortete ihm umgehend. Mein Herz ist voller Hoffnung, aber ich muss davon ausgehen, dass er womöglich nie wieder meine Gedanken liest und nichts mehr von meiner Liebe für ihn erfährt.

Montag, 7. Januar 1850

Ich trat meine neue Stelle vergangene Woche am 2. Januar an. In der Küche der Westervelts gibt es moderne Wasserhähne, aus denen heißes und kaltes Wasser in eine tiefe Zinkwanne läuft, und eine riesige Eiskiste, für die das Eis sechsmal in der Woche von der Firma DiRoma geliefert wird – dem Unternehmen von Guido DiRomas Vetter. Ich freute mich, als ich davon erfuhr. Der Herd ist groß genug, um zumindest ein Essen für zwölf Leute kochen zu können. Die vorherige Köchin hat die Küche nicht so sauber hinterlassen, wie Mr. Serle mir das beigebracht hat, aber Bridget, das Küchenmädchen, und ich brachten alles so in Ordnung, wie es sein soll.

Ehe ich meine Gedanken über die Menschen niederschreibe, mit denen ich arbeite, möchte ich noch etwas über die Westervelts sagen, und wie ich zu dieser Anstellung kam.

Ich bewarb mich auf eine Annonce in der *Tribune*, in der eine erfahrene Köchin gesucht wurde. Ich war sehr aufgeregt deswegen, weil zwei der viel versprechend klingenden Stellenangebote den Vermerk *Keine Iren* hatten. Bei fünf weiteren stand *Nur Protestanten*.

Mr. Serle hatte mir ein ausgezeichnetes Empfehlungsschreiben aufgrund meiner Arbeit in England geschrieben. Er erwähnte vor allem, dass Miss Pigot eine geschickte Bäckerin und Konditorin sei. Ich war ein wenig nervös, möglicherweise erklären zu müssen, dass ich im vergangenen Jahr Tabak verkauft und nur zu Hause gekocht hatte. Einige Arbeitgeber fänden ein Tabakmädchen vielleicht nicht reputierlich genug. Gut möglich, dass sie – wie Madame Moses – die Arbeit in einem Hotel zum Anlass für Beleidigungen nähmen. Oder dass ihnen die Tabakgeschichte egal wäre, sie aber vielleicht auch eine Empfehlung des Columbia House Hotel zu sehen wünschten. Ich glaubte nicht, dass der Hoteldirektor mir nach meinem plötzlichen Abschied etwas schreiben würde, das mir weiterhelfen konnte.

Schließlich holte ich aus meinem Koffer den Brief, den der Lord in England mir auf Mr. Serles Weisung geschrieben hatte. Es ist ein sehr schönes Schriftstück, mit einem Wappen und einer schnörkeligen Unterschrift. Ich fand, dass zwei Empfehlungen möglicherweise mehr Eindruck machten als eine. Der Name auf dem Brief des Lords lautet natürlich Daniel Serle. Mit Feder und Tinte fügte ich vorsichtig ein kleines *a* ans Ende von Daniel, um daraus *Daniela* zu machen. Es war perfekt, und ich fand es auch richtig so, denn diese Empfehlung hatte ich mir wahrhaftig verdient, und sie wäre ansonsten nutzlos gewesen.

Mrs. Seton Westervelt empfing mich in ihrem Salon zum Vorstellungsgespräch. Ich log ihr wirklich nicht viel vor. Sie stellte mir einige Fragen zu meiner Familie und meinen jetzigen Wohnverhältnissen. Doch meine Antworten schienen sie gar nicht besonders zu interessieren. Sie erkundigte sich nicht danach, was ich koche und welche Techniken ich anwende. Endlich fragte sie mich, ob ich eine Empfehlung meines letzten Haushalts dabeihätte. Ich sagte ja, ich hätte zwei, aber das war der Punkt, wo ich von der Wahrheit abwich. Ich erzählte Mrs. Westervelt, mein Name sei erst Daniela Serle gewesen, dann aber hätte ich eine Woche vor meiner Ankunft in Amerika einen Mr. Pigot geheiratet, der jedoch vor einem Monat gestorben sei, weshalb ich mir jetzt auch Arbeit suchen würde. Aus diesem Grund sei ich nun Mrs. Pigot, meine Empfehlung des Lords aber laute noch auf Daniela Serle. Sie blickte mich argwöhnisch an, bis ich ihr die Briefe reichte. Der seltsame Name Daniela, für dessen Erklärung ich mir eine ausländische Großmutter zurechtgelegt hatte, bereitete ihr keine Schwierigkeiten. Mr. Serles Zeugnis sah sie kaum an. Aber als Mrs. Westervelt den Briefkopf des Lords mit seinem Wappen sah, legte sie sich die Hand auf die Brust, und ich fürchtete fast, sie würde vor Begeisterung in Ohnmacht fallen.

»Ein Baron!«, rief sie aus. »Was für üppige Mahlzeiten müssen Sie zubereitet haben, mit Tausenden von Bediensteten, was für ein Porzellan, was für Gedecke müssen Sie dort gehabt haben.«

Ich schwieg dazu, lächelte und nickte.

»Nun!«, sagte sie. »Darf ich das hier behalten, um es heute Abend meinem Mann zu zeigen? Er wird sicher mit Ihnen einverstanden sein. Wenn Sie morgen um elf Uhr wiederkommen möchten, werden wir uns über die Entlohnung einigen.«

Daraufhin teilte ich ihr mit, dass ich jeden Sonntagnachmittag für mich haben möchte und auch die Wäsche nicht in meinen Aufgabenbereich falle. Sie erhob keinerlei Einwände. Als ich am nächsten Tag wiederkam, war sie die Güte in Person, als sie mir die Empfehlung des Lords zurückgab. Ihr Ehemann hatte mich bereitwillig akzeptiert. Meinen Lohn bekomme ich monatlich ausgezahlt, die Sonntagnachmittage und Abende habe ich frei, keine Wäsche zu waschen und bei natürlich freier Kost und Logis mein eigenes Zimmer. Ich war so glücklich.

Ich wollte Platz nehmen und mit Mrs. Westervelt besprechen, was die Familie zu essen wünscht und welche Abneigungen und Vorlieben es gibt. Sie zeigte keinerlei Interesse an meinen Fragen, sondern erzählte mir von ihrer Familie, den Archers, die auf eine lange englische Ahnenreihe zurückblickten, wie sie mir erzählte. Sie seien wahrscheinlich mit dem Königshaus verwandt, wie sie behauptete, und sie beklagte sich, dass man ihren Großvater beschuldigt habe, im Krieg die Engländer unterstützt zu haben, nur weil man von seiner vornehmen Abstammung wusste. Schließlich musste ich ihr fast ins Wort fallen, um sie zu fragen, wann ich meine Sachen herbringen könne und an welchem Tag und mit welcher Mahlzeit ich meinen Dienst antreten solle.

Mrs. Westervelt ist eine üppige Erscheinung und wirkt ein wenig durcheinander. Sie ist blond, hat ebenmäßige Züge und eine ziemlich rosige Haut. Sie kleidet sich überwiegend in Pastellfarben, mit Krinolinen und Spitzen und künstlichen Blumen. Als ich sie Honor beschrieb, meinte diese, für wahre Eleganz sei das viel zu viel. Sie ist nicht nur unbestimmt in ihrem Auftreten, sondern auch in ihren Worten. Ich hatte allein schon Schwierigkeiten, herauszufinden, aus wie vielen Familienmitgliedern der Haushalt besteht – sie selbst, ihr Ehemann, eine kleine Tochter, ein erwachsener Sohn, der jetzt aber auf einem College in Massachusetts studiert –, und überhaupt keinen Erfolg darin, mit ihr über das Budget oder die Speisenplanung zu reden. Ich solle kochen, wonach mir sei, und nicht allzu viel dafür aufwenden. Mrs. Westervelt interessiert sich mehr für ihre Dichtkunst als für das, was ihre Familie und Bediensteten essen.

Eins ihrer Gedichte war letzte Woche im *Star Herald* unter der Überschrift *Ein Kind des alten New York* abgedruckt worden. Das Gedicht heißt: »Neujahrsergüsse für unsere Mutterstadt«.

Lasst uns der großen Insel von Manhattan,
Abgetrotzt dem wilden und unverschämten Powhatten,
Zurufen unser Lob des neuen Jahrs.
Die Gläser lasst uns erheben voll reinen, edlen Mosts,
Gepresst zum göttlichen Saft.
Lob dir, Mutter, an deren Eilandsbusen wir uns betten
Wie Kindlein in der Freiheit Wiege,
Wo unsere Gründerväter uns voranschritten, um uns zu befreien.
Heißa, Manhattan! Heißa!

Es folgten noch weitere zehn Verse wie dieser. Mrs. Westervelt bat mich, sie zu lesen, als sie mir eigentlich ihre Anweisungen für den Speisenplan dieser Woche hätte geben sollen. Ich sagte höflich »Sehr hübsch«, aber insgeheim dachte ich, es sei höchstens geeignet, um Fisch darin einzuwickeln. Ich ziehe Lord Byron vor. Tante Jane warnte mich vor seinem unmoralischen Lebenswandel, schenkte mir aber dennoch ein kleines Bändchen seiner Gedichte zu Weihnachten. Ich erklärte ihr, wie sehr ich seine Freiheitsliebe und seine schönen Verse bewundere, und nicht das, was er sonst in seinem Leben trieb.

Mr. Seton Westervelt habe ich nur ein Mal zu Gesicht bekommen. Am Samstagmorgen kam ich über die Bedienstetentreppe nach unten und bog gerade in die Küche ab, als er aus dem hinteren Teil des Hauses über den Flur kam. Ich war überrascht. Die Familie hat oben ihre Wassertoiletten, und der Abort im Hof ist für die Bediensteten gedacht. Mr. Westervelt ist ein großer Mann mit glattem braunem Haar, das an den Schläfen ergraut ist, und glatt rasiertem Gesicht. Der Ausdruck seiner Augen ist freundlich, aber die dunklen Ringe darunter lassen ihn traurig aussehen, als könne er nicht friedlich schlafen.

»Mrs. Pigot?«, sprach er mich an.

»Ja, Sir«, antwortete ich. »Dann sind Sie vermutlich Mr. Westervelt?«

»Das bin ich in der Tat«, antwortete er. »Tut mir leid, dass ich Sie erschreckt habe. Ich habe mir gerade mit Jacob den Boiler angesehen. Er hat Probleme, ihn zu regulieren.«

»Ich hoffe, es ist alles in Ordnung«, sagte ich.

Der Gedanke machte mir Angst. Viele Hausbrände beginnen mit explodierenden Kesseln.

»Er arbeitet wieder richtig.« Mr. Westervelt sah mich einen Augenblick an, als würde er meine Besorgnis in Frage stellen, dies aber dann doch nicht ansprechen wollen. »Übrigens könnte meine Frau es versäumt haben, Ihnen mitzuteilen, dass ich heute zum Mittagessen hier sein werde.«

»Davon hat sie gestern nichts gesagt«, erwiderte ich. »Vielleicht beabsichtigt sie ja, es mich wissen zu lassen, wenn ich nach dem Frühstück ihre Anweisungen einhole.«

»Zweifellos«, bemerkte er, ziemlich trocken, wie ich fand.

»Da ich Sie nun sehe«, sagte ich nach einigem Zögern, »gibt es etwas, das Sie besonders gerne essen würden? Mrs. Westervelt hat sich in dieser Richtung nicht geäußert, aber vielleicht haben Sie eine Vorliebe.«

Jacob kam mit einer Ladung Holz für den Küchenherd durch den Hintereingang. Mr. Westervelt und ich traten beiseite, um ihn vorbeizulassen, was uns näher zusammenbrachte.

»Sie sind viel jünger, als ich dachte.« Die Bemerkung kam unvermittelt. »Nein, im Moment habe ich keine Wünsche, aber im April habe ich eine Schwäche für Alsenrogen. Das könnten Sie sich vormerken.«

»Natürlich«, erwiderte ich.

»Haben Sie denn irgendwelche Bitten an mich, Mrs. Pigot?«, erkundigte er sich höflich. »Meine Frau könnte die Klärung einiger Punkte versäumt haben.«

»Oh!«, sagte ich, weil es mir wieder einfiel. »Da wäre tatsächlich etwas. Ich habe mit den Händlern vierteljährliche Rechnungen vereinbart, weil Marie sagte, die vorherige Köchin habe das so gehalten. Soll ich die Rechnungsbücher und die Rechnungen am Monatsende Ihnen oder Ihrer Frau vorlegen?«

»Eine gute Frage.« Mr. Westervelt klang sehr erfreut, dass ich ihm diese Frage gestellt hatte. »In der Vergangenheit hat Mrs. Westervelt die Küchenabrechungen überprüft – wenn sie überhaupt geprüft wurden. Ich werde sie fragen, ob sie dieser Verantwortung enthoben werden möchte, und lasse es Sie wissen. Ihre Speisen waren übrigens ausgezeichnet. Noch kein einziges Gericht mit Sauerkraut, wofür ich Ihnen dankbar bin. Einen schönen Tag, Mrs. Pigot.«

Er lief rasch die Treppe hoch ins Wohngeschoss. Er ist von aufrechter Gestalt und hat einen flotten Gang. Ich fand ihn recht freundlich. Ich machte mir eine Notiz, etwas über Alsenrogen in Erfahrung zu bringen. Es ist offenbar ein amerikanisches Gericht. Ich frage mich, ob Mr. Serle ein Rezept kennt.

Freitag, 18. Januar 1850

Heute Abend bestand das Essen aus einer klaren Suppe, Austernpasteten für den Fischgang, einem gebratenen Hühnchen mit Kartoffeln und hübsch in Form geschnittenen Steckrüben und Karotten, einem Salat aus geriebener roter Beete und Orange, und zum Nachtisch gab es einen Mandelkuchen mit ein paar herrlich duftenden Pippinäpfeln für diejenigen, die noch Obst mochten. Zum ersten Mal ließ Mrs. Westervelt mir danach durch Marie die Nachricht zukommen, dass sie sehr zufrieden gewesen sei. Marie sagte mir, Mr. Westervelt habe diese Notiz diktiert, und wusste zu berichten, dass er im vergangenen Jahr drei Abende in der Woche außer Haus gegessen habe. Seit ich hier meinen Dienst angetreten hätte, sei er nur noch einmal zum Essen aus gewesen, sie glaube aber, anlässlich einer Laudatio.

Obwohl ich müde bin, kann ich heute Abend aufbleiben und dies niederschreiben, weil die Westervelts morgen zum Abendessen zu seiner Mutter gehen und ich deshalb nur wenig zu tun haben werde. Ich denke, ich habe sowohl Mrs. als auch Mr. Westervelt beschrieben. Das dritte Familienmitglied, das zu Hause lebt, ist Sarah Westervelt, die Tochter. Sie ist ein ziemlich farbloses Geschöpf, bekommt morgens Unterricht und geht nachmittags mit ihrer Mutter aus und empfängt Besuche. Einmal kam sie herunter in die Küche, um mich um Sodapulver zu bitten, womit sie einen Insektenstich auf ihrem Arm verarzten wollte. Ich schätze sie auf höchstens dreizehn. Für gewöhnlich klingelt sie Marie, wenn sie etwas möchte.

Marie ist das Stubenmädchen und damit für leichte Reinigungsarbeiten und das Servieren der Mahlzeiten zuständig, sobald diese im Speisenaufzug das Anrichtezimmer erreicht haben. Ihr vollständiger Name ist Marie Lepettit. Ihre Familie ist französischer Abstammung. Sie lebten über Generationen im Norden in der französischen Region um Montreal, bis es ihren Großvater 1812, als Krieg drohte, in den Süden nach New York zog, weil er sich weigerte, die Interessen der verdammten Engländer zu verteidigen. Marie war seit nunmehr zehn Jahren in den Diensten der Westervelts. Sie sagt, es gehe hier sehr ungezwungen zu. Zwei Frauen kommen zweimal die Woche für die schwere Hausarbeit und die Wäsche, bis auf die Spitzensachen von Mrs. Westervelt, die werden ausgegeben. Marie ist sehr viel älter als ich. Unter ihrem Kinn hat sie einen kleinen Kehllappen wabbeligen Fleisches hängen. Sie ist ziemlich klein, aber stark genug, um Tabletts zu tragen. Ihre Umgangsformen sind angenehm, und sie wirkt gelassen und weitaus jünger, als sie ist, in ihrem schwarzen Kleid mit der weißen Schürze und der hübschen weißen Haube, die ihr ergrauendes Haar versteckt.

Bridget Cosgill, das Küchenmädchen, ist nach eigener Angabe siebzehn. Als sie mir das erzählte, machte ich »Hmm« und versuchte in Klang und Blick älter zu wirken, als ich bin. Sie ist fülliger als Marie oder ich, hat dickes blondes Haar, das sich ständig aus ihrer Haube löst. Ihr Aussehen wird ein wenig verdorben, weil man, wenn sie lächelt, ihren kaputten und verfärbten Schneidezahn sieht. Bridget ist eine sehr willige Arbeiterin. Sie hat mir anvertraut, dass ihre Familie in den Five Points wohnt. Bridget und ihr Bruder, der als Handlanger einspringt, wo er kann, geben fast ihren gesamten Verdienst ihrer Mutter, die noch drei jüngere Kinder von ihren Einkünften als Apfelverkäuferin durchfüttern muss. Bridget ist in großer Sorge, dass ihre Mutter die Miete für ihre Wohnung im ersten Stock nicht mehr aufzubringen vermag und dann gezwungen wäre, ins Untergeschoss zu ziehen. Dort sind die Ratten eine Plage. Der Vater redete vom Gold in Kalifornien und verschwand dann vor fünf Monaten. Sie fürchten, dass er nicht mehr wiederkommt.

Am Tag, nachdem ich hier angefangen habe, fiel mir auf, dass Bridget sehr rote, rissige Hände hatte, die zu schmerzen schienen, da sie sie ständig fest in ihre Schürze wickelte. Ich stellte auf das Regal am Spülstein eine Flasche Süßmandelöl und sagte ihr, sie solle sich ihre Hände damit morgens und abends und jedes Mal, wenn sie mit ihren Händen im Wasser gearbeitet hat, einreiben. Wenn ich Zeit habe, werde ich eine bessere Lotion aus Bienenwachs und Kolophonium machen, die wir dann alle benutzen können. Ich zeigte ihr auch, wie man beim Abwaschen das Fett vorsichtig abschöpft. Ich sagte ihr, das wir uns das Geld teilen würden, das der Lumpensammler uns für die Küchenabfälle zahlt. Die vorige Köchin behielt alles für sich. Bridget scheint sich zu freuen, dass man sich ihrer annimmt.

Die andere Person, die noch hier im Haus arbeitet, ist Jacob. Er ist ein schweigsamer Deutscher. Ich kenne nicht einmal seinen Nachnamen. Er wohnt nebenan und kümmert sich um die Boiler und Höfe beider Häuser. Die eine Woche nimmt er seine Mahlzeiten bei uns ein, die andere Woche dann im Nachbarhaus. Dabei isst er ziemliche Mengen rasch in sich hinein, brummelt sein *Danke*, das Marie für mich übersetzt, und verschwindet dann wieder. Die Westervelts unterhalten keine Pferde, sondern benutzen den Mietstall um die Ecke. Anfangs war ich traurig darüber, denn ich hätte gern Gelegenheit gehabt, mich um ein Pferd zu kümmern, aber jetzt bin ich froh darum. Die Fliegen sind schon mit dem Stall um die Ecke Problem genug.

Die einzige Person, die bisher meinen neuen Arbeitsplatz mit Besorgnis betrachtet, ist Tante Jane. Sie wusste, worum es bei dieser Arbeit im Allgemeinen geht, hatte aber noch keine Einzelheiten von den Örtlichkeiten erfahren. An meinem ersten freien Sonntag – es war der Sechste dieses Monats – bat sie mich, ihr alles zu beschreiben. Anfangs, als ich ihr von dem Haus, den Annehmlichkeiten in der Küche und davon erzählte, für wie wenige Leute ich zu kochen habe, machte sie einen zufriedenen Eindruck. Dann sagte ich, dass ich Mrs. Westervelt in Haushaltsdingen als ein wenig zerstreut empfand. Tante Janes Gesicht, das von Natur aus blass ist, wurde noch eine Spur blasser und besorgter.

»Westervelt?«, sagte sie mit spitzer Stimme. »Bist du dir sicher?«

»Natürlich ist sie sich sicher«, warf Honor ein. Offenbar bemerkte sie aber, wie ungezogen das klang, denn sie legte Ärmel und Spitze ab, woran sie nähte, und meinte sanfter: »Stimmt was nicht, Tante Jane?«

»Nein, es ist nichts«, erwiderte diese. Dabei sah sie den dampfenden Teekessel auf dem Herd an, aber weder Honor noch mich.

»Du hörst dich besorgt an«, hakte Honor nach. »Kennst du die Westervelts denn, oder weißt du etwas über sie, weswegen du in Sorge um Mina bist?«

»Nein«, antwortete Tante Jane niedergedrückt. »Ich besuchte vor langer Zeit mit Julia Archer dieselbe Schule. Ich erinnere mich noch, wie froh sie über ihre Verlobung mit Seton Westervelt war. Wir fanden ihn alle sehr gut aussehend.« Sie zögerte, eine lange Pause folgte, dann fügte sie rasch hinzu: »Er stand im Ruf eines Herzensbrechers.«

»Ich glaube nicht, dass du dir Sorgen machen solltest, Mr. Westervelt könne sich mir gegenüber unschicklich verhalten«, sagte ich. »Er scheint sich vor allem dafür zu interessieren, dass kein Sauerkraut auf den Tisch kommt, und freut sich viel mehr auf Alsenrogen denn auf mich. Außerdem ist er ziemlich alt.«

»Du musst vorsichtig sein, Mina«, sagte Honor. »Frauen in Dienstverhältnissen haben nicht den Schutz ihrer Familien. Vergiss nicht, sobald dir irgendetwas Angst macht, musst du sofort zu uns kommen.«

Tante Janes Miene hellte sich auf. »Honor hat Recht«, sagte sie ernst. »Du darfst keine Stunde länger in dem Haus verweilen, wenn du nicht mit dem gebührenden Respekt behandelt wirst.«

Ich versprach ihnen, dass ich mir ihre Worte zu Herzen nehmen würde, und dann nahm unser Gespräch eine andere Richtung. Tante Jane begann sich Sorgen wegen des Wetters zu machen. Sie spürte in ihren Knochen, dass sich ein Unwetter anbahnte. Honor und ich zogen sie wieder einmal damit auf, dass sie nicht zufrieden ist, wenn sie nicht wegen irgendetwas in Sorge sein kann.

Montag, 21. Januar 1850

Wie sich herausstellte, hatte Tante Jane Recht gehabt mit dem nahenden Unwetter. Nur dass es erst jetzt kam, nachdem es zwei Wochen ruhig gewesen war. Ich lief heute vor Sonnenaufgang bei heftigem Nordwind, der mir unter meine Haube und meine Röcke fuhr, von der Elizabeth Street zurück in die Fourth Street. Ich war froh, als ich durch den Vorraum in die warme Küche kam, wo Jacob das Feuer schon entfacht und Marie, die früher als üblich aufgestanden war, bereits den Wasserkessel aufgesetzt hatte. Sie sei vom Heulen des Sturms im Kamin wach geworden, erzählte sie.

Heute sitze ich nach einem arbeitsreichen Tag in meinem Zimmer, und der Wind, der bereits abgeflaut war, bläst wieder heftiger. Die Lampe raucht im Luftzug. Ich muss bald in mein Bett gehen. Ich weiß nicht, warum ich den alltäglichen Trott meiner Arbeit so liebe. Im Hotel fürchtete ich die immer gleiche Abfolge der Stunden und die Vorhersehbarkeit, wann viel Betrieb sein würde und wann nicht. Hier läuft alles nach Plan ab, aber jeder Tag bringt auch Abweichungen mit sich. Ich stehe vor sechs Uhr auf und kümmere mich um das Frühstück für die Bediensteten. Das Frühstück für die Familie geht pünktlich um halb acht nach oben, weil Mr. Westervelt um halb neun das Haus verlassen muss, um zu seinem Büro an der Wall Street zu gelangen. Um ein Uhr schicke ich ein leichtes Mittagessen für Mrs. Westervelt und ihre Tochter nach oben. Das Mittagessen der Bediensteten wird im Anschluss daran serviert. Abendessen für die Familie gibt es um sechs Uhr, und um acht Uhr wird der Tee dann im Wohnzimmer gereicht, es sei denn, die Westervelts besuchen ein Konzert oder eine andere Vergnügung – was häufig der Fall ist.

An den Sonntagen geht die Familie in die Kirche, danach wird um ein Uhr das Mittagessen sowohl mit Suppe und Fischgericht als auch den üblichen Entrées, Braten, Zwischengerichten und Desserts serviert. Für den Abend richte ich eine Mahlzeit zum Aufwärmen her. Marie und Bridget müssen sich an ihrem jeweiligen Arbeitssonntag um die Zubereitung kümmern, aber die Familie bedient sich selbst. Marie scheint das nichts auszumachen, aber Bridget ist immer sehr nervös angesichts dieser Verantwortung.

An den Dienstagabenden geht Mrs. Westervelt für gewöhnlich aus, um eine kranke Freundin zu besuchen. Als Marie mir erzählte, dies sei der Grund, weshalb an den Dienstagen nur selten nach Tee verlangt werde, es sei denn, Mr. Westervelt wolle welchen in seinem Arbeitszimmer einnehmen, verdrehte sie die Augen.

»Warum gucken Sie so komisch?«, fragte ich sie.

»Fragen Sie nicht«, sagte sie. »Was wir nicht wissen, tut uns nicht weh. Ihr Ehemann fragt auch nicht genauer nach, warum sollten wir das also tun?«

Bridget kicherte. Ich weiß nicht recht, wie man sich als

Köchin angemessen bei Tratsch verhält. Offenbar hatte ich bei dieser Überlegung die Stirn gerunzelt, denn Marie sagte: »Sie ist eine Närrin, diese Frau. Als würde mir nicht auffallen, dass sie sich mit ihrer Kleidung immer ganz besondere Mühe gibt, wenn sie ausgeht, um ihre arme kranke Freundin zu besuchen. Ich frage mich, warum ich ihr den besten Muff aufbürsten soll, anstatt dass sie mich um ein Glas nahrhafte Fleischbrühe oder ein paar der köstlichen kleinen Biskuitkuchen bittet, die Sie so wunderbar backen?«

»Nun ja«, sagte ich, »es steht uns nicht zu, eine Dame zu beurteilen«, und damit war das Thema erledigt.

Mrs. Westervelt ist so zufrieden mit dem, was ich koche, und mit der Ordnung in der Küche, dass sie für ein Abendessen am kommenden Samstagabend drei Paare eingeladen hat. Ich sagte ihr, ich würde mich freuen, das mit ihr zu planen, wir aber, sollten mehr als acht Personen am Tisch sitzen, zusätzliche Hilfe in der Küche benötigten, sowie ein Mädchen, das Marie beim Servieren zur Hand gehen könne.

Mrs. Westervelt wollte wissen, ob das mit dem Haushalt des Barons in England stimme. Ich antwortete ihr darauf: »Ja, aber wir waren in der Küche immer mindestens zu dritt, und der Baron hatte Hausdiener, welche die Gerichte nach oben brachten, und einen Butler, der sich darum kümmerte, die Speisen *à la française* zu servieren.« Mrs. Westervelt lächelte und sah mich unsicher an. Es war ihr anzumerken, dass sie sich nicht zu fragen traute, was es bedeutete, *à la française* zu servieren.

Sonntag, 27. Januar 1850

Das Dinner am gestrigen Abend verlief ohne Pannen. Marie berichtete, es habe Bemerkungen zur eleganten Präsentation der Gerichte gegeben, also hatte sich die zusätzlich auf das Schneiden der Karotten und das Schmoren von Petersilie aus dem Gewächshaus verwendete Zeit gelohnt. Obwohl wir das Essen für acht Personen bereits um halb sechs und dann um zehn Uhr nur noch ein leichtes Nachtmahl servierten, waren wir erst nach Mitternacht mit dem Abräumen und Abwaschen fertig. Es war ein sehr ermüdender Tag. Ich lerne noch immer, wie man die einzelnen Aufgaben einplant und den Herd effizient nutzt.

Heute Morgen habe ich durch Peter, den Jungen aus dem Mietstall, der Besorgungen für mich erledigt, Honor und Tante Jane die Nachricht bringen lassen, dass es mir zwar gut gehe, ich aber zu müde sei und erst nächste Woche wieder auf Besuch kommen werde. Sobald das Sonntagsessen serviert war, ging ich nach oben. Ich habe den ganzen Nachmittag geschlafen.

Vielleicht bin ich auch so müde, weil ich nichts aus Kalifornien höre. Oft werde ich von einem schlimmen Feuertraum wach und habe Mühe, dann wieder einzuschlafen.

Montag, 4. Februar 1850

Honor wartete gestern schon an der Tür auf mich, einen Brief von Daniel in der Hand. Natürlich wusste sie, dass er wohlauf war, als sie seine Handschrift sah. Sobald ich ihn geöffnet hatte, fragte sie, ob er Mr. DiRoma erwähnt habe.

Ich überflog rasch die Zeilen. »Ja«, sagte ich. »Sieh doch. Hier ist eine Nachricht für dich.«

Am Ende von Daniels Brief standen ein paar Zeilen in anderer Handschrift.

Meinen lieben Freunden, den Misses Corbett und Miss Pigot, stand dort. *Uns geht es gut und wir werden jeden Tag reicher. Ich sende gute Wünsche aus dem Land des Goldes. Il tuo amico, Guido DiRoma.*

Er hatte mit einem großen Schnörkel unterschrieben.

»Sieh nur«, sagte ich. »Er hat schreiben gelernt, Honor.«

»Wenn du die Antwort an deinen Bruder noch heute schreiben würdest«, sagte Honor, »könnte ich am Ende noch eine Nachricht anhängen. Ich denke, es wäre unhöflich, wenn ich nicht auf Mr. DiRomas gute Wünsche einginge, oder?«

»Lass mich nur erst Daniels Brief lesen, dann werde ich mich hinsetzen und schreiben.«

Es war gut, dass wir erst Guido DiRomas Nachricht lasen. Daniels Brief war bei weitem nicht so frohgemut. Sie hatten ihre ganzen Waren bei einem Feuer am Weihnachtsabend verloren. Glücklicherweise, meinte er, bestand der Großteil ihrer Einnahmen aus Goldstaub und Nuggets. Als das Feuer vorbei war, siebten sie die Asche ihres Geschäfts durch und kamen wieder an ihr Gold. *Guido behauptet, wir hätten sogar mehr als vor dem Feuer*, schrieb Daniel, *weil wir einen großen Klumpen geschmolzenes Gold in der Ecke unseres eingefallenen Kamins fanden, wo wir unsere Geldschatulle auf keinen Fall aufbewahrt hatten. Guido meint, es habe jemand dort Gold versteckt und dann vergessen.*

Daniel machte nicht viel Aufhebens um das Feuer. Er schrieb, sie hätten mit vereinten Kräften alles niedergerissen, was sich den Flammen in den Weg stellte, und so das Schlimmste verhindert. Er glaube, dass sich durch Einsetzen der regnerischen Jahreszeit die Gefahr verringern würde. *Wenn du das liest, meine Schwester*, hieß es weiter, *wird unser Geschäft schon größer und besser als zuvor aus der Asche auferstanden sein. Wir werden den Phoenix zum Emblem unseres Unternehmens wählen.*

Er hörte sich sehr unternehmungslustig und zuversichtlich an, wie ich fand. Bevor wir uns zum Abendessen hinsetzten, schrieb ich ihm noch die Neuigkeiten von hier. Es gab nicht viel zu berichten, und Daniel stellte keine Fragen. Ich musste überlegen, was ihn interessieren könnte. Als ich fertig war, nahm Honor den Brief und starrte lange auf den Platz, den ich für ihre Nachricht freigelassen hatte. Dann schrieb sie rasch, löschte die Tinte und versiegelte das Papier, ehe ich es noch einmal in die Hand nehmen konnte. Wir stritten uns, wer den Brief morgen zur Post bringen sollte. Schließlich kamen wir überein, dass ich ihr Geld geben und sie den Brief aufgeben würde.

Das Wetter hier ist kalt und schmutzig, mit grauem Matsch auf den Straßen. Meine Füße waren heute Morgen nass, bis ich die Fourth Street erreicht hatte. Dabei schmerzte mein rechter Fuß fürchterlich. Vor dem nächsten Winter werde ich mir wasserdichte Stiefel kaufen müssen.

Kurz nachdem wir das Frühstück mit dem Speisenaufzug nach oben geschickt hatten, hörten wir in der Ferne ein gewaltiges Donnern. Fast unmittelbar darauf läuteten die Feuerglocken.

»Da muss etwas in die Luft gegangen sein«, sagte Bridget und bekreuzigte sich.

In den Nachmittagsausgaben der Zeitungen stand, dass ein sechsstöckiges Fabrikgebäude in der Hague Street explodiert sei und es entsetzlich viele Opfer gegeben habe. Man glaubt, ein kaputter Boiler sei dafür verantwortlich gewesen. Ich kann nur hoffen, dass Jacob seiner Aufgabe hier gewissenhaft nachkommt. Die Gefahr, ein Ungeheuer in den Tiefen des Ozeans, versteckt sich unter dem schiefen Deck dieser Alltagswelt.

Freitag, 22. Februar 1850

Die ganze Woche über schien die Sonne, und die Tage waren mild. Jeden Morgen werde ich zeitiger wach. Ich fühle mich so viel kräftiger als während meiner Zeit im Tabakkiosk. Heute ging ich schon vor dem Morgengrauen auf den Tompkins Market und war überrascht, am Eingang den Zeitung lesenden Mr. Serle anzutreffen. Der Fulton Market ist nämlich weitaus größer und liegt auch näher an den Delmonicos' Restaurants. Er sah mich die Straße entlangkommen, denn er warf die Zeitung weg, zog seinen Hut zum Gruße und blieb dann stehen, um mich anzusehen, ja anzustarren, wie er das damals getan hatte, als er mich an Deck der *Victoria* in Frauenkleidern sah.

»Sie mustern mich, als hätten Sie vergessen, wie ich aussehe!«, entfuhr es mir.

Er lächelte, und seine Augen strahlten. »Es freut mich, Sie bei guter Gesundheit anzutreffen«, erwiderte er höflich.

»Und Ihnen geht es auch gut?«, forschte ich nach.

»Ja«, erwiderte er. »Gefällt Ihnen Ihre Arbeit?«

»O ja«, sagte ich. »Es ist ein angenehmer Haushalt. Aus den Hähnen der Spüle kommt Croton-Wasser, und es gibt einen großen Herd und Bratspieße. Jetzt kann ich auch wieder Pasteten und Kuchen backen und neue Dinge ausprobieren. Die Küche ist sehr modern. Ich arbeite gern dort. Ich wünschte, Sie könnten sie sehen.«

»Das würde ich gern«, sagte Mr. Serle darauf.

Ich beschrieb ihm, wo das Haus an der Fourth Street nahe des Lafayette Place liegt. Es war nicht weit von hier.

»Wenn ich an den Sonntagen frei habe, besuche ich Honor und Tante Jane und übernachte dort«, berichtete ich. »Sie sind meine Familie. Außerdem schickt mein Bruder seine Briefe immer noch dorthin.«

»Kommen Sie«, forderte er mich auf. »Gehen Sie mit mir die Obststände ab. Dann können Sie mir sagen, wo Sie gern einkaufen. Ich suche Bananen. Am Fulton Market gab es heute Morgen keine.«

»Ich habe noch nie eine gekostet«, sagte ich. »Schmecken sie gut?«

»Das müssen Sie selbst entscheiden.«

Wir gingen an den Metzgerständen vorbei. Natürlich begrüßte ich Mr. Woodcock, der uns mit dem versorgt, was wir regelmäßig benötigen, und mir gute Ratschläge für vernünftiges Wirtschaften erteilt. Sein Junge hatte das Fleisch für heute bereits ausgeliefert. Nach den Metzgerständen kommen die Gemüsestände. Manche verkaufen außerdem auch Obst. Ich blieb an dem Stand von Mr. Romeo Larkins stehen, dessen Ware ich als frisch und ihren Preis wertschätzen gelernt hatte. Mr. Serle wartete, bis ich einen Bund Petersilie in den Korb gelegt und mir eine Notiz für meine Abrechnung gemacht hatte. Ganz hinten im Marktgebäude, wo die Ware am besten vor der Witterung geschützt ist, befinden sich die Marktstände für die tropischen und die Gewächshausfrüchte und andere Spezialitäten.

Mr. Serle lief langsamen Schritts den Gang ab und teilte mir die Namen der Früchte mit, die ich nicht kannte. Er deutete auf kleine, grüngelbe Ovale, die an unreife Zitronen erinnerten. Das seien Limetten, sagte Mr. Serle, sie hätten ihren ganz eigenen Geschmack. In New York seien sie zwar nicht so bekannt wie Zitronen, aber man könne daraus einen Pudding oder eine Creme machen und ihren Saft auch trinken. Er nahm eine davon in die Hand und rieb ihre Schale ein wenig, damit ich sie riechen konnte. Dann steckte er die Limette in meinen Korb und reichte dem Händler eine Münze.

»Es wird Ihnen schon was einfallen, was Sie daraus zubereiten können«, meinte er. »Es schmeckt auch gut mit gewiegter Petersilie als Dressing zu einem Lachs oder einem Seebarsch. Oder machen Sie sich ein Erfrischungsgetränk daraus. Das ist sehr gesund.«

Die Ananas am nächsten Stand erkannte ich natürlich. Mr. Serle zeigte mir, wie man sie auf Reife überprüft, indem man an einem der sich oben befindenden stacheligen Blätter zupft, um zu sehen, ob es sich leicht bewegen lässt. Das und der honigartige Duft der Frucht sagten uns, dass diese Ananas verzehrt werden konnte. Mr. Serle überraschte mich damit, dass er einen Preis für zehn Stück aushandelte.

»Zehn Ananas!«, staunte ich. »Sind die für einen Nachtisch im Restaurant?«

»Diesmal nicht«, klärte Mr. Serle mich auf. »Ich bin nicht jeden Tag in der Restaurantküche, sondern arbeite auch für Privatfeste und Bälle.«

»Ist das besser für Sie?«

»Bis jetzt bin ich ganz zufrieden«, antwortete er auf seine ruhige Art. »Dadurch habe ich mehr Freiheit und eine größere Vielfalt. Morgen zum Beispiel sorge ich für ein exquisites Dinner für sechsunddreißig Leute in einem neuen Haus an der Fifth Avenue. Ich werde einen meiner Beiköche Ananaseis machen lassen.«

»Was wird es sonst noch geben?«, erkundigte ich mich neugierig.

Mr. Serle schien sich zu amüsieren. »Wollen Sie mir meine Menüs stehlen, Miss Pigot?«

»Natürlich würde ich niemals stehlen«, sagte ich etwas beleidigt, merkte dann aber, dass er mich offenbar auf die Schippe nahm. »Also gut, ich würde es vielleicht tun«, korrigierte ich mich, »wenn es wirklich ein gutes Menü ist und man es für eine dreiköpfige Familie in der Fourth Street abändern kann.«

»Es wird ein sehr teures Menü«, berichtete Mr. Serle weiter. »Das Abendessen wird von einem Mann ausgerichtet, der die Ansicht vertritt, ein Gericht, das viel kostet, müsse auch gut schmecken. Und hier haben wir die Bananen.«

»Oh, die sehen ja aus wie gelbe Hände«, rief ich aus, als ich die gebogenen Finger der Frucht sah, die sich üppig in Lagen eine über der anderen um einen kräftigen Stamm legten.

»Und so nennen wir sie auch, Miss«, mischte sich der Verkäufer ein. »Das ist eine Bananenhand.« Er hob ein Bündel miteinander verbundener Früchte hoch.

Mr. Serle und der Verkäufer zeigten mir, dass die unreifen Bananen grün und hellgelb sind und ihre Schale scharfe Kanten aufweist. Die unreife Frucht habe einen kreidigen Geschmack. Die reifen sind von sattem Goldgelb und ohne scharfe Kanten, dürfen auch hier und da braun gesprenkelt sein, jedoch ohne dass diese Flecken unter die Schale gehen. Das Fruchtfleisch ist fest, zergeht aber im Mund. Ist die Frucht überreif, hat sie braune Flecken und ist von schleimiger Konsistenz.

»Es ist eine aufrichtige Frucht«, bemerkte Mr. Serle. »Die äußere Schale sagt einem, was man drinnen vorfindet. Möchten Sie kosten?«

»Aber ja«, sagte ich. »Ich bin sehr neugierig.«

Mr. Serle bat mich, mir eine Frucht auszusuchen, die ich für reif genug erachtete. Er und der Markthändler billigten meine Wahl, und der Finger wurde ordentlich von der Hand abgetrennt, zu der er gehörte. Dann holte Mr. Serle sein eigenes Messer heraus und zeigte mir, wie man die Frucht zum Essen vorbereitet. Er schnitt die Schale am Ende der Banane durch und zog dann das glänzende Gelb in drei Blättern ab, bis das blassere Fleisch sich zeigte. Diese Frucht ist so klug gemacht, dass sie sogar mit ihrem eigenen Serviergeschirr versorgt ist.

Mr. Serle schnitt nun quer ein kleines Stück ab, spießte es auf sein Messer und zeigte es mir. »Sehen Sie, wie hübsch das geschnitten aussieht? Es hat ein symmetrisches Muster in der Mitte.«

»Auch den Geruch empfinde ich als sehr angenehm«, sagte ich und griff nach dem Stück.

»Es ist ein wenig glitschig«, warnte er. »Seien Sie vorsichtig, ich möchte nicht, dass Sie sich schneiden.«

Ich war mir nicht sicher, ob mir gefiel, wie die Frucht sich in meinem Mund anfühlte. Aber dann erblühte ihr süßes, seltsames Aroma auf meiner Zunge, und ich fand es höchst erfreulich.

»Kosten Sie noch ein Stück«, forderte Mr. Serle mich auf. Er schnitt ein Stück für mich und auch eins für sich ab.

»Gut, nicht wahr?«, meinte der Verkäufer fröhlich. »Man kann sie aus der Hand essen, wissen Sie, wie einen Apfel. Man muss nicht schneiden.«

»Stimmt«, pflichtete Mr. Serle ihm bei, »aber es ist höflicher, sie auf diese Art zu teilen.«

Ehe der Händler das kommentieren konnte, kam ein weiterer Kunde an seinen Stand. Ich fragte mich, was ihm wohl auf der Zunge gelegen haben mochte, denn er hatte so ein Funkeln in den Augen.

»Was sagen Sie?«, wollte Mr. Serle wissen.

»Eine reizende Frucht«, sagte ich. »Mir will kein Vergleich einfallen. Von der Empfindung her ist sie vielleicht ein wenig breiig. Es kann nicht schaden, sie mit einer knackigeren Frucht zu kombinieren.«

»Und welche könnte das sein, welche halten Sie für passend?«

»Orangen vielleicht? Oder vielleicht könnte man ihre ölige Süße mit ein wenig Karamell oder Erdbeeren, wenn es sie gibt, ausgleichen.«

»Wie wär's mit Schokolade?«, fragte Mr. Serle.

»Möglich.« Ich dachte darüber nach. »Das könnte zu schwer werden.«

»Und was sagen Sie zu Bananenscheiben zusammen mit Ananaseis und einer mit Weinbrand abgeschmeckten Schokoladensauce?«

»Das hört sich nach einem teuren Gericht an. Man könnte es noch mit gerösteten Haselnüssen und einem Minzblatt garnieren.«

»Aha, Haselnüsse, ein *Coupe Mina*. Der reiche Mann in seinem großen Marmorhaus an der Fifth Avenue wird erfreut sein.«

»Wie wird die Banane denn im Allgemeinen serviert?«, hakte ich nach.

»Als Frucht für sich allein oder in einem Kompott. Mit Ananasscheiben und geriebener Kokosnuss spiegelt sie ihre tropische Heimat wider und schmeckt sehr gut. Kaiser Napoleon aß mit Vorliebe Bananen-Beignets.«

»Mir wäre sie mit Kokosnuss lieber«, erwiderte ich.

»Ich werde Ihnen eine Banane für zu Hause mitgeben und für mein morgiges Dinner ein paar Hände davon kaufen«, sagte Mr. Serle. »Schneiden Sie Ihre Banane aber erst auf, wenn Sie sie auch essen. Das Fleisch wird an der Luft schnell braun.«

Als er seinen Einkauf beendet hatte, legte er die Banane in meinen Korb, und wir liefen zurück zum Eingang des Marktes. Es war so unbeschwert, mit ihm zusammen zu sein. Ich hatte das Gefühl, wir würden schon seit Jahren zusammen jeden Morgen einkaufen.

»Und was wird es bei Ihnen heute zum Abendessen geben?«, wollte Mr. Serle wissen.

»Die Familie wird heute Abend Fischsuppe und Roastbeef essen. Die anderen Bediensteten und ich essen um zwei Uhr zu Mittag. Für uns gibt es Gemüsesuppe und Kabeljauschnitten. Heute ist Freitag, und zudem haben wir Fastenzeit.«

Ich beobachtete ihn, ob er mich verstand, und er nickte.

Sein Kopf neigte sich mir zu, und seine dunklen Augen betrachteten mich aufmerksam.

»Die Kaffeecreme für den Nachtisch habe ich bereits zubereitet, die bekommt die Familie heute Abend, aber Marie, Bridget und ich werden uns die Kaffeecreme mit Bananenscheiben und gehackten Mandeln schmecken lassen. Auf keinen Fall werde ich mein Geschenk mit den Westervelts teilen.«

»Ihre jetzige Arbeit scheint Ihnen viel besser zu bekommen«, meinte Mr. Serle zu mir. »Sie sehen gut aus.«

Wir waren wieder bei den Fleischerständen.

»Ich muss gehen«, sagte ich. »Danke für die Limette und die Banane. Ich freue mich immer, Sie zu sehen und Neues zu lernen.«

»Sie wirken ...« Mr. Serle hielt zögernd inne.

»Ich wirke?« Ich bin neugierig zu erfahren, was er denkt.

»Sie wirken erwachsener, sind auf einmal eine junge Frau geworden«, sagte er.

»Das hoffe ich doch.« Es erfüllte mich mit Freude, dass er die Veränderung an mir bemerkte. »Ich halte es nicht für erstrebenswert, immer Kind zu bleiben. Würden Sie das wollen?«

»Nein, ich denke nicht.«

Ich hörte in Mr. Serles Stimme Zweifel mitschwingen. Vielleicht würde er sich lieber auf eine Weise um mich kümmern, die ihn nicht in Gewissensnot brächte. Ich hätte ihn gern gefragt, ob ich mit dieser Einschätzung richtiglag, aber wir konnten doch nicht auf einem öffentlichen Markt über solche Dinge reden.

Er sagte dazu nichts mehr, zuckte die Schultern, lächelte und verabschiedete sich: »Einen schönen Tag, Miss Pigot.«

Der heutige Gang über den Markt mit Mr. Serle hat mich froh gestimmt. Es war ein Glücksgefühl, kurze Zeit wieder Gefährten zu sein. Er belehrte mich – Lehren scheint in seiner Natur zu liegen –, aber er hörte mir auch zu. Jetzt beim Niederschreiben befällt mich Angst. Ich sehe ihn so selten. Und wenn ich ihn nun nie mehr wiedersehe? So etwas kann vorkommen. Das Gute verschwindet, wie Nebel über dem Fluss sich in der Sonnenhitze auflöst.

Freitag, 1. März 1850

Auf dem Tompkins Market habe ich mir heute Gedanken gemacht, welches Gemüse ich kaufen sollte. Für frische Ware ist dies eine schwierige Jahreszeit. Möglicherweise musste ich mich dann doch mit Kohl zufriedengeben. Wenn ich ihn in Sahne dämpfen könnte, würde er gar nicht wie Sauerkraut schmecken. Ich wollte gerade Mr. Larkins fragen, ob er glaube, es gebe wieder guten Kopfsalat, da kam er mir zuvor.

»Er ist jetzt wieder an Mr. Torrilhons Stand und unterhält sich über Pasteten«, sagte Mr. Larkins mit einem anzüglichen Grinsen.

»Wie bitte?« Ich schrak aus meinen Gedanken auf.

»Ihr Freund«, sagte er. »Er war eben noch hier. Er meinte, die Brunnenkresse sähe gut aus für eine Suppe, und erkundigte sich, ob Sie heute schon hier gewesen seien. Ich denke, er sucht Sie.«

»Nun, ich muss erst meine Einkäufe tätigen, ehe ich Zeit zum Schwatzen habe«, entgegnete ich so gelassen wie möglich. Mir hüpfte das Herz in der Brust. Nie hätte ich gedacht, ihn schon so bald wiederzusehen. »Die Brunnenkressesuppe ist eine gute Idee. Ich werde zwei Bund davon nehmen. Haben Sie Pastinaken oder Schwarzwurzeln?«

Als ich meine Menüs zusammengestellt und festgehalten hatte, was Mr. Larkins mir zu welchem Preis liefern würde, ging ich weiter zu den Ständen mit den Spezialitäten. Die

Gewissheit, mich mit Mr. Serle unterhalten zu können, erfüllte mein Herz mit Befriedigung. Doch wie eine gute Mahlzeit sollte man die Freude nicht übereilen, sondern genießen. Mr. Serle traf ich an dem von Mr. Larkins beschriebenen Stand, wo er sich mit dem Mann unterhielt, der fertig zubereitete Pasteten, Terrinen und Fleisch- und Geflügelrouladen in Aspik verkauft.

»Da sind Sie ja«, sagte er, als ich mich ihm näherte.

»Ja, da bin ich.« Ich warf einen Blick auf die auf einem Eistablett ausgestellten Speisen. »Heute kein Obst?«

»Nein«, sagte er. »Warten Sie einen Moment.«

Er wandte sich ab und sprach wieder mit Mr. Torrilhon. Ich hatte keine Ahnung, worum es ging, denn sie unterhielten sich auf Französisch. Langsam lerne ich, diese Sprache an ihrem Rhythmus zu erkennen. Marie singt oft französische Lieder und hat Bridget und mir ein paar Zeilen beigebracht. *»Je vais aller à l'église maintenant pour prier à la Vièrge«*, sagt sie, wenn sie zum Kirchgang aufbricht.

Mr. Serle war noch mitten im Gespräch. Ich ging weiter zum nächsten Stand, wo Schnecken und Schildkröten feilgeboten wurden. Die armen Dinger, sagte ich mir mit Blick auf die Schnecken in ihrem Fass. Aus ihren Köpfen sprossen zwei kleine wankende Stiele. Vielleicht sahen sie damit? Ich wollte gerade den Mann danach fragen, als Mr. Serle mich am Arm berührte.

»Geht es Ihnen gut?«, fragte er mich. Er klang besorgt.

»Aber ja doch. Dachten Sie etwas anderes?«

Er sah mich an und wandte dann seinen Blick ab. Diese Erregung war ungewohnt an ihm.

»Ich hatte einen Traum«, sagte er.

»Oh.« Das überraschte mich. Noch nie hatte er dergleichen vor mir erwähnt. »Ich hoffe, es ist kein böses Omen. Wenn Sie mir davon erzählen, kann ich mich vielleicht vor der Gefahr in Acht nehmen, welche es auch sein mag.«

»Vergessen Sie's«, sagte er. »Darüber sprechen bringt Unglück.« Seine Stimmung schlug jäh um, als käme hinter den Wolken die Sonne hervor, und er lächelte mich an. »Ihre Haube gefällt mir.«

»Die hat Honor für mich gemacht«, erwiderte ich. »Ich wollte so eine. Mein Bruder meinte, mit einer Haube würde ich damenhafter aussehen.«

Ich ließ Mr. Serle gegenüber natürlich unerwähnt, dass ich mich für den Kauf der Haube entschieden und dafür den Kauf neuer Stiefel wieder verschoben hatte.

»Sie sehen reizend aus.« Er sprach abgehackt, als wäre ihm unbehaglich dabei zumute.

Als ich seine Augen suchte, um zu erfahren, was er mir mit einem solchen Kompliment sagen wollte, starrte er auf die armen Schnecken, die mit ihren Augen wackelten – vielleicht waren die Stiele aber auch ihre Ohren?

»Danke«, sagte ich. Schweigen machte sich zwischen uns breit. »Ich vergaß, Ihnen bei unserer letzten Begegnung eine Frage zu stellen. Es geht ums Kochen.«

»Ja?« Er betrachtete noch immer die Schnecken.

»Was ist Alsenrogen?«, fragte ich ihn. »Mr. Westervelt hat erwähnt, dass er ihn gerne isst, aber ich weiß nichts über seine Zubereitung.«

»Es ist ein amerikanisches Gericht.« Jetzt sah Mr. Serle mich an. Ich war wieder sein Lehrling, und er erteilte mir Unterricht. Er war gelöst. »Es sind die Eier eines Fisches aus dem Hudson, der dort im April und Mai gefangen wird. Der Rogen ist paarweise in einer Membran angeordnet. Tauchen Sie ihn in sauberes Salzwasser und trennen Sie die beiden Lappen, dann schneiden Sie sie zurecht, jedoch ohne das Häutchen vor dem Kochen zu entfernen. Versuchen Sie es mal pochiert in konzentrierter Brühe mit einer Sauerampfersauce, angedickt mit Eigelb. Der Sauerampfer nimmt das Fette des Rogens.«

»Danke schön. Damit haben Sie mir sehr geholfen.«

Wieder legte sich Schweigen zwischen uns.

»Vielleicht kehre ich nach Italien zurück«, sagte Mr. Serle und wechselte damit erneut das Thema. Seine Stirn hatte er in Falten gelegt.

»Aber weshalb?« Ich war aufgebracht. Die Hand, in der ich meinen Korb hielt, war feucht vor Angst.

»Dort wird es zum Kampf kommen. Der Soldat Garibaldi ist hier in Amerika. Ich war in Staten Island, um ihn zu sprechen. Er ist sehr arm, aber er sammelt seine Streitkräfte um sich. Er wird zurückkehren, um die erbärmlichen Fragmente unseres Landes zu einen. Mein Gewissen gebietet mir, ihm zu folgen.«

»Aber ich dachte …«, setzte ich an.

»Sie denken nicht in den größeren Dimensionen unserer Welt, nicht wahr?«, fiel Mr. Serle mir ins Wort, was ihm gar nicht ähnlich sah. Er redete, als suche er nach einem Makel in mir. »Sie lesen keine Zeitungen. Sie denken nicht über die Probleme unserer Zeit nach.«

»Ich glaube nicht, dass ich zur Lösung dieser Probleme aufgerufen bin«, erwiderte ich. »Kann mein Wissen etwas verändern? Und Sie sind ungerecht. Ich schaue in die Zeitung, wann immer ich kann. Ich weiß, dass die Sklaverei ein großes Thema ist. Und wenn ich das lese, kann ich nur hoffen, dass Phoebe in Sicherheit ist. Ich lese die Nachrichten aus Kalifornien und bete für meinen Bruder. Wenn Sie nach Italien gehen, werde ich auch darüber in den Zeitungen lesen und für Ihre Sicherheit beten. Aber ich hoffe, Sie gehen nicht.«

Mr. Serles Stimme wurde weicher. »Sie haben Recht, mich zu korrigieren, Miss Pigot.«

»Es gibt so viele Missstände auf der Welt«, sagte ich zu ihm. »Krieg und Hunger und Feuersbrünste und Armut. Es wird so wenig über Erfreuliches berichtet.«

»Ich fühle mich dem Freiheitsgedanken verpflichtet.«

Für mich schwang in Mr. Serles Stimme ein ängstlicher Unterton mit. Ich atmete die Gerüche von Erde und Blut ein, die die Morgenluft des Marktes schwängerten. Ich wünschte, ich könne ihm helfen. Doch bevor ich etwas sagte, dachte ich noch einmal nach.

»Ich habe hier genug Pflichten«, entgegnete ich. »Ich muss die Vergangenheit ehren, diesen geschäftigen Ort begreifen, mich um meine Freunde kümmern und versuchen, mich selbst zu erkennen. Wir können nicht gegen alles angehen, was falsch ist.«

»Aber wir können für das eintreten, was uns am Herzen liegt.« Mr. Serle schien das zu sich genauso wie zu mir zu sagen. »Man hat in meiner Synagoge Geld gesammelt, um den Hunger in Irland zu lindern.«

»Wie freundlich«, sagte ich. »In meiner Kirche schicken wir den in der Heimat Verbliebenen auch Geld. Für mein Leben spielt der Alltag sich hier ab. Und wenn ich nicht immer die Zeitungen studiere, dann, um die wenige Zeit, die mir bleibt, darauf zu verwenden, Shakespeare oder dergleichen zu lesen, denn das hilft mir, die Erinnerung an die Stimmen meiner Eltern am Herd wachzuhalten. Wir treffen Entscheidungen. Heute werde ich lieber Orangen kandieren und eine Seite von Shakespeare lesen als mir darüber den Kopf zerbrechen, warum Männer weit weg einen Krieg führen.«

»Sie haben sich ein Buch gekauft?« Mr. Serle klang interessiert und ruhiger.

»Ich habe auf einem der Bücherkarren eine Ausgabe von Shakespeares *Was ihr wollt* gefunden. Ich habe das und noch ein paar andere Bücher.«

Mr. Serle nickte. Er schien jetzt nicht mehr an Italien zu denken.

»Gut.« Er setzte seinen Hut, den er während unseres Gesprächs in seiner Hand gehalten hatte, wieder auf den Kopf, so dass er sein dunkles, wirres Haar verdeckte. »Vielleicht sehen wir uns nächste Woche eines Morgens wieder, Miss Pigot.«

Ich seufzte und verabschiedete mich von ihm. Ich musste Orangen kaufen. Er schien in einer seltsamen Verfassung zu sein, ruhelos und mit sich selbst unzufrieden. Aber wenn ich an unser Gespräch denke, freue ich mich. Er hat von mir geträumt. Er hat mir Einblick in sein Dilemma gewährt. Er sprach von Unsicherheit im Zusammenhang mit sich selbst. Zu wissen, dass er sich verändert, macht ihn mir irgendwie wirklicher, er wird dadurch eher zu einem Freund wie Honor und ist nicht mehr nur die schweigende Gestalt, die mich in meinen Träumen sanft hält, wie er das auf dem Schiff und in seinem Büro im Columbia House Hotel getan hat.

Dienstag, 19. März 1850

Am Montag, es war der Elfte, ging ich – wie üblich – nach dem Frühstück nach oben, um mir Mrs. Westervelts Anweisungen zu holen, die – ebenfalls wie üblich – darin bestanden, dass sie mich fragte, welche Mahlzeiten ich für diese Woche empfehlen würde. Mrs. Westervelt teilte mir mit, sie und ihr Ehemann würden am Donnerstag auswärts essen. Und gerade als ich überlegte, dass es eine geruhsame Woche werden würde, erzählte Mrs. Westervelt voller Stolz, dass sie für den Samstagabend Gäste eingeladen hätte.

»Ich möchte ein besonderes Essen, Mrs. Pigot«, sagte sie. »Das Abendessen findet zu Ehren eines berühmten Mannes statt, eines Schriftstellers aus England.«

»Was verstehen Sie unter besonders?«, versuchte ich zu erfahren.

Einmal würde doch auch Mrs. Westervelt präzise ihre

Vorstellung artikulieren können! Natürlich täuschte ich mich. Sie wedelte mit ihrer weißen Hand und meinte auf ihre vage Art: »Ach, Sie wissen schon, zwei Suppen, Eiscreme, etwas in der Art.«

»Wie viele Gäste erwarten Sie?«, fragte ich.

»Oh, zehn werden es wohl werden«, sagte sie.

»Zehn mit Ihnen und Mr. Westervelt, oder zehn plus Sie und Ihr Ehemann?«

Am liebsten hätte ich die Frau angeschrien. Sie holte einen Federhalter und einen Bogen ihres blauen Briefpapiers von ihrem Schreibtisch.

»Ich muss überlegen«, sagte sie. Sie begann Namen aufzulisten. »Habe ich die Strongs eingeladen?«, fragte sie sich im Selbstgespräch. »Ich denke doch.« Endlich: »Zehn Gäste und dann noch Seton und ich, also insgesamt zwölf«, sagte sie triumphierend, als wäre ihr ein Zaubertrick gelungen.

Das machte mich so nervös, dass sich mir der Magen zusammenzog. Zwölf Leute zu einem besonderen Abendessen. Noch nie musste ich so etwas auf die Beine stellen. Ich war noch nicht einmal drei Monate hier.

»Jawohl, Madame«, sagte ich. »Bei so vielen Gästen werden wir zusätzliche Hilfe in der Küche und zum Bedienen benötigen.«

»Arrangieren Sie es so, wie Sie es für das Beste halten«, meinte Mrs. Westervelt.

In der Küche holte ich tief Luft und setzte mich mit Bleistift und Papier hin, um zu planen. Schon heute musste ich damit beginnen, die Brühen und Saucen vorzubereiten, die ich brauchen würde. Ein Dinner für zwölf Personen – welch entmutigende Vorstellung! Zwei Suppen – eine klar, die andere cremig –, vier Platten mit Horsd'œuvres, vier Vorspeisen, zwei Braten, zwei Salate und zwei oder drei Gemüsegerichte, Nachtisch, Käse, frisches Obst und natürlich Brot und Butter und Aufstriche.

Ich kam zu dem Schluss, lieber keine Experimente zu wagen. Besser, ich kümmerte mich um Gerichte, deren Zubereitung mir keine Probleme bereitete, und garnierte diese dann sorgfältig. Der fast freie Donnerstagabend würde hilfreich sein. Als ich mir darüber im Klaren war, was ich vorhatte, zog ich Marie und Bridget zu Rate.

Marie war entsetzt. »Ich werde das Dienstmädchen von nebenan fragen, ob es mir beim Servieren hilft, aber ich glaube nicht, dass wir genug Porzellan für ein ausgefallenes Abendessen für zwölf Personen haben«, gab sie zu bedenken. »Bridget wird die Horsd'œuvres-Teller rechtzeitig zum Nachtisch gespült haben müssen.«

Bridget reagierte freudiger. Sie könne ihre Mutter um Hilfe bitten, sagte sie, und ihren Bruder ebenso, falls wir für ihn Aufgaben hätten. Auch die Kleinen würden mitkommen. »Wir können sie irgendwo in die Ecke setzen, wo sie nicht im Weg sind«, meinte sie. »Sie werden sicherlich begeistert sein, beim Zubereiten der Köstlichkeiten zuzusehen.«

»Wer bestellt den Wein?«, wollte Marie wissen. »Hat Mrs. Westervelt sich dazu geäußert? Die Weine sollten zum Essen passen. Auch wenn Madame auf so etwas keinen Wert legt, Mr. Westervelt wird das sicherlich anders sehen.«

Ich ging am Dienstag auf den Markt, um zu sehen, ob ich die zusätzlich benötigten Waren und das Geflügel bekommen würde. Für den entsprechenden Preis sei alles möglich, meinten die Marktleute, und so gab ich meine Bestellungen auf. Auf Maries Rat hin schrieb ich das von mir geplante Menü auf. Beim Servieren des Frühstücks am Mittwochmorgen würde sie meinen Speiseplan Mr. Westervelt vorlegen. Ich legte dem Menü eine Notiz bei, worin ich ihn und Mrs. Westervelt bat, meinen Vorschlag abzusegnen. Außerdem teilte ich darin mit, dass ich davon ausginge, er werde die passenden Weine bestellen, und dass ich für die Saucen eine Flasche Madeira und zwei Flaschen Weißwein in der Küche benötigte.

Kaum war Marie nach oben gegangen, um das Frühstück zu servieren und die Notiz zu überreichen, da klingelte schon wie verrückt die Glocke für mich an der Küchenwand. Ich zog mir eine saubere Schürze an und ging nach oben. Mr. und Mrs. Westervelt saßen noch am Frühstückstisch, das Essen vor ihnen auf dem Tisch hatten sie noch nicht angerührt. Mr. Westervelt hielt meine Notiz in der geballten Faust, mit der er offensichtlich Madame gedroht hatte. Sarah, die Tochter, duckte sich in ihren Stuhl und starrte auf eine Portion Kabeljau auf ihrem Teller, der in seiner Sahnesauce gelierte. Marie stand am Sideboard, die Hand vor dem Mund – ob schockiert über das Gehörte oder weil sie sich ein Lachen verkneifen musste, konnte ich nicht sagen.

»Meine Frau hat Ihnen etwas mitzuteilen, Mrs. Pigot.« Mr. Westervelts Ton war streng.

Mrs. Westervelt tupfte sich mit einem spitzenbesetzten Taschentuch die Augen, obwohl nichts darauf hindeutete, dass sie tatsächlich weinte.

»Also wirklich, Seton«, empörte sie sich. »Was soll das Theater? Du kannst es ihr doch genauso gut selbst sagen.«

»Sehr wohl, Julia, das werde ich auch«, ergriff Mr. Westervelt das Wort. »Meine Frau entschuldigt sich für ihr schusseliges Verhalten. Sie hat es Ihnen ganz allein überlassen, ein Essen für zwölf Personen zu planen. Ich habe davon erst jetzt durch Ihre Notiz erfahren. Wenigstens wurden Sie mit ihrem Vorhaben vertraut gemacht. Wann sie geruht hätte, mich einzuweihen, entzieht sich meiner Kenntnis.«

»Entschuldigen Sie bitte den Ärger«, sagte ich.

Ich hoffte, dass Mr. Westervelt mit der Speisenfolge einverstanden war. Seine Probleme mit seiner Frau gingen mich nichts an.

»Warten Sie, Mrs. Pigot«, fuhr Mr. Westervelt mit unverändert wütender Stimme fort. »Mrs. Westervelt möchte Ihnen noch etwas sagen. Da ist noch mehr, was sie vergessen hat, uns zu sagen.«

»Also wirklich, Seton. Ich sehe keine Veranlassung, dass du so unfreundlich sein musst. Ich habe aus einer momentanen Eingebung heraus die Karten verschickt. Wir haben einen berühmten Schriftsteller zu Gast. Du weißt die Ehre nicht zu schätzen.«

Sie tupfte sich unter ihren trockenen Lidern ab und schniefte.

»Karten?«, hakte ich nach. Ich bekam Herzklopfen.

»Meine Frau hat nicht nur zehn Leute zum Abendessen eingeladen, sondern zudem auch noch vierzig weitere für nach dem Essen zu Musik, Tanz und einen späten Imbiss«, platzte es aus Mr. Westervelt heraus. »Wir haben Mittwoch. Die Tatsache, Sie nicht informiert zu haben, dass man von Ihnen erwartet, einen Imbiss für zweiundfünfzig Gäste zusätzlich zu einem Abendessen für zwölf vorzubereiten, selbst außerdem weder die Musiker verpflichtet noch den Wein bestellt zu haben, scheint sie nicht weiter zu bekümmern, ganz zu schweigen davon, dass ich erst heute Morgen durch das Lesen Ihrer Notiz von dem ganzen Vorhaben erfahren habe. Du gehörst ins Irrenhaus, Julia.«

»Zweiundfünfzig zum Imbiss?« Ich streckte meinen Arm aus, um mich am nächststehenden Stuhl festzuhalten. Ich werde nicht ohnmächtig werden, sagte ich mir. So etwas ziemte sich nicht für eine Köchin.

»Du machst unnötig Theater, Seton«, sagte Mrs. Westervelt. »Ich bin sicher, dass Mrs. Pigot das hinbekommt. Sie ist die Gepflogenheiten in großen Häusern gewohnt.«

Sie zupfte selbstgefällig die Spitze ihres Ärmels zurecht.

»Ich sollte mich weigern, Mrs. Pigot überhaupt etwas machen zu lassen«, bemerkte Mr. Westervelt. »Ich sollte dich zwingen, dich an die Tür zu stellen und allen, die du eingeladen hast, zu erklären, dass du nichts geplant hast und es weder etwas zu essen noch zu trinken noch Unterhaltung geben wird, weil du zu unbekümmert und zu dumm warst, an die Vorbereitung zu denken.«

»Ich denke nicht, dass dein Stolz dies zulassen wird, Seton«, erwiderte Mrs. Westervelt hochnäsig. »Ich kann mir nicht vorstellen, dass du ernsthaft von mir erwartest, ich werde so etwas zu Mr. und Mrs. Cooper sagen. Außerdem haben wir, wie du eben festgestellt hast, heute erst Mittwoch. Also haben wir noch jede Menge Zeit. Austern, ein paar Pasteten, Eis, ein paar Kuchen, Punsch, Champagner. Das wird doch wohl nicht allzu schwierig sein? Bei einem Fest am Abend kommt es auf die Gesellschaft an, nicht auf das Essen, und ich habe mich darum gekümmert, dass die Gesellschaft die beste sein wird. Ich sehe nicht ein, weshalb man von mir mehr erwartet. Du hast mir an diesem Morgen den Appetit verdorben und mir Kopfschmerzen bereitet. Gratuliere dir dazu.«

Sie stand auf und verließ mit raschelnden Kleidern den Raum. Dabei gab sie sich keine Mühe mehr, ihre Augen zu betupfen. Mr. Westervelt erhob sich halb, ließ sich dann aber schwerfällig auf den Stuhl zurückfallen. Seine Fäuste waren immer noch geballt.

»Setzen Sie sich, Mrs. Pigot«, forderte Mr. Westervelt mich auf. »Sie sehen krank aus.«

Ich setzte mich, obwohl es sich nicht gehörte. Als ich mich wieder gefasst hatte, schaute ich Mr. Westervelt an. Noch immer runzelte er wütend die Stirn. Seine Frau hatte den Sieg davongetragen. Sein Stolz würde nicht zulassen, sie öffentlich zu beschämen.

»Abendessen für zwölf und zweiundfünfzig zum Imbiss«, sagte ich schließlich.

»Werden Sie das schaffen?«, erkundigte sich Mr. Westervelt. »Ich kann Ihnen bescheinigen, dass Sie eine gute Köchin sind, aber Sie sehen noch wie ein Kind aus. Wie alt sind Sie?«

»Ich bin einundzwanzig«, log ich. Ich war es leid, als Kind angesehen zu werden. Wenn ich ein Essen für zweiundfünfzig Leute kochen musste, um es zu beweisen, dann würde ich das tun.

»Einundzwanzig?« Es schien ihn zu überraschen. Dann seufzte er und fragte mich, ob es wirklich möglich sei, sowohl ein Abendessen als auch einen Imbiss für Samstag vorzubereiten.

»Wenn ich die meisten der für den Imbiss vorgesehenen Erfrischungen fertig zubereitet kaufe, dann wird es wohl möglich sein«, sagte ich zögernd. »Es wird nur sehr teuer werden.«

»Das geht schon in Ordnung«, beruhigte mich Mr. Westervelt. »Dann schaffen Sie es also?«

»Ich denke schon«, sagte ich wieder. »Aber es ist nicht nur das Essen. Ich bin mir nicht sicher, ob ich genügend Töpfe in der Küche habe. Und Marie und ich haben kalkuliert, dass wir kaum genügend Porzellan haben, um das Abendessen zu servieren. Den Imbiss für zweiundfünfzig Leute zu servieren ist unmöglich. Sie werden mehr Teller und Gabeln benötigen. Mrs. Westervelt sprach zudem von Eis. Marie sagt, es gäbe nur zwölf Glasschalen, in denen man angemessen Eis servieren könne. Und es werden auch Löffel und Punschgläser gebraucht werden.«

»Gut.« Mr. Westervelt seufzte tief. »Ich werde mich um Geschirr und Besteck kümmern. Marie muss mir eine Liste geben. Und um den Wein und die Musiker kümmere ich mich auch. Sie haben meine Erlaubnis, alle notwendigen Küchenutensilien zu besorgen. Was sonst noch?«

»Marie hat noch eine Frau gefunden, die beim Servieren des Abendessens hilft«, sagte ich. »Aber wir brauchen noch eine dritte Person fürs Abendessen, die für Ordnung sorgt.«

»Und Blumen«, ergänzte Marie. »Jemand sollte am Samstag Blumen kaufen und arrangieren.« Wie sich das für eine Bedienstete gehört, hatte sie die ganze Zeit schweigend neben dem Sideboard gestanden und, dem befriedigten Gesichtsausdruck nach zu schließen, den Aufruhr genossen.

»Das wird meine Frau sicherlich schaffen«, sagte Mr. Westervelt, »oder es bleibt unerledigt. Und diese Ausgabe kann sie von ihrem eigenen Geld bestreiten«, ergänzte er zwischen den Zähnen. Sein Blick fiel auf seine Tochter. »Iss dein Frühstück, Sarah«, sagte er. »Du kommst sonst zu spät zu deiner Musikstunde.«

Er nahm einen Löffel und schlug geschickt die Schale des gekochten Eis auf. Inzwischen dürfte es kalt gewesen sein. Seine Frau, nicht er, hatte den Ärger verdient, aber dennoch fand ich in meinem Herzen nicht die nötige Freundlichkeit, ihm anzubieten, frisches, warmes Essen nach oben zu schicken.

Ich ging zurück in die Küche, setzte mich und erstellte eine Liste all der Aufgaben, die bis Samstagabend erledigt sein mussten. Ich starrte noch darauf, als Marie herunterkam.

»*Mon Dieu*«, rief sie aus. »Was für eine Szene! Ich dachte, er würde sie schlagen, nachdem er Ihre Notiz gelesen und sie ihm gebeichtet hatte, dass sie am vergangenen Samstag auf einer literarischen Soiree gewesen war und alle dort Anwesenden zusammen mit diesem englischen Gentleman zu sich eingeladen hatte. Wenn man sich überlegt, dass sie seit Sonntag weiß, was sie vorhat, und es erst heute Morgen erwähnt …«

»Marie«, sagte ich. »Können Sie noch eine Frau finden, die Ihnen beim Bedienen und Abräumen hilft? Und können Sie, wenn ich jetzt mit Ihnen das Menü durchgehe, auflisten, was wir an Porzellan und Besteck benötigen, damit wir die Aufstellung dann am Abend Mr. Westervelt geben können?«

»Camille von nebenan wird kommen, und wir haben noch eine Freundin vier Häuser weiter«, sagte Marie. »Sobald ich das Esszimmer in Ordnung gebracht habe, werde ich hinuntergehen und mit ihr reden. Sollte ihre Herrin zum Abendessen hier bei uns eingeladen sein, und das wird sie, dann erlaubt sie sicherlich, dass sie kommt.«

Ich betrachtete die entmutigende Liste. »Also gut. Ich werde den heutigen Tag darauf verwenden, genügend Kuchen und Kekse und Biskuits sowohl für das Abendessen als auch für den Imbiss zu backen. Morgen koche ich dann die Suppenbrühe und die Grundsaucen. Am Freitag werde ich ganz zeitig auf den Markt gehen, um zu sehen, was ich an fertigen Aspikrouladen und Pasteten für den Imbiss finden kann. Ab morgen muss ich zusätzlich Eis zum Kühlen bestellen und daran denken, ausreichend Kaffeebohnen zu rösten.«

»Es wird bestimmt ein Erfolg werden«, tröstete mich Bridget. »Meine Mutter wird am Samstag kommen, und auch mein Bruder, wenn Sie ihn brauchen können«, fügte sie eilfertig hinzu.

»Ich denke, er kann das Eis für die Eismaschine zerstoßen und das Eis machen, wenn ich die Cremes fertig habe«, überlegte ich. »Oh! Ich brauche auch Salz zum Eis für die Maschine. Ja, schreib deiner Mutter jetzt eine Nachricht.«

Und so gingen der Mittwoch und der Donnerstag in Mehl, Butter, Eiern, Sahne, Nüssen, Rosenwasser, Rosinen, Gewürzen und Suppenknochen unter. Der Herd glühte unentwegt. Lieferanten kamen mit Orangen, Zitronen, blutigen Fleischpaketen, Zwiebelsäcken, sechs Dutzend Eiern und jeder Menge anderer Dinge. Die Familie bekam morgens ihre Eier mit Schinkenscheiben und Toast, zum Mittagessen geräucherte Zunge und Sandwiches und am Mittwochabend gebratenes Fleisch und Kartoffeln. Am Freitag wollte ich genügend Beef à la mode machen, so dass es abends für die Herrschaft und am Sonntag zur Vorspeise reichte. Wir in der Küche würden Omeletts essen. Ebenfalls am Freitag konnte ich den Teig für eine Zitronentarte am Abend zubereiten, den ich auch für die Teigschalen, auf denen am Samstag die Austern serviert würden, verwenden könnte.

Alles schien machbar zu sein, bis ich in aller Herrgottsfrühe am Freitag mit meiner Liste auf den Tompkins Market ging, auf der stand, wie viele Pfund Aspikroulade und Terrinen und Pasteten ich benötigen würde. Mr. Torrilhons Stand war geschlossen.

»Seine Frau ist sehr krank«, sagte der Mann, der Schnecken und Schildkröten verkauft. »Er hat seit Mittwoch geschlossen. Er hat eine Nachricht geschickt, dass seine Kunden ihre Bestellungen an einem Stand unten am Fulton Market aufgeben können, aber jetzt ist es für Bestellungen, die morgen benötigt werden, sicherlich zu spät.«

Mit Tränen in den Augen kehrte ich zum Eingang der Markthalle zurück. Was sollte ich tun? Ich werde Mr. Woodcock fragen, ob er noch einen Schinken hat, überlegte ich, obwohl ich keinen Topf frei haben würde, um ihn zu kochen, sofern ich nicht die ganze Nacht aufbliebe und ihn vor dem morgigen Tag zubereitete.

»Guten Morgen, Miss Pigot«, sagte da eine vertraute Stimme hinter mir.

Ich drehte mich um und konnte mich kaum beherrschen, mich Mr. Serle nicht an den Hals zu werfen.

»Gemach, gemach«, sagte er, als ich seinen Arm ergriff und anfing, ihm mein Leid zu klagen.

Als ich mich so weit beruhigt hatte, dass ich klar sprechen konnte, hörte er mir aufmerksam zu.

»Was für ein Menü haben Sie für das Abendessen geplant?«, fragte er mich. Und als ich es ihm aufzählte: »Können Sie das wirklich ganz allein zubereiten?«

»Ich habe schon ein Dinner für acht Leute ganz allein gemacht«, sagte ich. »Es sind nur vier Leute mehr. Und ich habe schon sämtliche Brühen und Saucen auf Eis, bis auf die Eiersauce mit Zitrone, die ich zum Seebarsch reiche. Aber den Imbiss schaffe ich unmöglich, jetzt, da ich nicht auf die Fertigware von Mr. Torrilhon zurückgreifen kann.«

Mr. Serle holte sein Notizbuch aus der Tasche. »Lassen Sie mich mal nachsehen«, murmelte er und erstellte eine Liste. »Die Zutaten für das Eis haben Sie bestellt, sagen Sie, und Sie machen einen Königskuchen mit Weinbrandsauce. Wie ich mich erinnere, können Sie das sehr gut. Demnach sind die Nachtische also kein Problem.« Er klappte sein Buch geräuschvoll zu und schlug es dann wieder auf. »Die Adresse?«, fragte er. »Ich werde um zwei Uhr nachmittags mit dem Rest für den Imbiss, zusätzlichen Töpfen und einem Gehilfen kommen, der noch Besorgungen erledigen kann, falls wir etwas vergessen haben, aber auch uns beiden zur Hand gehen wird.«

»Aber es ist doch nicht rechtens, Sie zu fragen …«, setzte ich an.

»Ich möchte Ihnen gern helfen«, sagte er. »Außerdem kenne ich Sie. In Ihrer Küche wird es Esswaren in Hülle und Fülle geben, aber das bedeutet, dass Sie nichts mehr essen werden. Haben Sie denn heute Morgen gefrühstückt?«

Ich gab zu, dass ich das nicht hatte.

»Sehen Sie? Ich sollte mit Ihnen in eine Konditorei gehen. Nur habe ich leider auch etwas zu erledigen, und Sie müssen arbeiten. Wir sehen uns dann morgen. Die Hausnummer?«

Ich gab sie ihm zögerlich. Ich war davon ausgegangen, dass er mir sagen würde, wo ich meine Aspikrouladen kaufen könnte, und jetzt würde er kommen, um mit mir zu kochen. Ich verspürte eine große Erleichterung, aber auch Schuldgefühle. Ich brauchte ihn so sehr, und immer war er da, wenn ich ihn brauchte. Ich verlangte zu viel.

»Gut«, sagte er. »Und jetzt gehen Sie nach Hause und essen etwas. Ich möchte Sie morgen, wenn ich komme, nicht ohnmächtig auf dem Boden liegen sehen.«

»Ich werde etwas essen«, versprach ich.

Dieses Versprechen war nicht leicht einzulösen. Die Berge an Essen überwältigten meinen Appetit, aber ich bekam etwas Brot mit Käse und später, als ich sah, dass der Königskuchen ein Erfolg geworden war, auch etwas Suppe hinunter. Als Mr. Serle dann am Samstag eintraf, konnte ich mich gerade nur um die Hitze des Herdes, die Konsistenz der Saucen und die Abfolge der einzelnen Speisen kümmern. Trotzdem ging mir bei seinem Anblick als Erstes durch den Kopf, dass er einen Topf mitgebracht hatte, der groß genug war, um den Seebarsch darin zu pochieren.

»Das ist Jean-Claude«, sagte Mr. Serle und deutete auf den dunklen jungen Mann, der den Topf trug. »Jean-Claude, Miss Pigot.«

Der junge Mann verbeugte sich und sah sich um. Ich stellte Bridget vor, die, überwältigt von der Vornehmheit dieser Fremden, vor Mr. Serle einen Knicks machte und sich dabei die Hand vor den Mund hielt, um ihren Zahn zu verstecken. Bridgets Mutter kam zur Tür herein und brachte ihren Sohn, zwei kleine Mädchen und ein Baby in einem Korb mit. Es überraschte nicht, dass der Sohn in dieser Woche keine Arbeit als Kohlenschlepper hatte. So wie er aussah, konnte er höchstens vierzehn sein, und schwächlich war er obendrein. Ich hatte alle Hände voll zu tun, ihnen allen ihre Aufgaben zuzuweisen. Mit Marie musste ich absprechen, wie wir alles anrichteten, damit wir für jedes Gericht die entsprechenden Anrichteplatten bereithatten.

Irgendwann, nachdem Suppe, Fisch, Horsd'œuvres und auch sämtliches Geschirr für die Vorspeisen abserviert und der Kalbsbraten, das Frühlingslamm mit Kapernsauce, die Salate und Gemüsegerichte nach oben gegangen waren, garnierte ich die Platten mit den Nachtischkuchen mit kandierten Orangenschalen. Die Küche war ein einziges Chaos, und doch lag über allem eine gewisse Ruhe. Es erinnerte an die Beschreibungen eines Mahlstroms im Ozean, wenn Winde und Wellen in einem weiten Kreis tobten, die Mitte des Strudels jedoch in aller Ruhe seine Kraft verströmte. Jean-Claude, ein gepflegt wirkender, schweigsamer junger Mann, mit dem Mr. Serle sich auf Französisch unterhielt, presste Orangen für den Punsch aus. Bridgets Bruder kurbelte an der Eismaschine für das Schokoladeneis. Mr. Serle stand mir gegenüber am Arbeitstisch und schnitt Bananen für einen Obstsalat. Bridget und ihre Mutter spülten das Geschirr am Spülstein. Die beiden kleinen Mädchen hatten Trockentücher und trockneten die Löffel gründlich, hielten sie dabei hoch, um sie auf perfekten Glanz zu überprüfen, und bewunderten ihre Arbeit gegenseitig. Das Baby regte sich in seinem Körbchen und begann zu wimmern.

»Ich sollte das arme Ding füttern«, sagte die Mutter.

»Natürlich«, pflichtete ich ihr bei.

Sie trocknete sich die Hände ab, zog sich einen Stuhl heran und knöpfte ihr Kleid auf. Das Baby begann zu nuckeln und gab dabei zufriedene Laute von sich. Die Hitze des Herdes hatte im Augenblick ein wenig nachgelassen. In einer halben Stunde würden wir das Feuer neu schüren müssen, um Kaffee zu brühen und damit Mr. Serle mit dem Austernauflauf für die Imbisstafel beginnen könnte. Aber erst einmal herrschte eine angenehme Wärme. In der Stille der Küche konnten wir die fernen Stimmen und das Gelächter aus dem Esszimmer hören. Der englische Gentleman schien ein Erfolg zu sein.

Mr. Serle blickte zu mir hoch und lächelte. In seinen Händen blitzte sein Messer auf.

»Ich nehme nicht an, dass Sie zum Verzieren Minzblätter haben bekommen können?«, fragte er. »Nein«, antwortete ich, »aber ich habe kandierte Orangenschale. Können wir die nehmen?«

»Was meinen Sie? Ich frage mich, ob das überhaupt nötig ist.«

Ich war mit meiner Arbeit fertig; die Kuchenteller waren hergerichtet und konnten nach oben gebracht werden, sobald Marie uns mitteilte, dass sie gewünscht würden. Ich umrundete den Tisch und stellte mich neben Mr. Serle, um zu sehen, was er gemacht hatte. Die Orangen- und Bananenscheiben waren in einer großen Glasschüssel kreisförmig übereinandergeschichtet. Die geraspelte Kokosnuss hatte er noch nicht darübergestreut.

»Streuen Sie die Kokosnuss um den Rand, und nur ganz wenig in die Mitte. Hier ist die kandierte Orangenschale. Nur drei Streifen davon in die Mitte, fürs Auge, nicht für den Geschmack«, schlug ich vor. »Die runden Fruchtscheiben sind schön anzusehen. Sie haben sie sehr hübsch angerichtet.«

»Jawohl, Ma'am. Danke schön, Miss Pigot«, sagte Mr. Serle.

Jean-Claude musste lachen, riss sich aber zusammen. Der Speisenaufzug machte durch Surren darauf aufmerksam, dass er nach unten fuhr. Offenbar räumte Marie den Tisch ab und entfernte das Tischtuch für den Nachtischgang. Ich ging, um das Vanilleeis aus der Form zu stürzen und die Kirschsauce in den Krug zu füllen.

Um elf Uhr, als der letzte Gang abgetragen, das Geschirr gespült, das Kaffee- und Teeservice nach oben und dann wieder nach unten geschickt wurde und das Buffet für den Imbiss im Esszimmer aufgebaut war, schlug Mr. Serle vor, dass wir uns in der Küche nun auch zum Abendessen hinsetzen sollten.

»Ich möchte den Seebarsch mit der *Agristada*-Sauce kosten«, sagte er.

Natürlich konnten wir unter dem, was übrig geblieben war, auswählen. Die beiden kleinen Mädchen, die Augen glänzend vor Müdigkeit, schielten nach der Eiscreme. Bridgets Mutter und ihr Bruder wollten Beef à la mode probieren, und ich erklärte Bridget, wie sie es ihnen aufwärmen sollte. Jean-Claude nahm von den Austernpastetchen. Ich holte für ihn zwei frische Pasteten, weil das, was vom Abendessen übrig war, nun sehr durchweicht war. Er bekundete seine Begeisterung auf Französisch, und Mr. Serle übersetzte mir, dass der Pastetenteig sehr locker sei. Bridget aß den letzten der kleinen Vögel in Madeirasauce.

»Ich habe so etwas noch nie gegessen«, meinte sie schüchtern.

Ich drängte sie, sich auch noch etwas anderes zu nehmen, und so aß sie ihren Vogel und eine Scheibe Kalbfleisch. Für mich machte ich Wasserkressesuppe warm, und gemeinsam verzehrten wir die letzten Löffel des Obstsalats. Keiner redete beim Essen, wir waren alle sehr müde. Wir hatten Pause, bis der Imbiss oben abgeräumt war und der letzte Abwasch zu erledigen war. Ich besprach mich mit Mr. Serle und verfasste dann eine kurze Notiz an Mr. Westervelt, worin ich ihn daran erinnerte, am Ende des Abends die Aushilfen zu bezahlen. Ich schickte sie mit dem Speisenaufzug nach oben, damit Marie sie ihm aushändigte.

Bridget, ihre Mutter und ihr Bruder waren gerade mit der dritten – und hoffentlich bald letzten – Ladung schmutzigen Geschirrs aus dem nach unten gekommenen Speisenaufzug zugange, als jemand forsch an die Küchentür klopfte.

»Darf ich das Heiligtum betreten?«, fragte eine Stimme.

Es war Mr. Simpkens vom Schiff. Mr. Serle und ich erkannten den berühmten Schriftsteller, der sich so freundlich bei uns bedankt hatte, als wir New York erreichten.

»Ich dachte mir doch, dass ich diesen wunderbaren Kö-

nigskuchen mit der Weinbrandsauce kenne«, sagte er. »Ich erkundigte mich, ob der berühmte Mr. Serle mit seinem rothaarigen Assistenten in der Küche werke. Das Mädchen oben, Marie, reagierte darauf verwirrt, aber sie meinte, die Köchin sei auf jeden Fall rothaarig und außerdem sei ein berühmter Koch heute Abend gekommen, um auszuhelfen.«

Mr. Serle erhob sich, und er und Mr. Simpkens schüttelten sich herzlich die Hände.

»Es erstaunt mich, Sie hier beim Kochen anzutreffen«, fuhr Mr. Simpkens fort. »Ich war mir sicher, Sie sind in einem der großen Hotels oder bei den Delmonicos.«

»Ich helfe Miss Pigot nur für diesen einen Abend«, klärte Mr. Serle ihn auf. »Sie ist diejenige, der Sie gratulieren müssen.«

Mr. Simpkens verbeugte sich vor mir, blickte mich noch mal an und machte dann vor Überraschung einen Satz. »Dann müssen Sie der Zwilling von Daniel sein?«, fragte er erstaunt.

»Ich habe einen Bruder mit Namen Daniel«, gab ich lächelnd zu.

Was bei Madame Moses peinlich und seltsam wirkte, als ihr und Herrn Meyer klar wurde, dass sie mich vom Schiff kannten, hatte bei Mr. Simpkens eher den Anschein eines fröhlichen Verwirrspiels.

»Ich komme mir vor wie in einem Stück von William Shakespeare«, sagte er, offenbar entzückt. »Nein, nichts sagen. Lassen Sie mich raten, ob ich Sie oder Ihren Bruder auf dem Schiff gesehen habe.«

Mr. Westervelts Auftauchen in der Küchentür beendete diese Überlegung. Er gab ganz den Hausherrn in seinem Abendanzug mit dem glänzenden weißen Hemd und der Seidenbrokatweste. Mr. Simpkens Anwesenheit schien ihn zu überraschen.

»Mr. Westervelt!«, empfing Mr. Simpkens ihn. »Ich bin

natürlich gekommen, um der Köchin persönlich für ihr brillantes Abendessen zu gratulieren. Heute Abend habe ich die beste Mahlzeit während meiner ganzen Tournee durch Amerika genossen. Ihre Miss Pigot ist ein Schatz, eine Perle. Und wie glücklich können Sie sich schätzen, dazu noch einen Meister wie Mr. Serle zu kennen. Er machte mir die langweilige Seereise nach Amerika erträglich. Mir graut schon davor, die Rückreise nach England nächste Woche ohne ihn antreten zu müssen.«

Mr. Westervelt machte einen verdutzten Eindruck. Er sagte kein Wort, sah sich nur neugierig in der überfüllten Küche um. Er starrte Jean-Claude an, der sich höflich vor ihm verbeugte.

»Nun, ich muss nach oben und mich von meiner Gastgeberin verabschieden«, sagte Mr. Simpkens. »Ich habe diese Begegnung genossen und werde mich auf der Heimreise damit verlustieren, eine Geschichte zu schreiben, die das Geheimnis von Daniel und Miss Pigot löst.«

Er reichte Mr. Serle wieder die Hand, verbeugte sich vor mir und sprang lachend hinaus.

»Das ist Mr. Westervelt, Mr. Serle«, stellte ich vor. »Mr. Westervelt, Mr. Serle hat den Imbiss ermöglicht. Er hat uns alle gerettet.«

»Ich danke Ihnen«, sagte Mr. Westervelt. Er reichte Mr. Serle nicht die Hand. »Ich entschuldige mich für die Verwirrung meiner Frau.«

Mr. Serle sah ihn kalt an. »Sie sind verantwortlich für das Wohlergehen meiner Nichte«, sagte er.

»Natürlich«, meinte Mr. Westervelt eilig. Er schaute mich an. »Sie wollten mich etwas fragen, Mrs. Pigot?«, wandte er sich an mich.

»Es geht um die Bezahlung für den Imbiss und die zusätzliche Hilfe«, erläuterte ich. »Mr. Serle hat fast alles mitgebracht.«

»Wie viel?«, verlangte Mr. Westervelt zu wissen.

Ich blickte auffordernd zu Mr. Serle.

»Dreißig Dollar für meine Auslagen, den Lohn meines Assistenten und die Küchenhilfen. Was Sie den Mädchen oben geben, liegt bei Ihnen. Ich werde mir diesen Abend aber von Ihnen bezahlen lassen«, sagte er forsch.

Mr. Westervelt machte fast einen eingeschüchterten Eindruck. »In den dreißig ist Ihr Lohn nicht inbegriffen?«, hakte er nach.

»Nein«, sagte Mr. Serle. »Ich bin nicht als Ihr Angestellter hier, sondern um meiner Nichte einen Gefallen zu tun.«

»Ich werde an meinen Safe gehen müssen«, verkündete Mr. Westervelt.

Mr. Serle zuckte mit den Schultern. »Ich kann warten«, entgegnete er.

Nachdem Mr. Westervelt nach oben verschwunden war, händigte Mr. Serle Bridgets Mutter und ihrem Bruder jeweils drei Dollar aus. Er gab der Mutter noch zwei Dollar. »Für die kleinen Mädchen«, sagte er. Die Mutter starrte Mr. Serle aus großen Augen an, die sie dann auf das Geld in ihrer Hand richtete. »Unser Herr segne Sie, Sir«, sagte sie. Mr. Serle schlug vor, die Reste des Rinderbratens einzuwickeln, damit Mrs. Cosgill sie mit nach Hause nehmen konnte. Er kitzelte das schlafende Baby unter dem Kinn. Bridget küsste ihre Familie zum Abschied und begleitete sie zur Tür. Inzwischen brachte der Assistent, der gepflegte Jean-Claude, die sauberen Töpfe und Pfannen, die er mitgebracht hatte, zu der Droschke, die er hatte rufen lassen. Mr. Serle wickelte seine Messer ordentlich in ihr Flanelltuch und verschloss sie in ihrem Koffer.

»So, meine Liebe«, sagte Mr. Serle und wandte sich mir zu, »Sie müssen sehr müde sein.«

Ich nickte. »Ich danke Ihnen«, sagte ich, »wie kann ich Ihnen das je vergelten?«

»Gebraucht zu werden ist Belohnung genug für mich«, erklärte mir Mr. Serle. Das hatte er schon einmal gesagt, wie ich mich erinnerte, doch meinem müden Geist fiel der Anlass nicht mehr ein.

»Wie es aussieht, scheine ich Sie immer zu brauchen«, erwiderte ich.

Er lächelte mir zu. Vor Erschöpfung wäre ich fast in Tränen ausgebrochen, aber Mr. Westervelt kam in dem Moment herein, um Mr. Serle das Geld zu geben. Mr. Westervelt machte den Eindruck, als wolle er mich sprechen, aber Mr. Serle blieb seelenruhig stehen und betrachtete ihn. Er schien darauf zu warten, dass Mr. Westervelt wieder nach oben ging, und Mr. Westervelt forderte ihn nicht heraus.

»Ich danke Ihnen für Ihre zusätzliche Arbeit, Mrs. Pigot«, sagte er im Gehen.

Mr. Serle ließ seinen Blick über die stille, saubere Küche schweifen.

»Sie haben gute Arbeit geleistet«, sagte er.

»Dank Ihnen«, entgegnete ich.

»Nein«, sagte er. »Bridget und Marie arbeiten bereitwillig für Sie und kommen Ihren Anweisungen gern nach. Das ist nicht das Ergebnis eines Tages. Sie haben die Vorarbeiten für diesen Abend hervorragend geplant. Es ist nicht Ihr Fehler, dass es für einen Koch zu viel Arbeit war. Sie haben die Fähigkeiten zur Chefköchin.« Er lächelte mich wieder an. »Nur dass die Delmonicos keine Frau einstellen würden. Sagen Sie, warum sind Sie hier Mrs. Pigot?«

»Oh«, sagte ich. »Das habe ich Ihnen wohl nie erzählt.« Ich brachte ihm das Zeugnis in Erinnerung, das der Lord in England für Daniel Serle ausgestellt hat, und erzählte ihm dann von meiner Änderung des Namens und der Behauptung, Witwe zu sein. »Ich dachte, damit älter zu wirken«, sagte ich.

»Ich bin mir sicher, dass die letzten drei Tage Sie alt genug gemacht haben«, meinte Mr. Serle. »Ich muss gehen. Gute Nacht, meine Liebe.«

Er überraschte mich, indem er seine Hand nach mir ausstreckte und eine Haarlocke, die sich unter meiner Haube selbständig gemacht haben musste, zurechtzupfte. Er nahm seinen Messerkoffer unter den Arm und eilte hinaus zur wartenden Droschke. Er ist wie die gute Fee im Märchen, überlegte ich schläfrig. Ich betrachtete die saubere Küche, wie das gerade noch Mr. Serle getan hatte. In der Eiskiste waren genügend Lebensmittel, um den folgenden Tag und den Montag ruhig angehen zu lassen. Jetzt war dort, wo noch vor drei Stunden nichts als Chaos geherrscht hatte, alles sauber und ordentlich und am richtigen Platz. Und Mr. Serle hatte seine ganze Portion Seebarsch verzehrt und mich gelobt, er sei perfekt gewürzt gewesen.

Ich werde das Menü, das ich aufgeschrieben habe, in mein Buch kleben. Natürlich ist es ein wenig fleckig, schließlich lag es ja in der Küche. Mr. Serle meinte, es sei trotz der Schwierigkeiten, zu dieser Jahreszeit frisches Gemüse und Grünzeug zu finden, und angesichts der Tatsache, dass wir für tropische Früchte von Kuba abhängig sind, sehr abwechslungsreich gewesen.

Mir gefiel die Vorstellung, dass ich das Abendessen allein hinbekommen hätte, sofern nicht noch der Imbiss gewesen wäre. Es wäre jedoch klug, langsam damit zu beginnen, Bridget auch mit Kochaufgaben zu betrauen. Dann reichte es, wenn wir ein Abendessen für mehr Personen servieren müssten, wenn wir ihre Mutter und die Schwestern zum Geschirrwaschen hierhätten, während Bridget mir zur Hand ginge. Außerdem werde ich auch mutiger Dienste ablehnen müssen, die mich überfordern. Es war ein Zufall, dass ich Mr. Serle traf, und ein Zufall, dass er Zeit hatte, mir zu helfen. Ich muss – das sage ich mir immer und immer wieder – auf eigenen Füßen stehen.

Freitag, 5. April 1850

Heute Abend fällt mir das Schreiben schwer, aber ich habe das dringende Bedürfnis, festzuhalten, was geschehen ist. Wenn ich es langsam angehen lasse, wird es vielleicht leichter sein. Letzten Sonntag war Ostern. Es fiel nicht schwer, ein Familienessen für drei Personen herzurichten. Aber die vergangene Woche war ermüdend. Der Frühjahrsputz musste erledigt werden. Extra dafür angeheuerte Männer nahmen die Ofenrohre ab, um sie zu reinigen. Eine andere Firma holte die Teppiche ab und putzte die Fenster. Überall herrschten Chaos und Dreck, und fünf Tage lang gingen fremde Menschen ein und aus. In der Küche kamen wir uns vor, als würden wir sauber machen und dann sofort wieder von vorn beginnen, weil Staub und Ruß vom übrigen Haus zu uns hereindrangen.

Heute Abend war es endlich wieder ruhig. Die Familie ging abends aus. Sie nahmen ein zeitiges Abendessen ein und brachen dann zu Mr. Westervelts kranker Mutter auf. Auch wir aßen zeitig. Marie ging mit ihrer Freundin Camille von nebenan zur Kirche. Ich erteilte Bridget die Erlaubnis, heute Abend zu ihrer Familie zu gehen. Sie versprach, am Morgen vor dem Frühstück zurück zu sein. Ihr Leben wird jetzt dadurch erleichtert, dass sie bis nächsten Oktober in den oberen Räumen nicht mehr die Öfen anfeuern muss.

Ich saß ganz allein in der Küche. Es kommt so selten vor, dass ich für mich bin, außer wenn ich mir Zeit nehme, mein Leben aufzuschreiben, und dann nachts ins Bett falle. Ich hatte die Lampe angezündet und eine Häkelarbeit in meinen Händen. Ich brauche einen neuen Unterrock und ein Hemd und habe begonnen, die Spitze dafür zu häkeln. Honor meint, es sei sehr viel Arbeit und lohne nicht, da doch die maschinell hergestellte Spitze für wenig Geld zu bekommen sei, aber ich mache diese Arbeit gern. Es hilft mir, an meine Mutter und ihre Gewohnheiten zu denken.

Bald werden Mrs. Westervelt, ihre Tochter und Mr. Westervelts Mutter für die Sommermonate auf das Familiengut in der Nähe von West Point abreisen. Weiße Überzüge werden die Möbel in den Salons bedecken, und nur die Küche, das Esszimmer und Mr. Westervelts Arbeitszimmer werden in Gebrauch sein – und die Schlafräume natürlich. An den Wochenenden werden Mr. Westervelt und der Sohn auf dem Raddampfer über den Hudson oder mit dem Zug aufs Land fahren, um sich dem Rest der Familie anzuschließen.

Ich versuchte mir vorzustellen, wie es dort wohl aussehen mochte. Ich hatte noch so wenig von Amerika gesehen. Tante Jane hatte erzählt, dass der große Hudson-Fluss von Norden her durch wunderbare Berge fließen würde. Einmal hatte ich einen Blick auf die Klippen von New Jersey jenseits des Flusses erhascht. Ich fragte mich damals, ob sie so hoch sind wie die großen Wasserfälle am Niagara. Offenbar war ich in der Stille ein wenig eingedöst, denn ich hatte eine Art Wachtraum, in dem ich dastand und auf den tanzenden Wasserfall starrte. »Ist alles in Ordnung mit Ihnen?«, erkundigte sich eine Stimme. Ich erkannte sie als die von Mr. Serle, aber als ich meinen Kopf umwandte, sah ich nicht ihn, nur die über graue Felsen stürzenden und schäumenden Wassermassen.

Das Geräusch von Schritten im Durchgang und ein Klopfen an der Tür weckten mich. Es war Mr. Serle in Person, kein Traum.

»Ich bin spazieren gegangen und sah das Licht«, erklärte er. »Störe ich Sie?«

»Nein, nein«, beeilte ich mich, ihm zu versichern. »Ich bin heute Abend eine Weile allein. Kommen Sie doch rein. Möchten Sie etwas zu trinken?«

»Ja, bitte«, sagte er.

Er setzte sich an den geschrubbten Tisch. Ich holte Zitronensirup und kaltes Wasser und bereite uns beiden eine Limonade.

»Auf Ihre Gesundheit, meine Liebe«, sagte Mr. Serle.

Während wir tranken, herrschte friedliches Schweigen.

»Sind Sie denn glücklich hier in Amerika?«, wollte Mr. Serle von mir wissen.

Ich dachte darüber nach. »Ja und nein«, antwortete ich. »Mir gefällt, dass es hier so viel zu lernen gibt, so viel Geschäftigkeit und Leben in dieser Stadt ist. Ich komme zurecht. Ich habe Freunde gefunden. Und doch überwältigt mich diese Stadt, und ich fühle mich oft so einsam. Ich wünschte, mein Bruder käme zurück.«

Ich hätte ihm auch gerne erzählt, dass es mir nicht behagte, nachts allein in meinem Zimmer zu schlafen. Aber dies vor Mr. Serle zu sagen empfand ich als unpassend.

Mr. Serle nickte.

»Und Sie?«, fragte ich. »Sind Sie denn glücklich in Amerika?«

Er blickte auf seine Hände. »Ich komme mir vor, als hätte man mich in einen Eintopf mit merkwürdigen Zutaten geworfen, die kochen und sprudeln. In meiner Heimatstadt Rom war mein Leben eingeschränkt – vielleicht habe ich schon vergessen, wie eingeschränkt –, und dennoch lebte ich in meiner Geschichte, die wie die Steine in einem Keller unter uns ihren Platz hatte. Hier bin ich manchmal ganz verloren. Das Gebäude an meiner Straßenecke, das noch gestern dort stand, wird heute eingerissen. Morgen wird dort ein neues Hotel hochgezogen. Wenn ich aus meiner Tür trete, fängt die Verwirrung an.« Er hielt inne, einen wehmütigen Ausdruck auf seinem Gesicht. »Ich blubbere in dem Eintopf. Die Aromen vermischen sich nicht so miteinander, wie sie sollten. Die Würze fehlt.«

»Alle arbeiten sehr hart hier«, tastete ich mich vor.

Ich wusste nicht recht, ob ich ihn verstand. Vielleicht verstand er sich ja selbst nicht.

»Oh, die Arbeit.« Er zuckte die Schultern in vertrauter Geste.

»Was ist es dann?«, fragte ich. »Wollen Sie damit sagen, dass jemand, mit dem Sie Ihre Gedanken austauschen können, die Würze ist, die Ihnen fehlt?«

Mr. Serle gab keine Antwort auf diese Frage.

»Ich habe mit dem Rabbi in der Synagoge gesprochen, in die ich zum Beten gehe«, sagte Mr. Serle. Er richtete seinen Blick wieder auf seine Hände, und seine Augenlider verbargen seinen Blick, so dass ich seine Gefühle nicht zu deuten vermochte. »Sie liegt in der Crosby Street«, ergänzte er. Er redete wohl, um zu reden, schien mir.

»Ja?« Ich fragte mich immer mehr, was er mir wohl sagen wollte und warum er zögerte, es auszusprechen. Warum sollte er mit dem Geistlichen nicht über seinen Glauben reden?

»Er teilte mir mit, die Gemeinde habe genau in dem Jahr, bevor Sie und ich nach Amerika kamen, beschlossen, dass nur diejenigen, die nach jüdischem Recht verheiratet sind, einen Platz in der Synagoge beanspruchen und auf dem Gemeindefriedhof begraben werden dürfen. Das sind die Regeln.«

Er neigte sein Haupt und starrte auf die goldgelbe Flüssigkeit vor ihm oder auf etwas Unsichtbares.

»Ich verstehe nicht«, sagte ich.

Jetzt beugte er sich zu mir über den Tisch. »Mein Volk, meine Synagoge, sie sind mir so wichtig. Ich wüsste nicht, was wäre, wenn ich auf sie verzichten müsste.«

»Aber selbstverständlich müssen Sie an Ihrem Glauben festhalten«, bestärkte ich ihn.

»Ich bin in der Synagoge Männern begegnet, die mit

Christinnen verheiratet sind. Ich dachte immer, solange man nicht nach dem christlichen Zeremoniell heiratet, sei dies akzeptabel. Aber der Rabbi sagte, das sei nicht mehr so.«

»Dann sind diese Dinge also festgelegt?« Ich versuchte einerseits zu begreifen, was er mir da erzählte, und anderseits auch die Bedeutung zu erfassen, die diese seine Worte für mich hatten.

»Sie sind mir so lieb«, sagte Mr. Serle leise. Ich konnte ihn kaum verstehen. »Ich habe Angst davor, Sie weiterhin zu sehen. Wenn es nicht anders geht, muss ich jetzt damit aufhören, ehe ich Ihnen wehtue.«

Mir schossen Tränen in die Augen. Ich brachte vor lauter Schmerz kein Wort über die Lippen.

»Es tut mir so leid«, sagte er.

»Sie haben mir einmal erzählt, Sie würden nur innerhalb Ihres Glaubens heiraten. Und ich habe wahrhaftig nicht damit gerechnet, dass Sie Ihre Haltung ändern. Aber der Gedanke, dass wir nicht weiterhin Freunde sein können, ist mir unerträglich. Warum geht das nicht?«

»Ich bin nicht stark genug, meine Liebe«, sagte Mr. Serle traurig. »Im Moment jedenfalls nicht. Es tröstet mich, dass Sie an mich als Ihren Freund denken. Es sagt mir, dass ich Sie nicht in die Irre geführt, Sie nicht verletzt habe.«

»Nein«, versuchte ich ihn zu beruhigen. »Sie haben mir, was die Ehe betrifft, keine falschen Hoffnungen gemacht.« Ich musste aufhören, denn die Tränen erstickten meine Stimme. Ich wühlte in meiner Tasche, aber Mr. Serle, der meine Not erkannte, reichte mir schweigend ein Taschentuch über den Tisch. Da musste ich an den Tag denken, als mein Bruder davonsegelte und Mr. Serle mir sein Taschentuch gab, damit ich winken und meine Tränen trocknen konnte. Wie ein Kind, dem man einen Löffel Honig zu seinem Brot reicht, habe auch ich meinen Anteil an Güte und Tugendhaftigkeit bekommen.

»Es tut mir so leid«, fing er wieder an.

Ich schüttelte den Kopf. Jetzt war ich wütend auf ihn. »Es war falsch von Ihnen, mir das zu erzählen. Sie werfen eine unschuldige Liebe weg. Sie haben alles kaputt gemacht.«

Ich hatte den Geschmack von Bittermandeln im Mund. Zu wissen, dass er an mich gedacht hatte, seine Religion ihm dies aber verbietet – das war zu viel. Warum konnte er es nicht belassen, wie es war zwischen uns? Mich mit ihm auf dem Markt zu unterhalten stimmte mich froh für den Tag. Ich wollte nicht, dass er sich von mir abwandte.

»Es war falsch von Ihnen, mir das zu erzählen«, wiederholte ich.

»Falsch?«, fragte Mr. Serle. Er schaute auf seine hohle rechte Hand, die auf dem Tisch vor ihm lag, nicht auf mich. »Ich möchte immer aufrichtig zu Ihnen sein. Es gibt auf der Welt nicht allzu viele Menschen, denen wir uns anvertrauen können.«

»Ihre Religion muss böse sein, wenn sie die Liebe verbietet«, sagte ich.

Ich spürte eine Welle des Zorns auf die Welt in meiner Brust anschwellen.

Mr. Serle gab mir keine Antwort. Ein langes Schweigen folgte. Die halb vollen Gläser Limonade glänzten golden im Lampenlicht auf dem Tisch. Mr. Serle sah mich mit einem Hunger und einer Traurigkeit im Gesicht an, die ich so noch nie an ihm wahrgenommen hatte.

»Nun«, sagte er endlich, »ich werde New York für eine Weile verlassen.«

»Wohin werden Sie gehen?«, fragte ich. Mir schmerzte der Kopf vom Weinen, aber vielleicht war es auch mein Herz.

»Ich habe eine gute Anstellung beim französischen Gesandten in Washington. Nicht als Chefkoch, aber als

Zweitkoch. Ich muss wieder etwas dazulernen, und dies ist eine gute Gelegenheit.«

»Sie suchen also kein ländliches Restaurant am See?«, fragte ich ihn. Wohin war die Hoffnung gegangen? »Was ist mit Ihrem Traum?«

Mr. Serle zuckte mit den Schultern. »Ich glaube nicht, dass es dazu kommen wird«, meinte er. »Es war eine flüchtige Idee. Manchmal müssen wir im Tageslicht leben, nicht im Mondlicht.«

»O nein«, widersprach ich. »Es ist ein guter Traum. Ich würde alles, alles dafür geben, Ihnen diesen Traum zu erfüllen.«

»Sie sind sehr gütig«, sagte er.

Mir liefen die Tränen über die Wangen.

»Es schmerzt mich, Sie weinen zu sehen, *cara*«, sagte er so hilflos, wie es gar nicht seine Art war.

»Ich weine mehr, seit ich ein Mädchen bin, als damals, als ich noch Ihr Neffe war«, schniefte ich.

»*O Dio!* Verzeihen Sie mir, Mina.« Er machte Anstalten, sich zu erheben, setzte sich dann aber wieder. Er griff in seine Manteltasche.

»Ich habe Ihnen etwas mitgebracht«, sagte er, »Es ist ein sehr kleines Geschenk. Ich hoffe, Sie können es annehmen.«

Er reichte mir ein in dünnes Papier gewickeltes Päckchen. Im Papier lag ein grünes Seidenband. Es war nicht irgendein Grün, sondern ein so glänzendes, sattes Grün, dass es an Gras und Himmel und Sommerregen erinnerte.

Ich betrachtete es lange Zeit. Das Sprechen fiel mir schwer.

»Danke schön«, sagte ich. »Es ist ein reizendes Geschenk.«

Ich faltete das Päckchen wieder zusammen und verstaute es sorgfältig in meiner Tasche.

»Ich dachte, das passt zu Ihnen«, sagte er.

Ich konnte ihn nicht ansehen.

»Nun, ich muss gehen. Es ist schon spät.«

Wir gingen hinaus in den Gang und blieben an der Tür zum Hof stehen.

»Leben Sie wohl, Mina«, sagte Mr. Serle.

»Leben Sie wohl«, erwiderte ich.

Was sollte ich tun? Weinen war nutzlos. Ich hatte zu viel an ihn gedacht; ich war froh, dass er sich mit mir über seine sich wandelnden Gedanken aussprach. Aber jetzt wurde ich bestraft. Er musste gehen.

Mr. Serle beugte sich über mich und strich mir das Haar aus der Stirn. Er küsste mich zärtlich auf die Wange.

»Lassen Sie es sich gut gehen, meine Liebe«, sagte er. »Alles Gute.«

Und schon war er die Treppe hinauf in die laue Frühlingsnacht entschwunden. Ich hörte das Einrasten des Tors, als er es hinter sich zuzog.

»Erlaubt meine Mutter Ihnen, Ihre Liebhaber in der Küche zu empfangen?«, sagte eine Stimme hinter mir.

Ich wirbelte herum, die Hand an meiner Wange.

»Wer sind Sie?«, fragte ich.

Ich hatte nicht gehört, dass die Tür aufging, und auch keine Schritte auf der Treppe, während ich mich mit Mr. Serle unterhielt. Die Person, die gesprochen hatte, kam nun über die letzte Stufe in den Durchgang und verbeugte sich vor mir.

»Jasper Linwood Westervelt, zu Ihren Diensten, Madam«, sagte er.

Als er mir ins hellere Licht der Küche folgte, sah ich, dass er ein junger Mann war, braunhaarig und gut gewachsen sowie von blühender Gesundheit, wie seine rosigen Wangen zeigten. Er hatte große Ohren für seinen Kopf, aber seine Augen waren klein und standen eng beieinander. Es musste der Sohn sein, der von seinem Studium in Massachusetts für die Ferien nach Hause gekommen war.

»Mein Onkel kam, um sich von mir zu verabschieden«, sagte ich steif.

»Ihr Onkel also?« Er klang skeptisch.

»Ja, mein Onkel«, wiederholte ich schärfer als beabsichtigt.

Das Gespräch über das Heiraten hatte mich aufgewühlt. Ich sagte mir, dass ich nur wütend war, weil Mr. Serle wegging. Mr. Serles Taschentuch lag noch dort auf dem Tisch, wo ich es abgelegt hatte, als er mir das Band gab. Ich steckte es in meine Schürzentasche, es war noch feucht von meinen Tränen. Das hatte nichts zu tun mit diesem aufdringlichen jungen Mann.

»Sie sind sehr viel hübscher als die letzte Köchin«, meinte Jasper Westervelt. »Obwohl Ihre Augen ein wenig rot aussehen. Wenn Ihre Küche Ihrem Aussehen entspricht, dann denke ich, wird sie mir sehr munden.«

»Ich hoffe, dass meine Kochkünste Sie zufrieden stellen werden«, sagte ich vielleicht ein wenig zu keck, aber ich war aus dem Gleichgewicht gebracht. »Sie sehen aus, als würden Sie gern essen.«

»*Touché*«, erwiderte er und lachte. »Sehen Sie meinem eingefallenen Gesicht und meinen hungrigen Augen nicht an, dass ich gerade erst aus Boston zurückgekommen bin und seit zehn Stunden nichts mehr gegessen habe?«

»Gab es denn nichts zu essen, wenn der Zug hielt?«, fragte ich.

»Wenn man diese schrecklichen Buffets mit Aufläufen und Ale *Essen* nennen kann«, erwiderte er. »In New Haven habe ich was hinuntergeschlungen und hatte dann für den Rest der Reise Aufstoßen. Und jetzt«, ergänzte er mit trauriger Miene, »ist keiner hier, um mich zu begrüßen, und die Köchin kümmern meine Hungerqualen nicht. Nein, sie muss ihren Onkel verabschieden. Können Sie mir denn gar nichts geben? Nicht einmal ein Sandwich?«

»Natürlich kann ich Ihnen ein Abendessen machen«, sagte ich. »Offenbar hat man Sie nicht für heute Abend erwartet. Ihre Mutter hat mir keine Anweisung erteilt, eine Mahlzeit zu Ihrer Rückkehr bereitzuhalten.«

»Das sieht ihr ähnlich«, meinte Jasper. »Zweifellos war sie mit ihrer Poesie so beschäftigt, dass sie keine Zeit hatte, meine Briefe zu lesen.«

Seine kleinen, glänzenden Augen beobachteten mich. Ich erwiderte nichts darauf. Es ziemte sich für Bedienstete nicht, die Fehler der Herrschaft zu diskutieren.

»Möchten Sie nicht lieber nach oben gehen?«, schlug ich Jasper Westervelt vor. »Marie ist nicht da, aber ich kann Ihnen ein kaltes Abendbrot aus gekochtem Hühnchen und Salat hochbringen, wenn Sie schnell etwas essen wollen, ich kann aber auch eine Sauce bereiten und Ihnen das Hühnchen warm machen, wenn Sie nicht in Eile sind. Dazu muss ich nämlich den Herd schüren.«

»Ein kaltes Abendessen ist genau richtig«, sagte er zu meiner Erleichterung. Ich hatte nicht richtig Lust dazu, an diesem warmen Abend ein Feuer zu entfachen. »Aber in Eile bin ich nicht. Ich werde hier in der Küche essen. Das erspart Ihnen den Weg, und ich habe meinen Spaß daran, Ihnen beim Zubereiten des Essens zuzusehen.«

Er zog einen Stuhl heraus, setzte sich an den Tisch und sah mich erwartungsvoll an. Das ist ein junger Mann, der sich seines Charmes bewusst ist, sagte ich mir. Und seine reizende Art erinnerte an ein wohlerzogenes Kind oder einen Welpen mit der Gewissheit der eigenen Wichtigkeit in der Welt.

»Dann müssen Sie sich auch mit dem Personalbesteck zufrieden geben«, sagte ich.

Ich bereitete also dem jungen Mann sein Abendessen zu, wusch ab und stieg dann die Hintertreppe hoch zu meinem

Zimmer, wo ich nun an Mr. Serle denke. Er wollte mich heiraten. Und jetzt ist er weg. Hätte er nicht an Heirat gedacht, hätte er bleiben können. Ich konnte nicht schlafen und habe mich deshalb an die frische Luft gesetzt, die vom Fenster hereinkommt, um dies in der stillen Nacht zu Papier zu bringen. Die Welt ist nicht so, wie ich dachte.

Samstag, 11. Mai 1850

Die Westervelts sind heute Abend ausgegangen, so dass ich ein wenig Zeit für mich habe. Die Zeitungen sind voll mit Berichten über eine weitere Feuersbrunst in San Francisco. Drei Häuserblocks wurden ein Opfer der Flammen, und viele andere Gebäude riss man ein, um das Feuer einzudämmen. Es heißt, es habe Tote gegeben. Die ganze Woche quälen mich schlimme Träume.

Donnerstag, 4. Juli 1850

Ich habe lange Zeit nichts in mein Buch geschrieben. Heute holte ich es mir zu meiner Gesellschaft, ohne dass es etwas Wichtiges zu berichten gäbe.

Im Juni, als der Wiederaufbau nach dem Feuer vom Mai noch in vollem Gang war, wütete schon das nächste Feuer in San Francisco. Noch kein Brief von Daniel. Er könnte auch tot sein. Sollte er leben, dann könnte dank des neuen Überlandpostverkehrs binnen eines Monats ein Brief von ihm eintreffen. Meine Briefe an ihn könnten natürlich verbrannt sein. Vielleicht wartet er auch, von mir zu hören, ehe er sich wieder meldet. Oder vielleicht vergisst er mich auch, je mehr er sich in der neuen Stadt einlebt. So etwas wäre verständlich. Zwischen uns liegen nun so viele Meilen.

Heute Abend feiert Amerika Geburtstag. Tagsüber fanden Paraden statt. Selbst in der Küche hörten wir vom fernen Broadway die Kapellen. Jetzt sitze ich am offenen Fenster meines Zimmers. Hier, im fünften Stock des Hauses, sehe ich am südlichen Nachthimmel die Sterne, groß wie Zuckerkristalle auf einem Kuchen, und die dunklen Häuserblocks, die sich zum Meer hin erstrecken. Auf den Dächern werden Feuerwerke abgebrannt. Unablässig funkeln Lichter, und überall in der Stadt hört man es knallen.

Ich habe mir ein Netz für mein Bett gekauft. In der Sommerhitze öffne ich mein Fenster weit, um Luft hereinzulassen, doch dann plagen mich Insekten. Jetzt suche ich in meinem Buch nach etwas, das mich glücklich macht, aber wenn ich an die Freude denke, die ich an dem Tag empfunden habe, als wir im Hafen ankamen und neben der *Cushlamachree* vor Anker gingen und ich dann Daniel wiedersah, muss ich weinen. Vielleicht muss man das Glück teilen, damit es wahrhaftig ist. Allein für mich betrachtet, unterscheidet sich der Gedanke daran kaum von Kummer.

Eine Veränderung habe ich vorgenommen, die mir Trost bringt. Tagsüber trage ich den Ring meiner Mutter mit dem roten Stein in meinem Hemd, aber nachts trage ich ihn am Finger. Ehe ich meine Gebete spreche, küsse ich den Ring meiner Mutter und bitte ihre Seele, mit mir für Daniel zu beten.

Montag, 8. Juli 1850

Mrs. Westervelt und ihre Tochter Sarah sowie Mr. Westervelts Mutter sind heute abgereist. Sie fuhren zu dem Gut, das die Familie Archer in Blithedale-on-Hudson auf der anderen Flussseite von West Point besitzt. Marie ist auch für zwei Monate zu ihrer Familie zurückgekehrt. Es ist ungewiss, ob sie wiederkommt. Sie deutete an, womöglich einen Ehemann zu finden und dass somit eine Eheschließung der wahre Grund ihrer Reise sei.

Bridget und ich blieben zurück, um den Haushalt zu führen. Ich bereite von Montag bis Freitag Frühstück und Abendessen und am Samstag nur noch Frühstück für Mr. Westervelt und seinen Sohn Jasper zu, der mit der Schule fertig ist und nun bei seinem Vater arbeitet. Den Samstagnachmittag und den Sonntag verbringen sie dann mit der Familie auf dem Land. Jacob kommt weiterhin zu uns, um den Boiler für Heißwasser zu regulieren. Er ist noch schweigsamer und brummiger als sonst, weil man ihm für Juli und August den Lohn gekürzt hat.

Als Mr. Westervelt mich über diese für den Sommer gültige Vereinbarung informierte, erklärte ich ihm, dass Bridget und ich, sofern wir bei vollem Lohn weiterarbeiteten, die Speisekammer mit Eingewecktem, Marmeladen und saurem Gemüse für den Winter bestücken würden. Wenn er jedoch beabsichtige, unseren Lohn zu kürzen, dann würde ich meine freie Zeit bei meiner Freundin Miss Corbett verbringen und Geld mit Nähen verdienen. Ich sagte ihm, er könne entweder jetzt das Geld für unseren Lohn oder später für Lebensmittel sparen.

Es schien Mr. Westervelt zu überraschen, dass ich ihm eine derartig klare Alternative stellte. Aber auch auf die Erwähnung meiner Freundin reagierte er mit Erstaunen.

»Sie kennen eine Miss Corbett?«, erkundigte er sich vorsichtig.

»In der Tat«, antwortete ich.

Mir wollte nicht einleuchten, was es ihn anging, wie und wo ich meine Zeit verbrachte, es sei denn, er bezahlte mich dafür. Doch es freute mich, dass er auf meinen Vorschlag einging und wir bei vollem Lohn weiterarbeiten konnten. Bridget möchte mehr Einblick ins Kochen bekommen. So werde ich sie unterrichten und zugleich unsere Vorräte aufstocken können, damit wir für die schwierigen Zeiten im Jahr gewappnet sind, in denen frische Ware rar und teuer ist.

Freitag, 19. Juli 1850

Ich dachte, die Frage der Löhne und meiner Näharbeit, falls ich nicht koche, sei geklärt, aber Mr. Westervelt kam heute wieder darauf zu sprechen. Normalerweise geht Bridget nach oben, um das Abendessen für Vater und Sohn zu servieren, aber sie fühlte sich heute nicht wohl. Die drückende Hitze in der Stadt macht müde. In der Küche war es heiß und dampfig, weil ich den Herd schüren musste, um einen Kabeljau zu kochen. Ich machte dazu zwei Saucen – eine Gurken- und eine Anchovissauce. Als Bridget sagte, ihr sei schwindelig, und sie gestand, ihre Tage zu haben, gab ich ihr etwas Kaltes zu trinken und sagte ihr, sie solle sich ausruhen, während ich servierte. Beim Saubermachen würde ich ihr dann helfen, sobald die Herren fertig wären und wir selbst auch zu Abend gegessen hätten.

Ich wusch mein Gesicht mit kaltem Wasser, strich mein Haar glatt, setzte ein frisches Häubchen auf und band eine saubere Schürze um und ging dann zum Bedienen nach oben. Die Suppe war einfach, dann brachte ich den Fisch und die Teller Mr. Westervelt, damit er die Portionen austeilte. Ich wollte gerade zurück ins Anrichtezimmer, um das Suppengeschirr in den Speisenaufzug zu stellen, als Mr. Westervelt mich zurückrief.

»Einen Augenblick, Mrs. Pigot«, sagte er.

Natürlich machte ich kehrt, sah ihm in die Augen und wartete darauf, dass er sprach.

»Es geht um Ihre Freundin Miss Corbett«, fing er an.

»Ja?« Ich fand es seltsam, dass er dieses Thema erneut anschnitt.

»Ist Ihre Freundin vielleicht eine Miss Jane Corbett?«, fragte er.

»Miss Jane Corbett ist eine meiner Freundinnen. Aber ich kenne auch ihre Nichte, Miss Honor Corbett.«

»Und kennen Sie sie schon lange?«, hakte er nach.

Der Sohn, Jasper, ließ seinen Blick von seinem Vater zu mir und wieder zurückwandern. Seine dicht beieinanderstehenden Augen verliehen ihm einen berechnenden und verschlagenen Gesichtsausdruck.

»Ich kenne sie, seit ich vor zwei Jahren nach Amerika gekommen bin«, antwortete ich. »Sie sind sehr freundlich zu mir.«

Mr. Westervelt sah mich unentwegt an. »Sind Sie gebürtige Amerikanerin?«, wollte er wissen.

»Nein«, sagte ich, »ich bin Irin.«

»Aber Sie sind einundzwanzig?«, forschte er zögernd weiter, als wäre er sich bewusst, dass seine Fragen unter den gegebenen Umständen seltsam klangen.

»Ja«, sagte ich. Ich wollte meine Lüge jetzt nicht zugeben.

»Verstehe«, meinte Mr. Westervelt. »Und die Nichte ist wie alt?«

»Zweiundzwanzig.«

»Verstehe«, sagte Mr. Westervelt wieder. Dann wandte er sich an seinen Sohn und sagte: »Fisch, Jasper? Offenbar gibt es Kabeljau. So sag doch etwas!«

Ich dachte, damit sei die Angelegenheit nun wirklich erledigt, aber nachdem ich den Fisch und dann das kalte Rindfleisch und den Salat weggeräumt und eine Schüssel mit Kirschen und einen Teller mit Schokobiskuits auf den Tisch gestellt hatte, kam Mr. Westervelt wieder auf die Corbetts zu sprechen.

»Und Ihren Freundinnen, den Corbetts, geht es gut?«, erkundigte er sich.

Es war offenkundig, dass er bemüht war, dem Gespräch einen normalen Anstrich zu geben. Nur dass man sich eigentlich nicht mit seiner Köchin unterhält, während diese das Essen serviert. Und weshalb sollte er sich überhaupt für Honor und Tante Jane interessieren? Auch Jasper Westervelt schien von seinem Vater überrascht zu sein, denn er starrte ihn mit gerunzelter Stirn an.

»Meinen Freundinnen geht es der heißen Witterung entsprechend gut«, sagte ich. »Sie ermüdet uns alle. Aber wenn Sie mich jetzt entschuldigen möchten, Mr. Westervelt, dann werde ich zu Ende abräumen und Sie Ihren Nachtisch einnehmen lassen. Ich muss nach unten, um Bridget zu helfen. Bitte klingeln Sie, falls Sie später Tee oder Kaffee möchten.«

Ich wartete nicht, bis er das Gespräch wieder aufnahm, sondern ging hinunter in die Küche. Es liegt mir fern, Probleme zu wittern, aber Mr. Westervelts Fragen fand ich besorgniserregend. Die Einzige, die mir sagen könnte, ob sie grob oder freundlich gemeint waren, ist Tante Jane, aber ich erinnere mich ihrer Unruhe, als ich den Namen der Westervelts erstmals vor ihr erwähnte.

Mittwoch, 31. Juli 1850

Endlich! Ich bekam einen kurzen Brief von Daniel, geschrieben Ende Juni. Er hat die beiden schrecklichen Feuersbrünste überlebt und nur ein Brandmal an der Wange davongetragen, das er sich im Funkenflug geholt hat. Auch Guido Di-Roma hat überlebt und ist wohlauf. Daniel konnte nicht eher schreiben, weil sie so sehr mit dem Kampf gegen das Feuer beschäftigt waren, die Asche wieder nach Gold durchsieben und sich dann daranmachen mussten, die verschiedensten Materialien zu beschaffen, um ihren Laden wieder aufzubauen. Er hat sich einer Vereinigung angeschlossen, die eine Feuerwehr für die Stadt ins Leben rufen möchte.

Der Brief ist von enttäuschender Knappheit; eher wie ein Geschäftsbrief. Er schreibt, er beabsichtige, mir bald einen Bankwechsel zuzuschicken. Ich bin dankbar, dass er an mich denkt. Doch Neuigkeiten aus seinem Leben und seine Gedanken wären mir lieber als ein Bankwechsel.

Mittwoch, 21. August 1850

Mr. Westervelt und sein Sohn fuhren am 10. August aufs Land, um dort eine Woche Urlaub zu machen. Bridget und ich waren am Wochenbeginn damit beschäftigt, Gemüse einzulegen. Wir freuten uns auf ein paar ruhige Tage für uns, ehe die Familie zurückkehrte.

Der Brief traf letzten Dienstag, den 13., mit der Morgenpost ein. Er war auf Mrs. Westervelts speziellem blassblauem Papier verfasst, in das oben ihre schwungvollen Initialen JAW in einem Kreis eingraviert waren. Mit gemischten Gefühlen las ich ihn.

> *Liebe Mrs. Pigot,*
> *die Köchin auf Blithedale ist erkrankt. Wir möchten, dass Sie übermorgen zu uns kommen und ein paar Tage bleiben. Sie werden ihre Arbeit übernehmen, damit sie sich erholen kann. Zugfahrkarten und ein Fahrplan sind beigelegt.*
>
> *Bitte lassen Sie mich noch heute wissen, mit welchem Zug Sie eintreffen werden. Jasper wird Sie am Bahnhof von Blithedale-on-Hudson abholen, wo Sie aussteigen müssen.*

Hochachtungsvoll,
Julia Archer Westervelt

Für Mrs. Westervelt kam mir der Stil ziemlich direkt vor. Doch womöglich hatte ihr Ehemann ihr den Brief diktiert.

Ich entschied mich für den frühesten Zug und schickte eine dementsprechende Nachricht ab. Die Zugfahrt flussaufwärts in der Morgendämmerung war zauberhaft. Ich saß am Fenster und schaute hinaus zu den Schiffen auf dem breiten Strom und die sich ständig verändernden Schatten auf den im Westen aufsteigenden Bergen. Traurig musste ich dabei an Mr. Serle und seine Bücher über Amerika denken. Noch vor zwei Jahren hätte ich gedacht, wir würden diese wunderbaren Naturschönheiten gemeinsam erleben. Dann hätte er mir einen Absatz vorgelesen, durch den ich die Schönheit um mich herum noch tiefer hätte erfahren können. Unser Gespräch hätte mir dabei geholfen, unseren Platz hier in Amerika besser zu verstehen. Es war ein Kindertraum, mir vorzustellen, dass man sich so um mich kümmern würde, zu glauben, seine Gesellschaft sei mir auf ewig gewiss.

Als ich in Blithedale-on-Hudson aus dem Zug stieg, lief Jasper schon auf dem Bahnsteig auf und ab. Er wirkte aufgewühlt und erregt.

»Hatten Sie eine angenehme Reise, Mrs. Pigot?«, erkundigte er sich und fügte dann, ohne eine Antwort abzuwarten, hinzu: »Ist das Ihr ganzes Gepäck?«

Als ich das bejahte, riss er mir den Koffer aus der Hand, und wir liefen zu dem Platz, wo die Kutschen auf die wenigen Passagiere warteten, die in Blithedale-on-Hudson ausgestiegen waren. Jasper führte uns zu einem Gig mit einer hübschen braunen Stute im Geschirr. Er schob meinen Koffer unter den Sitz und half mir beim Aufsitzen. Ich wollte ihn eigentlich fragen, ob ich nicht erst das Pferd streicheln dürfe, aber ich hielt es nicht für schicklich, dass eine Köchin den Sohn der Herrschaft um einen Gefallen bat. Natürlich hätte ich auch gern kutschiert. Seit ich England verlassen hatte, war keine Gelegenheit mehr gewesen, mich um ein Pferd zu kümmern oder eins zu reiten.

Jasper Westervelt ließ die Peitsche knallen, um das kleine Pferd auf Trab zu bringen. Für mein Empfinden setzte er die Peitsche viel zu oft ein, aber er schien dennoch ein sicherer Fahrer zu sein, der abbremste, wenn es um die Kurve ging, und seinen Hut höflich zog, wenn wir einer Kutsche begegneten, die zum Bahnhof fuhr. Mir fiel auf, dass er mir von Zeit zu Zeit einen nervösen Blick zuwarf. Doch er unterhielt sich nicht mit mir. Dafür war ich dankbar, denn auch an diesem Teil des Flusses war die Landschaft sehr reizvoll, die sich nach Osten hin als Farmland mit Obstgärten ausdehnte. Bald bogen wir in eine Straße mit gut gewachsenen, Schatten spendenden Bäumen ein.

»Was für Bäume sind das?«, erkundigte ich mich.

Mir gefielen die kräftigen Stämme und die sich verzweigenden, nach oben strebenden Äste. Sie waren wie Arme, die sich dem Himmel entgegenstreckten.

»Die Bäume?« Jasper Westervelt schien mit seinen Gedanken ganz woanders gewesen zu sein. »Oh, die Bäume. Das sind Ulmen.«

»Die sind sehr groß und stattlich«, bemerkte ich.

Wir bogen in den Hof eines mit Steinen verkleideten Hauses ein, dessen Fenster auf eine Terrasse entlang der Vorderfront führten.

»Ich muss nur kurz die Haushälterin sprechen«, sagte Jasper unvermittelt und schwang sich vom Gig.

Er machte sich nicht einmal die Mühe, die Zügel der Stute über ihren Kopf zu werfen, sondern verschwand seitlich ums Haus und ließ mich stehen.

»Sally! Sally!«, hörte ich ihn rufen.

Das Pferd spitzte die Ohren und bewegte sich störrisch. Ich nahm die Zügel in die Hand.

»Wer sind Sie?«, erkundigte sich eine Stimme.

Eine stämmige Frau mit einem flachen Korb voller Gartenfrüchte im Arm war auf den Hof gekommen.

»Ich bin die Köchin aus New York«, stellte ich mich vor. Ich legte die Zügel zusammen. »Ich bekam einen Brief mit der Aufforderung zu kommen. Wo ist Mrs. Westervelt?«

»Mr. und Mrs. Westervelt und ihre Tochter sind nach Nahant gefahren, um Freunde zu besuchen«, sagte die Frau mit verärgerter Stimme. »Keiner hat hier nach einer Köchin geschickt.«

»Da sind Sie ja, Sally«, sagte Jasper Westervelt.

»Wer ist diese Frau?«, wollte Sally gekränkt wissen. »Wir werden hier nicht eine überspannte Dame aus der Stadt einquartieren, während Ihre Eltern weg sind, Master Jasper.«

»O mein Gott«, sagte Jasper Westervelt. »Ich habe Sie gesucht, um es Ihnen zu erklären, Sally.«

»Da gibt es nichts zu erklären«, sagte ich. »Sie haben mich angelogen.«

»Warten Sie«, rief er. »Ich muss mit Ihnen reden.«

Er rannte ziemlich aufgebracht und wütend auf das Gig zu. Die Stute, von dieser plötzlichen Bewegung aufgeschreckt, warf ihren Kopf zurück und wich ihm aus.

Ich nahm die Zügel kürzer und holte die Buggypeitsche aus ihrer Halterung.

»Ich werde jetzt selbst zum Bahnhof fahren und den nächsten Zug zurück in die Stadt nehmen«, sagte ich. »Das Pferd überlasse ich der Obhut des Bahnhofsvorstehers. Sollten Sie versuchen, mich aufzuhalten, werde ich Sie mit der Peitsche schlagen.« Ich sah die Frau, Sally, an. »Ich bin keine überspannte Dame«, sagte ich.

Ich brachte die Stute so rasch auf Trab, dass Jasper Westervelt sich mit einem raschen Satz in Sicherheit bringen musste.

Wenn ich nicht so unglaublich wütend und erschüttert gewesen wäre, hätte ich die Rückfahrt zum Bahnhof und die Befriedigung, wieder ein Pferd zu kontrollieren, wie ich es von meinem Vater in Irland gelernt hatte, genießen können. Es kam mir wie eine Ewigkeit vor, dass er die Hand über meinen Händen auf den Zügeln gehalten hatte, obwohl es noch nicht einmal fünf Jahre her war. Das Pferd zu lenken brachte die Erinnerung an ihn zurück und beruhigte mich ein wenig. Als die Straße eine Biegung machte, taten sich neue Perspektiven auf. Den Fluss abwärts in südlicher Richtung türmten sich Wolken über einem Berg mit violetten Schatten, der seine Flanken nach vorne drückte und den Fluss zu einer Biegung zwang. Auf dem Wasser fuhren Boote mit weißen Segeln oder grauen Rauchschwaden dahin, die von emsigem Fleiß kündeten.

Der Bahnhofsvorsteher schien keinen Anstoß daran zu nehmen, dass ich das Pferd in seine Obhut gab, um es später abholen zu lassen. Ich schritt den Bahnsteig auf und ab und setzte mich dann ungeduldig auf eine Bank, bis der nächste Zug in Richtung Stadt eintraf. Glücklicherweise war wenig los, so dass mich keiner belästigte.

Erst als ich sicher in meinem Waggon saß, schöpfte ich Atem, um zu überlegen, aus welchem Grund Jasper Westervelt mich wohl zu dieser Reise verleitet hatte. Ich schaute aus dem verrußten Fenster und rätselte darüber, während ich versuchte, mich wieder zu beruhigen und mich von düsteren Gedanken zu befreien. Seit dem ersten Abend, als er ins Haus gekommen war und ich ihm in der Küche ein Abendessen bereitet hatte, hatte er mich immer in Ruhe gelassen. Ich hätte geschworen, dass er nur die Köchin und eine Bedienstete in mir sah. Nur das eine Mal, als sein Vater mich über die Corbetts ausfragte, zeigte er Interesse.

Ich musste daran denken, wie Tante Jane Honor und mir erzählt hatte, sie kenne Julia Archer aus der Schule. Vielleicht waren sie beide in Seton Westervelt verliebt gewesen. Gut möglich, dass er zuerst Tante Jane geliebt hatte. Oder es gab vielleicht eine familiäre Verbindung, von der Tante Jane aus guten Gründen nichts erzählen wollte. Sie ist so verschwiegen und immer auf Anstand bedacht. Ich sollte ihre Intimsphäre respektieren und mich keinen Spekulationen hingeben.

Vielleicht hatte es auch gar nichts mit Tante Jane zu tun. Jasper kam mir sehr verschlagen und kindisch vor. Womöglich sind Männer so, die aufs College gehen. Bis zu diesem Sommer musste er nie für sein Brot arbeiten, und jetzt stellt sein Vater ihn ein und kommt noch immer für seinen Unterhalt auf. Mich hereinzulegen könnte ein Streich sein, mit dem er sich vor seinen Kameraden brüsten wollte.

Ich drehte und wendete das Problem, als der Zug so unvermittelt zum Stehen kam, dass es mich fast vom Sitz geworfen hätte. Ein weiblicher Schrei weiter hinten im Waggon gab Anlass zu der Vermutung, dass tatsächlich jemand vom Sitz gefallen war. Keiner schien zu wissen, warum der Zug stehen blieb – noch dazu so abrupt. Rechts vom Gang ließ ein Mann das Fenster ganz herunter, so dass ein Schwall aus Rauch und Funken hereingeflogen kam. Er beugte sich hinaus, sah aber offenbar nichts, denn er schloss das Fenster wieder und wischte sich das Gesicht mit dem Taschentuch ab. Dabei vergaß er einen großen schwarzen Schmutzstreifen auf seiner Wange, was er natürlich nicht wissen konnte.

Wir saßen und warteten. Kein Schaffner oder Eisenbahner kam durch den Waggon, um uns eine Erklärung zu geben. Ich grübelte noch weiter über Jasper nach, kam aber zu keinem Schluss. Er ist noch so unreif. Es fällt schwer, ihn ernst zu nehmen. Und doch musste ich mir überlegen, ob ich nicht meine Stellung kündigen sollte. Ich sagte mir, dass Tante Jane zwar manchmal zu viel Theater über geziemendes Verhalten machte, doch Recht hatte, wenn sie sagte, ich könnte nirgendwo bleiben, wo man mich nicht mit Respekt behandelte. Ich starrte durch das verschmierte Fenster auf die Gräser und Baumstümpfe entlang der Zugstrecke. Weiter weg standen Kühe auf einem Feld. Sie wirkten so friedlich – als läge ihre Welt hinter einem weiteren Fenster, das sich noch hinter dem Zugfenster und der hässlichen Schneise, den Geleise und Eisenbahndamm in die Landschaft gruben, befand.

Endlich machte der Waggon einen Satz zurück und einen nach vorne, und schrill ertönte die Dampfpfeife. Aus meinem Fenster sah ich noch mehr Gräser und Stümpfe, und dann plötzlich eine Frau, mit wirrem Haar und zerfetztem, eingerissenem Kleid, so dass ihr Busen freilag. Zwei Männer hatten sie an den Armen gepackt. Ihren Kopf hatte sie in den Nacken geworfen, als würde sie dem in Gang kommenden Zug etwas zuschreien. Es war nur ein flüchtiger Blick, denn die Lokomotive legte an Fahrt zu, doch es war ein Anblick des Schreckens. Ich lehnte mich mit wild pochendem Herzen in meinen Sitz zurück. Ganz offensichtlich war etwas Schlimmes passiert.

»Was war der Grund für die Verzögerung vor dem Bahnhof?«, wollte der mir gegenübersitzende Mann vom Schaffner wissen, als dieser nach dem letzten Halt zu uns kam, um die Fahrkarten zu kontrollieren.

»Eine arme Irin – kam erst vor ein paar Monaten auf dem Schiff herüber«, berichtete der Schaffner. »Ihr Mann und ihre drei Kinder sind allesamt gestern am Fieber gestorben, nur sie allein hat überlebt. Sie wollte sich vor den Zug werfen.«

»Gütiger Himmel«, rief der Mann aus. »Wurde sie gerettet?«

»Ja«, sagte der Schaffner. »Bahnarbeiter haben sie entdeckt und von den Geleisen gezogen, als die Lokomotive auf sie zufuhr. Die Passagiere im vorderen Waggon haben für sie gesammelt. Die Männer werden sie zu einem Missionshaus in Peekshill bringen.«

»Die arme Seele«, sagte der Mann.

Der Schaffner ging weiter. Ich bekreuzigte mich und sprach ein stilles Gebet für die Toten und für die verzweifelte junge Frau, die allein in einem fremden Land lebte und keinen hatte, der sie tröstete.

Obwohl der Zug die Stadt noch vor Einbruch der Dunkelheit erreichte, hatte ich zuerst kein gutes Gefühl dabei, in das leere Haus in der Fourth Street zurückzukehren. Ich hatte Bridget gesagt, sie könne, während ich weg sei, zu ihrer Familie heimgehen. Sie hatte sich gefreut, mit den Resten aus der Küche nach Hause gehen zu dürfen. In der ersten Nacht schlief ich schlecht, doch als ich am Freitag auf den Markt ging, fand ich wunderschöne Himbeeren und Pfirsiche. Freitag und Samstag kochte ich in aller Ruhe ganz allein Himbeermarmelade ein und legte die Pfirsiche auf zweierlei Art ein, süß und sauer. Es ist sehr wichtig, Lebensmittelvorräte anzulegen, wie wir feststellen mussten, als die Kartoffeln krank wurden und abstarben. Obwohl ich die Speisekammer für die Westervelts fülle und nicht für meinen eigenen Bedarf, tröstet mich diese Tätigkeit und gibt mir Sicherheit.

Anfangs befürchtete ich, Jasper Westervelt würde mir womöglich in die Stadt nachreisen, aber es war nichts von ihm zu sehen. Als ich am Sonntag wie üblich zu Honor und Tante Jane ging, erwähnte ich nichts von dem, was mir widerfahren war. Tante Jane erkundigt sich jedes Mal so besorgt danach, wie es mir bei den Westervelts ergeht, dass ich sie nicht noch mit der langweiligen Geschichte von Master Jaspers Streich beunruhigen möchte. Vielleicht will ich aber auch überhaupt nicht darüber reden. Denn dann würden

Tante Jane und Honor mich sicherlich bedrängen, mir eine andere Stellung zu suchen, und ich bin doch gern hier in der Küche.

Als Bridget am Montag zurückkam und begierig war, alles über meine Reise zu erfahren, sagte ich ihr, es sei alles ein Irrtum von Mrs. Westervelt gewesen. Die Köchin sei wohlauf und ich sei noch am selben Tag wieder zurückgekommen. Da sie Mrs. Westervelt kannte, zog sie diese Erklärung nicht in Zweifel, sondern lachte nur und verdrehte die Augen.

Mittwoch, 4. September 1850

Am vergangenen Sonntagnachmittag gingen Honor, Tante Jane und ich hinunter zu P. T. Barnum's Museum. Aber als ich in der Elizabeth Street eintraf, wartete dort zunächst ein Brief meines Bruders auf mich mit einer Nachricht von Guido DiRoma am Briefende. Der Wiederaufbau ihrer Stadt mache Fortschritte. Sie sehe nun fast so elegant aus wie Dublin oder New York, schrieb mein Bruder. Honor strahlte beim Lesen von Mr. DiRomas Zeilen. Er wird vielleicht zurückkommen, um hier wieder ins Geschäft einzusteigen. Sein Vetter benötigt Hilfe und traut nur einem Verwandten. Doch all das ist noch ungewiss. Mein Bruder erwähnte die Angelegenheit mit keinem Wort.

Nachdem wir den Brief mehrmals gelesen hatten, kamen wir auf die Wunder von New York zu sprechen. Tante Jane wollte nicht glauben, dass San Francisco mit diesen mithalten könne. Ich erwähnte, dass mein Bruder mir einstmals versprochen hatte, mit mir in Mr. Barnum's Museum zu gehen, es dazu jedoch nie gekommen sei. Honor schlug vor, wir sollten alle zusammen dorthin gehen und uns dann noch ein Eis in der Eisdiele gönnen. Wir nahmen den Omnibus in die Stadt, damit wir nicht schon vom Fußweg ermüdet waren –

Eben habe ich mit Schreiben aufgehört und mich eine Weile ans Fenster gesetzt. Der Mond ist dunkel. Nur die Lichter der Stadt erhellen den Herbsthimmel mit seinen ziehenden Wolken und blassen Sternen. Ich muss versuchen, die Welt so zu verstehen, wie sie ist.

Kaum hatten wir unseren Eintritt bezahlt und mit der Besichtigung begonnen, da sah ich Mr. Serle, der mit Madame Moses am Arm dahinschlenderte. Er war also nicht in Washington. Madame Moses entdeckte mich vermutlich als Erste, denn sie sagte etwas zu ihm und lachte. Er erwiderte ihr Lachen nicht, sondern führte sie durch den Raum, um mit mir zu sprechen.

»Miss Pigot«, begrüßte er mich. »Es freut mich zu sehen, dass Sie mit Ihren Freundinnen ausgehen.«

Er wirkte ein wenig gerötet. Als er Tante Jane fragte, ob er ihr seine Verlobte, Madame Moses, vorstellen dürfe, meinte diese in ihrer höflichen Art, ja, mit Vergnügen. Man muss mir mein Entsetzen angesehen haben, denn Honor zwickte mich in den Arm und flüsterte mir ins Ohr: »Nur Mut, Mina.«

»Dann sind Sie also verlobt und werden heiraten«, sagte Tante Jane zu Mr. Serle. »Ich gratuliere.«

Madame Moses sah aus wie immer, glatt und blass in ihrem schwarzen, pelzbesetzten Kleid und der schwarzen Haube, die sich mit einem schmalen weißen Spitzenrand von ihrem Gesicht abhob. Ich fragte mich, warum sie ihre Hochzeit nicht feierte, indem sie sich fröhlichen Farben zuwandte. Ich würde das tun, wenn ich glücklich wäre.

»Ich freue mich für Sie«, sagte ich zu Mr. Serle. »Ich werde für Ihr Glück beten.« Und auch für meinen Seelenfrieden, sagte ich mir.

Madame Moses lächelte herablassend, als sie meine Worte hörte, aber Mr. Serle sagte darauf besonnen: »Danke schön.«

Ich wandte mich an seine Verlobte. »Sie werden sicherlich stolz sein, bald den Namen Mrs. Serle zu tragen«, sagte ich zu ihr. »Sie bekommen einen so begabten und freundlichen Ehemann.«

Das klang so töricht in meinen Ohren. Was sagte man, wenn man freundlich sein musste, aber lieber wegrennen und weinen würde?

Madame Moses zuckte bei meinen Worten zusammen, aber nicht, weil sie sie töricht fand. »Ich werde von Berufs wegen meinen Namen behalten«, erwiderte sie.

Ich wagte es nicht, Mr. Serle anzuschauen.

»Es wird für Mr. Serle sicherlich angenehm sein, eine Frau an seiner Seite zu haben«, fügte ich hinzu. »Er arbeitet so hart.«

»Er arbeitet viel zu hart«, pflichtete Madame Moses mir bei. »Ich wünschte, er würde seine Arbeit aufgeben. Ich hätte ihn auf meinen Reisen gern dabei.« Dabei stupste sie Mr. Serles Arm zärtlich an. »Er vernachlässigt bei all seiner Arbeit sogar seine Freunde. Nun, kurz bevor Benjamin nach Washington ging, gab Sadick an einem Samstagabend ein Dinner mit musikalischer Untermalung. Ich sang, aber Benjamin ließ Sadick die Nachricht zukommen, er müsse unerwartet arbeiten. Und gleich darauf war er den ganzen Sommer lang weg.« Sie berührte aufs Neue Mr. Serles Arm und ergänzte mit ihrer schallenden Stimme: »Ich habe ihn fürchterlich vermisst.«

Mr. Serle schien ihr nicht zuzuhören und achtete trotz ihrer zärtlichen Hand nicht auf ihre Schönheit. Er betrachtete mich mit einer Frage in den Augen.

»Eine gute Frau sollte immer um das Wohlergehen ihres Mannes besorgt sein«, sagte ich linkisch. Das Gespräch war ein einziger Albtraum.

»Wer ist Ihre Schneiderin?«, wandte Honor sich unvermittelt mit leiser Stimme an Madame Moses. »Sie hat sie wunderbar ausstaffiert.«

Honor zog Madame Moses beiseite, indem sie ihr Komplimente zu ihrem Sonnenschirm machte und ihre Meinung zu einer Muschelschatulle einholte. Tante Jane folgte ihnen.

»Da Sie ja selbst eine hochrangige Sängerin sind, was halten Sie von der ganzen Aufregung um Jenny Lind?«, hörte ich Honor fragen. »Wird sie überschätzt, wie man sagt? Glauben Sie, die Leute werden enttäuscht sein, wenn sie sie hören?«

»O nein«, rief Madame Moses aus. »Ich habe sie in Europa gehört. Sie ist eine respektable Künstlerin, wenn es ihr auch an darstellerischer Begabung mangelt.«

»Und Ihnen geht es gut, Miss Pigot?«, fragte Mr. Serle mich.

»Es geht mir ganz gut«, sagte ich. »In Washington hat es Ihnen nicht gefallen?«, fragte ich ihn, um ein unverfängliches Thema bemüht.

»Es ist ein ungesunder Ort«, berichtete er, »außerdem hatte ich nicht damit gerechnet, wie qualvoll es ist, an den Sklavenmärkten vorbeizulaufen. Die Atmosphäre der Stadt hat mir nicht behagt.«

»Wie schrecklich!«, seufzte ich.

Wenn ich von Sklaven hörte, musste ich an Phoebe denken, aber Mr. Serle dachte an etwas anderes.

»Sie wissen schon, dass ich noch immer Ihr Freund bin?«, versicherte er mir mit leiser, atemloser Stimme.

Ich verschloss mein Herz vor der Freundlichkeit seines Gesichts.

»Sie sollten nichts zu mir sagen, was Ihre Frau nicht hören soll«, erwiderte ich. Ich war froh, dass er hier war, und gleichzeitig enttäuscht von dem, was er getan hatte. »Es ziemt sich nicht.«

»Madame Moses ist noch nicht meine Frau«, entgegnete Mr. Serle.

»Aber sie wird es sein«, erinnerte ich ihn, »und da sollte zwischen Ehemann und Ehefrau alles offen und gleich sein. Ich könnte nicht die Freundin von nur einem von Ihnen beiden sein.«

»Noch bin ich nicht verheiratet«, wiederholte Mr. Serle, fast trotzig, wie ich fand. »Und wenn ich es bin, werde ich meine Freunde nicht aufgeben.«

»Ich kenne mich nicht aus, wie das bei Ehepaaren üblich ist«, sagte ich. »Aber ich halte es für unklug zu lügen, wenn man eine Verabredung zum Abendessen absagt.«

Mr. Serle schien mich zu studieren. Seine Stirn legte sich in Falten, und dann formten seine Lippen sein ironisches Lächeln.

»Ich habe nichts zu bedauern«, sagte er.

Madame Moses schien bemerkt zu haben, dass Honor sie immer weiter und weiter von Mr. Serle weggeführt hatte, denn ich hörte plötzlich ihre Absätze über den Boden klackern, als sie wieder zu uns zurückrauschte.

»Wir müssen weiter, *carissimo*«, sagte sie und packte Mr. Serles Arm. »Aber nur, wenn du dein Gespräch wirklich beendet hast. Ich möchte noch die Missgeburten sehen, ehe wir gehen.«

»*Au revoir*, Miss Pigot«, verabschiedete sich Mr. Serle von mir.

»Leben Sie wohl«, sagte ich.

Arm in Arm entfernten sie sich. Ich lief mit Tante Jane und Honor umher, starrte in die Glasvitrinen mit den Mineralien Südamerikas, botanischen Ausstellungsstücken aus Florida, einem Miniaturmodell der Stadt London und was sonst noch alles. Dabei musste ich unentwegt an Mr. Serle denken. Er machte nicht den Eindruck, als fühle er sich in Madame Moses' Gegenwart besonders wohl. War ich so böse, dass es mich freute, wenn er in seiner Ehe unglücklich würde? Was wollte ich von ihm? Die einzige Antwort, die mir darauf einfiel, war die, dass ich ihn nicht unglücklich wissen mochte. Und ich war froh, dass er hier in New York und nicht in Washington war. Vielleicht konnte er ja doch mein Freund sein, wenn er endlich mit einer Frau seines Glaubens verheiratet war. Er könnte mir wie ein echter Onkel oder auch ein zweiter Bruder sein. Aber Madame Moses würde das nicht gefallen, das konnte ich sehen. Sie betrachtete mich voller Argwohn. Vielleicht glaubte sie auch die Fantasien ihres Bruders, dass ich Mr. Serles Geliebte war.

Anfangs ließen Honor und Tante Jane mich in Ruhe. Als ich aber zu weit zurückblieb und mit leerem Blick ein seltsames hockendes, ausgestopftes Tier anstarrte – *Der Alligator*, hieß es auf dem Schild –, kam Honor zurück und nahm meinen Arm.

»Komm, Mina«, sagte sie. »Sofern du nicht unbedingt die Schlangenfrau und den Mann ohne Kopf sehen möchtest, wäre es an der Zeit, in der Eisdiele eine Erfrischung einzunehmen. Tante Jane ist müde, denke ich.«

Umso mehr überraschte es mich – als wir gemeinsam in einem Lokal saßen, das auch Frauen bedenkenlos aufsuchen konnten –, Tante Jane recht angeregt zu erleben.

»Männer sind fürchterlich«, ereiferte sie sich. »Es ist so ungerecht.«

Sie streifte ihre Handschuhe ab und knetete ihre Hände wie im Schmerz.

»Vielleicht ist er verliebt«, sagte Honor, aber nicht überzeugt.

»Warum sind Männer fürchterlich?«, hakte ich nach.

Mir war plötzlich kalt. War Mr. Serle einfach nur ein Mann?

»Sie sind so selbstsüchtig«, sagte Tante Jane.

Sie würde gleich in Tränen ausbrechen, dachte ich. Wenn

sie zu weinen anfing, würde ich mich auch nicht mehr länger zurückhalten können und mich ihr anschließen.

Die arme Honor. Sie versuchte, Tante Jane zu beruhigen und uns beiden zu helfen, unsere Haltung zu wahren. Sie nahm Tante Janes Hand in ihre, um sie ruhig zu halten. Als der Kellner kam, wollten wir beide nichts bestellen, aber Honor überredete uns dann doch noch zu Tee und Kuchen.

»Ich möchte ein Vanilleeis«, sagte sie. Und als der Kellner ging, fügte sie hinzu: »Ich sehe keinen Grund dafür, uns durch eine Verlobung – auch eine Verlobung, die wir für nicht richtig erachten – den Ausflug verderben zu lassen.«

»Wir sollten glücklich sein über das Glück der anderen«, stimmte ich zu.

Diese Worte klangen in meinen Ohren durch und durch unaufrichtig.

Honor lächelte mir zu. »Sehr gut, Mina«, sagte sie. »Ich glaube nicht, dass du deinen Freund verlieren wirst. Das habe ich im Gefühl.«

»Ich hätte nichts gegen seine Heirat«, sagte ich. »Tatsächlich könnte ich sogar froh sein, wenn ich dadurch noch eine neue Freundin gewänne.«

Der Kellner kehrte zurück und stellte Tee und Kuchen und Honors Eis auf den Tisch. Während wir bedient wurden, herrschte Schweigen. Tante Jane schenkte uns Tee ein. Sie war jetzt ruhiger. Das Ritual bei Tisch beruhigte sie. Honor nahm ihren Löffel in die Hand. Ich brach ein Stück Kuchen ab, um ihn zu kosten, aber die Krume fühlte sich in meinem Mund an wie Staub.

»Ich wünschte, Madame Moses könnte meine Freundin sein«, sagte ich schließlich.

»Sie fühlt sich unwohl in deiner Gegenwart, meine Liebe«, sagte Tante Jane. »Es liegt auf der Hand, wie sehr Mr. Serle von dir angetan ist. Ich fürchte, sie ist ein wenig eifersüchtig wegen der Aufmerksamkeit, die er dir schenkt.«

»Ein wenig?!«, platzte es aus Honor heraus. »Sie ist zerfressen davon.«

Dabei schien Honor an die Beschützergeschichte zu denken. Ich hätte sie gern gefragt, ob das der Grund für Madame Moses' Argwohn mir gegenüber sein könnte, aber wir konnten vor Tante Jane natürlich nicht offen reden. Sie wäre schockiert.

»Warum liebt er sie wohl?«, fragte ich.

»Es ist eine alte Geschichte, Mina«, sagte Honor. Sie sagte das zwar mit sanfter Stimme, aber wie immer war sie in der Wahl ihrer Worte nicht zimperlich. »Er möchte Gesellschaft im Bett. Sein Leben wird einsam sein. Außerdem macht sie einen reizenden Eindruck. Sie weiß ihre Schönheit vorteilhaft in Szene zu setzen, und sie hat genau die Figur, die den jetzigen Modegeschmack trifft. Außerdem strahlt sie Dramatik und Leidenschaft aus. Die Männer haben sich im Barnum's nach ihr umgedreht und sie angestarrt.« Und typisch Honor fügte sie hinzu: »Ich frage mich nur, ob sie tatsächlich leidenschaftlich ist oder ob sie es nur genießt, so zu tun, als würde sie diese Rolle gut spielen.«

Honor denkt auch wirklich immer an Dinge, über die ich mir zuvor noch keine Gedanken gemacht habe. Ich musste darüber lächeln und vergaß für einen Moment meine Traurigkeit darüber, dass Mr. Serle seine Wahl getroffen hatte.

Doch beim Niederschreiben überfällt mich diese Traurigkeit aufs Neue mit voller Wucht. Ich muss hinnehmen, dass Mr. Serle für mich verloren ist. Das Gespräch in der Küche in der East Fourth Street wird das letzte gewesen sein, das wir als Freunde miteinander geführt haben werden – und das ist mir nicht in tröstlicher Erinnerung. Stattdessen muss ich mich bemühen, die Erinnerung an den Trubel in der Küche vom vergangenen März festzuhalten, als wir zusammenarbeiteten – an die Stille im Auge des Sturms.

Donnerstag, 19. September 1850

Jasper Westervelt hat versucht, sich an mich heranzumachen. Anfangs dachte ich, er würde sich nur lustig über mich machen. Und tatsächlich glaube ich immer noch, es war ein Scherz oder Streich, obwohl er mich nicht in Ruhe lassen kann.

Sein erster Versuch fand heute Morgen statt. Ich war außer Haus gewesen, um auf dem Markt einzukaufen, und sah dort, dass Mr. Larkins noch immer Tomaten hatte, groß und wunderbar rot und vollreif. Als ich sie bewunderte, erzählte er mir das Rezept seiner Frau für einen Tomatenkuchen mit Sahne, Eiern und Muskat. Ich fing gleich nach dem Frühstück mit dem Pastetenteig an und rollte und faltete ihn auf dem Arbeitstisch, während Bridget das Geschirr abwusch.

Dass Jasper Westervelt hinter mir stand, merkte ich erst, als er mich packte und meine Arme festhielt. Dann küsste er mir den Haaransatz im Nacken, und das so feucht, dass ich nur daran denken konnte, ihn wegzuschubsen und mir den Hals mit einem Tuch trocken zu reiben.

»Lassen Sie mich in Ruhe!«, schrie ich und trat, so fest ich konnte, nach hinten aus, um seine Beine zu treffen.

»Au!«, rief er und ließ ab von mir.

Natürlich hörte das Bridget, drehte sich um und starrte uns an. Später meinte sie, sie sei ganz erschrocken gewesen, denn ich stand, das Nudelholz schwingend, vor Master Jasper, der auf einem Fuß herumhüpfte und sich das Schienbein rieb, wo ich ihn getroffen hatte.

»Was machen Sie da?!«, herrschte ich ihn an. »Warum belästigen Sie mich?«

»Entschuldigen Sie, Mrs. Pigot«, sagte er. Er hatte sich inzwischen auf einen Stuhl fallen lassen und rieb sich noch immer das Bein. »Ich konnte dem Impuls nicht widerstehen. Sie sind so schön.«

Es war sehr seltsam. Er sagt es nicht so, als würde er selbst dran glauben.

»Sie sind unverschämt«, erwiderte ich. »Verlassen Sie meine Küche.«

Er sah mich streitlustig an, besann sich dann aber doch eines Besseren. Weil seine Augen so dicht beieinanderstehen und so klein sind, weiß man manchmal wirklich nicht, wo sie hingucken. Er bekommt dadurch etwas Zwielichtiges. Ich war froh, dass draußen im Hof ein dumpfer Aufprall die Ankunft des Eismanns verkündete. Bridget eilte davon, um ihm die Tür aufzumachen, und Jasper Westervelt humpelte nach oben.

Ich hoffte, endlich meine Ruhe vor ihm zu haben, aber wie ein falsches Zehncentstück tauchte er wieder auf. Er betrat die Küche, als ich gerade alle Hände voll mit dem Abendessen zu tun hatte. Wieder hatte ich ihn nicht hereinkommen sehen. Bridget warnte mich mit lauter Stimme, fast schreiend: »Guten Abend, Master Jasper. Was führt Sie wieder in die Küche?«

Ich stand am Herd und beträufelte das Hühnchen mit Fett. Als ich mich nach ihm umdrehte, stand er mit dem Hut in der Hand in der Küchentür. Offenbar war er gerade erst nach Hause gekommen.

»Ich bin gekommen, um mich zu entschuldigen«, sagte er. »Darf ich hereinkommen, um mit Ihnen zu reden?«

»Das brauchen Sie nicht«, sagte ich. »Wir sind sehr beschäftigt. Ich werde Ihre Entschuldigung annehmen, und Sie können gehen. Klingeln Sie nach Marie, wenn Sie oben etwas brauchen.«

Er stand da wie ein gescholtenes Kind.

»Ich würde aber gern mit Ihnen reden, Mrs. Pigot«, sagte er. »Bitte.«

»Nein«, sagte ich. Ich konnte riechen, dass der Kuchen fast fertig war. Ich musste einen Blick darauf werfen. »Wenn Sie mit mir reden wollen, dann nur in Gegenwart Ihrer Eltern. Und jetzt habe ich wirklich zu tun.«

Ich wandte mich ab, um den Tomatenkuchen herauszuholen. Als ich wieder Zeit hatte aufzublicken, war Jasper Westervelt verschwunden.

Später, als Bridget, Marie und ich unser Abendessen zu uns nahmen, erkundigte ich mich, ob Jasper Westervelt sich früher schon, bevor ich ins Haus kam, so ungehobelt benommen hätte. Nein, sagten sie, aber die vorherige Köchin sei schließlich auch schon mindestens fünfzig gewesen und Master Jasper habe die Schule besucht und sei bis zum letzten Frühjahr fast immer bei Freunden gewesen.

»Offenbar haben Sie ihn gereizt«, meinte Marie auf ihre direkte Art.

»Natürlich nicht«, widersprach Bridget und funkelte Marie wütend an.

Seit Marie aus ihrem Sommerurlaub zurückgekommen ist, ist sie sehr verdrießlich. Sie sieht hinter allem etwas Schlechtes und nimmt ganz leicht Anstoß an diesem und jenem. Offenbar wurde nicht wie erwartet um ihre Hand angehalten. Bridget und ich haben versucht, nett zu ihr zu sein, da wir wussten, wie wütend und enttäuscht sie war, aber der Umgang mit ihr ist nicht einfach.

»Und dich hat er nie belästigt?«, fragte ich Bridget, als Marie gegangen war, um den Tee nach oben zu bringen.

Bridget ist gewiss ein hübsches Mädchen, mit goldglänzendem Haar und anmutiger Figur. Sie ist ansprechend trotz ihre rauen Hände, die ungeachtet all meiner Lotionen ihre Röte nicht verlieren, und des verfärbten Vorderzahns, der ihr Lächeln verdirbt.

»Er hat es nie versucht«, sagte Bridget. »Ich hätte auch nie für möglich gehalten, dass es in seiner Natur liegt, über Bedienstete herzufallen. Sein Vater bleibt immer Gentleman, trotz des Kummers, den ihm seine dumme Frau bereitet.«

Ich seufzte. Ich möchte nicht von hier vertrieben werden.

Freitag, 20. September 1850

Ich schickte Marie mit einer Notiz nach oben mit der Bitte, Mr. Westervelt in einer Privatangelegenheit sprechen zu dürfen. Er ließ mich wissen, ich solle in sein Arbeitszimmer kommen, sobald er nach dem Essen nach mir klingle. Ich nahm meine Haube ab und zog eine frische Schürze an, damit ich die Kochgerüche nicht mitnahm. Als die Glocke an der Wand ertönte, ging ich nach oben. Marie zeigte mir die Tür zum Arbeitszimmer, ich klopfte und trat ein.

Der Raum ist nicht groß, aber bequem, und anders als der Salon, in dem Mrs. Westervelt das Einstellungsgespräch mit mir führte, nicht mit Nippes vollgestellt. An den Wänden stehen Regale mit Büchern. Auf dem Boden liegt ein roter Teppich, dazu gibt es zwei braune Ledersessel und Öllampen auf einem Tisch und auf Mr. Westervelts Schreibtisch. Ein kleines Feuer im Kamin linderte die Abendkühle.

»Nehmen Sie bitte Platz, Mrs. Pigot«, forderte Mr. Westervelt, der hinter dem Schreibtisch saß, mich auf. Er hatte sich nicht erhoben, sondern nur mit einem Nicken von seinen Papieren aufgeblickt.

»Danke, Sir«, sagte ich und setzte mich auf die Kante eines Sessels.

»Welches Anliegen führt Sie zu mir?«, fragte er mich, lehnte sich in seinem Sessel zurück und legte die Fingerspitzen seiner Hände vor sich zu einem Dach zusammen.

»Mich bedrückt etwas.« Ich wählte meine Worte mit Bedacht. »Ich denke, ich muss mit Ihnen jetzt sprechen und darf nicht warten, aber es ist kein erfreuliches Thema.«

»Wenn es um Bridget oder Marie geht, dann sollten Sie sich lieber an meine Frau wenden«, meinte Mr. Westervelt.

Er wirkte unsicher. Offenbar ahnte er, dass es, da ich mich nun einmal an ihn und nicht an seine Frau gewandt hatte, um ein Problem handeln musste, dessen Lösung ich dieser nicht zutraute. Ich musste an Honor und ihre bewundernswerte Offenheit denken. Ich musste aussprechen, was ich dachte und fühlte.

»Es geht um Ihren Sohn«, sagte ich. »Ihr Sohn hat versucht, mich zu packen und zu küssen. Er kam gestern in die Küche und hat mich dort belästigt, während ich arbeitete.« Ich holte tief Luft und fuhr fort: »Ich möchte Master Westervelts Zudringlichkeit nicht. Vielleicht kann ich nicht in diesem Haus bleiben.«

»Das hätte ich von Jasper nicht gedacht.« Mr. Westervelts Überraschung war echt.

»Ich auch nicht«, sagte ich. »Nur dass es leider nicht die erste Unverschämtheit ist, die er sich mir gegenüber herausgenommen hat.«

Ich berichtete Mr. Westervelt kurz von dem Brief und den Zugfahrkarten, die angeblich von Mrs. Westervelt stammen sollten, und davon, dass ich aufs Land gefahren war, um dort zu erfahren, dass bis auf Jasper die ganze Familie nach Nahant gefahren war. Als ich fertig war, folgte langes Schweigen. Mr. Westervelt wirkte erschöpft. Der Lichtschein der Lampe betonte die dunklen Ränder unter seinen Augen. Er hatte die Hände fallen lassen, und jetzt lag seine rechte Faust geballt auf dem Schreibtisch vor ihm. Er starrte zu mir herüber, als sähe er nicht mich, sondern etwas anderes, woran er dachte. Dann beugte er seinen Kopf über seine Papiere, obwohl er ganz offenkundig nicht darin las.

»Vielleicht sollte ich gehen«, wiederholte ich schließlich. »Vielleicht wäre das klüger.«

»Das läge keinesfalls in meinem Interesse«, erwiderte er. »Seit Sie hier sind, finde ich die häuslichen Mahlzeiten erträglich. Sie haben Ihre Arbeit gut im Griff, und in der Küche herrscht Ruhe. Wussten Sie, dass Ihre Vorgängerin Bridget und Marie anschrie und Flüche ausstieß, die ich hier in diesem Raum hören konnte? Ich musste sie entlassen, da meine Frau sich weigerte, sich um die häuslichen Belange zu kümmern. Ihre Abrechnungen sind tadellos, Ihr Budget wirtschaftlich, Ihre Küche exzellent. Alles läuft glatt – und jetzt das.« Er hielt inne und schwieg.

Welchen Grund hatte die alte Köchin, Bridget herunterzuputzen? Sie ist immer so fröhlich und willig.

Mr. Westervelt nahm einen gläsernen Papierbeschwerer in seine Hand und legte ihn dann wieder ab. »Bitte bleiben Sie, Mrs. Pigot«, sagte er. »Ich werde mit Jasper sprechen. Dieses Verhalten sieht ihm gar nicht ähnlich. Ich verspreche Ihnen, dass er Sie nicht mehr belästigen wird.«

»Ich werde meinen Entschluss noch einen Monat aufschieben«, erklärte ich ihm. »Vielleicht gibt er nur einem dummen Impuls seiner Jugend nach. Aber falls er mich noch einmal belästigt, muss ich sofort zu meinen Freunden ziehen.«

»Jugend.« Mr. Westervelt legte sowohl Trauer wie auch Belustigung in dieses Wort. »Sie sind doch selbst noch so jung, Mrs. Pigot. Und, obwohl Sie, wie ich glaube, jünger sind als Jasper, um einiges klüger.«

»Gute Nacht, Sir«, sagte ich und erhob mich.

Auch Mr. Westervelt stand auf, als sei ich eine Dame, die er aus seinem Büro geleitete. »Sie haben Ihre Freunde erwähnt. Miss Corbett und ihre Nichte? Sie sind wohlauf, wie ich hoffe?«

»Ja, es geht ihnen gut«, antwortete ich knapp. »Gute Nacht.«

»Gute Nacht«, sagte er. »Ich werde mit Jasper reden.«

Montag, 30. September 1850

Für gewöhnlich nehme ich, sobald das sonntägliche Mittagessen abgeräumt ist, meine Tasche und gehe zu Honor und Tante Jane. Dabei nehme ich den Weg über den Tompkins Square und bete in der St.-Bridget's-Kirche, wo ich nicht befürchten muss, auf Mr. Branton zu stoßen. In die Elizabeth Street bringe ich dann die Leckereien mit, die ich entweder beim Samstagseinkauf zu besorgen oder während des Kochens zuzubereiten Zeit hatte. Es wäre nicht rechtens, von Honor und Tante Jane zu erwarten, dass sie mich nicht nur warmherzig für eine Nacht bei sich beherbergen, sondern mich auch noch durchfüttern.

Gestern war scheußliches Schmuddelwetter. Sobald ich im Freien war, gab ich die Idee, nach St. Bridget's zu gehen, auf und wandte mich in südlicher Richtung der Elizabeth Street zu. Den Nachmittag verbrachte ich damit, Tante Jane beim Kolorieren von Modeplakaten zu helfen. Sie hatte wieder einen guten Auftrag. Vor dem Abendessen saßen wir in Honors Arbeitszimmer am Ofen und wärmten uns dort nach der Kälte im Studio auf.

»Ich habe Schuldgefühle, dass ich mich heute so leicht vom Kirchgang habe abbringen lassen«, brach ich das angenehme Schweigen. »Ich sollte mich nicht vom schlechten Wetter beeinflussen lassen.«

»Hätte Gott gewollt, dass du in die Kirche gehst, hätte er dir festere Stiefel und einen Schirm gegeben«, meinte Honor darauf. Sie sah mich an. »Entschuldige, Mina. Ich rede, bevor ich überlege. Ich wünschte, ich hätte deinen Glauben.«

»Aber«, ich zögerte verwirrt, »du bist doch Christin, Honor?«

»Oh, vermutlich so, wie ich auch alles andere bin«, erwiderte sie.

Es schien sie nicht weiter zu berühren. Sie nahm ihre Nadel und leckte das Fadenende ab.

»Aber getauft bist du doch?«, fragte ich aus Sorge um sie.

»Nein, noch nicht. Bist du jetzt entsetzt, Mina?«, wollte sie wissen.

»Warum sagst du ›noch nicht‹?«

Ich war verzweifelt. Wie konnte es sein, dass die Menschen, denen ich am meisten ein Leben im Paradies wünschte, diejenigen waren, die nicht gerettet würden?

»Möchtest du, dass ich es dir erkläre?«, erkundigte Honor sich.

Sie hatte die Nadel eingefädelt und begann mit dem Säumen.

»O ja«, erwiderte ich.

»Tante Jane hat mir eine sorgfältige Erziehung zuteilwerden lassen.« Honor legte ihre Arbeit beiseite. »Es hat nicht an moralischer Unterweisung gemangelt. Sie las mir die Geschichten aus der Bibel und die Mythen der Antike vor, sowie die Märchen aus England, Frankreich und Deutschland. Es sei besser, ehrlich zu sein, als zu lügen; man solle lieber großzügig anstatt gierig sein. Ich müsse mich und meine Mitmenschen achten und mein Land auch.

Vor ein paar Jahren schlug Tante Jane vor, wir könnten in die Kirchen der Stadt gehen, um ihre Riten kennen zu lernen und ihre Botschaften zu hören. Wir besuchten Trinity und St. Paul's und auch St. Patrick's. Die Musik und die Kerzen gefielen mir sehr gut. Ich bewunderte die Stickerei an den Gewändern der Geistlichen und die eleganten Kleider, die die Damen trugen. Die Armen saßen hinten in der Kirche. Die gepflegten Pfarrer und ihre Helfer sammelten während des Gottesdienstes Geld ein. Ich begriff nicht, warum sie es nicht sofort den Armen aushändigten, als diese am Schluss die Kirche verließen. Dann fiel mir auf, dass auch die Armen Geld gaben – und die Priester sie schalten, nicht mehr zu geben.

Ich hörte mir die Predigten und die Lesungen an. Ich hörte die Wohlgenährten die Bedürftigen ausschelten. Ich hörte, wie Tugenden gepriesen wurden, sah aber nicht, dass man sie praktizierte. Ich konnte mir nicht vorstellen, mich von einem dieser hohlen Menschen taufen und meine Seele retten zu lassen. Ich würde nur nass werden, aber nichts dabei gewinnen.«

»Es ist mein Fehler, Mina«, warf Tante Jane traurig ein. »Sie möchte nicht schockieren, aber ich gestattete ihr immer zu sagen, was sie denkt.«

»Und du bist Christin, Tante Jane?«, fragte ich.

Wie seltsam! Nie war mir der Gedanke gekommen, mich über so etwas zu unterhalten. Mein Bruder war in Kalifornien. Mr. Serle stand kurz vor der Eheschließung mit Madame Moses und könnte genauso gut in China sein, da ich ihn doch nicht mehr sehen würde. Honor, Tante Jane und Bridget waren nun meine einzigen Freunde.

»Ich wuchs als Christin auf«, erzählte Tante Jane besonnen. »Wenn es dich tröstet, Mina, ich wurde als Kind getauft. Daran erinnere ich mich natürlich nicht. Meine Mutter sagte, ich hätte das gut gemacht und nicht geweint, als man mich mit Weihwasser besprenkelte.«

Honor nahm ihre Arbeit wieder auf und deutete jetzt mit der Nadel auf mich. »Du solltest dich sehen, Mina«, sagte sie. »Du siehst so erleichtert aus, dass wenigstens eine von uns nicht zur Hölle verdammt ist.«

»O nein, ich bete, es möge nicht die Hölle sein«, sagte ich. »Nicht für gute Menschen. Es wäre das Fegefeuer. Es heißt, dass nur diejenigen, die im katholischen Glauben getauft sind, direkt in den Himmel kommen.«

»Würde es dich sehr verwirren zu erfahren, dass mich diese Dinge nicht mehr interessieren?«, fragte Tante Jane.

»Aber weshalb?«, staunte ich.

»Ich werde dir ein wenig aus meinem Leben erzählen«, sagte Tante Jane. »Ich weiß, du bist ein freundliches Mädchen und wirst nicht hart urteilen.«

»Ich werde zu verstehen versuchen.«

»Dann hör mir zu.«

Wieder legte Honor ihr Nähzeug beiseite und sah sie erwartungsvoll an. Ihre Lippen öffneten sich ein wenig. Offenbar hoffte sie etwas zu erfahren, das Tante Jane bisher noch nicht erzählt hatte.

»Ich wuchs hier in dieser Stadt in einer christlichen Familie auf«, begann Tante Jane. Darauf folgte eine lange Pause. Sie schluckte und fuhr fort. »Nachdem mein Vater starb, waren meine Mutter und ich allein.« Sie hielt wieder inne.

»Aber du hattest doch einen Bruder?« Ich war durcheinander.

»O ja«, bestätigte Tante Jane. »Ich hatte einen Bruder, aber er und seine Frau lebten woanders, ziemlich weit weg von hier, in ... in Hartford, Connecticut.«

Sie unterbrach sich, und es herrschte Stille. Honor blickte auf ihre müßig im Schoß liegenden Hände und dann auf das Bild ihrer Eltern, das seinen Platz auf dem Tisch hat. Traurig presste sie die Lippen aufeinander.

»Etwas Schlimmes passierte in meinem Leben. Es gab keine Möglichkeit, es zu verhindern.« Tante Janes hübsches Gesicht sah aus, als kämen ihr gleich die Tränen.

Ich hätte ihren Schmerz und auch den von Honor so gerne gelindert.

»Honors Eltern starben?«, fragte ich.

Indem ich das aussprach, fühlte sie sich vielleicht nicht so allein.

Tante Jane nickte. »Tod«, sagte sie. »Schrecklicher Tod. In meinem Kummer suchte ich Rat beim Priester unserer

Kirche. Ich suchte Rat und Hilfe und fand weder das eine noch das andere. Nichts. Ich war mehr allein als zuvor.«

»Ich frage mich …«, setzte ich an, unterbrach mich aber dann. Ich hatte kein Recht, das in Frage zu stellen.

Auf dem Kaminrost knackte ein Holzscheit. Honor hatte ihre Arbeit wieder aufgenommen, und ihre Nadel fuhr blitzend durch den rosa Satinvolant, den sie säumte.

Tante Jane sprach weiter: »Du willst bestimmt sagen, dass ein Mann nicht die Kirche ist, ein Mann nicht die Stimme Gottes. Doch als ich danach zu beten versuchte, stellte sich die kalte Rede des Mannes, der meine Schwäche verdammte, immer wieder zwischen mich und Gott. Ich konnte nicht mehr beten. Ich fand keinen Trost. Mein Glaube war dahin. Zum Schmerz über den Tod geliebter Menschen kam nun noch ein weiterer tiefer Schmerz. Als ich die Verantwortung für Honor übernahm, beschloss ich, dass sie selbst wählen sollte, welcher Religion sie angehören möchte. Als sie zwölf war, kannte sie die Prinzipien des Christentums. Wenn sie getauft wird, dann aus eigenem freien Willen.«

»Und möchtest du das?«, fragte ich Honor.

»Noch nicht«, sagte sie. »Ich bin jetzt zweiundzwanzig und habe bis heute noch keine Notwendigkeit dazu verspürt.«

»Und wenn du heiratest?«, fragte ich sie. »Dein Ehemann möchte vielleicht, dass du seinen Glauben teilst.«

»Mein Ehemann muss mich so nehmen, wie ich bin, oder überhaupt nicht«, erwiderte Honor. »Ich möchte keinen Mann, der meine Seele in Ketten legt.«

»Oh«, sagte ich. Ich war eigentlich erleichtert. Sie glaubte, eine Seele zu haben. »Aber sollten nicht Kinder von ihrer Mutter das Beten lernen?«

»Manche Kinder macht das glücklich«, gestand Honor ein, »aber bei meiner Mutter musste ich nie beten, und ich bin auch ein glücklicher Mensch.«

Offenbar sah sie mir meinen Schmerz an, denn sie fügte hinzu: »Wenn ich einen Mann heirate, der gläubig ist und wünscht, dass ich unsere Kinder darin unterrichte, werde ich mich nicht dagegenstellen.«

Tante Jane erkundigte sich mit ruhiger Stimme: »Du hältst uns doch nicht für böse, Mina, oder?«

»Ganz und gar nicht«, sagte ich. »Ich bin nur traurig wegen des Leids, das dir widerfahren ist, ohne dass du im Gebet Trost finden konntest.«

»Und dich tröstet es, wenn du betest?«, fragte Honor mich in ihrer aufrechten Art.

Ich erzählte ihnen, wie ich während des Sturms auf See, als wir in der *Victoria* eingeschlossen waren, zusammen mit Mr. Serle gebetet hatte, jeder auf seine Weise.

»Das hat mich wirklich sehr getröstet.«

Honor betrachtete mich neugierig mit ihren großen grauen Augen. »Wenn du wüsstest, du könntest zusammen mit Mr. Serle in deiner Hölle sein, würdest du dann für ihn das Paradies aufgeben, Mina?«

Ich wusste nichts darauf zu sagen. »Ich weiß nicht«, gab ich schließlich zu.

Es folgte eine lange Schweigepause. Ich hörte den Regen ans Fenster prasseln und den Wind im Kamin pfeifen.

Seufzend wechselte ich das Thema. »Mr. Westervelt hat sich nach dir erkundigt, Tante Jane. Er hörte mich sagen, dass die Misses Corbett meine Freundinnen sind, und erkundigte sich, ob du wohlauf bist.«

Tante Jane blieb die Luft weg. »Er weiß, dass du uns kennst?«

»Aber ja«, sagte ich. »Wie gesagt, er erkundigte sich nach deinem Befinden.«

»Und was hast du gesagt?«, wollte Tante Jane wissen.

Ihr Gesicht war weiß wie frischer Schnee und überzog sich dann mit einer leuchtenden Röte.

»Ich sagte, ja, es gehe dir gut«, berichtete ich. »Ich hielt es nicht für angemessen, mehr zu sagen.«

»Ich danke dir«, erwiderte Tante Jane.

Wieder folgte eine Pause. Ich hätte vielleicht Mr. Westervelts Nachfrage nicht erwähnen sollen.

»Es würde mir nicht gefallen, wenn Julia Archer erführe, dass ich im Ansehen der Welt gesunken bin, seit wir einander in der Schule kannten«, sagte Tante Jane endlich.

Honor schürzte ihren Mund, als wolle sie dies kommentieren, ließ es dann aber sein.

»Ich habe Schokobiskuits mitgebracht, Tante Jane«, wechselte ich erneut das Thema unseres Gesprächs. »Und ich habe einen Fischauflauf gemacht, den wir davor essen können. Ich werde ihn im Kachelofen warm machen, damit wir zu Abend essen können.«

Später, als ich neben Honor einschlief, schreckte mich ein ziemlich boshafter Gedanke auf und machte mich wach. Sollte Mr. Serle seinen Glauben verlieren, wie dies Tante Jane passiert war, dann könnte er es zulassen, mich zu lieben, anstatt Madame Moses zu heiraten. Ich versuchte heute den ganzen Tag über, bei der Arbeit diese schreckliche Vorstellung von mir wegzuschieben. Jetzt gestehe ich meine Boshaftigkeit meinem Buch und banne den Gedanken damit. Mir liegt an Mr. Serle, so wie er ist. Wenn er sich auf diese Weise veränderte, würde er womöglich zu einer Person werden, die ich nicht mehr lieben könnte. Das Leben ist grausam.

Mittwoch, 23. Oktober 1850

Mr. Westervelt scheint mit seinem Gespräch Eindruck bei seinem Sohn hinterlassen zu haben. Jasper Westervelt hat mich seitdem nicht mehr belästigt. Ich habe ihn nicht einmal mehr gesehen, seit dem Tag im September, als er in die Küche kam. Nur seine Stimme habe ich ein paarmal im Flur vernommen.

Von Daniel ist kein Brief mehr gekommen, obwohl ich ihm zweimal geschrieben habe.

Das Herbstwetter ist sehr schön klar. In den Zeitungen wird viel über die Entrüstung geschrieben, mit der man in unseren nördlichen Staaten auf das Gesetz zur Bestrafung flüchtiger Sklaven reagiert. Ich hatte einen fürchterlichen Traum, in dem Phoebe in Ketten gehalten wurde, die so schwer an ihr zogen, dass sie nicht laufen konnte. Aber ich konnte nicht zu ihr, weil zwei Männer mich an den Armen festhielten.

»Du musst sie vergessen«, sagten sie. »Wir bringen dich ins Missionshaus. Dort wird man dich dafür bestrafen, dass du deine Familie verloren hast.«

Mit Herzklopfen wachte ich im Dunkeln auf.

Donnerstag, 21. November 1850

Die warmen Herbsttage sind vorbei, und die Winterstürme wirbeln tote Blätter und Schmutz in den Durchgang vor den Küchenfenstern. Am Dienstagmorgen waren Marie, Bridget und ich nach unserem Frühstück mit unseren Aufgaben beschäftigt. Ich richtete mir gerade die Zutaten und Utensilien für die Mandelmakronen her, die ich backen wollte. Das Zerstampfen der Mandeln im Mörser wärmt einen an einem frostigen Morgen richtig auf, und außerdem waren die Keks- und Konfektdosen alle beinah leer und mussten neu gefüllt werden.

Ein Klopfen an der Tür zum Durchgang kündigte das Kommen des Eismanns an, und Bridget eilte hin, um sie für ihn zu öffnen. Ich hörte ihre Stimme sagen, jawohl, dies sei das Haus der Westervelts. Ich hielt mit dem Stößel in der Hand inne, um zu sehen, wer der neue Mann war, und um mich zu erkundigen, ob Pat krank war.

»*Dio in cielo!* Miss Mina Pigot!«, rief eine vertraute Stimme aus.

»Guido DiRoma!« Ich ließ den Stößel fallen und stürzte zu ihm. »Was machen Sie denn hier? Wo ist mein Bruder?«

Mein Herz pochte so stark, dass ich kaum Worte fand.

»Einen Moment«, sagte er, auch ein wenig atemlos. »Einen Moment. Lassen Sie mich erst das Eis dort abliefern, wo es hingehört.«

Ich eilte voran, um dieser Wundergestalt die Kühlkammer zu zeigen. Ich schwirrte um ihn herum wie ein flatternder Fink um eine reife Sonnenblume voll nahrhafter Samenkörner. Guido trug die Gummischürze des Eismanns und schleppte einen großen Block Eis in Eisenzangen. Er legte den Block in unsere moderne Eiskiste und beugte sich darüber – vielleicht, um seine Gefühle zu verbergen – und bewunderte ihren praktischen Abfluss.

»Bitte, Mr. DiRoma, bitte!« Hungrig nach Neuigkeiten zerrte ich ihn zurück in die Küche. »Seit wann sind Sie wieder zurück? Was ist mit Daniel? Können Sie nicht einen Moment Platz nehmen und mit mir reden?«

»Gern«, sagte er und wandte sich mir mit einem warmherzigen Lächeln zu und drückte mir – da er nun vom Eis befreit war – einen schmatzenden Kuss auf die Wange.

»Ich werde Tee bringen«, bot Bridget eifrig an.

Das überraschende Glück trieb mir die Tränen in die Augen, als ich sie ihm vorstellte. Offenbar gefiel ihr Mr. DiRoma, denn sie hielt sich plötzlich die Hand vor den Mund, um ihren kaputten Zahn zu verstecken. Er sah auch wirklich gut aus. Seine Augen waren strahlend und klar, und sein Gesicht noch immer gebräunt von der Reise. Er wirkte kräftiger als je zuvor mit seinen breiten Schultern und den stämmigen Beinen unter der großen Schürze. Im Umgang war er noch immer so locker und höflich, wie ich ihn in Erinnerung hatte.

Als wir uns setzten und unseren Tee tranken, beruhigte sich mein flatterndes Herz. Mr. DiRoma erzählte mir, dass er Daniel vor sechs Wochen bei guter Gesundheit verlassen, er selbst eine angenehme Heimreise gehabt habe und nun in New York zu bleiben gedenke. Er habe einen Teil des Vermögens, das er in Kalifornien erwirtschaftet habe, als Teilhaber in das Geschäft seines Vetters gesteckt. Deshalb lerne er auch jetzt die Lieferrouten und sehe sich die Küchen der Kunden an und überlege, wie man den Betrieb ausbauen könne. Vielleicht würden sie zum Eis auch Eiskisten verkaufen.

»Aber warum haben Sie sich bisher noch nicht bei uns gemeldet?«, fragte ich.

Mr. DiRoma sah mich beschämt an. Er malte mit seinem Zeigefinger einen Kreis auf die Tischplatte. »Seit einer Woche arbeite ich an einem Brief«, erklärte er. »Ohne Daniel bin ich mir meiner Worte nicht sicher. Ich wollte mich vor Ihnen und den Misses Corbett nicht blamieren.«

»Aber Mr. Serle könnte Ihnen doch helfen«, sagte ich.

Mr. DiRoma verzog das Gesicht. »Ich habe mich gleich nach meiner Rückkehr auf die Suche nach ihm gemacht«, erzählte er. »Ich traf ihn in der Crosby Street zusammen mit der reizenden Madame Moses. Es war keine gute Gelegenheit für ein Gespräch. Doch ich werde mich bald einmal abends mit ihm allein treffen. Vielleicht gehen wir zusammen in einem Austernrestaurant essen, oder ich lade ihn ins Haus meines Vetters ein.«

»Das tut mir leid«, sagte ich.

Ich fand es nicht richtig von Mr. Serle zuzulassen, dass Madame Moses ihn von seinem Freund fernhielt.

»Ich habe auch einen Brief für Sie von Ihrem Bruder und

Geschenke für Sie und die Misses Corbett. Es ist alles im Haus meines Vetters. Ich bin zu dem Entschluss gekommen, im Haus an der Elizabeth Street vorbeizuschauen und gar nicht erst einen Brief zu schreiben. Kann ich Sie am Sonntag besuchen? Werden Sie da sein?«

Natürlich würde ich da sein, sagte ich ihm. Ich verzichtete darauf, ihn damit hinzuhalten, dass ich erst Tante Janes Einverständnis einholen musste. Es wäre grausam für uns alle, ihn nicht so bald wie möglich willkommen zu heißen. Weil ich ihn nur ungern gehen ließ, begleitete ich Mr. DiRoma hinaus auf die Straße zu seinem großen Pferd, das den Eiskarren zog. Ich liebkoste seine Nase, und es schmiegte sich an meine Hand. Mr. DiRoma sagte, er werde uns mindestens einmal die Woche selbst das Eis liefern. Er wolle seine neue Aufgabe gründlich erlernen.

Ehe er wieder auf den Kutschbock kletterte, blickte Mr. DiRoma mich an, als wolle er etwas sagen.

»Was ist?«, fragte ich ihn.

»Ist sie – hat sie – vielleicht«, verhaspelte er sich an seinen Worten.

»Miss Honor ist weder verheiratet noch verlobt«, sagte ich. »Sie wird sich sicherlich freuen, Sie zu sehen.«

Guido DiRoma erwiderte nichts darauf, sondern stieg mit einem breiten Grinsen auf seinen Sitz. Wie gern hätte ich Mr. DiRoma umarmt oder geküsst, doch es ziemte sich nicht. Ich freute mich so sehr, einen Freund zu sehen.

Montag, 25. November 1850

Vergangenen Dienstag schickte ich an Honor und Tante Jane gleich eine Nachricht mit der Mitteilung, dass Mr. DiRoma wieder zurück sei. Als ich am Sonntagnachmittag in der Elizabeth Street eintraf, zog Honor mich sofort ins

Schlafzimmer, damit ich ihr bei der Auswahl ihres Kleides half.

»Soll ich das karmesinrote Wollkleid oder lieber das blaue anziehen?«, fragte sie mich. Und beantwortete dann, ehe ich etwas sagen konnte, selbst ihre Frage. »Das blaue natürlich. Der graue Kordelbesatz hat genau die Farbe meiner Augen.«

Ehe ich etwas darauf erwidern konnte, wollte sie wissen, wie Mr. DiRoma aussah, als ich ihn traf, und ob er sich nach ihr erkundigt habe. Kaum hatte ich ihr versichert, dass er gut und gesund aussähe, da fragte sie schon, wie lang er vorhabe, in New York zu bleiben, ob ihm New York besser gefalle als Kalifornien, welche Neuigkeiten er von Daniel mitbringe, und dazu noch vieles mehr, was ich aber gar nicht beantworten konnte. Als es dann endlich an der Tür klopfte, musste ich sie fast hinauszerren, um sie zu öffnen.

Mr. DiRoma hatte die Arme voller Pakete, als er eintrat. Nachdem er diese abgelegt und uns der Reihe nach begrüßt hatte, machte ich Tee. Honor saß sprachlos da. Sie starrte Mr. DiRoma mit geöffneten Lippen und leuchtenden Augen an, während Tante Jane sich höflich nach seinem Vetter und dessen Frau erkundigte. Als der Tee fertig war, hatte Honor ihre Fassung zurückgewonnen, und wir unterhielten uns über Daniel und all das, was die Partner in Kalifornien erreicht hatten.

Mr. DiRoma sagte, er hasse das chaotische Leben im Westen. »Zu viel Whiskey und Rum«, meinte er. »Zu viele Messer und Waffen. Es sind alles Spieler. Und viele davon bekommen es gar nicht mit, wenn sie ihr Spiel gewonnen haben, und setzen immer wieder aufs Neue, bis sie alles verloren haben, als wäre genau das ihr Ziel.«

Als Tante Jane einwarf, sie habe gehört, die Gegend dort sei reizvoll und das Klima mild, gab er ihr Recht. »Aber man zerreißt das Land dort in Stücke«, klagte er. »Wo

Weintrauben und Obst wachsen könnten, sind Steinhaufen, Dreck und Unordnung. Manchmal findet man Gold, aber oft auch nicht. Wo geschürft wurde, bleibt alles hässlich und traurig zurück.«

Dann verteilte er die mitgebrachten Geschenke. Für Tante Jane war dies ein Buch mit Bildern von Kalifornien. Für mich ein Paar Goldohrringe von Daniel, und von Guido DiRoma ein Elfenbeinfächer, bemalt mit einer Landschaftsszene aus Wasserfall, Bergen und Wolken. Abgesehen von meiner Brosche habe ich noch nie so damenhafte Dinge bekommen.

»Das kommt aus dem Osten«, erklärte Mr. DiRoma. »In Kalifornien findet man viele Dinge aus dem Orient. Händler bringen sie mit.«

Auch Honors Geschenk stammte aus dem Orient – ein Mantel aus kräftigem rotem Seidenbrokat, mit goldener Seide gefüttert und über und über mit goldenen Blumen bestickt. Honor blieb die Luft weg, als sie ihn sah.

»Man nennt es einen Kimono«, erklärte Mr. DiRoma ein wenig verlegen, wie ich fand. »So etwas tragen im Osten sowohl die Männer als auch die Frauen. Samt konnte ich keinen finden.«

»Oh!«, sagte Honor.

Ihrem Gesichtsausdruck entnahm ich, dass sie Mr. DiRoma am liebsten einen Kuss gegeben hätte. Ich schielte zu Tante Jane, die ihre Stirn in Falten gelegt hatte. Offenbar wollte sie die Frage in den Raum stellen, ob es sich für eine unverheiratete Frau schicke, so wertvolle Geschenke anzunehmen. Der Kimono sah sehr kostbar aus.

»Er ist unglaublich schön«, sagte ich rasch, ehe Tante Jane zu Worte kommen konnte. »Das perfekte Geschenk für dich, Honor. Nur du weißt so etwas zu schätzen. Mr. DiRoma beweist damit ein wunderbares Verständnis für das, was dir in deinem Beruf nützen kann.«

Daraufhin streckte Honor die Hand aus und berührte die Mr. DiRomas.

»Ich danke Ihnen, Mr. DiRoma. Sie kennen meinen Geschmack wirklich bestens.«

Guido DiRoma begann Honor zu erklären, wie er den Kimono in einem Laden gefunden habe, dessen Besitzer weder Englisch noch Italienisch noch irgendeine andere Sprache sprach, die Guido je gehört hatte. Er zeigte uns, wie sie sich pantomimisch verständigt hatten. Wir mussten alle lachen. Da konnte die arme Tante Jane keine Einwände mehr anbringen. Es war zu spät. Das Geschenk war angenommen worden.

Zu den Ohrringen bekam ich auch einen langen Brief von Daniel. Er erzählte davon, welch guten Freund er in Guido gehabt habe und wie sehr er ihn vermissen werde. Außerdem berichtete er, dass das Geschäft in San Francisco viel erfolgreicher sei, als man sich das vor zwei Jahren erträumt habe. In den Brief eingelegt war ein Bankwechsel über fünfhundert Dollar. Ich war sprachlos.

»Aber damit könnte man ja ein Haus kaufen«, sagte ich. »Was soll ich damit machen?«

»Wir haben gut gewirtschaftet.« Mr. DiRoma lächelte selbstzufrieden. »Ich habe auch Wechsel für die anderen Geschäftspartner dabei. Soll ich es für Sie zur Bank bringen, oder soll ich meinen Beniamino bitten, Ihnen zu helfen?«

»Nein«, sagte ich. »Tante Jane wird mir zeigen, was ich machen soll.«

Heute Nachmittag nahm ich mir frei und ging zusammen mit Tante Jane hinunter zur Chemical Bank an der Wall Street. Es ist ein kleines Unternehmen, und ich fühle mich dort wohler als in einem der großen Marmorpaläste. Nun habe ich ein Konto und ein kleines Buch, das meinen Reichtum auflistet. Keiner in der Fourth Street weiß davon. Den

Goldstaub und meinen Lohn brachte ich nicht zur Bank. Ich möchte alles so lange in meiner Kiste verwahren, bis ich weiß, wie es ist, ein Bankkonto zu haben.

Ich habe Daniel geschrieben und ihm alles erzählt. Ohne seinen Freund wird er sich sicherlich einsam fühlen.

Freitag, 13. Dezember 1850

Gestern wurde vom Präsidenten des Landes der Thanksgiving Day verkündet. Ich hatte ihn ganz vergessen, bis Mrs. Westervelt ankündigte, die Familie werde wie üblich Truthahn essen und dazu käme ihr Onkel mit Frau ebenso wie Mr. Westervelts Mutter. Ich brachte den Truthahn mit einer Kastaniensauce auf den Tisch und kochte auch einen glasierten Schinken. Ich war froh, so viel zu tun zu haben, denn seit Guido zurück ist und von Daniel erzählt hat, vermisse ich ihn schrecklich. Ich erinnerte mich an mein erstes Thanksgiving vor zwei Jahren, als ich mit Daniel in meinem schäbigen Kleid und mit Phoebes Schal, ohne Unterwäsche, in die Kirche ging – und dennoch zufrieden war.

Auch vergangenen Sonntag kam Guido wieder in die Elizabeth Street. Er brachte die Frau seines Vetters als Besuch für Tante Jane mit. Tante Jane und ich waren damit beschäftigt, die Frau zu unterhalten und ihr die englischen Wörter für all das beizubringen, was man zum Tee benötigt. Guido DiRoma und Honor begaben sich ans Fenster und führten dort ein vertraulicheres Gespräch. Tante Jane ließ die beiden nicht aus den Augen und verlor stirnrunzelnd immer wieder den Faden des Gesprächs, das wir mit der Frau des Vetters führten.

Schließlich überließ ich es Tante Jane, Honor und Guido zu belauschen, und wechselte von der Englischlektion in eine Italienischlektion. Ich lernte, dass *tazza* Tasse heißt, *grazie* danke, und *grazie per lo biscottino delizioso* danke für den köstlichen Keks. Sollte ich Mr. Serle jemals wiedersehen, würde ich ihn damit überraschen.

Nachdem die Besucher gegangen waren, war Tante Jane ziemlich ungehalten über ihre Nichte.

»Es schickt sich nicht, sich so intensiv mit einem Mann zu unterhalten, den du kaum kennst«, sagte sie. »Ich bin deinetwegen betrübt, Honor. Es war unhöflich von dir, uns mit der Frau des Vetters alleinzulassen. Die Höflichkeiten gegenüber einer solchen Fremden haben mich regelrecht erschöpft. Hat Mr. DiRoma dir den Kopf verdreht mit diesem seltsamen Kleidungsstück, das er dir geschenkt hat?«

Honor sah mich bestürzt an.

»Tante Jane«, sagte ich, »lass mich frischen Tee aufbrühen und dir eine neue Tasse geben. Du hast ja kaum etwas getrunken, während wir Besuch hatten. Habe ich dir erzählt, dass ich meinem Bruder geschrieben habe, um mich für die Ohrringe zu bedanken? Aber ich habe ein Problem damit, das ich ihm verschwiegen habe. Er vergaß, dass meine Ohren nicht durchstochen sind. Kannst du das für mich tun? Es braucht das Auge eines Künstlers, damit die Ohrringe auch wirklich gleichmäßig hängen.«

»Ich habe eine Nadel«, bot Honor an.

Gemeinsam schafften wir es, das Thema zu wechseln. Es kostete mich zwar den Schmerz, mir die Ohrringe einführen zu lassen, aber das wollte ich ohnehin.

»Wisch dir die Ohren um die Drähte herum jeden Abend und jeden Morgen mit Alkohol ab«, riet Tante Jane mir. »Und nimm die Ohrringe nicht heraus, bis die Löcher ganz abgeheilt sind. Heute Abend solltest du dir ein Tuch um den Kopf wickeln, damit dein Kissen nicht blutig wird.«

Sie schien ihre Verärgerung über Honor vergessen zu haben.

Während wir uns bettfertig machten, kam Honor wieder

darauf zu sprechen. »Was ist daran falsch?«, fragte sie mich. »Sie weiß doch, was mir an Mr. DiRoma liegt und dass ich nicht leichtsinnig bin.«

»Ich glaube, sie hat Angst«, sagte ich. »Vielleicht solltest du und Mr. DiRoma ihr die Gewissheit geben, dass sie nicht alleingelassen wird, wenn ihr heiratet.«

»Aber er hat gar nicht davon gesprochen«, wandte Honor ein.

»Noch nicht«, sagte ich, und ehe ich meine Gebete sprach, folgte darauf ein intimes Gespräch über die Liebe und wie gut Mr. DiRoma aussah. Das war letzten Sonntag. Heute Morgen hat Mr. DiRoma uns in der Fourth Street wieder mit Eis beliefert. Ich ging mit ihm nach draußen, um seinem Pferd eine Karotte zu geben. Es ist ein gewaltiges Tier, aber sanftmütig, wie es auch sein muss bei dem Lärm und dem Durcheinander in den Straßen der Stadt. Ich bedankte mich bei Mr. DiRoma noch einmal für seine Geschenke und für die Überbringung von Daniels Brief.

»Ich war so froh, Sie alle in der Elizabeth Street zu sehen«, sagte Mr. DiRoma. »Aber Miss Jane Corbett schien meinetwegen beunruhigt zu sein, als ich mich von ihr verabschiedete. Ist auch alles in Ordnung?«

»Wir haben nicht viel Zeit, also werde ich es ganz offen sagen«, begann ich. »Machen Sie Honor den Hof?«

Das Pferd hatte seine Karotte genommen und stupste mich am Arm, um meine Aufmerksamkeit zu erhalten und mehr zu bekommen. Ich nahm den Zügel und zog seinen Kopf nach unten.

»Ja«, antwortete Guido DiRoma. »Ja, Miss Mina. Sie sehen, in welche Richtung mein Schiff segelt. Ich mag den Geist von New York und ich mag diese Tochter New Yorks.«

»Dann lassen Sie es langsam angehen«, sagte ich. »Reden Sie bei Ihrem nächsten Besuch mehr mit Tante Jane als mit

Honor. Sorgen Sie dafür, dass Miss Jane Corbett nicht das Gefühl haben muss, Sie stünden zwischen ihr und ihrer Nichte, die ihr schließlich das Liebste auf der Welt ist.«

»Ich danke Ihnen, Miss Mina«, erwiderte Mr. DiRoma. »Das ist sehr klug.«

»Wie geht es Mr. Serle? Hat Ihr Gespräch schon stattgefunden?«, erkundigte ich mich und streichelte das Pferd. Es wurde ein wenig unruhig. Es gab keine Belohnung mehr, und es war Zeit, mit der Arbeit weiterzumachen.

»Der Mann ist ein Narr«, sagte er.

Mr. DiRoma klang wütend.

»Ein Narr?«, fragte ich.

»Er spricht davon, bald heiraten zu wollen. Diese Madame Moses hat nächstes Frühjahr ein Engagement an der Oper von Havanna. Ich glaube, sie werden nach Kuba gehen und dann nach Europa, ihrer Arbeit wegen.«

»Aber weshalb ist er dann ein Narr?«, fragte ich weiter. Mir tat das Herz weh. »Wenn er sie doch liebt?«

»Die Frau ist schön«, gab Guido zu, »aber sie braucht ein Publikum von Tausenden, die sie bewundern, und keinen armen Ehemann. Sie wird meinen Beniamino auslutschen und ausspucken.«

»Dann tut er mir leid«, sagte ich. »Er hat Liebe verdient.«

Ich wusste, dass ich wieder ins Haus musste und nicht in der Fourth Street stehen und mich über Mr. Serle unterhalten durfte.

»Nun, Mina *di miele*, wir können ihn nicht vor sich selbst bewahren«, sagte Mr. DiRoma.

»Was bedeutet das, *di miele*?«, fragte ich. »Sie haben das schon mal gesagt.«

Guido DiRoma wirkte verunsichert.

»Ich habe den englischen Begriff vergessen«, sagte er. »Aber jetzt muss ich gehen, bevor das Eis schmilzt. Ich danke Ihnen für den guten Rat in Hinblick auf Miss Tante Jane Corbett.«

Ich denke, ich werde die Frau des Vetters fragen müssen, was *di miele* heißt, wenn ich sie das nächste Mal sehe. An Mr. Serle möchte ich lieber nicht denken.

Dienstag, 31. Dezember 1850

Es ist das Ende meines zweiten Jahres in Amerika.

Guido DiRoma hat Honor und Tante Jane wieder besucht. Auch sein Vetter und dessen Frau sind mitgekommen. Honor und ich tauschten Sprachunterricht mit der Frau, während der Mann und Mr. DiRoma sich sehr um Tante Jane bemühten. Alles lief sehr gut, wie Honor und ich fanden.

Die Weihnachtszeit ist arbeitsreich für mich gewesen. Die Westervelts hatten Freunde auf Besuch, richteten eine Dinnerparty für zehn Gäste aus und gaben dann noch – an einem anderen Abend – eine Abendgesellschaft. Eine *soirée*, wie Mrs. Westervelt und Marie es nannten. Mrs. Westervelt nimmt jetzt Französischunterricht bei einem Lehrer. Auf dem Fest gab es auch Musik. Anschließend bekamen die Musiker in der Küche ihr Essen und sangen ein irisches Lied, »Love's Young Dream«, um sich bei mir zu bedanken.

Gestern bekam ich von Daniel einen Brief mit Weihnachts- und Neujahrswünschen. Mein Päckchen war offenbar rechtzeitig zu seiner Weihnachtsfeier eingetroffen. Dass es mir gut gehe und ich zufrieden sei, gebe ihm Kraft zu arbeiten, schrieb er. Ich denke, ich werde ihn noch einmal fragen, ob ich nicht doch zu ihm nach Kalifornien kommen soll. Ich habe jetzt genug Geld für diese weite Reise.

Ich habe meine Feder eine Weile abgesetzt und sie gerade erst wieder aufgenommen. Ich habe in meinem Buch zurückgeblättert, um zu sehen, ob ich mich in den zwei Jahren verändert habe. Es fällt mir schwer, das zu beurteilen, aber ich denke, ich bin nüchterner geworden und komme mit meinem Alleinsein besser zurecht als im vergangenen Frühjahr. Damals schien ich nur über Mr. Serle zu schreiben.

Ich habe so vieles aus meinem Leben ausgelassen. Eigentlich möchte ich meine Menüs und neuen Rezepte aufschreiben, aber wenn ich mich zum Schreiben hinsetze, vergesse ich das wieder. Ich vergesse auch, über das ständig wachsende reichhaltige Angebot an Lebensmitteln auf den Märkten zu berichten, oder über die vielen Menschen und wie sie sich verhalten. Vergangenen Monat stellten wir Bridgets Schwester Margaret ein, damit sie im Haus und in der Küche hilft. Sie und Bridget teilen sich ein Zimmer. Marie hat inzwischen ein eigenes Zimmer, was ihr zu gefallen scheint, obwohl sie dennoch oft verbittert und unglücklich ist. Die Westervelts machen keinen zufriedenen Eindruck, aber die Atmosphäre in der Küche und hier im fünften Stock ist sehr angenehm. Auch auf dem Markt treffe ich viele freundliche Menschen. Der junge Mr. Woodcock, der gut aussehende Sohn des Metzgers, beeilt sich jedes Mal, mich am Fleischerstand zu bedienen, hat dann aber einen Knoten in der Zunge, wenn ich eine Bemerkung über das Wetter oder die Fleischauswahl fallen lasse.

Wie ich sehe, habe ich nichts über den Tag geschrieben, als Mrs. Westervelt mich tatsächlich um ein spezielles Gericht bat – einen Kalbskopf, weil sie gehört hatte, das sei vornehm für eine Dinnerparty. Als er geliefert wurde und ich das braune Papier zurückschlug, brach ich in Tränen aus. Bridget musste mir beim Säubern und Vorbereiten helfen, denn ich ertrug den Anblick des armen Dings nicht und versuchte, während des Arbeitens die Augen geschlossen zu halten.

Ich ließ auch den Sonntag im Oktober unerwähnt, als Honor, Tante Jane und ich uns warm einpackten und mit der Fähre über den Fluss und wieder zurück setzten, um die leuchtenden roten und gelben Herbstfarben der Bäume an der Küste von New Jersey zu bewundern.

Täglich schüttet das Leben seine Gaben und seine Schönheit, aber auch seine Traurigkeit über uns aus.

Mittwoch, 8. Januar 1851

Gestern gegen drei Uhr wurde nach Marie geläutet, die in der Küche Silber polierte. Sie wusch sich die Hände und ging nach oben. Als sie wieder nach unten kam, presste sie ihre Lippen fest aufeinander und hatte einen wütenden Ausdruck in ihren dunklen Augen.

»Was ist denn los?«, fragte ich sie.

»Madame möchte den Tee in einer halben Stunde nach oben geschickt bekommen«, sagte sie, »und ich solle mir eine saubere Schürze anziehen und oben sein, um die Tür zu öffnen. Sie erwartet einen Gast.«

Das klang für mich ganz normal. Mrs. Westervelt dachte selten daran, dass es für uns durchaus wünschenswert war, wenn sie ihre Teegäste rechtzeitig ankündigte.

»Ich habe von gestern noch Kuchen übrig«, sagte ich. »Wie viele Gäste erwartet sie denn? Möchte sie grünen oder schwarzen Tee?«

»Nur einen Gast«, erwiderte Marie und schüttelte dann den Kopf. »Sie ist rücksichtslos. Sehen Sie nur, was ich im Flur aufgelesen habe, wo sie es fallen ließ.« Sie hielt mir eine zusammengefaltete Notiz hin. »Sehen Sie sich das an«, forderte sie mich auf.

Der Brief war in kühner Handschrift verfasst. *Meine liebste Julia, dein Kuss gestern* – begann er.

»Ich kann das nicht lesen«, sagte ich und gab ihn ihr zurück.

»Was ist das?« Bridget, die vor Neugier ganz unruhig war, trocknete sich die Hände an ihrer Schürze.

»Es geht uns nichts an«, sagte ich, und Marie steckte schmollend den Brief wieder ein.

»Es wird uns aber etwas angehen, wenn Mr. Westervelt dahinterkommt, dass seine Frau ihm untreu ist, und der Haushalt auseinanderbricht«, ereiferte sich Marie. Und dann platzte es aus ihr heraus: »Es ist so ungerecht, dass einige Frauen keinen Mann bekommen und andere wie diese reiche Hure glauben, das Recht auf zwei Männer zu haben.«

Arme Marie.

»Wie soll Mr. Westervelt denn vom Umgang seiner Frau erfahren?«, fragte ich.

In Maries Gesicht gruben sich tiefe Zornesfalten ein. »Sie hat ihren Brief im Flur fallen gelassen«, sagte sie. »Ich könnte ihn auch woanders fallen lassen.«

»Seien Sie vorsichtig«, warnte ich. »Keiner liebt den Überbringer schlechter Nachrichten.«

Bridget nickte und machte sich wieder an ihre Arbeit. »Komm, Margaret«, ermahnte sie ihre Schwester. »Die Steckrüben müssen fertig geschrubbt sein, wenn Miss Mina sie für ihren Auflauf benötigt.«

»Ich werde tun, was ich für das Beste halte, ohne es Ihnen zu erzählen«, sagte Marie.

»Ich möchte es gar nicht wissen«, erwiderte ich.

Marie war wütend, Julia Westervelt war ihrem Mann untreu. Jeden Moment drohte ein Unwetter über uns hereinzubrechen. Ich fragte mich, ob ich dabei an mich oder an Mr. Westervelt dachte. Seine grauen Augen sahen so traurig aus, als ich an jenem Abend mit ihm sprach.

Ich weiß nicht, was genau Marie tat, aber irgendetwas muss sie gemacht haben. Nach dem Frühstück, als Jasper Westervelt das Haus verlassen hatte und die Tochter zu ihrer Musikstunde gegangen war, hörten Bridget und ich Mr.

und Mrs. Westervelt in seinem Arbeitszimmer streiten. Da ihre Stimmen immer lauter wurden, waren sie unten in der Küche gut hörbar.

»Paul Forrest hat Hausverbot, Julia«, hörten wir ihn mit wütender Stimme sagen.

»Du bist unmöglich, Seton«, hörten wir die Lady jammern. »Du bist so ein Heuchler.«

»Und wessen Fehler ist es, dass ich mein Zuhause verschmähe?«, schrie er.

»Du hast mich nie geliebt«, beschuldigte Mrs. Westervelt ihn. »Du hast unsere Ehe zerstört, ehe sie begann.«

»Es reicht«, sagte er. »Seit zweiundzwanzig Jahren wirfst du mir das nun vor. Seit zweiundzwanzig Jahren bin ich dir treu. Und jetzt betrügst du mich mit diesem Lackaffen Paul Forrest. Du bist als Mutter völlig ungeeignet.«

»Geh weg!«, schrie sie. »Verlass mein Haus. Und vergiss bloß nicht, dass es mein Haus ist.«

»Wie könnte ich das vergessen!«, tobte er. »Du erinnerst mich jedes Mal daran, wenn du eine Lüge vor mir zu verbergen hast.«

Wir hörten einen Aufschrei, und dann fiel sie in einen Heulkrampf. Darauf vernahmen wir seine Schritte im Flur und das Krachen der hinter ihm zuschlagenden Tür. Bridget und ich blickten einander schweigend an. Der Speisenaufzug surrte und brachte uns das Frühstücksgeschirr. Marie kam die Treppe herunter.

»Habt ihr sie gehört?«, fragte sie selbstzufrieden. »Er hat herausgefunden, wohin sie an den Dienstagabenden geht und wen sie allein in ihrem Salon empfängt.«

»Gehört dieses Haus tatsächlich ihr?«, fragte ich.

»O ja«, berichtete Marie. »Ihr gehörten sowohl das Haus als auch das Geld. Außerdem arbeitet er im Betrieb ihres Onkels. Um von ihr loszukommen, wird er alles aufgeben müssen.«

Nachdem Marie für ihre morgendliche Arbeit nach oben gegangen war, unterhielten Bridget und ich uns bestürzt über die möglichen Folgen. Bridget fragte mich, ob wir nicht gemeinsam Arbeit suchen könnten, wenn wir unsere Stellung hier verlören. Sie scheint sehr zuversichtlich zu sein, was meine Chancen angeht.

Zum Abschluss dieses schrecklichen Tages traf ich am späten Nachmittag auch noch Jasper Westervelt auf der Straße. Ich war beim Drogisten gewesen, um Rosenwasser und Süßmandelöl zu kaufen. Die Flaschen mit den Handlotionen waren fast leer, und um diese Zeit des Jahres bedurften unsere Hände und auch unsere Füße besonderer Pflege. Jasper kam mir auf dem Heimweg, gegen die Kälte in Mantel, Kapuze und Wollhandschuhe gehüllt, entgegen. Er zog höflich den Hut und machte kehrt, um mich zu begleiten. Natürlich hätte ich außer Wegrennen nichts tun können, um ihm aus dem Weg zu gehen, und das wäre dann doch zu töricht gewesen.

»Hoffentlich erfreuen Sie sich guter Gesundheit, Mrs. Pigot«, begann er höflich ein Gespräch.

»Mir geht es gut«, sagte ich. »Ich danke Ihnen für den Respekt, den Sie mir in den vergangenen Monaten entgegengebracht haben.«

Ich hoffte, er würde meine Worte als Warnung verstehen und unsere Zufallsbegegnung nicht in dem von mir befürchteten Sinne ausnutzen.

»Ich muss Ihnen eine Frage stellen«, sagte er mit leiser Stimme.

Ich glaube, ich stieß einen Seufzer aus. Er ließ nicht locker mit seinen Annäherungsversuchen.

»Dann fragen Sie mich«, sagte ich. »Aber ich verspreche Ihnen keine Antwort.«

»Welcher Art ist die Beziehung zwischen Ihnen und meinem Vater?«, fragte er.

Diese Frage schockierte mich. Ich schluckte, bemühte mich aber, ihm in festem Ton zu antworten.

»Mr. Westervelt beschäftigt mich als Köchin seines Haushalts«, sagte ich.

»Aber da ist doch noch was … meine Mutter sagte …«

Er ließ das, was er sagen wollte, im Raum stehen und zog seinen Hut vor der Frau, die uns im Vorbeigehen neugierig anschaute. Jasper machte einen sehr unglücklichen Eindruck. Fast empfand ich Mitleid mit ihm, seines Vaters mit den traurigen Augen und seiner selbstsüchtigen, untreuen Mutter wegen. Ich fragte mich, ob er mich vielleicht dazu bringen wollte, darüber mit ihm zu reden.

»Alles andere geht mich nichts an«, sagte ich bestimmt. »Wenn Sie etwas über familiäre Angelegenheiten erfahren möchten, müssen Sie Ihre Eltern fragen.«

»Ich dachte, Sie könnten mir helfen«, sagte er. »Sie und mein Vater haben doch gemeinsame Freunde.«

Dabei sah er mich verschlagen an, aber seine Stimme klang unterwürfig. Vielleicht schätzte ich ihn falsch ein, weil mir sein Aussehen nicht gefiel.

»Tut mir leid, aber ich kann Ihnen nicht helfen«, sagte ich freundlicher als beabsichtigt. »Ich weiß nichts über das Leben Ihrer Eltern, nur dass Ihr Vater gern Alsenrogen isst. Aber jetzt muss ich mich beeilen. Ich bin im Rückstand mit meiner Arbeit.«

Natürlich entsprach es nicht der Wahrheit, dass ich nichts über seine Eltern wusste. Tante Jane hatte mir ja erzählt, dass sie seine Mutter kannte. Und ich hatte den Verdacht – obwohl ich es niemals für angemessen erachtet hätte, es Jasper gegenüber zu erwähnen –, dass seines Vater Sorge um das Wohl von Jane Corbett und deren Erröten, als sein Name fiel, auf eine einstmals enge, ja sogar intime Freundschaft zwischen den beiden schließen ließ. Außerdem hatte ich die ersten Zeilen der Notiz gelesen, die Marie aufgehoben hatte. Vielleicht war das die Bestrafung für Neugierde – man wird zum Lügen getrieben oder muss enthüllen, dass man die Intimsphäre eines anderen verletzt hat. Mir tut Jasper Westervelt leid, und mich ärgert, dass ich mich in einer so unaufrichtigen Lage befinde.

Montag, 17. Februar 1851

Von der Frau des Vetters Guido DiRomas erfuhr ich, dass *miele* Honig bedeutet und dass mein Name Mina die Bedeutung von *Mine*, wie in Goldmine, hat. Ich glaube nicht, dass es von Mr. DiRoma rechtens ist, mich »Mina *di miele*« zu nennen, und deshalb wollte er mir auch nicht sagen, was es bedeutet. Ich frage mich, ob er, hätte er mich nicht an der Seite von Mr. Serle kennen gelernt, mich anstelle von Honor erwählt hätte. Doch ich will dieser Frage nicht weiter nachgehen. Der Gedanke kommt mir nur in den Sinn, weil ich einsam bin. Guido DiRoma und Honor Corbett passen so gut zueinander. Ich hoffe, sie merken, dass Tante Jane zu einer Veränderung bereit ist, und heiraten bald.

Die Zeitungsjungen verbreiten gute Nachrichten auf den Straßen. Die *Atlantik*, das Schiff, von dem alle glaubten, es sei auf der Überfahrt von Europa verloren gegangen, ist in Sicherheit. Ich sprach ein stummes Dankgebet, ehe ich das Abendessen nach oben schickte.

Freitag, 4. April 1851

Die Westervelts haben ihre Differenzen offenbar beigelegt. Sie geht an den Dienstagabenden nicht mehr aus, und in den vergangenen Wochen hat es keinen lauten Wortwechsel mehr gegeben. Heute Morgen ging ich zum Tompkins Market, um die Ente in Aspik abzuholen, die ich bei Mr. Torrilhon für eine kleine Gesellschaft am heutigen Abend bestellt hatte. Ich ging selbst, um mich zu erkundigen, wie es seiner armen kranken Frau geht, und auch, um zu sehen, ob vom Land schon frisches Grünzeug hereinkommt. Mr. Larkins versprach, mir einen Bund frischen Sauerampfer zurückzulegen, falls er einen bekommt. Es gibt schon wieder Alsen im Angebot, und ich hoffte, Mr. Westervelt eine Freude mit Alsenrogen auf Sauerampfersauce zu bereiten.

Als ich in den Gang mit den Gemüseständen einbog, unterhielt Mr. Serle sich gerade mit Mr. Larkins. Mir ging das Herz über, als ich ihn dort schlank und dunkel stehen sah, den Hut in der Hand. Sonnenstrahlen aus einer Lücke im Dach über Mr. Larkins' Stand brachten seine wilden Locken auf der Stirn zum Leuchten.

»Da ist sie ja«, meinte Mr. Larkins. »Strahlend wie immer – sie ist wie eine Flamme, die Wärme und Licht in meine trüben Morgenstunden trägt.«

Es überraschte mich, ihn solche Worte sagen zu hören. In dem guten Jahr, seitdem ich bei ihm einkaufe, hatte er nie so gesprochen. Ich glaube, ich wurde rot.

»Sie ist tatsächlich eine strahlende Erscheinung«, pflichtete Mr. Serle ihm bei.

Er lächelte mich an, als wären nicht sieben lange Monate vergangen, seit wir uns das letzte Mal gesehen haben. Ich wusste nicht, was ich zu ihm sagen sollte. Offenbar fühlte er sich stark genug, mir ein Freund zu sein, sonst wäre er nicht hier, überlegte ich hoffnungsvoll.

»Geht es Ihnen gut, meine Liebe?«, erkundigte sich Mr. Serle, als Mr. Larkins sich einem anderen Kunden zuwandte. Er verhielt sich ruhig und höflich. Vielleicht versuchte er nun, mir ein Onkel zu sein.

»Ja«, sagte ich. »Ich habe Sie seit unserer Begegnung im September in Mr. Barnum's Museum nicht mehr gesehen.

Ich hoffe, Sie sind gesund.« Ich fragte mich, ob er verheiratet war. Erforderte es die Höflichkeit, dass ich mich auch nach dem Befinden von Madame Serle erkundigte?

Mr. Serle zuckte mit den Schultern. »Den Winter fand ich hart«, sagte er, »aber jetzt geht es mir wieder gut.«

»Arbeiten Sie in New York?«, fragte ich ihn.

Als ich das aussprach, erfüllte mich ein sehnsüchtiges Verlangen. Ich wüsste gern, dass er noch immer in meiner Nähe ist.

»Seit wir uns das letzte Mal sahen, war ich in Philadelphia und in Baltimore«, berichtete er. »Doch jetzt bleibe ich in New York. Ich richte wieder Privatgesellschaften für die Delmonicos aus.«

»Das überrascht mich, denn Mr. DiRoma erzählte mir, Sie würden nach Kuba gehen. Im Dezember meinte er, Sie würden bald heiraten.«

»Das hat Guido gesagt?«

»Er ist Ihr Freund. Ich dachte, er wisse Bescheid«, sagte ich.

Mr. Serle errötete unter seiner olivfarbenen Haut. »Er ist im Irrtum.«

»Oh«, sagte ich.

Nach einer Pause kam ich nicht umhin, noch einmal das Thema anzuschneiden, das mich interessierte.

»Dann sind Sie also noch nicht verheiratet?«, fragte ich.

»Nein.«

Mr. Serle wandte den Blick von mir ab. Er musterte einen frühen Importspargel, der auf einem Tablett lag. Er starrte ihn an, als wäre es ein seltsames botanisches Exemplar aus Mr. Barnum's Museum.

»Dann wird die Lady sicherlich enttäuscht sein«, warf ich ein.

Jetzt schaute er mir direkt in die Augen.

»Sie ist sehr verärgert.«

Ich fragte mich, ob sie etwas nach ihm geworfen hatte, aber ich wagte es nicht, so weit zu gehen und ihn danach zu fragen.

»Lange Verlobungszeiten sind für den einen gut, für den anderen nicht«, bemerkte ich.

»Und Sie?«, fragte Mr. Serle. »Sind Sie verlobt?«

»Nein«, sagte ich.

»Mr. Larkins erzählte mir, Sie lehnten es ab, sich mit einigen aufstrebenden jungen Männern bekannt machen zu lassen«, meinte Mr. Serle. »Wie ich höre, hatte Mr. Woodcock, der Metzger, gehofft, Sie würden seinen Sohn mögen.«

Ich zuckte mit den Schultern und war jetzt diejenige, die sich dem Spargel zuwandte. Ich glaube, meine Wangen waren gerötet, aber schließlich hatten wir einen frischen Frühlingsmorgen, der einen Moment mit Regen drohte, dann aber plötzlich wieder aufklarte und die Sonne hervorbrachte. Vielleicht war ich jetzt diejenige, die nicht stark genug für eine Freundschaft war. Ich musste zusehen, dass mein Herz sich beruhigte.

»Im Columbia House Hotel habe ich einmal eine Frau sagen hören: ›Freiheit ist ein besserer Ehemann als die Liebe‹«, antwortete ich.

Als ich wieder zu Mr. Serle aufblickte, starrte er mich an. Vielleicht überraschte es ihn, dass ich nicht weinte oder ihn um Hilfe bei der Lösung eines Problems bat. Aber sein Gesicht spiegelte eher Verletzung als Überraschung.

»Sie sollten heiraten, *cara*«, sagte er mit leiser Stimme. »Sie sollten heiraten. Sie sind für die Liebe geschaffen.«

Jetzt starrte ich ihn sprachlos an. Hatte ich richtig gehört? Offenbar nicht, oder er hatte es sich anders überlegt, denn nun betrachtete er mich ziemlich kühl.

»Ich möchte Sie um einen Gefallen bitten«, sagte Mr. Serle.

»Einen Gefallen?«, fragte ich.

Der Zorn entfachte eine Flamme in der Asche meines Herzens. Er wollte keine Liebe zulassen, er hatte sich mit einer Frau verlobt, nur ihrer Schönheit und ihrer Religion wegen, und jetzt kam er zurück und quälte mich?

»Ich würde Sie gern mit Anna und ihrer Tochter besuchen«, sagte er. »Stellina fragt jedes Mal, wenn sie mich sieht, nach Ihnen.« Er war wieder rot geworden, wie das immer passierte, wenn die Gefühle ihn überwältigten. »Das bekümmert Anna …«, er hielt inne, »obwohl sie weiß, dass sie Ihnen zu Dank verpflichtet ist, weil Sie ihre Tochter auf dem Schiff gerettet haben.«

»Dann glaubt sie also immer noch an die Fantasie ihres Bruders, ich sei Ihre Geliebte gewesen?«, fragte ich. Nun mischte sich Ungeduld in meinen Zorn. Er hatte sich sein Leben eingerichtet, dann sollte er es auch so annehmen.

»Der Marktplatz ist nicht der beste Ort, um über diese Dinge zu reden.« Mr. Serle betrachtete wieder den Spargel, nicht mich.

»Ich möchte über diese Dinge überhaupt nicht reden«, sagte ich. »Was soll so ein Besuch bewirken? Und er müsste außerdem bei den Corbetts stattfinden. Ich kann doch wohl kaum eine Dame wie Madame Moses in der Küche der Westervelts empfangen.«

»Ich werde meine Freunde nicht aufgeben«, sagte Mr. Serle. »Wenn sie Sie besser kennen würde, verstünde sie das.«

Er hielt seinen Hut wie einen Schild vor seine Brust – wie er das tat, als er mich das erste Mal in einem Frauenkleid sah. Fast hatte ich Mitleid mit ihm. Ich war mir plötzlich sicher, Mr. Serle könnte Madame Moses genauso gut erklären, er möchte zwei Frauen haben, verstehen würde sie weder das eine noch das andere.

»Wir könnten am nächsten Sonntag bei den Misses Corbett vorbeikommen«, drängte Mr. Serle. Beharrlich hielt er an seinem Plan fest. »Ich erinnere mich Ihres beschaulichen Lebens dort. Guido berichtete mir, es sei noch immer so. Es täte Anna gut, das zu sehen.«

Ich sah ihn verblüfft an. Er hatte die Räumlichkeiten der Corbetts erst ein Mal gesehen. Auch er schien sich etwas zusammenzufantasieren.

»Honor hat viel Arbeit«, erklärte ich ihm. »Sie bat Mr. DiRoma, diese Woche nicht vorbeizukommen. Ich versprach, ihr nächsten Sonntag und die darauf folgende Woche zu helfen. Sie hat Aufträge für Kleider und Hauben für Ostern und einen von einer Jüdin – sie sagt, auch in Ihrer Religion werde ein Fest gefeiert.«

»*Pessach*«, sagte Mr. Serle. »Wann können wir dann kommen?«

»Nicht an Ostern!«, bestimmte ich. »An diesem Tag werde ich arbeiten. Die Westervelts haben Übernachtungsgäste.«

»Wie viele Gäste?« Mr. Serle betrachtete mich misstrauisch.

Sein Gesichtsausdruck entlockte mir gegen meinen Willen ein Lächeln. In seiner Natur lag es zu beschützen, und das musste ich an ihm lieben.

»Nur ein Paar mit seiner Tochter aus Massachusetts«, antwortete ich. »Mrs. Westervelt achtet jetzt sehr sorgfältig darauf, mir zu sagen, wie viele Gäste erwartet werden.«

»Gut«, meinte Mr. Serle zufrieden. »Wann können wir kommen?«

Er war unerbittlich. Ich spürte seinen brennenden Willen, der meine Ausflüchte verzehrte, wie das Feuer Kienspäne verbrennt.

»Ich werde am Sonntag nach Ostern bei den Corbetts sein«, lenkte ich ein.

»Also Sonntag, der Siebenundzwanzigste April.« Mr.

Serle setzte sich den Hut auf und holte sein Notizbuch aus der Tasche. »Ich schreibe es mir auf.«

»Ja«, sagte ich.

»Dann bis zum siebenundzwanzigsten.«

Mr. Serle steckte sein Notizbuch in seine Tasche zurück.

»Auf Wiedersehen«, sagte ich. Er ging über den Markt, und ich stand da und schaute ihm nach. Ich war erschöpft. Als er außer Sichtweite war, ruhte ich einen Moment aus und betrachtete das aufgehäufte grüne und braune Gemüse von Mr. Larkins, um die Mischung aus Wut und Mitleid in meiner Brust abzukühlen. Dann brach ich zu Mr. Torrilhon auf und beendete meine Einkäufe.

TEIL V

Der Erie-Kanal

Fast zehn Monate sind vergangen. Heute schreiben wir den 16. Januar 1852. Der Tag, an dem ich Mr. Serle sah und den letzten Eintrag in mein Buch machte, war der 4. April letzten Jahres. Selbst als Honor mir im Herbst meine Kiste mit meinen Sachen schickte, brachte ich es nicht über mich, einen Blick in mein Tagebuch zu werfen. Heute Abend habe ich es endlich aufgeschlagen. Heute, an diesem Winterabend im Dorf von Uncas Falls, wage ich es wieder, über mein Leben nachzudenken. Im Herd lodert ein Feuer, es ist still in der Küche, und das Kind schläft.

Aber bei dem Versuch, mich zu erinnern, was geschah und wann, verwirren sich meine Gedanken. Genaue Daten weiß ich nicht mehr. Ich denke, ich sollte einfach die Ereignisse zu Papier bringen und mir keine Gedanken darüber machen, wann sie stattfanden. Die Wahrheit der Dinge ruht nicht im Kalender, sondern im Gefühl, das sie im Herzen hinterlassen.

Ich kehre zum April letzten Jahres zurück. Ich traf Mr. Serle am Tompkins Market. Die verwirrende Mischung aus Hoffnung und Verzweiflung, als ich ihn zwischen den Gemüseständen entlanggehen sah, ist mir noch gut im Gedächtnis. Er hatte also seine Verlobung nicht gelöst, sondern die Hochzeit mit Madame Moses hinausgezögert. Er fand den Mut, als Freund zu mir zurückzukehren. Ich lebte noch immer in seinem Leben, seinem Herzen.

In der darauf folgenden Woche fingen die Westervelts wieder zu streiten an. Marie berichtete, er sei dahintergekommen, dass sie sich trotz ihrer Schwüre und Versprechen noch immer mit ihrem Liebhaber Mr. Forrest traf. Gut möglich, dass Marie sie an Mr. Westervelt verraten hat. Denn natürlich wusste Marie über das Kommen und Gehen von Mrs. Westervelt Bescheid; sie behauptete, aufgrund ihrer Kleiderwahl den Grund ihres Ausgehens genau zu kennen.

Anfangs achteten die Westervelts darauf, ihren Streit nicht öffentlich auszutragen, aber das änderte sich rasch. Wir hörten zu allen Zeiten Schreien und Tränen. Marie berichtete, dass sie selbst in Gegenwart ihrer Freunde aus Massachusetts einen scharfen Ton bei Tische pflegten. Da hatten Bridget und ich es bereits aufgegeben, Marie zu sagen, sie solle nicht tratschen. Wir waren in Sorge um unsere Anstellungen. Ich wusste, dass ich nicht für Mrs. Westervelt würde arbeiten wollen, wenn ihr Ehemann sie verließ. Sie hatte weder Geschmack noch Sinn für die zur Zubereitung einer Mahlzeit erforderliche Balance. Aber die Entscheidung, mir einen neuen Haushalt zu suchen, fiel mir schwer, war ich doch an diese Küche gewöhnt und gern hier. Außerdem betrübte mich die Aussicht, beim Studium der Anzeigen auf Bemerkungen wie *Keine Iren* und *Nur Protestanten* zu stoßen.

Am Montag vor Ostern verschlechterte sich die Lage bereits dramatisch. Ich war gerade vom Markt zurückgekehrt und stellte meinen Korb mit dem Grünzeug auf den Tisch. Ich dachte an den Frühling und fragte mich, wie sich der Besuch von Benjamin Serle und Anna Moses wohl gestalten würde. Honor meinte, ihr komme es ganz so vor, als wolle der Mann, dass die Frauen, zwischen denen er sich nicht entscheiden könne, zu einer Einigung gelangten. Ich hatte auf dem Markt ein Bund roter Tulpen gekauft, weil sie mir so gut gefielen. Ich hörte ein Geräusch und dachte, Bridget sei in der Speisekammer.

»Bridget«, rief ich, »ich habe heute Radieschen auf dem Markt entdeckt.«

»Mrs. Pigot?«, sagte die Person.

Es war nicht Bridget, sondern Jasper Westervelt, der da aus der Speisekammer kam.

»Was machen Sie da?«, fragte ich ärgerlich.

»Ich war auf der Suche nach einem Stück Fleisch und Brot«, sagte er. »Ich möchte nicht auf das Frühstück mit meinen Eltern und ihren Gästen warten. Es ist zu unerfreulich.«

Mit seinem ungekämmten Haar wirkte er sehr traurig und ungepflegt. Ich hatte Mitleid mit ihm.

»Setzen Sie sich hier an den Tisch«, sagte ich, »dann mache ich Ihnen Schinken mit Eiern und Toast. Ich muss nur rasch mein Tuch aufhängen, die Blumen ins Wasser stellen und meine Schürze anziehen.«

»Danke, Mrs. Pigot«, sagte er.

Er setzte sich und starrte vor sich hin. Bridget hatte hinten am Herd den Kaffee von unserem Frühstück stehen lassen. Ich nahm einen Topflappen und schob den Topf über die Hitze, um ihn aufzuwärmen.

»Möchten Sie die Eier gekocht oder gebraten?«, fragte ich.

Er hing seinen Gedanken nach, und ich musste meine Frage wiederholen.

»Wie bitte? Gebraten«, antwortete er.

Da kam die kleine Margaret herein. Sie holte Eier und Butter für mich aus der Speisekammer. Ich musste außerdem gleichzeitig das Frühstück für die sechs Leute oben herrichten. Bridget kam unmittelbar darauf in die Küche. Ihr Gesicht machte einen frischen Eindruck. Sie war vermutlich im Durchgang gewesen, um sich mit Michael zu unterhalten, der uns das Holz brachte. Es schien sie zu überraschen, Jasper Westervelt mit einem Teller und einem

Becher Kaffee vor sich am Küchentisch sitzen zu sehen, sie sagte aber nichts.

Natürlich gingen wir alle unserer Arbeit nach. Ich brachte dem jungen Mr. Westervelt sein Essen. Während ich damit begann, den Schinken für das Frühstück oben zu schneiden, aß er schweigend und beobachtete mich. Ich hatte ihn in der Hetze, die Töpfe auf den Herd zu stellen und Muffins zum Backen in den Herd zu schieben und Sardinen auf dem Herd zu braten, schon beinahe vergessen, als er zu sprechen anfing.

»Sind Sie mit meinem Vater verwandt?«, fragte er mit leiser Stimme.

»Wie bitte?«, sagte ich und schob die Pfanne mit den Sardinen nach hinten auf den Herd, um sie warm zu halten.

Er sah sich fast beschämt in der Küche um. Bridget und Margaret waren in der Spülecke unter laufendem Wasser mit dem Abwasch beschäftigt. Marie war oben und deckte den Frühstückstisch. Er sprach ein wenig lauter und wiederholte seine Frage.

»Ich dachte, ich hätte Sie nicht richtig verstanden«, sagte ich. »Natürlich bin ich nicht mit Ihrem Vater verwandt. Ich hatte nie von ihm gehört, bis ich vor einem Jahr im Januar in dieses Haus kam. Ich weiß nicht, warum Sie mir so hartnäckig dumme Fragen stellen.«

»Meine Mutter sagt …«, begann er, unterbrach sich aber, als Bridget vom Spülstein wegging und mit einer sauberen Pfanne an den Herd trat.

»Danke, Mrs. Pigot«, sagte er mit klarer Stimme. »Ich weiß es zu schätzen, dass Sie mir ohne entsprechende Anweisung ein zeitiges Frühstück bereitet haben.«

Er legte seine Serviette auf den Tisch, erhob sich, machte eine Art Verbeugung vor mir und ging.

»Na«, meinte Bridget, »da werden Sie aber froh sein, ihn von hinten zu sehen. Was wollte er denn hier?«

»Er wollte sich nicht den Streit seiner Eltern am Frühstückstisch anhören«, erwiderte ich.

»Ich wusste gar nicht, dass er ein so zartes Pflänzchen ist«, scherzte Bridget.

Ich bat Margaret, die Radieschen zu waschen und kühl zu stellen. Zusammen mit der Lauchsuppe waren sie ein Frühlings-Horsd'œuvre zum Dinner heute Abend.

Danach waren ein paar ruhige Tage vorherzusehen. Den Donnerstagabend derselben Woche verbrachten die Westervelts mit ihren Kindern und den Gästen bei Mr. Westervelts Mutter. Während der Karwoche fanden keine großen Feste statt. Vergangenen Monat heiratete Jacob zu meiner Erleichterung die deutsche Köchin zwei Häuser weiter und nahm dort jetzt alle Mahlzeiten ein. Ohne ihn verliefen unsere Mahlzeiten geruhsamer und leiser. Marie, Bridget, Margaret und ich aßen ein schlichtes, zeitiges Abendessen aus Bohnen und Gemüsesuppe mit Brot und machten dann schnell Ordnung.

Marie verkündete, sie werde zu ihrer Freundin Camille von nebenan gehen, um mit ihr zu nähen. Auch dort war die Familie heute Abend außer Haus. Marie hatte wohl vor, sich ihre Haube für Ostern frisch aufzuputzen, denn sie ging nach oben und verließ das Haus mit einem Arbeitskorb. Seit die Westervelts wieder zu streiten angefangen hatten, wirkte Marie sehr viel fröhlicher.

Als sie aus der Tür war, brachte ein Bote für Bridget eine Nachricht ihrer Mutter. Das jüngste Kind sei krank. Es musste etwas Ernstes sein, denn die Mutter würde ansonsten kein Geld dafür ausgeben, ihre Töchter holen zu lassen. Ich fragte Bridget, ob sie die Nacht über dort bleiben wolle.

»Ja«, sagte sie. »Margaret und ich werden auf jeden Fall zum Frühstück zurück sein.«

Offenbar sah ich sie zweifelnd an, denn sie jammerte:

»Wir können meine Mutter doch heute Nacht nicht alleinlassen, wenn der kleine Matthew im Sterben liegt.«

»Nein, natürlich nicht«, erwiderte ich. »Ich mache mir nur Gedanken, um welche Krankheit es sich wohl handeln mag, und ob es nicht sicherer wäre, Margaret hierzubehalten.«

»Meine Mutter wird sie auch sehen wollen«, meinte Bridget.

»Ich würde gern zu meiner Mutter gehen«, meldete Margaret sich schüchtern zu Wort.

Margaret war erst zwölf Jahre alt.

»Dann müsst ihr gehen«, sagte ich zu ihnen.

Ich packte Kuchen für die Kinder ein und sagte Bridget, sie solle sich die Suppe in ein Glas füllen, die von unserem Abendessen übrig geblieben war. Ich versuchte, den Gedanken, das Kind könnte sterben, weit von mir zu schieben. Die Erinnerung an das von der Mutter in der Küche gestillte Kind und Mr. Serle, der sein kleines Gesicht liebkoste und es anlächelte, trieb mir die Tränen in die Augen.

»Geht«, sagte ich ihnen, »und schickt mir eine Nachricht, falls es, was Gott verhüten möge, dem Kind nicht besser geht und ihr länger dort bleiben müsst als nur diese Nacht.«

»Gott segne Ihr freundliches Herz«, sagte Bridget.

»Ich werde für das Kind beten.« Ich reichte Bridget den Korb.

Ich gebe zu, dass dieser Gedanke ein wenig selbstsüchtig war. Wenn sie nämlich am Morgen nicht zurückkamen, hätte ich nicht gewusst, wie Marie und ich sieben Leute bedienen und gleichzeitig die Küche hätten sauber halten können. Als sie weg waren, schrubbte ich zu meiner Beruhigung gründlich meinen Küchentisch. Die Tulpen, die ich am Montag gekauft hatte, waren am Verblühen, aber weil ihre Farben noch so prächtig leuchteten, stellte ich den

Krug zurück auf Tisch. Dann setzte ich mich, berührte den Ring an meiner Brust, wie ich das immer tat, und sprach ein stilles Gebet für die Seele des Kindes und all diejenigen, die ich liebte.

Der Tag war warm gewesen, aber die Nachtluft hatte es kühl werden lassen in der Küche. Ich weiß noch, dass ich überlegte, abzuschließen und nach oben zu gehen, um in mein Tagebuch zu schreiben. Als ich mich erhob, um die Fenster zu schließen, hörte ich Schritte im Durchgang. Vielleicht war es Mr. Serle, der mich besuchen kam, überlegte ich, und die Hoffnung entzündete sich mit leuchtenden Funken von der feurigen Farbe der Tulpen, aber keiner klopfte an. Stattdessen ging die Außentür auf und wieder zu. Es war Jasper Westervelt.

Ihn zu sehen überraschte und verärgerte mich.

»Was wollen *Sie* denn?«, rief ich aus.

Er trat ein und schloss die Tür zwischen Durchgang und Küche. Er stellte die Flasche, die er in der Hand hielt, auf den Tisch.

»Bitte bringen Sie etwas Eis«, sagte er. »Wir werden zusammen ein Glas Champagner trinken und uns wie zivilisierte Menschen unterhalten.«

»Nein«, befand ich kühl.

All mein Mitleid, das ich vor kurzem für ihn empfunden hatte, war verschwunden wie eine Woge, die sich nur für einen Moment erhebt und dann wieder im Meer verschwindet.

»Ich werde nach oben gehen und mich mit Bridget unterhalten«, log ich.

»Nein, das werden Sie nicht«, sagte er. Er lächelte zufrieden, und seine kleinen Augen leuchteten voller Genugtuung. »Ich habe eine Notiz geschickt, dass ihre Mutter sie und das kleine Mädchen sehen möchte. Ich habe sie eben erst beim Weggehen beobachtet. Bis sie ihr Zuhause erreicht haben, ist es zu spät, um heute Nacht noch zurückzukehren. Und ich weiß auch, dass Marie aus ist. Sie werden sich also mit mir unterhalten müssen.«

Mir schwindelte vor Zorn.

»Sie haben aus eigensüchtigem Interesse Bridget und Margaret in Unruhe versetzt?«

Darauf antwortete er nicht, sondern zog sich einen Stuhl heran und setzte sich, so als wolle er sich nicht mehr vom Fleck rühren. Er befand sich zwischen mir und der Tür. Vielleicht war es besser, wenn ich ihn mir anhörte und es dann hinter mir hatte. Doch ich musste mich schützen. Ich erinnerte mich nur zu gut daran, wie ich den Teig ausrollte und Jasper meine Arme von hinten packte.

Mir fiel ein, was Mr. Serle zu tun pflegte, wenn er seine Küche am Ende des Tages in Ordnung brachte. Er legte sein Handwerkszeug auf einem sauberen Tuch für den nächsten Tag zurecht. Dann zog er seine Messer ab. Das hatte ich mir auch angewöhnt. Natürlich, die Messer. Ich würde einfach ein Messer in der Hand behalten. Ich blickte auf meine ordentlich auf dem Tuch liegenden Messer. Dann nahm ich den Wetzstein aus der Schublade. Wenn es mir beliebte, konnte ich die ganze Nacht lang Messer abziehen.

»Was machen Sie da?«, fragte er.

»Ich schärfe meine Messer«, sagte ich. »Ich muss auf meine morgige Arbeit vorbereitet sein.«

»Oh« war alles, was er darauf erwiderte. Es schien ihn aus der Fassung zu bringen. »Und was ist mit dem Champagner?«

»Ich trinke keinen Alkohol«, sagte ich ihm.

»Aber ich möchte, dass wir uns wie Freunde unterhalten«, entgegnete er.

»Wir sind keine Freunde. Und ich werde auch nicht so tun, als wären wir welche«, gab ich zurück. »Aber ich werde einen Tee trinken.«

Das freute ihn.

»Ich werde auf den Champagner verzichten und mich Ihnen anschließen«, sagte er.

Das machte mich ein wenig sicherer. Es wäre auch unklug gewesen, eine Flasche Champagner ganz allein auszutrinken. Ich war einen Moment damit beschäftigt, das Feuer zu entfachen, den Kessel wieder zum Kochen zu bringen und den Tee aufzubrühen. Er schwieg, während ich meine Vorbereitungen traf.

»Sollten Sie denn nicht bei Ihrer Großmutter beim Abendessen sein?«, fragte ich ihn, als ich die Tassen einschenkte und ihm seine hinstellte.

»Ich behauptete, Kopfschmerzen zu haben, und ging nach Hause«, erzählte er bereitwillig. »Gibt es Zucker zum Tee?«

»Natürlich«, sagte ich, erhob mich und ging in die Speisekammer, um die Zuckerschale zu holen und aus dem Schrank zwei Löffel mitzubringen.

»Lassen Sie mich Ihnen helfen«, beeilte er sich, mir zuvorzukommen, als ich die Sachen abstellte und mich wieder hinsetzte.

Ehe ich nein sagen konnte, hatte er schon zwei gehäufte Löffel Zucker in meine Tasse geschüttet.

»Was machen Sie da?«, rief ich empört.

»Tut mir leid. Ich dachte, Sie würden den Tee bestimmt gern süß trinken. Die meisten Iren mögen das so.«

»Ich bin aber nicht wie die meisten Iren.«

Eigentlich hätte ich den Tee gern ausgekippt und frischen gemacht, aber seufzend fügte ich mich. Ich wollte, dass dieses Gespräch so schnell wie möglich vorüberging.

»Nun denn, auf Ihre Gesundheit«, sagte Jasper Westervelt und trank von seinem Tee.

»Gesundheit«, erwiderte ich. Der Tee war so süß, dass ich nur Zucker schmeckte. »Was möchten Sie mich denn fragen?« Ich trank noch einen Schluck und nahm mir ein Messer zum Schärfen vor.

»Müssen Sie das denn tun, während wir uns unterhalten?«, fragte er. »Ich hätte gerne Ihre ganze Aufmerksamkeit.«

Er streckte seine Hand aus, um den Krug mit den Tulpen beiseitezustellen, so dass nur noch die Messer auf dem Tisch zwischen uns lagen. Ein rotes Blütenblatt fiel – ein geschwungenes farbiges Boot, das auf dem weißen Tisch dahinsegelte.

Ich seufzte und legte das Messer neben meiner Hand ab.

»Sie haben meine ganze Aufmerksamkeit«, sagte ich zu ihm. »Und worüber möchten Sie sich nun unterhalten?«

»Wer sind die Corbetts?«, fragte er mich.

»Es sind zwei Frauen«, antwortete ich. »Miss Jane Corbett und ihre verwaiste Nichte Miss Honor Corbett. Und ich bin mit ihnen nicht verwandt, falls Sie das fragen wollten. Ich kenne sie seit nunmehr zweieinhalb Jahren. Das ist alles.«

»Sind es Damen der Gesellschaft?«, erkundigte sich Jasper Westervelt.

»Besucht eine irische Köchin an ihren freien Sonntagen Damen der Gesellschaft?«

Er kam mir wirklich töricht vor.

»Meine Mutter kennt eine Jane Corbett«, sagte er. »Wenn sie sich mit meinem Vater streitet, sagt sie: ›Du wünschst dir wohl, du hättest Jane Corbett geheiratet, nicht wahr? Du weinst ihr immer noch nach.‹«

Er wiederholte die Worte seiner Mutter voller Inbrunst. Ich hörte geradezu das Echo ihrer verzweifelten Laute in seiner traurigen Stimme. Julia Westervelt schleuderte ihrem Mann entgegen, er habe ihre Ehe zerstört, bevor sie überhaupt begonnen hatte. Ich trank Schluck für Schluck meinen Tee und dachte nach. Mag die Frau auch eine Närrin sein, ihre eifersüchtige Wut klang doch echt. Offenbar stimmte es, dass Tante Jane und Seton Westervelt vor zweiundzwanzig Jahren eine intime Freundschaft unterhalten hatten. Ich musste an Honors Bild ihrer toten Eltern denken. Ihr Vater war Tante Janes Bruder gewesen. Wenn Tante Jane Mr. Westervelt geliebt hatte, musste es für sie schrecklich gewesen sein, sowohl ihre Liebe als auch ihren Bruder zu verlieren, die sie beide hätten beschützen können.

Ich trank noch etwas von dem klebrig süßen Tee und versuchte mir zu überlegen, was ich, ohne bloßen Klatsch zu verbreiten, über Tante Janes Traurigkeit erzählen konnte, um diesen neugierigen, armseligen Jungen zufrieden zu stellen. Selbst wenn ich Jasper gerne dazu gebracht hätte, mich in Ruhe zu lassen, würde ich doch niemals die ureigensten Gefühle anderer missbrauchen wollen.

»Miss Jane Corbett erzählte mir, sie habe Ihre Mutter gekannt, als sie Schulmädchen waren«, erzählte ich. »Aber Miss Corbett ist keine Dame der Gesellschaft. Sie unterrichtet junge Damen im Malen und koloriert Druckplatten für einen Verleger, um sich ihren Lebensunterhalt zu verdienen. Sie hat Ihre Mutter in all der Zeit, die ich sie kenne, nur zweimal erwähnt.«

Sie kannten einander vor zweiundzwanzig Jahren, wurde mir plötzlich klar – und das bedeutete, Honor –, und da verlor Tante Jane ihren Glauben. *Nein!*, sagte ich mir und schob diesen Gedanken von mir. Niemals würde ich einen solchen Verdacht mit einem Jüngelchen wie Jasper Westervelt diskutieren. Ich hatte genug gesagt.

Es folgte ein langes Schweigen. Sobald ich meinen Tee ausgetrunken hatte, wollte ich dieses Gespräch beenden. Ich trank und nahm dann das Messer in die Hand, das ich zuvor abgelegt hatte. Es war mein liebstes Schälmesser, und die Schneide wirkte ein wenig schartig. Ich griff gerade nach dem Wetzstein, als Jasper endlich sprach.

»Sind Sie die Geliebte meines Vaters?«, fragte er.

Er redete merkwürdig langsam, und doch wirkte seine Stimme gedämpft, als würde er sich von mir wegbewegen. Mir war ein wenig schwindelig. Seine Frage entsetzte mich.

»Wie bitte?«, sagte ich. »Ihres Vaters was?«

Meine Stimme schien von irgendwo anders herzukommen, jedenfalls nicht aus meinem Mund. Vielleicht war die Suppe verdorben gewesen und mir wurde übel.

»Die Geliebte meines Vaters«, wiederholte er und zog die Worte in die Länge, so dass ich fast zusehen konnte, wie sie sich in der Luft formten.

»Natürlich nicht«, antwortete ich.

Ich hatte etwas in der Hand. Ein Messer. Wie kam das dorthin?

»Sie müssen mir die Wahrheit sagen«, forderte er mich auf.

Alles in der Küche veränderte allmählich seine Form. Jasper Westervelt starrte mich an. Seine dicht beieinanderstehenden Augen waren schwarze winzige Löcher in seinem Gesicht. Sie schienen sich miteinander zu verbinden und ein einziges Auge zu werden. Ich verfolgte das mit Erstaunen und wartete darauf, was weiter passierte. Seine Hand, die groß und eingebettet in den weißen Hemdsärmel war, schob mir eine Tasse zu. Auf dem Tisch war ein Blutfleck – nein, ein Blütenblatt der Tulpe.

»Trinken Sie und erzählen Sie mir die Wahrheit«, hörte ich seine schleppende Stimme.

Wahrheit! Was für ein bemerkenswertes Wort! Klarheit, Wahrheit. Bin ich klar, sprech ich wahr? Ist wahr, was war? Mir war nach Lachen zumute. Etwas stimmte nicht mit meinem Kopf.

»Was haben Sie in den Tee getan?«

Ich musste mich und diesen Jungen unter Kontrolle haben, um das ungefährdet zu überstehen.

»Nichts«, sagte er. »Sind Sie die Geliebte meines Vaters?«

Die Worte rollten sich im Winkel der Küche zu Staubbällchen zusammen, erstarrten in der Eiskiste und zischten wie Spucke auf dem Herd. Der Tisch, an dem wir saßen, wurde immer länger und breiter. Die roten Blumen griffen nach unseren Gedanken. Jasper Westervelt war ein weißer Totenschädel mit winzigen schwarzen Löchern für die Augen und grauen Lippen über weißen Zähnen. Ich musste so schnell wie möglich flüchten.

Ich würde aufstehen, sagte ich mir. Ich hatte ein Messer in meiner rechten Hand. Ich würde mich mit meiner linken Hand am Tisch festhalten, um nicht zu fallen. Als ich aufzustehen versuchte, taumelte ich.

»Was haben Sie in den Tee getan?«, schrie ich jetzt.

»Es ist nichts«, kam langsam die Antwort mit erstickter Stimme. »Antworten Sie mir einfach.«

»Was ist es?«

Meine eigene Stimme hallte in meinem Kopf, der jetzt hohl war. Er würde mich umbringen.

»Was ist denn los mit Ihnen?«

Angst ballte sich im Raum zusammen. Sie fühlte sich an, als würde man überraschend in ein Spinnennetz laufen oder in einen Blütenblätterregen.

»Mein Freund meinte, es sei harmlos. Es bringe einen dazu, die Wahrheit zu sagen.«

Wahrheit. Das Wort wuchs wie Unkraut aus seinem Mund. Und es schlang sich um mich wie eine dicke Schlange. Mein Brustkorb schmerzte. Ich bekam keine Luft mehr. Ich musste das Fenster öffnen. Ich brauchte Luft.

»Was ist los? Wohin gehen Sie?«

Da war etwas. Ein böses Ding wand sich mir um den Arm wie eine Schlingpflanze, wie eine Schlange. Ich hatte eine Waffe in meiner Rechten. Mr. Serle gab sie mir. Ich würde die Schlingpflanze von meinem Arm schneiden.

Geschrei. Der Klang hallte laut in meinen Ohren. Wäre mein Kopf nicht ausgehöhlt gewesen wie ein Kalbskopf, dem man das Gehirn entfernt hatte, wäre es nicht so schmerzhaft gewesen. Ich musste das Schreien beenden. Ich stieß wieder zu wie eine Schlange. Das Schreien wurde noch schlimmer, aber dann plötzlich wurde es schwächer und hörte auf. Schweigen wucherte wie Unkraut.

Ich hatte einen Traum. In meinem Traum hatte Jasper Westervelt mir meinen Rock hochgezogen. Seine Hand schob sich zwischen meine Beine, um meinen Schlüpfer zu zerreißen. Sein Gesicht presste sich immer dichter an meins. Seine zwei kleinen Augen verschmolzen zu einem schwarzen Loch in der Mitte seiner Stirn, und sein Mund war groß und rosa und rund wie der Gummisauger, den Bridget benutzte, wenn der Ausguss der Spüle verstopft war. Wenn ich sein Auge ausstechen könnte, dann würde ich gerettet sein. Wenn er mich nicht mehr sähe, fände er mich auch nicht mehr. Ich hob meinen Arm, um zuzustoßen. Jetzt war er kein Mensch mehr, sondern eine einäugige Schlange, die sich um meine Taille wand. Sein Kopf schlängelte sich vor und zurück, zurück und vor auf dem sich windenden Stängel seines Halses. Als ich ihn zu treffen versuchte, verfehlte ich mein Ziel und stach mich selbst. Da war Blut an meinem Bein und an meiner Hand. Ich würde sterben. Die Schlange hatte mich dazu verführt, mich selbst zu töten.

»Ich werde nicht sterben.«

Meine Stimme hallte in der Küche. Ich erhob wieder meinen Arm. Ich hatte ein wunderschönes Messer.

Mr. Serle flüsterte mir ins Ohr: »Du musst schneiden; trenne erst die Teile voneinander und vermische dann alle Aromen zu einem.«

Ich stach zu. Meine Klinge tauchte ins Auge der Schlange. Jetzt konnte ich ruhig schlafen.

Geschrei. Ich lag auf dem Boden und war zu Eis erstarrt. Mein Kopf schmerzte. Das Licht und das Geräusch würden mir wehtun, wenn ich meine Augen aufschlüge. Die Schlange hatte jetzt Bridgets Stimme. Ein kleines Mädchen weinte. Ich hatte ihren Namen vergessen.

»Weine nicht«, wollte ich ihr sagen. »Weine nicht. Ich bin gerettet.«

»Gott sei Dank, dass Sie hier sind«, sagte die Schlange, die sich Bridgets Stimme bediente.

Aber die Schlange war tot. Es konnte tatsächlich Bridget sein, die zurückgekommen war. Der Traum verblasste ein wenig. Ich war in der Küche, es war sehr kalt. Jemand sprach mit leiser Stimme.

»*Dio in cielo*«, sagte er. »*Madonna mia. Che cosa è fatto qui? Dio in cielo. È morta. È morta.*«

»Guido?«, fragte ich. Meine Lippen waren taub vor Kälte.

»*Grazie à Dio*«, sagte die Stimme. »*Vive. Vive.* Miss Mina Pigot, Mina *carissima*, können Sie mit mir sprechen? *Sono* Guido. Sprechen Sie mit mir.«

»Er hat mir etwas in den Tee getan«, sagte ich. »Ich glaube, ich habe ihn getötet.«

»Wen?«, fragte Guido. »Wer war hier?«

Ich zitterte vor Kälte.

»Ist er tot?«, fragte ich.

Die Stimme, die Guido gehörte, sprach von sehr weit weg. »Keiner ist hier, außer mir und Bridget und Margaret«, sagte er. »Sie haben ein Messer in Ihrer Hand. Wollen Sie es mir geben?«

»Nein«, flüsterte ich. »Nein. Ich brauche es.«

Die weit entfernte Stimme sagte: »Denk nach, Guido, denk nach.«

Etwas passierte – nur wusste ich nicht, was es war. Es tat sich etwas, und eine Stimme, die Guido gehören konnte, sprach, und Bridgets Stimme sang mir leise etwas vor oder vielleicht auch dem weinenden kleinen Mädchen. Ich träumte davon, auf einem Schiff zu sein. Das Schiff schaukelte in den Wellen. Ein tröstlicher Geruch von Stroh und Pferden hüllte mich ein. Mir war kalt, so kalt.

Als ich aufwachte, lag ich in eine Decke gewickelt auf einem Bett. Tante Jane saß neben mir. Sie hielt eine Waschschüssel und einen Schwamm. Sie wusch meinen linken Arm mit warmem Wasser. Mein rechter Arm und die Hand waren mit einem Stück altem Segeltuch umwickelt.

»Wo bin ich?«, fragte ich.

»Gott sei Dank!«, sagte Tante Jane. »Du bist in Sicherheit in meinem Schlafzimmer in der Elizabeth Street, meine Liebe.« Dann rief sie: »Guido! Guido! Sie ist wach. Kommen Sie rein!«

Wie seltsam, überlegte ich. Tante Jane hatte vorher immer nur *Mr. DiRoma* gesagt. Und jetzt lud sie einen Mann in ihr Schlafzimmer ein. Das ziemte sich nun wirklich nicht.

»Was ist mit meinem rechten Arm?«, fragte ich sie.

»Sie halten immer noch ein Messer, *cara*«, teilte Guido mir mit leiser Stimme mit. »Sie wollten es nicht loslassen. Ich war in Sorge, Sie könnten sich – oder auch mich – verletzen, als ich Sie zu dem Karren trug, um Sie hierherzubringen.«

»Oh!«, sagte ich.

Die Zimmerdecke über mir drehte sich.

»Du bist in Sicherheit, Mina«, meinte Tante Jane besorgt. »Wirst du jetzt das Messer loslassen?«

»Ja«, sagte ich. »Ich denke schon.«

Behutsam wickelte Tante Jane das Segeltuch von meinem Arm.

»Gib Guido das Messer.« Sie sagte das mit sanfter Stimme, als ob sie ein Kind dazu überreden wollte, eine giftige Beere aus dem Mund zu nehmen.

»Meine Hand tut weh«, sagte ich überrascht.

Es schien, als könnte ich das Messer nicht loslassen. Guido rieb mir vorsichtig den Daumen und die Finger.

»Lassen Sie los«, sagte er. »Lassen Sie das Böse los.«

Tante Jane massierte mir Arm und Schulter, und Guido meine Hand. Seufzend legte ich meinen Kopf an Tante Janes Brust. Als mir dann endlich das Messer aus den Fingern fiel, nahm Guido es weg. Tante Jane wusch mir Gesicht und Hände mit warmem Wasser. Mein linker Arm wies eine lange Schnittwunde auf, die sie mir mit einem sauberen Tuch verband.

»Kannst du uns nun erzählen, was passiert ist?«, fragte Tante Jane.

Ihre Stimme war schleppend, leise und wieder ganz weit weg.

Als ich die Augen das nächste Mal öffnete, saßen sowohl Tante Jane als auch Guido neben mir. Ihre Gesichter waren rund und strahlend wie zwei Vollmonde. Der Raum blieb einen Moment still, dann begann er zu schwanken. Ich zitterte vor Kälte.

»Ich bin vergiftet«, sagte ich.

»Wer hat das getan?« Guidos Stimme war die eines Richters und Henkers. »Ich werde ihn umbringen.«

»Jasper Westervelt hat mir etwas in den Tee getan«, erzählte ich ihnen.

Meine Worte bildeten hässliche Eisklumpen in der angenehmen Luft von Tante Janes Schlafzimmer, das nach Fliederbadesalz roch.

»Ich habe ihn umgebracht.«

»Ob ich ihr ein Brechmittel geben soll, was meinen Sie?«, erkundigte Tante Jane sich besorgt bei Guido.

»Warten Sie«, sagte er. »Haben Sie gesehen, was er in Ihren Tee getan hat?«, fragte er mich.

Ich dachte angestrengt nach. Ich war in die Speisekammer gegangen, um Zucker zu holen, aber eigentlich wollte ich nach oben gehen.

»Meine Kiste!«, jammerte ich. »Wo ist meine Kiste mit den Briefen meines Bruders und meiner Brosche, die Mr. Serle mir geschenkt hat? Er wird sie mir stehlen.«

Ich fing zu weinen an, dicke Tränen liefen mir heiß über mein erstarrtes Gesicht.

»Ich möchte meine Kiste.« Ich benahm mich nun wie ein verzogenes Kind, und selbst Tante Janes tröstend um mich gelegter Arm und Guidos beruhigende Worte konnten mir nicht helfen.

Was dann passierte, weiß ich nicht. Ich schlief wohl und hatte wieder schreckliche Träume von Schlangen, Schlinggewächsen, Blut, das aus Tulpen tropfte, und Jasper Westervelt, der mitten im Gesicht ein Auge hatte und Hände, an denen glühende Schürhaken als Finger saßen. Jetzt war mir nicht mehr kalt, sondern ich erstickte vor Hitze. Die Tulpen fingen Feuer. Die Küche ging in Flammen auf. Als ich schweißgebadet aufwachte, saß Honor neben mir und säumte ein Stück himmelblaue Seide. Die Welt kam wieder ins Lot.

»Honor«, sagte ich.

Sie legte ihre Arbeit beiseite und streichelte meine Hand. »Wie fühlst du dich, Mina?«

»Mir ist sehr heiß«, sagte ich. »Ich bekomme nicht genug Luft.«

Honor wickelte mich aus einem Haufen Decken und half mir beim Aufsitzen. Sie brachte Wasser, um mir Gesicht und Arme zu waschen. Sie verband meinen Arm mit der Schnittwunde frisch. Der vorherige Verband war von Blut durchtränkt. Sie half mir aus meinem Waschkleid. Es war am Hals eingerissen. Im Rock und auch in meinem Unterrock war ein großer Schlitz. Der Unterrock und mein Schlüpfer waren blutbefleckt von einer Wunde an meinem

Bein. Honor wusch diese aus und erklärte mir, sie sei nicht tief und habe zu bluten aufgehört. Sie brachte mir ihren Flanellmorgenrock zum Anziehen und bat mich, wieder ins Bett zurückzugehen. Sie deckte mich mit nur einer Decke zu und öffnete dann das Fenster weit, um das Zimmer zu lüften.

»Möchtest du einen Schluck Wasser?«, fragte sie mich.

»Ja«, flüsterte ich. Jetzt zitterte ich wieder vor Kälte.

Honor brachte mir Wasser und half mir, die Tasse zu halten, weil meine Hände bebten. Sie breitete eine weitere Decke über mich und schloss das Fenster. Als Tante Jane und Guido zurückkamen, nähte Honor, und ich dämmerte hinweg in einen Traum von roten Booten, die über die Schneiden silberner Messer segelten, die man im klaren Wasser erkennen konnte.

Guido stellte mit einem Plumps meine Kiste ab. Er kam zu mir und ergriff meine Hand.

»Sie sehen besser aus, *carina*«, sagte er. »Nicht mehr so weiß und grau wie der Tod, ich bin froh.«

»O Guido«, stammelte ich und fing wieder an zu weinen.

Er tätschelte meine Hand. »Alles wird gut werden, *carina*«, versuchte er mich zu beruhigen. »Keiner ist tot. Tante Jane wird dir alles erklären. Ich muss zu meiner Arbeit.«

»Danke«, sagte ich. »Danke.«

Ich hörte die Stimmen von Honor und Guido, als sie ihn zur Tür begleitete. Sie hoben und senkten sich wie Ozeanwellen, die gegen ein Schiff klatschten. Ich trieb auf ihren Stimmen dahin. Sie klangen ernst, aber nicht traurig. Ich würde nicht sterben. Sie waren glücklich, meinetwegen und ihrer selbst wegen. Honor kam zurück und sagte, sie werde nun einheizen und für uns alle Suppe warm machen. Es war fast Abend. Tante Jane hatte jetzt Honors Platz eingenommen. Sie hielt meine Hand.

»Er nennt dich jetzt Tante Jane«, sagte ich.

Sie lächelte mich an. »Er ist ein netter Mann«, entgegnete sie. »Er verdient Honors Vertrauen.«

»Danke schön für meine Kiste«, sagte ich.

»Ich habe auch deinen Lohn für dich und ein gutes Zeugnis von Seton Westervelt«, berichtete sie.

Dabei wurde sie ganz rot im Gesicht. Sie legte neben meiner Hand ein Päckchen aufs Bett.

»Der Lohn?«, fragte ich.

Nie mehr würde ich in die Fourth Street zurückgehen. Meine Verwirrung kannte keine Worte. Jasper Westervelt hatte mir mein Leben geraubt. Ich hatte meine Stelle verloren. Nie mehr konnte ich zum Tompkins Market gehen, nie mehr überrascht sein, Mr. Serle im Gespräch mit Mr. Larkins anzutreffen.

Tante Jane erzählte mir ruhig die Geschichte. Sie waren zur Fourth Street gegangen, sie und Guido. Tante Jane hatte sich an der Vordertür gemeldet und gebeten, Mr. oder Mrs. Westervelt sprechen zu dürfen. Natürlich hatte Marie ihnen die Tür geöffnet, und sie war es auch, die wegging und dann zurückkam, um ihr mitzuteilen, Mr. Westervelt sei in sein Büro gegangen und Mrs. Westervelt empfange keinen Besuch. Marie hatte sehr kühl gewirkt und sich auch nicht nach mir erkundigt, obwohl Tante Jane erklärt hatte, sie komme wegen Miss Pigot.

In der Zwischenzeit war Guido zur Erdgeschosstür gegangen, um mit Bridget zu reden, die sich so gefreut hatte, ihn zu sehen und Neuigkeiten über mich zu erfahren, dass sie ihn umarmt hatte. Bridget führte Guido dann nach oben, damit er die Kiste holen konnte, und kümmerte sich darum, dass alles, was mir gehörte, auch darin verpackt wurde. Guido sagte, sie habe meinetwegen geweint. Bridget erzählte Guido, dass Jasper Westervelt krank sei und der Arzt ihm einen Besuch abgestattet habe. Sie habe Suppe und gekochte Eier und Toast nach oben schicken sollen.

Das Tablett sei leer gegessen zurückgekommen. Sie glaube nicht, dass er im Sterben liege.

»Dann berieten Guido und ich uns«, erzählte Tante Jane. »Wir wollten in Erfahrung bringen, was er dir gegeben hat, denn es könnte ein Gegenmittel erforderlich machen. Wir waren auch der Meinung, dass Jaspers böse Tat angesprochen werden sollte. Wir gingen zu Mr. Westervelts Büro und verlangten, ihn zu sprechen.«

»Oh«, sagte ich traurig. Selbst nach zweiundzwanzig Jahren wusste Tante Jane offenbar, wo Seton Westervelt seine Tage verbrachte. Ich hatte Recht gehabt mit meiner Vermutung, dass er ihr das Herz gebrochen hatte.

Tante Janes Gesicht war wieder gerötet, und sie wich meinem Blick aus, aber sie sprach mit fester Stimme.

»Als wir in sein Büro kamen, wurde er sofort auf uns aufmerksam. Ich erzählte ihm von deinem Zustand. Wir kehrten gemeinsam in die Fourth Street zurück.«

»Hast du Jasper gesehen?«, flüsterte ich.

Ich wünschte, Tante Jane würde mir erzählen, was mit Jasper passiert war. Immer, wenn ich an ihn dachte, hatte ich ein Schreien im Ohr.

»Wir sahen Jasper«, sagte Tante Jane mit bitterer Stimme.

Ich zuckte zusammen. Was hatte sie gesehen?

»Sein Vater ließ Jasper zu uns nach unten in den Salon kommen«, berichtete Tante Jane. »Er hat Schnittwunden seitlich im Gesicht und an seiner Schulter. Ich hoffe, er behält die Narbe in seinem Gesicht für den Rest seines Lebens. Seinen Eltern hatte er erzählt, er sei auf der Straße überfallen worden, als er vom Haus seiner Großmutter heimkehrte. Mit keinem Wort hat er dich erwähnt, obwohl du allein und womöglich sterbend in der Küche lagst.

Während diese Närrin Julia nichts als heulte und jammerte, nahm sein Vater ihn sich streng zur Brust. Er gab zu, dir Haschisch eingeflößt zu haben. Wie Laudanum hilft es beim Einschlafen und führt zu merkwürdigen Träumen. Jasper bildete sich ein, es bringe dich dazu, ihm gegenüber zuzugeben, dass du die Geliebte seines Vaters seist. Er spuckte alles aus. Seine Mutter hatte ihm offenbar erzählt, sein Vater sei ein Heuchler, weil auch er eine Geliebte habe – die Köchin. Seton schäumte vor Wut. Guido musste ihn davon abhalten, den Jungen zu schlagen. Ich selbst hätte dasselbe nur allzu gern mit Julia gemacht.«

Ich hatte Jasper nicht umgebracht, sagte ich mir. Das war mein Trost.

»Seton schickt dir deinen Lohn und noch etwas dazu für deinen Schmerz. Zudem bestand er darauf, dir in einem Schreiben deine Aufrichtigkeit und deine Geschicklichkeit zu bescheinigen. Immer und immer wieder betonte er, wir müssten dir seine Entschuldigungen für das schändliche Verhalten seines Sohnes überbringen. Er hat einen großen Respekt vor dir zum Ausdruck gebracht.«

»Er ist kein schlechter Mann«, sagte ich.

»Ich hätte dich nie bei den Westervelts arbeiten lassen dürfen«, erklärte Tante Jane mir. »Ich hatte von Anfang an ein schlechtes Gefühl.«

»Aber ich mochte die Küche so gern«, sagte ich.

Ich konnte nicht mehr zurück in die Küche, die ich mir für meine Bedürfnisse zurechtgemacht hatte. Was würde aus mir werden?

Tante Jane fing an zu weinen. Sie saß, das Taschentuch zerknüllt in der Hand, neben mir und ließ ihren Tränen freien Lauf. Ich griff nach ihrer Hand. Ich konnte keinen klaren Gedanken fassen.

»Es tut mir so leid«, sagte ich. »Ich habe dir Schmerz zugefügt.«

»O nein«, sagte sie. »In den zweiundzwanzig Jahren habe ich ihn nur dreimal im Vorübergehen auf der Straße gesehen. Und immer habe ich überlegt, was er wohl denken und fühlen mag. Heute haben wir wenigstens miteinander geredet. Er verhielt sich wie ein Gentleman. Im Gegenteil, heute hat mein Schmerz nachgelassen.«

»Aber warum weinst du dann?«, wunderte ich mich.

»Ich bin einfach überwältigt«, seufzte Tante Jane. »Ich bin so dankbar, dass er mir Honor geschenkt hat. Der arme Seton. Julia empfindet keine Liebe für ihn und hat keine Tugend, und sein Sohn macht ihm nichts als Schande. Jetzt kann ich Mitleid für ihn empfinden.«

»Er gab dir Honor?« Hatte ich richtig gehört? Tante Jane hatte die Wahrheit gebeichtet.

»Was habe ich gesagt?« Sie sah mich entsetzt an.

Es folgte ein langes Schweigen, dann schluckte sie und nahm meine Hand.

»O Mina. Ich habe geredet, ohne zu überlegen. Seton weiß nichts davon, und Honor auch nicht. Du bist außer meiner armen toten Mutter die Einzige, der ich es je anvertraut habe. Du musst es für dich behalten.«

»Ja, das werde ich«, sagte ich. »Ich werde dein Geheimnis nicht verraten.«

Mir schwindelte. Gedankenfetzen – was Tante Jane vor Monaten gesagt hatte und was ich begriff, aber sofort verwarf, als ich den zuckrigen, gefährlichen Tee trank – tanzten in meinem Kopf.

»Dann ist Mr. Westervelt der Grund dafür, dass du deinen Glauben verloren hast?«

Tante Jane nickte. »Er liebe mich, sagte er. Wir waren heimlich verlobt, weil wir kein Geld zum Heiraten hatten und seine Mutter nicht damit einverstanden war. Er sei so arm, erzählte er mir, und seine Mutter sei krank und bedränge ihn, die Nichte des Mannes zu heiraten, bei dem er angestellt war. Ich wusste nicht – ich merkte nicht, dass ich – nun, seine Verlobung mit Julia Archer wurde bekannt gegeben, und ich sagte nichts. Ich schämte mich so. Es war eine schreckliche Zeit«, erinnerte sie sich, »doch wieso sollte ich das jetzt bedauern?«

Sie ließ meine Hand los und wischte sich ihr Gesicht mit dem Taschentuch ab. Ich war nicht stark genug, ihr Geheimnis vor Honor zu wahren. Ich wollte das nicht. Mein Verstand gehörte mir ohnehin nicht mehr. Mein Kopf schmerzte.

»Ich möchte schlafen«, sagte ich. »Bitte bleib bei mir sitzen. Ich habe Angst vor den Träumen.«

»Hast du nicht Appetit auf etwas Suppe?«, fragte Tante Jane.

»Ich bin einfach nur müde«, erwiderte ich.

Als ich aus einem Traum, in dem meine liebe tote Schwester Eliza ein grünes Band in ihrer Hand hielt, aufwachte, hatte ich mein Nachthemd an, und Honor schlief neben mir im Bett. Mein Kopf war nun klarer. Der Morgen war kühl, aber ich zitterte nicht mehr. Ich konnte sogar aufstehen und mich selbst waschen und anziehen. Der Verband um meinen Arm sah sauber aus. Keine Blutflecken mehr. Ich ging nach unten auf die Toilette. Dabei hielt ich mich gut am Geländer fest, denn auf der Treppe wurde mir ein wenig schwindelig. Auf der Toilette hing ein unangenehmer Geruch, aber ich selbst verströmte auch keinen besseren Duft. Mein Körper reinigt sich von dem Gift, überlegte ich voller Hoffnung. Vielleicht war es ja ein gutes Zeichen, so unerfreulich es auch sein mochte.

Als ich wieder nach oben kam, war Honor wach.

»Du bist aufgestanden, Mina?«, fragte sie mit schläfriger Stimme. »Fühlst du dich auch danach?«

»Ich habe Kopfschmerzen und bin sehr durstig«, sagte ich ihr.

»Ich denke, du solltest etwas essen.« Honor stand auf und schlüpfte in ihre Pantoffeln, während sie redete. »Du hast gestern nur ein bisschen Wasser zu dir genommen. Komm mit ins andere Zimmer.«

»Ich bin nicht hungrig, nur durstig«, wiederholte ich.

»Du musst trotzdem was essen«, bestimmte Honor. »Tante Jane meinte besorgt, man solle dir Cayennepfeffer und ein Brechmittel gegen das Gift geben. Ich hielt es für besser, dich schlafen zu lassen. Aber dein Kopfweh kommt jetzt bestimmt vom Hunger.«

Sie zog ihren Morgenmantel an. In ihrem Arbeitszimmer entfachte sie die Glut im Herd zu neuem Leben, gab Holz dazu und stellte den Kessel auf. Ich holte Brot, den Steinguttopf mit Butter und die Eier. Wir bewegten uns leise und unterhielten uns flüsternd, denn Tante Jane schlief noch in Honors Zimmer.

Als wir am Tisch saßen, beugte Honor sich zu mir. »Ich habe deinen blutigen Schlüpfer und den Unterrock gestern eingeweicht«, sagte sie. »Beides ist jetzt sauber. Soll ich sie reparieren?«

Ich schüttelte ablehnend den Kopf. »Ich mach das schon«, sagte ich. »War es viel Blut?«

Jetzt schüttelte Honor den Kopf. »Nur ein kleiner Tropfen am Bein des Schlüpfers und ein noch kleinerer auf dem Unterrock«, berichtete sie mir. Sie holte rasch Luft und ergänzte dann im Flüsterton. »Er hat dich nicht vergewaltigt, denke ich. Dann wäre der Schlüpfer zerrissen. Und es wäre auch anderswo noch Blut.«

Ich starrte sie an. Wie kam sie darauf? Woher wusste sie von meiner Befürchtung, was mit mir wohl passiert sein mochte, als ich auf dem Fußboden lag, gefangen im Schrecken der Träume, die das Rauschmittel in mir auslöste?

»Du hast gestern Nacht im Schlaf geredet«, beantwortete Honor meine unausgesprochene Frage. »Du hast geschrien: ›Jasper, hör auf!‹«

»Hab ich das?« Ich erinnerte mich vage an den Traum

von Jasper, aber ich wusste nicht mehr, wann ich ihn gehabt hatte. Seine Hände tasteten sich zwischen meine Beine, fiel mir plötzlich wieder ein. Bei dieser Erinnerung schauderte es mich.

Honor butterte den Toast für mich und schnitt ihn in dünne Streifen. Ich musterte sie. Sah sie Seton Westervelt ähnlich? Ich war froh, dass sie keine Ähnlichkeit mit Jasper Westervelt hatte. Ihre Augen standen weit auseinander, nicht dicht beisammen, und ihre Ohren waren hübsch und klein. Nur ihr gerundetes Kinn hätte vielleicht eine Ähnlichkeit aufweisen können. Eine schreckliche Vorstellung, dass er ihr Halbbruder war. Ich würde es ihr niemals sagen. Ihre grauen Augen erinnerten ganz an ihren Vater, fand ich. Sie blickte auf und bemerkte, dass ich sie anstarrte.

»Iss, Mina«, sagte Honor und schob den Teller näher an mich heran.

Ich versuchte es. Ich aß ein halbes Stück Toast. Ich trank zwei Tassen Wasser. Honor machte Kaffee für uns. Ich war froh, dass sie mich nicht fragte, ob ich Tee mochte. Nie mehr würde ich welchen trinken.

»Du hast noch mehr im Traum geredet«, sagte Honor.

»Ja?«

Ich dachte, Honor würde mir berichten, was ich noch gesagt hatte, aber sie schwieg wieder.

»Was habe ich denn gesagt?«, fragte ich schließlich.

»Du riefst Mr. Serle um Hilfe«, rückte sie endlich heraus. »Du riefst seinen Namen. Möchtest du ihm eine Nachricht schicken? Möchtest du ihn heute oder morgen sehen?«

»Ich kann nicht«, sagte ich zu ihr. »Ich kann ihn nicht sehen.«

»Bist du dir dessen sicher?« Honor blickte mich zweifelnd an. »Er ist dein Freund. Guido wird ihm erzählen, dass es dir nicht gut geht, und er wird sich Sorgen machen.«

»Ich kann ihn noch nicht sehen. Ich kann ihn nicht bitten zu kommen. Du musst außerdem arbeiten.«

Es war nicht nur wegen Honors Arbeit, wie ich mir selbst eingestand. Ich schämte mich und war viel zu wütend, um ihn zu sehen. Jasper Westervelt hatte mich hintergangen. Er hatte mir mein Gefühl gestohlen und meinen Körper verletzt. Aber Mr. Serle hatte Schlimmeres getan – er hatte meine Seele verwundet. Ich hatte ihn in Versuchung geführt. Ich hatte nichts weiter als Freundschaft von ihm gewollt, und er hatte sich für seine Religion und Madame Moses entschieden und eine unschuldige Liebe weggeworfen.

»Es stimmt, ich muss noch Aufträge erledigen«, sagte Honor. »Heute kommen zwei Frauen vorbei. Für die eine muss ich nur den Rock bügeln und Seidenblumen auf ihre neue Haube nähen, aber für dic andere bin ich mit dem Nähen noch nicht fertig. Du könntest dich auf jeden Fall in Tante Janes Atelier mit Mr. Serle unterhalten. Du musst an das denken, was dir guttut, nicht an meine Arbeit.«

»Nein!«, sagte ich nun bestimmt. »Ich möchte ihn nicht hierhaben. Ich werde jetzt in die Kirche gehen, ehe zu viele Menschen unterwegs sind. Ich muss in der Kirche beten. Dann komme ich zurück und nähe für dich. Am liebsten habe ich es ganz ruhig.«

»Und du kommst wirklich allein zurecht?«, erkundigte Honor sich.

Ich versicherte es ihr. Ihre Kundinnen verließen sich darauf, ihre Osterkleider heute zu bekommen.

Das Morgenlicht blendete mich so, dass ich blinzeln musste. Beim Laufen ging es mir ein paar Schritte weit gut, dann hatte ich wieder das Gefühl, das ich hatte, als ich mich nach der Seereise das erste Mal an Land bewegte. Ich würde wohl am besten zur St. Patrick's Church gehen, überlegte ich. Der Tompkins Square und Saint Bridget's lagen zu weit entfernt.

Ich hatte nicht damit gerechnet, dass es so voll in der Kirche war. Es fand eine Frühmesse statt. Doch ich kam zu spät, um vor dem Gottesdienst noch zum Beichten zu gehen. So würde ich am Nachmittag dafür wiederkommen müssen. Ich rutschte in eine der hinteren Bänke, kniete nieder und schloss mich dem Gebet an. Anfangs empfand ich es als tröstlich, aber es gelang mir nicht, meinen Geist auf das Gebet zu konzentrieren. Ständig wanderten meine Gedanken wieder in die Küche in der Fourth Street, zu einem Krug welker Tulpen, und zu Mr. Serles schiefem Gesicht, als er über einem Problem grübelte, seine dunklen Augen unter den Lidern verborgen, ein Glas Limonade, golden, mit einem Zweig grüner Minzblätter vor sich auf einem geschrubbten Tisch.

Die Musik schwoll an. Ihr Klang erfüllte die Kirche und hallte in meinem Kopf wider. Jetzt beherrschte mich die Erinnerung an meinen neben mir knienden Bruder. Drehte ich meinen Kopf, würde ich ihn sehen. Entsetzen packte mich. Vielleicht war dies das Zeichen, dass er tot und seine Seele zu mir gekommen war, um mich zu warnen. Ich hatte das Gefühl, keine Luft mehr zu bekommen. Hastig erhob ich mich, bekreuzigte mich und eilte aus der Kirche. Als ich die Stufen hinunterging, kam mir ein Mann entgegen, stutzte und streckte seine Hand aus, als wolle er mich aufhalten. Es war Mr. Branton. Niemals hätte ich herkommen dürfen. Ich raffte meine Röcke und rannte los.

Auf den Straßen herrschte inzwischen geschäftiges Treiben. Ich wollte nicht zum Broadway, also bog ich in die Crosby Street ein. Ich kam am Haus von Herrn Meyers Bruder vorbei, wo Daniel und ich vor langer Zeit der musikalischen Soiree beigewohnt hatten. Ich lauschte vor dem Haus. Eins der oberen Fenster stand offen. Jemand spielte Klavier. Ich hatte diese Musik schon einmal gehört. Und ich hatte Herrn Meyers Stimme im Kopf. Es ist ein Lied, aber ein Lied ohne Worte. Die Töne drängten sich an den Vorhängen vorbei und purzelten in einem einzigen Wirrwarr zu mir herunter auf die Straße. Wieder war mir ganz seltsam zumute. Ich sollte wieder in die Elizabeth Street zurückgehen, wo es ruhig war.

An der nächsten Ecke musste ich abbiegen, um nach Hause zu gehen. Ich kam an einem Gebäude vorbei, dessen Türen zur Straße hin offen standen. Granitstufen führten zu den Türen hinauf. Innen erkannte ich ein Vestibül. Ein Mann mit Hut und einem breiten weißen Schal mit Fransen ging durch die Eingangshalle. Er trug ein Buch in der Hand und stellte sich in den Türeingang. Ein anderer Mann kam und gesellte sich zu ihm. Sie wollten wohl frische Luft schöpfen. In dem Raum, aus dem sie kamen, war es vermutlich stickig. Aus dem Inneren drang die Stimme eines laut betenden Mannes. Ich kannte den Rhythmus dieser Worte. Das war Mr. Serles Kirche, fiel mir plötzlich ein. Nur dass er sie nicht so nannte. Ich suchte in meinem langsam arbeitenden, verwirrten Geist nach dem Wort. Synagoge, erinnerte ich mich triumphierend, das war das Wort, das er benutzte.

Ich hörte die einzelne Stimme in der Synagoge, dann die Stimmen vieler Menschen gemeinsam. Nur dass sie nicht ganz zusammen waren. Es hörte sich an wie eine Stimme, doch dann erhob sich eine einzelne über die anderen oder sagte unvermittelt klar und allein ein Wort, gelöst vom dahineilenden Klangfluss. Ihre Lautstärke baute sich langsam auf und verlor sich dann wieder in kleinen Tonwellen. Es ergab einen merkwürdigen Singsang. Ich fragte mich, ob Mr. Serles Stimme unter denen war, die ich hörte. Wie mochte es an diesem Ort aussehen? War es hell oder dunkel?

Die beiden Männer, die sich miteinander in dem offenen Vestibül des Hauses unterhalten hatten, starrten mich an. Der eine sprach mit dem anderen, dieser zuckte mit den

Schultern und wandte sich ab, um wieder hineinzugehen. Die Stimmen sangen nun lauter. Es war ein großer Klang, der zu Gott aufstieg. Es war wie die Orgel in Saint Patrick's und die dort singenden Menschen, überlegte ich. Über der ganzen Stadt stiegen Gebete wie Rauch auf zu Gott. Ich wünschte, die Klänge würden nicht in meinen Ohren schmerzen und nicht in meinem Kopf widerhallen. Dann wäre es sicherlich sehr schön gewesen.

Der Mann, der nicht ins Innere zurückging, trat auf die Stufen heraus.

»Möchten Sie hereinkommen, Miss?«, fragte er. »Wenn Sie möchten, zeige ich Ihnen die Frauengalerie.«

»Danke«, erwiderte ich, so höflich ich konnte. »Ich hörte Beten und verweilte, um zuzuhören. Aber jetzt muss ich gehen.«

Langsamen Schritts kehrte ich in die Elizabeth Street zurück. Ich konnte nicht vor der Synagoge stehen, wenn der Gottesdienst vorbei war. Das gehörte sich nicht. Man hätte dann womöglich gedacht, ich sei zum Gaffen gekommen oder wolle etwas.

Im Flur hörte ich Honor in ihrem Arbeitszimmer sprechen. Offenbar war eine der Damen bereits wegen ihres Kleides oder ihrer Haube hier. Ich ging in Tante Janes leeres Atelier. Wie ich mich erinnerte, besuchte sie samstags immer eine Schülerin im Mädchenwohnheim. Im Schlafzimmer machte ich das Bett und legte mein Nachthemd zusammen. Honor hatte meinen Unterrock, den Schlüpfer und das Hemd ordentlich auf einen Stuhl gelegt. Das Paket mit dem Geld und Mr. Westervelts Brief lagen obenauf. Ich öffnete meine Kiste, um alles wegzupacken. Ich bewegte mich automatisch. Alles war irgendwie unecht.

Mein Koffer lag auf dem Fußboden neben der Kiste. Ich hatte ihn herausholen müssen, damit ich heute Morgen frische Kleider anziehen konnte. Bridget hatte offenbar alles in großer Eile hineingestopft. Oder vielleicht hatte auch ich alles durcheinandergebracht, als ich beim Anziehen darin herumwühlte. Ich konnte mich schon nicht mehr erinnern, was ich vorhin getan oder gedacht hatte. Zwar zitterte mein Körper nicht mehr vor Kälte, aber mein Geist war immer noch wie erstarrt. Ich fand das grüne Band, das Mr. Serle mir geschenkt hatte, und sein Taschentuch mit meinen Tränen darin, und verweilte mit beiden Dingen in der Hand lange Zeit auf der Bettkante, unfähig, zu weinen oder auch nur angemessen zu empfinden. Das ist Liebe, ging es mir durch den Kopf. Dieser fürchterliche eisige Schmerz ist Liebe.

In meiner wirren Verzweiflung überkam mich dann mit einem Mal der Gedanke, dass es für alle besser sei, wenn ich sie verließ. Im Rückblick betrachtet, hatte Jasper Westervelt mich ja auch tatsächlich für einige Zeit meines Verstandes beraubt. Mr. Serle würde nicht leiden, überlegte ich. Es würde für ihn sogar hilfreich sein, wenn ich ging. Dann musste er sich nicht mehr zwischen seiner Liebe und seinen Leuten entscheiden. Und Madame Moses würde ohnehin froh sein, dass ich weg war; ihre Liebe zu ihm würde dadurch sicherer. Das sollte mein Geschenk an ihn und an mich selbst sein – ich würde nie wieder höflich zu ihnen sein müssen. Tante Jane brachte ich nicht dadurch in Verlegenheit, dass ich aller Wahrscheinlichkeit nach niemals eine Dame sein würde, und sie müsste auch keine Angst haben, ich könnte ihr Geheimnis verraten. Bei Honor zögerte ich – aber dann fiel mir ein, dass sie ja Guido hatte. Weshalb also sollte sie meiner noch bedürfen?

Ich würde meinen Bruder suchen, überlegte ich. Er würde wissen, was zu tun sei. Plötzlich war ich von ungeheurer Tatkraft erfüllt. Ich packte meinen Koffer voll mit den wenigen Sommerkleidern, die ich besaß, meiner Brosche, meinem grünen Band und dem vom Meerwasser ruinierten Gebetbuch. Am Schluss dachte ich noch daran, mein Geld und den Goldstaub einzupacken. Ganz verrückt kann ich also nicht gewesen sein. Der Koffer ging kaum zu. Ich trug mein blau-weißes Kleid, meinen Schal, meine Handschuhe, meine Haube und meine Ohrringe. Ich fand ein Stück Papier und ein Stück Kreide in Tante Janes Atelier und schrieb folgende Notiz:

Liebe Tante Jane und Honor,
ich danke euch für alle Hilfe, die ihr mir habt angedeihen lassen. Ich werde mich auf die Suche nach meinem Bruder in Kalifornien machen.
Alles Liebe, Mina

Mit dem Koffer in meiner rechten Hand, weil mein linker Arm ein wenig schmerzte, ging ich die Stufen hinunter und die Spring Street entlang zum Broadway. Mein Kopf schmerzte, und ich zog mir den Schal über meine Haube, um mein Gesicht zu verhüllen. Ich wollte nicht, dass mich jemand sah.

Ich war so durcheinander, dass mir nicht einfiel, in welcher Richtung es zum Hafen ging. Am Droschkenstand des Broadways stieg ich in eine Droschke und sagte dem Fahrer, er möge mich zur Linie der Hudson-Schifffahrt bringen. Er hatte ein freundliches Gesicht und wirkte ziemlich nüchtern. Ich erinnere mich, für wie klug ich mich hielt, mir bei der Frage nach dem Weg zum Boot keine Schwäche anmerken zu lassen oder mich ungeschickt anzustellen.

Die Fahrt auf dem Wasser brachte mir ein paar Stunden Ruhe. Ich saß im Damenabteil und dann auch eine Zeitlang auf dem Außendeck. Überall war Betrieb, weil die Leute über die Osterfeiertage zu ihren Familien fuhren. Im Abteil wurde Essen serviert. Es war ziemlich einfaches Essen, vor allem gebratene Beefsteaks und Pökelfleischscheiben, aber ein kleines Stück Fleisch, etwas Brot und ein wenig Apfelmost, dazu die frische Luft auf dem Fluss, und ich fühlte mich gleich besser. Ich nahm all meinen Mut zusammen, um eine kräftige, mütterliche Frau anzusprechen, die mit ihrer erwachsenen Tochter reiste. Ich hörte sie klagen, dass ihr Lieblingshotel in Albany abgebrannt sei und sie sich nun mit dem zweitbesten würden zufriedengeben müssten.

Ich log ihnen vor, ich sei eine junge Ehefrau, deren Mann schon nach Michigan vorausgereist sei, um eine Farm im Siedlungsgebiet zu kaufen. Lügen zu erzählen erleichterte mich. Jetzt bin ich jemand anderer, überlegte ich, jemand, der in dem hoffnungsvollen Gefühl reist, zur Liebe unterwegs zu sein, und nicht auf der Flucht vor Schande und Kummer. Ich fragte sie nach einem anständigen Hotel. Als das Dampfschiff nach Einbruch der Dunkelheit vor Anker ging, nahmen die beiden Frauen mich freundlicherweise in der von ihnen gemieteten Kutsche zu ihrem Hotel mit. Ich war dankbar, dass mir auf diese Weise eigene Erkundigungen erspart blieben und ich nicht allein auf der Straße war.

Das Hotel schien mir nicht das zweitbeste, sondern ein ziemlich gutes zu sein. Aber ich achtete gar nicht richtig darauf. Mein Geist war noch immer erstarrt. Ich hätte genauso gut eine Marionette sein können, deren Arme und Beine mit Schnüren bewegt wurden. Die Damen erkundigten sich, ob ich mit ihnen zu Abend essen wolle, aber da sagte ich dann doch die Wahrheit, dass ich nämlich kürzlich krank gewesen und nun müde sei. Ich ging zu Bett.

In der Nacht träumte ich. Ich stand im Garten eines großen Ziegelhauses. Rote Tulpen blühten beidseits der Kieswege. Das Haus erhob sich hoch über mir, drinnen brannten Lampen, die ihren Schein durch die Fenster warfen. Ich ging den Kiesweg entlang und suchte nach einer Tür. Ich ging und ging und fand auch eine Veranda mit Stufen, die hinaufführten. Dann kam ich in einen Durchgang mit Stufen, die nach unten führten. Nirgendwo konnte ich eine Tür entdecken. Schließlich, nachdem ich den Ort mehrmals umrundet hatte, versuchte ich, die Ziegel aus der Mauer zu ziehen. Es musste doch einen verborgenen, geheimen Weg geben, um hineinzukommen. Gerade als ich glaubte, ein Ziegel würde sich unter meiner Hand bewegen, wurde ich unsanft zurückgerissen. Die Tulpen hatten sich zu großen, rot bekleideten Soldaten ausgewachsen. Ich kniete vor ihnen auf dem Kies, die Hände vor der Brust im Gebet gefaltet. Lasst mich ein, flehte ich mit schweigender Traumstimme. Die Tulpensoldaten antworteten nicht. Sie hatten keine Münder, um zu sprechen.

Auf meinen Knien starrte ich hoch zu den strahlenden Fenstern. Jetzt konnte ich hineinsehen. In einem Raum standen Mr. Serle und Madame Moses und posierten wie ein Bild im Rahmen. Er trug seinen dunklen Anzug und ein strahlend weißes Hemd. An ihren Ohren und weißen Fingern funkelten Juwelen. Obwohl ich nichts hörte, konnte ich sehen, dass sie ihm ein Lied vortrug. Während ich sie beobachtete, wandte Mr. Serle sein Gesicht dem Fenster zu. Seine dunklen Augen glühten, und seine Lippen deuteten ein Lächeln an. Seine von der weißen Manschette seines Hemds eingefasste Hand streckte sich mir entgegen. Ich streckte meine ebenfalls aus, um ihn zu berühren. Die Glasscheibe zwischen uns wankte und kräuselte sich wie eine Wasseroberfläche im Wind. Ich konnte sehen, dass auch sein Gesicht und seine Hand wankten, als würden sie sich von mir entfernen, um in einem tiefen Teich zu ertrinken. Erschrocken wachte ich auf.

Kirchenglocken verkündeten die Morgengottesdienste. Der Ostermorgen erstrahlte im Tageslicht. Ich bin in Albany, New York, sagte ich mir. Ich bin unterwegs nach Kalifornien, zu meinem Bruder. Inzwischen arbeitete mein Verstand offenbar ein wenig klarer, denn ich erinnere mich, dass mich Zweifel beschlichen, ob diese Reise auch tatsächlich vernünftig war. Ich zählte mein Geld und fragte mich, ob es wohl reichen würde. Ich würde wärmere Kleidung brauchen, überlegte ich. Es könnte mehrere Monate dauern, bis ich die Prärie durchquert hätte, und die Berge würden hoch und schneebedeckt sein. Aber dann beschloss ich wirren Geistes, einfach loszuziehen und, wenn möglich, ehrliche Arbeit unterwegs zu suchen. Den Gedanken, was ich tun würde, wenn ich keine ehrliche Arbeit fand, ließ ich gar nicht erst aufkommen.

Ich wollte nicht allein im Speisesaal des Hotels frühstücken. Mein Arm schmerzte ein wenig, aber als ich nachsah, drang kein Blut mehr aus der Wunde, also verband ich sie wieder. Ich bürstete mein Haar, setzte meine Haube auf, nahm meinen Koffer und ging nach unten, um mein Zimmer zu bezahlen. Es war ein wunderbarer Morgen, klar und warm. Mit dem Koffer in der Hand wollte ich inmitten all der festtäglich und frühlingshaft gewandeten Leute lieber nicht in eine Kirche gehen. Stattdessen lief ich zum Fluss hinunter. Ich wollte mir die Boote suchen, die in westlicher Richtung auf dem Kanal fuhren, und meine Fahrt buchen; dann konnte ich mich immer noch entscheiden, ob ich in die Kirche ging. Ich fand eine Konditorei, die geöffnet hatte, und kaufte mir ein süßes Brötchen und einen Becher mit schrecklich verbrannt schmeckendem Kaffee.

Doch es war gut, dass ich eine Stärkung zu mir genommen hatte, denn bis ich den Kanal und die Boote fand, musste ich einen ermüdenden Weg zurücklegen. Da nur wenige Menschen unterwegs waren, bedurfte es eines ziemlichen Umwegs, bis ich ein älteres Ehepaar, das gemeinsam auf einer Bank saß und auf den Fluss schaute, nach dem Weg fragen konnte. Ich war in die falsche Richtung gelaufen; das große Hafenbecken, wo die Treidelkähne, die von New York nach Buffalo und zurück fuhren, mit ihrer Fracht anlegten, lag im Norden der Stadt, nicht im Süden. Als ich endlich den richtigen Ort fand, sah ich mich einer neuen Schwierigkeit ausgesetzt. Von Albany aus fuhren keine Postschiffe, die auch Passagiere mitnahmen. Man musste erst mit dem Zug in eine Stadt weiter im Westen fahren, nach Schenectady, ein seltsamer Name.

Ein Junge, der vom Ufer aus angelte, klärte mich über meinen Irrtum auf. Offenbar sah ich so müde und bestürzt aus, wie ich mich fühlte, denn er sagte: »Nicht weinen, Miss. Sie brauchen nicht zurück zur Bahnstation gehen. Auch die Treidelkähne nehmen Passagiere mit. Es geht nicht so schnell wie mit dem Postschiff, aber es ist viel billiger. Gehen Sie nur den Pfad da entlang und fragen Sie.«

Ich lief langsam in die mir gewiesene Richtung. Mein Koffer hing schwer an meiner rechten Hand, aber wenn ich das Gewicht nach links verlagerte, schmerzte mich mein verwundeter Arm nur umso mehr. Es war jetzt viel zu warm für meinen Schal, aber ich dachte, es wäre nicht schicklich, ihn abzulegen. Ich sah, dass die Boote lange, niedrige Schleppkähne waren. Sie hatten seitlich keine Fenster, sondern nur vorne im Bug und im Heck. Manche der Boote hatten Fässer gestapelt, die an Deck vertäut waren, andere lagen nicht so tief im Wasser. Die leichteren warteten wohl darauf, beladen zu werden.

Alles war sehr ruhig. Vielleicht wegen des Feiertages. Der einzige Mensch, den ich sah, war ein Mann, der im Bug an Deck eines Schleppkahns saß, die Füße auf die Reling gestützt.

»Guten Morgen«, sagte ich.

Ich musste forsch sein, sagte ich mir, wenn ich allein zurechtkommen und meine Reise machen wollte.

»Guten Morgen, Daniel«, sprach mich der Mann mit rauer Stimme an. Er nahm seine Füße herunter, spuckte über die Reling und starrte mich verblüfft an.

Dieser Mann war Flint, der Matrose von der *Victoria*. Vage erinnerte ich mich, dass er von irgendwelchen Kontakten in Albany erzählt hatte.

»Guten Morgen, Flint«, sagte ich. Eigentlich sollte ich überrascht sein, jemanden zu finden, den ich kannte, sagte ich mir. Aber wenn Jasper Westervelt mir ein Rauschmittel verabreichen konnte, das mir meinen Verstand raubte und an dessen Stelle schreckliche Träume setzte, dann war alles möglich. Das Gefühl der Starrheit war immer noch in mir und nahm der Welt Überraschung und Freude, wie Bleiche einem Stoff die Farbe nimmt.

Flint war noch immer derselbe. Seine raue Stimme, der kleine Goldanker im Ohr, seine traurige Verwirrtheit. Seine Narbe, die auf dem Schiff noch frisch gewesen war, war jetzt nur noch ein toter weißer Streifen über seinen Augenbrauen, die er verdutzt zusammenzog.

»Erinnern Sie sich an mich, Flint?«, fragte ich.

»Ich erinnere mich an Ihr leuchtendes Haar und die freundliche Stimme«, sagte er.

»Aber ich bin jetzt ein Mädchen und kein Junge«, klärte ich ihn auf.

»In Ordnung«, sagte er.

»Als wir auf der *Victoria* nach Amerika fuhren, war ich Daniel. Jetzt bin ich Mina.«

»Ja, Miss Mina«, erwiderte er. »Und wohin wollen Sie diesmal?«

Er verfügte über genügend Verstand, um mir eine vernünftige Frage zu stellen, obwohl ihm offenbar der Unterschied zwischen einem Jungen in Hosen und einem Mädchen in Röcken nicht auffiel.

»Ich gehe nach Kalifornien«, sagte ich. »Dort habe ich einen Bruder. Ich bin auf der Suche nach einer Überfahrt Richtung Westen. Oder ich werde für eine Überfahrt arbeiten.«

»Ja, Miss Mina.« Flint tat nicht sehr interessiert.

Darauf folgte Schweigen. Ich stellte meinen Koffer neben mir ab, um meinen Arm auszuruhen. Offenbar überlegten wir beide. Ich fragte mich, ob es wohl ungefährlich wäre, Flint um Hilfe zu bitten, staunte aber über mich selbst, dass es mir nicht eigentlich etwas ausmachte, ob etwas Gefahren barg oder nicht. Flints Gedanken waren mir ein Rätsel.

»Ich weiß noch, wie Sie mir die Holzkette geschenkt haben«, erzählte ich ihm.

Flint hatte immer noch seinen verwunderten Gesichtsausdruck. Wenn er nachdachte, war er wie ein kleines Kind, das sich über seinem Schönschreibheft abmüht. Seine Stirn kräuselte sich, so dass das Weiß der Narbe darin verschwand, und sein Gesicht zog sich zusammen, als würde das dem Gedanken auf die Sprünge helfen. Bald darauf glättete sich seine Stirn, und er lächelte. Seit unserer Fahrt auf der *Victoria* hatte er offenbar seine Zähne verloren.

»Ich werde Sie auf meinem Schleppkahn nach Buffalo mitnehmen.« Voller Stolz machte er mir dieses Angebot. »Ich bin der Kapitän. Sie kennen Schiffe. Sie können Crew und Köchin sein. Ich habe mich schon gefragt, wie ich das schaffen soll.«

»Ja«, sagte ich. »Kochen kann ich für Sie. Aber welche Arbeit hat die Crew zu erledigen?«

»Die Pferde müssen geführt und versorgt werden«, erklärte er. »Man muss sie um die Schleusen herumführen. Und man muss sich um die Küche kümmern.«

»Pferde?«, fragte ich. »Ich kann mich um Pferde kümmern?«

Flint nickte. Er schien unser Gespräch in keiner Weise merkwürdig zu finden. »Es gibt zwei Pferde«, fuhr er mit seiner Erklärung fort, als würde er eine Lektion wiedergeben. »Wenn ich Tag und Nacht unterwegs bin, muss ich die Pferde in den Mietställen entlang des Wegs gegen eine Gebühr wechseln. Wenn ich nur tagsüber reise, behalte ich meine beiden Pferde. Ich möchte nachts schlafen. Die Pferde habe ich gestern gekauft. Sie sind im Stall und warten auf mich.«

»Haben Sie sie gefüttert?«, fragte ich. Pferde schienen für meinen leeren Geist interessanter zu sein als Menschen. »Haben Sie sie gestriegelt?«

Flint sah mich verständnislos an. Ich nahm meinen Koffer in die Hand.

»Kommen Sie«, sagte ich. »Sie müssen mir zeigen, wo ich auf dem Schleppkahn schlafen kann. Dann werden wir uns die Pferde ansehen. Ich werde Ihnen helfen.«

Und so kam ich dazu, mit Flint auf einem Schleppkahn Richtung Westen zu fahren. An jenem Ostersonntag zeigte er mir das Boot. Es gab zwei Kabinen, eine im Bug mit zwei seitlich eingelassenen Kojen, und eine im Heck. Dazwischen wurde die Ladung verstaut. Um von einer Kabine zur anderen zu gelangen, musste man über das flache Dach des Schleppkahns klettern. Die Heckkabine war die größere, mit einem Kochherd und einem Tisch für die Mahlzeiten, außerdem gab es zwei Kojen, die über den Vorratsschränken lagen. Ich nahm die Heckkabine und verstaute meinen Koffer. Flint würde im Bug schlafen, wie er das auch schon auf der *Victoria* getan hatte. Er kaute immer noch Tabak, aber er versprach mir, niemals welchen in den Kabinen zu kauen. Das war meine Bedingung dafür, dass ich für ihn kochte. Ich ertrug weder den Geruch noch den Schmutz.

Nachdem wir uns zusammen das Boot angesehen hatten, brachen wir zu den Pferden auf. Flint hatte gar keine so schlechte Wahl getroffen. Beide Tiere schienen mir die richtige Größe zum Ziehen eines Kahns zu haben und hatten, soweit ich das beurteilen konnte, gesunde Beine und Lungen. Ob sie jedoch die Ausdauer haben würden, jeden Tag stundenlang auf dem Treidelpfad dahinzutrotten, konnte ich erst beurteilen, wenn wir zusammenarbeiteten. Der Stallbesitzer schien kein allzu großes Raubein zu sein und gab mir befriedigende Antworten auf meine Fragen bezüglich des Kanals und des Futters für die Pferde.

Die Pferde verblieben im Mietstall, bis der Schleppkahn bereit zur Abfahrt war. Wir beförderten Möbel aus den Werkstätten von New York durchgängig bis Buffalo. Dies bedeutete, dass wir erst in zwei Tagen aufbrechen würden. Flint schien gar nicht bemerkt zu haben, dass auf dem Boot weder etwas zu essen noch Geschirr zum Kochen oder auch zum Servieren vorhanden war. Ich musste Läden finden und Töpfe, Teller und Vorräte kaufen.

Flint gab mir Geld für die Vorräte, und ich gab auch welches von mir dazu. Ich kaufte ein gutes Kochmesser. Ich überlegte, auch ein Schälmesser zu kaufen, und ließ mir welche zeigen. Doch zu guter Letzt entschied ich mich für ein Klappmesser, wie es auch Mr. Serle benutzt hatte. Das würde für kleine Aufgaben nützlich sein, und ich konnte es zusammen mit meinem Nähzeug in meiner Tasche tragen. Auch würde ich mich sicherer dabei fühlen, ein Messer zur Hand zu haben, wenn ich es brauchte. Ich kaufte auch einen Wetzstein. Werkzeug, das nicht sauber und gepflegt war, war nutzlos.

Indem ich die Boote um uns herum beobachtete und Fragen stellte, begriff ich bald, dass Flint und ich eine harte Zeit haben würden, wenn unser Boot nur von uns beiden bedient würde. Es brauchte einen Steuermann zum Steuern und jemanden, der die Pferde ritt oder führte. An den Schleusen kamen andere Aufgaben hinzu. Jemand musste das Schleppseil lösen und das Boot sichern, damit es nicht an den Steinwänden der Schleuse leckschlug, wenn das Wasser einschoss oder ablief.

»Sollten Sie nicht doch noch nach einer Crew suchen?«,

fragte ich Flint zögernd, als ich am Dienstagmorgen Haferschrot und Kaffee auf den Tisch in der Heckkabine stellte.

»Ich habe Phil gebeten mitzukommen, aber er wollte Zip nicht alleinlassen«, erklärte Flint mir. Er schüttete sich fast die ganze Flasche Sahne in seine Schüssel und nahm dann den Löffel, um zu essen.

»Wer ist Phil?«, fragte ich. »Und ist Zip eine Person oder was?« Ein Gespräch mit Flint war wie Herumtasten im Dunkeln.

»Aber Sie kennen Phil doch«, behauptete Flint. Erstaunt zog er die Stirn kraus. »Phil war doch auf dem Schiff, mit dem wir über den Ozean fuhren. Ich sah Sie doch mit Phil in New York reden.«

»Phil?« Ich versuchte, mich zu erinnern. »Ach ja«, sagte ich.

Phil musste Phoebe sein. Das Mädchen, das Blumen verkauft hatte, nannte sie Phil.

»Ich erinnere mich, ich sah Phil und Sie und eine Frau mit Traktaten in der Stadt auf der Straße«, sagte ich zu Flint. »Es war dunkel und regnete.«

»Ja«, sagte Flint. Er schaufelte in sich hinein.

»Ist Zip die Frau mit den Traktaten?«, fragte ich.

Ich kostete den Haferschrot in meiner Schüssel. Mir fiel es schwer, mich für das Essen oder das Gespräch zu interessieren. Entweder brauchten wir noch jemanden, der auf dem Boot arbeitete, oder nicht. Flint hatte seinen ganzen Haferschrot aufgegessen und leckte den Löffel ab.

»Mrs. Zipporah James«, erklärte er. »Meine Frau. Gibt es noch Haferschrot?«

»Hier, essen Sie den Rest von meinem.« Ich schob ihm die Schüssel hin. »Ihre Frau?« Das machte mich jetzt doch neugierig.

»Ich heiratete sie in Uncas Falls«, berichtete er, »bevor ich in den Krieg zog und umgebracht wurde.«

Ich verstand nicht recht. »Aber Sie leben, Flint«, sagte ich. »Ich sehe Sie doch.«

Er schüttelte seinen Kopf und sah dabei aus, als würde ihm diese Bewegung wehtun.

»Ich bin ein Schatten meiner selbst«, sagte er.

Das dürfte die wahrhaftigste Äußerung sein, die ich je von ihm vernommen hatte.

»Ja«, sagte ich traurig. »Ja, das denke ich auch. Ich fühle mich heute aber auch nicht anders. Und was ist jetzt mit einer dritten Kraft auf dem Boot?«

Flint hatte auch meinen Haferschrot aufgegessen und leckte wieder den Löffel ab.

»Ich möchte keine Leute auf dem Boot haben, die wir nicht kennen«, sagte er und erhob sich dann.

Und damit war das Gespräch beendet. Er ging ohne ein weiteres Wort nach draußen und ließ mich allein, um die paar Teller abzuwaschen und die Küche in Ordnung zu bringen. Eigentlich war es mir gleichgültig. Wenn nur wir beide auf dem Boot sein würden, wäre es ruhiger, und ich liebte es ruhig. Flint war merkwürdig, aber er stellte selten Fragen. Er brachte mich nicht zum Nachdenken, wenn ich das nicht wollte.

Nun denn, da war ich also. Flint war der Kapitän. Er würde das Boot steuern, ich die Pferde auf dem Treidelpfad reiten. Ich kaufte mir Jungenhosen und ein Hemd und auch zwei Hüte, einer davon war eine Stoffkappe und der andere ein schattiger Strohhut für die heißen Tage. Wir legten ab unter der Brücke, die den Eingang zum Hafenbecken überquerte, dann ging es den Kanal hoch Richtung West Troy. Die Arbeit war nicht leicht, aber wir schafften es.

Als wir erst einmal unsere Reise begonnen hatten, fühlte ich mich ruhiger. Ich musste einen Brief an Honor und Tante Jane schreiben, um sie wissen zu lassen, dass ich unterwegs war und es mir gut ging, überlegte ich. Sobald wir das erste Mal Halt machten, ging ich in den Laden am Kanal, um Brot und Käse zu kaufen. Ich sollte nach Papier und Tinte fragen, sagte ich mir. Bestimmt führten sie auch solche Dinge. Der Laden war nicht sehr groß, und während ich wartete, bis ich an die Reihe kam, sah ich, dass sie – wie so oft in solch einfachen Geschäften – die Wände mit Zeitungen tapeziert hatten.

Eine der Zeitungen war eine *Tribune* aus New York. Ich konnte sehen, dass die Seite das Datum des zehnten April zeigte. Müßig las ich die Schlagzeilen. South Carolina wird sich vielleicht abspalten; die Finanzen der Türkei sind nicht in Ordnung; auf der Weltausstellung in London gibt es Unzufriedenheit und Durcheinander. Auf Hochzeits- und Todesanzeigen folgten Anzeigen mit den Preisen für Eschenholz, Baumwolle und Mehl. Man ist sehr besorgt wegen des Gesetzes gegen flüchtige Sklaven.

Über den Säcken mit Mais- und Weizenmehl entdeckte ich unter der Rubrik *Veranstaltungen* einen Namen, den ich kannte. Madame Anna Moses, die weltberühmte Sopranistin, und der virtuose Pianist Herr Sadick Meyer geben ein Konzert. Da musste ich an die musikalische Soiree im Haus in der Crosby Street denken, als ich dort, Daniel auf der einen, Mr. Serle auf der anderen Seite, der Musik lauschte, und mir wurde das Herz schwer. Sie war wie Jasper Westervelt, überlegte ich, als ich mich ihrer beleidigenden Worte erinnerte und daran, wie ihr Bruder mit mir Katz und Maus spielte. Für solche Leute war ich ein Nichts.

»Ja bitte, Miss«, sprach der Mann hinter der Ladentheke mich an.

Ich kaufte Brot und Käse, weswegen ich gekommen war, und verließ rasch den Laden. Was sollte ich in einem Brief mitteilen?, überlegte ich. Sie kamen ohne mich alle besser zurecht. Seit Albany hatte ich nur wenig Appetit verspürt, aber nach diesem Tag wurde er noch geringer. Meine

Waschkleider, die gut passten, als ich die Stadt verließ, hingen bald schon lose an mir herunter. Ich wusste, dass ich essen sollte, aber wenn ich mich dazu zwang, stieg schon nach wenigen Bissen die Übelkeit in mir hoch. Da war es viel befriedigender, Flint zuzusehen, der mit Freude alles aß, was ich ihm vorsetzte.

Nachdem wir ein paar Tage lang in westlicher Richtung unterwegs waren, hatte ich den Tagesablauf im Griff. Wir standen auf und frühstückten. Ich machte für Flint einen Korb mit belegten Broten zurecht und schenkte ihm einen Steingutbecher Tee ein. Da ich dann für mehrere Stunden ein Junge auf einem Pferd war, steckte ich meine Haarflechten gut weg. Ich hatte auch andere Aufgaben. Als das Boot gewogen wurde und wir an der Wiegeschleuse von West Troy eine Gebühr für unsere Fracht zahlen mussten, war ich an Bord, um Flint dabei zu helfen, seine Frachtpapiere und die Zollerklärungen zu suchen, weil er sich nicht mehr erinnern konnte, wo er sie der Sicherheit halber versteckt hatte.

In den ersten Tagen auf der »Fünferflucht«, den fünf Schleusen, die am Anfang des Kanals fast wie Treppenstufen aufeinanderfolgten, lernte ich die Schleusung. Man nannte es Heben, wenn man in der Schleuse zu einem höheren Wasserstand des Kanals aufstieg, und Senken, wenn Landlinie und Fluss sich neigten und die Kanalschleuse das Boot herabließ. Es war ganz einfach. Aber ich war froh, bei den Pferden bleiben zu können. Ich wurde unruhig, wenn ich die gegen die Schleusentore einschießende Gewalt des Wassers und das sich neigende, schaukelnde Boot wie eine Blase unter vielen platzenden Blasen in der gefluteten Kammer steigen sah.

Nachts vertäuten wir das Boot am Ufer, tränkten, fütterten und striegelten die Pferde und bereiteten ein Abendessen aus dem, was wir in einem der kleinen Läden entlang des Kanals bekommen konnten oder was ich eingelagert hatte. Ich wusch mich und zog zum Kochen wieder Frauenkleider an. Vermutlich wäre jemand, der uns nicht genau in Augenschein genommen hätte, davon ausgegangen, dass drei Leute auf unserem Schleppkahn arbeiteten: Flint, eine rothaarige Frau und ein Junge, der immer einen Hut trug.

Im Allgemeinen war das Leben ruhig. Ich gewöhnte mich an den Rhythmus des Reitens und an die Zeichen, die darauf hindeuteten, dass man auf ein vorbeikommendes Boot achten musste. An den Schleusen gab es Leute, mit denen man reden konnte, sofern man Lust dazu hatte: Franzosen aus Kanada, Indianer, die hübsche Graskörbe verkauften, Deutsche, die nach Westen unterwegs waren, um sich dort anzusiedeln, Iren, Holländer, Yankees und Afrikaner. Einmal sah ich sogar einen Chinesen. Wäre ich nicht immer noch angeschlagen gewesen, hätte ich die Menschen sicherlich interessant, wenn auch ungehobelt in ihrer Ausdrucksweise gefunden und meine erste Reise genossen. Nahe dem Dorf Little Falls stürzt der Mohawk-Fluss in östlicher Richtung durch ein gewaltiges Tal, das von Bergen gesäumt wird. Ich sah zwar die romantische Schönheit mit meinen Augen, aber sie rührte nicht an mein Herz.

Nach mehreren Tagen – wie viele, weiß ich nicht – fühlte ich mich plötzlich richtig krank. Den ganzen Morgen war ich müde gewesen und musste mich zu meinen Arbeiten zwingen, als würde ich meine Monatsblutung bekommen. Doch irgendwie fühlte es sich anders an. Als ich Trey, das zweite Pferd, am Ufer ritt, grübelte ich darüber nach. Das erste Pferd war Pompey. Er war sehr zuverlässig und kannte den Pfad. Trey war schreckhafter, deshalb ritt ich ihn und ließ Pompey im Gespann vorausgehen. Mir kam in den Sinn, dass Jasper Westervelt mir womöglich doch Gewalt angetan hatte, als ich in der Fourth Street auf dem Boden lag. Bridget hatte mir einmal erzählt, als Mrs. Westervelt ihr Frühstück unangetastet nach unten schickte, dass Frauen, die ein Kind erwarteten, anfangs oft am Morgen mit Übelkeit zu kämpfen hätten. Dieser Gedanke ängstigte mich.

Es war ein warmer Tag. Der Schleppkahn glitt lautlos an grünen Wiesen und Trauerweiden vorbei, deren Zweige am anderen Ufer ins Wasser hingen. Mein Kopf war ganz leicht, und als es auf Mittag zuging, bekam ich von einem Augenblick zum andern fürchterliche Krämpfe in der Seite. Ich hatte Durst. Die Bahnlinie, die hoch gelegene Straße und der Kanal – hier an dieser Stelle lief alles dicht nebeneinanderher. Plötzlich ertönte das scharfe Pfeifen einer Lokomotive ganz nah. Trey warf den Kopf zurück und scheute. Ich bekam ihn nur mit Müh und Not unter Kontrolle. Irgendetwas stimmt nicht, überlegte ich. Mein Bein war nass.

Dann wurde ich ohnmächtig und fiel vom Pferd. Als ich wieder zu mir kam, lag ich auf dem Treidelpfad. Flint beugte sich über mich und wusch mir weinend das Gesicht.

Später lag ich in der Kabine, fieberte und blutete viel heftiger als sonst bei meiner Monatsblutung. Ich hatte Krämpfe wie noch nie. Auch mein rechter Arm schmerzte dort, wo ich ihn mir beim Fallen verrenkt hatte. Der arme Flint. Er vertäute das Boot am Ufer und schürte den Herd, bis es höllisch heiß war in der Heckkabine. Er schien zu glauben, mir sei kalt, fragte mich aber gar nicht danach. Er versuchte, mir Tee einzuflößen, aber ich lehnte ab, und dann ging er los, um im Laden am Ufer Brot und Weinbrand zu holen. Ich versuchte, etwas Brot mit Käse zu essen, erbrach mich aber. Ich trank ein wenig Weinbrand mit Wasser. Das behielt ich in mir, aber jetzt hatte ich Kopfschmerzen. Am zweiten Tag, nach einer Nacht voll schrecklicher Träume, begann ich vor Angst zu weinen.

»Ich sterbe, Flint«, jammerte ich. »Was soll ich nur tun?«

Er starrte mich an, seine Stirn mit der weißen Narbe gekräuselt wie Meereswellen, und der offen stehende Mund ein Bild der Angst.

»Ich werde Lydia Mary holen«, rief er schließlich aus.

Ich hörte seine Schritte an Deck, dann schwankte das Boot auf und ab. Offenbar war er ans Ufer gesprungen. Ich schloss die Augen und versuchte zu beten. Ich spürte, wie das Blut durch die Lappen in die Matratze unter mir sickerte. Später hörte ich Flints Stimme am Ufer.

»Hier lang, Miss Lydia«, sagte er.

»Danke, Flint«, erwiderte eine jung klingende Frauenstimme.

Das Boot schaukelte auf dem Wasser. Füße trotteten über meinem Kopf übers Deck. Der in die Kabine fallende Lichtschein wurde von Gestalten an der Tür ausgesperrt. Eine Frau stand neben mir und sah auf mich herab. Ihr Gesicht konnte ich in dem trüben Licht nicht erkennen. Obwohl es ein warmer Tag war und man in der Kabine fast erstickte, trug sie einen Überzieher und einen breitkrempigen Hut.

»Wer sind Sie?«, fragte ich.

»Ich bin Doktor Lydia Mary Walker«, antwortete sie. »Ich habe am Syracuse Medical College studiert. Flint sagte mir, Sie sind Miss Mina.«

»Ja«, sagte ich. »Ich bin Mina Pigot.«

»Flint!« Die Frau schaute dorthin, wo er wie ein großer staksiger Vogel wartete. »Gehen Sie zum Laden, Flint, und kaufen sie fünf Ellen neuen Musselin.«

»Jawohl, Miss Lydia«, antwortete er, und wieder schwankte das Boot, als er an Land ging.

»Sie kennen Flint?«, fragte ich.

»Ich wuchs in Uncas Falls mit Flint und Zipporah auf, seiner Frau«, sagte sie lebhaft. »Jetzt lebe ich in Utica. Wussten Sie, dass Sie ganz nah an Utica sind?«

Sie nahm ihren Hut ab und legte ihn auf den Kabinentisch.

»Nein.« Ich schloss meine Augen einen Moment und versuchte, mich an unsere Reise zu erinnern. »Ich weiß nicht recht, wo wir sind.«

»Flint behauptete, Sie lägen im Sterben«, sagte die Ärztin. »Erzählen Sie mir, was los ist.«

Ich erzählte ihr von der Blutung, von meinen Leibschmerzen, vom Haschisch, vom Messer. Mir liefen die Tränen übers Gesicht. Ich konnte ihnen nicht Einhalt gebieten. Doktor Lydia Mary Walker sagte nichts. Sie hörte zu. Sie nahm mein Handgelenk zwischen ihre Finger und betrachtete die rote Linie meiner Wunde am linken Arm. Sie bewegte meinen rechten Arm, um sicherzustellen, dass er nicht gebrochen war. Als ich dann mit Erzählen fertig war, brachte sie ein frisches Trockentuch und eine Schüssel mit Wasser. Sie wusch mir das Gesicht.

»Ich muss Sie umbetten, damit ich sehe, wie viel Blut Sie verloren haben«, sagte sie. »Ich werde eins Ihrer Geschirrtücher opfern, um für Sie auf diesem Stuhl eine Unterlage zu machen.«

Mit ihrer Hilfe schaffte ich es vom Bett zum Stuhl. Ich fühlte mich schwach und schwindelig, aber ich wurde nicht ohnmächtig. Als ich saß, konnte ich das Gesicht der Frau endlich erkennen. In all ihren Kleidern war sie eigentlich eine sehr kleine Person. Ihr Gesicht war rund mit rosigen Wangen. Ihr Haar trug sie zu einem ziemlich dünnen Kranz um den Kopf gewunden, an ihren Schläfen ringelten sich ein paar Löckchen. Ihre dunklen, kräftigen Augenbrauen, die über ihrer Nase fast zusammenwuchsen, schienen üppiger ausgefallen zu sein als ihr Haar. Sie hatte hellbraune Augen und kleine, plumpe Hände. Wie Honors Hände, überlegte ich und erschrak zugleich bei dieser Erinnerung.

»Das ist gar nicht so schlimm«, urteilte die Ärztin. »Darf ich Sie untersuchen, meine Liebe?«, fragte sie dann.

»Mich untersuchen?« Ich fing an zu zittern. Wieder rollten Tränen über meine Wangen.

Doktor Walker sah mich streng an. Sie nahm mein Handgelenk wieder in ihre plumpen Finger. Dann schüttelte sie den Kopf.

»Ich werde Ihnen helfen, sich zu waschen«, sagte sie. »Anschließend werde ich dafür sorgen, dass Flint mit mir kommt und Rinderbrühe und Minzsirup für Sie holt, damit Ihr Magen sich beruhigt. Ich glaube nicht, dass Sie sterben werden. Aber Sie sind halb am Verhungern und verängstigt.«

Sonst sprach sie nicht viel, sondern warf den Eimer in den Fluss, um Wasser zu schöpfen, das sie auf dem Herd warm machte. Sie half mir beim Waschen. Als Flint mit dem Musselin zurückkehrte, machte sie mir daraus ein frisches Laken für das Bett und riss das alte Laken in Fetzen, die ich als Binden benutzen konnte. Dann holte sie mein Nachthemd aus der Kommode. Ich hatte das Gefühl, dass sie mich anschaute, als ich das Hemd auszog, das ich bei meinem Sturz vom Pferd trug, und das Nachthemd überstreifte. Als ich fertig war, gab sie mir kaltes Wasser zu trinken. Als sie dieses Mal neben mir stand, sah ich, dass sie keine Röcke, sondern eine lange Hose unter ihrem Mantel trug.

»Nun«, sagte sie. »Wir werden sehen. Flint wird mich begleiten, um Suppe für Sie und Essen für ihn selbst zu holen. Er wird gleich wieder zurück sein. Und ich werde morgen wiederkommen.«

»Danke schön«, sagte ich.

Dank ihr fühlte ich mich nun wohler und sauberer. Die Leibkrämpfe wurden schwächer.

Flint ließ den Schleppkahn natürlich noch für eine weitere Nacht am selben Ort vertäut liegen. Er konnte nicht weiterfahren, ohne dass jemand die Pferde führte, während er steuerte. Am Nachmittag kam Doktor Lydia Mary Walker noch einmal, um mich zu untersuchen. Obwohl es noch wärmer war als tags zuvor, trug sie ihre lange Hose, dazu ein weißes Hemd und eine gestrickte Wollweste und über alledem dann noch ihren Überzieher aus Segeltuch, der ihr bis zu den Knöcheln reichte.

»Geht es Ihnen besser?«, fragte sie mich. »Haben Sie etwas gegessen?«

»Ja«, sagte ich. »Flint hat mir die Rinderbrühe gebracht. Ich habe gestern Abend eine Tasse getrunken und eine heute Morgen. Danke.«

»Hat die Blutung nachgelassen?«, wollte sie wissen.

Ich nickte. »Fast vollständig. Es war nur noch ganz wenig heute Morgen«, sagte ich.

»Darf ich Sie jetzt untersuchen?«, fragte sie mich.

»Mich untersuchen?« Wieder packte mich die Angst.

Sie nahm meine Hand sanft in ihre.

»Ihre Haut ist kühl heute«, sagte sie. »Sie sind blass, aber das dürfte bei Ihnen fast normal sein. Nach dem, was Sie mir gestern erzählt haben, könnte es sein, dass Sie« – sie zögerte – »dass Ihnen Gewalt angetan wurde. Gut möglich, dass Sie geschwängert wurden und einen Abort hatten. Es ist aber auch möglich, dass Sie einen Schlag abbekommen haben, an den Sie sich nicht mehr erinnern. Die Blutung könnte eine Folge davon sein. Aber vielleicht ist es auch einfach nur ein unglücklicher Zufall.« Sie seufzte. »Wir wissen so wenig, meine Liebe. Wenn ich Sie mir ansehen und Sie berühren dürfte, könnte ich mehr herausfinden. Oder auch nicht. Aber ich würde gern mehr lernen.«

»Was werden Sie machen?«, fragte ich misstrauisch.

»Mal sehen.« Sie sah sich in der Kabine um. »Ich würde gern die Rollos zuziehen und die Tür abschließen, damit wir nicht gestört werden. Dann würde ich das Licht anmachen. Ich müsste Ihnen das Nachthemd über Ihre Brüste hochziehen. Manchmal beginnen die Brüste einer Frau anzuschwellen und die Brustwarzen dunkler zu werden, wenn sie ein Kind trägt. Dann würde ich Sie bitten, Ihre Knie anzuheben und mir zu erlauben, zwischen Ihre Beine zu schauen und auf Ihren Leib zu drücken. Ich würde Sie abtasten, um zu spüren, ob Sie eine innere Schwellung haben, die die Blutung verursacht haben könnte.«

»Sind Ihre Hände sauber?«, fragte ich.

Miss Walker lachte. Ihre dunklen Augenbrauen gingen nach oben, und ihr Gesicht erhellte sich.

»Sie sind eine intelligente junge Frau«, sagte sie. In ihrer Stimme schwang eine Fröhlichkeit mit, die ich mochte. »Ich würde mir meine Hände sehr sorgfältig waschen, und zwar sowohl vorher als auch nachdem ich Sie untersucht habe.«

Ich dachte darüber nach.

»Es wäre besser zu wissen, was mir widerfahren ist«, sagte ich. »Vielleicht habe ich dann nicht mehr so viel Angst. Wenn Sie mich untersuchen, werden Sie mir dann sagen können, was passiert ist?«

»Ehrlich gesagt, werde ich das vielleicht nicht herausfinden«, entgegnete Miss Walker. »Ich werde Ihnen aber erzählen, was ich tue, während ich Sie untersuche. Doch meine Schlussfolgerungen werde ich erst äußern, wenn ich damit fertig bin.«

Sie hielt in jeder Hinsicht Wort. Ihre Bewegungen waren rasch und entschlossen, und obwohl ich mir seltsam und merkwürdig vorkam, war mir nicht peinlich, was sie tat. Als sie fertig war, half sie mir, das Nachthemd wieder nach unten zu ziehen und mich aufzusetzen. Dann wusch sie sich wie angekündigt wieder die Hände. Sie schloss die Tür auf und brachte mir eine Schöpfkelle kalten Wassers aus dem Fass.

»Haben Sie herausgefunden, was mir widerfahren ist?«, fragte ich.

»Sie sind eine gute Patientin«, sagte sie. »Ich wünschte, alle Frauen wären so vernünftig und tapfer wie Sie.«

»Ich war tapfer?«

Miss Walker lachte und tätschelte freundlich meine Hand.

»Ich denke, es war ein unglücklicher Zufall«, meinte sie. »Was Ihnen widerfahren ist, hat Sie sehr aufgewühlt. Sie sagten, Sie seien mehrere Tage lang krank gewesen von dem Haschisch. Ich habe keine Schwellung oder einen Tumor ertasten können und habe auch keine Anzeichen, die auf eine Schwangerschaft hindeuten, gefunden. Ich glaube, Sie sind noch Jungfrau.«

»Sind Sie sich dessen sicher?«

»Jede Frau ist ein wenig anders gebaut«, erklärte Miss Walker mir. »Sie haben die Anzeichen der Jungfräulichkeit, aber nicht so vollkommen wie manche andere Frau. Sie arbeiten hart. Sie sind es gewohnt, Pferde im Herrensitz zu reiten. Viele Mediziner denken, dass das diesen Effekt hat. Aber was wissen Männer schon vom weiblichen Körper? Ihre Hochzeitsnacht wird sicher glücklicher für Sie ablaufen als für viele andere Frauen, deren erste Erfahrung nur Schmerz ist.«

»Dann glauben Sie also, es ist alles in Ordnung mit mir?« Mich beunruhigte, dass sie von Hochzeitsnächten sprach.

»Ich glaube, dass Sie eine unberührte junge Frau sind. Und ich würde vor einem Richter beschwören, dass Sie keinen Abort gehabt haben. Sind Sie damit zufrieden?«

»Das werde ich wohl sein müssen«, antwortete ich.

Ich empfand Verzweiflung und Wut. Und daran war Jasper Westervelt schuld. Ich hatte ihn bekämpft und war geflohen, aber er war mir gefolgt.

Miss Walker sah mich an. In ihren klaren Augen spiegelte sich ihr Mitgefühl.

»Es gibt eine Vergewaltigung des Geistes wie des Körpers«, sagte sie.

Ich nickte zustimmend. Ich fühlte mich geschändet, auch wenn mein Geschlecht unangetastet geblieben war.

»Ich glaube, Sie haben die Wahl, meine Liebe«, meinte Miss Walker auf ihre nachdenkliche Art. »Der eine Weg ist der von Reue, Bitterkeit und Tränen. Er ist eben und breit, und man kommt darauf ganz gut voran. Wenn Sie diesem Weg folgen, werden Sie schon bald wieder dort anlangen, wo er begonnen hat. Der andere Weg ist schwerer zu gehen. Er bedeutet Vergebung und neues Vertrauen. Und dieser Pfad ist die Reise wert.«

Ich seufzte. »Ich weiß«, sagte ich.

Miss Walker änderte abrupt den Ton. »Ich habe eine Anweisung für Sie«, sagte sie forsch. »Vom Arzt zum Patienten.«

»Ja?« Ich hörte mich sicherlich überrascht an.

»Sie werden morgen aufstehen und Sie werden etwas essen«, sagte sie. »Flint hat mir berichtet, was für eine gute Köchin Sie sind. Weshalb hungern Sie dann?«

Dieser Frau konnte ich nichts vormachen.

»Ich bin so traurig«, erklärte ich ihr. »Die Welt hat ihre Farbe und ihr Aroma verloren. Davor konnte ich nichts essen, wenn es zu viel gab. Dann musste ich immer an die hungernden Menschen denken, die ich in meinem Heimatland zurückließ, und ich spürte ihren Hunger in meinem Herzen. Jetzt ist es mehr als das. Selbst wenn ich mir sage, dass ich essen muss, schmeckt mir nichts richtig.«

»Dann müssen Sie einfach essen um des Essens willen oder bereit sein zu sterben«, erklärte diese seltsam gekleidete Frau mir.

Sie schrieb mir eine Liste auf. Sie las sich wie eine Anweisung für den Apotheker: Brot, Fleisch oder Eier, Käse oder Milch, Obst, Gemüse. Fünf Portionen. Von allem müsste ich jeden Tag etwas haben, egal was und wie viel.

»Versprechen Sie mir das?«, fragte sie und legte mir den Zettel mit der Anweisung in die Hand.

»Ich verspreche es«, sagte ich.

»Wohin sind Sie unterwegs?«, erkundigte Lydia Mary Walker sich. »Warum reisen Sie mit Flint?«

»Ich bin der Koch und die Mannschaft an Bord«, berichtete ich. »Flint hilft mir dabei, meine Reise nach Kalifornien zu beginnen, wo ich meinen Bruder suchen werde.«

»Kalifornien?« Doktor Lydia Mary Walker blickte mich besorgt an.

»Nein«, sagte sie, »dafür sind Sie nicht kräftig genug. Sie müssen mindestens einmal noch den Kanal auf und ab gefahren sein und zunehmen und gesünder werden. Wenn Sie jetzt losziehen, werden Sie in der Prärie oder in der Wüste sterben. Ihr Körper hat keine Widerstandskräfte gegen die Entbehrungen.«

»Aber ich muss zu meinem Bruder«, jammerte ich. »Ich habe sonst keinen auf der Welt.«

»Und was wird er von Ihnen haben, wenn Sie tot sind?«, fragte sie mich.

Ich starrte sie an.

»Gehen Sie zurück«, schlug sie vor. »Sie erwähnten gestern die Namen Miss Corbett, Bridget und Guido. Sie alle halfen Ihnen. Schreiben Sie ihnen. Kehren Sie zurück zu ihnen. Schreiben Sie Ihrem Bruder. Sie haben sich in den vergangenen Wochen zu viel zugemutet. Warten Sie, sehen Sie zu, dass Sie kräftiger werden, dann können Sie vielleicht nach Kalifornien gehen.«

Ich nickte. Mir fiel ein, dass ich in New York auf der Bank Geld liegen hatte, wovon ich mir die Reise leisten könnte. Wie hatte ich das nur vergessen können? Mein Geist war umnachtet gewesen. Vielleicht käme Bridget mit mir nach Kalifornien, wenn ich sie fragte? Wie eine Flamme loderte die Erinnerung in mir auf. Ich würde nicht so sein wie die Verrückte, die ich an der Eisenbahnlinie sah, mit ihrem zerrissenen Kleid, an den Armen von Männern festgehalten. Ich wollte nicht sterben.

»Ich werde warten«, versprach ich. »Ich werde essen und stark werden.«

»Gut«, meinte sie. »Bestehen Sie darauf, dass Flint Ihnen Geld für gutes Essen gibt. Er ist nicht arm.«

Sie schrieb mir ihren Namen und ihre Adresse in Utica auf einen zweiten Zettel. »Wenn Sie Hilfe brauchen, finden Sie mich dort, oder kommen Sie einfach auf Besuch, wenn Sie auf der Rückfahrt wieder vorbeikommen. Dann können Sie mir Ihre Eindrücke von den großen Wasserfällen am Niagara erzählen.«

Wie blieben noch zwei weitere Tage in der Nähe von Utica liegen, bis es meinen schmerzenden Armen besser ging. Ich trank den Minzsirup in Wasser und befolgte die Anweisungen der Ärztin, so gut ich konnte. Sobald ich mich wieder kräftig genug zum Reiten fühlte, brachen wir auf.

»Auf dem Kanal ist Zeit Geld«, meinte Flint, aber nicht so, als würde ihm das wirklich viel ausmachen.

Vielleicht sprach auch nur die Stimme der schwarz gekleideten, streng wirkenden Ehefrau, die ich in jener Regennacht in New York gesehen hatte, in seinem Kopf von Arbeit und Notwendigkeit. Auf jeden Fall kamen wir nicht so schnell voran wie viele der anderen Frachtkähne. Flint machte auch keinerlei Anstalten, sich zu beeilen. Manchmal machte er am Nachmittag einfach Halt, wenn wir uns in der Nähe eines Dorfs mit Geschäften befanden. Dann kam er zu mir und fragte mich, was wir am Abend essen wollten und ob ich dazu etwas einkaufen müsse. Während ich einkaufte und kochte, saß er gern auf dem kleinen Achterdeck, kaute seinen Tabak und starrte aufs Wasser.

Die Postschiffe legten die Reise von Schenectady nach Buffalo in sechs Tagen zurück, aber sie fuhren auch Tag und Nacht und wechselten alle fünfzehn Meilen die Pferde bei den Mietställen. Wir hingegen brauchten fast einen Monat, um Buffalo zu erreichen, zum einen wegen meiner Krankheit und weil wir nur bei Tageslicht reisten, aber zum andern auch, weil wir einen längeren Aufenthalt an der Wiegeschleuse von Syracuse hatten, deren Mechanik repariert werden musste, und einen Nachmittag und einen Vormittag einbüßten, als Pompey ein Hufeisen verlor und wir in Brockport keinen Hufschmied finden konnten.

Es heißt, man könne das Tosen der Wasserfälle des Niagara meilenweit hören. Ich kann das nicht bestätigen. Vielleicht unterdrücken inzwischen auch der Verkehr auf dem Kanal, der Lärm der Fabriken, die überall entstehen, und die Geräuschkulisse der geschäftigen Stadt Buffalo das Tosen des Wassers. Gut möglich, dass zu Zeiten, als das Land noch eine Wildnis war, die Reisenden durch das Wasserrauschen erfuhren, dass sie sich dem Wunder näherten. Aber heutzutage, wo das Land überall wächst und gedeiht, wird die Natur beiseitegedrängt. Sie heißt uns nicht mehr so willkommen, wie sie das früher tat.

Und so kam es, dass ich, bis wir darauf warteten, in Buffalo unsere Fracht auszuladen, keine Ahnung hatte, wie nah wir den großen Wasserfällen waren.

»Wann möchten Sie die Niagarafälle besichtigen?«, erkundigte Flint sich mit seiner rauen Stimme bei mir.

Er aß Rindergehacktes und Eier zum Frühstück und tunkte mit Brotkanten das Eigelb. Niemals habe ich jemanden mit so viel Genuss essen sehen wie Flint. Ich hätte es in jenen Wochen längst aufgegeben und mich zu Tode gehungert, wenn Flint nicht ständig gefragt hätte, was es als Nächstes zu essen geben würden und dann bis zum letzten Krümel alles aufgegessen, Gabel, Messer und Löffel abgeleckt und mir gedankt hätte.

»Ich hatte gar nicht an die Wasserfälle gedacht«, sagte ich. »Sind sie in der Nähe?«

»Sie müssen mit Trey hinreiten und etwas zu essen mitnehmen und sich dann hinsetzen und schauen«, erklärte er mir. »Das wird Ihrer Seele guttun.«

»Oh«, sagte ich verblüfft.

Ich starrte ihn über meine Tasse Kaffee mit Milch und Zucker hinweg an und wunderte mich über das Durcheinander, das Flints Verstand ausmachte.

»Ja«, fuhr er fort. »Sie werden hinreiten und den Tag dort verbringen. Unsere Fracht wird heute gelöscht werden. Morgen laden wir dann Getreide und Wein aus Ohio, und Sie können neue Essensvorräte kaufen. Dann geht es wieder nach Osten.«

»Können Sie mir den Weg beschreiben?«, fragte ich ihn, und er erklärte mir, wie ich reiten musste.

Ich erreichte die Wasserfälle am späten Vormittag. Natürlich trug ich unterwegs meine Jungenkleidung und meinen Strohhut. Ich ritt auf Trey aus der Stadt hinaus und dann durch die Felder und Äcker, die sich beidseits des ruhigen Flusses erstreckten. Als der Fluss Strudel bildete und wälzend und schäumend in Stromschnellen dahinschoss, hörte ich in der Ferne endlich auch das Grummeln des Wassers. Ich sah die Dunstwolken, die ständig über den Wasserfällen aufsteigen, und die Sonnenstrahlen, die ihr Licht darüber ergießen.

Ich fand eine Stelle, wo ich das Pferd im Schatten eines kleinen Eschenwäldchens festbinden konnte, so dass es dort auch Gras zum Abrupfen fand. In der Nähe war noch ein Pferd festgebunden, und so schien mir dieser Platz geeignet zu sein. Nicht weit davon entfernt befand sich das Plateau, von dem aus zwei Treppen nach unten führten, eine zu der Fähre, die auf dem Fluss hin- und herfährt, und die andere zum Fuß des Wasserfalls auf amerikanischer Seite. Ich entschied mich für die Wasserfälle. Für die Fähre schien mir die Zeit zu knapp zu sein, außerdem wollte ich Trey nicht allzu lang allein lassen.

Die Treppe war sehr steil, und die Stufen im unteren Teil glitschig und mit grünem Moos bewachsen von der ständigen Gischt, die vom großen Katarakt aufstieg. Grüppchen aus Damen und Herren und Kindern kamen und gingen und gaben ihrem Erstaunen über den Anblick lautstark Ausdruck oder schwiegen ehrfürchtig. Ein dunkel gekleideter Mann stand ein wenig abseits und war in ein kleines rotes, in Leder gebundenes Buch vertieft. Seine Lippen bewegten sich, als würde er beten, vielleicht las er aber die Worte eines Dichters oder Reiseschriftstellers, den der Anblick vor uns inspiriert hatte. Ich hatte das Gefühl, Menschen zu beobachten, die am Ritus einer neuen Kirche teilnahmen.

Ein Maler hatte einen kleinen Klappstuhl und eine Staffelei aufgebaut und malte mit Aquarellfarben, wobei er seinen Blick abwechselnd auf das fallende Wasser und auf sein Papier richtete. Einige der Leute, die herunterkamen, sahen sich erst den Ausblick an und stellten sich dann hinter den Mann und kommentierten seine Arbeit. Ich fand das sehr seltsam und unhöflich, aber er achtete gar nicht auf sie und malte weiter drauflos. Er schien ein recht fröhlicher Geselle zu sein in seinem offenen Hemd, dem weiten Segeltuchmantel und dem Sommerstrohhut, den er in den Nacken geschoben hatte, so dass man sein braunes Haar und das von der Sonne gewärmte Gesicht sah.

Ich fand einen Felsen abseits der Treppe, wo ich mich hinsetzen und mich der Betrachtung hingeben konnte, ohne dass ständig Besucher vor mir hin und her liefen. Der Wasserfall stürzte in einer Säule in Silber und Smaragd von der großen Klippe über mir und tauchte in den wilden Fluss zu meinen Füßen. Dunst hing wie große Rauchschwaden über dem Wasser. Als ich dort saß, einsam und verloren inmitten solcher Größe, hatte ich eine Vision des Landes, das sich hinter mir nach Westen erstreckte, eine unendliche

Weite aus Land und Seen, fließend und sich leerend, und doch ein endloser, ein ewiger Quell von Klang und Wasser. Welche Kraft musste über diesen Wasserfällen liegen! Wie viele Meilen an Seen und Flüssen musste es geben, um diese ständig fließende Kaskade zu schaffen, diesen unendlichen Überfluss des großen Lebenselements! Wenn ich aus der gemütlichen, vom Feuerschein erhellten Küche zurückblicke, in der ich heute Abend in Uncas Falls schreibe, denke ich, dass ich irgendwo in der Tiefe meines Geistes wusste, dass ich so bald nicht nach Kalifornien reisen würde. Ich hatte nicht die Kraft in mir, gegen eine solche Gewalt anzutreten.

Ich saß dort lange Zeit und starrte aufs Wasser, die Felsen, die Pflanzen, die sich an ihren Standort in den Klippen klammerten, und in den Himmel. Als die Sonne den Zenit überschritten hatte, stiegen die Besucher wieder die Treppe hinauf, um ihr Mittagessen einzunehmen. Ich war von einem merkwürdigen Gefühl ergriffen. Was mag das wohl sein?, überlegte ich. Und dann wusste ich auf einmal, dass ich hungrig war. Ich wollte etwas essen. Ich holte mein Essenspaket heraus, um zu sehen, was ich mitgebracht hatte. Ein Sandwich mit Schinken und Käse, ein gekochtes Ei, eine Orange.

Ich hielt das hart gekochte Ei auf der flach ausgestreckten Hand. Ein erstaunliches Werk der Natur, dachte ich. Hinter mir die Gewalt des stürzenden Wassers, die Gischt und der Regenbogen, die Zerstörung und das Chaos. Das Ei aber war klein und glatt und geheimnisvoll. Alles konnte aus einem Ei geboren werden. Welche Schöpfung Gottes ist in Wahrheit mächtiger?, fragte ich mich.

»Woran denken Sie?«, erkundigte sich eine Männerstimme.

»Ich überlegte mir gerade, ob wir uns im Ei des Universums befinden«, sagte ich und blickte auf. »Oh!«

Der Maler, der an seiner kleinen Staffelei gesessen hatte, als ich ankam, saß jetzt neben mir. Er hatte einen Skizzenblock auf seinem Knie und seine Kreide in der Hand, die davon rot gefleckt war.

»Seien Sie gegrüßt, junger Mann«, er nickte mir höflich zu. »Entschuldigen Sie, wenn ich Sie erschreckt habe.«

Jetzt konnte ich sehen, dass er in der Tat Offenheit und Frohsinn ausstrahlte. Er hatte braune Augen, eine gerade kleine Nase und machte einen sehr wachsamen und kraftvollen Eindruck. Seine Kinnlinie und der spöttisch verzogene Mund ließen mich an Mr. Serle denken. Er schien mich erwartungsvoll anzustarren.

»Sie sehen hungrig aus«, sagte ich.

Er stieß einen heftigen Seufzer aus. »Ich hoffte, Sie würden mich darauf ansprechen«, sagte er. »Ich bin am Verhungern.«

»Ich werde mit Ihnen teilen«, versprach ich, »aber ich habe vergessen, etwas zu trinken mitzubringen, und ich habe nichts, womit ich Wasser aus dem Fluss schöpfen könnte.«

»Ich habe eine Tasse, die ich für meine Aquarellfarben benötige«, meinte er tröstend. »Ich spüle sie nur aus.«

»In Ordnung«, erwiderte ich. »Aber fallen Sie nicht hinein. Die Felsen sehen trügerisch aus, und ich denke, das Wasser trägt sie bis hinunter zum Atlantik, ehe sie wieder an die Oberfläche kommen.«

Ich nahm mein Messer heraus, klappte es auf und teilte das Sandwich. Ich schälte das Ei und verfuhr damit ebenso. Der junge Mann kam mit seinem Zinnbecher, randvoll mit Wasser gefüllt, zurück. Es sah aus, als hätte er versucht, seine Hände zu waschen.

»Sie haben das Ei geschält und geteilt«, sagte er mit enttäuschter Stimme, als er sich neben mich auf einen niedrigen Felsen setzte.

»Wieso sollte ich nicht?«, fragte ich. »Essen Sie Eierschalen?«

»Nein«, antwortete er, »ich wollte es in Ihrer Hand skizzieren.«

»Nun, Sie können es nicht essen und außerdem behalten, um es zu zeichnen«, erwiderte ich. »Ich dachte, Sie sind am Verhungern.«

»War ich auch und bin ich«, sagte er und schob sich das halbe Ei in den Mund.

Wir aßen und tranken schweigend aus dem Wasserbecher. Es dauerte nicht lang, und das Sandwich war verschwunden. Ich schnitt die Orange in Stücke, und wir aßen diese auch bis auf die Schale.

»Schauen Sie«, sagte der junge Mann.

Er schob ein Stück Orangenschale in seinen Mund und zeigte mir dann ein schreckliches orangefarbenes Grinsen. Ich lachte über seine Albernheit. Es schien mir unendlich lang her zu sein, dass ich das letzte Mal gelacht hatte. Dann fiel mir ein, dass mein Bruder das Gleiche einmal gemacht hatte, um mich zu foppen, und schon brannten mir die Tränen in den Augen.

»Ist alles in Ordnung mit Ihnen?« Der junge Mann beäugte mich neugierig.

»O ja«, sagte ich. »Malen Sie die Bilder, um sie zu verkaufen?«

Er stieß einen noch inbrünstigeren Seufzer als zuvor aus.

»Ja, ich male Bilder für den Verkauf«, erzählte er mir.

»Die Besucher hier haben doch sicherlich gern ein Andenken an die Schönheit des Ortes.«

»Ja, das haben sie«, antwortete er. »In den Hotels habe ich auch schon einige Aquarelle von dieser Landschaft verkauft. Ich wünschte nur, mein Herz wäre in diesen Dingen.«

»Und was würden Sie gerne tun?«, fragte ich.

»Ich werde es Ihnen zeigen.« Er öffnete sein Skizzenbuch.

Ich war erstaunt, als er darin blätterte. Man sah Ackerland, Heuhaufen und Berge. Es gab viele Skizzen der Niagarafälle, er hatte die großen Kaskaden aus allen Winkeln gesehen und die herzförmigen Blätter einer winzigen Pflanze festgehalten, die im Feuchten badete, aber auch eine Art Landkarte des Ganzen gemalt, so, wie ein Vogel es beim Darüberfliegen sehen würde.

Doch fast immer hatte er Menschen gezeichnet. Es gab Männer, die auf den Feldern arbeiteten, Frauen an ihren Küchentüren, Reisende, die mit offenen Mündern deuteten. Die Landschaft diente ihm offenkundig als Hintergrund. Menschen wurden unter seiner Hand lebendig. Seine Begabung offenbarte sich darin, wie er mit einer Kreidelinie die Drehung eines Kinderkopfes festzuhalten vermochte, der sich seiner Mutter zuwandte, oder wie eine von der Arbeit ausgemergelte Hand einen Rechen packte. Er hatte mich gezeichnet, wie ich, die Hände um die Knie geschlungen, der Wasserfall hinter mir, auf dem Felsen saß. Es war ein grobes, noch nicht fein durchgestaltetes Bild, aber anhand der Linien erkannte ich, dass die Gestalt sich der Gewalt des Wassers hinter ihr bewusst, aber innerlich doch ruhig war. Die letzte Skizze in seinem Buch war der Anfang einer Hand – und eines Eis.

Als ich meine Gedanken zum Ausdruck brachte, wirkte er gleichermaßen erfreut und beschämt.

»Sie verstehen mich sehr gut«, sagte er.

»Sie müssen Ihrer Begabung folgen, das ist besser so«, ergänzte ich.

Er wandte mir sein Gesicht voller Neugier zu.

»Ich muss gehen«, sagte ich. »Ich habe mein Pferd oben stehen lassen. Ich muss noch vor dem Abend in Buffalo sein.«

»Ich habe denselben Weg«, erklärte er. »Lassen Sie uns zusammen reiten.«

Ich zögerte und griff dann nach meinem Hut, um ihn mir fester über die Ohren zu ziehen.

Offenbar hatte er mein Zögern bemerkt, denn er fügte rasch hinzu: »Ich bin ganz harmlos. Ich würde mich niemandem aufdrängen, der keine Gesellschaft wünscht.«

»Ist schon gut«, sagte ich. Schließlich hatte ich mein Messer in der Tasche.

Er packte seine Malsachen zusammen. Ich bewunderte das ordentliche Bündel, zu dem sie sich zusammenlegen ließen und das er sich über die Schulter werfen konnte. Wir stiegen die steile Treppe hoch. Sich vom Wasser wegzubewegen war, als würde man in die Welt der gewöhnlichen Dinge zurückkehren. Oben war die Luft leichter, nicht so zusammengeballt und erschwert von dem Gewicht des nach unten drückenden Wassers, wie sie mir am Fuß des Wasserfalls erschienen war. Trey wieherte; er freute sich, mich zu sehen.

Der junge Mann näherte sich seinem Pferd zaghaft und hatte Schwierigkeiten, sein Bündel festzuschnallen, aber er lehnte meine Hilfe ab, als ich sie ihm anbot. Der Heimritt war sehr angenehm. Mein Gefährte erzählte begeistert von seiner augenblicklichen Skizzenreise. Im Winter lebte er in Brooklyn auf der anderen Flussseite von New York. Dort hatte er im Haus seines Vaters ein Maleratelier. Er war glücklich, denn die Hälfte seiner Unkosten für die Reise hatte er bereits wieder durch den Verkauf der Bilder in Niagara hereingeholt. Er zeigte mir die Brücke hinüber nach Goat Island, Häuser von schöner Form, eine Gruppe knorriger Eichen, die wie alte Männer im Gespräch aussahen, und wie das Nachmittagslicht auf die Fenster eines Hauses traf, so dass diese blind wurden. Er wollte mir all das nahebringen. Es reichte, dass ich ja und immer wieder ja sagte, um ihn meiner Aufmerksamkeit zu versichern.

An den Rändern der Stadt, wo wir die Wahl zwischen mehreren Straßen hatten, hielten wir unsere Pferde an.

»Möchten Sie mit mir gemeinsam zu Abend essen?«, erkundigte er sich vorsichtig. »Ich finde an den Plätzen, die ich mir leisten kann, unsere amerikanische Kost für Reisende zwar armselig und gewöhnlich, aber immerhin habe ich Ihnen Ihr Mittagessen weggegessen. Das muss ich Ihnen entgelten.«

»Nein«, sagte ich. »Sie können zu mir und Flint zum Abendessen kommen. Warum sollten wir die armselige Kost für Reisende verzehren, wenn man etwas wirklich Gutes haben kann?«

»Ist das Ihr Ernst?« Er strahlte wieder vor Begeisterung. »Ist Ihnen das nicht zu viel?«

»Das wird uns guttun«, sagte ich. »Wir haben bis jetzt noch nie Gesellschaft auf dem Schleppkahn gehabt?«

»Ein Boot?« Er schien ganz aufgeregt.

»Kommen Sie«, sagte ich. »Ich zeige Ihnen den Weg, und dann können Sie Ihr Hotel aufsuchen, um sich frisch zu machen. Wenn Sie wiederkommen, gibt es eine Überraschung für Sie.«

Nun, überrascht war er tatsächlich, als er zurückkam und mich in Frauenkleidern und Schürze beim Zubereiten unserer Mahlzeit antraf.

»Ich erkenne Sie an den Augen und an Ihrer Stimme wieder«, meinte er. »Aber offenbar habe ich doch nicht die Künstleraugen, die ich zu haben glaubte. Wie konnte ich mich nur so irren und Sie für einen Jungen halten?«

»Wir sehen, was wir zu sehen erwarten«, sagte Flint, und damit hatte er Recht, auch wenn er selbst ein wenig unsicher klang, als er es aussprach.

Unser Gast bat um eine Führung auf dem Schleppkahn, und Flint zeigte ihm alles, während ich den Tisch deckte.

Die Erkundungstour schien ein Erfolg gewesen zu sein, und unsere Mahlzeit wurde das auch. Es war ein kühler Abend auf dem Wasser, mit einer leichten Brise, die vom riesigen Eriesee herüberwehte. Ich hatte einen Hühnchenauflauf mit neuen Karotten, Frühlingszwiebeln und Maismehlklößen gekocht, einen Kopfsalat dazu gereicht und als Nachspeise eine Ahornsirupcreme. Flint und unser Gast aßen mit Begeisterung. Am Ende stellte ich für die beiden Männer noch eine Schale mit Orangen und Nüssen hin und erhob mich, um abzuwaschen.

»Ich werde Ihnen helfen …« Unser Gast griff sich theatralisch mit der Hand an den Kopf. »Ich wollte Ihren Namen sagen, aber ich kenne ihn ja gar nicht.«

»Wenn sie reitet, ist sie Daniel, und wenn sie kocht, Miss Mina«, klärte Flint ihn auf. Er hatte eine Walnuss geknackt und war damit beschäftigt, den Kern herauszupulen.

Ich sah Flint an und schüttelte den Kopf.

»Ich werde Sie Miss Mina nennen, wenn ich darf?«, sagte der Mann. »Und ich bin Maurice Clemens.« Er hielt inne und lächelte. »Vielleicht möchten Sie mich Mr. Maurice nennen.«

»Gewiss, Mr. Maurice«, antwortete ich.

»Nun, Miss Mina«, sagte Maurice Clemens, »wenn Sie mir eine Schürze leihen, werde ich das Geschirr abwaschen. Denn sonst falle ich immer tiefer und tiefer in Ihre Schuld.«

»Heute Abend habe ich nur eine saubere Schürze, und die trage ich«, sagte ich zu ihm, »also werde ich abspülen, und Sie werden abtrocknen.«

Als alles fertig und bis auf den Berg Nussschalen, die Flint auf dem Tisch aufgehäuft hatte, weggeräumt war, setzte ich den Kessel auf, um Teewasser zu kochen. Wir setzten uns wieder.

»Darf ich?«, fragte Mr. Maurice und holte ein kleines Skizzenbuch aus seiner Manteltasche.

Wir unterhielten uns am Tisch über Mr. Clemens' Reisen durch Amerika und meine über den Ozean von England hierher. Für die beiden Männer kochte ich schwarzen Tee und für mich Pfefferminztee mit Sirup. Die ganze Zeit war die Hand des Künstlers mit Zeichnen beschäftigt, was mich anfangs ablenkte, was ich aber, als ich dann vom Sturm auf See erzählte, gar nicht mehr wahrnahm.

»Wissen Sie noch, Flint?«, sagte ich. »Sie haben sich Ihren Kopf an der Ankerwinde angestoßen und wurden krank.«

»Ich glaube mich zu erinnern«, sagte er langsam und unsicher. Er wollte nicht über seine Arbeit als Matrose erzählen, als Mr. Maurice ihn danach fragte, aber nachdem ich von der grünen Schönheit meines Dorfs in Irland geschwärmt hatte, erzählte er uns ein wenig von seiner Jugend in Uncas Falls, wo er ein glücklicher Junge gewesen sei.

Als der Tee getrunken war, war es für unseren Gast Zeit zu gehen. Er schüttelte uns die Hände und bedankte sich überschwänglich.

»Wenn Sie noch ein paar Tage hierblieben, könnte ich Sie wieder besuchen«, meinte er sehnsüchtig. »Dieser Abend hat mir den Nachteil bewusst gemacht, den das Alleinreisen mit sich bringt.«

»Wir brechen morgen auf, um nach Osten zu fahren«, sagte Flint. Plötzlich klang er wie ein Kapitän oder eine völlig andere Person. »Sie können eine Woche bei uns auf dem Kanal mitfahren, wenn Sie möchten. Wenn Sie sich am Essen beteiligen und mir an den Schleusen mit den Seilen zur Hand gehen, haben wir Sie gern in unserer Gesellschaft. Miss Mina muss ein wenig aufgemuntert werden.«

»Flint!«, entfuhr es mir. Ich glaube, mir stand vor Überraschung der Mund offen.

Maurice Clemens brachte am nächsten Morgen seine Sachen aus dem Hotel mit aufs Schiff und zog in die Bugkabine bei Flint ein. Am nahe gelegenen Kai trugen Emigranten ihre wenigen Habseligkeiten von einem Schleppkahn in einen Seefrachter, der sie zu ihren neuen Siedlungen in Michigan bringen würde, und Mr. Clemens lief hin, um sie zu skizzieren. Als er zurückkam, verfolgte er ganz aufgeregt, wie unser Boot mit Getreide beladen wurde, indem die Fässer von einem Mast am Ufer herübergeschwenkt wurden. Nachdem die Fässer verstaut waren, kam es zu einem kleinen Zwischenfall, als die Männer begannen, die Ballonflaschen mit Wein am oberen Geländer des Boots festzubinden.

»Ich hätte niemals ja sagen dürfen zum Wein«, jammerte Flint mit Blick auf die Flaschen in ihren Weidenkorbhüllen. Er hielt sich den Kopf, als hätte er Kopfschmerzen. »Zip wird wütend auf mich sein.«

»Warum?«, fragte ich ihn in beruhigendem Ton. »Warum sind Sie so aufgebracht, Flint?«

»Sie wird denken, ich hätte mein Abstinenzversprechen gebrochen«, rief er. »Aber sie wäre genauso wütend, wenn wir uns auf der Reise Geld entgehen ließen.«

»Ich werde es ihr erklären«, versprach ich ihm. »Ich werde ihr sagen, dass Sie keinen Tropfen von dem Wein angerührt haben. Sie mussten diese Ladung annehmen, weil sie guten Profit versprach.«

»In Ordnung«, meinte er, beruhigt wie ein getröstetes Kind.

Ich war sehr froh, während der ersten Tage unserer Reise von Buffalo Richtung Osten noch ein paar Hände mehr für die viele Arbeit an Bord zu haben. Zwischen Buffalo und Lockport fließt der Fluss durch einen langen, tiefen Graben, und der Treidelpfad verläuft nicht wie sonst am Ufer, sondern entlang einer felsigen Kante im Graben selbst. Schon als wir in westlicher Richtung unterwegs waren, hatte ich Angst gehabt, das Schleppseil würde sich verhaken, so dass die Pferde und ich vom Pfad heruntergezogen und ins Wasser geschleudert würden, ohne eine Möglichkeit, wieder hochzukommen. Mit Maurice Clemens auf dem Boot, der, wenn nötig, das Seil aus der Verriegelung lösen und Flint helfen konnte, fühlte ich mich gleich viel wohler beim Führen der Pferde.

Das mir von Mr. Maurice in seinen Skizzen gezeigte geschäftige Treiben auf dem Kanal und die endlosen Fragen, die er mir stellte, ließen mich das um mich herum pulsierende Leben wieder spüren und auf seine merkwürdigen Kapriolen achten. Was jedoch nicht bedeutete, dass alles nur noch Glück und Freude war. Oftmals wachte ich im Dunkeln auf, weil Jasper Westervelts tulpenrotes Gesicht mich schief ansah, und konnte dann nicht mehr einschlafen. Viele Tage träumte ich auf Treys Rücken vor mich hin und vergaß über der tristen Traurigkeit der Vergangenheit die Gegenwart. Wenn ich wieder einmal keinen Appetit verspürte, musste ich mir die Liste der Ärztin Lydia Mary Walker ins Gedächtnis rufen, damit ich dafür sorgte, genügend Stärkung zu erhalten. Doch selbst wenn ich es gewollt hätte, wäre es mir schwergefallen, mich Flints Freude am Essen und Mr. Maurices' Freude am Betrachten zu entziehen. Sie zogen mich mit sich.

An den Kanalläden, deren Eingangstüren zum Wasser hin schauten, erkannte ich einige Frauen und deren Kinder wieder und grüßte sie. Ich machte die Bekanntschaft von Celeste, die mit ihrem Mann und den beiden Kindern fast im selben Tempo reiste wie Flint und ich. Es war gut, eine Frau zu kennen, mit der ich mich über ganz alltägliche Probleme unterhalten konnte, wie etwa die Zubereitung von Stockfisch oder wie man Flecken aus einem Hemd herausbekam. Mr. Maurices' Sachen hatten nämlich allesamt Flecken aus Farbe, aus Kreide oder Bleistift.

Maurice Clemens' Gespräche weckten Fragen in mir. Er

half mir auch, Flint besser zu verstehen. Eines Abends, nach einem drückenden, schweren Tag, setzte Regen ein. Wir aßen in aller Ruhe. Ich schürte im Herd ein Feuer zum Kochen und ließ es auch brennen, um die feuchte Kälte in der Kabine zu vertreiben. Maurice fragte Flint über die Aquädukte aus, die ganze Flüsse über den Kanal leiten konnten. Als wir anhalten mussten, um unsere Getreideladung gegen Fässer mit Mehl zu tauschen, hatte er Diagramme und Skizzen des Mauerwerks gezeichnet, in dem der Genesee-Fluss bei Rochester kreuzte. Ständig wollte er wissen, wann wir das nächste Aquädukt passieren würden.

»Ich weiß es nicht«, sagte Flint. »Mir platzt gleich der Kopf, wenn ich zu viel nachdenken muss. Seit dem Krieg bin ich nämlich nur noch ein Gespenst.«

Da schwieg Maurice. Er trank einen Schluck Apfelmost und musterte Flint, der sein Gesicht über seinen Teller geneigt hatte und seinen zweiten Nachschlag an neuen Kartoffeln aß, die ich so zubereitet hatte, wie er sie mochte, gekocht und dann in Milch und Butter aufgebrochen.

»In welchem Krieg waren Sie denn, Flint?«, fragte ich.

»Im Mexikanischen Krieg«, antwortete Flint, ohne aufzublicken. »Im ersten Regiment von New Yorker Freiwilligen. Zwölfhundert von uns zogen los. Zweihundertsechzig kehrten heim.«

»Meine Güte«, sagte Maurice und fuhr sich mit der Hand übers Gesicht, als könne man den Gedanken an so viele Tote einfach wegwischen.

Jetzt blickte Flint auf, das Gesicht verzerrt. Die Kabine schien gleich vor geballter Wut zu bersten. Ich hatte Angst zu sprechen. Wie eine Nadel in einem Furunkel kann ein falsches Wort sein Gift über uns ausbreiten, das zu töten oder zu heilen vermag.

»Wir schleppten die Kanonen mit Seilen«, erzählte er. »Wir waren Maultiere, keine Männer. Vor Mexiko-Stadt nahmen wir Molina del Rey ein, dann Chapultepec. Die Kanone explodierte. John neben mir wurde getötet. Sein Kopf rollte von seinem Körper weg.«

Ich sah Maurices' rechte Hand unter dem Tisch. Er hatte weder Papier noch Kreide, und doch bewegten seine Finger sich an seinem Bein entlang, als wäre Zeichnen sein einziger Weg zuzuhören.

»Ich bin froh, dass Sie überlebt haben, Flint«, sagte ich leise.

»Nein!«, schrie Flint. »Ich wurde getötet. Seht! Seht doch!«

Er stand auf und riss an seinen Kleidern. Seine Brust und sein Bauch waren ein Labyrinth von Narben, und noch etwas anderes stimmte nicht. Etwas –

Einen Moment glaubte ich, mich übergeben zu müssen. Flints Unterleib war eine einzige Masse vernarbten und entstellten Fleisches, und wo seine Männlichkeit hätte sein sollen, hing ein trauriger Fetzen Stoff und nichts weiter. Ich wandte mich den Tränen nahe ab. Ich biss mir auf die Lippe, um die Trauer mit einem anderen Schmerz zu vertreiben. Ich durfte mir meinen Schrecken nicht anmerken lassen. Ich durfte es ihm nicht noch schwerer machen.

Maurices' Gesicht war eine Maske des Entsetzens, ebenso wie das von Flint.

»Mein Gott!«, sagte Maurice.

»Wie alt waren Sie da?«, erkundigte ich mich. Ich dachte, es könnte Flint guttun, darüber zu reden, damit er den Glauben an die Welt nicht verlor und wusste, dass wir seinen Schmerz teilten.

»Ich war neunzehn«, berichtete Flint. »Ich heiratete Zip. Wir stritten, und sie meinte, ich sei ein Feigling. Also rannte ich weg in den Krieg, um ein Mann zu sein. Ich sah Männer ihre eigenen Gräber ausschaufeln und als Verräter aufgehängt werden. In einem Maisfeld habe ich einen Mann mit meinem Bajonett getötet. Dann wurde ich selbst getroffen.«

»Mein Gott!«, sagte Maurice wieder.

»Die Kanone explodierte«, sprach Flint weiter. »John neben mir wurde getötet. Sein Kopf rollte nach hinten, und den legten sie mir dann irrtümlich auf den Leib, als ich verwundet wurde.«

Der arme Flint. Ich tastete nach dem Rosenkranz in meiner Tasche. Seinem Körper konnte nicht mehr geholfen werden, aber ich wollte zu Gott beten, er möge seinen Geist heilen und ihn trösten.

»Ich zog aus, um ein Mann zu sein. Ich zog aus, um ein Mann zu sein«, schrie er.

Erschöpft ließ sich Flint wieder auf seinen Platz fallen, legte seinen Kopf auf die Tischplatte und weinte in rauen, quälenden Schluchzern. Maurice legte ihm die Hand auf die Schulter und ließ sie dort. Wir verharrten alle lange Zeit in Schweigen, bis das Feuer im Herd heruntergebrannt war und es kalt wurde in der Kabine. Maurice zog Flint behutsam vom Stuhl und half ihm, seine Kleider anzuziehen. Ich bot ihm Tee an, aber Flint schüttelte abwehrend den Kopf. Ich hörte ihre schweren Schritte auf Deck, als sie beide zu ihren Kojen gingen. Ich machte daraufhin Wasser warm und wusch das Teegeschirr ab. Es war zwar schon spät, aber ich musste etwas tun, um mich zu beruhigen.

Am Morgen erwähnte keiner Flints grausame Geschichte. Die Tage verstrichen wieder wie üblich.

Hinter Syracuse konnte ich Maurice Clemens ansehen, dass er zunehmend ruheloser wurde. Ich glaube, er hatte begriffen, wie das Leben auf dem Kanal funktionierte, und die vielen verschiedenen Menschen darauf gesehen. Er hatte erlebt, wie die Postschiffe uns mit ihren überfüllten Oberdecks überholten, und das fröhliche Hornkonzert vernommen, das allen signalisierte, sich zu ducken, weil die nächste Brücke kam.

»Ich denke, ich werde nach Norden gehen«, erzählte er uns beim Abendessen. »Ich sollte Skizzen in den Adirondack Mountains machen. Wie ich höre, ist die Landschaft dort wildromantisch und erhaben.«

»Ich verstehe Sie nicht«, bemerkte ich daraufhin. »Sie könnten Ihr Talent doch genauso gut einsetzen, um die Vielfalt der Menschen in New York zu zeichnen. Woher kommt diese Sehnsucht nach der Wildnis?«

»Sie verkauft sich, Miss Mina, sie verkauft sich«, sagte er mit hohler Stimme. Und dann lachte er. »Die Stadtmenschen wollen nach einem Tag im tristen Büro den Kitzel der Wildnis spüren, ebenso wie sie die Süße des Zuckers kosten möchten, um eine schwere Mahlzeit aufzulockern. Ich kann Zucker verkaufen. Warum nicht?«

»Solange Sie Ihre besten Talente nicht in Sirup ertränken«, erwiderte ich.

»Wir werden sehen«, sagte er. »Ich habe einen Brief vom Kuratorium der Kunstakademie bekommen. Ein Herr – *S. Meyer*, so hat er unterschrieben – teilte mir mit, ich könne drei Werke für die Winterausstellung einreichen.«

Er sah mich streng an. »Sie kennen diesen Herrn«, sagte er.

Maurice kannte das Leben, weil er es genau betrachtete. Es wäre sinnlos gewesen, ihm etwas vorzulügen, weil irgendeine kleine Bewegung meinerseits ihm bereits angedeutet hatte, dass ich Herrn Sadick Meyers Namen erkannt hatte.

»Ich habe ihn auf meiner Überfahrt nach Amerika kennen gelernt«, sagte ich. Ich wünschte, ich könnte die Erinnerung an Herrn Meyer und seine verschlagene Art aus meinem Gedächtnis verbannen. In der funkelnden Wärme eines Frühsommertages wollte ich nicht daran denken, wie er einen Keil zwischen Mr. Serle und mich getrieben hatte. Und auch nicht an seine schöne Schwester und ihre Lieder.

Maurice Clemens bemerkte offenbar meine Zurückhaltung, denn er nickte und stellte keine weiteren Fragen. »Ich hoffe, S. Meyer und seine Kollegen finden Gefallen an meiner Arbeit«, sagte er.

»Sie werden bestimmt Erfolg haben«, versicherte ich ihm.

Am nächsten Tag verließ Maurice Clemens uns, um nach Norden zu wandern und an den Trenton Falls und in den Adirondack Mountains Skizzen zu machen. Nachdem er gefrühstückt hatte, unterhielt er sich noch ein wenig mit mir.

»Ich werde diese Sommertage auf dem Wasser mit Ihnen und Flint vermissen«, meinte er.

»Wir werden Sie auch vermissen. Sie haben uns mit Ihrer fröhlichen Art sehr gutgetan.«

»Ich bin nur ein armer Künstler«, fuhr er fort. »Noch kann ich einer Frau nichts bieten. Aber in ein paar Jahren …« Er hielt inne.

»Ich bin mir sicher, dass Sie mit Ihren Bildern Erfolg haben werden«, versicherte ich ihm noch einmal.

»Wenn das der Fall ist, werden Sie dann …« Er unterbrach sich wieder.

Offenbar hatte ich ihn verdutzt angesehen.

»Wenn ich Ihnen ein Heim bieten könnte, würden Sie mich dann heiraten, Miss Mina?«, erkundigte er sich auf seine direkte und offene Art.

Ich schüttelte den Kopf. »Nein«, sagte ich. »Ich finde, Sie sind ein guter Mann und ein hervorragender Künstler, aber das ist eine Sommerträumerei. Ich bin nicht die Frau, die zu Ihnen passt.«

»Das denke ich schon«, widersprach er ziemlich streitbar. »Sie sind eine Freude zum Ansehen und zum Zeichnen. Sie sind eine ausgezeichnete Köchin. Sie wissen sich zu helfen und sind sparsam. Sie sind still, freundlich und kameradschaftlich. Was könnte sich ein Mann mehr wünschen?«

Ich entgegnete lachend: »Dafür können Sie sich auch eine Haushälterin einstellen. Eine vernünftige Haushälterin und einen treuen Hund, dann haben Sie genau das, was Sie beschreiben.«

Da fiel er in mein Lachen ein. »Sie wissen wohl, wie es ist, jemanden zu lieben«, sagte er, nun wieder ganz ernst, »und dieser Jemand bin nicht ich, noch nicht.«

Ein kurzer Gedanke an Mr. Serle, der mir einen Blick über den Tisch zuwarf, als ich weinte, drängte sich mir ungebeten auf. Ich schob das Bild weg und wandte mich ab, um den Kessel aufzusetzen. Ich brauchte heißes Wasser für den Abwasch. Als Maurice Clemens uns eine Stunde später verließ, ergriff er in aller Herzlichkeit meine Hand.

»Sie müssen sich meinen Antrag überlegen«, sagte er. »Dieses Junge-Mädchen-Leben ist nicht das Richtige für Sie.«

Plötzlich streckte er seinen Arm nach mir aus und drückte mir einen langen Kuss mitten auf den Mund.

»Oh!«, sagte ich atemlos. Ich bekam keine Luft mehr und war ganz durcheinander. Doch nicht auf unangenehme Weise.

»Oh?« Er packte mich an beiden Schultern und sah mir in die Augen. »Oh? Ist das meine Belohnung dafür, dass ich Ihnen mein Herz angeboten habe?«

Sein lachendes Gesicht sagte mir, dass er nicht ernsthaft verletzt war.

»Ich wünsche Ihnen viel Glück auf Ihrer Reise«, sagte ich zu ihm. »Aber Sie sollten vielleicht nicht jeder kompetenten Köchin, der Sie unterwegs begegnen, einen Heiratsantrag machen. Sonst folgt Ihnen ein ganzer Harem nach New York.«

»So leicht entkommen Sie mir nicht«, drohte Maurice

schelmisch. »Ich werde Ihnen zu Händen des Hafenmeisters in Albany schreiben. Und dort werde ich Sie auch treffen, ehe der Sommer vorbei ist. Fragen Sie auf jeden Fall nach meinem Brief.«

Dann ließ er mich los, sprang ans Ufer, drückte Flint, der bei den Pferden war, die Hand, tätschelte Pompeys Nase, winkte uns allen noch einmal zu, warf sich seine Tasche und seine Malutensilien über die Schulter und marschierte dann den Treidelpfad hinunter bis dorthin, wo die Straße zum Dorf Rome entlangführte.

Nun gut, sagte ich mir, als mein Herzschlag sich wieder ein wenig normalisiert hatte, Maurice Clemens war ein interessanter junger Mann. Ich wusch mir das Gesicht und strich meine Haare glatt, ehe ich mich zu Flint gesellte und die Pferde für die Arbeit dieses Tages anspannte. Nach langem Schlaf war ich plötzlich in einer neugeborenen Welt erwacht.

Vielleicht war es das spielerische Gespräch, vielleicht der Kuss, vielleicht lag es daran, dass ich Flints Kummer, der meinem so fern war, ein wenig begreifen lernte, jedenfalls spürte ich nach der Zeit mit Maurice Clemens eine Veränderung in mir. Sein Wesen war wie Sonnenlicht, das auf fließendem Gewässer spielt, rasch, in ständiger Veränderung begriffen und fröhlich.

Bei der nächsten Gelegenheit kaufte ich Papier, Feder und Tinte und schrieb an Honor und Tante Jane. Ich ließ sie wissen, wie sehr ich sie vermisste. Ich erzählte ihnen, dass ich auf Reisen sei und an Leib und Seele gesunde. Ich schrieb auch, dass es mir leidtue, ihnen Kummer bereitet zu haben. Ich versprach, ihnen, sobald es möglich war, wieder zu schreiben, und teilte ihnen mit, dass ich damit rechnete, in ein paar Monaten nach New York zurückzukehren, und vorhatte, mir Arbeit für den Winter zu suchen.

Nachdem Maurice uns verlassen hatte, brachten wir die

Schleusen hinter Utica rasch hinter uns und kehrten zurück nach Albany. Von dort aus schrieb ich Honor einen Brief. Von meinen Sünden stand dort weniger, dafür aber mehr von meiner Besichtigung der Niagarafälle und den Sehenswürdigkeiten des Kanals. Ich erzählte ihr, dass ich einen fröhlichen Künstler, Maurice Clemens, kennen gelernt hatte, der hoffte, seine Gemälde bald in New York auszustellen. Ich zögerte, entschied mich dann aber, lieber doch nicht zu erwähnen, dass er mit uns auf dem Schleppkahn gelebt hatte. Womöglich würde Tante Jane mein wenig damenhaftes Verhalten, mit zwei Männern auf einem Boot zu leben, missverstehen, obwohl ich es als durchaus korrekt empfand.

Am Ende des Briefes, nachdem ich meine Liebe und Dankbarkeit für Tante Jane und Honor noch einmal betont hatte, fügte ich eine Nachricht für Guido DiRoma bei, um ihm dafür zu danken, dass er mich vom Haus der Westervelts weggetragen hatte, als mich das Rauschmittel vollkommen hilflos gemacht hatte. Nach reiflicher Überlegung kam ich dann zu dem Schluss, dass es mich erleichtern würde, wenn ich meiner inneren Stimme folgte. *Bitte grüßen Sie mir auch Mr. Serle*, schrieb ich. *Ich hoffe, er sieht seine Freunde noch. Und lassen Sie es mich bitte wissen, wenn er heiratet. Ich bete für die Gesundheit und das Glück all derer, die mir geholfen haben, mein Leben zu meistern.* Mehr konnte ich nicht sagen. Meine Hand gehorchte meinem Wunsch, die Verbindung zu ihm nicht zu verlieren, aber mein Herz war noch immer verwundet.

Am nächsten Tag brachen Flint und ich mit einer neuen Ladung Möbel wieder Richtung Westen auf. Wir waren ein Schiffchen im Webstuhl von Amerika und webten den Stoff, aus dem unser Land ist.

Es geschah bei großer Hitze. Inzwischen war es Ende Juni oder Anfang Juli. Ich hatte völlig den Überblick verloren, welchen Tag wir hatten. Wir waren wieder in westlicher Richtung unterwegs und näherten uns Utica. Da fiel mir die Einladung von Doktor Lydia Mary Walker ein, sie zu besuchen. Ich sollte es tun, überlegte ich, denn ich konnte von ihr lernen. Sie kannte sich sicherlich mit Kräutern und Arzneien aus. Vielleicht bekam ich von ihr einen Rat, womit ich Flint helfen konnte, seinen umwölkten Geist aufzuheitern. Ich nahm mir also vor, Miss Walker zu besuchen, doch wollte ich ihr zum Dank gern ein Geschenk mitbringen.

Ich überlegte noch, was das sein könnte, als wir in der Schlange der Boote zum Stehen kamen, die darauf warteten, in die Schleuse einfahren zu können. Jede Menge Frachtkähne und ein Postschiff waren vor uns. Ein Mechanismus in der westlichen Schleuse war gebrochen. Man gab zu uns weiter, dass man auf den Schmied warte. Ein Teil musste neu geschmiedet werden. Wir würden nicht vor Einbruch der Nacht weiterkommen. Manche nutzten die Gelegenheit zu einem Bad im Fluss. Meine Freundin Celeste auf dem nächsten Schleppkahn rief mir zu, ob ich mit ihr hoch zum Laden im Dorf gehen wolle? Ich sagte ihr, das ginge nicht, denn ich müsse Wäsche waschen.

Rasch erledigte ich meine Arbeit. Bald hatte ich die Laken und die anderen Dinge auf der Leine des kleinen Achterdecks zum Trocknen aufgehängt. Flint striegelte die Pferde. Er machte einen zufriedenen Eindruck. Er sprach jetzt sehr viel öfter mit den Pferden, und das schien eine beruhigende Wirkung auf ihn zu haben. Ich lief ein paar Schritte, um zu sehen, was die Landschaft hier in unserer Nähe zu bieten hatte. Die wild wachsenden Himbeeren entlang des Kanalufers brachten mich auf die Idee, Miss Walker frische Beeren mitzubringen oder für sie eine Marmelade zu kochen. Die Büsche versprachen reiche Ernte.

Beim Pflücken gelangte ich auf die Uferböschung. Hier

bekam man sowohl das Murmeln des Flusses als auch das Treiben auf den Booten mit, aber es wurde vom Zirpen der Insekten und vom Gesang der Vögel übertönt. Unter meinem Strohhut sammelte sich Schweiß auf meiner Stirn. Ich erreichte eine offene Stelle, wo einstmals ein Haus gestanden hatte. Die Umrisse des Kellerlochs mit den hineingestürzten verbrannten Balken und die Steine der Grundmauern waren noch zu erkennen. Ein Fliederbusch wuchs neben der Schwelle, die unter dem Unkraut und den wuchernden Himbeerranken hervorblitzte.

Als ich mich bückte, um ein paar Beeren zu pflücken, hörte ich Stöhnen. Die Frau lag hinter der alten Grundmauer, wo die Steine noch kniehoch standen. Sie saß halb gegen die raue Wand gelehnt. Ich erkannte sofort, dass sie in den Wehen lag. Ihr Leib wölbte sich unter ihrem fleckigen Rock. Ich stellte meinen Korb beiseite und kniete mich neben sie. Sie bekam meine Anwesenheit erst mit, als ich ihre Hand berührte.

»Ich bin hier«, sagte ich. »Ich werde Hilfe für Sie holen.«

Sie wandte mir ihren Kopf zu. Voller Entsetzen sah ich, dass ihr der Tod in den Augen stand, und ich musste an meine Mutter in ihrer Krankheit und an John Deegan auf den Stufen des Hauses in der Elizabeth Street denken. Sie würde nur noch wenige Stunden zu leben haben. Wenn man vor diesem Geheimnis steht, erhebt sich die Seele über den Schmerz hinaus zur Ehrfurcht.

»Ich werde Hilfe holen«, sagte ich, »dann komme ich wieder.«

Ich lief zurück zur Böschung, die ich erklommen hatte, und rief Flint. Als er heraufgewatschelt kam und mich, den Striegel noch in der Hand, fragend ansah, erklärte ich ihm, er müsse Trey nehmen und sofort losreiten, um Doktor Lydia Mary Walker zu holen.

»Sagen Sie ihr, es geht um eine gebärende Frau. Sagen Sie

ihr auch, dass ich glaube, die Frau stirbt. Haben Sie das verstanden, Flint?«

Flint sah mich mit Tränen in den Augen an. »Ich werde mich beeilen, so gut ich kann«, antwortete er.

»Sie sind ein guter Mann, Flint«, sagte ich. »Aber jetzt los. Und wenn Sie unterwegs Celeste treffen, schicken Sie sie zu mir.«

Ich ging zu der Frau und kniete mich wieder neben sie. Ihre Lippen waren trocken und gesprungen, ihr Haar ein verfilztes Gewirr. Ihr Atem ging langsam und keuchend. Ich betastete vorsichtig ihren Leib und spürte eine kleine ruckartige Bewegung. Vielleicht lebte das Kind in ihr ja noch und wollte geboren werden.

Ich konnte nur versuchen, ihr die Zeit zu erleichtern, bis Hilfe kam. Ich schaute mich nach Wasser um. Neben ihrer Hand lag eine Blechtasse, doch es war nur noch ein Löffel voll Wasser drin. Ich benetzte ihre Lippen mit dem Rest und nahm dann ihre kalte Hand in meine.

»Ich heiße Mina«, sagte ich. »Ich habe um Hilfe geschickt.«

Sie drehte ihren Kopf ein wenig, um mich anzusehen. Ihre Lippen teilten sich, als ob sie sprechen wollte, aber sie brachte nur einen Seufzer hervor. Und dann klammerte ihre Hand sich um meine. Es war der leise, stöhnende Aufschrei, den ich vorhin gehört hatte. Ich sah, wie ihr Körper sich durch die Kraft des Kindes bog, das ans Licht drängte. Ich sollte ihr den Rock wegschneiden und versuchen, dem Kind zu helfen, überlegte ich.

Celeste kam angerannt. »Die Arme«, sagte sie. »Komm, Mina, wir heben sie ein wenig an und schieben ihre Röcke zurück. Vielleicht kann ich dann sehen, warum das Kind nicht kommt.«

Ich nahm mein Messer und schlitzte den Rock auf. Ihr zerfetzter Rock und ihr Unterrock darunter waren steif von getrocknetem Blut und darauf feucht von frischem. So viel Blut hatte ich noch nie gesehen. Dagegen war die Blutung, die mich so geängstigt hatte, als ich krank war, gering.

Celeste tastete den Leib der Frau ab und versuchte, ihr zwischen die Beine zu schauen.

»O Gott«, sagte sie. »Das Baby liegt falsch. Ich glaube, ich sehe einen Arm.«

»Was können wir tun?«, fragte ich Celeste verzweifelt. Die Hand der Frau lag schlaff und kühl in meiner. Sie war bleich wie Mondlicht auf dem Wasser.

»Halte sie«, wies Celeste mich an. »Halte sie. Ich werde versuchen, das Kind zu drehen.«

Ich legte meine Arme um die Frau und hielt sie fest. Sie drehte ihr Gesicht ein klein wenig meiner Schulter zu. Sie lebte noch.

»Beten Sie«, flüsterte ich ihr ins Ohr. »Wir werden gemeinsam beten.«

Die Frau gab einen Laut von sich. Sie versuchte zu sprechen.

»Wie bitte?«, fragte ich sie. »Sprechen Sie, wenn Sie können.«

Ich glaubte, einen Namen zu verstehen. Es klang wie Thomas. Etwas mit einem *T* am Anfang. Ihre Stimme war rau vor Durst. Ich wünschte, ich hätte mehr Wasser für sie.

»Thomas?«, fragte ich sie zweifelnd.

Sie nahm alle Kraft zusammen und versuchte es erneut.

»Tobias?«, fragte ich, und sie nickte gerade so viel, dass ich eine zitternde Bewegung spürte.

Jemand war da. Ich fühlte es. Die Frau blickte mit ihren sterbenden Augen hinter mich. Ich drehte meinen Kopf, um ihrem Blick zu folgen. Ein großer weißer Hund stand vor einem Gebüsch jenseits der Lichtung. Als hätte sie ihn durch das Aussprechen des Namen Tobias herbeigerufen. Noch nie hatte ich ein solches Tier gesehen. Es dürfte mir mit seiner Schulter bis zur Taille reichen, überlegte ich. Vielleicht ist das Tobias.

»Tobias!«, rief ich.

Der Hund beobachtete mich unentwegt, dann drehte er sich um und starrte ins Gebüsch. Er bellte einmal tief. Ich spürte, wie die Frau sich in meinen Armen entspannte, dann wieder anspannte. Celeste griff in sie hinein, um das Baby zu drehen. Ich konnte sehen, dass ihre Arme und ihr Kleid jetzt blutig waren.

Die Frau schrie laut auf vor Schmerz. Diesmal konnte sie ihn nicht zu einem Stöhnen abschwächen. Der Hund bellte noch einmal. Im Gebüsch bewegte sich raschelnd etwas. Ein Kind krabbelte heraus. Seine Kleidung war grau vor Schmutz, und es hatte nackte Füße. Es war schmutzig, zerkratzt und dünn wie ein kleiner Holzsplitter.

»Mama«, jammerte es mit dünnem Stimmchen. »Mama!«, und kam, vom Hund gefolgt, über die Lichtung gerannt.

Ich legte einen Arm um ihn und zog ihn an mich. Wenn ich es ihm ersparen konnte, wollte ich verhindern, dass er das Blut sah. Nichts als Haut und Knochen, zitterte er in meiner Umarmung. Da der Hund nun näher herangekommen war, erkannte ich, dass auch er halb verhungert und schmutzig war. Als wollte es mir keine Angst einjagen, legte das Tier sich in Armeslänge von uns entfernt hin, den Kopf auf den Pfoten. Ohne zu blinzeln, beobachtete er uns mit seinen braunen Augen von unendlicher Tiefe.

Plötzlich waren mehr Leute um uns herum. Die Ärztin war gekommen, und andere mit ihr. Celeste überließ ihren Platz Miss Lydia. Eine Frau, die ich nicht kannte, unterstützte die Gebärende. Ich hielt jetzt nur noch das Kind.

Doktor Lydia Mary Walker schaute zu mir hoch.

»Bringen Sie das Kind weg, Miss Mina«, sagte sie. »Er soll seine Mutter küssen, dann bringen Sie ihn mit dem

Hund zum Boot. Geben Sie ihnen immer wieder eine Kleinigkeit zu essen. Aber ja nicht zu viel auf einmal. Und baden Sie sie. Wir holen Sie dann.«

Ich wusste nicht, ob der Hund oder das Kind Tobias hieß.

»Tobias?«, sagte ich, und das Kind regte sich in meinem Arm. »Deine Mutter ist krank«, sagte ich mit sanfter Stimme. »Diese Leute hier helfen ihr. Gib ihr einen Kuss und komm mit mir. Ich werde mich um dich kümmern.«

»Mama?«, sagte das Kind mit seinem Flüsterstimmchen.

»Tobias«, wisperte sie.

Jemand brachte sauberes Wasser, und sie nahm einen kleinen Schluck. Jetzt war ihre Stimme klarer. Vielleicht verliehen ihr auch die sicheren Hände Doktor Lydia Mary Walkers Kraft.

»Gib deiner Mutter einen Kuss«, sagte ich. »Sie liebt dich.«

Das Kind küsste die Frau, und dann beugte auch ich mich herunter und küsste ihre blutleere Wange.

»Ich werde mich um Tobias kümmern«, sagte ich zu ihr und hielt ihn dabei in meiner Armbeuge. »Seien Sie ganz beruhigt. Das sind gute Menschen, die Ihnen helfen.«

Ihre Augen waren jetzt geschlossen, und ich war mir nicht sicher, ob sie mich hörte.

»Komm«, sagte ich zu dem Kind.

Ich hob ihn hoch, und gefolgt vom Hund, obwohl ich ihn gar nicht angesprochen hatte, trotteten wir langsam hinunter zum Kanal und in den Schutz des Bootes.

Als Celeste kam, um mir zu sagen, dass die Frau tot war und das Kind in ihr ebenso, schliefen Tobias und der Hund gemeinsam auf dem Bett gegenüber meinem in der Heckkabine. Ich hatte sie beide mit getoastetem, in warmer Milch eingetunktem Brot mit Ahornsirup gefüttert. Danach hatte ich Wasser auf dem Herd heiß gemacht und sie gebadet. Das Kind wimmerte ein wenig, als seine raue, zerkratzte Haut mit Wasser und Seife in Berührung kam, aber es schrie nicht laut und sagte kein Wort. Ich holte mein Glas mit Handlotion und cremte den Jungen damit ein.

Wie das Kind war auch der Hund sehr geduldig und still. Ich hatte ein wenig Angst vor ihm, weil er so groß war, aber dann tat er mir so leid, weil er das Essen so begierig aufschleckte, das ich ihm hinstellte, und wegen seiner dünnen Flanken und der fleischlosen Rippen unter einem verfilzten Fell. Tobias blieb dicht neben mir stehen und hielt sich an meinem Rock fest, als ich den Hund wusch und zu kämmen versuchte.

»Wie heißt der Hund denn?«, fragte ich.

Das Kind zuckte ängstlich zusammen und gab keine Antwort. Ich musste daran denken, wie er sich flüsternd mit seiner Mutter verständigt hatte, senkte meine Stimme dann fast bis zur Unhörbarkeit und fragte über das Kind gebeugt noch einmal: »Hat der Hund einen Namen?«

»Rafe«, hauchte Tobias.

»Rafe ist ein lieber Hund«, sagte ich so sanft, wie ich konnte, »und du bist ein liebes Kind.«

Das Kind hatte gelernt, leise zu sein. Es war wie ein Vogelküken, das Räuber zu befürchten hatte.

Ich nahm die trockene Wäsche von der Leine. Ich streifte Tobias mein ungebügeltes Jungenhemd über und krempelte die Ärmel auf, bis die kleinen Hände zu sehen waren. Dann wusch ich die verschmutzte Kleidung des Kindes. Die Hose war nichts Besonderes, aber mit dem Hemd des Jungen hatte sich jemand viel Mühe gegeben. Selbst Honor würde dem zustimmen. Zum Abendessen gab es Koteletts. Ich nahm eins, briet es und teilte es so, dass Tobias die kleinere und der Hund die größere Portion bekam. Nachdem er noch einmal gegessen hatte, gähnte Tobias herzhaft.

Ich breitete mein sauberes Laken aus und legte meinen Schal als Decke zurecht. Das Kind ließ sich bereitwillig von mir an die Hand nehmen und führen. Erst einmal würde Tobias ohne Nachthemd schlafen müssen, bis ich eins für ihn nähen konnte. Ich hatte ihn ins Bett gehoben und den Schal über ihn gebreitet, als plötzlich der Hund neben ihm hochkletterte.

»Rafe?!«, rief ich erschrocken.

Es war ein großer Hund. Seine Schulter reichte mir tatsächlich bis an die Hüfte. Da er jetzt sauberer war, konnte ich sehen, dass sein Fell überall weiß war, bis auf kleine braune und graue Sprenkel entlang der Flanken und Beine. Er hatte einen edlen Kopf, sofern man dies von einem Hund sagen kann. Seine braunen Augen sahen mich unergründlich an, als er sich neben Tobias legte. Da ist Platz für uns beide, schien er zu sagen, und das Kind braucht mich heute Nacht. Und wie um zu bestätigen, wie Recht er hatte, streckte Tobias seine Hand aus und berührte seufzend Rafes Kopf.

Ich beugte mich über Tobias, um ihn zu küssen. »Gute Nacht, Tobias«, sagte ich. »Ich werde in deiner Nähe sein.«

Er blickte schläfrig zu mir hoch. Was für ein hübsches Kind, dachte ich. Er hatte große Augen wie seine Mutter, nur dass seine nicht samtig braun, sondern von klarem, strahlendem Haselnussbraun waren, umgeben von einem schwarzen Wimpernkranz. Sein braunes Haar lockte sich an Stirn und Schläfen. Seine Haut war olivfarben. Er war so dünn und von Gräsern und Zweigen zerkratzt, dass es mir wehtat, hinzuschauen. Einen Moment lang blickte er mich feierlich an, dann schlossen sich seine Augen. Gleich darauf tat der Hund es ihm nach.

Ich machte mich leise daran, den Tisch zu decken und das Feuer zu schüren, um für Flint und mich das Abendessen zu kochen. Bald darauf rief Celeste meinen Namen vom

Kanalufer herüber. Ich ging an Deck, und sie erzählte mir die Neuigkeiten.

»Möchtest du an Bord kommen und mitessen?«, fragte ich sie.

»Nein, ich muss zu meinem Mann und meinen Kindern«, antwortete sie. »Von Flint soll ich dir ausrichten, er käme bald.«

»Wo ist die Frau jetzt?«, erkundigte ich mich.

»Die Ärztin hat sie dort an Ort und Stelle versorgt. Aber letztendlich war die Frau zu schwach, um zu gebären. Doktor Walker ließ die Männer eine Trage anfertigen und sie ins Krankenhaus bringen. Sie dachte, sie könnte vielleicht das Kind noch retten. Aber es war zu spät.«

Ich hörte Celeste seufzen. »Der Bestatter wird sie morgen beerdigen. Wir haben gesammelt.«

»Da muss ich beisteuern«, sagte ich.

»Doktor Walker bittet dich, das Kind morgen früh mitzubringen«, ließ mich Celeste wissen.

»Das mache ich.«

»Miss Mina?« Flint kam.

Celeste ging zu ihrem Boot und ihrer dort wartenden Familie, und der arme Flint kam zum Abendessen herein. Ich bemerkte, dass er weinte, als ich ihn im Lichtschein der Kabine sah.

»Sie starb, Miss Mina, sie starb«, erzählte er mir.

Es dauerte lange, bis ich ihn beruhigt und überredet hatte, doch etwas zu essen. Erst als ich die Lampe nahm und ihm das friedlich neben dem Hund schlafende Kind zeigte, hatte ich Erfolg. Flint setzte sich an den Tisch, während ich die Koteletts briet. Als alles fertig war, aß er dann doch mit gutem Appetit.

»Können wir die beiden an Bord behalten, bis wir wissen, ob er eine Familie hat?«, fragte ich ihn, als wir uns an den Tisch setzten.

Flint sah mich an, als hätte ich ihm eine Frage gestellt, die sich von selbst beantwortete.

»Natürlich«, sagte er.

Am Morgen, nachdem ich Tobias die gewaschenen und gestopften Kleider angezogen hatte, brachten Flint und ich ihn zu Doktor Walker. Tobias war sehr fügsam und still, und der Hund ebenso, solange sie beisammen waren. Als Flint den Hund jedoch dazu bringen wollte, im Hof vor dem Haus der Ärztin zu warten, knurrte und drohte er nicht, sondern schob sich einfach ungeduldig an Flint vorbei und betrat mit Tobias das Haus.

Doktor Lydia Mary Walker schätzte Tobias auf vier bis fünf Jahre. Das Kind wollte keine Fragen beantworten. Er ließ den Kopf hängen und klammerte sich an meinen Rock, wenn wir mit ihm redeten. Ich bekam nur ein geflüstertes *Nein* aus ihm heraus, als ich mich neben ihn kniete, um zu fragen, ob er wisse, wohin er und seine Mama unterwegs waren.

»Lassen Sie ihn«, meinte die Ärztin. »Er wird mit der Zeit zutraulicher werden. Geben Sie ihm zu essen, gehen Sie sanft mit ihm um, dann sehen wir ja, ob er mehr erzählen will.«

»Waren denn in den Kleidern der Frau keine Papiere oder Geld eingenäht?«, fragte ich. »Hatte sie keine Tasche mit Sachen dabei?«

Ich musste daran denken, wie sorgfältig mein Bruder und ich unsere Reise beim Verlassen unserer Heimat vorbereitet hatten. Auf einmal fielen mir die Reitstiefel meines Bruders wieder ein, und mir wurde ganz traurig zumute.

»Da war nichts«, sagte Miss Lydia. »Vielleicht hat sie unterwegs die Tasche verloren. Vielleicht waren sie auf der Flucht vor der Versklavung, und sie hielt es für gefährlich, irgendetwas dabeizuhaben.«

Daran hatte ich gar nicht gedacht.

»Das Kind sieht aber nicht afrikanisch aus«, wandte ich ein.

»Nein, das nicht«, bestätigte Miss Lydia. »Auch die Mutter nicht, aber es gibt so viele gemischtrassige Menschen, und wir befinden uns hier auf der nördlichen Route in die Sicherheit Kanadas. Wer weiß?«

»Wird er vor Kopfgeldjägern sicher sein?«, fragte ich.

Maurice Clemens und der Kapitän eines der anderen Schleppkähne hatten sich eines Abends lebhaft über das Gesetz gegen flüchtige Sklaven unterhalten. Im vergangenen Monat hatten Kopfgeldjäger in Rochester nach flüchtigen Sklaven gesucht. Es hatte deshalb hier auf dem Land große Aufregung gegeben.

»Wollen Sie sich um ihn kümmern?«, wollte die Ärztin wissen. »Sonst muss er ins Waisenhaus.«

»Nein!«, empörte sich Flint. »Nicht ins Waisenhaus!«

Er hatte uns die ganze Zeit über nur schweigend beobachtet.

»Gibt es denn gar nichts aus seiner Vergangenheit, was wir für ihn aufheben können?«, erkundigte ich mich.

Miss Lydia reichte mir ein kleines Päckchen.

»Seine Mutter trug zwei Kämme aus Schildpatt, um ihren Zopf hochzustecken«, erklärte sie. »Die habe ich ihr abgenommen und eine Locke ihres Haars abgeschnitten. Mehr können wir nicht für ihn tun.«

Ich steckte das Päckchen in meine Tasche und nahm Tobias mit, damit er sich von seiner Mutter verabschieden konnte. Wir wohnten der Beerdigung der Frau und des Babys auf dem Gemeindefriedhof bei. Als der Bestatter fragte, ob ein Totenbrett errichtet werden sollte, gab ich ihm dafür Geld.

»Was soll ich daraufschreiben?«, fragte er.

»Schreiben Sie *Hier liegt Tobias' Mutter* und ihren Todestag«, sagte ich ihm.

Als wir danach zum Kanal zurückkehrten, horchten Flint und ich uns auf sämtlichen Booten um, ob jemand irgendetwas gesehen oder gehört hatte. Keiner wusste, wer die Frau sein könnte. Keiner hatte sie gesehen, doch meinten alle und deuteten dabei auf den großen Hund, *den* würde man bestimmt nicht vergessen, wenn man sich an die Frau selbst auch nicht erinnerte.

Am nächsten Tag setzten wir unsere Fahrt Richtung Westen fort. Wir mussten unsere Geschäfte erledigen, und der Kanal erforderte ständige Bewegung. Die Tatsache, ein Kind und einen Hund an Bord zu haben, brachte jedoch Veränderungen mit sich. Ich erkannte sofort, dass ich mich nicht um Tobias kümmern und den ganzen Tag reiten konnte. Flint schlug vor, ihn mit zu mir auf Trey zu setzen, aber ich sagte nein. Das Kind vor mir sitzen zu lassen, so dass es sich stundenlang nicht bewegen konnte, wäre grausam, auch wenn es machbar wäre. Ich hielt Flint vor Augen, dass es auf den meisten Schleppkähnen neben dem Kapitän noch zwei Leute Mannschaft und zusätzlich einen Koch gab. Wir hatten uns lang genug eingeschränkt.

Wir stellten einen Treidler ein, Joseph, ein Junge von etwa fünfzehn Jahren, ein kluger, vernünftiger Kerl, der Arbeit suchte, um seine verwitwete Mutter zu unterstützen und in den Wintermonaten sein Schulgeld bezahlen zu können. Ich hatte mir von ihm zeigen lassen, wie er die Pferde striegelte und aufzäumte. Flint fragte ihn, woran er erkennen würde, ob die Pferde wund oder verletzt waren. Es freute mich, dass Flint daran dachte. Ich wusste nie, was er im Kopf behielt und was er vergaß. Sein Gedächtnis schien ein Sieb mit unterschiedlich großen Löchern zu sein, abhängig vom jeweiligen Augenblick.

Das Boot in Ordnung zu halten und mich um das Kind zu kümmern war jetzt etwas ganz anderes. Ich kochte besser, weil ich während des Tages mehr Zeit für die Planung und fürs Zubereiten hatte. Ich machte Aufläufe, Kuchen und weiche Kekse. Flint aß mehr als je zuvor, und bald schon standen Joseph, Tobias und Rafe ihm beim Appetit in nichts nach.

Als wir am ersten Tag ablegten, wurde Tobias ganz aufgeregt. Er blieb ganz dicht bei mir und hielt sich an meinem Rock fest, so dass ich über ihn stolperte, wenn ich mich abrupt umdrehte. Während meiner Arbeit hatte ich ständig Angst, heißes Wasser über ihn zu verschütten. Auch der Hund lief unruhig in der Kabine auf und ab, aber als wir dann eine Schleuse erreichten und ich das Tier drängte, ans Ufer zu springen, wollte Rafe erst gehen, als wir alle an Land gingen.

Schließlich setzte ich mich neben Tobias und nahm ihn in meine Arme.

»Was ist los?«, fragte ich ihn flüsternd.

»Gehen wir zurück zu Großmama?«, flüsterte er mir ins Ohr.

»Kannst du mir denn sagen, wo deine Großmama wohnt?«, fragte ich.

Er schüttelte verneinend den Kopf und sah mich verängstigt an.

»Wir können nicht zu ihr gehen«, sagte ich besonnen. »Wir fahren nach Westen zu der Stadt Buffalo, die neben einem riesigen See liegt, dem Eriesee. In Buffalo werden wir das Boot wenden und wieder nach Osten zurückfahren.«

Er starrte mich an, sagte aber nichts. Anfangs wusste ich nicht, wie ich ihm am besten helfen konnte. Im Lauf der Tage fand ich dann heraus, dass es ihn beruhigte, wenn ich mit leiser Stimme zu ihm sprach, ohne eine Antwort zu erwarten. Bald machte ich es mir zur Gewohnheit zu sagen, was ich gerade tat und was ich sah.

»Ich mache Pfannkuchen zum Frühstück«, kündigte ich etwa an. »Zuerst nehme ich ein Ei und Milch, dann schlage ich Maismehl darunter.« Oder als ich auf dem Achterdeck saß und etwas für ihn nähte, sagte ich: »Siehst du die Enten auf dem Wasser? Schau, was für Wellen sie beim Schwimmen machen.« Und: »Ich nähe dir ein Nachthemd, Tobias. Meine Freundin Honor hat mir beigebracht, wie man einen hübschen Saum macht.« Oder wenn ein Postschiff vorbeifuhr: »Riech nur die Kochdüfte heute Morgen. Die Damen und Herren werden in Butter gebratene Beefsteaks und starken Kaffee zum Frühstück bekommen.«

Ich fand es sinnvoll, ihm kleine Aufgaben zu übertragen, während ich arbeitete. Als ich eine Handvoll Erbsen vor ihn legte und ihm zeigte, wie man sie enthülste und in eine Schüssel legte, reagierte er darauf sehr ängstlich. Seine Hand zitterte. Als er eine Schote nahm und sie öffnete, fielen die Erbsen heraus und kullerten zu Boden. Entsetzt sah ich zu, wie er seine beiden Hände über den Kopf hob, als würde er einen Schlag erwarten. Der Hund, der neben uns gelegen hatte, erhob sich und kam auf mich zu.

»Tobias«, sagte ich ganz ruhig. »Wir werden uns hinsetzen und die Arbeit gemeinsam machen. Siehst du? Man hält die Hände über die Schüssel, damit die Erbsen hineinfallen.«

Langsam brachte er seine Arme wieder auf den Tisch. Auch der Hund legte sich wieder hin. Ich enthülste die Erbsen mit Tobias und erzählte ihm, dass die Schoten kleine Boote und die Erbsen darin die Passagiere seien. Wir sind wie Erbsen, und unser Schleppkahn ist die Schote, sagte ich. Das Kind nickte ernst. Bis jetzt hatte er weder gelacht noch gelächelt.

Ich blieb nicht gern an Bord, wenn wir in die Schleusen einfuhren. Das heftig einschießende Wasser beunruhigte mich nach wie vor. Vor allem war es mir unangenehm, eingeschlossen zu sein, wenn der Wasserspiegel fiel und die Steinwände nach oben wuchsen, während das Boot abwärtsgeschleust wurde. Sofern es möglich war, ging ich mit Tobias und Rafe an Land, wo wir zu Fuß um die Schleuse herumliefen. Manchmal jedoch hielt meine Arbeit mich an Bord oder ich musste Flint mit den Seilen zur Hand gehen.

Das erste Mal, als wir beim Abwärtsschleusen im Boot blieben, kam Tobias entsetzt angelaufen und drückte sich an meine Beine.

»Ich mag das auch nicht, Tobias«, sagte ich. »Was können wir tun, damit wir uns besser fühlen?«

»Wir könnten Rafe umarmen«, wisperte er.

Ich war erstaunt, dass er mir überhaupt eine Antwort gegeben hatte.

»Ja«, sagte ich. »Wir werden uns mit Rafe auf den Boden setzen und ihn streicheln. Das wird helfen.«

Danach wurde Tobias ein wenig gesprächiger. Als wir von Buffalo aus wieder die Gegenrichtung einschlugen, machte er schon einen recht gelösten Eindruck. Eines Nachmittags, als wir für längere Zeit auf glatten Wassern fuhren, fragte ich ihn wegen des Flüsterns.

»Hat deine Mama gewollt, dass du flüsterst, als ihr unterwegs wart?«, fragte ich ihn.

Er nickte und bekam wieder seinen verängstigten Gesichtsausdruck.

»Das war gut«, sagte ich. »Deine Mama war klug. Aber hier auf dem Boot zu reisen ist etwas ganz anderes, als an Land unterwegs zu sein. Wir können reden, wie es uns gefällt. Du kannst flüstern, aber du kannst mit mir und Flint und Joseph auch so sprechen, wie wir das untereinander tun.«

Er nickte. An jenem Abend beim Abendessen flüsterte er mir ins Ohr, ob er Rafe seine Aubergine vom Teller geben dürfe. Ich fragte ihn nach dem Grund.

»Ich mag keine Auberginen«, sagte er mit einer Stimme,

die zwar nicht richtig laut, aber auch kein Flüstern mehr war.

»Die esse ich«, sagten Flint und Joseph wie aus einem Munde.

»Wir werden die Aubergine zwischen Flint und Joseph aufteilen«, sagte ich. »Rafe bekommt von mir den Suppenknochen, den kann er draußen an Deck abnagen, und er wird ihm sicherlich besser schmecken als die Aubergine.«

An diesem Abend, als alles weggeräumt war und Tobias mit dem neben ihm ruhenden Rafe zwischen seinen eigenen sauberen Laken in seiner Koje lag, musste ich daran denken, dass ich einmal vorgehabt hatte, nach Westen und nach Kalifornien zu reisen. Es war erst ein paar Wochen her, und doch kam es mir wie Jahre vor. Wir waren wieder in Buffalo gewesen, und ich hatte keinen Gedanken mehr daran verschwendet.

Als ich später in meiner Bettstatt lag, spürte ich das sanfte Schaukeln des Bootes. Ein Nachtvogel rief auf dem Wasser. Ich hörte Tobias im Schlaf murmeln, dann seufzte der Hund, und alles war wieder still.

Ich dachte an Maurice Clemens und seinen scharfen Blick für Schönheit und das fröhliche Interesse an unserer Menschenwelt. Ich dachte an Honor mit ihrer unverblümten Art und ihren geschickten Händen. Ich dachte an Mr. Serle, freundlich und selbst mitten im Sturm die Ruhe selbst. Wenn ich Tobias durch mich diese Menschen nahebringen könnte, würde er bestimmt klug und stark werden.

Es gab in meinem Leben inzwischen so viele Erinnerungsschichten, überlegte ich. Traurig fragte ich mich, ob mein Bruder im fernen Kalifornien wohl noch an mich dachte, ob Mr. Serle verheiratet und glücklich war, ob Honor und Tante Jane auf mich wütend waren oder meine Abwesenheit bedauerten, ob Maurice Clemens wohl reich und berühmt werden würde, ob Flints Geist sich wieder erholen könnte, ob ich die Kraft haben würde, Tobias gut zu erziehen und zu beschützen. Ich seufzte vor Angst und Unsicherheit. Und dann hörte ich einen Antwortseufzer. Vielleicht war es wieder der Hund, vielleicht war es aber auch der Hauch eines Engels. Ich küsste den Ring an meinem Finger. Meine Mutter im Himmel liebte mich. Ich sank in den Schlaf.

TEIL VI

Uncas Falls

Irgendwann im Juli trafen wir wieder in Albany ein. Nachdem unsere Ladung Mehl ausgeliefert war, ging ich zum Büro des Hafenmeisters, um mich zu erkundigen, ob Briefe für mich da waren. Honor hatte mir geschrieben und auch Maurice Clemens. Honors Brief war sehr freundlich.

Meine allerliebste Mina,
Tante Jane und ich weinten, als dein Brief kam, und küssten einander, weil wir dich nicht küssen konnten. Wir sind überaus erleichtert, dich gesund und unversehrt zu wissen. Weil du unversehrt bist, können wir dir verzeihen. Ja, es war schmerzhaft und traurig für uns zu erfahren, dass du keinen Trost bei uns finden konntest. Doch deine Erklärung hat uns geholfen, dich zu verstehen.

Guido ist natürlich ebenfalls glücklich zu wissen, dass du dich von deinen bösen Erfahrungen erholst. Ich vermute, du wusstest, dass Mr. Serle uns am Sonntag, dem 27. April, hier seine Aufwartung machte, obwohl du es uns nie erzählt hast. Bei dieser Gelegenheit überraschten uns mit Mr. Serle auch Madame Moses, das Mädchen Stellina und Herr Meyer. Mr. Serle war völlig durcheinander, dich nicht anzutreffen, aber Tante Jane hielt es nicht für schicklich, ihn über den Grund aufzuklären. Schließlich bat ich Guido, Mr. Serle beiseitezunehmen, um es ihm zu erklären, und war dann so frei, ihm deine Mitteilung zu zeigen. Einen Moment lang fürchtete ich, er würde das Bewusstsein verlieren. Er wurde erst rot, dann aschfahl. Er hat mehrere Male bei uns vorgesprochen, um sich zu erkundigen, ob wir von dir gehört hätten. Nun bin ich froh, ihm von deiner Nachricht erzählen zu können – ehe ich diesen Brief begann, ließ ich ihm eine Notiz mit der Bitte zukommen, uns zu besuchen, damit er Neuigkeiten von dir erfährt.

Von der Sorge um dich einmal abgesehen, hatte der Besuch durchaus auch etwas Komisches. Natürlich gab es nichts zu essen, jedenfalls nichts, was deine Billigung gefunden hätte, und dann schüttete zu unserem Unglück Tante Jane auch noch Tee über Herrn Meyer. Mein Guido und Mr. Serle und Madame Moses hatten eine Auseinandersetzung auf Italienisch, während der Bruder sich den Bart strich und …

Nun, ich werde nicht alles abschreiben, nur kurz skizzieren, worum es ansonsten ging, nämlich um Madame Moses' Kleid, die Verblüffung der kleinen Stellina, und dass Tante Jane findet, die Etikette mache einen Gegenbesuch erforderlich, was Honor aber stark bezweifelt. Ich werde Honor in ein oder zwei Tagen antworten, wenn ich zur Ruhe gekommen bin. Da sie Mr. Serle offenbar an meinen Nachrichten teilhaben lässt, muss ich mir genau überlegen, was ich mitteile. Für mich klang der Besuch nicht gerade komisch, sondern schien eher ein trauriges Durcheinander gewesen zu sein, vielleicht weil ich weiß, dass dahinter die törichte Absicht steckte zu beweisen, dass ich nicht Mr. Serles Geliebte war – und er mich auch nicht liebt –, und das ärgert mich noch immer.

Maurice Clemens' Brief entsprach ganz seinem fröhlichen Wesen.

Liebe Miss Mina Pigot, schrieb er mit entschlossener Hand, *ich bin jetzt bis September in Albany, um als Auf-*

tragsarbeit eine Landschaft auf die Esszimmerwand eines Herrenhauses zu malen. Ich baue darauf, dass Sie und Flint mich zu einer angenehmen Mahlzeit einladen, sobald Ihr Schleppkahn vertäut ist. Ich brauche Kraft für meine Arbeit. Ihr ergebener Maurice Clemens. Unter seine Unterschrift schrieb er, wie ich ihn erreichen konnte. Natürlich ließ ich Mr. Clemens umgehend eine Notiz mit der Einladung zukommen, bei uns zu essen.

Als unsere Fracht gelöscht war und Flint plante, für die Fahrt nach Westen wieder Möbel zu laden, musste ich mich entscheiden, was ich tun wollte. Nach einigem Zögern erklärte ich Flint, ich könne nicht bei ihm bleiben. Für mich selbst sei das abwechslungsreiche Reisen auf dem Kanal zwar das Richtige, sagte ich, für Tobias aber sei es zu anstrengend. Er hatte Angst vor der Fahrt Richtung Westen. Es ging ihm sehr viel besser, seit wir uns wieder nach Osten gewandt hatten. Er musste erst einmal an einem Ort bleiben, um zur Ruhe zu kommen. Flint machte ein trauriges Gesicht, erhob aber keine Einwände. Er hatte Verständnis für meine Überlegungen. Er meinte, wir müssten die Papiere mitnehmen und seiner Frau Bericht erstatten, denn sie sei die Besitzerin des Schleppkahns.

»Zip wird wissen, was zu tun ist. Sie ist eine gute Verwalterin«, erklärte er mir. »Sie kann fast so gut haushalten wie Sie, Miss Mina.«

Als Maurice Clemens zum Essen kam, war er überrascht, Tobias, Rafe und Joseph bei uns anzutreffen. Wir mussten ihm die ganze Geschichte erzählen, die zu dieser Veränderung geführt hatte. Vor Tobias hatte er ein wenig Scheu, aber Joseph band er in die Gespräche über seine Studien auf seine übliche lockere Art mit ein.

»Werden Sie nach Buffalo zurückkehren?«, fragte Mr. Maurice mich. »Bei diesem schönen Wetter macht mich der

Gedanke ans Reisen ganz rastlos. Ich wünschte, ich wäre nicht hier an meine Arbeit gebunden.«

»Tobias und ich werden dieses Jahr nicht mehr nach Westen fahren«, erwiderte ich.

»Aber wohin werden Sie dann gehen, Mina?«, rief Flint aus, als hörte er die Neuigkeiten zum ersten Mal. Er streckte mir den Teller hin, um sich noch eine Scheibe gekochte Zunge mit Senf und Kapernsauce geben zu lassen.

»Vielleicht miete ich mir hier auf dem Land ein Häuschen oder hole mir Rat bei meinen Freunden in New York«, sagte ich.

Nach unserer Mahlzeit gingen Flint und Joseph in die Stadt. Joseph wollte die Sehenswürdigkeiten und Geschäfte einer richtigen Stadt sehen, und Flint schien es zu genießen, mit ihm umherzuschlendern. Ich brachte Tobias ins Bett, wie üblich von Rafe bewacht, und dann setzten Maurice Clemens und ich uns aufs Achterdeck des Schleppkahns und unterhielten uns eine Weile über das Reisen und seine Arbeit.

»Ich habe Ihren Freund Mr. S. Meyer getroffen«, erzählte er mir.

»Er ist nicht mein Freund«, erwiderte ich steif – aber dann gewann doch die Neugier die Oberhand. »Wie sind Sie ihm denn begegnet?«

»Er kennt den Mann, dessen Esszimmer ich ausmale. Er war letzte Woche hier in Albany auf Besuch.«

»Dann bin ich froh, ihn verpasst zu haben.«

»Und ich bin froh, dass ich ihn nicht verpasst habe«, entgegnete Maurice. »Er hat meine Wandmalerei bewundert und kaufte mir mehrere meiner Skizzen von den Niagarafällen ab« – er unterbrach sich, weil ihm offenbar noch etwas einfiel –, »und auch andere. Er versicherte mir, dass mein Werk für die Winterausstellung der Kunstakademie angenommen werde.«

»Das sind ja gute Nachrichten«, sagte ich. Ich hoffte nur, dass Mr. Maurice mir keine weiteren Fragen über Herrn Meyer stellte. Der Gedanke, wie er seinen Bart streichelt und sich Fantasien über mich hingibt, widerte mich an.

Maurice hatte mir meine Empfindungen offenbar angesehen. Er wechselte das Thema.

»Flint scheint es besser zu gehen, er wirkt sehr viel ruhiger als bei unserer letzten Begegnung«, meinte er. »Sie haben sich seiner sehr liebevoll angenommen, Miss Mina.«

»Ich wünschte, ich wüsste, wie ich mehr für ihn tun könnte«, erwiderte ich.

Maurice Clemens hatte wie üblich seine Skizzen gemacht, bis das Tageslicht schwand und die Sterne am Himmel über uns erstrahlten. Jetzt legte er Buch und Kreide beiseite. »Kommen Sie her«, sagte er und zog mich zu sich auf den Stuhl. »Seit ich sie wiedersah, habe ich an nichts anderes mehr denken können.«

Er umschlang mich mit seinen Armen und küsste mich. Er küsste mich sehr, sehr lang. Den Mund auf meinem, schob er seine Hände in mein Haar, bis es mir über die Schultern fiel. Er strich mir mit den Händen über den Rücken und meine Taille. Seine Hand wanderte nach oben, um durch den dünnen Baumwollstoff meines Kleides und meines Hemdes die Form meiner Brüste nachzuziehen.

Sonderbare Gefühle verwirrten mich. Der Sog des Lebens in mir, die Scham, dich ich verspürte, als Jasper Westervelt mir zwischen die Beine griff, die Freude, von Maurices' Armen umschlungen zu werden und seinen Mund auf meinem zu spüren. Ich war ein Apfelbaum in Frühlingsblüte. Das hier überstieg Gedanken und Gefühle. Ich hatte Angst, war aber noch nicht bereit, mich zur Wehr zu setzen. Wie damals, als ich gemeinsam mit John Deegan rannte, war dies eine neue und gefährliche Erfahrung, die ich genießen wollte, aber mit Bedacht.

Das also empfand Mr. Serle, wenn er sich in Versuchung geführt fühlte, überlegte ich. Ich hatte mir das nie vorstellen können. Wie dumm war ich doch gewesen. Und wahrhaft ein Kind – er hatte Recht gehabt, mich so zu nennen. Fragen sprudelten in mir hoch. Warum hatte ich den Sog und die Macht dieses Gefühls nicht schon früher verstanden? Warum hatte Mr. Serle Angst gehabt, mir zu zeigen, was er wusste? Gab er sich dieser Macht völlig hin, wenn er mit Madame Moses zusammen war? Oder fand er sich in ihren Armen wieder und wunderte sich über sich selbst, so wie es mir nun mit Maurice erging?

Maurice beendete seinen Kuss abrupt. »Du bist nicht bei mir«, behauptete er. »Wo bist du?«

»Oh! Wie hast du das gemerkt?«

Ich kehrte auf meinen Stuhl zurück. Das Boot schaukelte sanft.

»Danke«, sagte er. »Danke, dass Sie sich mir für einen Augenblick hingegeben haben. Wie ich sehe, lieben Sie immer noch den anderen. Ich werde Sie wohl in einem oder zwei Monaten wieder aufsuchen und noch mehr küssen müssen, um zu erfahren, ob Sie ihn dann vergessen haben. Es ist zwar eine ziemlich neue und schwierige Methode des Liebeswerbens, aber wenn Sie es aushalten, werde ich mein Bestes geben, um mich anzupassen.«

Ich gewann meine Fassung wieder. Ich war froh, dass er in dem trüben Licht, das von der auf dem Tisch stehenden Lampe aus der Kabine herausstrahlte, mein heißes Gesicht nicht deutlich erkennen konnte. Ich musste ihm widerstehen, und doch – er hatte mich aus dem dunklen Wald herausgeführt. Wie seltsam, überlegte ich, es war, als hätte mein Körper zu meinem Geist und meinem Herzen gesprochen. Verständnis hatte mich aus dem Schatten ans Licht geführt.

»Damit hat das Küssen ein Ende«, sagte ich. »Ich möchte Ihnen keine falschen Hoffnungen machen. Ich hoffe, das habe ich nicht getan und Sie auch nicht verletzt.«

»Nicht schwer«, sagte er. »Ich werde es überleben. Und der Kuss heute Abend war sehr schön – er hätte einen Platz in der Sammlung jedes strebenden Liebhabers verdient.«

»Nehmen Sie das Leben wirklich so leicht?«, fragte ich.

Ich konnte seinen Gesichtsausdruck nicht erkennen, aber seine Stimme klang zufrieden und entspannt.

»Die Welt ist ein Kaleidoskop, Miss Mina«, erklärte er. »Ich finde ein hübsches Muster und bewundere es. Ich drehe das Messingrohr, und das Muster formt sich zu einem neuen und gleichermaßen schönen Universum. Das folgende Muster ist mir so lieb wie das letzte, weil in jedem Schönheit ist.«

»Sie sind ein Glückskind«, sagte ich und steckte mein Haar hoch.

Darauf antwortete er nicht, sondern nahm seinen Zeichenblock und schob ihn ans Licht, um mir seine Adresse in Brooklyn aufzuschreiben.

»Wenn Sie sich ein Häuschen hier in der Nähe mieten, können Sie mich zum Essen einladen. Wenn Sie nach New York zurückkehren, schreiben Sie mir an diese Adresse«, sagte er. »Ich würde Sie gern malen.«

Als Flint und Joseph zurückkamen und er uns kurz darauf verließ, verabschiedeten wir uns förmlich.

Am nächsten Morgen zog ich Tobias und mich ordentlich an. Ich hatte Tobias in Syracuse Schuhe gekauft, aber er hatte sie erst einmal angehabt. Nachdem ich ihm die Schuhe angezogen hatte, guckte er misstrauisch an sich herab und lief dann damit weg, um sie dem Hund zu zeigen, der auf dem Achterdeck lag.

»Sieh nur, Rafe«, hörte ich ihn sagen. »Wir haben Schuhe. Mama hat versprochen, wir würden Schuhe haben.«

Es gab mir einen Stich ins Herz. Das Kind vergaß seine tote Mutter nicht. Ich ging zu ihm hinaus und kniete mich neben ihn. »Deine Mama hat dir die Wahrheit gesagt. Hat sie dir vielleicht noch etwas versprochen, wobei ich helfen könnte, dass es wahr wird?«

Rafe stieß mit seinem großen Kopf gegen meine Hand, als wolle er mir ein Ja zur Antwort geben, aber Tobias starrte mich nur einen Moment lang aus großen Augen an und streckte dann seine Hand aus, um seine Schuhe zu berühren.

Ich setzte meine Haube auf und zog Handschuhe an, seit Ostern, als ich Flint traf, hatte ich sie nicht mehr angehabt. Tobias und Rafe sahen mich beide überrascht an, als ich wieder zu ihnen kam, bereit, Mrs. James unsere Aufwartung zu machen. Flint trug einen leichten Mantel, den ich noch nie an ihm gesehen hatte, und suchte seinen Hut. Plötzlich sah er gar nicht mehr wie ein Seemann, sondern eher wie ein Geschäftsmann aus. Wir ließen Joseph auf dem Boot zurück, damit er seine lateinische Grammatik studierte und sich um die Pferde kümmerte.

Zipporah James lebte zusammen mit Phoebe, die jetzt Mr. Phil war, in einem kleinen, hübschen Haus an der Clarksville Road, außerhalb der Stadt Albany. An einem heißen Tag war es ein staubiger Weg. Als wir ankamen, klopfte Flint wie ein Besucher an die Tür. Eine ältere Frau im schwarzen Kleid und der blauen Morgenschürze eines Hausmädchens öffnete uns.

»Na so was, Mr. Flint!«, rief sie aus. »Kommen Sie rein! Kommen Sie!«

»Hallo, Mercy«, erwiderte Flint scheu den Gruß. »Ich hoffe, es geht Ihnen gut?«

»Aber ja doch, sehr gut, Mr. Flint. Miss Zip wird überrascht sein, Sie zu sehen.«

»Wer ist da, Mercy?«, rief eine barsche Stimme aus den

hinteren Räumen des Hauses. »Was schwatzen Sie denn da wie ein Wasserfall?«

»Mr. Flint ist da«, rief Mercy zwanglos zurück, »mit einer jungen Frau und ihrem Kind und ihrem Hund.«

»Was hat er denn jetzt wieder angestellt!«, rief die Stimme gereizt.

Mrs. James kam, gefolgt von Phoebe in Jungenkleidern, in den Flur. Als ich Zipporah James in jener Regennacht in New York gesehen hatte, hielt ich sie für eine Frau mittleren Alters, sehr viel älter als Flint. Nun jedoch, in ihrem Haus, ohne ihren Schutenhut und bei Tageslicht, sah ich erstaunt, dass sie jung war. Ihre Haut war glatt, ihr dunkelbraunes Haar glänzte, und sie war von aufrechter Gestalt. Und doch hatte sie eine Härte im Blick und ein so steifes Auftreten – sie bewegte sich, als würden ihr die Knochen wehtun –, dass sie alt schien. Flint wirkte weich und unsicher und freundlich, so gut er das eben sein konnte, seine Frau hingegen war nichts als Ecken und Zorn.

Mrs. James musterte uns.

»Bringen Sie diesen Hund aus dem Haus«, befahl sie in scharfem Ton.

Rafe saß abwartend da und sah sie mit hängender Zunge an. Vielleicht überlegte er, sie zu fressen, vielleicht lachte er sie aber auch aus.

»Vielleicht könnte Mercy das Kind und den Hund auf etwas Kaltes zu trinken mit in die Küche nehmen, während wir uns unterhalten«, schlug ich freundlich vor.

»Wer ist diese Person?«, erkundigte Flints Frau sich bei ihm. »Und was willst du hier? Kommst einfach reingeschneit, wo wir alle Hände voll zu tun haben!«

Sie klang sehr grob, aber ich entschuldigte sie, so gut ich konnte, damit, dass Flints Wunde auch ihre Wunde und ihr Schmerz sein musste. Der arme Flint sah sie mit einer Mischung aus Schrecken und einem anderen Gefühl an – Liebe vielleicht, oder das Bedürfnis nach Liebe. Er schien seine Sprache verloren zu haben.

»Ich bin Mina Pigot«, stellte ich mich Zipporah James vor. »Ich kenne Phoe –, das heißt Phil von dem Boot, auf dem wir vor drei Jahren nach New York gekommen sind.«

Mrs. James schickte Mercy mit einer Handbewegung weg.

»Bringen Sie das Kind und den Hund weg«, sagte sie, als hätte sie sich das gerade erst überlegt. »Was wollen Sie?«, herrschte sie mich an.

Flint fand seine Sprache wieder. »Miss Mina hat mich bekocht und die Pferde für das Boot geritten. Jetzt muss sie sich um das arme Waisenkind kümmern. Ich werde ihr meinen Hof in Uncas Falls geben, damit sie dort leben kann. Ich dachte, ich sollte dir das sagen, Zip.«

Ich glaube, mir blieb der Mund offen stehen. Mit keinem Wort hatte er etwas darüber verlauten lassen. »Ich suche etwas, wo ich leben kann, das stimmt«, sagte ich.

Ich war mir nicht sicher, was Flint mit *geben* meinte.

Mrs. James' Augen wurden schmal, als sie von Flint zu mir und wieder zurückwanderten.

»Mr. Phil«, wandte sie sich abrupt an Phoebe, »ist diese Frau aufrichtig?«

»O ja«, antwortete Phoebe in ihrer sorglosen Art. »Überaus.«

Wir standen alle immer noch im Flur herum, während Zipporah James ihren Mann herunterputzte. Der Hof gehöre zwar ihm, aber sie habe Nutzungsrechte, behauptete sie. Sie war eine große Debattiererin, oder besser wäre es, sofern jemand die Kraft aufbrächte, sich mit ihr anzulegen. Mercy brachte das Kind und den Hund nicht weg, um ihnen etwas zu trinken zu geben, sondern blieb stehen und hörte zu. Auf eine, wie es schien, endlose Lektion von Mrs. James über Unverschämtheit, törichtes Vertrauen und dumme Freundlichkeit kamen von Flint keine Entschuldigungen, sondern er wiederholte hartnäckig immer und immer wieder: »Sie brauchen einen guten Platz zum Leben.«

Ich wollte Flint gerade sagen, es sei schon in Ordnung, ich würde mir ein Häuschen mieten, als Phoebe sich einmischte und sagte: »Geben Sie es auf, Miss Zip. Er hat es sich nun mal so in den Kopf gesetzt.«

»Was davon noch übrig ist«, geiferte Zipporah James.

Diese Beleidigung Flints ärgerte mich. Jetzt regte sich auch in mir Widerstand. Flint sollte tun können, was ihn glücklich machte.

»Ich möchte nicht, dass mir dieser Hof *gegeben* wird«, mischte ich mich ein. »Aber ich nehme Mr. James' freundliches Angebot an, dort zu leben.«

Am Ende waren Phoebe und ich diejenigen, die beschlossen, was zu tun war. Tobias und ich würden auf den Hof in Uncas Falls ziehen. Der Hof würde weiter geführt werden wie bisher, die überschüssigen Erträge bekäme Mrs. James. Was ich anbaute oder selbst einkochte, würde mir gehören. Ich hätte freie Logis und würde dafür als Gegenleistung den Knecht bekochen, der den Hof bewirtschaftete, und einen Mr. Silas King, der als Geistlicher die Dorfkirche betreute und auch für Mrs. James arbeitete. Mr. Henry Carlton – Mrs. James' Bruder – und dessen Frau, denen der Kolonialwarenladen gehörte, würden uns dabei behilflich sein, uns im Haus einzurichten. Flint würde den Schleppkahn verkaufen und mir meinen Lohn für die Arbeit auf dem Kanal auszahlen. Er würde außerdem einen Wagen und das Geschirr dazu besorgen. Ich könnte dann mit Trey und Pompey zum Hof fahren. Der Knecht hatte sich bisher für seine Arbeit immer Pferde leihen müssen und könnte sie gebrauchen.

»Also gut«, meinte Mrs. James mürrisch. »Ich hoffe, Sie sind eine gute Wirtschafterin. Mr. Phil und ich werden Sie in ein paar Monaten besuchen und nachsehen, wie Sie vorankommen.«

»Gewiss«, sagte ich. »Aber jetzt muss das Kind etwas zu trinken bekommen, ehe wir zum Boot zurückkehren. Während Mercy ihm etwas gibt, könnten Sie die Abrechnungen für den Schleppkahn mit Mr. James durchgehen und mir eine Notiz schreiben, die mich bei Mr. und Mrs. Carlton einführt.«

Der Mund von Zipporah James zog sich zu zwei dünnen Strichen zusammen, und ihre Augen musterten mich schmal, aber sie tat, worum ich sie gebeten hatte. Nachdem sie ihre Notiz geschrieben hatte, gab sie jedem von uns noch ein Traktat von dem Stapel auf ihrem Flurtisch mit.

»Die Sünder müssen immer an die Wege des Herrn erinnert werden!«, predigte sie, woraufhin Tobias zusammenzuckte. Sie starrte Flint an. »Ich möchte dich nie mehr wiedersehen.«

Dabei machte sie eine Handbewegung, als würde sie ein lästiges Insekt vertreiben. Flint sah sie traurig an und schlurfte zur Tür.

»Auf Wiedersehen, Miss Mina«, sagte Phoebe. Sie zwinkerte mir zu. »Wir sehen uns dann in Uncas Falls.«

Flint schwieg, während wir zum Bootshafen zurückgingen. Als wir die halbe Strecke hinter uns hatten, blickte er auf Tobias hinunter, der an meiner Hand hing und seine müden Füße durch den Staub schleifte. Er fragte ihn, ob er auf seinen Schultern reiten wolle. Tobias war begeistert. Ich war eher in Sorge, er könnte herunterfallen, aber als ich sah, wie er sich an Flints Haare klammerte und strahlte, munterte mich das auf und ich fragte ihn, ob ihm die Aussicht von da oben gefalle.

Voller Erleichterung ließen wir Zipporah James' geballte Faust hinter uns und kehrten zum Schleppkahn zurück. Joseph nutzte den Nachmittag, um sich eine neue Stelle als

Treidler zu suchen. Ich machte mich auf, um einen zweiten Koffer für meine und Tobias' Sachen zu besorgen, aber auch für die Küchenutensilien, die ich selbst gekauft hatte, denn Flint sagte, ich solle alles mitnehmen, da das Boot verkauft würde, und so besorgte ich auch noch eine Blechkiste. An diesem Abend kochte ich noch einmal groß auf, es gab Flints Lieblingskartoffeln, Beefsteaks, wie Joseph sie gern mochte, und für Tobias Ingwerkekse.

Am Morgen suchten Flint und ich zusammen den Wagen und das Wagengeschirr aus. Wir nahmen Abschied von Joseph. Er war traurig, freute sich aber, dass es wieder nach Westen ging und er seine Mutter bald sehen würde.

»Wohin werden Sie gehen, Flint?«, fragte ich ihn, als Joseph uns verlassen hatte.

»Vielleicht wieder zur See. Vielleicht auch nach Kalifornien in die Goldminen. Ist Australien weit?«

Er hörte sich wieder sehr verworren an. Ich fand, es ging ihm besser, als wir auf dem Kanal waren. Seine Frau zu sehen brachte nur Kummer über ihn.

»Vielleicht treffen Sie ja meinen Bruder in San Francisco«, sagte ich. »Sagen Sie ihm, dass ich ihn liebe, wenn Sie ihn finden.«

»Würden Sie mir eine Locke von Ihrem Haar schenken?«, bat Flint mich.

Zu meiner Überraschung sah er mich dabei direkt an, wie ein Mann, nicht wie ein verwirrter Geist.

»Natürlich«, sagte ich. »Ich habe die Kette, die Sie für mich gemacht haben, und die Erinnerungen an die Monate unserer guten Zusammenarbeit. Eine Haarlocke ist dagegen nicht viel.«

»Sie wird mich mit ihrem Leuchten warm halten«, sagte Flint, als ich ihm die rote Locke an einem Faden reichte.

»Und Sie werden meinen Bruder erkennen, denn sein Haar hat die gleiche Farbe.«

»Ich werde nach Kalifornien gehen.« Flint lächelte plötzlich. »Es ist weit genug von Zip und ihrem Abscheu vor mir entfernt.«

Ich wünschte ihm von ganzem Herzen, es möge weit genug weg sein, behielt das aber für mich.

»Ich werde für Sie beten«, sagte ich. »Ich danke Ihnen für all Ihre freundliche Hilfe.«

»Nun, dann wollen wir uns einen Kuss geben«, sagte er so wie damals, als wir uns kennen lernten.

Ich küsste ihn auf die Wange und hob Tobias hoch, damit er ihm auch einen Abschiedskuss geben konnte. Flint warf sich seinen Sack über die Schulter und ging die Straße in Richtung Albany hinunter.

»Auf Wiedersehen, Flint!«, rief Tobias fröhlich.

»Auf Wiedersehen, Flint!«, rief auch ich ihm hinterher.

Wir stiegen in den Wagen. Rafe bellte einmal. Flint winkte, und wir winkten zurück. Dann schwang ich die Zügel, die Pferde setzten sich in Bewegung, und bald schon waren wir am Schlagbaum, von wo aus es nach Westen ging.

Für unsere Reise von Albany nach Uncas Falls benötigten wir fast den ganzen Tag. Als wir endlich das Dorf erreichten, schlief Tobias auf dem Wagen, und der See schimmerte wie goldene Seide in dem sich spiegelnden Sonnenlicht. Der Uncas-See erstreckt sich etwa zwölf Meilen von Nordost nach Südwest, aber er ist sehr schmal – an seiner breitesten Stelle etwa eine halbe Meile. Niedrige bewaldete Hügel umgeben ihn. Auf der Straße von Norden her kommend, konnte ich in der Ferne dahinter im Osten und im Süden höhere Berge im blauen Dunst erkennen. Das Dorf Uncas Falls liegt mitten am Westufer des Sees, wo der Uncas Creek seinen Zufluss hat. Ganz am südlichen Ende des Sees liegt Sawyerville, eine größere Stadt.

Ich fand ohne Schwierigkeiten zu den Carltons. Ihr Laden nimmt die Hälfte der zur Straße zeigenden Hausfront ein. Dort leben sie mit ihren beiden Kindern am See. Ich war ein wenig besorgt, sie könnten so steif und unwirsch sein wie Zipporah James, aber wie sich herausstellte, waren es sehr angenehme Leute. Mr. Henry Carlton und seine Schwester Zipporah ähneln einander in ihren scharf geschnittenen Zügen und weil beide dem brünetten Typus angehören. Er ist groß und eckig, aber er hat die herzliche Art eines amerikanischen Geschäftsmannes. Mrs. Carlton, Georgina, ist eine aufgeregte, freundliche Seele, klein von Gestalt, aber wieselflink. Die Carltons erinnern an ein ungleiches Vogelpaar, einen Habicht und ein Hauszaunkönigweibchen.

Tobias und ich waren ziemlich beeindruckt von ihrem Haus. Die Familie bewohnt die Räume hinter dem Laden und auch darüber. Im ganzen Haus verteilt finden sich die Dinge, die bisher noch nicht verkauft wurden. In den Ecken stapeln sich Fässer und Tonnen und Kisten. Zusätzlich zu seiner Funktion als Ladeninhaber ist Henry Carlton Postmeister, Friedensrichter von Uncas Falls und Amateurbotaniker. Im Gegensatz zu seiner verschlossenen und angespannten Schwester ist er großzügig und offen – obwohl beide ihre Gründlichkeit verbindet. Er katalogisiert die Bäume der Gegend von Uncas. Er wollte mir sofort seine besondere botanische Presse vorführen, seine Bücher mit den gesammelten Blättern und Rinden, Landkarten und Wachstumstabellen zeigen, aber Mrs. Carlton erbarmte sich meiner.

»Ein andermal, Henry«, bestimmte sie. »Die Armen sind heute doch erschöpft. Du kannst Miss Pigot morgen damit langweilen.«

Wir waren dankbar für den freundlichen Empfang, ein Essen und ein Nachtlager, obwohl wir den Raum mit Unmengen von Zwiebelzöpfen teilen mussten, die zum Trocknen an Haken von der Decke hingen. Am Morgen würden wir zu Flints Haus gehen – sowohl Mr. als auch Mrs. Carlton nannten es Flints Haus – um dort Eben Brouwer, den Knecht, kennen zu lernen.

Frisch und schön begann der nächste Tag, strahlend brach sich das Licht auf dem sich kräuselnden See und in den taufeuchten Goldruten am Wegesrand. Flints Haus liegt an der Nordseite des Dorfs auf einem Hügel über der Straße. Als wir nach Uncas Falls hereinkamen, passierten wir gleich die Straße, die zum Haus hochführt.

Ich weiß nicht, ob ein Haus stehen und zugleich sterben kann. Als wir mit Henry Carlton am Hofteich vorbei die Straße hinauffuhren, starrte das massiv gebaute zweigeschossige Steinhaus blind zu uns herab, die Fensterscheiben wirkten wie blanke Zinnplatten in der reflektierenden Morgensonne. Nicht nur, dass kein Rauch aus den Kaminen aufstieg und auch kein Geflügel im Hof scharrte – es gab überhaupt kein Lebenszeichen. Kein offenes Fenster mit einem sich blähenden Vorhang, keine Töpfe mit Kräutern auf der Küchentreppe, keine auf der Leine flatternde Wäsche, kein Heurechen oder eine Harke, die am Stall lehnte. Die Straße selbst war von Gras überwuchert und ungepflegt.

Im Haus drinnen herrschte der gleiche Eindruck von Verlassenheit vor. Es roch nach Staub und Mäusen. Trotz alledem fand ich es wunderschön. Über den Hauptteil des Hauses erstreckt sich eine Veranda, auf die sich französische Türen öffnen. Ein Seitenanbau rechts vom Haupthaus – der auch über eine Veranda verfügt – dient als Sommerküche mit einem Dachboden darüber. Dieser Anbau war das ursprüngliche Bauernhaus, wie Henry Carlton erklärte. Das jetzige Haupthaus wurde erst später angebaut. Die Vorderfront des Hauses und die Veranden liegen nach

Süden und Osten zur Morgensonne und zum See. Der Stall ist am alten Bauernhaus angebaut. So ist es im Winter möglich, sich um die Tiere zu kümmern, ohne ins Freie zu müssen.

Auch um Wasser zu holen, muss man nicht ins Freie. Das Haus hat eine Zisterne im Keller und Handpumpen an den Spülsteinen sowohl des Haupthauses als auch des Anbaus. Eine Holzleitung führt hinunter zur Zisterne, und ein Abfluss sorgt dafür, dass überlaufendes Wasser wieder aus dem Haus und hangabwärts in einen Hofteich geleitet wird. Vom Teich aus plätschert das Wasser in einem kleinen Bach zum See. Das Wasser läuft den ganzen Winter über, es sei denn es herrscht grimmige Kälte, aber dann reicht das Kellerreservoir für unseren Bedarf.

Henry Carlton berichtete, das Haupthaus sei von einem Iren erbaut worden, einem Maurer, der sein Handwerk beim Bau des Erie-Kanals erlernt hatte. Flints Vater erwarb es von ihm, und Flint wuchs hier auf. Flint heiratete Zipporah, und sie lebten in dem Haus zusammen mit Flints Eltern, bis die Mutter starb und Flint in den Mexikanischen Krieg zog.

Hier zögerte Henry Carlton.

Ich sprang ihm bei: »Flint wurde schwer verwundet. Sein Körper und seine Seele wurden gleichermaßen unheilbar verletzt.«

Mr. Carlton nickte. »Als er im Winter siebenundvierzig / achtundvierzig endgültig zurückkehrte, war er verrückt vor Kummer und trank alles an Alkoholika, was ihm in die Hände fiel. Zip floh nach New York und suchte Zuflucht in ihrer Arbeit für die Abstinenzler. Im Frühjahr starb Flints Vater. Flint verschwand, nachdem er beerdigt war.«

»Es ist alles so traurig«, sagte ich. »Flint war sehr freundlich zu uns.«

Mr. Carlton blickte mich neugierig an, aber er stellte mir

keine Fragen. In dieser Hinsicht ist er überhaupt sehr höflich. Ich denke, das ist so auf dem Land.

Das Haus war mit Bettstellen, Tischen und Stühlen ausgestattet. Im Schrank gab es blau-weißes Porzellan. Auch ein paar Töpfe waren vorhanden, wie auch Feuerböcke, Bratrost und Hebezüge an der Feuerstelle in der Küche – an beiden Feuerstellen sogar, im Haupthaus und im Anbau. Alles war von einer dicken Staubschicht überzogen, und alte Spinnweben hingen in den Zimmerecken. Im Wohnzimmer hatte die Sonne die Tapete ausgebleicht, das hübsche Muster zweier Blautöne vor cremefarbigem Hintergrund war nur noch ein Schatten seiner selbst. Im anderen Vorderzimmer, das ich für das Esszimmer gehalten hatte, standen eine Bettstatt und eine Kommode. Dort hatte jemand die Blendläden geschlossen, und die Tapete, dasselbe blaue Nelkenmuster wie im Wohnzimmer, erstrahlte mit ihren Blütenzweigen und Blüten immer noch in frischem Blau und Creme und war weder ergraut noch vergilbt.

Wir trafen Eben Brouwer, den Knecht, direkt vor dem Stall. Er war ein wettergegerbter alter Mann, von der Sonne gebräunt, mit drahtigen Muskeln, und er sprach sehr leise. Tobias schien sich fast auf Anhieb wohl in seiner Gesellschaft zu fühlen. Als ich von meinem Gespräch mit Mr. Carlton darüber, ob er mir Vorräte liefern könne oder ich sie mit dem Wagen bei ihm abholen solle, zurückkehrte, stellte Tobias Mr. Brouwer gerade ganz ernsthaft Trey, Pompey und Rafe vor.

»Guten Tag, Miss Mina«, begrüßte mich Mr. Brouwer und schob sich dabei seinen Strohhut mit einem Finger aus der Stirn. »Was halten Sie von einer Kuh? Ihr Sohn wird Milch trinken wollen.«

»Ja«, sagte ich. »Eine Kuh und Hühner auf jeden Fall, vielleicht auch Gänse. Werden Sie mir mit Rat und Tat zur Seite stehen?«

Und so begann eine Zeit harter Arbeit. In der Vergangenheit hatten Eben und Mr. Silas King im Dachboden über dem Anbau geschlafen, bis das Wetter umschlug. Dann nahmen sie den Winter über Logis im Dorf. Wenn es auf dem Hof nichts zu tun gab, hielt Eben sich mit Arbeit beim Schmied in Uncas Falls über Wasser. Er machte auch Schuhe für die Leute. Aber jetzt, da es Tiere zu versorgen gab, Holz – Klafter um Klafter Holz – gesägt und geschleppt, Asche weggebracht wie auch andere Arbeit getan werden musste, würde er bei uns im Haus wohnen bleiben und zu seinen Arbeiten ins Dorf hinuntergehen, wenn er benötigt wurde und Zeit hatte.

»In den vergangenen Jahren sind weniger Stiefel gebraucht worden, Miss Mina«, erzählte er mir einmal. »Die neuen Fabriken werden uns allen bald die Arbeit wegnehmen.«

Tobias und ich bezogen das vordere Schlafzimmer unten im Haupthaus. Eben würde im Winter neben der Küche ein kleineres Schlafzimmer bewohnen. Ich hatte außerdem Lily Turner, eine kinderlose Witwe, die gleich am Fuß des Hügels wohnt, als Hilfe eingestellt. Ungeachtet ihres zart klingenden Namens ist sie eine kräftige Frau, die stolz darauf ist, hart anpacken zu können. Sie ist schüchtern und etwas schwer von Begriff, wie ich feststellte, aber gutmütig – obwohl sie mir eines Morgens in einer Anwandlung von Aufrichtigkeit erzählte, sie finde manches an mir sehr ausländisch. *Französisiert* nannte sie etwa meinen Gebrauch der Spicknadel und meine Angewohnheit, Saucen zum Gemüse zu bereiten, um mir dann aber, als würde sie damit eine Charakterschwäche zugeben, einzugestehen, dass das Essen sehr gut schmecke. Lily nimmt ihre Mahlzeiten mit uns ein, schläft aber zu Hause bei ihren betagten Eltern. Sie benötigen ihre Hilfe; sie schürt ihnen bei Kälte das Feuer und bereitet das Frühstück zu, sagt sie.

Bis zum Ende des Sommers und noch in den Herbst hinein putzten und reparierten und richteten wir das Haus neu her. Ich fing an, die Vorratskammer und die Kellerräume für den Winter zu bestücken. Die Beete lagen brach, weil man sie vernachlässigt hatte, aber Eben, Lily und ich machten einen Anfang damit, sie wiederherzurichten. Es gab Tomaten und Kürbisse, die sich selbst ausgesät hatten, und Apfelbäume. Wir setzten Spargel ein und markierten das Beet, damit wir es nicht später versehentlich umgruben. Ich pflanzte auch Hopfen am Stall. Wenn meine Hefe sterben sollte, hätte ich, was für einen neuen Ansatz nötig war. Einen Augenblick lang gab ich mich der Vorstellung hin, Mr. Serle könnte eines Tages auf Besuch kommen und mir zeigen, wie man Bier braut, aber ich schob diesen törichten Gedanken weit von mir. Die schrecklichen Albträume von flammenden Tulpen waren verblasst, und ich hatte angefangen, wieder von ihm zu träumen, von ihm, wie er mich in seinen Armen hielt. Ich begann einen Kräutergarten mit Stecklingen anzulegen, die ich von Georgina Carlton bekam. Sauerampfer, Thymian und Pfefferminze würden im Frühjahr wachsen. Eben reparierte den Käfig für die Hühner im Stall und zimmerte eine Tür zu einem Außengehege, damit sie sich bei schönem Wetter draußen sonnen konnten.

Von Georgina Carlton bekam ich eine polnische Bruthenne und ein paar Bruteier. Henry Carlton half Eben dabei, eine gute Kuh zu finden. Wir kauften auch Enten und Gänse. Ob ich auch irgendwann ein Schwein haben möchte, weiß ich noch nicht. Lily zeigte mir die besten Plätze für Schwarzbeeren und zum Nüssesammeln. Tobias wurde fast pummelig, machte aber dann von August bis Oktober einen Schuss von drei Zentimetern in die Höhe. Den Platz an der Wand neben der Küchentür reservierten wir für die Aufzeichnung seiner Wachstumsfortschritte. Bald darauf fand Tobias einen alten Hornknopf, der sich in einer Ritze des Schlafzimmerbodens verkeilt hatte.

»Möchte den jemand haben?«, fragte er mich und streckte ihn mir mit sehnsuchtsvollem Blick entgegen.

»Er gehört dir, mein Schatz«, sagte ich ihm. »Du hast ihn gefunden. Du darfst ihn behalten.«

»Danke, Mutter«, flüsterte er.

Ich sah ihn an. »Du möchtest mich Mutter nennen?«, fragte ich.

Er nickte. »Rafe sagt, ich soll dich nicht Mama nennen.«

»Genau«, sagte ich, »deine Mama ist einzig und allein die Mama, die dich unter ihrem Herzen trug, bis du bereit warst, geboren zu werden. Aber eine Mutter kann auch jemand sein, der für dich sorgt und dich liebt. Ich bin sehr glücklich, deine Mutter sein zu dürfen. Ich danke dir, Tobias.«

Heute Abend habe ich meinen Federhalter wieder zur Hand genommen. Tobias schläft in seinem Bett mit Rafe an seiner Seite. Eben ist hier und reibt das Pferdegeschirr mit Talg ein. Er sitzt am Feuer und macht einen schläfrigen Eindruck.

Natürlich schrieb ich gleich in den ersten Tagen hier im Haus einen Brief an Honor und Tante Jane, um ihnen mitzuteilen, dass ich jetzt nicht in die Stadt zurückkehren kann. Ich berichtete, ich hätte ein Waisenkind aufgenommen, um das ich mich kümmere, und dass wir auf einem Hof im Dorf Uncas Falls lebten. Ich erkundigte mich nach Neuigkeiten von ihnen und bat sie, mir die Briefe meines Bruders zu schicken, falls welche eingetroffen waren.

Honor antwortete mir prompt:

Meine allerliebste Mina,
hättest du uns nicht erklärt, dass das Kind, für das du

sorgst, Landleben braucht, hätten wir dich gescholten dafür, nicht sofort zu uns zurückzukommen. Du musst uns alles über dieses Kind erzählen. Ein Junge oder ein Mädchen? Wie alt? Wenn du uns nicht alles erzählst, musst du damit rechnen, dass wir dich besuchen und deine Geheimnisse selbst lüften.

Die beiden Briefe, die dein Bruder geschickt hat, habe ich diesem Paket beigefügt. Deine Kiste ist verschnürt und steht zum Abschicken bereit, sobald wir eine entsprechende Weisung von dir bekommen.

Aber jetzt muss ich dir erzählen, was es hier für Neuigkeiten gibt. Guido DiRoma und ich haben uns verlobt und werden heiraten. Überrascht dich das? Tante Jane meint, sie sei glücklich, aber sie ist nicht so glücklich, wie wir es sind. Wir werden im Frühjahr heiraten, sobald die Umbauten in diesem Haus abgeschlossen sind. Ich habe Benjamin Serle gesagt, einen Großteil meiner Freude verdanke ich ihm, denn er brachte Guido zu mir. Den anderen Teil verdanke ich dir, weil du Benjamin Serle kanntest, der wiederum Guido – nun, du siehst, es ist wie bei einem Kinderlied. Wenn du mich nun für albern hältst, hast du Recht. Ich wünschte, du wärst hier für unsere nächtlichen Gespräche und könntest mich bei meinem Hochzeitskleid beraten …

Des Weiteren ging es um Stoffe und Moden und darum, dass Guido DiRoma das Haus in der Elizabeth Street gekauft hatte. Sie lassen nun moderne Rohrleitungen verlegen, so dass sie Wasser aus dem Croton-Reservoir bekommen und auch Gasbeleuchtung, die Honor aber nicht mag, weil das Licht die Farbwirkung von Stoffen beeinträchtigt. Ich freute mich, dass sie Mr. Serle erwähnte. Dies konnte nur bedeuten, dass er Madame Moses seinen Freunden nicht vorzog. Doch ich fand es ein wenig enttäuschend, dass sie mir nicht berichtete, wie er auf die Nachrichten aus meinem letzten Brief reagiert hat. Vielleicht hat sie vor lauter Glück alles vergessen, was weiter als einen Monat zurückliegt. Honor schrieb, Mr. DiRoma schließe sich ihren und Tante Janes guten Wünschen an. Nun, sagte ich mir, ihre Verlobung war keine Überraschung. Sie passen so gut zueinander.

Ungeduldig wandte ich mich den Briefen meines Bruders zu. Einer war im April geschrieben, der andere Anfang Juni. Beide sind ziemlich kurz und förmlich. Doch beim zweiten bekam ich einen Schock.

Wir erholen uns von der Feuersbrunst im Mai, schrieb Daniel. *Es ist die bisher schlimmste gewesen, mit vielen Opfern. Mein Geschäft erlitt einen starken Einbruch, aber ich bin an dem Neuaufbau beteiligt und werde meine Verluste bald auffangen können. Es hat mich ein wenig überrascht, keinen deiner besorgten Briefe zu bekommen. Mag sein, dass du dich langsam an die ständigen Berichte von den Zerstörungen hier gewöhnst, oder dein Brief hat sich verzögert.*

Ich regte mich ziemlich darüber auf, nichts von seiner Gefahr gewusst zu haben. Offenbar dachte er, er sei mir gleichgültig geworden. Aber eigentlich – immer schrieb er als Erstes von seinem Geschäft. Er teilte mir weder seine Gedanken noch seine Träume mit, nicht einmal, mit welchen Menschen er es dort zu tun hat. Er beklagte sich, keinen besorgten Brief bekommen zu haben, und erkundigte sich selbst nie nach meinem Leben, meinte immer nur, ich solle für ihn beten. Ich fragte mich, ob er wohl hoffte, ich würde Nonne werden und mein Leben dem Gebet widmen.

Ich brütete einen Tag lang vor mich hin und erging mich in Selbstmitleid, dass mein Bruder mich nicht so liebte wie ich das von ihm erwartete, schämte mich aber auch, nichts von dem Feuer gewusst zu haben, das ihn hätte töten können. Dann setzte ich mich und schrieb einen Brief an ihn. Ich berichtete ihm auszugsweise von dem, was ich hier über meine Gründe, von den Westervelts wegzugehen, niedergeschrieben habe. Ich erzählte ihm auch von Tobias und wie glücklich ich bin, hier auf dem Land mit ihm zu leben. Ich ließ ihn wissen, wie froh ich sei, dass er lebe, und dass ich etwas über sein Leben erfahren wollte.

Das Geschäft und was man bekommt und ausgibt, machen, so wichtig es auch ist, nicht den Kern des Lebens aus, schrieb ich. *Ich möchte etwas über die Menschen erfahren, die dir am Herzen liegen, und über deine Träume. Ich versuche, dir in meinen Briefen meine Seele offenzulegen. Bitte erzähle du mir auch in deinen deine Wahrheit.*

Natürlich war ich in Sorge, nachdem ich den Brief abgeschickt hatte. Vielleicht behielt Daniel ja lieber die kleine Schwester in Erinnerung, die in einem großen Hotel Zigarren verkaufte, zur Kirche ging und zufrieden war. Eine erwachsene Schwester – wie tugendhaft sie in ihrem Verhalten und ihrem Herzen auch sein mochte –, die mit unverheirateten Männern zusammenlebte und ein Kind annahm, könnte ihn ängstigen.

Es ist seltsam. Ich musste den ganzen Herbst über an das junge Mädchen denken, das ich einmal war. Die Corbetts schickten meine Kiste nach Albany. Henry Carlton holte sie für mich ab, als er Anfang Oktober geschäftlich dort zu tun hatte. Ich war froh, meine Winterkleider und meine Bücher zu bekommen. Ich stellte die Porzellantasse, die ich in meiner Tasche von Irland mitgenommen hatte, auf den Kaminsims des Schlafzimmers. Doch ich öffnete das Tagebuch nicht, das Mr. Serle mir geschenkt hatte. Stattdessen kaufte ich mir Papier im Laden der Carltons. Ich schrieb die Geschichte des Frühlings und Sommers im Jahr 1848 auf, in dem ich Irland verließ und in England zusammen mit Mr. Serle arbeitete. Ich musste es festhalten, fand ich. Es nährte meine Hoffnung, einst ein Kind gewesen zu sein, das Güte und Liebe anstatt Kummer erfuhr.

Als ich mit Schreiben fertig war, legte ich die Blätter zusammen mit dem grünen Band, das Mr. Serle mir an jenem traurigen Abend in der Fourth Street geschenkt hatte, in eine Schachtel. Jetzt habe ich mit der Vergangenheit abgeschlossen, sagte ich mir.

Doch offenbar war das ein Irrtum, denn nachdem ich die Geschichte, wie ich nach Amerika kam, aufgezeichnet und weggepackt hatte, ertappte ich mich dabei, wie ich mein Tagebuch doch wieder aufschlug und hineinschrieb, wie ich das auch heute tue. Ich musste über Jasper Westervelt und den Erie-Kanal schreiben. Es musste sein. Mein Buch und mein Bedürfnis, mich ihm anzuvertrauen, sagen mir, dass ich mit der Vergangenheit wohl nie abgeschlossen haben werde. Ich entdecke meine Welt, indem sie mir entgleitet und vergeht. Ich versuche, meine Hand nach dem Regen auszustrecken und fange einen Tropfen ein. Wenn ich diesen einen Tropfen doch nur festhalten und ganz und gar kennen lernen könnte, dann würde ich vielleicht auch mich selbst kennen. Es ist unmöglich. Das Leben ergießt sich über mich.

Ich sehe, dass ich es versäumt habe, von Mr. Silas King zu erzählen. Das liegt womöglich daran, dass er kommt und geht, wie es ihm gefällt, und nicht an unserem Alltagsleben teilnimmt. Wie Eben ist er ein schlanker Mann, aber nicht von harter Arbeit. Trotz seines Alters wirkt er sehr jugendlich – das Gegenteil von Flint, der jung ist, aber doch schon von Leid geprägt. Ich denke, Mr. King gehört zu denen, die einmal zu mumifizierter Jugendlichkeit austrocknen werden. Sein Teint ist gebräunt, aber mit einem Stich ins Graue. Er hat immer etwas Miesepetriges an sich.

Mr. King ist Vegetarier. Er lebt von getrockneten Bohnen, Nüssen und Körnern. Einmal in der Woche gestattet er sich holländischen Käse, aber keine Eier – dies würde bedeuten, ein lebendes Wesen zu essen, sagt er. Seinetwegen koche ich häufig mit Sonnenblumen- und Rapsöl anstatt mit Schmalz. Ich habe auch schon mehrere Versuche hinter mir, gesundes Brot für ihn zu backen. Doch er isst alles, was ich zubereite, in geduldigem Schweigen. Vielleicht unterwirft er sich einer Art körperlicher Buße, über die er nicht spricht. Zu seinen Bußübungen gehört auch, dass er den ganzen Winter über auf dem Dachboden schläft. Als er auftauchte, nachdem wir bereits eine Woche im Haus wohnten, hatte er von uns schon durch Zipporah James erfahren.

»Da ich hier als Pensionsgast lebe, werde ich meinen Platz über der Sommerküche beibehalten«, meinte er mit seiner sehr tiefen Stimme. »Das ist bequemer.«

Bequemer wofür, fragte ich mich, aber ich unterließ es, nachzuhaken. Er lädt nicht zum Fragen ein. Aber bald fand ich heraus, dass diese Vereinbarung für mich auf jeden Fall besser ist. Er hat seinen separaten Eingang durch den Anbau zu seinem Zimmer. Wenn er spätabends von seinen Reisen heimkehrt, wie das häufig vorkommt, stellt er sein Pferd in den Stall und geht zu Bett, ohne dass wir überhaupt sein Kommen bemerkt haben, bis er dann morgens zum Frühstück erscheint.

Er möchte auch nicht, dass Lily sein Bett lüftet oder für ihn das Zimmer sauber macht. »Bitte kümmern Sie sich gar nicht um diesen Teil des Hauses, Miss Pigot«, meinte er auf seine strenge Art, als ich ihn wegen des Saubermachens und der Wäsche fragte. »Das ist nicht nötig. Ich kümmere mich schon selbst darum.«

»Wollen Sie nicht wenigstens Ihre Hemden gewaschen

und gebügelt haben?«, erkundigte ich mich vorsichtig. Ich hatte eine gute Wäscherin im Dorf gefunden.

»Nein«, erwiderte er kurz angebunden und ging nach draußen, vermutlich, um irgendwas mit Eben zu besprechen, denn ich sah die beiden im Hof miteinander reden. Das Gespräch war beendet, Eben grüßte Mr. King, indem er an seinen Hut tippte, und Mr. King stieg aufs Pferd und ritt den Weg entlang zur Hauptstraße.

»Was macht Mr. King eigentlich?«, fragte ich Eben später am Abend.

Eben war hereingekommen, um sich am Ende seines Arbeitstags zu waschen. Als ich erst einmal um seine Bedürfnisse wusste, achtete ich immer darauf, dass wir vor dem Abendessen heißes Wasser und ein frisches Handtuch für ihn bereithatten. Neben der Tür zwischen den beiden Küchen gibt es eine Spülküche, die ich zum Waschraum umgestaltet habe. Eben ist sehr umsichtig und lässt seine Stiefel immer auf der Matte vor der Tür stehen. Auf dem Land, wo man im Freien arbeitet und Tiere hat, ist der Schmutz zwar ein anderer als in der Stadt, aber nichtsdestoweniger Schmutz.

»Silas King hält hier in der Kirche den Gottesdienst ab und unterrichtet in der Sonntagsschule. Und er arbeitet noch anderswo für Mrs. James«, sagte Eben und blieb in der Tür zur Spülküche stehen.

»Und welche Art von Arbeit ist das?«, wollte ich wissen.

Eben zuckte mit den Schultern. »Ich begreife es nicht«, sagte er, als er im Waschraum verschwand. Gleich darauf schob er seinen Kopf um die Tür. »Er glaubt an diesen Papierkram, den sie verteilt«, sagte er und war wieder weg.

Beim Abendessen sagte er zu mir: »Mr. King und Miss Zip möchten, dass alle dem Alkohol entsagen. Miss Zip drohte mir, mich wegzuschicken, wenn ich nicht einwilligte, absolut abstinent zu sein.«

»Ach du liebe Zeit. Aber ohne Sie schaffe ich es nicht, Eben.«

Tobias ließ seine Gabel fallen und sah mich erschrocken an. »Geht Onkel Eben weg?«, erkundigte er sich flüsternd.

»Onkel Eben?«, wunderte Eben sich.

Er sah aus, als hätte ihn jemand mit einem Geschenk überrascht. Ich hörte, wie Rafes Schwanz auf den Boden klopfte.

»Sind Sie damit einverstanden?«, fragte ich ihn.

»Aber natürlich«, sagte er.

»Miss Zip hat das aber doch wohl nicht ernst gemeint mit der Abstinenz und Ihrer Arbeit?«

»Vielleicht schon«, sagte er. »Ich wollte Sie schon warnen, als ich Sie Weinbrand und Wein einkaufen sah.«

»Ich trinke das aber nicht«, sagte ich. »Es wird benötigt, um die eingekochten Sachen vor Schimmelbefall zu schützen, und gelegentlich auch zum Kochen.«

»Verstecken Sie's«, riet Eben. »Was sie nicht sehen, kann sie nicht aufregen. Ich habe im Kühlkeller auch Apfelwein gelagert.«

Also teilen Eben und ich ein Geheimnis. In der Geschirrkammer gibt es einen verschließbaren Schrank, in dem wir jetzt unsere Flaschen verstaut haben. Es kommt mir zwar dumm vor, aber es ist notwendig. Wie soll man denn ein zähes Huhn ohne Wein zubereiten? Und Eben ist auch kein Trinker. Er nimmt am Samstag, wenn seine Arbeit getan ist, ein Bad und trinkt dann zum Essen ein Glas Apfelwein, wenn Silas King nicht bei uns mitisst. Dieser geht am Sonntag zur Kirche und zur Sonntagsschule. Manchmal bleibt er auch am Sonntagabend im Dorf und nimmt sein Abendessen bei der Familie ein, der die Töpferei gehört. Sie stellen hauptsächlich Gurkentöpfe und Krüge her. Die Frau sei eine Cousine zweiten Grades von Silas King, berichtete Eben.

Im Oktober schließlich erfuhr ich, was Silas King neben seinem Unterrichten und dem Verteilen von Abstinenztraktaten noch machte. Es war ein Samstagabend nach einem wunderschönen Herbsttag. Die untergehende Sonne entflammte die roten Blätter des Ahorns und die gelben der Pappeln, als Tobias und ich auf der oberen Weide die letzten Kastanien unter den Bäumen aufsammelten. Lächelnd verfolgte Tobias die in den Bäumen hüpfenden Eichhörnchen, wo sie mit ihren buschigen grauen Schwänzen wippten und ihrer Verärgerung darüber Ausdruck gaben, dass wir ihnen ihre Vorräte wegnahmen. Lily war zeitig nach Hause gegangen und hatte Rindfleischauflauf und eine Tüte Honigkekse für sich und ihre Eltern mitgenommen. Eben las die *Times* und wartete auf das Abendessen. Plötzlich rief er aus:

»Also das ist der Grund, weshalb Mr. King nicht zurückgekommen ist!«

»Hoffentlich ist es nichts Schlimmes«, sagte ich darauf.

Ich hatte Tobias damit beauftragt, die Kletten aus Rafes Fell zu zupfen. Der Hund war bei der Verfolgung eines kühnen Eichhörnchens ins Unterholz gerannt, ehe ich ihn zurückhalten konnte. Das Kind blickte erschreckt auf.

»Nein, nein, für Mr. King sind das sicherlich gute Nachrichten«, beschwichtigte Eben.

»Was ist denn passiert?«, fragte ich leise.

Tobias wandte sich wieder der Pflege von Rafe zu.

»Ein Mann namens Jerry McHenry wurde in Syracuse als flüchtiger Sklave festgenommen und eingesperrt. Die Abolitionisten retteten ihn und brachten ihn weg nach Kanada. Jetzt werden die Retter wegen Aufruhrs verurteilt. Unser Mr. King gehört dazu. Am Gerichtshof von Auburn ist die Hölle los. Die Bloomers sind alle unterwegs und marschieren durch die Stadt, eskortiert von Gentlemen.«

»Was sind denn Bloomers?«, fragte ich.

»Frauen, die Bloomer-Kleidung tragen – merkwürdige

Hosen, wie ich hörte«, erzählte Eben. »Sie setzen sich für die Rechte der Frauen wie für die der Sklaven ein.«

»Oh«, sagte ich.

Mir fiel sofort Doktor Lydia Mary Walker ein. Ob sie eine Bloomer war?

»Ich frage mich nur, ob Mr. King wohl rechtzeitig zu seinem Gottesdienst morgen zurück sein wird«, sorgte sich Eben.

Er war rechtzeitig da, denn er ritt die ganze Nacht durch, um am Sonntag wieder in Uncas Falls zu sein. Danach kehrte er wieder nach Auburn zurück, um am Montagmorgen zu hören, welches Urteil der Richter über die Retter fällte. Wir hörten die Geschichte dann beim Abendessen am Mittwoch, als alles vorbei war. Mr. King war noch immer in Hochstimmung wegen der großen Ereignisse. Er erzählte uns die Geschichte nicht direkt, sondern zwang uns ein langes Dankgebet vor unserer Mahlzeit auf. Er dankte Gott dafür, dass dieser ihm Gelegenheit gegeben hatte, Ihm zu dienen, indem er eins der geringsten Seiner schwarzen Kinder beschützen durfte. Er dankte Gott für die Männer, denen anzugehören er das Privileg hatte, die den Mut besaßen, die armen Flüchtlinge ihren Häschern zu entreißen. Er dankte Gott für die Mautner auf der Straße, die die Retter auf ihrem Weg besonders schnell abgefertigt hatten, während sie sich bei den Verfolgern Zeit ließen. Er dankte Gott für den Richter, der für die inhaftierten Retter so niedrige Geldstrafen ansetzte. Er dankte Gott für die Männer und Frauen, die gekommen waren, um die Retter zu ihrer guten Tat zu bejubeln. Er brachte seine Hochachtung gegenüber den Pferden und Straßenbauern zum Ausdruck, welche die Straßen nach Kanada bauten, und sprach auch einen Dank an Kanada aus, wo schwarze Menschen frei sind. Am Ende hörte es sich gar nicht mehr wie ein Gebet an. Wir hörten nur noch zu, wie Mr. King vor Gott prahlte.

Eben zwinkerte mir während der Rezitation zu, und ich musste mir die Serviette auf den Mund pressen, um mein Lachen zu ersticken. Lily war nicht so diskret. Sie rutschte auf ihrem Stuhl hin und her und seufzte zweimal. Am Samstag hörten wir alles noch mal, weil Mr. King die Geschichte zum Thema seiner Sonntagspredigt machte. Er bat uns, sie als praktische Erfahrung anzuhören, und wir konnten nicht nein sagen.

Nachdem er sie uns vorgetragen hatte, erklärte er höchst befriedigt: »Dies ist die beste Predigt, die ich je geschrieben habe. Ich werde eine Kopie davon an Mrs. James schicken.«

Seine Worte, dass, möge der menschliche Leib auch versklavt sein, die menschliche Seele dies niemals sein könne, blieben mir im Gedächtnis. Ich fragte mich, ob das so war. Tobias' Angst schränkte seine Seele ein. Seltsamerweise kam mir das Bild von dem neben Mr. Branton hüpfenden John Deegan in den Sinn. Und dann dachte ich an Mrs. James und ihre hoffnungslose Wut auf den armen Flint. Vielleicht hatte die Sklaverei mehr als ein Gesicht.

Also ist Mr. King ein Abolitionist, ein Kämpfer für Abstinenz und Vegetarier. Vermutlich setzt er sich auch für die Rechte der Frauen ein, da er in Syracuse eine Bloomer-Lady eskortiert hat. Ziemlich viele Probleme für einen einzigen Menschen. Ich wäre froh, wenn es keine Sklaven gäbe. Das erscheint mir wichtiger als die Frage, ob ich wählen kann, aber – wenn ich wählen könnte, würde ich mithelfen, Männer zu wählen, die gegen die Sklaverei sind. Je mehr ich darüber nachdenke, umso komplizierter wird es. Aber vorerst muss ich mich darauf beschränken, mich um Tobias und Eben zu kümmern und Mr. King gesunde Nahrung zu kochen, damit er gute Werke tun kann.

Doch Mr. Kings Worte über die Seele erinnerten mich daran, dass ich die Bedürfnisse von Tobias' Seele genauso berücksichtigen muss wie die seines Leibes. Ich habe Eben erzählt, dass ich Katholikin bin. Eben wirkte daraufhin ein wenig gedrückt, wie ich fand, aber er äußerte sich nicht weiter dazu, sondern nickte nur.

»Ich bin keine gute Katholikin«, gestand ich ihm, weil ich an den Ostersonntag in Albany denken musste, als ich Angst hatte, mich mit meinem Koffer in der Hand zur Gemeinde zu gesellen. Zur Beichte ging ich dann schließlich in Syracuse. Der Priester legte mir eine Buße wegen meines Zorns auf Japser Westervelt auf, und noch eine, weil ich sein Interesse geweckt hatte. Ich wollte mich auf kein Streitgespräch einlassen, hatte aber seitdem keinen Priester mehr aufgesucht. Und doch spreche ich meine Gebete und finde Trost dabei.

All das vermochte ich Eben nicht zu erklären. Wir kannten einander nicht so gut, und ich wollte ihn damit auch nicht belasten. Jedoch schien er irgendwie zu spüren, was ich empfand, denn er sagte: »Henry Carlton behauptete einmal: ›Je näher die Kirche ist, desto weiter ist sie von Gott.‹«

»Ja«, erwiderte ich, »das kann ich, glaube ich, verstehen.«

Wenn ich Eben einmal besser kenne, werde ich ihn fragen, ob er den gängigen Argwohn gegenüber den Papisten teilt, wie die Zeitungen uns nennen. Natürlich ging er davon aus, dass auch Tobias Katholik ist.

Ich wünschte, ich könnte das selbst annehmen, aber ich konnte es nicht. Ich fragte mich, was ich ihn lehren sollte. Seine Mama hatte nichts am Leib getragen, was auf eine Religion hingewiesen hätte. Ihren Rosenkranz oder wenigstens ein kleines Kreuz hätte sie bestimmt bei sich behalten, wenn sie dieses Glaubens gewesen wäre. Das war eins der Probleme, die ich gern mit Mr. Serle besprochen hätte. Er hätte meine Sorge darum verstanden, was in diesem Fall angemessen und richtig war.

Schließlich kam ich zu dem Schluss, dass nichts dagegen

sprach, wenn ich Tobias die Psalmen nahebrachte. Sie sind an sich schön und gehören sowohl zum jüdischen wie zum christlichen Glauben. Selbst ein Mohammedaner könnte sie anerkennen. Im Wohnzimmer gibt es ein kleines Regal mit Büchern, und die König-James-Bibel ist eins davon. Sie mag Flints Mutter gehört haben, denn der Name, der darin steht, lautet Clarissa James. Tobias und ich begannen mit dem zweiunddreißigsten Psalm.

An Thanksgiving gingen Eben, Tobias, Rafe und ich zum Dorfgottesdienst in der Gemeindekirche und danach zu den Carltons zum Essen. Mr. King schloss sich uns nicht an. Nach unserem Gottesdienst in Uncas Falls traf er sich mit Mrs. James zu einem besonderen Vortrag zur Abstinenz in Albany. Georgina Carlton war offensichtlich unsicher gewesen, ob ich vor dem Essen zur Kirche gehen wollte, und meinte entschuldigend, der Gottesdienst sei nicht sehr religiös. Ich war im Laden, um ein Pfund Rosinen für Rosinenpudding zu kaufen.

»Manche empfinden es eher als einen Yankee-Feiertag«, sagte sie. »Mag sein, dass ich voreingenommen bin, denn meine Großeltern stammen hier aus Connecticut.« Nach kurzem Zögern fuhr sie mit leicht zitternder Stimme fort: »Henry könnte Sie mit seinen Reden nach dem Gottesdienst verstören. Er ist Atheist. Er geht mit mir nur an Thanksgiving und an Weihnachten in die Kirche und beschwert sich dann hinterher jedes Mal. Ich dachte nur, ich sollte sie vorwarnen.«

Ich streckte meine Hand über die Theke und ergriff die ihre. Wir sehen einander häufig und sind Freundinnen, wie ich hoffe. »Das ist schon in Ordnung«, sagte ich. »Ich billige diese Dinge, aber es tut mir leid, wenn es Ihnen Kummer bereitet.«

Georgina schniefte und lächelte zaghaft. »Ich versuche, ihn zu verstehen«, sagte sie. »Seine Theorien sind ihm sehr wichtig, und er möchte sie immerzu alle darlegen. Die Ehe kann schwierig sein.« Sie seufzte, wog meinen Einkauf ab und notierte ihn sorgfältig in ihrem Hauptbuch.

Mir gefiel der Thanksgiving-Gottesdienst sehr gut. Als Friedensrichter verlas Henry Carlton die Erklärung, die Präsident Fillmore zu diesem besonderen Feiertag abgegeben hatte. Es folgten Lesungen aus der Bibel und der amerikanischen Geschichte und Hymnen. Mr. King leitete den Gottesdienst und predigte auch, aber nicht allzu lang. Tobias gähnte nur ein Mal. Der kleine Jem Carlton musste von seiner Mutter hingegen davon abgehalten werden, gegen die vordere Kirchenbank zu treten.

Beim anschließenden Essen ging Henry Carlton nicht auf seine Überzeugungen ein, sondern beugte gehorsam sein Haupt, als Georgina Eben bat, ein Dankgebet zu sprechen, bevor wir aßen. Ich hatte Brot, zwei Pasteten und einen großen Topf Kürbis-Kastanien-Suppe mitgebracht. Mr. und Mrs. Turner und Lily brachten eingelegte Gurken und einen Krug Apfelwein mit. Georgina Carlton briet Truthähne und sorgte für die übrigen Beilagen, bis auf eine Schachtel Süßigkeiten, die von den Coovers mitgebracht wurden. Mr. Coover ist der Schmied. Seine Frau und er haben noch zwei Jungen zu Hause, ihre erwachsenen Kinder sind nach Westen gegangen, um sich dort anzusiedeln. Die beiden Carlton-Kinder sind Jem mit sechs Jahren und Annie mit acht Jahren, die ihre Überlegenheit vor den kleinen Jungen herauskehrt, indem sie ihrer Mutter hilft und Jem und Tobias schilt, weil sie alles schmutzig machen. Tobias ist sehr schüchtern im Umgang mit Jem und Annie. Er beobachtet sie meist mit offen stehendem Mund.

Nach dem Essen wurde vorgelesen und gesungen. Tobias sagte seinen Psalm sehr schön auf, und die Carlton-Kinder sangen »Woodsman, Spare That Tree«. Zur Musik von Henry Carltons Geige und Ebens Pennywhistle sangen wir gemeinsam viele Lieder, am Ende »Hail, Columbia«. Vereint erhoben wir unsere Stimmen zu diesem Hymnus auf Freiheit, Brüderlichkeit, Frieden und Sicherheit.

Später machte Eben Popcorn, indem er die Maiskerne von den Kolben schälte und schüttelnd in einem Drahtkorb über die glühenden Kohlen des Feuers hielt. Tobias und ich sahen dabei zu. Ich konnte sehen, wie die harten gelben Kerne in der Hitze anschwollen. Plötzlich platzte ein Kern auf und kehrte in einer riesigen Schneeflocke sein Innerstes nach außen. Dann der nächste und der nächste, bis alles zu einer einzigen Schneewehe explodiert war.

Tobias verfolgte das Geschehen mit weit aufgerissenen Augen. »Mutter! Rafe!«, schrie er. »Hört doch! Die Körner machen pop, pop, pop.«

»Und deshalb heißt es Popcorn«, erklärte Eben ihm.

Als wir dann auf dem Heimweg den Hang hinaufstiegen, trug Eben eine Laterne, um uns zu leuchten. Wir hielten Tobias zwischen uns an den Händen. Vom See wehte ein kalter Wind. Die grünen Wiesen des Sommers waren braun und öde und sehnten sich nach der schicklichen Schneedecke, die ihr Sterben verhüllte. Als wir noch voll der wohligen Wärme und Helligkeit der engen Küche der Carltons dahinstapften, durchbrachen ein Schlag, als würden die Ruder eines Boots durchs Wasser gezogen, und ein seltsamer, tiefer Schrei die Stille. Etwas schwebte über unseren Weg, eine dunkle Spanne gewaltiger Flügel, und zwei riesige runde, gelbe Augen leuchteten im Licht der Laterne auf.

Tobias klammerte sich noch fester an meine Hand und stieß ein Angstwimmern aus.

»Was ist das?«, keuchte ich. Das Ding kam mir riesig vor – groß genug, um Tobias in seinen Klauen davonzutragen –, als es über uns kreiste und dann flügelschlagend nach Westen zum Kiefernwald hin abbog, die gefiederten Ränder seiner Flügel gerade noch sichtbar im trüben Licht.

»Es ist ein Eulenvogel«, sagte Eben und klang dabei ganz unbeschwert. »Der Größe und den gelben Augen nach zu schließen, war es ein Uhu. Sie sollten sich freuen, Miss Mina, der zeigt sich selten. Er ist auf Mäusejagd.«

»Und Sie haben keine Angst vor ihm?« Der schwankende Lichtkreis der Laternen machte die Nacht sicherer.

»Ich bin nicht in den Wäldern zur Welt gekommen, um dann Angst vor einem Uhu zu haben«, erklärte Eben.

»Alles in Ordnung mit dir, Tobias?«, fragte ich.

»Ich habe keine Angst«, sagte Tobias mannhaft, obwohl seine Hand in meiner zitterte. Dann blickte er voller Ehrfurcht zu Eben hoch und meinte staunend: »Und du bist im Wald geboren worden, Onkel Eben?«

Eben kicherte wohlwollend. »In gewisser Weise«, sagte er.

Als ich Tobias zu Bett brachte, schaute er mich an, seine Augen grün-braune Lichter inmitten der dunklen Fransen seiner Wimpern. »Ich habe einen Uhu gesehen, Mutter«, wisperte er, »und Popcorn gegessen.«

»Pop, pop«, hörte ich ihn noch vor sich hin murmeln, ehe er einschlief.

Das Winterwetter brach Anfang Dezember mit Kälte und Schnee über uns herein, der bis Weihnachten bis hoch an die Veranden reichte. Silas King war in Albany und kam dann zurück. Eben schoss ein Reh. So hatten wir einen Wildbraten zum Weihnachtsdinner, für Mr. King kochte ich ein Gericht aus indianischem Reis mit Gemüse und Nüssen. Auch Weihnachten sprach er wieder ein endlos langes Dankgebet, ehe einer von uns essen konnte. Der arme Tobias sank tiefer und tiefer in seinen Stuhl, nur noch seine leuchtenden Augen und der zerzauste Kopf ragten über die Tischkante.

Das übrige Rehfleisch konservierte ich in Molasse, Salpeter, Salz, Pottasche und Zimt. Es wird eine willkommene Abwechslung zu den getrockneten Rindfleischstücken, dem Pökelfleisch und dem Stockfisch sein, die wir bei den Carltons einkaufen. Eben meinte, er werde Kaninchen jagen – und auch Eichhörnchen und Waschbären, wenn ich wollte. Ich sagte, keine Eichhörnchen, weil ich daran denken musste, wie sehr Tobias sich freute, wenn er sie umherhuschen sah. Und Lily erklärte dann, Waschbären schmeckten ihr nicht, der Geschmack sei zu streng. Wenn der See fest zugefroren ist, kann man eisfischen. Dann werden wir auch unseren Eiskeller für die heißen Monate füllen.

Ich empfand große Zufriedenheit dabei, unser Haus herzurichten und Vorräte für den Winter einzulagern. Vermutlich war das dumm von mir. In der Fourth Street gab ich mir solche Mühe, wirtschaftlich zu planen und umsichtig zu sein – es hatte nichts gebracht. Dass ich hier wieder damit anfing, konnte ich selbst nicht begreifen. Vielleicht war es ja gar nicht so sehr die Befriedigung, die Gläser voller Brombeeren, Pfirsiche und Kürbisse zu sehen, gegen den Schimmel abgedeckt mit in Weinbrand getauchtem Papier, oder die Töpfe mit dem eingelegten Gemüse und dem gepökelten Fleisch, oder die Säcke voll Hafer und Maismehl, und die hoch oben vor den Mäusen in Sicherheit gebrachten Rosinen, oder die Fässer mit den Äpfeln und dem in sauberen Sand gelegten Wurzelgemüse, oder den geräucherten Schinken und die zwei geräucherten Truthähne, die herzurichten Georgina Carlton mir gezeigt hatte. Meine Hände pflückten die Beeren und das Gemüse und säuberten das Fleisch. Meine Hände richteten das Feuer her, stellten die Töpfe darauf und nahmen sie wieder herunter. Lily, meine Hilfe, arbeitete bereitwillig mit mir. Sie und meine Nachbarn hatten mir ihre Zeit und ihr Wissen geschenkt. Ich hatte an die Bedürfnisse derer gedacht, für die ich zu sorgen habe, und deren Freude schon im Voraus genossen.

Es sind die Arbeit selbst und ihre Bedeutung – nicht die Regale mit den Gläsern –, die mich befriedigen.

Nun, an einem kalten Februarabend, das Haus eingehüllt in eine Decke aus Schnee, haben wir es drinnen gemütlich. Flints Haus, das damals, als ich es das erste Mal betrat, unbewohnt und tot wirkte, ist zum Leben erwacht. Die Tiere sind im sicheren Stall untergebracht. Das Feuer brennt hell in unserem Herd, die Dochte der Lampen sind zurechtgestutzt, so dass diese, ohne zu qualmen, ihr warmes Licht verbreiten. Tobias spielt mit den Buchstaben, die ich für ihn auf Pappquadrate gemalt habe, streichelt sie und flüstert Rafe ihre Namen zu. Er lernt das Alphabet. Eben hat seine Schusterbank hervorgeholt. Er macht mir ein Paar derbe Stiefel für die Arbeit im Freien. Mr. King brütet über seiner Predigt, die er am anderen Ende des Tisches zu Papier bringt.

Alles ist heiter hier. Draußen im Mondlicht wirbelt der Wind kleine glitzernde Schleier aus Eiskristallen über den zugefrorenen See. Die Hügel umrunden uns in ihrer herben Winterschönheit. Unter Eis und Schnee wartet der Frühling. Die Tage werden bereits länger, obwohl ich die Veränderung eher spüre als sehe. Im März wird das Eis brechen und schmelzen. Dann wird die an Moirétaft erinnernde Oberfläche des Sees wieder den Himmel spiegeln. Und wenn die ihrer Mäntel und Hauben aus Schnee beraubten Bäume wieder ihr Laubkleid anziehen, wird sich uns, in Sonnenlicht gebadet, die Großartigkeit der Natur als strahlendes Bild präsentieren.

Vor sechs Monaten kam ich an diesen fremden Ort, und nun ist er mir bereits vertraut. Der lang gestreckte See, die ihn umgebenden Hügel – ich habe einen Traum betreten. Wo ist der Träumer, in dessen Traum ich nun lebe?

Samstag, 28. Februar 1852

Jetzt bin ich mit meinem Tagebuch wieder auf dem Laufenden. Tag für Tag bleibt es länger hell. Ich höre unter den Schneewehen das tropfende Wasser. Was aber nicht heißen soll, dass die Kälte uns nicht mehr gefangen hält. Jeden Abend erhitze ich Ziegelsteine und wickele sie in Flanell, um unsere Betten zu wärmen. Tobias hat es geschafft, den Winter über drei Handschuhe zu verlieren, aber ich habe keine Wolle mehr, die zu dem noch verbliebenen passt. Es kommt mir vor, als würde ich ständig für ihn stricken – und für Eben und mich natürlich auch. Ich brauche warme Strümpfe. Wo das Pony mir vor Jahren auf den Fuß getreten hat, tut dieser mir bei kaltem und feuchtem Wetter immer noch weh.

Mrs. Zipporah James und Mr. Phil, wie wir Phoebe nennen mussten, kamen eine Woche lang zu uns auf Besuch. Sie trafen Anfang Februar ein, als auf den Straßen noch festgepresster Schnee lag und man gut mit dem Schlitten vorankam. Ich machte für sie das Obergeschoss zurecht und füllte die Betten mit frischem Haferstroh. Nächstes Jahr werde ich Gänsedaunen haben. Es sind zwei wunderschöne Schlafzimmer zur Vorderseite mit Blick auf den See und gut ziehenden Kaminen. Die hinteren Schlafzimmer kann man nicht benutzen, denn sie haben keine Bettstellen. Die beiden waren angenehme Gäste, denn ihre Vormittage verbrachten sie mit Beten und dem Verfassen ihrer Traktate. Nachmittags waren sie meist unterwegs, um Mrs. James' Freunde im Dorf zu besuchen. Das einzig Ärgerliche war, dass Zipporah James, sobald ihre Aufgaben sie einen Moment lang nicht in Anspruch nahmen, ihre Nase überall hineinsteckte. Echtes Interesse an der Arbeitsweise in Haus und Hof bekundete sie nicht, doch sie hatte zu allem, was uns betraf, ihre Meinung, und das Bedürfnis, diese kundzutun. Und dabei ging es immer um unsere Fehler und Mängel.

»Sie haben zu viele Lebensmittel in Ihrer Vorratskammer«, sagte sie. »Die verderben doch, ehe Sie sie verbrauchen können.«

Zu meiner Überraschung jedoch mischte sich da Georgina Carlton ein, die Jem hochgebracht hatte, damit er mit Tobias Schlitten fuhr. »Du solltest erst einmal fragen, ehe du Stellung beziehst, Zip«, sagte sie mit einem leichten Zittern in der Stimme, das mir ihre Angst vor ihrer Schwägerin verriet. »Miss Mina wird die Einkochware, die sie übrig hat, im Laden verkaufen. Ich habe sie gebeten, sie dann uns zu bringen.«

Georgina stupste mich an, als Zipporah James sich abkehrte, um am Hartkäse zu schnüffeln, der auf dem Regal reifte.

»Mach den Mund zu, Mina«, flüsterte sie. »Es stimmt doch.«

Also sortierte ich aus, was ich glaubte zu benötigen, bis wieder Erntezeit war, und brachte den Rest in den Laden. Die Carltons haben bereits zehn der dreiundzwanzig Gläser verkauft, die ich ihnen gebracht habe. Georgina freut sich über ihre Idee. Und ich bin ihr dankbar, meinetwegen so mutig gewesen zu sein.

Mit Phoebe ergab sich nur ein privates Gespräch. Eines Morgens kam sie zeitig zum Frühstück herunter, noch ehe Lily mit ihrer Arbeit begann. Sie trägt keine Jungenkleidung, wie ich das einmal tat, sondern richtige Männerbekleidung mit Hose, Weste, Hemd mit Kragen und Krawatte und ein Jackett. Sie hat auch einen richtigen Hut und einen Paletot für draußen. Wenn ich sie ansehe, habe ich Mühe, in ihr ein Mädchen von nicht einmal siebzehn Jahren zu sehen. Sie wirkt wie ein schlanker, dunkelhäutiger erwachsener Mann.

»Guten Morgen, Miss Mina«, begrüßte sie mich. »Der Kaffee riecht an diesem kalten Morgen so einladend.«

Ich stellte ihr die Tasse zusammen mit Milch und Zucker hin.

»Du bist zeitig auf«, bemerkte ich.

»Ich bin früh wach geworden. Ich habe von meiner Mutter geträumt und konnte nicht mehr einschlafen.«

Einen Moment lang wirkte ihr Gesicht müde, dann fand sie aber ihr zuversichtliches Lächeln wieder.

»Hast du nach ihr gesucht?«, erkundigte ich mich. »Können die Abolitionisten dir helfen?«

Sie schüttelte den Kopf. »Ich habe nachgefragt. Vor zwei Jahren kam die Anfrage zurück. Es gibt keine Neuigkeiten.«

»Bist du denn mit deinem Leben als Junge zufrieden?«, wollte ich wissen. »Gibt es dir Sicherheit vor den Kopfgeldjägern?«

Natürlich war ich neugierig, aber wenn ich nicht fragte, würde ich nichts erfahren. Phoebe sah plötzlich sehr jung aus, als sie lächelte.

»Ich bin ein freier Mann, kein abhängiger Junge oder eine schwache Frau«, sagte sie. »Ich bin Mr. Phil. Ich spreche auf den Abstinenzlertreffen über das Laster des Trinkens. Zweimal habe ich inzwischen bei den Abolitionisten davon erzählt, wie ich der Sklaverei entkam. Ich bin sehr erfolgreich darin, den Leuten für unsere Sache das Geld aus den Taschen und Geldbörsen zu locken. Miss Zip brachte mir Lesen und Schreiben bei. Ich führe für sie unsere Bücher und organisiere unsere Arbeit.«

Sie klang stolz und zufrieden. Ich wollte sie gern fragen, ob ihre Freiheit, ein Mann zu sein, für sie wichtiger ist als die Freiheit, in einem Staat zu leben, der keine Sklaverei kennt. Doch ehe wir weiterreden konnten, trat Zipporah James ein.

»Da sind Sie ja, Mr. Phil!«, rief sie aus, als hätte Phoebe

verloren gegangen sein können. »Ich dachte, wir würden vor dem Frühstück gemeinsam unsere Gebete sprechen. Sie wissen doch, dass ich keine Abweichungen in unserem Tagesplan mag.«

Phoebe trank erst ihren Kaffee, ehe sie antwortete. »Ich wollte gerade zu Ihnen hochgehen, Miss Zip.«

Im Lauf des Tages schickte die Frau, die für uns die Wäsche erledigt, ihre Tochter mit der wöchentlichen Weißwäsche zu uns herauf. Nachdem ich Lily angewiesen hatte, dem Mädchen etwas Heißes zu trinken zu geben, damit sie sich vor dem Heimweg aufwärmte, ging ich mit frischen Handtüchern für die Waschtische nach oben. Beide Türen zu den beiden Schlafzimmern waren geschlossen. Ich wollte gerade an Zipporah James' Tür klopfen, als ich zwei Stimmen und quieksendes Lachen hörte.

»Hör auf, Mr. Phil, du kitzelst mich. Hör auf!«, schrie Zipporah James.

»Dann tu doch was!«, neckte Phoebe sie.

Ich legte die Handtücher auf der Kommode im Flur ab und ging leise nach unten. Dabei dachte ich über unsere Verkleidungen nach, und wie ich auf dem Schiff und im vergangenen Sommer wieder selbst Jungenkleidung getragen hatte. Wohin würde es führen, wenn ich drei ganze Jahre so leben würde, frage ich mich. Betrogen wir uns selbst, oder fanden wir uns selbst in der Wahl unserer Kleidung? Ich starrte durch das Fenster auf den zugefrorenen See und grübelte, bis Rafe mit seinem Kopf an mein Bein stupste und mich aufschreckte. Tobias droht Gefahr, schoss es mir durch den Kopf, und ich eilte in die Küche, um ihn davon abzuhalten, hochzuklettern, um den Eintopf auf dem Feuer umzurühren.

»Nun gut«, meinte Eben, als der Schlitten unseres Besuchs mit Mr. Phil auf dem Kutschbock bimmelnd die Straße hinunterfuhr. »Ich denke, ich genehmige mir heute zum

Abendessen einen Becher Apfelwein. Sie hatten Zip gut im Griff, Miss Mina. Sie war nicht so schlimm, wie sie sein kann. Sie hat Tobias in Ruhe gelassen, nachdem Sie sie das eine Mal davon abgehalten haben, ihm einen Schlag auf die Hand zu geben.«

Ich war froh, dass sie weg waren. Keiner wird Tobias schlagen, wenn ich das verhindern kann. Es war so angenehm, am Abend nach dem Essen mit Eben am Tisch zu sitzen und die Liste der Sämereien durchzugehen, die von Shakern verkauft werden. Sie hätten die beste Qualität an Gartensamen, behauptete Eben. Tobias, der Rafe beibrachte, wie man mit seinen Kartonbuchstaben HUND buchstabierte, blickte hoch und fragte, ob wir auch Popcorn anbauen würden. Wir schmiedeten Pläne für die Zeit, wenn die Erde bereit zum Bearbeiten ist.

Als Tobias und Eben ins Bett gegangen waren, setzte ich mich eine Weile neben das heruntergebrannte Feuer, ehe ich es eindämmte. Kleine rote und blaue und weiße Flammen züngelten hoch und gaben tanzend ihre Wärme an den kühlen Raum ab. Das letzte Holzscheit knackte auseinander, um sein rotes Herz in der verbrannten Schale zu zeigen. In meine Träumerei versunken, glaubte ich Gesichter im Feuer zu sehen: Flint, Mr. Maurice, Daniel, Tante Jane, Honor, Guido, Mr. Serle, dessen dunkle Augen mich anlächelten. Die Wärme schafft eine Gemeinschaft stiller Ahnung.

Mittwoch, 31. März 1852

Honor schrieb mir vor drei Tagen, um mir mitzuteilen, dass sie und Guido verheiratet sind. Sie heirateten vor dem Friedensrichter, nicht in der Kirche. Mr. Serle war einer der Trauzeugen, wie sie schrieb, und natürlich waren auch

Tante Jane und Guidos Vetter mit Frau dabei. Sie versammelten sich nach der Zeremonie alle zum Essen in dem neuen – oder besser erneuerten – Haus in der Elizabeth Street.

Und typisch Honor erzählte sie mir natürlich mehr über die blassblaue Seide, die sie trug, als über ihre Gefühle, jetzt eine verheiratete Frau zu sein. Aber ich denke, die Freude, mit der sie mir die Spitze am Halsausschnitt ihres Kleides und die Goldkette beschrieb, die Guido ihr zur Hochzeit geschenkt hatte, verrät mir genauso viel von der Tiefe ihres Glücks, wie es große, verschwommene Worte des Entzückens getan hätten. Als wäre es ihr gerade noch eingefallen, fügte sie am Ende des Briefs hinzu, dass Mr. Serle zurzeit bei ihnen wohnte. Er sei vergangenen Winter krank gewesen, schrieb sie, sei nun aber auf dem Weg der Besserung.

Ich war außer mir, dass Honor es nicht schon eher erwähnt hatte. Natürlich musste ich sofort einen langen Brief schreiben, um ihr zu sagen, wie sehr ich mich für sie und Mr. DiRoma freute. Anstatt eines Postskriptums für Mr. Serle fügte ich eine kleine Notiz für ihn bei. Doch wollte mir nichts Angemessenes einfallen, um ihm zu sagen, dass die Nachricht von seiner Krankheit mich zutiefst getroffen hatte. Ich begriff nicht, warum Madame Moses sich nicht um ihn kümmerte – aber ich ging davon aus, dass sie vorbeikam, um ihn aufzuheitern, Honor aber vergaß, dies zu erwähnen. Wenn ich an ihn denke, vermischen sich Wut und Verlangen immer noch. Er muss am Leben bleiben, er muss – damit sich mein Herz aussöhnen kann. Nachdem ich drei Blatt Papier mit falschen Anfängen zerrissen hatte, schrieb ich:

Bestürzt habe ich vernommen, dass Sie krank sind. Ich wünschte, ich könnte bei Ihnen sein, um Fleischbrühe und Puddings für meinen Freund zu kochen. Ich bete jeden Tag für Ihre Gesundheit.

Ich unterschrieb die Notiz mit *Ihre ergebene Mina Pigot.* Beim nochmaligen Durchlesen fand ich es zwar ein wenig töricht, aber ich wusste nicht, was ich sonst einem Mann schreiben sollte, der womöglich verheiratet ist.

Samstag, 10. April 1852

Ich schnitt die alten Zeitungen für die Toilette zurecht, als ich die Nachricht las: Vergangene Woche segelte Madame Anna Moses, die große *prima donna* des Soprans, von New York nach Kuba, wo sie an der Oper von Havanna singen wird. Von Kuba aus fährt sie vielleicht nach Europa, um dort aufzutreten. Es geht das Gerücht, sie wolle dem Wunsch gekrönter Häupter nachkommen, die sie zu hören begehrten. Der Musikkritiker der *Sun* wünschte der begnadeten Dame ein liebevolles *au revoir. Der Verlust für die musikalischen Zirkel in New York und unsere Städte im Osten ist ein glücklicher Gewinn für die* cognescenti *von Kuba*, schrieb er.

Ich starrte die Worte an. Ich ging davon aus, dass Mr. Serle mit ihr gereist war. Das dürfte auch der Grund sein, weshalb er sich auf meine Notiz hin nicht gemeldet hatte. Der Gedanke, einen Freund verloren zu haben, stimmte mich traurig. Hoffentlich besserte sich sein Gesundheitszustand durch die Seereise. Ich glaubte nun zu verstehen, dass er heiraten musste. Madame Moses teilte seinen Glauben und wurde nicht nur seine Frau, sondern brachte ein Kind und einen Bruder mit in die Ehe. Und es waren gebildete, musikalische Leute – reich außerdem. Es würde ihm eine neue Welt öffnen. Aber dennoch hätte ich gern davon erfahren und mich von ihm verabschiedet und ihm eine gute Reise gewünscht.

Die Sterne am Nachthimmel blinkten ihre Schönheit durchs weite Universum, und auch die Neuigkeiten aus New York schienen aus weiter Ferne zu mir zu kommen, aus einem anderen Leben, das mir Schmerz und Scheitern brachte. Ich versuchte, die Traurigkeit abzuschütteln. Mir fielen die Worte von Doktor Lydia Mary Walker ein, die mir sagte, ich müsse mein Vertrauen erneuern.

Daran musste ich gestern denken, als ich meine Kiste aussortierte. Ich habe eine Kommode für Tobias' Sachen gekauft und dabei auch meine eigenen geordnet. Ganz unten in meiner Kiste entdeckte ich ein altes Taschentuch, in dessen Zipfel etwas geknotet war. Es waren drei Apfelsamen. Mir fiel ein, dass ich am letzten Tag im Obstgarten des Herrenhauses in England einen Apfel aß.

Ich fragte Eben, ob er glaube, die Samen seien nach beinahe vier Jahren noch gut.

»Das kann man erst sagen, wenn man es ausprobiert hat«, meinte er auf seine praktische, direkte Art.

Ich weichte die Samen ein und pflanzte sie, wie er vorgeschlagen hatte, in kleine Töpfe voll Erde. Vielleicht gedeihen sie, vielleicht auch nicht. Wir können unsere Hoffnungen nur wässern und sie mit Luft und Licht versorgen.

Sonntag, 11. April 1852

Wir haben wieder Ostern. Vor einem Jahr entfloh ich New York und meinen Freunden. Wie erwachsen ich seitdem geworden bin und wie das Leben um mich herum wächst! Ich liebe Tobias. Für ihn und für Eben und dieses Haus hier zu sorgen, wo ich die Jahreszeiten kommen und gehen sehe und Frieden finde, hat mich freier gemacht. Nun bringt der

Frühling eine neue Ungewissheit. Knospen schwellen und platzen auf. Der Flieder hat schon Blätter angesetzt – Zeit, um Salat zu pflanzen, sagt Eben –, und ich sehne mich nach der wogenden Vegetation des Sommers.

Freitag, 14. Mai 1852

Vergangene Nacht hatte ich einen Traum. Es ging um etwas, das ich kannte und doch nicht kannte. Ich habe es – oder etwas Ähnliches – schon einmal geträumt, denke ich.

Ich liege in meinem Bett in diesem Haus am Uncas-See. Ich werde in einer lauen Sommernacht wach, stehe auf und gehe barfuß in die stille Küche und aus der Tür. Ich umkreise den Stall, wo die Tiere sich behaglich im Dunkeln wälzen, und steige den Weg hinauf, der dahinter beginnt. Doch als ich durch die Ahorn- und Walnusswälder gehe, wo das ferne Lied der Walddrossel kaum vernehmbar das Gehör herausfordert, ändern sich Gegend und Zeit um mich herum. Jetzt befinde ich mich auf einem grünen Hügel. Grün, grün, grün, und weich wie Samt unter meinen Füßen, während der Himmel madonnenblau über mir dämmert. Ich steige die Wiese hinab und sehe die offene Tür des Häuschens, in dem ich geboren wurde. Ich bin zu Hause, sage ich mir, und mein Herz singt in meiner Brust.

Es dauert einen Moment, bis meine Augen sich an das Dunkel im Haus gewöhnt haben. Die Stille schließt mich in ihre Arme. Bleibe dort, wo dein Herz ist, und ruhe dich aus, sagt sie mir. In der Stille höre ich ein leises, vertrautes Geräusch. Meine Mutter sitzt in ihrem Schaukelstuhl am Feuer. Sie strickt und summt ein Lied zu ihrer eigenen Freude.

»Mutter!«, rufe ich in meinem Traum. »Mutter, ich bin zu dir nach Hause gekommen.«

Sie hört zu singen auf. Ihre fleißigen Hände ruhen in ihrem Schoß. Ihre freundlichen Augen lächeln zu mir hoch.

»Mina«, sagt sie zu mir. »Mina, du Freude meines Herzens, du bist immer hier.«

»Mutter?«, frage ich. »Mutter, was werde ich tun?«

»Wir haben die Liebe, mein Schatz«, antwortet sie. »Vertraue der Liebe.«

Ich liege wach im Dunkeln, mein Gesicht ist in Tränen gebadet. Ich bin Mina, aber ich bin auch etwas darüber hinaus, wofür es noch keinen Namen gibt.

Nun, das war mein Traum. Diese Woche haben wir warmes Wetter. Der blasse, zarte Kopfsalat kommt bereits, und der Spinat hebt sich dunkelgrün von der feuchten Erde ab. Die Erbsenranken tasten sich schon am Spalier hinauf. Am vierten Juli werden wir zu unserem gedünsteten Fisch neue grüne Erbsen essen können.

Dienstag, 25. Mai 1852

Honor und Mr. DiRoma machen ihre Hochzeitsreise zum Naturwunder der Niagarafälle. Sie haben gewartet, bis das Wetter milder wurde und die Renovierungsarbeiten am Haus in der Elizabeth Street endlich abgeschlossen waren. Sofern ich sie sehen möchte, werden sie unterwegs für drei Nächte in Uncas Falls Halt machen. Sie würden auch Tante Jane gerne mitbringen. Am Ende des Briefes gab es ein Postskriptum.

> *Ich zögere, noch einen weiteren Gast anzukündigen, Mina*, schrieb Honor, *aber dürfen wir auch Mr. Serle mitbringen? Er war so krank und erschöpft in diesen vergangenen Monaten, und deine Notiz schien ihm Kraft zu geben. Die Veränderung und die Landluft*

könnten ihm guttun, dich zu sehen ohnehin. Außerdem meinte Tante Jane gerade eben, sie sehne sich sehr nach dir, wolle aber nicht mit uns zu den Niagarafällen reisen. Nach den paar Tagen bei dir könnte Mr. Serle sie dann zurück nach New York begleiten. Wenn du dich damit einverstanden erklären könntest, würde das unsere Planung erleichtern.

In Honors Brief befindet sich noch ein zweiter.

Liebe Miss Pigot,
ich danke Ihnen für Ihre freundliche Notiz mit den Wünschen für meine Gesundheit. Im vergangenen Jahr habe ich oft an Sie gedacht. Mr. und Mrs. DiRoma drängen mich mitzukommen, um Sie zu besuchen. Bitte sagen Sie es mir in aller Offenheit, wenn Sie dies als Zumutung empfinden. Ich werde es verstehen.
Hochachtungsvoll, Ihr Benjamin Serle

Mit einem Seufzer beendete ich meine Lektüre. Sein Briefstil war ärgerlicherweise immer noch derselbe. Aber dann – Seifenblasen der Freude platzten in meinem Herzen, ich hatte mich geirrt. Mr. Serle war noch immer in Amerika. *Im vergangenen Jahr habe ich oft an Sie gedacht.* Der lebenspendende Duft des Frühlings wehte durch die offenen Fenster. Ich hörte ein aufgeregtes Gequake und Schreie vom Hof. Tobias und Rafe neckten die Gänse wieder. Natürlich schlug ich Honors Bitte nicht ab. Sie werden alle morgen hier sein.

Heute Abend ist es friedlich in der Sommerküche, wo ich am Ende des langen Tisches neben der Lampe schreibe. Mr. King ist wie üblich unterwegs. Eben hat sich zur Ruhe begeben. Die Fenster stehen offen in dieser lauen Nacht. Gerade eben drang aus dem Wald der klagende Laut des Ziegenmelkers. Der Duft des Waldes und der Myrrhenbüsche vor dem Haus schwängert die Luft.

Meine Freunde kommen aus der Stadt. New York. Ich erinnere mich an die Schönheit des Hafens, als wir an einem kalten Novemberabend auf das Ende unserer Reise warteten. Ich erinnere mich an die Paraden. Der Mann, der George Washington spielte, ritt zu den Feiern am Evacuation Day ein großes weißes Pferd. Ich kniete in St. Patrick's neben meinem Bruder und fühlte mich meinen Leuten nah. Ich stand mit Mr. Serle auf dem Friedhof und betrachtete den Grabstein des Gründervaters.

Auch die Geräusche und Gerüche der Stadt sind mir noch gegenwärtig: die fröhlichen Stimmen von Gästen, die ein Dinner verlassen, die Pferdehufe auf dem Kopfsteinpflaster, die Zeitungsjungen, die schrill die letzten Ausgaben ausrufen, und die flehenden Rufe der Händler, die ihre Orangen, Nüsse und Bonbons feilbieten. Ich weiß auch noch, wie es riecht: nach Schmutz und Meer und den üblen Ausdünstungen vieler dicht beisammenlebender Menschen. Hier habe ich diese Konzentration der Stadt aus menschlichem Gestank und Salz, Hitze und einer unsäglichen Süßigkeit schon fast vergessen. In diesem Haus auf dem Land riecht es auch nach Tieren, aber zugleich nach Wald und Feld und Garten – es ist ein ganz eigenes, würziges Aroma.

Ich frage mich, wie meine Freunde und ich uns wohl im vergangenen Jahr verändert haben. Ich stürzte mich in die kaleidoskopischen Umschwünge einer erweiterten Welt und wählte dann das stille Muster eines dörflichen Lebens. Ob sie mich noch erkennen werden? Eine arme flatternde Motte taumelt in die Lampe und tötet sich selbst. Überall flammt Gefahr auf. Ich berühre den Ring meiner Mutter und bete darum, dass der Weg des Herzens ein sicherer sein möge. Dann lösche ich das Licht und gehe zu Bett.

TEIL VII

Das Ende der Geschichte

Samstag, 12. Juni 1852

Heute Abend schüttet es wie schon den ganzen Tag aus vollen Kübeln. Das sorgt für eine Unterbrechung unserer Arbeit, denn die Felder und der Garten sind zu nass, um zu pflanzen und zu kultivieren. Ich erledige daher alle Stopf- und Näharbeiten, die bisher liegen bleiben mussten. Nun sitze ich in der Sommerküche und habe mein Buch vor mir liegen. Ich muss tief Luft holen, wenn ich an all die Veränderungen denke, die sich seit meinem letzten Eintrag ergeben haben.

Meine Sorge war groß, als ich für meinen Besuch plante. Lily und ich lüfteten und säuberten die beiden oberen Räume für Honor und Guido und für Tante Jane, aber ich wusste nicht, wohin ich mit Mr. Serle sollte. Schließlich war ich schon entschlossen, Tante Jane zu bitten, sich mit mir das Bett zu teilen, damit ich ihr Zimmer Mr. Serle geben konnte. Aber Eben löste mein Problem.

»Sie werden drei Tage Besuch im Haupthaus haben«, sagte er. »Zeit für mich, wieder einmal zu Mr. King auf den Dachboden über der Sommerküche zu ziehen. Jetzt, wo es so viel Arbeit auf dem Feld gibt, trage ich dann auch keinen Schmutz mehr ins Haus.«

Als Eben mit seinen Sachen umgezogen war, machte ich das Zimmer sauber und polierte die Möbel. Von diesem Raum aus hat man nicht den weiten Blick auf den See, den man vom Obergeschoss aus hat, aber man sieht ihn. Die

Flügelfenster öffnen sich zum Wiesenhang und den Wäldern hin und lassen das Rauschen des Uncas Creek herein, der im Südwesten den Berg hinabschießt. Zum Glück kam tags darauf ein Hausierer vorbei. Ich kaufte nicht nur den Kambrik, den ich für Tobias' Hemden benötigte, und blau gemusterten Kattun für mich, sondern auch noch Stoff für eine neue weiße Tagesdecke. Am Tag, an dem der Besuch kam, stellte ich ein Sträußchen blauer Stiefmütterchen auf den Tisch neben dem Bett.

Eben brach im Morgengrauen auf, um die Gesellschaft in Albany abzuholen. Ich kam den ganzen Tag nicht zur Ruhe. Wären Lily und Tobias nicht hier gewesen, um mich an meine Aufgaben und ihren Hunger zu erinnern, hätte ich das Mittagessen ausfallen lassen. Alle paar Minuten ertappte ich mich beim Blick aus der Tür und bei der Sorge, dem Dampfschiff auf dem Fluss oder dem Wagen auf der Straße könnte Unheil widerfahren sein. Aber schließlich sagte ich mir, dass es ein schöner Tag für eine Reise war, warm und wolkenlos. Ich fragte mich, was Mr. Serle wohl zu der unvergleichlichen Szenerie entlang des Hudson sagen würde.

Als der Tag sich dem Ende neigte, verwandelte sich der Uncas-See in ein welliges Laken aus Silber, und die Weiden am Ufer schillerten in den schräg einfallenden Sonnenstrahlen grün wie Katzenaugen. Ein Karren kam die Straße hoch, aber es war eine Mohawk, die Körbe und indianischen Reis feilbot. Ich war so aufgeregt, dass ich ihr den größten Korb und dazu einen Viertelscheffel Reis abkaufte, obwohl dieser vom letzten Jahr war und ich keinen benötigte.

Ich dachte, Eben würde um sechs Uhr zurück sein, aber es war schon fast acht Uhr, als die Kutsche auf den Hof ratterte. Dann kam nach diesem ruhigen Tag natürlich alles auf einmal, Küsse, Händeschütteln, Tobias musste vorgestellt werden, alle wurden auf ihre Zimmer geführt, Stimmengeplapper und Wünsche.

Nachdem ich Tante Jane und Honor geküsst und Guido sowohl meine Hand geschüttelt als auch meine Wange geküsst hatte, reichte Mr. Serle mir die Hand. Ich fand seine dunklen Augen so geheimnisvoll wie bei unserer letzten Begegnung vor einem Jahr. Wie gern hätte ich erfahren, was er dachte.

»Sie sehen gut aus, Miss Pigot«, sagte er auf seine stille, höfliche Art.

»Und ich hoffe, es geht Ihnen gut«, sagte ich. »Ihr Hut gefällt mir.« Er trägt jetzt einen breitkrempigen Hut, wie ihn die Demokraten tragen.

Ich fand, dass er eingefallen und müde aussah, aber er nickte und meinte, in Anbetracht des langen Reisetages gehe es ihm ganz gut. Gern hätte ich mehr erfragt, aber da flüsterte Tante Jane mir ins Ohr und erkundigte sich nach dem Weg zur Toilette, und ich musste das Abendessen servieren. Wir aßen in der Sommerküche am großen Tisch, der so lang ist, dass alle daran Platz finden. Ich saß am Tischende, um die gebratenen Hühnchen zu zerteilen. Tobias saß zu meiner Linken. Eigentlich hatte ich gehofft, Mr. Serle würde mir zur Rechten Platz nehmen, aber diesen Stuhl beanspruchte bereits Tante Jane. In letzter Minute kam Silas King hereingehuscht und setzte sich mir gegenüber ans andere Tischende.

»Wurde das Tischgebet schon gesprochen?«, wollte er wissen.

Innerlich seufzte ich. Jetzt möchte er den Prediger spielen, überlegte ich, ein herzloser Gedanke, wie mir wohl bewusst war. Gäbe es in Uncas Falls einen Priester, müsste ich meine Kleinherzigkeit zugeben und Buße tun. Aber seine Dankgebete waren so lang, und seinem Gesichtsausdruck nach zu schließen, wollte er bestimmt mit einem kranken Gemeindemitglied oder einer Lesung zur Abstinenz vor Gott und der versammelten Gesellschaft auftrumpfen. Meine Gäste waren allesamt hungrig und müde.

»Tobias wird den Dank sprechen«, bestimmte ich.

Tobias sprach die einfachen Worte, die ich ihm beigebracht hatte, und er machte dies in Anbetracht so vieler Menschen auf einmal sehr gut. Am Ende kam er ins Stammeln. Ich gab ihm das entsprechende Wort, und alle gemeinsam sagten wir Amen. Ich nahm das Tranchiermesser zur Hand.

»Sie hätten das Kind vor dem Abendessen zu Bett bringen sollen, Madam«, rügte mich Mr. King vom Ende des Tisches.

Ich ging nicht darauf ein. »Weißes Fleisch oder dunkles?«, fragte ich Tante Jane.

Während ich mit Verteilen beschäftigt war, riss Mr. King das Gespräch an sich. Mit Mr. DiRoma unterhielt er sich über das Eisgeschäft. Honor erkundigte sich nach dem großen Gebäude am Seeufer hinter Uncas Falls auf dem Weg nach Sawyerville. Mr. King erklärte, es sei ein neues Hotel. Man biete dort Wasserkuren zur Stärkung einer schwachen Konstitution an, aber auch Wanderungen, Bootsfahrten und eine reine, einfache Kost.

»Man sagt, das verspreche gute Umsätze für die Süßwarenläden in der Nähe«, meinte Eben.

Honor lachte, und Mr. King warf ihr einen kritischen Blick zu. Dann wandte das Gespräch sich der Reise zu. Alle aßen und erzählten von der Geschwindigkeit der Dampfschiffe und der Schönheit des Flusses. Mr. Serle schien keinen großen Appetit zu haben. Er wirkte irgendwie abwesend. Offenbar war er kränker gewesen, als Honor mir erzählt hatte.

Das Abendessen war bald vorbei. Die Besucher nahmen ihre Lampen und gingen zu Bett. Guido gähnte. Es läge wohl an der frischen Landluft, meinte er. Das fand ich komisch, denn es war ein warmer Abend und sogar ein wenig stickig. Der Sommer war in diesem Jahr sehr zeitig gekommen.

Ich musste Tobias, der ebenfalls gähnte, zu Bett bringen. Er schlief auch sofort ein, Rafe machte es sich auf dem Fußboden davor bequem. In Nachthemd und Morgenmantel bürstete ich mein Haar, als ich ein vorsichtiges Klopfen an der Tür hörte. Ich öffnete, und vor mir stand Tante Jane. Sie wirkte aufgeregt.

»Störe ich dich, Mina?«, fragte sie.

»Nein, komm herein, aber wir dürfen Tobias nicht aufwecken.«

»Ich wollte dir nur was unter vier Augen ...«, begann Tante Jane zögerlich mit Flüsterstimme.

»Ja?« Ich versuchte ihr Mut zu machen.

»Seton – das heißt, Mr. Westervelt –, er hatte eine so schwere Zeit. Er ...«

Es klopfte leise an der Tür, und Honor trat ein.

»Na!« Honor lächelte mich an. »Hat Tante Jane dir schon von dem Skandal erzählt? Seton Westervelt hat sich endlich von seiner Frau scheiden lassen. Sie ist mit ihrem Liebhaber nach Europa gegangen. Die Tochter wurde ins Internat geschickt, und Jasper ist abgehauen und fährt zur See.«

»Honor!«, entrüstete sich Tante Jane und vergaß zu flüstern.

Tobias regte sich in seinem Bett.

»Pst«, machte ich.

»Hat Tante Jane dir erzählt, dass Seton Westervelt sich bei ihr gemeldet hat?«, fuhr Honor leise fort.

»Nein«, sagte ich.

»Er kam einmal am Abend und einmal zum Essen zu uns«, flüsterte Honor. »Wir haben Mitleid mit ihm, weil er jetzt bei seiner kranken Mutter leben muss. Vielleicht ist das auch der Grund, weshalb Tante Jane so bald zurückkehren möchte, obwohl ich sie bedrängt habe, dass es Benjamin Serle guttäte, länger auf dem Lande zu verweilen.«

In Honors Stimme schwang ein ärgerlicher Unterton mit. Ich sah Tante Jane an. Ich hätte sie gern gefragt, ob sie jemals ein aufrichtiges Gespräch mit Honor geführt hatte. Wahrscheinlich deuteten ihre gesenkten Lider und die rosa Wangen darauf hin, dass Honors direkte Art ihr peinlich war. Sie schürzte die Lippen und sagte kein Wort. Der Gedanke, dass Jasper weg war, erleichterte mich.

Honor seufzte. »Komm, meine Liebe«, sagte sie zu Tante Jane. »Wir halten Mina davon ab, zu Bett zu gehen.«

»Für mich ist das schon in Ordnung«, sagte ich leise, »aber Tobias ist eben erst eingeschlafen.«

»Ich habe ein Kleid für dich genäht«, flüsterte Honor. »Ich möchte, dass du es am Morgen anprobierst.«

Honor legte ihren Finger auf die Lippen und scheuchte Tante Jane aus dem Zimmer. Da wir nicht offen miteinander reden konnten, war ich nicht wirklich traurig, dass sie gingen. Über Tante Jane konnte ich mich nur wundern. Ihr Erröten sagte mir, dass sie Seton Westervelt trotz seines Verrats an ihr, durch den sie, wie sie sagte, den Glauben verlor, noch immer liebte. Aber sie hatte ihm schließlich auch nie gesagt, dass sie ein Kind von ihm erwartete, also konnte man ihm nicht die ganze Schuld geben. Ich wusste nicht, wie ich in einem solchen Fall empfinden würde. Ich versuchte mir vorzustellen, wie es wäre, meinen Glauben zu verlieren – es wäre nicht anders, als würde ich über die Klippen der Niagarafälle gespült.

Wohl aufgrund der aufwühlenden Überlegungen, die ich angestellt hatte, fiel es mir schwer einzuschlafen. Beten half mir ein wenig, aber dennoch lag ich, wie ich glaubte, stundenlang wach. Plötzlich waren so viele Menschen im

Haus. Das vertraute Knacken und die kleinen nächtlichen Geräusche hatten sich verändert, waren angeschwollen. Tobias murmelte im Schlaf, und Rafe wälzte sich. Mir schmerzten die Ohren, weil ich das Gefühl hatte, Mr. Serle in seinem Zimmer auf der anderen Seite des Hauses atmen hören zu können, wenn ich nur angestrengt genug lauschte.

Endlich tauchte ich in einen Traum ein. Ich stand am Kieselstrand von Uncas Falls. Kleine Wellen schwappten an meine Füße. Dunst stieg über dem grünen Wasserspiegel auf. Ein Boot näherte sich durch die Schwaden. Ich sah die Umrisse eines Schiffsrumpfs, dann ein weißes Segel, gebläht von unsichtbarem Wind. Ein Mann stand auf dem Boot neben dem Mast. Er hielt ein Tau – nur dass ich kein Tau sah, sondern ein grünes Band in der satten Farbe von Weidegras nach einem Regen.

Das Boot kam näher. Der Mann trug ein weißes Hemd mit offenem Hemdkragen, so dass ich die kräftige Säule seines Halses sehen konnte. Der feuchte Nebel lockte ihm das dunkle Haar über den Schläfen. Er machte mir mit Hilfe von Zeichen deutlich, dass ich zu ihm ins Boot steigen und über den See segeln solle.

Ich konnte nicht gehen. Das Boot war viel zu weit vom Ufer entfernt. Ich würde im See untergehen. Doch mir tat Mr. Serle leid. Ich wollte ihm etwas geben, damit er sah, wie leid es mir tat, nicht zu ihm zu können. Ich überlegte, den Ring meiner Mutter zu nehmen, der seinen Platz in meinem Hemd hat, und ihn zu ihm auf das Boot zu werfen. Es würde ein Liebesgeschenk sein.

Ich führte meine Hand an die Brust. Als ich sie herauszog, hielt ich darin nicht den Ring, sondern mein eigenes Herz. Es schlug in meiner Hand wie ein gefangener Vogel. Ich hatte schreckliche Angst. Ich wagte es nicht, es anzusehen. Wie sollte ich ohne mein Herz leben?

Rafe war bei mir und zupfte an meinem Rock. Er wollte, dass ich mein Herz wieder an mich nahm. Er wollte, dass ich vom Ufer wegging und zum Haus über dem See zurückkehrte.

»Gottes Wille wird geschehen«, sagte der Hund.

Ich stand vor dem Morgengrauen auf. Der Traum hatte mich wach gemacht, und ich konnte nicht wieder einschlafen. Es war noch frisch, als ich den Gänsen Körner hinstreute und die Eier der Hühner einsammelte, während Eben die Kuh molk. Wir beide nahmen dann schweigend unser Frühstück ein – Schinken, Eier, Kaffee und Rhabarberkuchen für ihn, für mich Kaffee mit Milch und Zucker und ein Stück getoastetes Brot. Mr. King kam herunter, als wir gerade fertig waren. Er brach nach Utica auf und würde einige Tage wegbleiben. Ich bat ihn, bei Henry Carlton vorbeizuschauen und ihn daran zu erinnern, dass er mir für heute einen Seefisch versprochen hatte. Die über den östlichen Hügeln safranfarben, rosa und blutrot aufgehende Sonne versprach einen heißen Tag.

Da die anderen noch schliefen, ließ ich die Arbeiten im Haupthaus ruhen und verbrachte den zeitigen Morgen mit dem Saubermachen der Sommerküche und dem Ordnen von Töpfen, Pfannen und Krügen. Von heute an würden wir hier anstatt im Haupthaus das Feuer schüren. In dem großen offenen Raum der Sommerküche gab es Platz für zwei Tische: einen geschrubbten Arbeitstisch aus Kiefer und den langen, polierten Esstisch aus Ahornholz neben den Flügelfenstern, die kühle Luft hereinließen.

Als ich gerade die Gewürzgläser auf ihr Regal gestellt hatte, kam Mr. Serle vom Haupthaus herein.

»Das Feuer ist aus«, teilte er mir mit.

»Ich weiß«, sagte ich. »Den ganzen Sommer über werde ich in diesem Teil des Hauses kochen. Sehen Sie, das Feuer hier habe ich ganz früh am Morgen entfacht. Der Kaffee ist heiß. Was möchten Sie essen?«

»Noch nichts. Ich werde auf die anderen warten.« Er zitterte. »Die Morgenluft ist frisch.«

»Sie müssen sich in die Sonne setzen«, sagte ich.

Er sah so grau und gar nicht wie er selbst aus. Nicht besser als gestern. Als wäre seine Seele zu einer Reise aufgebrochen, von der sie noch nicht zurückgekehrt war.

»An die Sonne?« Er wandte sich den Fenstern zu, die ich weit aufgerissen hatte und durch die das Licht hereinströmte, als hätte er vergessen, dass es da draußen eine Welt gab.

»Sie werden sich jetzt in die Sonne setzen«, befahl ich ihm und ergriff kühn seinen Arm und geleitete ihn zur Tür. »Ich werde Ihnen Kaffee mit heißer Milch und Zucker nach draußen bringen, so wie Sie ihn gern mögen.«

»Danke«, sagte er, als ich ihm die dampfende Tasse brachte. Er saß auf der Bank, auf die, wie ich ihm gezeigt hatte, die Morgensonne fiel, geschützt von der wärmenden Hauswand. Einen Moment setzte ich mich neben ihn.

»Honor schrieb mir, dass Sie den ganzen Winter über krank waren«, sagte ich. »Was hatten Sie denn?«

»Ich hatte wieder Probleme mit meinen Lungen«, antwortete er. Er sah mich nicht an, sondern blickte auf den fernen See hinaus. »Bei kalter Witterung war es sehr schmerzhaft, aber seit April geht es mir besser.«

»Ich habe gebetet, dass Sie wieder gesund werden«, sagte ich.

Mr. Serle nickte. Er wirkte so müde. »Danke.«

Ich ertrug es nicht länger. Ich ergriff seine Hand.

»Ich möchte, dass es Ihnen gut geht«, sagte ich. »Ich denke, Sie müssen raus aus der Stadt, an die reine Luft. Ich hoffe sehr, dass Sie uns oft in Uncas Falls besuchen.«

Mr. Serle blickte hinab auf unsere beiden Hände. Seine

Hand ist von Natur aus brauner als meine; ich mochte seine langen Finger und seinen kräftigen Händedruck schon immer. Meine eigene Hand war von der Sonne gebräunt, der Handrücken mit Sommersprossen gesprenkelt, und am Daumen hatte ich eine rote Stelle, wo ich mich vor zwei Tagen beim Einkochen des Rhabarbers verbrannt hatte. Es war keine damenhaft blasse Hand.

»Danke«, sagte Mr. Serle wieder. »Ich bin sicher, es wird mir bald besser gehen.«

Wieder sah er auf den See hinaus und nicht zu mir. Ich seufzte und ließ seine Hand los. Er schien sich überhaupt nicht mit mir unterhalten zu wollen.

»Es ist doch ein wunderbarer Ausblick, nicht wahr?«, fragte ich ihn. »Mr. King las uns vor einigen Wochen etwas aus seinem *Union Magazine* vor. Ein Schriftsteller meinte: ›Es ist gut, Wasser in der Nachbarschaft zu haben, es sorgt für Lebenskraft und überschwemmt die Erde.‹ Den Namen des Schriftstellers habe ich vergessen, aber ich denke, die Worte drücken eine Wahrheit aus.«

Endlich sah Mr. Serle mich an.

»Ein wunderbarer Gedanke«, sagte er. Fast lächelte er.

Ehe ich irgendetwas privater Natur sagen konnte, kam Lily die Stufen heraufgestapft.

»Haben Sie heute Morgen die Eier schon eingesammelt, Miss Mina?«, fragte sie mich.

»Ja«, sagte ich zu ihr. »Würden Sie bitte als Erstes gleich den Frühstückstisch in der Sommerküche decken? Trinken Sie Ihren Kaffee, ehe er kalt wird«, sagte ich zu Mr. Serle, »und machen Sie einen Spaziergang oder kommen Sie rein, um mitzufrühstücken, wenn Sie möchten.«

Ich ließ ihn allein auf den See hinausstarren. Beim Frühstück ging es munter und laut zu, aber Mr. Serle kam nicht herein, um sich zu uns zu gesellen. Während Tante Jane und ich den Tisch abräumten, erhaschte ich einen Blick auf ihn, wie er ganz allein auf den Ententeich zuschritt. Ich fürchtete, weinen zu müssen. Nie würde ich allein mit Mr. Serle sprechen können. Es war dumm, neben einem Frühstückstisch mit seinen Kaffeetassen, Eierschalen, Brotkrusten und mit Marmelade verklebten Messern zu weinen.

Tante Jane, Lily und ich machten nach dem Frühstück Ordnung in der Küche, während Honor und Guido mit Tobias und Rafe loszogen, um den Hof zu erkunden. Als Lily nach oben ging, um die Betten in den Gästezimmern zu machen, fragte mich Tante Jane, wie ich mich als einzige Frau hier im Haus fühle. Sie machte sich Sorgen, dass dies den Anschein der Unschicklichkeit erwecken könnte. Ich gab dem Gespräch eine andere Wendung, indem ich Tante Jane fragte, ob sie Honor von Mr. Westervelt oder Mr. Westervelt von Honor erzählt habe.

»Er interessierte sich dafür, wie alt ich bin, und dann für Honors Alter«, berichtete ich ihr. »Ich denke, er vermutet die Wahrheit.«

Tante Jane sah mich entsetzt an – offenbar hätte ich das nicht erwähnen sollen.

»Bitte, Mina, bitte«, flehte sie mich mit Tränen in den Augen an. »Du darfst kein Wort darüber verlieren, niemals. Ich könnte es nicht ertragen, wenn Honor erführe, dass ich sie die ganzen Jahre angelogen habe.«

»Honor liebt dich«, versuchte ich sie zu beruhigen, aber jetzt konnte Tante Jane die Tränen nicht mehr zurückhalten. Ich musste aufhören und sie trösten und ihr widerstrebend versprechen, ihr Geheimnis nicht auszuplaudern.

Als sie sich die verweinten Augen auswusch, schaute ich durchs Fenster auf den See hinaus. Ich fragte mich, ob es klug war, so etwas zu versprechen. Doch das schieferblaue, gekräuselte Wasser und die ziehenden Wolken blieben mir die Antwort schuldig. Wie das Gebet, so gibt auch die Natur Trost, aber sie beantwortet keine Fragen.

Dann kam Honor herein, um mir mein Kleid zu zeigen. Als ich mich nach den Männern erkundigte, zuckte sie mit den Schultern und sagte, sie würden Eben helfen, Saatkörner in den Verteiler zu füllen.

»Guido braucht immer was zu tun«, sagte sie. »Und Mr. Serle tut es gut, draußen zu sein.«

Honor hatte mir ein Kleid aus grüner und weißer Seide mit langen Überärmeln und falschen Ärmeln aus Kambrik genäht, dazu ein mit echter Spitze besetztes Unterkleid. Ich musste es anprobieren. Honor wollte sich unbedingt vergewissern, dass ich seit der letzten Anprobe bei ihr nicht zugenommen hatte.

»Du bist immer noch so schlank und elegant wie eh und je, Mina«, sagte sie, »aber als ich dich gestern Abend sah, war mein erster Gedanke, dass du irgendwie größer, irgendwie vollkommener wirkst.«

»Ich bin nicht mehr so ein Kind, wie ich war«, stimmte ich ihr zu. »Und in diesem wunderschönen Kleid werde ich mich wahrhaft als Frau fühlen.«

»Es gefällt dir?«, fragte sie fast schüchtern.

»Es ist wunderschön«, sagte ich. »Es gefällt mir ausgezeichnet. Noch nie habe ich ein Seidenkleid gehabt. Umso schöner ist es für mich, dass mein erstes von dir, meiner besten Freundin, gemacht wurde.«

Feierlich ließ Honor den neuen Rock über meinen Kopf fallen und zog die Bänder zusammen. Dann half sie mir in das Mieder, das sich an Taille und Leib anschmiegte, aber doch noch bequem war; es schnürte nicht ein. Honor hatte in das Mieder dünne Stäbchen eingearbeitet. Sie war davon ausgegangen, mich nicht zu einem vollen Korsett überreden zu können. Der Halsausschnitt des Kleides ohne das Unterkleid, das ich, wie Honor sagte, nur tagsüber tragen sollte, ist weder zu weit noch zu hoch, sondern anmutig geschwungen.

»Die Unterärmel sind aus Batist«, erklärte Honor, als sie diese zuknöpfte und die Rüschen der Miederärmel zu ihrer Zufriedenheit zurechtzupfte. »Perfekt«, sagte sie.

Wir betrachteten mein Spiegelbild über dem Schreibtisch. Das bin ich also auch, sagte ich mir. Die junge Frau mit ihrem roten Haarzopf, der oben auf dem Scheitel festgesteckt war, und den widerspenstigen Locken, die ihr Gesicht umrahmten, wie es ihnen passte, trug ein Kleid, das sich in der Taille verjüngte, ihren Busen hob und ihre Schultern zeigte. Sie hatte die Gestalt einer Frau. Ihr üppiger Rock und die Spitzenärmel waren nicht dazu geeignet, eine Kuh zu melken oder das Geflügel zu füttern. Ich fragte mich, ob diese Person dem Wunschbild entsprach, das sich mein Bruder Daniel von mir gemacht hatte. Eine Dame schaute mich aus dem Spiegel an. Ich fühlte mich wie ein von dieser getrenntes Wesen – sie war wie eine Puppe, die erst noch zum Leben erweckt werden musste. Doch so etwas Wirres konnte ich Honor nicht sagen. Ich musste mich bei ihr bedanken.

»Du bist eine Zauberin, Honor«, sagte ich. »Das ist zauberhaft schön.«

»Ach, pah. Es ist eine Freude, dich einzukleiden.«

Nachdem ich wieder mein Waschkleid angezogen hatte, saß ich kurze Zeit mit Honor in meinem Schlafzimmer. Um das Kleid ganz fertig zu machen, mussten die Unterärmel noch gesäumt werden. Honors Nadel blitzte in dem zarten Batist auf und nähte winzige, ordentliche Stiche.

»Ich muss dich was fragen«, sagte ich.

»Oh?«, Honor blickte interessiert zu mir hoch.

Ich holte tief Luft und sprang dann ins kalte Wasser.

»Wie ist das nun wirklich zwischen einem Mann und einer Frau?«

Honor sah mich verdutzt an. »Aber, Mina, du hast doch sicherlich schon gesehen, wie Tiere …«

»Das meine ich doch nicht!«, rief ich aus.

Honor lachte. Offenbar sah man mir die Kränkung an, denn sie sagte: »Verzeih mir, Mina.«

»Die Tatsachen kenne ich«, sagte ich. »Ich meine aber mehr als die Tatsachen. Ich habe eine Frau im Kindbett sterben sehen. Wie konnte sie sich der Liebe hingeben, wo sie doch um die Gefahr wusste? Warum baute sie auf die Liebe?«

Honor saß schweigend da, erzählte mir dann aber, dass Männer und Frauen einander in der Liebe halfen, was die Tiere, wie sie glaubte, nicht täten. Sie sagte, der Akt der Liebe selbst könne uns aus dem Gefängnis unseres Selbst befreien – einen Moment lang glaubten wir, nicht allein zu sein.

»Die Liebe ist mächtiger, als wir es sind«, erklärte Honor. »Lass dich von der Liebe führen, und die Gefahr ist vergessen. Liebe wird mit Angstfreiheit belohnt.«

Angstfreiheit? Ich dachte schweigend darüber nach, aber dann konnte ich mich nicht mehr zurückhalten.

»Was ist los mit Mr. Serle?«

»Ich weiß es nicht«, erwiderte Honor. »Er war diesen Winter sehr krank. Ich sage dir in aller Offenheit, dass er in der schlimmsten Nacht deinen Namen ausgesprochen hat. Er schien dich mit seiner toten Frau zu verwechseln. ›Ich kann nicht zulassen, dass Mina ertrinkt‹, sagte er zu mir.«

»Du hättest mir schreiben sollen, dann wäre ich gekommen«, sagte ich erschüttert.

»Ich fragte ihn, als sein Geist wieder klarer war«, berichtet Honor. »Ich bedrängte ihn, mir zu erlauben, dich herkommen zu lassen, aber er sagte nein. Er sagte, du hättest dein eigenes Leben. Hätte Tante Jane sich nicht für den Rückweg in die Stadt eine Begleitung gewünscht, glaube ich nicht, dass wir ihn zu dieser Reise hätten überreden können, obwohl Guido und ich es ihm ansahen, wie gern er mitkommen wollte.«

Ich seufzte. »Wir haben uns ein ganzes Jahr lang nicht gesehen. Ich muss mit ihm sprechen.«

Honor musterte mich.

»Wenn du ihm das Herz brichst, Mina, werde ich nie wieder mit dir sprechen. Er ist so ein guter Mann.«

»O Honor«, sagte ich. Meine Unsicherheit schwand. Honor sah Hoffnung für uns. »Wirst du ihm sagen, er solle meins nicht brechen? Und ich wäre verloren, wenn du nie mehr mit mir sprächst.«

»Gut.« Honor war mit dem Säumen der Unterärmel meines Kleides fertig. Sie strich sie glatt und legte sie zusammen. »Ich möchte dich auch nicht verlieren. Meine Mutter und ich haben dich so gern.«

»Wie?« Ich traute meinen Ohren nicht. »Sagtest du ›meine Mutter‹?«

»O Gott«, sagte Honor, was sich aus ihrem Mund sehr seltsam anhörte, da sie doch nicht an Gott glaubte. »Es ist mir so herausgerutscht. Natürlich meinte ich Tante Jane. Ein Versprecher.«

»Aber …«, setzte ich an.

»Eine Lüge«, meinte Honor weich. »Eine freundliche Lüge, aber gewusst habe ich es immer.«

Ich erinnerte mich noch an das Aquarell einer zerbrechlich wirkenden Frau und eines beschützenden Mannes, von dem Honor mir erzählt hatte, dies seien ihre toten Eltern. Dabei hatte sie, als sie deren Konterfeis betrachtet hatte, nachdenklich ihren Kopf geneigt und traurig den Mund verzogen. Jetzt hatte sie wieder den gleichen Ausdruck. Diese leidvolle Einsicht schnürte mir die Brust zusammen.

»Weiß sie denn, dass du es weißt?«, fragte ich.

Diese Frage schien Honor zu erschrecken. »Nie, niemals darfst du zugeben, es zu wissen, Mina. Ich würde sterben. Ihre Würde ist mir sehr wichtig.«

»Natürlich«, versprach ich. »Ich liebe sie, und ich liebe dich. Du hast dich versprochen.«

»Danke«, sagte Honor. »Ich vertraue dir.«

Ich beugte mich über sie und küsste sie. Unsere Lügen verbergen uns vor uns selbst wie vor der Welt. Aber die Gewänder, die unsere Körper kleiden, vermögen nicht unsere Seelen zu umhüllen.

Am späten Vormittag war es heiß, sehr heiß. Der Morgendunst hatte sich, gar nicht der Jahreszeit entsprechend, zu schwüler Sommerwitterung verdichtet.

»Es ist so drückend.« Honor kam in die Sommerküche und fächelte sich mit der Hand Luft zu.

Selbst Tante Jane hatte sich ihres Halskragens entledigt. Eben kam auf einen Schluck Wasser herein.

»Sie könnten Ihre Besucher mit zu den Wasserfällen nehmen«, schlug er vor. »Dort oben ist es kühler.«

»Wasserfälle?« Guido stürzte sich auf diese Frage. »Was sind das für Wasserfälle?«

»Das Wasser kitzelt dich in der Nase«, sagte Tobias. »Es ist wie Sodawasser.«

»Etwa eine halbe Stunde Fußweg von hier schießt der Uncas Creek in zwei Wasserfällen durch eine Wiese, einer hinter dem anderen, und fließt dann weiter ins Dorf. Wir könnten in den Tümpeln unterhalb der Wasserfälle baden«, nahm ich Ebens Vorschlag auf.

»Wie schön«, befand Honor.

»Was haltet ihr davon, wenn wir unser Mittagessen dort oben einnehmen?«, fragte ich.

»Ja!«, schrie Tobias. »Sag ja, Tante Honor.«

Als Mr. Serle hereinkam, waren Honor und ich gerade dabei, Schinkensandwiches, hart gekochte Eier, Käse, Salat und Ingwerkekse auf zwei Körbe zu verteilen.

»Was machen Sie da?«, wollte Mr. Serle wissen.

»Wir gehen zu einem Picknick.« Honor leckte sich die Butter vom Finger. »Ich gehe schwimmen.«

Mr. Serle stand am Tisch. Wie Guido hatte er sein Jackett ausgezogen. Sein Hals hob sich vom weichen Weiß seines Hemds ab.

»Wollen Sie uns vielleicht Hühnchensandwiches machen?«, fragte ich ihn. »Von gestern Abend ist noch kaltes Hühnchen da. Das werden Sie dem geräucherten Schinken sicherlich vorziehen.«

Als er bejahend nickte, ging ich in die Kühlkammer, worin sich die Eiskiste befand, und holte das Hühnchen.

»Das Brot und die anderen Dinge werden Sie sich mit Honor teilen müssen«, sagte ich ihm.

»Ist noch Zeit, um eine Eiersauce zu machen?«, fragte er.

»Ja«, erwiderte ich. »Ich muss uns noch etwas zu trinken herrichten. Wir haben noch ein paar Minuten.«

Es tat mir weh, ihn wieder in einer Küche arbeiten zu sehen. Fast hätte ich vergessen, welche Freude das war. Alles, was er macht, geschieht ordentlich und flink. Er schälte eins der hart gekochten Eier, zerdrückte das Eigelb und schlug Öl, klein geschnittenes eingelegtes Gemüse und Gewürze darunter, noch ehe ich den Zuckersirup hergerichtet und die Zitronen für die Limonade geschnitten hatte. Verglichen mit den dünnen Brotscheiben, die Mr. Serle so rasch fertig hatte, fielen die Scheiben von Honor, die so exakt arbeitete wie sonst keine Frau, die ich kannte, sehr unterschiedlich aus.

Endlich waren wir alle fertig, hatten unsere Körbe gut bestückt und zwei alte Decken bereitgelegt, um sie auf dem Boden auszubreiten. Ich hatte einen Steinkrug für die Limonade dabei. Lily würde die restliche Arbeit erledigen und hatte dann den Nachmittag frei. Eben begleitete uns. Er hatte schon hart gearbeitet an diesem heißen Vormittag. Der Mais war so gut wie gepflanzt.

»Was werden wir zum Baden anziehen?«, erkundigte Honor sich flüsternd.

»Ich habe zwei Flanellschlüpfer vom Winter und ich habe mein Flanellleibchen«, antwortete ich leise. »Ich kann dir den Schlüpfer leihen. Hast du ein Hemd oder ein Leibchen zum Anziehen?«

Ich mochte nicht sagen, dass Honor unmöglich eins meiner Leibchen anziehen konnte. Sie hatte einen sehr viel üppigeren Busen als ich.

»Wenn wir im oberen Teich baden, können die Männer im unteren Teich es halten, wie sie möchten«, fügte ich hinzu.

Wir alle wussten, dass die Männer nackt baden würden, aber man brauchte es nicht zu erwähnen. In letzter Minute wollte auch Tante Jane noch ein Leibchen und einen Schlüpfer mitnehmen, also warteten wir, bis sie beides gefunden hatte.

»Wo ist dein Hut, Tobias?«, fragte ich ihn, als er nach Guidos Hand griff, um ihn durch die Tür zu zerren.

»Da ist er.« Mr. Serle holte ihn unter dem Stuhl hervor.

»Und wo ist dein Hut, Mina?«, fragte Honor mich. Sie trug einen breitkrempigen Strohhut, verziert mit Stiefmütterchen, und zudem noch einen Sonnenschirm.

Mein Strohhut hing am Haken neben der Tür. Ich wünschte, ich hätte noch Zeit, mir das Haar zu kämmen und mich etwas zurechtzumachen. Honor und Tante Jane wirkten trotz der Hitze so kühl und damenhaft. Wenigstens dachte ich noch daran, meine Schürze abzunehmen.

An den Wasserfällen taten alle ihre Begeisterung für diesen Ort kund. Das klare Wasser des Flüsschens ergoss sich über den schroffen Fels und bildete Strudel in den Teichen, und Blätter drehten sich im Schaum und wurden wie kleine Boote in einem Miniatur-Mahlstrom herumgewirbelt.

Wir breiteten eine Decke am oberen Teich aus, wo junge

Zuckerahornbäume ein wenig Schatten spendeten. Eben tauchte den Krug mit Limonade bis zum Hals ins Wasser und sicherte ihn mit ein paar Steinen. Die Männer nahmen ihre Handtücher und gingen zum unteren Teich, der auch tiefer ist. Tobias wollte mit ihnen gehen, aber ich bestand darauf, dass er sich erst waschen ließ, dann dürfe er auch nach unten.

Honor und ich hingen die andere Decke als Wandschirm auf und zogen uns die improvisierten Badeanzüge an. Als wir wieder auftauchten, beschloss auch Tante Jane, sich umzuziehen.

Während Honor mit einem Zeh das Wasser testete und wegen seiner Eiseskälte quiekte, hing ich Tobias' Kleider auf einen Zweig.

Von unten tönten Geschrei und Gelächter herauf. Guido und Eben schienen Mr. Serle zu bedrängen, doch auch das Wasser auszuprobieren.

»*Coraggio! Coraggio!*«, schrie Guido.

Ich stand knietief im Teich, Tobias plätscherte wie eine braune Bachforelle um mich herum.

»Augen zu, Tobias, hier kommt die Seife«, sagte ich.

Er hielt sich gut, bis ich ihn eingeseift hatte und seine Haare in weißen, schaumigen Büscheln abstanden, dann entwischte er mir aus meinen glitschigen Händen.

»Ich bin eingeseift«, kreischte er. »Jetzt gehe ich mit Onkel Eben schwimmen.«

Und bevor ich ihn einfangen konnte, rannte er schon spritzend aus dem Wasser und raste den Weg hinunter zu den unteren Wasserfällen, sein blasserer Po blitzte über seinen braunen Beinen.

»Da bin ich, Onkel Eben!«, hörten wir ihn rufen.

Es folgte ein Schrei, tiefes Bellen von Rafe – dann ein gewaltiges Aufplatschen, noch mehr Schreie inmitten glucksenden Gelächters.

»Sind alle unversehrt?«, rief Honor hinunter.

Guido lachte so herzhaft, dass wir nicht verstehen konnten, was er sagte.

»Wie?«, riefen wir. »Was ist passiert?«

»Tobias und Rafe haben Mr. Serle umgerannt und alle fielen ins Wasser«, schrie Eben herauf. »Wir sind überschwemmt worden.«

Honor und ich lachten und tauchten selbst bis zum Hals ins kalte Nass ein. Tante Jane kam zögernd nach. Es war köstlich, die Kühle und das Ziehen und Zerren des sich bewegenden Wassers zu spüren. In milchigem Blau wölbte sich der Himmel über uns. Im Westen ballten sich die Wolken eine über der anderen zusammen. Heute Abend würde das Wetter umschlagen. Das Tosen des sich über den Fels ergießenden Wassers rückte die irdischen Sorgen in weite Ferne. Es war Befreiung und Wonne.

Widerwillig tauchten wir schließlich wieder auf und zwängten unsere dampfenden Körper in die Kleider. Schuhe und Strümpfe zog ich nicht an. Nach dem Picknick beschlossen Honor und Guido, auf den Hügel hinaufzusteigen, der sich hinter uns erhob, und die Aussicht von oben zu genießen. Tante Jane fand wohl das Umziehen im Freien und das Sitzen auf Steinen oder dem Boden nicht sehr damenhaft. Sie sah müde aus, und ihre Nase war rosa von der Sonne. Sie und Eben kehrten mit den Körben zum Haus zurück. Es war nicht viel zu tragen, nur schmutziges Geschirr und das Tischtuch.

»Möchtest du mit uns den Hügel hochsteigen, *Beniamino*?«, erkundigte sich Guido.

Mr. Serle schüttelte den Kopf. »Ich werde hierbleiben. Ich habe ein Buch dabei.«

»Miss Mina Pigot? Tobias?« Guido und Honor hielten lächelnd Händchen. Ich hatte nicht den Eindruck, dass sie wirklich Gesellschaft wünschten.

»Danke, nein«, erklärte ich. »Ich bin zeitig aufgestanden. Ich werde mich ein wenig ausruhen, ehe wir zurückkehren. Und Tobias soll in Ruhe spielen, bis er das Mittagessen verdaut hat.«

Tobias sah ihnen nach, als sie den Pfad erklommen.

»Jetzt habe ich auch einen Onkel Guido«, verkündete Tobias. »Das sind vier Onkel, Mutter.«

»Tatsächlich?«, neckte ich ihn. »Vier? Das kommt mir viel vor. Bist du dir auch sicher?«

»Ja, vier«, beharrte Tobias. »Onkel Henry Carlton und Onkel Eben Brouwer und Onkel Silas King. Das sind drei. Und jetzt Onkel Guido DiRoma. Also vier.«

Mr. Serle gab einen Laut der Überraschung von sich. »Onkel Silas King? Ich dachte, er sei dein Vater.«

Tobias zog die Nase kraus. »Onkel Silas ist kein Vater. Er zieht los, um Leute zu retten oder ihnen Vorträge zu halten. Ansonsten liest er seine Bücher und arbeitet daran, Vegetation zu werden.«

»Du meinst Vegetarier, Tobias«, korrigierte ich ihn.

»Oh«, sagte Mr. Serle.

Er hatte ganz rote Wangen bekommen.

»Was glaubten Sie denn?«, fragte ich ihn.

Er schien nicht in der Lage zu sein, mir in die Augen zu schauen.

»Ich dachte, Tobias sei Mr. Kings Sohn und sagt Mutter zu Ihnen, weil Sie seinen Vater heiraten werden.«

»Nein, nein«, kreischte Tobias. »Sie wird doch Onkel Silas nicht heiraten. Tante Georgina Carlton hat Mutter einmal gefragt, ob sie ihn in Erwägung ziehe, als sie ihr zeigte, wie man Seefisch am besten pökelt. Sie sagte, das würde sie nie tun. Sie sagte« – Tobias imitierte meine Stimme –: »›Er ist ein ehrbarer Mann, aber Liebe? Er könnte genauso gut einer dieser toten Fische sein.‹ Und Tante Georgina kriegte sich vor Lachen gar nicht mehr ein.«

»Tobias!«, rief ich empört. »Es ist schlimm, die Gespräche anderer zu belauschen, aber noch schlimmer, sie wiederzugeben.«

»Es tut mir leid«, flüsterte er beschämt.

»Das darfst du nicht mehr machen«, sagte ich ihm und küsste ihn auf die Wange, um ihm zu zeigen, dass ich ihm verziehen hatte.

»Kommst du mit mir spielen?«, flehte er mich an.

Ich schüttelte den Kopf. »Ich bin sehr schläfrig, Tobias, denn ich war schon lange vor dir auf. Ich werde mich jetzt ein paar Minuten ausruhen und mich mit meinem Freund unterhalten. Kannst du nicht mit Rafe spielen?«

Tobias sah hinüber zu Mr. Serle, der ein Buch aus seiner Tasche geholt und seinen breitkrempigen Hut weit in die Stirn gezogen hatte, um Schatten auf dem Gesicht zu haben. Seinen Gesichtsausdruck konnte ich nicht erkennen.

»Wird er mit mir spielen?«, erkundigte Tobias sich flüsternd.

»Jetzt nicht, mein Schatz«, sagte ich. »Sieh doch, er möchte lesen.«

Ich rückte Tobias' Strohhut auf seinem Kopf zurecht. Nach einem tragischen Seufzer erteilte er Rafe das Kommando: »Komm, Rafe.«

Sie trotteten den Pfad neben den Wasserfällen hoch, aber schon auf halbem Weg dorthin warf Tobias für Rafe einen Stock. Er verschwand und tauchte dann oben auf dem Pfad wieder auf.

»In der Wiese sind Erdbeeren«, hörte ich ihn. »Ich werde welche für dich pflücken.«

»Gut!«, rief ich ihm nach. »Aber bleib weg vom Fluss«, fügte ich hinzu.

Er verschwand wieder. Der Hund sprang auf einen der großen Felsen, die über die Höhe des Wasserfalls geboten, und machte es sich dort mit der Schnauze auf den Pfoten bequem, um Tobias im Blick zu behalten. Ich legte mich auf die Decke zurück. Das Tosen des Wassers erfüllte die Luft. Irgendetwas duftete süß. Mir wollte nicht einfallen, was es war – vielleicht die wilden Erdbeeren oder Rosen.

»Was lesen Sie?«, fragte ich Mr. Serle.

»Es heißt *Der scharlachrote Buchstabe*«, antwortete er. »Möchten Sie, dass ich Ihnen vorlese?«

»Sie würden sich vergebens anstrengen«, sagte ich. »Ich bin zu schläfrig.«

»Dann ruhen Sie sich aus«, sagte er.

Er klang wieder fast so, wie ich ihn in Erinnerung hatte. Ich dachte, ihn nach mehr als einem Jahr verändert anzutreffen, aber vielleicht war es doch nicht so schlimm, wie ich befürchtet hatte. Er war, wie ich hoffte, immer noch mein Freund. Ich schloss die Augen, und vor meinen Lidern tanzte das Licht. Die Welt erstrahlte golden. Ich öffnete meine Augen ein wenig.

»Ist es ein amerikanischer Roman?«, fragte ich ihn.

»Ja, er ist sehr amerikanisch«, sagte er. »Sind Sie wach?«

»Nicht wirklich«, antwortete ich. »Weshalb?«

»Dann werden Sie also nicht diesen Mr. Silas King heiraten?«, hakte er nach. »Hatte das Kind Recht?«

»Auf keinen Fall werde ich Silas King heiraten.« Ich schloss die Augen und öffnete sie wieder. »Er ist ein sehr tugendhafter und trübseliger Mann. Außerdem ist er Vegetarier. Haben Sie jemals essbares Grahambrot gebacken?«

»Nein«, sagte Mr. Serle. »Aber wenn ich jemanden liebte, würde ich es versuchen.« Er hatte sein Buch abgelegt und einen Grashalm aus der Erde herausgezogen, den er sich nun um den Finger wickelte.

»Ich muss Sie auch etwas fragen«, sagte ich.

»Ja?«, antwortete er und neigte mir seinen Kopf zu.

»Haben Sie schon geheiratet? Oder sind Sie immer noch verlobt?«

Auf meine Frage musste er lächeln. »Nein und nein.«

»Verstehe«, entgegnete ich. Das gleißende Licht des Wassers blendete meine müden Augen. Ich musste an seine Krankheit und seinen traurigen Gesichtsausdruck heute Morgen denken. »Sind Sie sehr unglücklich?«, erkundigte ich mich.

»Ich bin überhaupt nicht unglücklich«, antwortete er. Ich hörte den ironischen Unterton, der mir sagte, dass mehr hinter seiner Antwort steckte.

»Was ist passiert?«, fragte ich. Mir ging das Herz auf. Wir würden wieder Freunde sein und über alles reden.

Mr. Serle warf den Grashalm weg und rieb sich mit der Hand die Stirn, wobei er seinen Hut nach hinten schob. »Sie hat die Verlobung letzten Herbst gelöst.«

»Sind Sie sich da sicher?« Ich hatte meine Zweifel, wenn ich an Anna Moses dachte, wie sie seinen Arm berührt und seine Aufmerksamkeit gefordert hatte. »Wollen Sie mir erzählen, was passiert ist?«

»Ich sollte es nicht tun.« Mr. Serles Blick richtete sich auf das gurgelnde Wasser der Wasserfälle. »Sie werden mich dafür verachten.«

»Ich möchte Ihre Freundin sein«, erwiderte ich. »Ich habe Sie seit über einem Jahr nicht gesehen. Als ich noch ein Kind war, fühlte ich mich Ihnen so nah. Und jetzt, da ich erwachsen bin, möchte ich verstehen, wie Sie leben.«

Mr. Serles dunkle Augen betrachteten mich ernst.

»Dann wollen Sie es wirklich wissen?«, wiederholte er seine Frage.

»Ich möchte es wissen.«

Mr. Serle lehnte sich zurück. Einen Moment war er still, dann schien er einen Entschluss gefasst zu haben und sprudelte los. »Anna bat mich, sie und ihren Bruder nach Baltimore zu begleiten«, erzählte er. »Sie hatte dort ein Engagement. Nach ihrer Darbietung lud sie mich ein, mit ihr im

Hotel zu Abend zu essen. Es war ein Separee. Sie hatte Champagner und Austern zum Abendessen bestellt. Ich wusste, sie erwartete von mir, dass wir uns liebten. Schließlich waren wir verlobt, um zu heiraten.«

»Austern?« Ich musste diese Frage einfach stellen, weil ich mich wieder an unser Gespräch vor langer Zeit auf dem Schiff im Hafen von New York erinnerte.

Mr. Serle zuckte mit den Schultern. »Sie kümmert sich nicht um diese Regeln. Alle essen Austern.«

Das Leben und die Religion blieben mir rätselhaft. Es gab Regeln, aber dann gab es manchmal auch wieder keine. Ich wartete und schwieg.

Mr. Serle seufzte. »Sie hatte grandios gesungen. Das Publikum war verzückt, und natürlich wusste sie um ihren Triumph. Sie war in Hochstimmung. Ich hatte ihr blutrote Rosen geschickt, weil ich wusste, wie sehr sie diese liebte. Sie standen in einer Vase auf einem Beistelltisch. Als wir den Raum betraten, bewunderte sie sie und wandte sich dann mir zu. Ich schloss sie in meine Arme …«

Er hielt inne.

»Sind Sie sicher, dass Sie das wirklich hören wollen?«, vergewisserte er sich.

»Ja«, sagte ich.

Um glauben zu können, dass er sich von ihr befreit hatte, musste ich wissen, wie es endete.

»Ich küsste sie leidenschaftlich, wie ich fand. Heute kommt mir das unwahrscheinlich vor, aber wahrscheinlich habe ich damals so empfunden. Als ich sie küsste, zog ich die Kämme aus dem schwarzen Haarknoten. Ich fand das romantisch. Ich dachte, ihre schwarzen Flechten würden sich über ihre blassen Schultern ergießen. Ich hatte diesen märchenhaften Unsinn eines Liebhabers im Kopf, der sich in die reiche Lockenpracht seiner Geliebten hüllt. Ich zog also die Kämme heraus, während ich sie küsste, und dann, als sich der ganze Haarknoten löste, blieb mir das meiste davon in den Händen. Ich hielt Anna im Arm, aber dann hielt ich plötzlich sie und ihr Haar getrennt voneinander. Ich war, gelinde gesagt, erschrocken. Es war, als würde man mitten im Traum verwirrt aufwachen. Sie war wütend. Sie packte die Vase mit den Rosen mit beiden Händen und warf sie auf mich. Was soll ich sagen? Die Romantik war auf beiden Seiten dahin.«

Ich konnte mich nicht beherrschen. Ich fing an zu kichern und lachte dann aus vollem Hals. Ich versuchte, mich wieder unter Kontrolle zu bringen, und bekam einen Schluckauf.

»Sie schmeicheln dem männlichen Bild, das ich von mir habe, aber nicht sehr, Miss Pigot«, sagte Mr. Serle, aber er lächelte dabei.

»Entschuldigen Sie«, sagte ich. »Es tut mir leid.«

Ich stand auf und ging zum Teich, watete ein Stück hinein und schöpfte eine Handvoll Wasser, wusch mein Gesicht und atmete tief durch, um mich wieder zu fangen.

»Und dann hat sie Sie freigelassen?«, fragte ich etwas ruhiger und setzte mich wieder auf die Decke unter den Baum.

»Ja, wahrhaftig frei.«

»Madame Moses tut mir leid«, sagte ich.

»Aber weshalb?«, wunderte sich Mr. Serle. »Ich sollte Ihnen leidtun, denn sie hat mich sitzen lassen. Sie brach die Verlobung und behielt außerdem einen teuren Ring.«

»Sie gab ihrer Würde den Vorzug vor Ihrer Liebe«, sagte ich. »Eine törichte Entscheidung.«

»Sie würden sich nicht so entscheiden?« Mr. Serle betrachtete mich eingehend. Er hatte wieder einen Grashalm herausgezogen und legte das Ende zwischen seine Lippen, um das Grün zu kosten.

»Natürlich würde ich mich nicht so entscheiden«, sagte

ich. Zu meinem Bedauern musste ich jedoch, als ich selbst romantisch erscheinen wollte, ungeheuer gähnen.

Mr. Serle lachte, unvermittelt und fröhlich. Ich konnte mich seit dem einen Mal, als wir uns im Columbia Hotel über Geliebte unterhalten hatten, nicht erinnern, ihn so herzhaft lachen gehört zu haben. »Sie sind müde, *cara*«, sagte er. »Sie sollten sich lieber ausruhen.«

»Entschuldigung«, sagte ich. Ich wollte so unbedingt mit ihm reden. »Aber dann waren Sie doch unglücklich? Sie liebten sie doch?«

»In gewisser Weise war es wohl Liebe.« Mr. Serle strich eine abenteuerlustige Ameise von der Decke. »Ich war einsam, als Guido ging, und das Interesse, das Anna und ihr Bruder mir entgegenbrachten, schmeichelte mir. Ihr Leben ist von einer Fülle und Schönheit geprägt, die nicht allein vom Geld herrührt, sondern von der Kunst, so wie ich es noch nie zuvor erfahren hatte. Erst am Ende begriff ich, dass sie aus ihrer Investition auch einen Gewinn ziehen wollte.«

»Einen Gewinn?« Jetzt war ich vor Verwirrung hellwach.

»Anna wollte einen Mann, der ihre Geschäftsangelegenheiten regelte, ihren Bedürfnissen nachkam und ihr das Gefühl gab, auch dann geliebt zu sein, wenn sie nicht sang.« Mr. Serle hielt inne und schaute mich an, dann verdeckten seine Lider die dunklen Augen, als täte es ihm weh, mich beim Erzählen anzusehen. »Begehren konnte ich sie – ein hungriger Mann wendet sich nicht so leicht von einem verlockenden Mahl ab. Auch ihre Kunst zu bewundern fiel leicht. Sie wollte einen Ehemann, der sich schützend zwischen sie und die Welt stellte. Doch ich wollte eine Familie und ein Zuhause. Ich war es leid, in den Dachkammern der Hotels oder in billigen gemieteten Zimmern zu leben – ich sehnte mich nach Familie. Und dabei suchte ich eine Romantik, die gar nicht existierte.«

»Wie traurig für Sie«, sagte ich.

»Mehr als traurig«, ergänzte Mr. Serle so abrupt, als hätte etwas seinen Zorn geweckt. »Gefährlich. Solche Täuschungen verletzen andere und zerstören uns selbst.«

»Aber Sie brauchen eine Familie. Sie haben es verdient, geliebt zu werden.«

»Wir werden sehen«, sagte Mr. Serle und verzog dabei seinen Mund zu seinem ironischen Lächeln. »Sie lassen den Kopf hängen wie eine welkende Rose, meine Liebe. Wenn Sie sich ausgeruht haben, werden wir uns darüber unterhalten, was ich vielleicht verdient habe.«

»Wir werden uns später unterhalten«, willigte ich ein, weil mir die Augen gegen meinen Willen zufielen. Und schon schlief ich.

Ich träumte davon, mich in einem großen Feld verirrt zu haben, das von Rosenbüschen überwuchert war. Es duftete wie das Paradies. In meinem Traum befand Mr. Serle sich auf der anderen Seite des Feldes. Ich würde gern mit ihm sprechen, ihm erzählen, dass ich vorhatte, Rosen zu pflücken, um eine Blütenessenz zuzubereiten. Die Rosenbüsche versperrten mir den Weg. Ich suchte nach einem Zugang, aber Zweige, dicht mit Dornen bewachsen, wuchsen überall. Während ich immer noch nach einer Schneise suchte, verfing mein Kleid sich in einer Dornenranke, und ich musste mich bücken, um mich zu befreien. Der schwere Duft der Blumen machte mich benommen und wirr im Kopf. Ich streckte die Hand aus, um einen Zweig beiseitezuschieben, aber jetzt blieb meine Hand an den Dornen hängen. Ich schreckte hoch und klatschte auf eine Stechmücke auf meinem Arm.

»Au«, rief ich.

Mr. Serle beobachtete mich, sein Buch geöffnet in der Hand.

»Ist alles in Ordnung?«, fragte er.

»Habe ich lang geschlafen?«, wollte ich wissen.

»Nicht lang«, meinte er.

Er klappte das Buch zu und steckte es zurück in seine Tasche. Das Licht fiel auf etwas in seiner Hand, das golden aufblitzte, dann verschwand es wieder. Was hielt er denn außer dem Buch noch in der Hand, überlegte ich kurz.

»Haben Sie Tobias rufen hören?«

Der Geschmack in meinem Mund war so, als hätte ich Wolle gegessen.

»Nein. Könnte es denn sein, dass er allein loszieht?«, fragte Mr. Serle mich.

»Wenn der Hund hier ist, dann kann Tobias nicht weit weg sein«, antwortete ich. »Rafe ist sein Schutzengel.«

Ich ging zum Teich und raffte meine Röcke und watete ins kalte Wasser. Ich benetzte mir das Gesicht und den Nacken, um mich abzukühlen und wach zu werden. Mit beiden Händen schöpfte ich Wasser und spülte mir den Mund aus. Wo mochte das Kind nur hin sein, fragte ich mich.

»Tobias! Tobias!«, rief ich.

»Ich komme!«

Ich hörte seine Stimme von der Wiese über uns. Fast unmittelbar darauf kam Tobias den Pfad heruntergerannt, den Hut hielt er vor dem Körper in der Hand. Rafe sprang von seinem Felsen und folgte ihm.

»Mutter, Mutter, ich habe eine Überraschung für dich«, schrie Tobias. »Leg dich auf deine Decke und schließ die Augen, dann bringe ich sie dir.«

Als ich ihm gehorchte, kam er und setzte sich neben mich. Sein Atem ging heftig vom Laufen. Er kuschelte sich an meine Taille.

»Siehst du, was ich gefunden habe? Koste eine.« Offenbar sprach er mit Mr. Serle.

»Ausgezeichnet. Sehr süß«, hörte ich Mr. Serles Stimme.

»Mach den Mund auf, Mutter«, flüsterte Tobias mir zu.

»Warte einen Moment.« Auch Mr. Serle flüsterte nun. Offenbar war er nun näher als zuvor. »Zupf die Beeren ab. Sie wird keine Blätter und Stängel essen wollen.«

»Du hilfst mit«, wisperte Tobias. »Du machst sie sauber, und ich füttere sie ihr.«

»Ja«, murmelte Mr. Serle. »Das hätten wir.«

Offenbar hatte er Tobias eine Erdbeere gegeben, denn Tobias sagte mit strengem Stimmchen: »Jetzt lass die Augen zu und mach den Mund auf.«

Seine kleinen Finger schoben eine Beere zwischen meine Lippen.

»Mmm«, sagte ich. »Die schmeckt aber süß und lecker, Tobias.«

»Nicht gucken«, befahl er. »Hier kommt noch eine.«

»Nicht so schnell«, ermahnte Mr. Serle mit sanfter Stimme.

Tobias fütterte mich mit den nächsten beiden Erdbeeren.

»Mmm«, machte ich wieder.

»Sie will oft nicht essen«, vertraute Tobias Mr. Serle an. »Da muss ich sie überlisten.«

»Und wie machst du das?« Mr. Serle sprach ganz leise, als würde ich wirklich schlafen.

»Ich erzähle ihr Geschichten«, flüsterte Tobias. »Manchmal sage ich, sie ist eine Fee, die in einem Tulpenhaus wohnt, und ich füttere ihr Brot und Honig, den die Bienen für sie gemacht haben.«

»Das ist eine schöne Geschichte.«

Ich fragte mich, ob ich es zulassen sollte, dass Mr. Serle Tobias zu seinen Fantasien ermunterte.

»Ja«, sagte Tobias. »Und ich kenne noch einen guten Trick. Ich frage sie nach den Geschichten, die sie mir immer aus der Zeit in dem großen Haus in England erzählt, etwa wie der Koch ihr besondere Pfannkuchen, *crêpes*, gemacht hat. Dann macht sie diese für mich, genauso wie er sie für sie gemacht hat. Dabei vergisst sie, dass sie keinen Hunger hat, und wir essen zusammen.«

Tobias steckte mir wieder eine Erdbeere in den Mund.

»Und welche Geschichte ist das jetzt?«, fragte Mr. Serle.

»Sie ist eine schlafende Prinzessin«, wisperte Tobias. »Die Zaubererdbeeren haben sie einschlafen lassen. Wir müssen sie küssen, um sie zu wecken. Ich fange an, dann bist du dran.«

Ich spürte seinen klebrigen Mund an meinem Mundwinkel. Offenbar hatte auch er Erdbeeren gegessen.

Die Stimmen von Honor und Guido, die das Gurgeln des Wassers übertönten, unterbrachen uns. Sie waren auf den Gipfel des Hügels geklettert und hatten uns jetzt viel von der Schönheit des Sees zu erzählen, den man von oben sah. Tobias wollte, dass sie seine Erdbeeren kosteten. Alle redeten durcheinander, nur Mr. Serle war recht schweigsam und entfernte sich auf dem Pfad, den Honor und Guido gerade heruntergekommen waren. Honor und Guido aßen die restlichen Erdbeeren auf. Tobias folgte Mr. Serle, und sie blieben vor dem Felsen stehen, auf dem Rafe zuvor gelegen hatte. Tobias deutete auf etwas im Feld oder im Wald dahinter. Nachdem Honor und ich die Decken ausgeschlagen und die feuchten Handtücher sowie unsere Schwimmsachen von den Büschen eingesammelt hatten, wo sie zum Trocknen hingen, riefen wir alle zurück.

Auf dem Rückweg bergab liefen Tobias und Rafe voran. Honor spannte ihren Sonnenschirm auf und hakte sich bei ihrem Ehemann unter. Mr. Serle und ich, beladen mit dem Limonadenkrug und den Decken, fielen ein wenig zurück.

»Sind Sie glücklich hier, Mina?«, fragte Mr. Serle mich.

Ich musste an die Schönheit dieses Ortes denken und all die guten Vorräte in den Speisekammern und Kellern des Hofs. In diesem Jahr hatte ich schon Rhabarber eingekocht und konnte davon auch welchen verkaufen.

»Ich bin zufrieden. Wir werden nie mehr Hunger leiden auf einem Hof, der für unsere Bedürfnisse sorgt«, erzählte ich Mr. Serle.

»Die Angst vor der Hungersnot verlässt Sie wohl nie?«, fragte er mich. Ich hörte die Traurigkeit in seiner Stimme.

Ich schüttelte den Kopf. »Am sichersten lebt es sich mit der Angst«, sagte ich. »Glauben Sie, wir können jemals frei von Angst sein? Sollten wir das überhaupt anstreben, da die Angst doch die Lektion ist, die uns die Vergangenheit zu unserer Sicherheit gelehrt hat?«

»Glück ist nicht das Fehlen von Angst«, sagte er, »und Sicherheit auch nicht.«

Da ich neben ihm ging, konnte ich seinen Gesichtsausdruck nicht deutlich erkennen. Außerdem blendete das gesprenkelte Licht in dem Birkenwäldchen, durch das wir gerade gingen, meine Augen. Gerade als ich etwas sagen wollte, blieb Honor plötzlich stehen und schrie kurz auf. Eine Biene umsummte die künstlichen Blumen auf ihrem Hut. Wir versuchten, sie wegzuscheuchen, aber dadurch wurde das Summen nur noch wütender, so dass Guido schließlich darauf beharrte, dass sie die Hüte tauschten, so dass sie seinen schattigen Strohhut trug und er ihre Stiefmütterchen.

Als wir unseren Weg fortsetzten, sagte Mr. Serle: »Die beiden haben Glück in der Liebe gehabt. Ich bin froh, meine Freunde so zufrieden zu sehen.«

Jetzt liefen wir wieder durch Sonnenschein, und als ich zu ihm hochblickte, um ihm ins Gesicht zu sehen, lächelte er mich an.

»Möchten Sie, dass Tobias Sie Onkel Benjamin nennt?«, fragte ich ihn. »Ich wollte Sie schon heute Morgen fragen.«

»Tobias und ich haben uns darüber unterhalten«, antwortete Mr. Serle. Irgendwie hatte seine Stimme einen perlenden Klang, vielleicht unterdrückte er ein Lachen, aber ich war mir nicht sicher. »Tobias sagte mir, Rafe rate ihm davon ab.«

»Du liebe Zeit«, sagte ich. »Was hat er gesagt?«

»Ich darf nichts sagen. Tobias hat mir erklärt, es sei ein Geheimnis.«

»Ach herrje. Es ist manchmal nicht leicht zu wissen, wie man sich richtig um ein Kind kümmert. Was meinen Sie, sollte man ihn nicht von seinen Fantasien abbringen? Er scheint wirklich zu glauben, dass Rafe mit ihm spricht.«

»Ich würde gern mehr über Tobias erfahren«, sagte Mr. Serle. »Wie ist er denn in Ihre Obhut gekommen?«

»Ich möchte gerne mit Ihnen reden«, sagte ich. »Aber ich denke, es sollte ein wenig privater sein. Nie ist genug Zeit.«

Im Haus angekommen, räumten wir die Sachen vom Picknick weg. Lily machte Wasser warm, um das Geschirr zu spülen, wobei sie immer wieder auf die Besucher schielte. Ich musste zu ihrer Beruhigung in der Küche bleiben. Sie neigt dazu, Dinge zu zerbrechen, wenn sie sich unbehaglich fühlt. Und ich musste ohnehin das Abendessen vorbereiten. Die Carltons kamen heute zu uns. Ich fragte mich nur, ob Mr. King daran gedacht hatte, Henry Carlton an den Fisch zu erinnern.

»Kann ich Ihnen helfen?«, fragte Mr. Serle mich.

In Erinnerung an das Gefühl, das mich heute Vormittag überkommen hatte, als ich ihn arbeiten sah, war ich fast versucht, ja zu sagen. Warte, sagte ich mir. Ich wusste um meine Gefühle. Wir mussten unsere Freundschaft wachsen lassen, oder sie starb.

»Jetzt noch nicht, aber später kochen wir zusammen«, sagte ich. »Warten Sie hier. Ich hole nur schnell mein Buch. Achten Sie bitte darauf, dass Tobias nicht über den Topf mit dem eingelegten Gemüse herfällt?«

Ich eilte in mein Zimmer. Ich betete darum, dass Mr. Serle wahrhaft mein Freund war. Ich wollte, dass er mich kannte, auch wenn ich mich verändert hatte.

»Hier«, sagte ich. »Das haben Sie mir geschenkt. Seit einem Jahr nun habe ich nur noch selten daran gedacht, dass ich einer Kirche angehöre. Mein Buch ist mein Beichtvater. Dafür danke ich Ihnen. Fangen Sie hier an, wo *Januar 1852* steht, und lesen Sie danach, so viel Sie möchten. Es reicht bis unmittelbar vor Ihre Ankunft hier.«

»Und Sie sind sich sicher, dass ich das lesen soll?«, vergewisserte sich Mr. Serle.

»O ja«, sagte ich. »Ihr Besuch ist so kurz. Heute Abend oder morgen wird vielleicht gar keine Zeit sein zu reden, bei so vielen Leuten, die versorgt sein wollen. Es ist die einzige Möglichkeit.« Mir fiel ein, dass ich auch darüber geschrieben hatte, wie ich Maurice Clemens küsste. Doch ich musste tapfer sein. »Ich erinnere mich, dass Sie einmal sagten, es gäbe nicht viele Menschen auf der Welt, denen wir uns voll und ganz anvertrauen könnten. Selbst wenn Sie anschließend schlecht von mir denken, ich muss aufrichtig zu Ihnen sein. Ich werde Ihnen mein Leben anvertrauen.«

Tobias kam unter dem Tisch hervorgekrochen.

»Ich muss vor dem Abendessen noch den Rest meines Psalms lernen«, verkündete er.

»Ich werde mich bemühen, mir Ihr Vertrauen zu verdienen und es zu erwidern«, sagte Mr. Serle. »Ihre Freundschaft ist mir sehr wichtig.« Er nahm das Buch entgegen und ging damit auf sein Zimmer oder nach draußen.

Als er zurückkam, war es schon fast Abend. Er begegnete mir auf dem Weg zum Garten, wo ich Spargel und Kräuter für einen Salat geschnitten hatte. Die Sturmwolken hatten sich nun im Westen höher aufgetürmt, und die Luft war noch schwerer als mittags. Obwohl ein wenig Wind aufgekommen war und von ferne Donnergrollen herüberklang, war noch kein Tropfen Regen gefallen.

»Honor sagte mir, dass Sie hier sind«, sagte er. Er hielt mein Buch in der Hand. »Wir tauschen. Nehmen Sie Ihr Buch, dann trage ich den Korb für Sie.«

»Verstehen Sie das mit Tobias?«, fragte ich ihn, als wir zum Haus zurückgingen.

»Ich begreife, dass unser Wissen sehr beschränkt ist«, erwiderte er. »Ich bin froh, dass Sie ihn und seine arme Mutter gefunden haben.«

»Es war ein Geschenk für mich«, sagte ich.

»Das glaube ich. Ich bin dankbar, die Wahrheit über Ihr Leben in diesem letzten Jahr erfahren zu haben. Doch war da eine Stelle in Ihrer Geschichte, die mich beim Lesen zögern ließ.«

»Welche Stelle?« Ich fragte mich, ob er mich nun über Maurice Clemens befragen würde.

»Wollten Sie wirklich, dass ich das mit der Ärztin lese?«, erkundigte er sich.

»Oh!« Meine Hand flog an meinen Mund, und ich spürte, wie meine Wangen erröteten. »Ich hatte vergessen, dass ich das auch alles niedergeschrieben habe. Entschuldigen Sie bitte.«

»Ist schon gut«, beruhigte mich Mr. Serle. »Ich bin froh, dass Sie in Ihrer schwierigen Lage Hilfe gefunden haben. Doch schien mir dieser Teil Ihrer Aufzeichnung sehr privat zu sein.«

»Ich lasse Sie an meinen Geheimnissen teilhaben, ob Sie das nun wollen oder nicht«, sagte ich reuevoll. »Oh!«, entsetzt blickte ich zu ihm hoch. »Ich schrieb etwas über Tante Jane. Ich habe ihr Geheimnis verraten. Versprechen Sie mir bitte, nicht darüber zu reden.«

»Ich verspreche es«, sagte Mr. Serle. »Obwohl es mich nicht überrascht. Der Mann macht ihr wieder den Hof.«

Ich hätte ihn gern gefragt, ob er glaube, dass Honor ihren Vater kenne.

Doch ehe ich etwas sagen konnte, fuhr er bereits fort: »Ich nehme an, Sie haben Mr. Clemens geschrieben, seit Sie sich hier niedergelassen haben?«

»Nein«, sagte ich. »Ich hatte nicht das Bedürfnis, ihn zu sehen oder von ihm zu hören, seit ich ihn zuletzt in Albany sah.«

Mr. Serle sah mich an. Er zögerte. »Ich bin nicht sehr stolz auf die Rolle, die ich in Ihrer Geschichte spiele. Ich habe Ihnen Schmerz zugefügt. Ich bin dankbar, dass Sie letzten Sommer dennoch an mich gedacht haben, aber nach einem Jahr …« Er zögerte wieder. »Sie sprechen von ihm als Sonnenlicht auf dem Wasser.«

»Oh!«, sagte ich und musste bei diesem Gedanken lächeln. »Er ist tatsächlich so.«

»Er lädt Sie ein zu den Freuden des Lebens.«

Obwohl es ein froher Gedanke war, den Mr. Serle damit aussprach, klang er dabei besorgt.

»Sonnenlicht auf sich bewegendem Wasser funkelt wunderschön«, entgegnete ich. »Aber manche Menschen suchen die Schönheit in einem stillen Teich. Es ist eine Freude, in seine Tiefe zu blicken und dort geheimnisvolle Pflanzen, glänzende Steine und flitzende Fische zu entdecken. Ruhiges Wasser spiegelt die Bäume, die Wolken und auch den sich verändernden Himmel. Licht auf einer Oberfläche ist nichts weiter als Licht.«

»Fische?«, fragte Mr. Serle.

Er sah mich nun direkt an, mit neuem Interesse in seinen Augen. Sein schön geschwungener Mund fiel mir wieder auf.

»Es kommt mir vor wie gestern, nicht wie vor einem Jahr, dass ich Sie auf dem Tompkins Market gesprochen habe«, sagte er. »Sind Sie noch immer wütend auf mich?«

»Nein«, versicherte ich ihm. »Ich frage mich nur, ob wir uns verändert haben. Wenn ich einen Teller zerbreche und nicht sofort klebe, stoßen die Kanten weiter ab und können bald nicht mehr glatt zusammengefügt werden. Es könnte so ähnlich sein. Freundschaft kann im Lauf der Zeit wachsen, aber sie kann auch sterben.«

»*Ahi me.*« Es klang wie ein Seufzer. »Freundschaft.«

Wir hatten jetzt die Veranda der Sommerküche erreicht. Mr. Serle stellte den Korb auf die Stufe. Die Sonne heute hatte die Farbe seiner Haut vertieft, und sein dunkles Haar lockte sich wunderschön an seinen Schläfen. Ich hielt mein Buch mit beiden Händen vor die Brust. Der Wind blies mir ins Haar und wehte eine Strähne über meine Wange. Mr. Serle hob seine Hand, als wolle er sie wegstreichen. Ich erinnerte mich, wie ich in der Küchentür der Fourth Street stand. Ich hatte plötzlich fürchterliche Angst, er würde sich jetzt von mir verabschieden.

Ohne zu überlegen, machte ich einen Schritt zurück. Mr. Serle ließ seine Hand fallen.

»Sie sehen so verängstigt aus«, sagte er. »Was ist denn?«

»Nichts«, log ich.

Ich war verwirrt. Ich wünschte mir, dass er mich berührte. Einmal hatte er mich geküsst. Wovor hatte ich Angst? Selbst wenn er schon sehr bald wieder nach New York zurückkehren musste, war er doch mein Freund und – dessen war ich mir jetzt sicher – noch mehr.

»Es ist nichts«, log ich wieder, aber ich wusste, dass in mir nicht nichts war – es war mehr, als ich begreifen konnte. Ich konnte nicht küssen und mich dann trennen. Mein Herz würde in Eisscherben zerbrechen. Ich musste erst wissen, was er zu tun gedachte, ehe ich mich meinem Verlangen – oder seinem – hingab. Meine Welt war kein Kaleidoskop. »Ich muss hineingehen und mein Buch wegbringen und dann das Abendessen für uns kochen«, sagte ich. »Es ist schon spät.«

Mr. Serle nickte. Er wirkte gedankenverloren.

»Darf ich Ihnen helfen?«, fragte er.

»Natürlich«, sagte ich. Mein Herz hüpfte nicht mehr in meiner Brust. »Nichts würde mir größere Freude bereiten, als mit Ihnen zu arbeiten. Aber ich muss Sie warnen. Diese Küche hat ihre Tücken.«

Ehe Mr. Serle etwas darauf erwidern konnte, unterbrach uns Eben, der gerade aus dem Stall kam.

»Es wird regnen, bevor die Nacht vorbei ist«, sagte er. »Henry Carlton hat es nicht vergessen, den Fisch zu schicken. Haben Sie ihn im Eiskübel gesehen? Und es ist ein Brief aus Kalifornien gekommen. Er liegt auf dem Küchentisch.«

»Erteilen Sie mir Ihre Anweisungen, Mylady«, forderte Mr. Serle mich auf, »und leihen Sie mir eine Schürze. Ich werde mit der Zubereitung des Essens beginnen. Sie müssen Ihren Brief lesen.«

Begierig öffnete ich den Brief von Daniel und las ihn mit wachsender Freude. In seinen Briefen trat seine Wahrheit nun immer mehr in Erscheinung. *Ich habe den Elefanten vom Rüssel bis zum Schwanz gesehen*, schrieb er. Das war ein kalifornischer Ausdruck. Es bedeutete, dass er Lebenserfahrung gesammelt hatte und diese nun zu begreifen begann. Er lebt seit mehr als einem Jahr mit einer Frau zusammen. Als Guido ihn verließ, glaubte er vor Einsamkeit einzugehen. Er dachte daran, nach New York zurückzukehren, aber ihm gefielen seine Arbeit und das anstrengende Leben, das er führte. Und gerade als er zu verzweifeln drohte, lernte er Belle kennen. *Guido kennt sie*, schrieb er. *Guido kannte sie vor mir gut. Wir trösteten einander, als Guido ging.* Belle fragte meinen Bruder, ob sie in seinem Laden arbeiten könne, weil sie die Damenpension hasste, in der sie angestellt war. Ich denke, mein Bruder wollte mir auf diese Weise mitteilen, dass Belle eine Prostituierte war, brachte es aber nicht über sich, es direkt auszusprechen – und das sollte er auch nicht. Ihre Würde verdiente seinen Schutz. Sie hatten einen Sohn, geboren im März, kurz nachdem er mir das letzte Mal geschrieben hatte. Mir weitete sich das Herz vor Freude. Ich hatte einen Neffen. Meine Familie war ohne mein Wissen größer geworden.

Daniel zahlte seine Partner aus, denn er wollte sein Geschäft jetzt ganz für sich allein haben. Gleichzeitig wollte er auch mir Geld zukommen lassen. Er meinte, ich würde nach New York gehen müssen, um dort mit meinem Geld so zu verfahren, wie es mir beliebe. Er schickte mir eine Banküberweisung – dreihundert Dollar – für meine Ausgaben. Als ich die Überweisung sah, fiel mir ein, dass ich ja noch Geld auf der Bank in New York hatte, an das ich ein Jahr lang überhaupt nicht gedacht hatte.

Und dennoch – ein Gedanke schmeckte mir bitter. Mein Bruder hatte mich erst dann mit seinem Leben vertraut gemacht, als ich ihn aufforderte, mir die Wahrheit zu sagen. Er teilte mir seine Hochzeit – wenn es eine gegeben hatte – zwei Jahre später mit. Er schickte mir Geld. Er drückte am Ende des Briefs seine Liebe aus. Aus Höflichkeit. Geld ist so viel billiger als Vertrauen und Liebe.

»Hoffentlich sind es keine schlechten Nachrichten?«, sprach Mr. Serle mich leise an. Er stand am Spülstein und hielt ein Messer in der Hand. Er war dabei, den Fisch zu schuppen.

»Nein, eigentlich nicht«, antwortete ich. Ich war immer noch in Daniels Welt und versuchte, mir darüber klar zu werden, ob ich dort glücklich wäre. Der Gedanke an Daniels Sohn erfüllte mich mit Freude. Aber Honor konnte ich diesen Brief nicht zeigen. Guidos Privatangelegenheiten wurden darin angedeutet. Und ich wusste auch nicht, ob Guido davon Kenntnis hatte, dass Daniel nun mit Belle zusammenlebte, die seine Geliebte gewesen sein musste. Ich sah nun, dass es gar keine so leichte Sache war, die Wahrheit eines anderen erfahren zu wollen. Unsere Leben sind Kordeln, keine einzelnen Fäden.

»Sie sehen traurig aus.« Mr. Serle ließ sich nicht täuschen.

»Das Leben ist so seltsam«, seufzte ich. »Daniel schreibt, die Partnerschaft mit Ihnen und Guido und den anderen werde aufgelöst. Wussten Sie das?«

Mr. Serle überlegte. »Nein«, sagte er. »Aber vermutlich sind die Briefe in New York und warten dort auf uns.« Er strich mit dem Messer der Länge nach über den Fisch, und die silbrigen Schuppen flogen ab.

»Er überweist mir Geld. Aber ich werde selbst zur Bank gehen müssen, meint er.«

»Ah.« Mr. Serle holte Luft, es war ein Seufzer der Zufriedenheit. »Dann werden Sie nach New York kommen. Das freut mich. Ich habe mir schon überlegt, wie ich Sie möglichst bald wiedersehen kann. Ein Tag ist nicht genug für uns.«

Während ich las, hatte er offenbar über mich nachgedacht. Unsere Blicke trafen sich, und ich spürte, wie mir das Blut ins Gesicht stieg. Er hatte eine Fischschuppe auf seiner Wange, silbern schillerte sie auf seiner dunklen Haut. Auf der Veranda wurde Gelächter laut. Guido und Honor kamen zurück, sie hatten mit Tobias die Gänse gefüttert.

Ich steckte den Brief in meine Tasche. »Nun, wir werden darüber reden. Erst einmal sind wir heute Abend zwölf Leute zum Essen.«

Mr. Serle pumpte Wasser in den Spülstein, um den Fisch zu waschen. Lily brachte einen Käse aus der Kühlkammer und legte ihn auf einen Teller. Ich hatte zusätzlich Brot und Kuchen gebacken und in Erwartung der Besucher auch den Fond für eine Suppe zubereitet. Jeder wollte eine Aufgabe übernehmen. Ich stellte Tante Jane dafür ab, Tobias beim

Auswendiglernen seines Psalms zu helfen, so dass die beiden schon einmal aus dem Weg waren. Honor musste Blumen pflücken und den Tisch damit dekorieren. Guido half beim Waschen von Salat und Gemüse und deckte dann zusammen mit Honor den Tisch, während Mr. Serle und ich kochten. Lily spülte die Töpfe und das Geschirr, wenn wir sie nicht mehr benötigten. Wir füllten den Fisch mit Kräutern und schmorten ihn mit Wiesenchampignons, Piment und Brandy.

Während der Fisch garte, übertrug ich Mr. Serle die Aufgabe, George-Washington-Omeletts zuzubereiten.

»Ich habe von einem weiteren Gründervater erfahren«, erzählte ich ihm. »Wir werden seine Erinnerung ehren, indem wir das von ihm geschätzte Gericht essen. Das wird uns amerikanischer machen, meinen Sie nicht?«

Sein Mund verzog sich zu dem Lächeln, das ich so an ihm mochte.

»Erklären Sie mir, was ich machen muss«, sagte er.

Er würde vier Soufflé-Omeletts aus jeweils vier Eiern zubereiten: eins mit Bratäpfeln, eins mit Spargel, eins mit Kräutern und ein einfaches mit nur etwas Käse. Sie mussten herausgebacken und dann überlappend auf einer heißen Platte angerichtet werden. Ich half ihm, indem ich die Zutaten bereitstellte, dann konnte er, während ich die Fischsauce andickte, die Omeletts machen.

»Seien Sie vorsichtig am Feuer«, warnte ich ihn. »Die Feuerböcke sind wirklich zu klein. Wenn ein Scheit auseinanderbricht, rollen die Teile manchmal nach vorne.«

Er sah mich mit gerunzelter Stirn an.

»Ich hoffe, Sie sind selbst vorsichtig«, sagte er.

»Georgina Carlton hat mir gezeigt, wie ich meine Unterröcke und Kochschürzen mit einer Zinkwaschung feuerfest bekomme«, erwiderte ich. »Es fühlt sich zwar unangenehm an, aber es ist sicherer.« Dann fiel mir ein, dass ich die Unterröcke wohl besser nicht erwähnt hätte. Tante Jane könnte sich dadurch irritiert fühlen.

Mr. Serle kümmerte es nicht, denn er nickte und sagte: »Gut.«

Gern hätte ich meine Arbeit unterbrochen, um ihm zuzusehen, aber da die Sauce für den Spinat noch gemacht und sowohl die Suppe als auch der Fisch noch abgeschmeckt werden mussten, gab es noch zu viel zu tun. Die George-Washington-Omeletts von Mr. Serle waren eine Augenweide, er garnierte die Platte zum Schluss noch mit fein gewiegten Kräutern.

»Das taugt zum Staatsbankett«, sagte ich zu ihm.

Lächelnd meinte er, ihm gefalle das neue Rezept und er rechne damit, dass wir uns tatsächlich amerikanischer fühlen würden, wenn wir es äßen. Als dann alles fertig war, kamen auch die Carltons, und unter viel Gelächter machten es sich alle am Tisch bequem. Ich stellte noch eine Schale mit eingelegten grauen Walnüssen auf den Tisch und nahm selbst Platz, da warf Honor mir einen bedeutungsvollen Blick zu. Ich zog meine Kochschürze aus und hängte sie neben die Spüle.

Weil Silas King nicht hier war und uns vorwurfsvoll ansah, unterhielten wir uns alle viel freier. Eben stellte seinen Steinkrug mit Apfelwein und eine meiner Madeiraflaschen auf den Tisch. Er schenkte jedem ein, was er trinken wollte. Die Kinder durften einen Teelöffel Wein in ein Glas unter ihr Wasser mischen. Tobias beobachtete Mr. Serle, wie dieser langsam in kleinen Schlucken trank, und imitierte ihn.

»Eine Mahlzeit ohne Wein ist wie ein Tag ohne Sonnenschein«, sagte Guido und erhob das Glas.

»Hast du das Brot gebacken, Mina?«, wollte Tante Jane wissen, als sie sich ein Stück nahm.

»Ich muss das tun«, erklärte ich. »In Uncas Falls gibt es

keine Bäckerei, nicht einmal in Sawyerville. Das ist hier nicht wie in der Stadt.«

»Es schmeckt sehr gut«, lobte Mr. Serle. »Wie ich mich erinnere, hatten Sie immer schon ein Händchen fürs Backen.«

Als alle ihren ersten Hunger gestillt hatten, wurden rund um den Tisch Trinksprüche ausgebracht.

»Mut!«, sagte Mr. Serle und prostete mir zu.

»Verständnis!«, erwiderte ich.

Guido stieß mit Honor auf die Liebe an, und Henry Carlton sagte zu Georgina: »Auf die unendliche Geduld!« Eben sagte: »Auf zuverlässige Freunde!« zu Tobias und Rafe. Tobias blickte ihn mit großen, leuchtenden Augen an und sagte feierlich: »Auf Popcorn, Onkel Eben«, worauf Eben kichern musste.

Im Gespräch wurden die unterschiedlichsten Themen angeschnitten. Wir leben schließlich in einer sehr interessanten Zeit – die neuen Eisenbahnen werden sich auf unser aller Leben auswirken. Im Herbst wird ein neuer Präsident gewählt werden. Auch darüber wurde geredet. Benjamin Serle und Henry Carlton begannen ein Gespräch über Bäume und über die Frage, ob sich mit wild wachsenden Nüssen ein Geschäft aufziehen lasse. Und dann wollte Henry uns unbedingt von dem Mikroskop erzählen, das er für seine Studien in England bestellt hatte.

»Die Wunder der nicht sichtbaren Welt sind genauso groß wie das, was um uns herum offensichtlich ist«, sagte er. »Das Paradies liegt vor unserer Nase.«

»Die Wissenschaft ist seine Religion«, erklärte Georgina liebevoll.

»Guido und ich werden noch eine Trauungszeremonie in einer Kirche haben«, verkündete Honor, offenbar angeregt durch die eben erwähnte Religion.

Der Gesichtsausdruck von Tante Jane verriet mir, dass sie Honor am liebsten davon abhalten würde weiterzureden.

»Aber warum?«, fragte ich. »Ist das erlaubt?«

»Meine Mutter kommt nach Amerika«, antwortete Guido auf seine fröhliche Art. »Ich habe für sie und zwei meiner Cousins, die sie begleiten werden, die Überfahrt bezahlt. *Cara Mamma.*«

»Guidos Mutter hat uns wissen lassen, sie freue sich schon darauf, dem Gottesdienst in unserer Gemeinde beizuwohnen und den Priester kennen zu lernen, der uns getraut hat. Ihr eigener Priester in Trastevere hat für sie den Brief geschrieben«, erklärte Honor.

»Was willst du nun machen?«, wollte ich wissen.

Honor zuckte mit den Schultern. »Was immer wir tun müssen, um sie glücklich zu machen«, sagte sie.

»Aber ...«, begann ich.

Doch Tante Jane schaffte es einzuwerfen: »Wir wollen das Thema wechseln.«

Vermutlich war Hochzeit kein Thema für den Esstisch. Doch verstehen konnte ich es nicht. Wählen oder eine Eisenbahn bedienen konnte ich nicht, aber verheiratete Menschen kannte ich. Plötzlich verspürte ich Unbehagen. Tante Jane erwartete von mir, dass ich ihre Geheimnisse wahrte – selbst vor Honor, die, wie ich fand, ein Recht hatte, sie zu erfahren. Und Honor kannte die Wahrheit, dass Tante Jane ihre Mutter ist, wagte es aber nicht, sie vor ihr anzusprechen. Auch Guido hatte ein Geheimnis. Er hatte in Kalifornien eine Geliebte gehabt, und jetzt hatte mein Bruder diese Frau. Ich hatte auch mein Geheimnis. Ich liebte Mr. Serle – ich sah, wie er seinen dunklen Kopf freundlich zu Georgina Carlton neigte, die auf ihrem Teller herumstocherte, um zu hören, was sie ihm anzuvertrauen hatte, ich sah die Schönheit seiner kräftigen Hand, die Tobias das Essen anreichte, ich erinnerte mich, wie befreiend seine ehrlichen

Worte am Wasserfall gewesen waren. An diesem Tisch gab es zu viele Geheimnisse.

Henry Carlton schien Tante Janes Einwand nicht mitbekommen zu haben. »Mag sein, dass extreme Maßnahmen nötig sind, um eine Schwiegermutter zu besänftigen«, sagte er. »Aber wird Ihr Gewissen nicht rebellieren?«

»Nein«, erwiderte Honor. »In einer Ehe muss man Rücksicht auf die Bedürfnisse all derer nehmen, zu denen es Bindungen gibt. Man heiratet die Verwandten seines Ehepartners mit. Ich akzeptiere das.«

»Manche sehen das allerdings anders«, warf Mr. Serle ein. »Manche halten die Ehe für eine ganz private Angelegenheit zwischen zwei Menschen.«

Manchmal gab es vielleicht auch keine Verwandten mit Bedürfnissen, überlegte ich.

»Ich habe etwas Interessantes über die Ehe gelesen«, meldete ich mich zu meiner eigenen Überraschung zu Wort. Offenbar ritt mich der Teufel. »Auf dem Erie-Kanal zeigte meine Freundin Celeste mir ein Pamphlet über eine neue Gemeinde im Westen des Staates New York. Es ist die Oneida-Gemeinde, in der jeder Mann mit jeder Frau und jede Frau mit jedem Mann verheiratet ist. Sie behaupten, die Ehe sei eine Form der Sklaverei, wenn nicht völlige Freiheit herrsche.«

Tante Jane war jetzt ernsthaft entsetzt. Honor sah mich an, als wolle sie lachen, traue sich aber nicht.

»Und was halten Sie von einer solchen Idee, Mina?«, erkundigte sich Mr. Serle.

Er betrachtete mich mit einer neugierigen Mischung aus Belustigung und Überraschung. Ich hatte mich wohl sehr unpassend verhalten.

»Ich finde es schockierend«, sagte ich. »Ein solches Verhalten wäre keine Ehe, sondern Sünde.«

»Sehr richtig!«, unterstützte mich Henry Carlton. »Es ist

das genaue Gegenteil von den Shaker-Gemeinden, die überhaupt keine Ehe zulassen. Ich habe die Shaker besucht. Es sind wunderbare Farmer.«

»Sie verkaufen den besten Samen.« Es war Lilys erster schüchterner Beitrag zu unserer Unterhaltung, und das Gespräch nahm wieder eine neue Wendung. Guido, Honor und Tante Jane erzählten Geschichten von den zurzeit in der Stadt modernen Geisterbeschwörungen. Jeder hatte eine Meinung dazu, ob diese Offenbarungen nun echt oder gefälscht seien. Lily wirkte recht verängstigt.

Die Nacht war drückend schwül. Ich stand auf, um ein Fenster weiter zu öffnen und um Luft zu schöpfen. Die Hand auf dem Fensterflügel, hielt ich inne, um auf die Tischgesellschaft zu blicken. Meine Stimmung hob sich. Was für gute Menschen! Wir waren sehr amerikanisch, wie ich fand. Guido war durch eigene Arbeit reich geworden, Lily war arm. Tante Jane hatte beides kennen gelernt. Georgina Carltons Vorfahren lebten schon seit Generationen in diesem Land. Mr. Serle und ich hatten das Kopfsteinpflaster der New Yorker Straßen erst vor nicht einmal vier Jahren berührt. Und jetzt, zusammengeführt durch das Rad des Schicksals, saßen wir hier beieinander.

Die anderen lachten über eine Bemerkung von Guido, aber Mr. Serle beobachtete mich.

»Die Tafelfreuden verbinden unser menschliches Bedürfnis nach Essen mit unserem Bedürfnis nach Geselligkeit«, sagte er. Im Licht der Lampe strahlte sein Gesicht golden, und ich entnahm dem Klang seiner Stimme, dass er eines seiner Bücher zitierte. »Wir sind wie Reisende, die gemeinsam dasselbe Ziel zu erreichen wünschen. Am Ende einer wohlschmeckenden Mahlzeit erfreuen sich Seele und Körper gleichermaßen ihres Wohlbefindens.«

»Darauf stoßen wir an, *Beniamino*«, erklärte Guido.

»Setzen Sie sich, Mina«, forderte Mr. Serle mich auf. »Sie

haben Ihr Omelett noch gar nicht probiert. Geben Sie mir Ihren Teller, dann bediene ich Sie.«

Nach dem Abendessen ließen wir das Feuer von selbst ausgehen und blieben in der Sommerküche. Das Wohnzimmer war trist, und bei weit geöffneten Fenstern wurde es außerdem rasch kühl in der Küche. Honor sagte, es sei nunmehr die Pflicht der Gäste aus der Stadt, ihre Gastgeberin und deren Freunde zu unterhalten.

Guido übernahm die Rolle des Zeremonienmeisters und stellte jeden vor. Tobias rezitierte den hunderteinundzwanzigsten Psalm, der mit den Worten beginnt: »Ich hebe meine Augen auf zu den Bergen, von welchen mir Hilfe kommt.« Nach einer kleinen Unterredung borgten sich Mr. Serle und Honor meine Shakespeare-Ausgabe und lasen eine Szene aus *Was ihr wollt* vor. Honor übernahm die Rolle der Lady Olivia, und Mr. Serle war Viola, die sich als Junge verkleidet hatte. Mir ging das Herz über, als Mr. Serle las: »Ich baut an Eurer Tür ein Weidenhüttchen, und riefe meiner Seel' im Hause zu«, und mich daraufhin anblickte.

Guido sang »Open Thy Lattice, Love« – wobei Honor errötete – und »Stay, Summer Breath«, was Georgina veranlasste, ihr Taschentuch zu zücken. Danach spielte Eben noch auf seiner Pennywhistle, und Henry Carlton holte seine Geige hervor, die er mitgebracht hatte. Sie spielten uns »Turkey in the Straw«, und dann sangen wir alle gemeinsam »Yankee Doodle« und viele andere aufwühlende Lieder. Es wurde viel gelacht und applaudiert.

Ich war unsagbar müde, als ich dann endlich ins Bett und in einen tiefen, traumlosen Schlaf sank. Ich glaube, nicht einmal das Gewitter hätte mich zu wecken vermocht, wäre Tobias nicht vor Angst aufgewacht.

»Mama! Mama!«, hörte ich ihn schreien.

Über die Fenster zuckten blau-weiß die Blitze des über dem See stehenden Gewitters. Ein Blitz folgte auf den anderen. Ich eilte zu ihm ans Bett. Tobias schrie vor Angst, als ich ihn in meine Arme nahm.

»Ist ja gut, mein Schatz«, sagte ich, »deine Mutter ist da.«

»Mama!«, wimmerte er an meiner Brust.

Der Donner krachte um uns herum, als hätten Riesen unser Dach als Amboss erkoren, um ihre Schwertklingen daraufzuhämmern. Es war so laut, dass ich glaubte, Tobias könne unmöglich meine beruhigende Stimme an seinem Ohr hören. Als der Donner grollend eine Pause einlegte, klopfte es an der Tür. Ich zog meinen Morgenmantel an und ging nachsehen, wer da war.

»Das Gewitter hat mich geweckt, dann hörte ich Tobias schreien«, sagte Mr. Serle. »Ist alles in Ordnung?«

Der nächste Donnerschlag übertönte meine Worte, und Tobias schrie erneut auf. Rafe stupste gegen mein Bein und wollte raus.

»Wir wollen in die Küche gehen und das Feuer anmachen«, sagte ich zu Mr. Serle. »Mit warmer Milch wird er wieder einschlafen. Das Gewitter ist bald vorüber, dann wird es auch ruhiger sein. Kommen Sie mit?«

In der Küche drückte ich Mr. Serle den noch immer weinenden Tobias in den Arm und holte den Milchkrug, einen Topf und die Blechdose mit dem Ahornzucker sowie einen Löffel. Ich nahm Tobias wieder an mich, und Mr. Serle stocherte in der Glut und legte ein Holzscheit ins Feuer. Er stellte den Milchtopf zum Aufwärmen auf den Dreifuß. Unterdessen tobte das Unwetter weiter. Selbst Rafe, der sich sonst gern an die Tür legte, blieb dicht bei uns.

»Erinnern Sie sich an den Sturm, als wir auf dem Schiff waren?«, fragte ich Mr. Serle in einer der Pausen zwischen Blitz und Donner.

Er nickte zur Bestätigung, weil Sprechen sinnlos gewesen wäre. Als das himmlische Grollen nachließ, hörten wir den einsetzenden Regen, der wie ein Sturzbach von den Hügeln kommend auf unser Dach trommelte. Die Luft roch sofort anders. Ein wenig Wasser tröpfelte durch den Kamin, und das Feuer zischte. Mr. Serle wandte sich dem Geräusch zu, und da fiel mir seine Geschichte von der Flut wieder ein, die seinen Sohn und seine Frau das Leben gekostet hatte.

»Der See liegt ein gutes Stück unter uns«, sagte ich leise. »Dieses Haus ist noch nie überflutet worden, selbst im Frühjahr, wenn der Schnee schmilzt, bleibt der Keller trocken. Es fließt alles hinunter zum See.«

»Danke«, sagte er.

Tobias wimmerte in meinen Armen.

»Pst, mein Schatz«, sagte ich. »Das Gewitter zieht vorüber. Und der Traum geht auch vorbei.«

»Mama weinte«, flüsterte er. »Wir haben uns verirrt.«

Ich wiegte ihn in meinen Armen.

»Wir haben euch gefunden«, beruhigte ich ihn.

Gerade da krachte der Donner, als wolle er die Türen einschlagen. Ich drückte Tobias fest an mich. »Erinnern Sie sich noch, wie wir gemeinsam auf dem Schiff gebetet haben?«, fragte ich Mr. Serle.

»Zum Glück sind wir heute Nacht nicht einer solchen Gefahr ausgesetzt. Ich fühle mich in diesem Steinhaus so sicher, wie ich mich auf dem wilden Atlantik nie gefühlt habe.«

»Auf dem Schiff hat es mich getröstet, ihr hebräisches Gebet zu hören«, sagte ich und erinnerte mich voller Sehnsucht an seinen um mich gelegten Arm. »Vielleicht vermag es auch Tobias zu beruhigen.«

Mr. Serle blickte mich zweifelnd an. »Schon möglich«, meinte er.

»Möchtest du ein Gebet hören, Tobias?«, fragte ich ihn.

Er nickte und flüsterte ja.

»Ich kann den Psalm sprechen, den Tobias für uns vorhin aufgesagt hat. Vielleicht würde ihm das gefallen.«

Als der nächste Donner verhallte, begann Mr. Serle mit leiser Stimme zu sprechen. Bei diesem Klang musste ich an den Frieden inmitten des Sturms auf dem Schiff denken, aber Tobias wurde ganz steif in meinen Armen. Es war, als würde ihn ein Schauder durchzucken wie ein Blitz die Luft, ehe das Unwetter losbricht. Selbst seine Haare schienen sich aufzurichten und sich heftiger zu kräuseln. Er zog mit beiden Händen meinen Kopf zu sich herunter.

»Hat mein Papa ihm das beigebracht?«, flüsterte er mir ins Ohr.

»Ich glaube nicht«, sagte ich erschrocken und verwirrt.

»Was ist denn?« Mr. Serle hatte bemerkt, dass wir abgelenkt waren, und hielt inne.

Tobias entwand sich meinem Schoß und tapste durch den Raum auf Mr. Serle zu, der sich bückte und ihn in seine Arme nahm. Während er dies tat, erhob sich der Hund, doch anstatt sich wie von mir erwartet zu Tobias zu gesellen, setzte er sich neben mich und lehnte seinen großen Kopf an mein Knie. Gemeinsam beobachteten wir, wie Mr. Serle seinen Kopf neigte und Tobias ihm ins Ohr flüsterte.

Sie flüsterten ziemlich lang miteinander. Ich streichelte Rafes Schulter. Sein warmes, weiches Fell wirkte beruhigend auf mich. An der Art, wie Mr. Serle den Kopf neigte, konnte ich erkennen, dass er Tobias eine Frage stellte. Tobias hob sein kleines Nachthemd vorne ein wenig an und stellte Mr. Serle dann ebenfalls eine Frage. Mr. Serle nickte bestätigend.

Schließlich richtete Mr. Serle seinen Blick auf mich. Seine dunklen Augen glänzten vor Rührung.

»Tobias möchte Ihnen etwas sagen«, kündigte er an. »Sind Sie bereit?«

»Ja«, erwiderte ich.

»Geh zu deiner Mutter, Tobias.« Er setzte das Kind am Boden ab.

Tobias kam zu mir. Ich nahm ihn auf meinen Schoß. Nun legte Rafe sich auf den Boden und legte seinen Kopf auf meinen Fuß. Ich spürte sein warmes, mich erdendes Gewicht.

»Erzähl es mir, Tobias«, forderte ich ihn auf.

Tobias lehnte sich an meine Brust und sprach mit seiner Flüsterstimme in mein Ohr wie in der ersten Zeit, nachdem ich ihn gefunden hatte.

»Ich heiße Tobias de Fonseca. Ich bin vier Jahre alt. Meine Mama ist Clotel de Fonseca, geborene Clotel Zimmer. Mein Papa ist Sabato de Fonseca, ein Hausierer. Meine Großmutter ist Elise Zimmer, eine Jüdin, die von Mr. Simon Clare, Gott möge ihn verfluchen, in New Orleans verraten und als Sklavin verkauft wurde. Ich muss den Cousin meines Vaters in Montreal, Kanada, finden. Bitte hilf mir.«

»Ja, ich werde dir helfen, Tobias«, flüsterte ich. »Danke, dass du es mir erzählt hast.«

»Das hat meine Großmutter mir beigebracht«, sagte Tobias. Seine Stimme war jetzt lauter. »Mama ließ es mich jeden Tag auf unserer Reise hersagen, damit ich es nicht vergesse.«

»Ich bin stolz auf dich, Tobias«, lobte ich ihn. »Du hast es nicht vergessen.«

»Kann ich jetzt Milch bekommen? Ich bin durstig.«

Mr. Serle rührte den Ahornzucker aus der Dose in den Topf mit Milch und schenkte für jeden von uns einen Becher ein. Ich setzte Tobias auf den Stuhl neben meinem und sagte ihm, er solle den Becher mit beiden Händen halten und langsam trinken.

»Was sollen wir tun?«, fragte ich Mr. Serle.

Es war nicht leicht, eine Lösung zu finden. Ich konnte nicht plötzlich alles stehen und liegen lassen und nach

Montreal aufbrechen. Ich sprach weder Französisch noch Hebräisch. Außerdem meinte Mr. Serle, de Fonseca sei ein spanischer Name. Aber es gebe spanische Juden, die nach Konstantinopel oder auch zu den Karibischen Inseln ausgewandert seien, auch nach Italien.

Das Gesetz gegen flüchtige Sklaven machte alles schwierig – wir konnten keine Notiz in die Zeitung setzen, wie es manche tun, die einen Verwandten suchen. Mr. Serle wollte sich mit Freunden in New York darüber unterhalten. Es müsse einen Weg geben, den Vater ausfindig zu machen. Mr. Serle würde sich die Namen der Religionsführer in Montreal sagen lassen und sich dann schriftlich an diese wenden. Auch an die Synagoge in New Orleans könnte er schreiben, nachdem Tobias diesen Ort erwähnt hatte. Für die Antwort würde er sich der Adresse eines Anwalts bedienen, sagte er. Schon die Bitte um einen Aushang in der Synagoge stelle ein Risiko dar. Nicht alle seien Gegner der Sklaverei, bemerkte Mr. Serle. Und auch viele derer, die die Sklaverei verabscheuen, glaubten dennoch an das Recht der Bundesstaaten, ihre eigenen Gesetze zu machen, auch wenn diese schlecht waren.

Ich zögerte, ehe ich niederschrieb, was Tobias' Großmutter und seine Mutter ihm beigebracht hatten. Es ist gefährlich, denn eine solche Notiz kann gegen meinen geliebten Tobias verwendet werden, um ihn seines Zuhauses zu berauben. Aber Tobias ist noch so klein, vielleicht vergisst er, was er sich eingeprägt hat. Doch es wäre falsch, die Geschichte eines Menschen auszuradieren, nur weil er zu jung ist, um zu wissen, was die Vergangenheit eines Tages für ihn bedeuten wird. Ich darf nicht selbstsüchtig sein, nur weil ich ihn liebe. Aber dennoch ist es sehr gefährlich, niederzuschreiben, dass Tobias der Sohn einer Sklavin ist – egal, wie ungerecht die Versklavung der Frau und ihrer Mutter auch war.

»Könnten Sie nicht Mr. King bitten, etwas über die Großmutter in Erfahrung zu bringen?«, schlug Mr. Serle vor. »Sie sagten doch, er sei Abolitionist.«

»Das möchte ich nicht«, entgegnete ich, während Tobias seinen leeren Becher auf den Tisch stellte und wieder in meine Arme kam.

Ich teilte Mr. Serle meine Befürchtung mit, dass Mr. King und Zipporah James ein so hübsches Kind für ihre Zwecke benutzen könnten. Mochten ihre Ziele auch gerechtfertigt sein, so hatten sie dabei doch vor allem das Glück aller im Sinn und weniger das eines einzelnen bescheidenen Menschenlebens. Ich erinnerte mich, wie Zipporah James versucht hatte, Tobias einen Klaps auf die Hand zu geben, nur weil er sich ein Biskuit nehmen wollte, ehe sie selbst sich bedient hatte.

»Sie können Tobias sehr viel besser helfen«, sagte ich.

Tobias döste auf meinem Schoß ein. Im Verlauf unseres Gesprächs waren der Donner und die Blitze weitergezogen, aber der Regen prasselte nach wie vor gegen die Fensterscheiben. Ich trank einen Schluck Milch. Die seltsame Süße des Ahorns überraschte meine Zunge noch immer. Es ist der murmelnde Wald selbst, der uns sein Aroma schenkt.

Ich hätte den armen Tobias zu Bett bringen sollen, aber ich wollte nicht, dass diese Nacht schon zu Ende ging. Mit Mr. Serle in einer Küche sitzen und sich als Freunde unterhalten – das Gute aus der Vergangenheit war zu mir zurückgekehrt.

»Glaubt man in Ihrer Religion an eine Hölle?«, fragte ich Mr. Serle.

»Wie bitte?« Mr. Serle klang höchst überrascht. Seine Augen waren umschattet und abwesend vor Müdigkeit oder Sorge. Er war in seinen Gedanken ganz woanders.

»Glauben Sie an die Hölle?«, wiederholte ich meine Frage.

Er sah mich zweifelnd an. »Hölle? Warum fragen Sie?«

»Ich wüsste es gern«, antwortete ich, war mir aber sofort unsicher, ob ich damit nicht unhöflich war. »Es tut mir leid, womöglich ist es nicht richtig, über solche Dinge zu sprechen.«

»Aber natürlich ist es richtig, wenn Sie es wissen möchten«, versicherte Mr. Serle mir.

Ich blickte Mr. Serle erwartungsvoll an.

Mr. Serle ließ sich Zeit. »Die Bibel – für Sie das Alte Testament – kennt keine Hölle. Der Talmud spricht von *Gehenna*, wo das Böse geläutert wird. In einigen unserer Volkssagen tauchen auch Vorstellungen vom Himmel und einer Art Hölle auf, aber in der Religion selbst? Nein. Es gibt keine Hölle mit Feuer, Teufeln und Sündern, die in die Flammen geworfen werden. Wir glauben – ich glaube –, dass wir in der Welt, in die wir hineingeboren sind, so gut leben müssen wie wir können.« Er blickte mich düster an. »Für mich wäre es wahrscheinlich die Hölle, wenn ich mich für etwas Schlechtes entscheiden würde und dann mein Leben auf Erden in dem Wissen zubringen müsste, vorsätzlich das Falsche getan zu haben.«

»Sie sind ein wirklich guter Mensch, dass Sie das glauben. Danke, dass Sie mir meine Frage beantwortet haben.«

Tobias rieb seinen Kopf an meiner Schulter. Seine Augen flatterten, er riss sie auf, aber sie fielen ihm gleich wieder zu.

»Ich muss das Kind schlafen legen«, sagte ich zu Mr. Serle.

Meine Arme und Beine waren unter dem Gewicht von Tobias eingeschlafen. Als ich aufstand, taumelte ich, und deshalb setzte ich ihn vorsichtig auf einen Stuhl, wo er sich halb wach hin und her bewegte und dann seinen Kopf auf den Tisch legte. Ich räkelte mich und trat ans Feuer, um den fast leeren Milchtopf vom Dreifuß zu nehmen.

»Ich gieße Wasser für Sie drauf«, bot Mr. Serle an, als er sah, was ich vorhatte. Er stellte die Becher in die Spüle und pumpte Wasser in den Milchtopf.

Währenddessen hob der Hund den Kopf, gähnte ausgiebig und ging zur Tür, um mit seiner Schnauze den Riegel anzuheben. Ich nahm die Herdschaufel in die Hand, denn ich wollte noch die Kohlen zusammenschieben und das Feuer eindämmen. Der Regen hatte aufgehört. Wenn der Hund die Tür aufmachte, würde frische Luft in die Küche wehen.

Alles spielte sich in unglaublicher Geschwindigkeit ab. Tobias döste, Mr. Serle stand mit dem Milchtopf in der Hand da, die Tür schwang nach innen auf, der Hund stürmte nach draußen, der Luftzug fuhr in meinen leichten Sommermorgenmantel, als das letzte Holzscheit knackte und im Kamin zu roter Glut zerfiel.

Ehe ich aufschreien konnte, zog Mr. Serle mich schon weg vom Feuer, leerte den Topf, den er in der Hand hielt, über meinem Morgenmantel aus und löschte auf diese Weise das erste Auflodern der Flammen, ließ den Topf fallen, packte meine Kochschürze und erstickte, indem er sie mir um die Beine wickelte, damit die letzte gefährliche Glut. Vor Schreck gaben meine Knie nach, so dass wir stolperten und zu Fall kamen.

Lange Zeit blieben wir fest umschlungen, schweigend auf dem Boden liegen. Eine seltsame Lethargie hatte mich erfasst. Die Angst lähmte meine Gedanken und mein Handeln. Selbst wenn ich es gewollt hätte, ich hätte mich nicht bewegen können. Wir werden hier verharren, sagte ich mir. Ich brauche ihn nie wieder loszulassen. Sein Atem an meiner Wange haucht mir Leben ein. Wir werden eins sein. Ich werde eine Tür in meiner Brust öffnen, und er wird für immer neben meinem schlagenden Herzen wohnen.

Im Raum roch es nach versengter Baumwolle, unserer

Angst und der feuchten, von Blitzen zerrissenen Nachtluft. Wir hörten Wasser tröpfeln, Tropfen um Tropfen fiel in die Spüle. Langsam entwirrte sich die Zeit, die wie ein Strang verhedderter Wolle auf uns gefallen war, wieder zu einem glatten Faden. Nach und nach beruhigte sich unser keuchender Atem, und unsere rasenden Herzen fanden in ihren gewohnten Rhythmus zurück.

Mr. Serle strich mir sanft übers Haar, küsste meine Schläfe und murmelte mir dann etwas ins Ohr. Ich konnte ihn nicht verstehen und fürchtete einen Moment, die Angst vor dem Feuer habe meinen Geist verwirrt. Dann begriff ich, dass er mehrere Sprachen durcheinandersprach.

»*Carissima, carissima*«, wisperte er. »*Je t'aime. At mefakhet? Non hai paura.* Du bist in Sicherheit, Mina. Alles wird gut, *mia amata. Lev sheli. Liebchen. Amore mio.*«

Ich legte meine Hand auf sein geliebtes Gesicht. »Ja, wir sind in Sicherheit«, sagte ich ihm. »Alles wird gut. Ich liebe dich so sehr.«

Wir hätten dort liegen bleiben und miteinander flüstern können, bis die Liebe und die Erleichterung und das Wunder unserer lebendigen, aneinandergepressten Körper sich zur Leidenschaft entzündet hätten, aber Tobias erwachte und wimmerte. Er rutschte vom Stuhl herunter und kam zu uns, um sich trösten zu lassen. Wir zogen ihn zu uns herunter und hielten ihn zwischen uns. Auch er war in Sicherheit. Der Hund kehrte zurück, schüttelte sich und verteilte überall Regenwasser. Und was blieb uns nun anderes übrig, als uns, betäubt von der Bedrohung und doch lebendig vor Freude, wieder der Welt zuzuwenden?

Wir standen auf und untersuchten einander nach Verletzungen. Noch war es fast unmöglich, in zusammenhängenden Sätzen zu sprechen. Benjamins rechte Hand wies ein rotes Brandmal auf, aber ohne Blasen. Ich holte das Süßmandelöl und träufelte etwas darauf. Meine Beine waren schmutzig vom Ruß. Benjamin half mir, sie an der Spüle zu säubern. Wunderbarerweise war ich überhaupt nicht verletzt, sah nur, wie mir plötzlich bewusst wurde, ziemlich unanständig aus in meinem feuchten und versengten Nachthemd. In seinem leidenschaftlichen Bemühen, mich zu retten, hatte Benjamin mir meinen Morgenmantel vom Leib gerissen, der jetzt zerfetzt und angebrannt auf dem Herd lag.

Als könnte er Gedanken lesen, zog Benjamin seinen Morgenmantel aus und legte ihn mir um die Schultern. Vorhin hatte er in der Eile nur seine Hose angezogen, sie aber falsch zugeknöpft, und seinen Morgenmantel übergestreift. Jetzt sah ich die Schönheit seiner nackten Brust und die Kraft seiner Schultern; unter der kleinen Vertiefung seines Nabels verschwand eine schwarze Linie von Haaren auf seinem flachen Bauch in seinem Hosenbund. Ihn unbekleidet anzusehen verunsicherte mich mehr als meine eigene Blöße.

»Komm, *tesoro*«, sagte er und band mir den Gürtel seines Morgenmantels um die Taille, »es ist sehr spät. Wir sind beide erschöpft. Wir müssen uns ausruhen.«

Rafe und mich im Gefolge, trug Benjamin Tobias zu seinem Bett und deckte ihn behutsam zu. Rafe machte es sich auf dem Boden bequem. Tobias – der bereits wieder schlief – würde nicht aufstehen können, ohne auf ihn zu treten. Wir blieben einen Moment stehen, schweigend und noch immer benommen von der gemeinsam erlebten Angst. Tränen rollten über meine Wangen.

»Komm«, sagte Benjamin und nahm meine Hand. »Der Hund wird das Kind beschützen.«

Er führte mich in sein Zimmer. Das Fenster stand ein wenig offen, und das Murmeln des vom Regen angeschwollenen Bachs durchdrang laut die Stille der Nacht.

»Komm«, sagte er wieder. »Leg dich mit mir hin. Du brauchst Wärme und Trost. Du zitterst ja immer noch.«

»Du hast mich gerettet«, sagte ich. »Ich werde tun, was immer du wünschst. Ich gebe mein Leben in deine Obhut.«

Mr. Serle ließ im Dunkeln ein glucksendes Lachen hören. »Du klingst, als würdest du dich deinem Schicksal ergeben«, sagte er. »Aber ich werde dich nicht entehren, *cara*. So verlockend du auch bist, ist dies im Moment nicht das, was du brauchst.«

Ich hörte das Kratzen eines Streichholzes, dann sah ich eine plötzlich aufschießende blaue Flamme. Benjamin zündete die Öllampe auf dem Tisch an. Die Flamme schwankte in der Zugluft, und er schloss das Fenster.

»Komm«, forderte er mich auf, »leg dich neben mich, dann ziehe ich die Decke über uns.« Er bückte sich, um meinen Fuß anzufassen. »Deine Füße sind immer noch eiskalt«, erklärte er.

Als wir den Weg von den Wasserfällen zurückgegangen waren, hatten sich unsere Schritte einander angepasst. Als wir in der Küche arbeiteten, um das Abendessen zuzubereiten, waren unsere Bewegungen jeweils auf die Bedürfnisse des anderen abgestimmt. Jetzt kehrte die Behaglichkeit zurück, die ich empfand, als ich ihn in den Armen hielt. Unsere Körper passten zueinander. Benjamin wickelte die Decke um uns, rückte das Kissen zurecht, zog mich mit dem rechten Arm dicht an sich heran, streichelte mit seiner linken Hand, die ich im trüben Licht des Lampenscheins erkennen konnte, mein Gesicht.

»Erzähl mir von deinen Überlegungen. Du möchtest in Uncas Falls leben?«, fragte er.

»Ich fühle mich hier auf dem Land am See zu Hause.« Mein Herz öffnete sich seiner Wärme, als ich ihm die Wahrheit sagte. »Du hast mir einmal erzählt, du würdest von einem solchen Ort träumen, und mein Bruder und ich sprachen vor langer Zeit immer von einer Farm und von Pferden. Vielleicht habe ich diese Träume gehegt, weil sie mein

Wesen ansprechen – meine Seele. Das dörfliche Leben gefällt mir, und solange Tobias in meiner Obhut ist, ist es das Gesündeste für ihn.«

»Wenn du dieses Leben brauchst, dann musst du es leben«, sagte Benjamin.

Wir verfielen in Schweigen. Eingehüllt in Liebe, fühlte ich mich nun sicher. Wie Eis, das bricht und schmilzt und unter der wärmenden Sonne des Frühlings den See hinuntertreibt, flossen Entsetzen und Schrecken von mir. Ich verfolgte die über die Wand tanzenden Schatten, die das Lampenlicht warf.

»Warum hast du mir nicht geschrieben?«, fragte ich. »Deine Verlobung war gelöst; da hättest du mir doch schreiben können.«

Er seufzte, ich spürte seinen Atem an meiner Schläfe. »Honor las mir deine Briefe vor – Auszüge davon. Ich habe nicht erfahren, ob du an mich gedacht hast – und ich fand auch nicht, dass ich es verdient gehabt hätte. Ich wusste, dass ich dich verletzt hatte, auch wenn ich mir selbst etwas anderes einredete. Dann zeigte mir Sadick Meyer im Herbst die Zeichnungen, die er von diesem Künstler Maurice Clemens in Albany erworben hatte. Er tat dies in der Absicht, mich zu verspotten. Eine der Zeichnungen zeigte eine Frau mit einem Messer in der Hand, die gerade eine Orange schälte. In dieser Geste war alles von dir enthalten. *M. träumt von ihrem Geliebten*, stand darunter geschrieben. ›Weißt du‹, sagte Sadick zu mir, ›der Künstler erzählt gern. Er erzählte mir die Geschichte seines Jungen-Mädchens Mina. Du warst ein Narr, sie dir nicht zu nehmen, als du gekonnt hättest.‹ Ich wusste, dass ich ein Narr gewesen war, aber nicht aus dem Grund, den Sadick andeutete.«

»Du hast mein Buch gelesen«, sagte ich. »Du kennst meine Geschichte. Muss ich sagen, wer derjenige war, von dem ich träumte?«

»Nein«, sagte Mr. Serle. »Aber bis du mir schriebst, wusste ich nicht, ob du mir verzeihst. Und dann war ich krank und elend und hatte Angst, mir zu viel zu erhoffen.«

Ich erinnerte mich noch gut daran, wie wütend ich auf Benjamin gewesen war. Damals sagte ich ihm, er werfe eine unschuldige Liebe weg. Das entsprach der Wahrheit – doch mir war jetzt klar, dass eine solche kindliche Liebe sterben musste. In diesem Moment erinnerte ich mich an diese kindliche Bewunderung; sie war wie eine Kerzenflamme vor einem heiligen Bildnis. Ich wünschte mir eine Liebe, die den Raum füllte. Ich wollte von innen heraus wachsen und alles kosten. Und der Tod lauerte in der heißen Asche des Feuers, in den eisigen Tiefen der Flut – unter der Schönheit des kurzen Tags lag die dunkle, endlose Nacht. Unsere Zeit war so knapp bemessen. Erwachsene Liebe konnte nicht unschuldig sein. Ich würde meine Hand nach meinem Verlangen ausstrecken und nehmen, was kam.

»Ich möchte dich um einen Gefallen bitten«, sagte ich.

»Ja?« Mr. Serle klang jetzt schläfrig. »Was hättest du denn gern, Mina?«

»Ich würde dich gern küssen«, sagte ich zu ihm.

Er schmeckte nach Wein und Mandeln. Ich roch Lorbeerblätter und die moschusartige Seife, die er zum Rasieren verwendete. Ich wollte ihn in mich einatmen. Als ich schließlich aufhörte, schlang er seine Arme um mich, als wollte er mir sagen, dass ich ihm gefiel. Seine Kraft zu spüren ließ mein Herz heftiger schlagen.

»Was hättest du gern, Mina?«, fragte er wieder. Er klang nun gar nicht mehr müde.

»Ich möchte«, sagte ich, »dich lieben dürfen. Du hältst mein Herz. Du beschützt mich. Ich möchte deine Geliebte sein.«

Mr. Serle setzte sich auf und zerwühlte dabei die Decke. Sein Gesicht war beinahe reglos. Nur der durch seine geteilten Lippen ausgestoßene Atem und die Röte seiner Wangen sagten mir, dass er aufgewühlt war. Seine dunklen Augen glitzerten im Lampenschein.

»Meine Geliebte?« Er schien entsetzt zu sein.

»Ich habe es mir sehr gut überlegt«, erläuterte ich ihm. »Die Priester sagen, Liebe nur um der Liebe willen zu erfahren sei eine Sünde und verdamme zur Hölle. Es heißt, die Juden fahren zur Hölle. Ich nehme Gottes Willen an. Ich habe mich entschieden. Ich werde in die Hölle gehen. Ich werde immer mit dir zusammen sein.«

»*Tesoro mio.*« Benjamin drückte mich so fest mit seinen Armen, dass mir die Luft wegblieb. Als er mich freiließ, hielt er mich ein Stück von sich weg, um mich anzusehen. Keiner von uns sprach.

»Mir fehlen die Worte«, sagte er endlich. »Nur mein Blut spricht zu dir.«

Ich streckte meine Hand aus, um sein Gesicht zu berühren.

»War das der Grund, weshalb du mich nach der Hölle gefragt hast?«

Ich nickte bejahend. »Wenn es in deiner Religion eine Hölle gäbe, könnte Gott dich anderswohin schicken. Aber wenn es nur die Hölle gibt, von der ich gehört habe, dann ist es gut so.«

»Gut so?« Er küsste mich zärtlich auf die Wange. »Du bist mein Ein und Alles«, sagte er, »aber vermutlich kein kompetenter Theologe.« Er küsste mich wieder, energischer diesmal. »Du duftest nach Rosen«, sagte er, »und Nelken.« Er küsste meinen Hals unter meinem linken Ohr. »Dein Haar ist Zimt und Honig«, murmelte er und zog den Morgenmantel – und mein Nachthemd dazu – von meiner Schulter, »und deine Haut Mandelmilch.«

Ein Sommergewitter brach über mich herein. Es schwemmte mich hinweg. Ich wusste, ich würde mich aufgeben, um zu einem Tropfen Wasser in einer Sintflut zu werden.

»Mache ich dir Angst?«, fragte er, seine Lippen an meinem Ohr.

»Ein wenig«, gab ich zu. »Einen Moment dachte ich, du machst eine Mahlzeit aus mir.«

»Das könnte ich machen«, meinte er. »Ich bin vollkommen ausgehungert.«

Wieder folgte Schweigen. Benjamin strich mit seinem Finger an meinem Kinn entlang und um meine Ohrmuschel herum, dann an meinem Hals hinunter bis zu meiner Schulter, als würde er meinen Umriss skizzieren, mich in die Luft malen. Sein Kopf beugte sich über mich. Im Lampenlicht leuchtete sein Haar wie ein Heiligenschein, aber sein Gesichtsausdruck blieb mir verborgen.

»Nun, Miss Mina Pigot«, sagte er endlich. »Sie sind hier in meinem Bett. Sie sind ganz und gar kompromittiert. Meine Pflicht ist es, Sie zu heiraten.«

Und dabei klang er sehr zufrieden.

»Heirat?« Seine Worte verwunderten mich. »Ich denke nicht, dass du mich heiraten kannst.«

»Warum nicht?«

»Weil ich nicht möchte, dass du dich zwischen mir und deinem Glauben entscheiden musst«, sagte ich.

Benjamin schwieg wieder. Dann zog er den Morgenmantel an mir stramm, so dass ich anständig bedeckt war. Er nahm meine Hand in seine.

»Da gibt es keine Wahl«, erklärte er mir. »Eine Liebe, die vier Jahre lang in die Dunkelheit des Herzens geschmiegt schläft und im Licht eines einzigen Nachmittags aufs Neue erwacht, kann nicht geleugnet werden. Liebe, die die Seele erhebt, kann nicht falsch sein. Unser jeweiliger Glaube ist echt – doch es ist unwichtig, wie jeder von uns ihn auslebt.«

»Ist das wirklich in Ordnung so?«, fragte ich. »Manchmal habe ich solche Angst.«

»Erzähl mir, was du empfindest, Mina«, forderte er mich auf.

»Ich war vor dem Hunger als Kind so glücklich zu Hause in Irland, und jetzt ist eine ganze Welt weggebrochen. Ich muss sehr vorsichtig sein, damit ich nicht zu viel verlange. Wenn wir das Glück festzuhalten versuchen, verschwindet es, wie Wärme und Rauch beim Feuer nach oben steigen und Asche zurücklassen.«

Benjamin ließ meine Hand nicht los. »Du hast nie zu viel verlangt«, sagte er. »Niemals. Aber jetzt fürchte ich, muss ich dich um etwas bitten. Ich kann nicht von einem Priester getraut werden. Ich kann nicht in einer Kirche getraut werden.«

»Darauf zu verzichten fällt mir nicht schwer«, gestand ich. »Ich kenne mein Herz. Ich schäme mich nicht, es Gott direkt darzubieten, wenn ich sterbe. In dieser Welt werde ich mich der Führung durch die Liebe anvertrauen. Es sind die Menschen, nicht Gott, die so dumme Regeln erfinden.«

»Gott wird für sich selbst sorgen«, versicherte Benjamin mir. »Du und ich werden nach amerikanischem Recht heiraten.«

»Wann?«, fragte ich.

»Hast du etwas dagegen, wenn wir das morgen tun? Sollen wir Henry Carlton bitten, uns morgen früh zu trauen?«

»Ja«, stimmte ich ihm zu. »Ja, das werden wir tun.«

»Hör zu«, sagte er. »Der Gründervater Thomas Jefferson schrieb über die Religion: Getrennt stehen wir, vereint fallen wir. Glaubst du das?«

Ich dachte darüber nach. Dann antwortete ich: »Ja. Ich glaube daran. Mein Glaube nimmt nichts von deinem, und deiner nichts von meinem.«

»Alle Wege enden an deiner Tür«, sagte Benjamin leise.

»Ich glaubte, meine Reise allein machen zu können. Aber dann, immer wenn ich deine Gesellschaft am meisten vermisste – warst du da, gingst über den Markt oder schliefst am Wasserfall. Mein Herz sagt mir, ich werde ohne dich nie mehr vollständig sein. Ich möchte für deine Sicherheit sorgen.«

»Meine Sicherheit besteht in dem Wissen, dass es einem für immer Kraft gibt, wenn man wahrhaft liebt«, sagte ich und küsste ihn. Bartstoppeln verdunkelten sein Kinn. Jetzt war ich frei.

Benjamin strich mir das Haar aus der Stirn und wickelte eine Strähne um seinen Finger. »Ich muss dir noch was erzählen. Erinnerst du dich noch an die Goldmünzen, die du in England verdient hast?«

»Natürlich«, erwiderte ich.

»Im letzten Frühjahr, als ich erfuhr, dass du New York verlassen hattest, brachte ich das Gold zu einem Juwelier. Er fertigte mir daraus einen Ring, einen Siegelring für meinen kleinen Finger. Ich redete mir ein, du seist sicher, solange ich ihn sicher verwahrte. Eigentlich wollte ich ihn tragen, aber meine Besorgnis, er könnte abfallen und verloren gehen, war zu groß. Ich arbeite ja, wie du weißt, immer mit den Händen.«

»Ich weiß.«

Benjamin erhob sich. Er griff in seine Weste, die er aufgehängt hatte. Das Gold blinkte im Lampenlicht, als er den Ring hervorholte.

»Du trugst ihn heute am Wasserfall«, sagte ich, weil mir wieder in den Sinn kam, dass etwas aufgeblitzt hatte, als er sein Buch zuklappte.

»Ja, das stimmt«, sagte Benjamin und setzte sich auf die Bettkante. »Dein Name ist innen eingraviert, Mina.« Ehe ich etwas darauf erwidern konnte, sprach er schon weiter. »Vielleicht war es nicht richtig von mir, verzeih. Aber als ich dem Juwelier diesen Auftrag gab, begriff ich endlich, was mit mir los war.«

»Und was hast du begriffen?«, fragte ich.

Der Raum um uns herum war dunkel. In dem schwankenden Licht sah ich Benjamins Gesicht halb golden und halb im Schatten, und seine Hand, die den Ring hielt. Er zögerte und schien dann Kraft zu sammeln, während er schon weiterredete.

»Ich muss aufrichtig zu dir sein. Ich begriff, dass ich Anna Moses niemals heiraten würde. Die Verlobung würde scheitern, weil ich damit sie und mich getäuscht hatte. Und selbst wenn du auch nicht mehr da warst, wäre es schlecht von mir, denn ich könnte zwar ihren Körper begehren und ihre Kunst bewundern, aber nicht ihre Seele lieben. An dem Morgen, als der Ring mir geliefert wurde, steckte ich ihn mir an den Finger. Mit der nächsten Post kam ein Brief von Honor mit der Nachricht, dass du unversehrt warst. Du machtest mein Herz wieder lebendig in mir. Dieser Ring hat mein Verlangen nach dir sichtbar gemacht.«

»Wie schön«, sagte ich. »Der Held einer deiner Romane hätte sich so etwas ausdenken können.«

»Möchtest du den Ring tragen?«, fragte mich Benjamin. »Bitte, Mina, verzeih mir die Vergangenheit.«

»Dir verzeihen?« Eine merkwürdige Vorstellung. »Ich liebe dich. Anfangs liebte ich dich, wie ein Kind liebt, ohne zu überlegen. Dann liebte ich dich als eine Freundin, weil du immer so gut zu mir warst. Und seit nunmehr einem Jahr liebe ich dich als den, der du bist. Ich liebe dich, alles an dir – liebe dich, wie du bist.«

Er steckte mir den Ring an den Finger und küsste mich und berührte mich mit seinen wunderschönen, reinen Händen, bis ich mich fühlte – nun, ich kann das nicht niederschreiben, ohne zu erröten. Außerdem ist es ohnehin sinnlos, das Gefühl zu beschreiben, denn es lässt sich nicht in Worte fassen. Es ist ein körperliches Wissen, das nun zu einem Teil von mir geworden ist.

Als ich wieder atmen konnte, fragte ich ihn: »Wenn wir zum Juwelier gehen, damit er den Ring enger macht, könnten wir dann deinen Namen auch mit dazuschreiben lassen?«

»Das würde dir gefallen?«

»O ja«, versicherte ich ihm. »Könnte er in deiner Sprache geschrieben werden?«

»Italienisch?«

»Nein, in Hebräisch«, sagte ich. »Ich hätte deinen Namen gern so dort stehen, wie dein Gott ihn spräche.«

Benjamin sagte nichts darauf, sondern nahm meine rechte Hand in beide Hände und küsste die Handinnenfläche.

»Komm«, sagte er. »Ich muss dich in dein Zimmer auf der anderen Flurseite bringen.«

»Aber …«, wollte ich einwenden.

»Ich werde deinen Namen nicht kompromittieren«, erklärte er mir. »Guido und Honor hätten dafür Verständnis, aber nicht die anderen. Das hier ist ein kleiner Ort. Wir werden unser Leben inmitten dieser Menschen führen.«

»Aber keiner wird es erfahren«, widersprach ich.

»Wir aber werden es wissen«, antwortete er mir. »Nein – keine leidenschaftlichen Nächte, die am nächsten Morgen bedauert werden. Ich weiß, was zu tun ist. Keine Geliebten oder Mätressen für mich. Wenn du mich willst, musst du mich heiraten.«

»Oh«, sagte ich.

Ich betrachtete meine Ringe, einen an meiner rechten Hand und einen an meiner linken. Ich seufzte und sorgte dafür, dass mein Herz in meiner Brust zur Ruhe kam.

»Meine Mutter hätte es so gewollt«, flüsterte ich.

»Das hätte sie«, bestätigte Benjamin und berührte ihren

Ring an meiner Hand. »Und meine auch. Aber jetzt musst du gehen, ehe ich die Kontrolle über mein Gewissen verliere, oder besser gesagt, ehe mein Gewissen die Kontrolle über den Rest von mir verliert.«

An meiner Tür nahm er mich noch mal in seine Arme und drückte mich schweigend an sich.

»Geh«, sagte er. »Schlaf, *amore*. Bis morgen.«

»Ja«, antwortete ich. »Bis morgen.«

»Eine christliche Jungfrau und ein jüdisches Kind«, sagte er sanft und mit seinem ironischen Lippenspiel, die Augen dunkel und unergründlich. »Es ist eine ungeheure Verantwortung.«

»Ja«, nickte ich.

»Wir werden zurechtkommen«, meinte er.

Er küsste mich daraufhin ein letztes Mal und verließ mich. Ich dachte, ich würde nun sicherlich wach liegen und vom Feuer träumen, aber der Frieden kommt schnell. Getröstet von seinem Duft, schlief ich in seinem Morgenmantel noch die wenigen Stunden, die von der Nacht übrig waren.

Schreie von der Sommerküche rissen mich aus dem Schlaf. Bis ich mich angezogen hatte und nach draußen geeilt war, schwatzten alle wild durcheinander. Lily war gekommen und hatte meinen verbrannten Morgenmantel auf dem Herd gefunden, wo er liegen geblieben war. Sie stand wie angewurzelt mitten im Raum und presste sich das zerrissene Kleidungsstück laut schluchzend an die Brust. Eben schrie sie an, aber sie schien der Vernunft und der Welt gegenüber taub zu sein. Tante Jane stand händeringend daneben. Guido versuchte, aus Tobias herauszubekommen, was geschehen war. Der aber ließ seinen Kopf hängen und flüsterte wahrscheinlich, so dass er bei dem Aufstand, den Lily machte, nicht gehört werden konnte. Rafe lief durch den

Raum und stupste die Leute mit seinem Kopf an, wie immer, wenn er auf etwas aufmerksam machen möchte.

»Da ist sie ja…« Honor packte und küsste mich. »Bist du verletzt?«

»Mit mir ist alles in Ordnung«, sagte ich. »Wo ist Mr. Serle?«

»Da bin ich«, sagte er, als er mit schlaftrunkenen Augen den Raum betrat. »Was ist das für ein Lärm?«

Honor beäugte uns mit scharfem Blick und übernahm das Kommando. »Geh zu deiner Mutter, Tobias«, sagte sie. »Und du, Tante Jane, holst einen Becher kaltes Wasser für Lily, damit sie sich wieder fängt. Eben, helfen Sie Lily, sich hinzusetzen? Sie hatte einen Schock, aber jetzt sieht sie, dass keiner verletzt wurde. Und du, Guido, machst dich mit mir zusammen an die Vorbereitung des Frühstücks.« Sie hielt inne. »Rafe, dich hätte ich fast vergessen. Leg dich auf die Veranda, bis Tobias dich braucht.«

»Danke, Honor«, sagte ich. Tobias klammerte sich an meinen Rock. Ich beugte mich zu ihm hinab. »Du hast heute Morgen dein Hemd falsch zugeknöpft, mein Schatz. Komm, ich mache es für dich.«

»Du bist nicht wach geworden«, flüsterte er mir ins Ohr. »Ich habe dich geküsst, aber du bist einfach nicht aufgewacht.«

»Benjamin«, warf Honor forsch ein, »ich schlage vor, dass du mit Mina und Tobias kurz nach draußen oder ins Wohnzimmer gehst. Wenn ihr zurückkommt, wird das Frühstück fertig sein, dann könnt ihr uns erklären, was passiert ist. Ich könnte mir vorstellen, dass ihr Neuigkeiten für uns habt.« –

Gerade da wurde ich beim Schreiben unterbrochen.

»Hast du uns denn schon verheiratet, mein Schatz?«, erkundigte Benjamin sich, der mir gegenübersaß und Briefe schrieb. Wir hatten uns das Tintenfass geteilt. »Du bist sehr angespannt gewesen, und gerade eben bist du errötet. Erzähl mir, woran du gedacht hast, damit ich verfolgen kann, wie die Flamme wieder in deinen Wangen aufsteigt.«

»Pst, *caro*«, sagte ich mit Blick auf Tobias, der neben Benjamin saß und sein Alphabet abschrieb und so tat, als würde auch er Briefe schreiben. »Ich war bis dahin gekommen, wo Honor binnen zwei Stunden unsere Hochzeit und ein Mittagessen organisierte und alle einspannte – selbst die Kuh und das Geflügel –, damit wir Zeit für uns hatten.«

»Wenn diese Frau eine Armee kommandieren würde, wäre ihr der Sieg gewiss«, erklärte Benjamin. »Wenn ich an das Jahr zurückdenke, das wir getrennt voneinander verbracht haben, dann hat das zwei Vorteile gebracht – du hast Tobias gefunden, und Honor Corbett ist meine Freundin genauso wie deine geworden.«

Tobias gähnte.

»Das Ende werde ich an einem anderen Abend schreiben«, sagte ich.

Sonntag, 27. Juni 1852

Nun habe ich wieder einen Augenblick Zeit für mein Buch gefunden. Ich kehre in Gedanken zum 28. Mai, einem Freitag, und dessen Schönheit zurück.

Der nächtliche Regen hatte die Luft gereinigt. Es war ein frischer und strahlender Morgen, und es gab viel zu tun. Mein Leben veränderte sich für immer, und doch machte die Welt munter weiter. Keinen schien es groß zu überraschen, dass Benjamin Serle und ich heirateten.

»Ich wusste doch, du würdest ein neues Kleid brauchen«, sagte Honor und küsste mich wieder.

Lily, die sich inzwischen beruhigt hatte, schüttete bedächtig Wasser in die französische Kaffeekanne, so, wie ich es ihr gezeigt hatte. »Herzlichen Glückwunsch, Miss Mina«, flüsterte sie mir zu, »er ist ein sehr gut aussehender Mann.«

Ich hatte eigentlich vorgehabt, den vom Vorabend übrig gebliebenen Fisch in ein Frühstücksgericht mit Sahne zu verwandeln, aber das war nicht nötig. Guido und Honor stellten Käse und geräucherten Schinken auf den Tisch, während Lily Rühreier machte und Brot toastete.

Beim Frühstück teilte Honor den Tag für uns ein. Sie sagte, vor Mittag könnten wir nicht heiraten, denn ich müsse baden und mein Haar ordentlich aufstecken. Nach der Trauung und einer einfachen Mahlzeit, die Georgina gemeinsam mit ihrer Haushaltshilfe und Lily zubereiten wolle, würde Eben die DiRomas und Tante Jane nach Albany fahren. Tante Jane sei damit einverstanden, die Rückreise nach New York auch ohne Mr. Serle anzutreten. In zwei Wochen, wenn die DiRomas von den Niagarafällen wieder zurück seien, würden Benjamin und ich nach New York reisen. Honor hatte aber auch wirklich an alles gedacht.

Eben war am Morgen schon zeitig aufgebrochen, um nachzusehen, ob das Unwetter großen Schaden auf den Feldern angerichtet hatte, und er berichtete, dass eine große Eiche auf der oberen Weide vom Blitz getroffen worden war. Alle – ausgenommen Honor, die ins Dorf lief, um sich mit Georgina Carlton zu besprechen – marschierten hoch, um sich den gefallenen Riesen anzusehen, der mitten ins Herz getroffen worden war. Guido und Benjamin zogen ihre Jacketts aus und halfen Eben dabei, den gesplitterten Stamm so zu zersägen, dass die einzelnen Stücke von den Pferden hinunter zum Stall gezogen werden konnten. Eichenholz brennt lang und heiß.

Nachdem alle etwas Kaltes getrunken hatten, kehrte Honor zurück, und Guido und Benjamin gingen zusammen mit Lily und Tobias und Körben voll Essen zu den Carltons. Rafe begleitete sie natürlich.

Lily hatte Wasser für mich heiß gemacht und die Badewanne gefüllt, ehe sie aufbrach, um bei Georgina zu arbeiten. Honor half mir, mein Haar über der Spüle zu waschen und es mit Rosenwasser auszuspülen. Ich wickelte mir ein Handtuch um den Kopf und legte mich dann in die Wanne. Welch ein Luxus, in warmes Wasser einzutauchen – und das an einem Vormittag mitten in der Woche! Beim Einseifen meiner Arme konnte ich sehen, dass die Narbe, die ich aus jener Nacht, als Jasper Westervelt mir das Haschisch gab, zurückbehalten hatte, nur noch eine dünne weiße Linie war, so gut wie unsichtbar. Die Narbe an meinem Arm und der entstellte kleine Zeh meines rechten Fußes, auf den das Pony trat, sind die beiden Zeichen, die das Leben mir aufgedrückt hat, als es mich nach vorne schob.

Ich bin schlank, aber meine Arme und Beine sind muskulös. Ich hatte nun Kraft in mir. Die weißen Hügel meiner Brüste sind nicht üppig, aber doch weiblich genug. An meinem Unterleib bildet das in dunklerem Rot sprießende Haar einen Kontrast zur weißen Glätte meines Bauches. Wenn ich an mir herabblicke, bin ich zufrieden, zu einer Frau herangewachsen zu sein. Eingebettet in flimmernde, schillernde Seifenblasen wusch ich mich in dem wohltuenden Wasser.

Danach, als ich mich überall mit Lotion eingerieben hatte, setzte ich mich an mein Schlafzimmerfenster und kämmte und trocknete mein Haar. Ich hatte mir Benjamins Morgenmantel übergestreift. Honor kam zu mir, zog eine Braue hoch, als sie ihn sah, und lächelte dann. »Den habe ich vergangenen Winter für ihn gemacht«, sagte sie. »Ist ja interessant, dass er ihn verschenkt hat.«

Ich weihte sie in das ein, was in der vergangenen Nacht

passiert war. Honor umarmte mich erleichtert, dass ich am Leben war und Benjamin mich gerettet hatte. Dann meinte sie, Liebe, die den Tod besiegt, werde auch jeden Zweifel besiegen. Tante Jane hörte unsere Stimmen und klopfte an die Tür. Guido und Benjamin seien zurückgekehrt, berichtete sie, und nun unterwegs zu den Wasserfällen, um dort noch einmal zu baden. Georgina Carlton habe Tobias jedoch bei sich behalten.

Wir unterhielten uns über alles: wie Tante Jane sich um mich gekümmert hatte, als ich das giftige Rauschmittel in meinem Körper hatte, und wie leid es mir tat, mich so töricht davongeschlichen zu haben. Was aber nur gut gewesen war, wie Honor unterstrich, denn ich hatte Tobias gefunden. Ich erzählte ihnen von Doktor Walker, und wie diese mir half zu erfahren, dass ich nicht geschändet worden war. Tante Jane bekundete ihre Freude darüber, machte jedoch kein Hehl daraus, dass sie es nicht über sich brachte, die Bloomers als Damen anzusehen.

»Im letzten Sommer musste mein Geist heilen, nicht mein Körper«, erzählte ich ihnen. »Als ich schlimme Träume hatte und nachts voller Angst wach wurde, versuchte ich immer, an etwas Gutes zu denken, um mich zu beruhigen. Ich dachte oft an euch beide, und einmal auch daran, dass Mr. Westervelt sehr ehrenhaft gehandelt hatte.«

Tante Jane wurde feuerrot und schürzte ihren Mund, als der Name Mr. Westervelt fiel. Honor blickte von ihr zu mir, ihre Augen nachdenklich zusammengekniffen.

»Ich mag ihn auch«, sagte sie. »Er fragte mich letzte Woche, ob er seine Tochter mitbringen dürfe, wenn er bald wieder auf Besuch komme. Hat er das dir gegenüber auch angesprochen, Tante Jane?«

Tante Jane nickte bestätigend, nahm meinen Kamm in die Hand und spielte damit.

»Er meinte, seine Tochter Sarah brauche eine Freundin«,

erzählte Honor. »Er meinte, eine Freundin könne ihr vielleicht Mut machen und ihr den Einstieg in die Gesellschaft erleichtern, wie das auch eine ältere Schwester täte.«

Ich hielt die Luft an. Honor war nun ganz auf Tante Jane konzentriert.

»Wollte Mr. Westervelt mir damit etwas zwischen den Zeilen zu verstehen geben?«

Tante Jane antwortete nicht, sondern hielt den Kamm mit eisernem Griff.

»Was meinst du, Mina?«, fragte Honor mich.

Dabei starrte sie immer noch Tante Jane an, ihr Gesicht spiegelte eine Mischung aus Schmerz und Hoffnung.

Ich zögerte, dann sagte ich: »Als ich für ihn arbeitete, wollte er wissen, ob es den Misses Corbett gut gehe. Er erkundigte sich nach dem Alter von Miss Honor Corbett. Sein freundlicher Ausdruck in den grauen Augen hat mir immer gefallen.«

Honor sah mich mit festem Blick an, ihre grauen Augen plötzlich weit aufgerissen.

»Ich habe mich immer schon gewundert«, sagte sie.

Ich hatte versprochen, nichts zu verraten, und so erwiderte ich einfach nur ihren Blick. Honor legte ihren Arm um Tante Jane, die noch immer ihren Kopf gesenkt hielt. Sie drückte sie lang an sich, ihre Wange an das glatte braune Haar gepresst, die Augen geschlossen. Honor war ganz gegen ihre Art sehr still. Dann sprudelte neue Energie in ihr. Sie nahm Tante Jane den Kamm aus der Hand und reichte ihn mir. Dann zog sie ihr Taschentuch aus der Tasche und drückte es Tante Jane in die Hand.

»Später werden wir darüber noch ausgiebig sprechen«, sagte sie mit weicher Stimme. »Aber jetzt, meine Liebe, müssen wir Mina helfen, sich für ihre Hochzeit anzukleiden.«

Tante Jane machte mir das Haar zurecht. Anfangs zitterten ihre Hände, aber dann beugte sie sich über mich, küsste meine Wange und gewann ihre Fassung wieder. Als ich mein Unterkleid anzog, zögerte ich. Wie bei meiner sonstigen Unterwäsche hatte ich auch hier dafür gesorgt, dass ich meinen Ring einbinden konnte.

»Was ist das, Mina?«, fragte Honor mich, als ich mit dem Ring in der Hand dastand.

»Es ist der Ring, den meine Mutter mir gab, als sie im Sterben lag«, sagte ich. »Ich trage ihn immer über meinem Herzen.«

»Das hast du mir nie erzählt«, sagte Honor.

»Wie hübsch«, meinte Tante Jane. »Trägst du ihn denn nie?«

»Nur nachts, um meine Mutter nah bei mir zu haben«, erklärte ich. »Ich hatte immer Angst, ihn zu tragen, weil er gestohlen werden könnte. Jetzt fürchte ich, er könnte verloren gehen, wenn ich arbeite.«

»Nun«, sagte Honor, »heute arbeitest du aber nicht.«

»Ich werde ihn zu meiner Hochzeit tragen«, antwortete ich und steckte ihn mir an den Finger.

Honor war sehr zufrieden mit meinem Aussehen, als ich mein grün-weißes Seidenkleid anhatte. Natürlich trug ich auch meine Brosche. Im letzten Moment holte ich noch den Fächer hervor, den Guido mir geschenkt hatte. Ich dachte, das Bild des Wasserfalls darauf könnte mir Mut machen. Honor und Tante Jane bestätigten beide, ich sei eine wunderschöne Braut und sehr damenhaft. Ich kam mir vor wie ein Kuchen in einer Kuchenschachtel.

Ich vermute, Benjamins Romane enden damit, dass der Held die Heldin heiratet, weil ihre Geschichte darauf angelegt ist: Die Ehe ist das, wonach sich alle Charaktere sehnen. Vielleicht ist es den Schriftstellern aber auch peinlich, über die Hochzeitsnacht zu schreiben, oder sie halten das Verheiratetsein für langweilig. Es könnte auch sein, dass sie glauben, das Warten und die Einsamkeit seien der bessere Romanstoff als ein Mann und eine Frau, die zusammen im Bett liegen oder gemeinsam in einer Küche arbeiten.

Dies ist ein privates Buch und kein Roman, und ich kann schreiben, was mir beliebt. Die DiRomas, Tante Jane und Eben wanderten mit uns über den Hügel hinunter zu den Carltons. Die Kinder hatten Wildblumen gepflückt und das Wohnzimmer damit geschmückt. Henry Carlton traute Benjamin und mich und trug unsere Namen in sein Gemeinderegister ein.

Unser Hochzeitsmahl nahmen wir alle gemeinsam auf der hinteren Veranda des Carlton'schen Hauses ein, mit Blick auf den See. Eine leichte Brise hielt uns die Insekten fern. Die Fliederbäume im Hof setzten gerade zur Blüte an, und ihr zarter Duft mischte sich mit den würzigen Gerüchen unserer Mahlzeit, dem penetranten Geruch der feuchten Ufervegetation und den tausenderlei Aromen von Gewürzen über getrocknete Äpfel bis zu Stockfisch aus dem Laden. An das, was ich aß, kann ich mich nicht mehr erinnern – vielleicht auch gar nichts, denn ich hatte keinen Appetit. Und doch verbrachten wir eine sehr heitere und glückliche Zeit mit unseren Freunden und wurden auf einer Woge der Liebe und Lebensfreude emporgetragen.

Während der Mahlzeit sprachen wir von unseren Plänen. Natürlich hatte jeder eine Meinung dazu, was Benjamin und ich tun sollten. Guido schlug vor, wir könnten seine Vertreter werden und das Eis auf dem See abtragen.

Benjamin sagte Eben ganz offen, dass er kein Bauer sei. »Ich werde mich mal bei dem Hotel umhören, das gerade gebaut wird«, sagte er. »Vielleicht braucht man dort einen Küchenchef.«

Er sah mich an und lächelte. »Dann könnte es sein, dass du in Zukunft doch noch dein Grahambrot bekommst, Mina«, sagte er.

»Wenn es mit Liebe gemacht ist, wird es sicherlich genießbar sein«, entgegnete ich.

»Ich denke, das Dorf könnte eine Bäckerei brauchen«, meinte Henry Carlton.

»Mina macht ausgezeichnete Konfitüren«, warf Georgina ein. »Ich würde sogar ins Marmeladengeschäft investieren.«

Danach ging es bei der Verabschiedung der Gäste hoch her, und es musste sichergestellt werden, dass Tobias – natürlich mit Rafe – alles hatte, was er für die Nacht benötigte, die er bei Jem Carlton verbrachte. Und dann waren Benjamin und ich am Spätnachmittag in dem stillen Haus allein.

Zur Hochzeit trug ich mein Seidenkleid mit dem Spitzenunterkleid und dazu meine Brosche. Als ich den Verschluss der Brosche öffnete, verfing dieser sich in der Spitze. Benjamin sah mein Problem und nahm mir die Brosche vorsichtig ab. Er wog sie in seiner Hand. Gerade noch war er so fröhlich gewesen, aber jetzt auf einmal wirkte er traurig.

»Ich erinnere mich noch an den Tag, als du sie mir gabst«, sagte ich. Ich fragte mich, was ihm wohl durch den Kopf gehen mochte. »Wenn wir nach New York gehen, wird der Juwelier, bei dem du sie gekauft hast, vielleicht deinen Namen in meinen Ring schreiben.«

Benjamin blickte mich überrascht an, dann errötete er.

»Die Brosche hat meiner Mutter gehört«, sagte er. »Die habe ich nicht hier gekauft.«

Ich legte meine Hand um seine.

»Deiner Mutter?« Jetzt war es an mir, überrascht zu sein. »Wessen Haar war dann ursprünglich darin?«

»Meins und das meines Bruders«, sagte er. Er holte tief Luft. »Und als Rachel sie trug, kam das Haar meines Sohnes dazu.«

Mir kamen die Tränen.

»Und du hast sie mir geschenkt?«, sagte ich erstaunt.

Er blickte auf die perfekte Rose vor ihrem blauen Steinhimmel.

»Ich wollte dich glücklich sehen«, sagte er, »aber du weintest, als ich sie dir gab. Ich habe dich traurig gemacht.«

»Aber jetzt weine ich vor Freude, dass dir so viel an mir lag, dass du einem Kind einen solchen Schatz anvertraut hast.« Ich überlegte, was die Brosche für ihn bedeuten musste. »Was hast du mit den Haaren gemacht, die darin waren?«

»Die sind bei meinen Sachen«, sagte er.

»Wir werden sie sofort wieder hineintun. Ich werde deine Lieben und meine zusammenführen.«

»Später«, meinte er.

»Nein, jetzt«, beharrte ich. »Wir werden die Vergangenheit ehren, ehe wir nach der Zukunft greifen.«

Die Haarlocken lagen in ein Stück Papier gewickelt hinten in seinem Gebetbuch. Wir öffneten die Brosche, um sie hineinzulegen, und als alles sicher untergebracht war, legte ich das hübsche Schmuckstück auf den Schreibtisch.

»Jetzt können wir anfangen«, sagte ich. »Vielleicht kannst du mir die Tränen wegküssen.« Dann wurde ich unsicher. »Sollte ich ein Nachthemd anziehen?«, fragte ich.

»Wenn du das möchtest, *tesoro*«, antwortete Benjamin. »Ich hoffe, es macht dir nichts aus, wenn ich nichts anziehe? Meine Tradition lehrt, dass Kleidung die Liebe behindert. Es ist sogar Pflicht, sich ihrer zu entledigen.«

»Ist es auch meine Pflicht?«, fragte ich.

»Du hast in unserem Schlafzimmer keine Pflichten, *bella sposa*«, sagte er. »Du hast Rechte, die ich ehren muss.«

Benjamin zog mich an sich heran. Er küsste meine Wangen und meine geschlossenen Lider. Seine Lippen tranken das Nass von meinem Gesicht. Die Mischung aus Kummer und Freude löste sich auf, und die Traurigkeit wich zurück, bis nur noch strahlende Helligkeit zurückblieb.

Doktor Lydia Mary Walker hatte Recht gehabt, als sie meinte, ich werde bei meiner ersten Erfahrung mehr Freude als Schmerz empfinden. Benjamin war in großer Sorge, dass er mir wehtun könnte oder ich weinen würde, aber ich fühlte mich sehr glücklich. Wenn Geist, Herz und Leib eins werden, wird die Welt zum Zentrum von Freude und Geheimnis. Ich hatte das Gefühl, mich im Herzen einer Rose zu befinden. Es war eine Offenbarung für mich.

Später mussten wir aufstehen und sämtliche Haarnadeln im Bett zusammensuchen, damit sie uns nicht piekten. Und noch später schlief ich in Benjamins Armen ein. Als ich wach wurde, verblasste gerade das letzte Abendrot am Himmel, aber er war nicht da.

Ich fand ihn in der Sommerküche, wo er Teller und Essen aufdeckte.

»Bist du hungrig, Mina?«, fragte er.

»Ja«, sagte ich, »ich bin sehr hungrig.«

»Gibt es Kerzen?«, wollte er wissen.

»Es gibt Kerzen oder eine Öllampe, die gibt mehr Licht.«

»Wir haben Freitagabend«, erklärte er, »da würde ich gern Sabbatkerzen entzünden.«

Ich stellte die Kerzen in die Halter, und er lehrte mich das einfache Gebet. Dann setzten wir uns an den Tisch und aßen kalten Fisch, Salat, Brot und Butter. Noch nie im Leben hatte ich etwas so Gutes gegessen. Wir unterhielten uns über alles. Benjamin zog mich damit auf, dass er nun, da ich alle Gelüste des Lebens kannte, einen neuen Weg gefunden hätte, mir zu ausreichend Essen zu verhelfen. Als wir das Geschirr weggeräumt hatten, kehrten wir ins Schlafzimmer zurück und lagen still nebeneinander. Benjamin fand, es sei nun an der Zeit, mir mein Hochzeitsgeschenk zu geben.

»Aber ich habe doch meinen Ring«, wehrte ich ab, »und ich habe dich.«

»Dann eben noch ein Geschenk, damit du dich auch wirklich immer an diesen Tag erinnerst«, sagte er. »Ich bestehe darauf.«

»Ein Kochherd wäre gut«, schlug ich vor.

»Das klingt aber gar nicht romantisch«, wandte er ein. »Außerdem benötigen wir ohnehin einen. Kein offenes Feuer mehr, Mina. Nein, etwas für dich.«

Ich überlegte lange.

»Ich hätte gern ein Pferd«, sagte ich.

»Ein Pferd? Kein Granathalsband oder ein Porträt von mir?« Er wickelte eine Locke meines zerzausten Haars um seinen Finger und zog ein wenig daran. »Dein Wunsch lässt ahnen, dass du eine sehr komplizierte Ehefrau werden wirst«, meinte er.

»Eine graue Stute«, sagte ich, »und einen hübschen Wagen, damit wir das Brot ausliefern können, das wir backen werden.«

Nun, und dann – na ja – nach einiger Zeit war ich wieder hungrig, und wir machten uns in der Speisekammer auf die Suche und teilten uns Biskuits, gewürzt mit Rosenwasser.

Ich glaube, an dem Abend begann ich langsam zu verstehen, warum Romanschriftsteller mit der Hochzeit aufhören. Die Geschichte könnte ewig so weitergehen, und was mich in diesem Moment am meisten interessierte, war tatsächlich das Alltagsleben – der moderne Kochherd, der neue Backofen, Benjamins Methode, Blumenkohl auf römische Art zu backen, Tobias, der unbedingt einen Haarschnitt brauchte, und der reifende Mais – oder das, was man nicht niederschreibt, weil es unschicklich ist. Es ist unsere private Liebe. Selbst mein Buch kann daran jetzt keinen Anteil haben.

Donnerstag, 24. Juni 1852

Heute habe ich einen Brief erhalten, der mich gleichermaßen überrascht und erfreut hat.

SAN FRANCISCO
Sonntag, 16. Mai 1852

Meine liebste Schwester Mina,
die Antwort auf meinen letzten Brief habe ich noch nicht erhalten, aber ich denke, du wirst darauf erpicht sein, diese Neuigkeiten zu erfahren, also werde ich sie nicht zurückhalten. Ich muss dir eine seltsame Geschichte erzählen.

Vor zwei Wochen kam ein merkwürdiger, unbeholfener, schlurfender Geselle in unseren Laden. Was nicht heißen soll, dass merkwürdige und unbeholfene Menschen hier ein ungewöhnlicher Anblick sind, aber diesen hier schien die Stadt mehr zu verwirren und zu verunsichern als die meisten anderen. Er ist ein großer Mann, aber als ich ihn das erste Mal sah, wirkte er halb verhungert. Ich glaube, die Leute, die im Laden arbeiten, hatten ein wenig Angst vor ihm, denn Belle holte mich sofort aus meinem Büro.

Sobald er mich sah, rief der Mann: »Das muss der Bruder sein!«, und wiederholte es immer wieder. Er fischte in seinen Taschen – anfangs dachte ich, er wühle nach einer Waffe, und legte deshalb die Hand auf meine – und förderte einen schmutzigen Fetzen Papier zutage. Diesem entnahm er eine rote Haarlocke, die er mir dann an den Kopf hielt. Ich fand, dass er entsetzlich stank. »Ja!«, schrie er. »Ja, es passt!« Dann liefen ihm die Tränen über die Wangen. »Miss Mina sagt, sie liebe Sie«, sagte er. Als ich das hörte, musste auch ich weinen.

Nun, anhand der Beschreibung wirst du erkannt haben, dass Flint seinen Weg nach Kalifornien gefunden hat. Ich denke, er kam vergangenen Herbst auf einem Schiff. Was er nach seiner Ankunft trieb, bleibt im Unklaren. Offenbar war er auf den Goldfeldern, denn er trug einen schweren Sack Gold bei sich und Nuggets in seinen diversen Taschen. Gut möglich, dass er irgendwo im Hinterland auf einen kranken, sterbenden Goldgräber gestoßen ist und diesem dann zu helfen versuchte. Oder er hat mit einem Kompagnon zusammengearbeitet, und sie wurden überfallen. Ich bekomme keine klare Geschichte aus diesem Mann heraus, denn immer, wenn ich ihn bedränge, mir zu erzählen, wo er gewesen ist, fängt er zu weinen an. Er fragte mich auf seine kindliche Art, was er mit dem Gold machen solle, und so ging ich mit ihm zur Bank.

Meine Feder zögert – ich möchte dich nicht erschrecken, aber du hast mich um Offenheit gebeten. Hier in der Stadt gibt es in unserer Nähe ein Haus, das man Damenpension nennt. Flint ist dort aufgenommen worden. Die Frauen scheinen sehr froh zu sein, ihn zu haben. Er fungiert dort als Türsteher und oftmals auch als Begleiter, wenn eine Frau ausgeht und auf der Straße nicht belästigt werden möchte. Man hat ihn dort gewaschen, ihm zu essen gegeben, das Haar geschnitten und seine Kleidung ausgebessert. Er macht nun einen fröhlichen Eindruck. Er kommt immer zu uns herein und unterhält sich mit mir – dabei dreht sich das Gespräch immer nur um eins: um dich und deine Kochkünste und dein nettes Wesen. Die Frauen haben seinen Körper getröstet, aber es ist ihnen nicht gelungen, seinen Geist zu erhellen. Dennoch wirst du froh sein zu wissen, dass er lebt. Ich denke, er war dein Freund, und du warst ihm eine Freundin. Das ist meine Geschichte.

Möchtest du nicht zu uns nach Kalifornien kommen? Die Reise ist lang, und ich muss dir ehrlich sagen, dass ich nicht bereit bin, von hier wegzugehen, um dich abzuholen. Solltest du dich entschließen zu kommen, würde ich mich als dein Bruder freuen, dich willkommen zu heißen. In meinem Laden gibt es immer Arbeit. Vielleicht schickst du mir in deinem nächsten Brief eine Haarlocke von dir. Flint weigert sich nämlich, mir die Locke zu schenken, die du ihm gabst. Er sagt, er brauche sie.

Ich rechne damit, dass meine Schenkung bald bei dir eintrifft. Inzwischen lege ich die Zinsen für deine Investition, den Goldadler, den du mir vor drei Jahren gabst, bei – eine Banküberweisung über zweitausend Dollar.

Dein dich liebender Bruder Daniel

Ich bedankte mich bei Daniel für seine Nachricht von Flint und für seine aufrichtigen Worte. Ich hatte ihm bereits von meiner Hochzeit geschrieben, aber jetzt erzählte ich ihm noch ausführlicher von meiner Liebe und davon, wie Benjamin und ich unser Leben gestalten wollen. *In diesen letzten Jahren, seit du fort bist, habe ich in anderer Leute Häuser gewohnt, erst in New York, dann auf dem Erie-Kanal,* schrieb ich Daniel. *Jetzt ist mein Traum wahr geworden.* Ich bedankte mich bei Daniel für sein Geldgeschenk und nahm es gerne an.

Die gewünschte Haarlocke vergaß ich natürlich nicht.

Da ich von Flint keine Adresse hatte, legte ich dem Brief an Daniel auch einen für Flint bei. Ich schrieb Flint, wie glücklich ich in dem Haus sei, in dem er so viele Jahre verbracht hatte. Die Schönheit des Sees, die Fruchtbarkeit des Landes und die Freundlichkeit unserer Nachbarn gäben uns Kraft, ließ ich ihn wissen. Zudem sei dieser Ort der Gesundheit von Tobias und Benjamin dienlich. Ich fragte Flint, ob er uns das Haus und sein Land verkaufen würde.

Donnerstag, 15. Juli 1852

Wir reisten nach New York – Benjamin Serle und ich. Das Wiedersehen mit den DiRomas, deren Gäste wir waren, war eine Freude. Wir erledigten, was wir zu tun hatten, und ich ging schließlich zu meiner Bank. Benjamin und Guido zogen mich damit auf, wie ich fünfhundert Dollar einfach so vergessen und Banküberweisungen in Schreibtischschubladen liegen lassen konnte, aber das störte mich nicht, denn bald schon würde ich eine schöne Geflügelschar und einen Garten und zudem noch Geld auf der Bank haben.

Honor redete mir ein, ich brauche mehr Kleidung. Offenbar benötigen verheiratete Frauen mehr Kleider, Schals und Hüte als Alleinstehende. Ich stimmte einem neuen Winterkleid und einem Reisestaubmantel zu. Dann ergänzte ich, dass ich auch noch ein neues Nachthemd brauchen könne. Benjamin hatte mein bestes zerrissen, als – nun, dies Honor zu erklären ersparte ich mir, und niederschreiben werde ich es auch nicht.

Am Ende gab ich dann aber doch mehr Geld im Laden für Küchenbedarf als für Kleider aus. Die neuen Eiscremebereiter sehen sehr hübsch aus. Im Hochsommer werden wir uns mit Pfirsicheiscreme verwöhnen.

Es war ein glücklicher Aufenthalt, aber ich war auch froh, als wir endlich wieder an Deck des Dampfschiffs waren. Am westlichen Himmel flammte ein Sonnenuntergang in Safran, Gold und Violett auf. Während der Tag verblasste, beobachteten wir die funkelnden Lichter der Stadt, die erst hell leuchteten, dann aber in der Ferne dahinschwanden. Wie ein Traum legte sich die Dunkelheit aufs Wasser. Wir verließen den Rand von Amerika. Wir begannen ein neues Leben im Herzen unseres Landes.

»Was war eigentlich der Grund, weshalb Tobias dich nicht Onkel Benjamin nennen wollte?«, fragte ich.

»Ah, du erinnerst dich«, sagte er lächelnd.

»Erzähl es mir«, bedrängte ich ihn.

Das Kielwasser eines vorbeifahrenden Dampfschiffs ließ unser Schiff ein wenig auf dem Wasser schlingern. Benjamin suchte an der Reling Halt neben meiner Hand.

»Wir standen über dem Wasserfall«, erzählte er. »Ich fragte Tobias, ob er mich nicht Onkel Benjamin nennen wolle. Darauf erwiderte er ernst und überlegt: ›Nein, ich werde dich nicht Onkel nennen. Das verwirrt dich.‹ Ich war verwundert: ›Was?‹, oder etwas ähnlich Törichtes gab ich zurück. ›Rafe meint, du gäbst einen guten Vater ab‹, erklärte er mir. ›Aber es ist ein Geheimnis.‹ Dann riefst du uns, und als wir kehrtmachten, um den Weg hinunterzugehen, erklärte er mir: ›Rafe sagt: Suche, wen deine Seele liebt.‹«

»Das hat Tobias gesagt? Wie kann ein Kind so etwas sagen?«

»Ich weiß es nicht«, antwortete Benjamin. Sein Mund verzog sich erneut zu einem Lächeln. »Wie kann ein Hund so etwas sagen?«

»Es ist ein Rätsel«, sagte ich.

»Ja, es ist ein wunderbares Rätsel«, stimmte Benjamin mir zu und legte seine Hand über meine.

Donnerstag, 2. Dezember 1852

Gestern kam mit der Post ein Brief von Flint. Flint möchte, dass ich den Hof in Uncas Falls bekomme. *Zip hasst den Ort und mich*, schreibt er, *aber Ihr Brief sagt mir, dass Sie Liebe empfinden.* Er legte ein Anwaltsschreiben bei, das seine Absicht kundtut. Ich solle es dem Anwalt der Familie in Sawyerville vorlegen, dann bekäme ich die Urkunde. In Flints Brief heißt es weiter:

Miss Felicitas half mir bei der Entscheidung, Ihnen den Hof zu überlassen. Sie findet, im Tausch dafür sollten Sie mir hin und wieder aus Uncas Falls schreiben, denn Ihr Brief hat mich glücklich gemacht. Ich werde in einem kleinen Haus nur mit Miss Felicitas und Miss Caroline leben. Wir haben unser Gold zusammengeworfen, um es uns zu kaufen. Sie möchten nicht mehr länger im Bordell wohnen. Sie sagen, dies sei ein Leben für die Jungen und die Verzweifelten. Sie sind sehr gute Wirtschafterinnen. Ich mag das Essen fast so gern wie das, was Sie für mich gekocht haben. Ich werde mein Leben in Kalifornien beenden.

Flint hat Güte und Trost gefunden. Offenbar hat sich seine Seelenverfassung gebessert, denn er spricht nicht mehr davon, bereits tot und ein Geist zu sein. Es wird mir eine Freude sein, ihm von unserem Leben in Uncas Falls zu berichten. Ich saß lange mit dem Brief in meiner Hand da und musste daran denken, was es an Gutem in der Welt gab – es gibt so viele Formen der Güte und Freundlichkeit, wie es Formen der Sklaverei gibt.

Dienstag, 14. Oktober 1856

Heute Abend holte ich mein Buch aus dem hintersten Winkel des verschlossenen Geschirrschranks in der Speisekammer, wo ich es vor vier Jahren versteckt hatte. Ich muss einen Ort finden, der sicherer ist. Vergangenen Donnerstag sind Kopfgeldjäger in Uncas Falls gesehen worden. Sie suchten nach einem armen Neger, der angeblich aus der Gegend nördlich von Delaware geflohen sein soll. Man könne ihn an seinem Brandmal auf der Wange erkennen, erzählten sie Henry Carlton, ehe er sie aus seinem Laden warf.

Benjamin und Tobias sind nach New York gefahren und wohnen bei Herrn Sadick Meyer und seiner Frau, um für ihre Neujahrszeremonie die Synagoge aufzusuchen. Im ersten Jahr unserer Ehe schlug ich Albany vor, aber Benjamin meint, es sei wichtig für Tobias, neben unserem Leben auf dem Land auch die größte Stadt der Welt kennen zu lernen. Dieses Jahr begleitete ich sie nicht, da Leah Eliza ziemlich reizbar ist, denn sie zahnt und hat auch eine kleine Erkältung, und ich mochte sie deshalb nicht mitnehmen, aber auch nicht gern bei Georgina Carlton lassen. Wegen der Kopfgeldjäger war ich außer mir vor Sorge, bis meine Lieben dann am Sonntagabend sehr spät endlich wieder nach Hause kamen. Rafe und ich warteten schon auf der Veranda, als Eben sie schließlich sicher heimkutschierte.

Die Bäckerei ist ein Erfolg. Garten und Obstgarten blühen und gedeihen. Wir stellten noch einen Mann ein, der Eben bei seiner Arbeit unterstützt, und machten vergangenes Jahr großen Profit mit einer Schiffsladung Äpfel für Liverpool.

»Meine Güte, wir leben ja wie Gott in Frankreich!«, sagte Eben, als ich ihm seinen Anteil an Geld auszahlte.

Der eine Apfelbaum, der aus den drei Samen erwuchs, die ich aus England mitgebracht hatte, stand dieses Frühjahr in wunderschöner dunkelrosa Blüte. Letzten Monat habe ich die Äpfel davon geerntet. Die Frucht schmeckt frisch und süß, wie ich das auch in Erinnerung hatte, und doch – und doch – schmeckt sie anders hier. Es ist das Aroma dieser neuen Welt.

Als Honor und Guido uns ihren üblichen Sommerbesuch im August abstatteten, unterhielten wir uns darüber, was es bedeutet, Amerikaner zu sein. Nach dem Abendessen saßen wir auf der Veranda und beobachteten, wie Daniel, ihr

Sohn, den Glühwürmchen hinterherjagte, die entlang der Fliederhecke aufglommen. Tobias saß auf der untersten Treppenstufe und hatte seinen Arm um Rafe gelegt, der jetzt ein alter Hund ist. Wir tranken ein wenig von dem nach Lakritz duftenden Holunderwein, den Benjamin ansetzt und *sambuco* nennt. Das Baby schlief drinnen in der Wiege. Ich glaube nicht, dass unser Gespräch zu irgendwelchen Schlussfolgerungen führte. Honor sagte, Amerikaner zu sein bedeute zu träumen, zu streben und Erfolg zu haben. Aber Phoebe und Flint und der arme John Deegan waren gebürtige Amerikaner.

Ich weiß noch, dass das Mondlicht den See versilberte und Benjamin in der Dunkelheit auf der Veranda meine Hand hielt. Er hatte mir im Mai zu unserem Hochzeitstag ein Buch von Mr. Henry David Thoreau geschenkt, und auch daran musste ich denken. *Ein See ist der schönste und ausdrucksvollste Zug einer Landschaft. Er ist das Auge der Erde. Wer hineinblickt, ermisst an ihm die Tiefe seiner eigenen Natur.* Ich frage mich, ob wir jemals endgültig die Tiefe dessen ermessen können, was es heißt, zu leben und eine Zukunft zu haben.

Nachwort

Mein Dank und meine Bewunderung gelten in erster Linie den Bibliothekaren der Brookline Public Library, der Blue Hill Public Library, der Boston Public Library und der New York Public Library für ihre Geduld, Hilfsbereitschaft und Bereitwilligkeit, mir ihre Fähigkeiten und ihr Wissen zur Verfügung zu stellen. Dank ihrer Hilfe fand ich die New York *Daily Tribune* der Jahre 1848 bis 1852, die *Times* von 1851 und 1852, *Godey's Lady's Book*, viktorianische Rezepte und Kochbücher, und die historischen Kalender, welche die Substanz von Minas Welt wenigstens teilweise authentisch machen. Auch Mary Knapp vom Merchant's House Museum schulde ich Dank, ebenso den Führern vom Bellevue House National Historic Site, Merv Gard, Tania Langerman, Ginnie Gavrin, Elizabeth O'Neill, Sheree Conrad, Gaylen Morgan, Jackie Cantor und Lane Zachary für ihr Interesse, ihre Inspiration und Information, ihr kritisches Auge, ihre Anleitung und Unterstützung. Mary Manson und Judith Robbins bleiben ein sicherer Beweis für die »feinsinnige Qualität weiblicher Freundschaft«. Und zu guter Letzt danke ich Robert Ceely, der in meinem Leben immer an erster Stelle steht und dem dieses Buch gewidmet ist.

blanvalet

Historische Romane bei Blanvalet

Lassen sie sich von großartig erzählten und detailgenau recherchierten Romanen in die Vergangenheit entführen!

36174

36182

36129

35966

www.blanvalet-verlag.de